Prologue

Face à son miroir, Faith Ashburn souligna d'un épais trait noir ses yeux noisette, puis recula d'un pas pour juger de l'effet produit par son maquillage. Avec ce teint livide et ce regard tourmenté, elle avait l'impression d'être face à une inconnue.

Ses yeux reflétaient son désarroi. Elle se sentait perdue, prisonnière de ce cauchemar. Rongée par l'angoisse.

Pourtant, ce soir, elle y retournerait. Elle affronterait la fumée, les attouchements, les regards insistants qui lui donnaient des frissons. Elle s'obligerait à sourire et à endurer la compagnie de ces hommes dépravés... Dans l'espoir de glaner quelques bribes d'informations qui peut-être la mèneraient jusqu'à son fils.

Cornell avait dix-huit ans à présent. Physiquement, c'était un homme. Mentalement, psychologiquement, c'était encore un enfant, du moins aux yeux de Faith. Un garçon innocent et confiant qui avait besoin de sa mère et de ses médicaments.

Faith sortit de la salle de bains et, enfonçant ses pieds dans l'épaisse moquette mauve, regagna sa chambre. Elle sortit du placard une petite robe noire aguichante et l'enfila.

Le tissu se tendit sur ses seins nus alors qu'elle faisait glisser les minces bretelles sur ses épaules. Son décolleté généreux était le signe qu'elle n'hésiterait pas à en révéler davantage si l'offre la tentait.

Une fois habillée, elle attrapa ses escarpins rouges, qu'elle gardait sur l'étagère supérieure, et qui attiraient infailliblement l'attention des hommes en quête de sexe.

Un vertige la saisit et elle dut s'agripper au bord du lit pour reprendre ses esprits. Puis elle attrapa un rouge à lèvres, ses clés et une coquette somme d'argent et fourra le tout dans son sac pailleté, qui contenait déjà son revolver.

Dans la cuisine, elle se versa deux doigts de whisky et prit le temps de faire tourner le liquide ambré un instant dans sa bouche avant de se gargariser et de le recracher dans l'évier. Enfin, elle promena les doigts sur les rebords du verre pour récupérer les dernières gouttes d'alcool et en tapota ses poignets comme s'il s'agissait d'un parfum coûteux.

Ses muscles se raidirent. Elle avait soudain l'impression de suffoquer. Prenant une profonde inspiration, elle sortit de la maison, et referma avec soin la porte derrière elle.

Cela faisait maintenant six mois qu'elle était agent infiltré dans les quartiers les plus louches de Dallas. Six mois qu'elle interrogeait tous les drogués et tous les pervers qui avaient pu entrer en contact avec Cornell, en se basant sur l'unique piste que lui avait fournie la police.

Six mois qu'elle s'endormait en pleurs chaque soir en rentrant, aussi malheureuse et aussi désespérée qu'avant.

Elle pria pour que ce soir-là soit différent.

— Un autre homicide, une autre visite à Georgio. Je commence à penser que ce type accorde des tarifs réduits aux meurtriers.

— Et les victimes sont de plus en plus jeunes.

Travis Dalton et son coéquipier, Reno, s'engouffrèrent dans l'un des bars les plus mal famés de Dallas. Georgio était le roi des lieux et offrait alcool, sexe et drogue à tous les accros du coin.

Malgré cela, ce salaud avait toujours réussi à passer entre les mailles du filet. Les menaces et l'intimidation dissuadaient ses clients de témoigner contre lui. Et, de toute façon, ils n'auraient pas eu beaucoup de crédibilité aux yeux d'un jury.

A l'intérieur, des haut-parleurs diffusaient un air de rap assourdissant, et deux femmes à demi nues se trémoussaient le long de deux barres verticales. Deux autres tournoyaient autour de la scène, récoltant des billets dans leurs strings.

Une serveuse au visage familier s'approcha de Travis.

— C'est une visite officielle ou c'est pour le plaisir, mon grand ? roucoula-t-elle.

— A votre avis ?

— On peut toujours rêver. Vous cherchez Georgio ?

— Pour commencer.

— C'est au sujet de ce gamin qui s'est fait tuer à Oak Cliff hier soir ?

A présent, elle avait toute l'attention de Travis.

— Que savez-vous là-dessus ?

— Rien. J'ai seulement pensé que c'était pour ça que vous étiez là.

Travis la soupçonnait d'être bien plus au courant qu'elle ne l'affirmait. Il était sur le point d'insister quand il remarqua une femme en difficulté au comptoir. Un type lui avait saisi le poignet et elle tentait en vain de se dégager.

— Lâchez-moi ! s'écria-t-elle d'une voix à peine audible dans le vacarme ambiant.

L'homme n'en fit rien et, de sa main libre, lui palpa la poitrine.

— Je veux juste qu'on soit copains.

— Vous me faites mal !

Travis s'avança d'un pas déterminé.

— Tu as entendu la dame. Débarrasse le plancher, mon vieux.

— Mêle-toi de tes affaires !

— C'est exactement ce que je fais.

Il sortit son insigne de sa poche.

— Police de Dallas. Dégage ou je te mets un joli bracelet autour du poignet et je t'emmène directement au trou.

L'homme laissa retomber ses mains. Un mince filet de salive coula sur sa barbe. Il l'essuya d'un revers de main, fit mine de se lever et trébucha.

— C'est elle que vous devriez boucler, articula-t-il. Elle m'a allumé.

Travis observa la femme, songeant que l'ivrogne disait sûrement la vérité. Elle avait l'apparence d'une prostituée et une paire de talons sexy en diable qui accentuaient encore la longueur de ses jolies jambes.

Néanmoins, dès que Travis croisa son regard troublé, il sut qu'elle n'était pas à la recherche d'un client. Il y avait en elle quelque chose de délicat et de fragile. Quelque chose qui laissait à penser qu'elle n'avait rien à faire dans ce bar, à repousser les ivrognes, et qu'elle serait sûrement plus à l'aise dans un couvent. Même le maquillage outrancier ne parvenait à cacher son innocence.

S'il avait dû parier, il aurait dit qu'elle était venue là pour se venger d'un idiot qui l'avait trompée. Mais, quelles que soient les circonstances qui l'avaient amenée ici, cette entreprise s'avérait périlleuse.

— La fête est finie, madame. Je vais appeler une voiture de patrouille et on va vous raccompagner.

— J'ai une voiture.

— Si vous prenez le volant, je vais devoir vous arrêter pour conduite en état d'ivresse.

— Je ne suis pas ivre.

Il ne discuta pas. Elle sentait l'alcool, mais elle n'avait pas la voix pâteuse et semblait parfaitement lucide.

— Je ne sais pas à quel jeu vous jouez, mais si vous restez ici vous allez vous attirer plus de problèmes que vous ne pouvez en gérer.

— Je suis tout à fait capable de me défendre, rétorqua-t-elle, en faisant mine de s'éloigner.

Travis la devança et lui barra le chemin sans savoir exactement pourquoi il faisait cela.

Il chercha Reno des yeux. Malheureusement, son collègue était introuvable. Sans doute était-il déjà en train d'interroger Georgio, et Travis aurait dû être avec lui.

— Ecoutez, madame. Vous ne semblez pas être à votre place ici. J'ai une affaire urgente à régler, mais attendez-moi quelques minutes et je vous raccompagnerai à votre voiture. Dans l'intervalle, n'engagez pas la conversation avec d'autres pervers. C'est un ordre.

Elle haussa les épaules, puis acquiesça.

Il se hâta de rejoindre Reno. Georgio et lui se tenaient

devant la porte d'un bureau. Quand il se retourna, la femme avait disparu.

C'était aussi bien comme ça, se dit-il, surtout si elle était rentrée chez elle. Il n'avait pas besoin de problèmes supplémentaires ce soir.

Pourtant, il ne parvint pas complètement à la chasser de ses pensées. Quelle que soit la raison qui l'avait incitée à venir là, elle s'était mise en danger.

1

Quatre mois plus tard

Travis ajusta son nœud papillon turquoise, presque identique à celui qu'arborait son frère avec son smoking de style western. Quand il découvrit son frère ainsi accoutré, il faillit éclater de rire. Sa tenue n'avait rien de commun avec les complets Armani qu'il affectionnait d'habitude.

— Je n'avais jamais imaginé te voir marié à une cow-girl.

— Et moi, je ne m'étais pas imaginé que tu remettrais un jour les pieds au Dry Gulch, rétorqua Leif.

— Je ne pouvais pas manquer le mariage de mon frère préféré.

— Je suis ton seul frère.

— Oui. C'est probablement une bonne chose que tu n'aies pas de concurrence, surtout maintenant que tu as décidé de faire construire une maison ici. Et le côté positif, c'est que je suis très content de mes bottes de cow-boy.

Travis se balança d'avant en arrière sur les talons des bottes flambant neuves qu'il avait achetées à l'occasion du mariage de Leif avec Joni Griffin. Il n'avait encore jamais vu son frère aussi heureux. Non seulement il était fou amoureux de sa fiancée, mais il se réjouissait que sa fille, Effie, vienne vivre avec eux jusqu'à la fin de ses études secondaires.

Le ranch du Dry Gulch avait été décoré avec soin pour la cérémonie. Des guirlandes couraient sur les branches des chênes et des sycomores. Sous le vaste chapiteau blanc où devait se dérouler la cérémonie, une allée centrale menait à l'autel tapissé de roses devant lequel les deux tourtereaux devaient prononcer leurs vœux.

La plupart des sièges étaient déjà occupés. Les anciens collègues de Leif, qui venait de démissionner d'une prestigieuse firme juridique pour ouvrir son propre cabinet plus près du ranch, se mêlaient aux habitants d'Oak Grove, la bourgade voisine.

Toutes les femmes étaient très élégantes. Les hommes de loi portaient des complets de grande marque. Les ranchers, pour leur part, paraissaient un tantinet empruntés dans leurs costumes, le cou serré par leur cravate.

De fait, certains des plus jeunes portaient des jeans et des vestes décontractées. Travis leur lança un regard envieux. D'ordinaire, quand il n'enquêtait pas sur un homicide, il passait ses week-ends dans le ranch d'un ami, niché dans les collines.

Il montait à cheval, attrapait les bêtes au lasso et les marquait, ramassait les foins — il prenait plaisir à toutes les corvées. Une maison de vacances sur les terres du Dry Gulch, à une heure de Dallas, aurait été idéale pour lui. Sauf qu'il y avait un gros obstacle à cela.

Rueben Jackson Dalton, son père.

— Allons-y, lança Leif, ramenant Travis au moment présent.

Il régla son allure sur celle de son frère, envahi par une bouffée d'anxiété. Leif et lui avaient eu une enfance épouvantable, surtout à cause de R.J. Après la mort de leur mère, cela s'était résumé à « eux deux contre le monde entier », et ils n'avaient jamais cessé d'être comme les deux doigts de la main.

Et voilà que Leif se mariait et qu'il allait emménager au ranch.

Pourquoi diable s'inquiétait-il ? R.J. ne parviendrait jamais à les séparer. D'ailleurs, le vieillard n'allait sûrement pas tarder à mourir.

La musique s'éleva. La fille de Leif s'avança dans l'allée. A quinze ans, Effie paraissait déjà si mûre que Travis sentit sa poitrine se comprimer. Il adressa un clin d'œil à sa nièce alors qu'elle prenait sa place devant l'autel. Elle souriait jusqu'aux oreilles, le regard pétillant de bonheur.

Travis tressaillit en voyant la demoiselle d'honneur s'approcher à son tour. Elle avait beau être très différente de la dernière fois qu'il l'avait vue, il n'y avait aucun doute : cette femme ravissante était celle qu'il avait secourue dans le bar de Georgio quelques mois plus tôt.

Il n'avait passé que quelques minutes avec elle, mais elle avait souvent hanté ses pensées depuis. Au point qu'il lui arrivait de se rendre à l'établissement de Georgio même quand son travail ne l'exigeait pas.

Tout cela pour tenter de lui parler et pour s'assurer qu'elle n'était pas en danger. Mais, malgré tous ses efforts, il ne l'avait jamais revue.

La jeune femme s'arrêta à quelques pas de lui. Elle était absolument superbe, vêtue d'une robe couleur améthyste, qui lui rappela la bague que sa mère portait autrefois et qu'elle lui avait donnée avant de mourir.

C'était le seul objet de valeur qu'il possédait — cette

bague et les boucles de ceinturon qu'il avait gagnées lors de rodéos, à l'époque où il avait plus de cran que de bon sens.

L'orchestre entonna les premières mesures de la marche nuptiale. Les yeux de Travis demeurèrent fixés sur la demoiselle d'honneur. Enfin, elle leva la tête. Quand leurs regards se croisèrent, il lut dans le sien la même expression troublée qui l'avait captivé lors de leur première rencontre.

Il se força à reporter son attention sur Joni et Leif. Il n'allait pas gâcher la cérémonie, mais il se promit d'avoir une petite conversation avec cette séduisante demoiselle d'honneur avant que la soirée arrive à son terme. Etait-elle aussi innocente qu'il l'avait cru ? Ou les démons qui hantaient son regard reflétaient-ils une conscience coupable ?

Si oui, il ferait en sorte qu'elle se tienne à l'écart de sa nièce.

Même si cela signifiait qu'il devait dire la vérité à Leif concernant la meilleure amie de sa nouvelle épouse.

2

Jusque-là, tout allait bien. Faith se concentrait sur le présent, résolue à maîtriser ses émotions. Si elle versait des larmes ce soir, ce serait des larmes de joie.

Malheureusement, elle avait oublié ce qu'était la joie. Dix mois s'étaient écoulés depuis la disparition de Cornell, et ses recherches n'avaient rien donné. Elle était à bout de nerfs, si fragile qu'elle risquait de s'effondrer au moindre incident.

Si n'importe qui d'autre lui avait demandé d'être demoiselle d'honneur à son mariage, Faith aurait refusé sans hésiter. Cependant, elle ne voulait pas décevoir Joni, qui lui avait apporté tant de soutien les premiers temps de la disparition de Cornell.

Joni s'inquiétait toujours, bien sûr, et les autres amies de Faith aussi, mais, à mesure que le temps passait, elles avaient repris le fil de leur vie. Faith comprenait, tout en sachant qu'elle ne pourrait jamais aller de l'avant tant que son fils ne serait pas de retour sain et sauf.

Quant à la théorie défendue par les policiers, à savoir que Cornell était parti de son plein gré, elle n'y croyait pas une seconde.

Certes, elle soupçonnait son fils d'avoir eu de mauvaises fréquentations. Elle savait qu'il était vulnérable et influençable. Et elle n'était pas naïve au point de s'imaginer qu'il n'avait jamais goûté à des substances illicites. Nombre de jeunes passaient par là au même âge. Mais jamais elle ne se résoudrait à croire que Cornell l'avait exclue de sa vie volontairement.

Où qu'il soit ce soir, il était sûrement détenu contre son gré…

Voilà qu'elle recommençait à ressasser ses craintes, à se laisser envahir par l'angoisse.

Ce soir était le grand soir de Joni. Ne pouvait-elle se dominer l'espace de quelques heures ?

Son regard s'arrêta sur Leif Dalton. Un sourire presque enfantin dansait sur ses lèvres, et ses yeux noirs brillaient d'excitation. Un cow-boy sexy et amoureux qui attendait avec impatience la femme qu'il allait épouser. Joni avait de la chance — à supposer que ce mariage dure.

Pour Faith, le mariage avait été une des grandes déceptions de sa vie, au point qu'elle n'avait pas la moindre intention de renouveler l'expérience.

Elle reporta son attention sur le frère de Leif, qui était aussi son garçon d'honneur. Il était grand, bien bâti, et ses cheveux bruns bouclaient sur son front. Indéniablement séduisant.

Son visage lui parut vaguement familier.

Elle fouilla sa mémoire tout en prenant sa place à côté de la fille de Leif. Elle n'avait pas assisté à la répétition de la veille et était arrivée au ranch quelques instants seulement avant la cérémonie.

Pourtant, elle l'avait déjà vu, c'était certain.

Le rythme de la musique changea. Une seconde plus tard, les premières notes de la marche nuptiale s'élevèrent. On entendit des gens se retourner et chuchoter des « oh » et des « ah » pleins d'admiration à la vue de Joni dans sa robe de satin et dentelle blanche.

D'adorables petites jumelles rousses, les cheveux rassemblés par un nœud rose, précédaient la mariée en gambadant et en éparpillant des pétales de roses sur le chemin. C'étaient Lila et Lacy, les nièces de Joni, qu'elle adorait. Faith ne serait pas étonnée que l'heureux couple fonde une famille dans l'année à venir.

Elle jeta un nouveau regard furtif au garçon d'honneur. Son cœur se mit à cogner dans sa poitrine.

Brusquement, elle sut précisément où elle l'avait vu. Dans une boîte de nuit mal famée de Dallas. C'était le flic sexy qui avait volé à son secours quelques mois plus tôt. Le flic aux ordres de qui elle avait désobéi en s'éclipsant avant qu'il ait eu le temps de lui poser trop de questions.

Il ne serait pas si facile de lui fausser compagnie ce soir.

Et il suffirait d'un mot de cet homme pour que le mariage soit complètement gâché. S'il racontait à Joni où il avait rencontré sa demoiselle d'honneur, celle-ci saurait exactement pourquoi Faith avait refusé toutes ses invitations à dîner le samedi soir ces derniers mois.

Joni se ferait du souci pour sa sécurité. Pire, si elle ne pouvait persuader Faith de renoncer à ses sorties dans les bas-fonds de Dallas, elle insisterait pour l'accompagner. Et il était hors de question que Faith entraîne Joni dans cette affaire.

Du calme. Pas de panique.

Il était fort probable que le séduisant policier ne la reconnaîtrait pas. Pour commencer, elle n'était pas aussi outrageusement maquillée. Et elle portait un soutien-gorge. Elle n'était que la demoiselle d'honneur de Joni.

D'ailleurs, au départ, il l'avait prise pour une prostituée, ou une des stripteaseuses. Et il n'y avait aucune raison pour qu'il ait pu penser autre chose.

Elle devait garder son sang-froid et s'esquiver dès que possible.

— Vous ne songez tout de même pas à vous enfuir avant d'avoir dansé avec le garçon d'honneur ?

Au son de cette voix masculine et légèrement rauque, Faith tressaillit. Dommage. Elle venait de se faufiler hors du chapiteau et était sur le point de se diriger vers les voitures.

Hormis une brève conversation lorsque Leif s'était acquitté des présentations après la cérémonie, elle était parvenue à éviter Travis toute la soirée.

Elle lui décocha un sourire qu'elle espérait innocent.

— Je ne m'enfuis pas. J'ai pris congé des jeunes mariés.

— Il est encore tôt. La fête bat son plein.

— Oui, mais le chemin est long pour rentrer à Dallas.

— Pourquoi rentrer ? Les chambres d'amis de la nouvelle maison des mariés ne sont pas encore tout à fait terminées, mais je suis sûr que R.J. vous offrirait l'hospitalité pour ce soir. D'après ce que j'ai vu, il ne manque pas de chambres libres.

— Je sais. Joni m'a invitée à rester, dit Faith. Mais il faut vraiment que je rentre.

Un air de guitare s'éleva. La chanteuse du groupe de country qui était chargé d'animer la soirée se lança dans les premières notes d'une mélodie connue.

Travis mit la main au creux du dos de Faith.

— Une danse avant de partir ?

Un signal d'alarme se déclencha dans son esprit, mais la musique, la nuit et même les lampes minuscules des guirlandes qui scintillaient au-dessus d'eux comme des étoiles eurent raison de sa prudence. D'ailleurs, Travis ne semblait pas l'avoir reconnue. Quel mal y avait-il à accepter ?

Ils regagnèrent la piste ensemble. Travis l'enlaça, l'attirant près de lui alors qu'ils oscillaient au rythme mélancolique de la ballade. Sa joue effleurait celle de Faith. Une bouffée inhabituelle de chaleur monta en elle. L'espace de quelques secondes, elle s'abandonna au plaisir de cette sensation. L'instant d'après, son bon sens reprit le dessus.

Il y avait une éternité qu'elle n'avait pas senti les bras d'un homme autour d'elle. Pas étonnant que son corps ait réagi à ce contact.

Elle se détacha légèrement de lui et mit quelques centimètres entre eux. La chaleur ne se dissipa pas entièrement, mais elle respira un peu mieux.

Quand la danse s'acheva, elle avait presque recouvré le contrôle d'elle-même.

— Il faut vraiment que je parte à présent, déclara-t-elle en le précédant sur la piste.

— Si vous y êtes obligée.

— Je le suis. Et, à propos, il n'est pas nécessaire que vous me raccompagniez à ma voiture.

— Une promesse est une promesse.

L'homme était persistant. Si les policiers qui s'étaient occupés du dossier de Cornell avaient été aussi déterminés, ils l'auraient sûrement retrouvé à l'heure qu'il était.

— C'est inutile, je vous assure. Je peux retrouver mon chemin toute seule.

— Mais quelle sorte de gentleman serais-je si je vous laissais faire ?

— Un gentleman raisonnable.

— Ce n'est pas ma plus grande qualité.

— Je suis arrivée en retard et j'ai dû me garer dans le pré de l'autre côté de la route. Vous allez salir vos magnifiques bottes.

— Je prends le risque.

Faith ne protesta pas davantage. Elle ne voulait pas lui donner l'impression d'être ingrate ou stupidement entêtée. D'ailleurs, il ferait beaucoup plus sombre une fois qu'ils se seraient éloignés de toutes ces guirlandes. Sa voiture ne serait pas facile à reconnaître au milieu de toutes les autres. L'aide de Travis pourrait se révéler appréciable.

Elle plongea la main dans le petit sac qu'elle portait en bandoulière, sortit les clés de sa Honda et se mit à marcher. Leurs épaules se frôlèrent. Un frisson de désir la parcourut des pieds à la tête.

Stupéfiée par sa réaction, Faith pressa le pas. Mauvaise décision. Traverser le champ sur des talons hauts de dix centimètres s'avérait être une opération délicate.

La deuxième fois qu'elle faillit tomber, elle fut contrainte d'accepter le bras que Travis lui offrait. Des papillons s'envolèrent dans son estomac.

Ça devait être la nervosité, ou le fait que Travis ne ressemblait en rien aux pervers avec qui elle avait passé ses soirées récemment. Enfin, pas chaque soirée comme au début, mais celles des week-ends.

Une brise se leva. Faith regarda le ciel, subitement frappée par l'éclat des constellations.

— Superbe, n'est-ce pas ? lança Travis, remarquant sa fascination.

— Oui. On a du mal à croire que ce sont les mêmes

étoiles qu'à Dallas. Elles semblent tellement plus brillantes ici.

— Rien de tel que les grands espaces pour apprécier la beauté de la nature, observa-t-il.

— Vous passez beaucoup de temps ici ?

— Au Dry Gulch ? Sûrement pas.

— Je suppose que cela va changer à présent que Leif va s'installer ici.

— J'en doute fort.

— A cause de votre relation avec votre père ?

— Exactement. Vous semblez en savoir beaucoup plus sur moi, Faith Ashburn, que je n'en sais sur vous.

— Joni m'a parlé de vous et de Leif, et des raisons qui vous opposent à votre père. Leif a changé d'avis à son sujet. Peut-être que vous finirez par changer d'avis aussi.

— C'est ça, et le Texas va peut-être voter une loi pour interdire aux gens de manger du bœuf.

— Il est déjà arrivé des choses plus étranges.

— Pas de mon vivant, rétorqua Travis. Mais c'était un beau mariage.

— Jamais je n'ai vu Joni aussi heureuse.

— Vous êtes amies depuis longtemps ?

— Huit ans. Nous nous sommes rencontrées dans un cours de psychologie à l'université de l'Oklahoma. Nous avons tout de suite sympathisé.

Ils parlèrent de tout et de rien jusqu'à ce qu'elle repère sa voiture. Elle déverrouilla les portières à l'aide de la télécommande et se tourna vers lui.

— Nous y sommes, annonça-t-elle, soulagée d'avoir un prétexte pour conclure la conversation avant qu'il recommence à lui poser des questions personnelles.

Elle lui lâcha le bras et se hâta vers le véhicule.

Néanmoins, il se maintint à sa hauteur et lui barra le chemin au dernier moment, se postant devant la portière du conducteur.

— Vous savez, Faith, vous êtes beaucoup plus jolie sans tout le maquillage que vous portiez la première fois que nous nous sommes vus.

Faith eut soudain la bouche sèche.

— Je ne comprends pas de quoi vous voulez parler, murmura-t-elle, l'estomac noué. Je ne vous ai jamais vu de ma vie.

— Nous nous sommes croisés il y a quelques mois. Vous n'êtes pas le genre de femme qu'on oublie facilement.

A quel moment avait-il compris ? Au fond, peu importait. Elle haussa les épaules.

— Excusez-moi, mais vous devez me confondre avec une autre.

— Certainement pas.

Il mit la main sur le toit de la voiture et se pencha plus près.

— Permettez-moi de vous rafraîchir la mémoire. Le Passion Bar, il y a quatre mois. Vous étiez en train de draguer au comptoir et un de vos admirateurs s'est emballé.

Elle leva les yeux au ciel.

— Draguer au comptoir !

— Ne jouez pas les ingénues avec moi, Faith. Le Passion Bar n'est pas un endroit où une femme entre seule par hasard. Vous portiez une robe noire extrêmement provocante et une paire de talons rouge sang qui l'était encore davantage. Nous avons parlé. Je vous ai demandé de m'attendre pour que je vous ramène chez vous. Mais vous êtes partie.

— Vous m'avez vraiment confondue avec une autre.

— Non, à moins que vous n'ayez une sœur jumelle. Je me suis renseigné auprès de Joni. Elle m'assure que ce n'est pas le cas.

D'ailleurs, Faith savait qu'elle était une piètre menteuse. Elle avait deux possibilités pour se débarrasser du policier : lui dire la vérité, ou trouver une version qui s'en approchait.

— Vous avez raison.

Elle baissa les yeux.

— Je suis gênée de l'admettre, mais je suis allée dans ce bar une fois, c'est vrai. Un policier est venu à mon secours quand un ivrogne m'a importunée. Il faut croire que c'était vous.

— Oui. Apparemment, on m'oublie facilement. Alors, pourquoi avoir nié ? Pour autant que je sache, vous n'avez rien fait d'illégal ce soir-là.

— Absolument pas. Ni ce soir-là ni les autres. C'est juste que je préfère que Joni ne sache pas que je me suis conduite d'une manière aussi idiote.

— Non seulement idiote, mais dangereuse, déclara Travis. Pourquoi étiez-vous là ?

— J'écrivais un article sur l'augmentation du nombre de clubs pour messieurs à Dallas. J'ai décidé que je devais en visiter au moins un pour étayer mes recherches.

— Habillée comme ça ?

— J'ai pensé qu'avec cette tenue je passerais inaperçue.

— Aucun risque. Ces escarpins rouges à eux seuls garantissaient qu'on allait se jeter sur vous.

Au moins, elle lui avait fait de l'effet, songea-t-elle. Mais quelle importance ?

— J'aimerais bien lire cet article, reprit-il. C'était pour un magazine ?

— Oh ! En fin de compte, la rédaction a décidé de ne pas le publier.

— Tout ce travail pour rien.

— C'est un risque quand on travaille en free-lance.

La remarque sonna creux à ses propres oreilles. Elle était trop nerveuse. Et elle n'avait jamais écrit un seul article de sa vie.

— Je croyais que Joni m'avait dit que vous étiez employée au service du personnel d'une chaîne de grands magasins.

— Je suis administratrice mais je travaille en free-lance à l'occasion.

— Vous mentez très mal.

Faith se résigna. Elle allait devoir rester plus proche de la vérité si elle voulait persuader Travis de la croire.

— D'accord, je n'étais pas là pour écrire un article. Une amie à moi était inquiète pour sa fille. Elle avait entendu des rumeurs disant qu'elle était danseuse dans ce bar. J'ai proposé d'aller voir par moi-même si c'était vrai.

— Vous rendiez service à une amie.

— Oui. Ecoutez, Travis, je sais que votre instinct de policier s'emballe. Mais vous faites fausse route. Je suis allée dans cette boîte de strip-tease une seule fois. Je ne cherchais pas de boulot, je n'essayais pas de racoler des clients. J'ai trente-cinq ans, enfin ! Je suis bien trop vieille pour vendre mon corps même si j'en avais envie. Fin de la discussion.

— Pas tout à fait, non. Si jamais je découvre que vous avez exposé ma nièce à la drogue, à l'alcool ou à tout autre vice, je dirai tout à Joni et je veillerai à ce que vous n'approchiez plus d'Effie.

Travis Dalton était non seulement arrogant, mais autoritaire. Sa conduite aurait exaspéré Faith si elle n'avait pas aussitôt compris qu'il essayait de protéger sa nièce. Si seulement ses collègues avaient eu la même attitude envers Cornell !

Elle éprouva l'envie soudaine de tout lui avouer, avant de se raviser aussitôt. Pourquoi serait-il différent des autres policiers à qui elle avait eu affaire ?

Non. Sa décision était prise. Si elle voulait retrouver Cornell, il fallait qu'elle emprunte une autre voie. C'était chose faite. Maintenant, elle attendait la décision d'un homme qu'elle ne connaissait que sous le nom de Georgio.

— Vous n'avez pas à vous inquiéter pour Effie.

— Tant mieux.

Il ouvrit la portière. Elle se faufila à l'intérieur et s'installa au volant.

— Bonne nuit, Travis.

— Une dernière chose…

Elle leva la tête juste au moment où il se penchait en avant. Leurs visages n'étaient qu'à quelques centimètres l'un de l'autre. Une odeur masculine de savon et d'après-rasage assaillit les sens de Faith, éveillant en elle une bouffée intense de désir.

Il posa la main sur son épaule.

— Si vous avez des questions à propos des problèmes de votre amie, ou si vous avez besoin de parler de quoi que ce soit, appelez-moi.

Il tira une carte de visite de sa poche et la lui mit dans la main.

Il n'y avait plus aucune menace sa voix. Au contraire, elle était pleine de sollicitude.

— Je ferai tout mon possible pour vous aider, Faith. Vous pouvez avoir confiance en moi.

Enfin, il referma la portière. Elle se hâta de faire marche arrière, des larmes de frustration brûlant ses paupières.

Avoir confiance en lui. Elle aurait tellement voulu pouvoir le croire. Le désespoir l'incitait à faire demi-tour, à prendre Travis Dalton au mot. Ainsi, elle n'aurait pas à voir ce Georgio, cet homme dont le pouvoir l'effrayait, et dont l'univers sordide lui donnait la nausée.

Mais elle avait essayé de faire confiance aux policiers. Elle avait perdu des mois entiers à suivre leurs conseils, gaspillé un temps précieux, sans savoir si Cornell était malade, prisonnier ou même…

Non. Cornell était en vie. Elle le trouverait. Elle était sur la bonne piste à présent. Faire confiance à Travis ne mènerait à rien, si ce n'est à entraîner Joni dans ce cauchemar.

Il vaudrait infiniment mieux qu'elle ne revoie jamais Travis Dalton.

Travis fit quelques pas de côté, s'éloignant du nuage de poussière que le véhicule avait laissé derrière lui. Faith semblait pressée de le quitter. Il faut dire qu'il était un des meilleurs policiers du service en matière d'interrogatoires. Il pouvait flairer un mensonge à cent mètres.

Mais ça, c'était quand le menteur était doué. Et on ne pouvait pas dire que ce soit le cas de Faith Ashburn. Pourtant, il ne parvenait pas à croire qu'elle soit une prostituée ou une droguée à la recherche d'un moyen de satisfaire son addiction. La question restait donc en suspens : pourquoi était-elle au Passion Bar ce soir-là ?

Quel secret hantait ces magnifiques yeux noisette ?

Il retourna à pas lents vers le chapiteau. Il avait perdu l'envie de faire la fête, mais il ne pouvait pas s'en aller sans avertir Leif. Des graviers crissèrent sous ses bottes alors qu'il s'approchait du ranch. La musique flottait dans l'air, se mêlant aux coassements des grenouilles, au chant des grillons et aux cris des coyotes.

Des flots de lumière passaient par les fenêtres du ranch. Travis ne se sentait pas chez lui pour autant, mais curieusement il n'éprouvait plus de rancœur.

Plus stupéfiant encore, il se rendait compte qu'il ne haïssait plus son père autant qu'autrefois, autant qu'avant de le revoir. Il est difficile de haïr un mourant, même s'il s'agit d'un père qui n'a jamais pris la peine de s'inquiéter de votre sort.

Pour autant, il ne ressentait aucune affection envers R.J. et ne tenait pas à le fréquenter, en dépit des efforts qu'il déployait pour l'attirer au ranch.

Justement, le vieil homme apparut au coin de la maison. Il hésita, puis vacilla, comme s'il était sur le point de perdre l'équilibre. Travis se précipita vers lui et le rattrapa juste au moment où il allait s'effondrer.

R.J. leva vers lui un regard absent. Il avait l'air désemparé, le visage blême.

— Tu veux que j'appelle le médecin ? demanda Travis en le prenant par la taille pour le soutenir.

R.J. passa une main dans ses cheveux clairsemés.

— Un médecin ?

— Tu as failli perdre connaissance.

— Où est Gwen ?

C'était la première fois que Travis entendait parler d'une Gwen.

— Je ne sais pas. Laisse-moi te raccompagner à l'intérieur.

R.J. marmonna un juron.

— Va chercher Gwen. Et dis à tous les autres de rentrer chez eux. Je ne sais pas ce qu'ils fabriquent ici, d'ailleurs.

Sa voix était pâteuse, confuse. Cependant, Travis ne percevait aucune odeur d'alcool dans l'haleine de son père. Son état devait être lié à la tumeur qui le rongeait.

Leif l'avait averti que R.J. avait parfois des absences, mais pas au point de perdre la tête. Peut-être la maladie progressait-elle plus rapidement qu'ils ne le pensaient.

Travis regarda autour de lui, espérant voir quelqu'un qui en saurait plus long que lui sur l'état du vieil homme. Mais il n'y avait personne en vue. Apparemment, tout le monde était encore sous le chapiteau.

— Entrons dans la maison, répéta-t-il, guidant son père vers le porche ouvert qui faisait le tour du ranch. Gwen est peut-être à l'intérieur.

Il avançait lentement, soutenant le vieillard.

— On y est presque.

Quand ils arrivèrent au pied des marches, ce dernier mit la main sur la rampe.

— Reprends ton souffle un instant, conseilla Travis.

R.J. secoua la tête et se redressa, encore un peu désorienté. Il jeta un coup d'œil en arrière, vers le chapiteau où la fête battait son plein, puis regarda Travis, comme s'il essayait de comprendre ce qui se passait.

— Je t'ai arraché à la fête ?

— Pas du tout. J'ai raccompagné quelqu'un à sa

voiture et je suis tombé sur toi derrière la maison. Tu avais l'air d'avoir besoin d'aide.

R.J. se gratta le menton.

— Saloperie de tumeur. Elle va me rendre fou. Je ne sais plus où j'en suis.

— Tu veux que je t'emmène aux urgences ?

— Sûrement pas. Ils ne peuvent rien faire, de toute façon. Je vais juste rentrer et m'asseoir un instant. Dis-le à Leif, mais seulement si tu le croises. Je ne veux pas qu'il se fasse du souci alors qu'il devrait faire la fête.

— Tu veux que je demande à quelqu'un de venir ? Tu ne devrais pas rester seul.

— Non. La tumeur va me tuer, c'est un fait, mais ce n'est pas elle qui doit régenter ma vie. Ça va, maintenant. Retourne là-bas avant que ta jolie cavalière n'ait trouvé un autre gars.

Apparemment, quand R.J. était lucide, rien ne lui échappait.

— Si tu veux parler de Faith Ashburn, elle est déjà partie.

Sans doute pour aller retrouver un autre homme. Il espérait que ce ne serait pas un type qu'elle avait ramassé à proximité du Passion Bar.

— Viens, je vais rentrer avec toi. Pas parce que je pense que tu as besoin d'aide, ajouta-t-il avant que R.J. ait pu refuser son offre, mais j'ai envie de boire un verre d'eau. Ensuite, j'irai chercher Gwen.

— Gwen ?

— Tu as demandé après elle il y a une minute.

— Moi ?

— Toi.

— Sans blague ? Autant que je sache, il n'y a pas de Gwen dans le coin.

Le vieil homme avait recouvré son état normal. Une fois à l'intérieur, il gagna seul la cuisine, ouvrit le réfrigérateur et sortit une bouteille de lait. Travis prit un verre dans le placard et le posa devant lui.

— Merci. Tu veux boire un verre avec moi ? Il y a de la bière ou du whisky quelque part, ou alors de l'eau du robinet.

Tenir compagnie à son père comme s'il était un vieil ami ne tentait guère Travis.

— Une autre fois. Si tu te sens mieux, il faut que j'y aille.

— Je vais bien, ne t'en fais pas. Retourne à la fête. Tu sais, c'était important pour ton frère que tu sois là.

— Je n'aurais jamais manqué son mariage.

Leif était sa seule famille. Rencontrer son père n'avait rien changé à cela.

— Prends soin de toi, ajouta-t-il.

Travis se détourna et sortit, impatient de s'en aller avant que R.J. ne commence à parler famille ou à évoquer le testament étrange qu'il avait fait.

— Merci, fiston, lança-t-il dans son dos.

Travis ne s'arrêta pas et ne se retourna pas non plus. Malgré tout, le mot résonna dans sa tête, remuant des souvenirs douloureux alors qu'il refermait la porte derrière lui. Des souvenirs qu'il avait refoulés tout au fond de sa mémoire des années auparavant, et qu'il ne permettrait pas à son père de réveiller.

Ce soir, il avait accompli une chose importante en plus d'avoir fait son devoir auprès de Leif : il avait appris le nom de la femme du Passion Bar.

Dès le lendemain, il mènerait sa propre enquête sur Faith Ashburn — ce qui le plongerait peut-être dans une nouvelle série de problèmes.

S'il découvrait qu'elle n'était pas aussi innocente qu'il l'espérait, et qu'elle était impliquée dans des affaires illégales, il n'aurait d'autre choix que de l'arrêter.

Et si Joni l'apprenait et demandait à Leif de lui expliquer pourquoi son frère avait arrêté sa demoiselle d'honneur, la lune de miel risquait d'être mouvementée.

Faith enfila un T-shirt en coton et se glissa entre les draps bien frais. Sa maison, autrefois si douillette, lui semblait plus solitaire encore que d'ordinaire.

Peut-être à cause du contraste entre l'avenir radieux, plein d'amour et de bonheur, qui s'étendait devant Joni et Leif et le chagrin qui transpirait de ces murs, son désespoir était presque insupportable.

Elle avait tellement peur pour Cornell qu'elle pouvait à peine respirer. Des récits épouvantables défilaient dans son esprit. Des histoires d'enlèvements, de victimes séquestrées, parfois pendant des années. Maltraitées. Torturées. Tuées.

Un frisson la parcourut. Comprenant qu'elle ne parviendrait pas à trouver le sommeil, elle abattit son poing sur l'oreiller et se résigna à tendre la main vers le flacon de tranquillisants que le médecin lui avait prescrits.

Elle prit deux comprimés et les avala avec une gorgée d'eau. Puis elle éteignit la lampe et se rallongea, les yeux fixés sur le clair de lune voilé qui filtrait à travers les vitres. Dehors, les branches du chêne s'agitaient et craquaient dans le vent, projetant des ombres étranges sur le plafond.

Elle se mit à compter à rebours, s'efforçant d'engourdir son esprit pour trouver le repos, mais ses pensées se tournèrent vers Travis. Elle avait du mal à comprendre l'attirance immédiate qu'elle avait éprouvée pour lui. Certes, il était assez séduisant pour capturer l'attention de n'importe quelle femme, à plus forte raison d'une femme qui n'avait pas eu de relation avec un homme depuis plus de deux ans.

Cependant, il exerçait sur elle une fascination qui dépassait la simple attraction physique. Elle admirait sa force. Sa détermination. Sa volonté de protéger sa nièce.

Il avait affirmé qu'elle pouvait lui faire confiance. Elle avait tellement voulu le croire qu'elle avait eu toutes les peines du monde à ne pas rebrousser chemin au bout d'un quart d'heure.

Mais elle avait déjà parlé aux policiers. Et ils avaient un point de vue borné sur la situation. Son fils avait quitté la maison. Ses amis avaient suggéré qu'il se droguait. Il avait été vu dans des quartiers mal famés de la ville et dans une boîte de strip-tease où il paraissait prendre du bon temps.

Conclusion : rien de suspect dans sa disparition.

La police avait peut-être raison jusqu'à un certain point, mais elle connaissait Cornell. Même s'il avait cédé à la pression de ses pairs et fumé quelques joints, il ne se droguait pas. Et, à supposer qu'il ait accompagné des copains lors d'une virée nocturne, seul un terrible événement aurait pu l'empêcher de rentrer à la maison.

Le ciel avait commencé à s'éclaircir lorsque le sommeil l'emporta enfin.

Elle fut réveillée par la sonnerie stridente du téléphone. Son cœur se mit à battre follement, comme chaque fois qu'elle recevait un appel imprévu, et elle se hâta de décrocher, renversant le verre d'eau sur sa table de nuit dans sa précipitation. Le liquide lui éclaboussa le bras alors qu'elle portait le récepteur à son oreille.

— Allô ?

— Maman…

3

Le cœur de Faith cogna de plus belle. Le souffle coupé, elle se redressa, luttant pour articuler un son malgré le nœud qui s'était formé dans sa gorge.

— Cornell, c'est toi ? C'est bien toi ?

— Oui, maman, c'est moi.

— Où es-tu ? Comment vas-tu ?

— Ça va. Seulement…

— Dis-moi où tu es, Cornell. Je viendrai te chercher. Tu n'as qu'à me dire où tu es.

— Je ne peux pas, maman.

— Tu as eu des crises ? Tu prends tes médicaments ?

— J'ai un nouveau traitement. Il y a des mois que je n'ai pas fait de crise.

Sa voix tremblait.

— Je suis désolé. Tellement dés…

Il se tut brusquement. Des éclats de voix parvinrent en arrière-fond. Puis la communication fut coupée.

— Cornell ! Cornell ! répéta-t-elle, mais seul un bourdonnement lui répondit.

Une vague de nausée l'envahit.

— Rappelle-moi. Je t'en prie, Cornell, rappelle-moi, murmura-t-elle.

Le téléphone demeura muet.

Faith tenta de rappeler le numéro duquel Cornell avait téléphoné, en vain. Elle avait l'impression qu'un étau lui enserrait les tempes. Prise de vertige, elle enfouit la tête dans ses mains.

Venait-elle de faire un cauchemar ou avait-elle réellement entendu la voix de son fils ?

Bien qu'elle soit en état de choc, il n'y avait aucun doute dans son esprit. L'appel avait bel et bien eu lieu. Des larmes naquirent au coin de ses yeux, puis roulèrent sur ses joues.

Cornell était en vie. Enfin, cette prise de conscience s'imposa à elle. Son fils était vivant.

Où était-il et de quoi pouvait-il bien s'excuser ? D'avoir pris de la drogue ? D'avoir abusé d'alcool ? Choisissait-il de ne pas revenir parce qu'il craignait qu'elle ne soit furieuse contre lui ? Si c'était aussi simple que cela, qui avait proféré ces jurons en arrière-fond ? Qui avait fait peur à Cornell au point qu'il avait coupé la communication au beau milieu d'une phrase ?

Il n'était pas seul, et la personne qui était avec lui contrôlait ses actions.

Diverses possibilités se profilaient, chacune trop effrayante à envisager.

Il devait pourtant y avoir moyen de savoir d'où cet appel provenait. Si elle savait où Cornell se trouvait, elle pourrait lui venir en aide. Le ramener à la maison.

Cet incident prouvait qu'il était prisonnier, ou, du moins, qu'on faisait pression sur lui. Même la police de Dallas ne pourrait le nier.

« Appelez-moi. Vous pouvez avoir confiance en moi. »

Les paroles de Travis résonnèrent dans sa tête. Devait-elle se fier à lui ou à Georgio ?

Officiellement, c'était le jour de congé de Travis. Néanmoins, quand il arriva au poste à 7 heures du matin, personne ne parut particulièrement surpris de le voir. La brigade criminelle n'obéissait pas à des horaires réguliers.

Pas plus que les criminels.

Jewel Sayer arqua un sourcil comme il passait devant son bureau.

— Je croyais que tu faisais la fête à Oak Grove ce week-end…

— Je suis resté assez longtemps pour assister au mariage de mon frère.

— Quoi ? Il n'y avait pas de filles sexy à la soirée ?

— Pas aussi sexy que toi, Jewel.

— Tu ne peux pas me comparer au commun des mortels, Travis. Il va falloir que tu te résignes à trouver quelqu'un à ton niveau.

— C'est ce que tu n'arrêtes pas de me répéter.

Agée d'une trentaine d'années, Jewel était tout sauf une reine de beauté. Elle avait un visage carré, encadré de cheveux bruns, raides, coupés court. Elle dissimulait ses formes sous des T-shirts en coton sans fantaisie, portait des pantalons trop larges, et semblait ne jamais avoir entendu parler du maquillage.

En revanche, c'était une enquêtrice hors pair, capable de tirer plus d'informations d'un indice apparemment sans valeur que la plupart des policiers chevronnés avec qui elle travaillait. De plus, elle avait un instinct sûr. Et un mari qui l'adorait.

Travis se remplit une tasse de café brûlant et l'emporta dans son bureau. Il se laissa tomber sur son siège, puis tapa les mots Faith Ashburn dans la banque de données de la police de Dallas.

Quelques gorgées de café plus tard, son nom apparut. Elle avait signalé une disparition le 25 juin précédent, environ dix mois plus tôt. Autrement dit, environ six mois avant qu'il ne la rencontre au Passion Bar.

Il ouvrit le document qu'elle avait complété. La personne disparue était son fils de dix-huit ans, Cornell Keating Ashburn, un lycéen qui venait d'entamer sa dernière année d'études secondaires.

D'après le rapport, Cornell connaissait certaines difficultés à l'école. On le décrivait de nature sociable, mais influençable. Par ailleurs, il était sujet à des malaises et son traitement exigeait qu'il prenne des médicaments quotidiennement.

Le jour de sa disparition, Faith Ashburn était allée travailler de bonne heure, alors que Cornell était encore au lit. A son retour, elle avait trouvé un message de son fils, lui expliquant qu'il était sorti avec des amis du quartier, qu'il passerait peut-être la nuit chez son copain Jason, mais qu'il l'appellerait plus tard pour le lui confirmer.

Il n'avait jamais appelé. Il n'était jamais rentré. Il n'était jamais allé chez Jason.

Voilà qui expliquait le regard tourmenté de Faith.

En y réfléchissant, Travis se souvint que Leif l'avait interrogé quelques mois plus tôt sur les résultats obtenus par la police dans les affaires de disparition. Travis avait affirmé que ses collègues étaient rigoureux et efficaces. Sans doute Joni lui avait-elle parlé du fils de Faith.

Travis imprima le rapport, ainsi qu'une série de notes rassemblées par l'inspecteur chargé du dossier, Mark Ethridge. Celui-ci dirigeait l'unité chargée des disparitions et semblait s'être penché personnellement sur le cas de Cornell. Il était un des meilleurs policiers dans ce domaine.

Travis parcourut les notes, mémorisant rapidement les détails les plus pertinents. Faith et le père de Cornell étaient divorcés. Ce dernier était décédé deux ans auparavant d'un accident du travail, par conséquent, Cornell ne s'était pas enfui pour aller le retrouver. Sa grand-mère maternelle vivait à Seattle, son grand-père maternel, à Waco. Ni l'un ni l'autre n'avaient vu Cornell depuis des années, pas plus que ses grands-parents paternels. Ethridge avait vérifié cela scrupuleusement.

Faith avait contacté tous les amis de Cornell. Aucun d'eux ne l'avait vu le jour de sa disparition.

Ses vêtements étaient encore dans son placard, à l'exception du jean, du T-shirt et des baskets qu'il portait ce jour-là. Son iPad et son ordinateur étaient restés dans sa chambre. Seul son téléphone manquait à l'appel. Faith l'avait appelé maintes et maintes fois sans jamais obtenir de réponse.

Pas étonnant qu'elle craigne le pire.

Bien sûr, il était possible que le jeune homme ait décidé de tout plaquer et de faire une fugue. A dix-huit ans, il en avait le droit. En effet, aux yeux de la loi, il était un adulte qui pouvait vivre où bon lui semblait.

Travis termina son café, puis se pencha de nouveau sur les notes d'Ethridge. Il n'y avait pas de conclusion, puisque l'enquête était toujours en cours. Néanmoins, la situation paraissait peu encourageante. Faith avait eu beau affirmer que son fils n'avait pas de problème particulier susceptible de le pousser à s'enfuir, ses camarades de lycée avaient peint un tout autre tableau.

D'après plusieurs d'entre eux, y compris Jason, Cornell

s'était conduit de manière étrange les jours précédant sa disparition. Apparemment, il avait cessé de les retrouver après les cours, déclarant qu'il était occupé.

Ethridge avait enquêté dans le milieu de la drogue et de la prostitution. Deux strip-teaseuses du Passion Bar avaient reconnu l'adolescent en photo et déclaré l'avoir vu au club deux fois, mais pas depuis sa disparition. L'une affirmait qu'il était amoureux d'une danseuse.

Georgio lui-même reconnaissait l'avoir vu. Selon lui, il avait surpris un geste déplacé de Cornell envers une de ses employées et l'avait prié de quitter les lieux. Comprenant que le jeune était mineur, il lui avait conseillé de rentrer chez lui s'il ne voulait pas s'attirer d'ennuis.

Après cela, on perdait sa trace.

Ethridge avait dû relater à Faith ce qu'il avait découvert. Cela expliquait pourquoi elle allait rôder dans le pire boui-boui de la ville. Elle cherchait son fils ou quelqu'un qui pouvait lui dire où il était.

La seule bonne nouvelle, c'était que le corps de Cornell n'avait pas refait surface à la morgue.

Car telle était la réalité à laquelle Travis devait faire face chaque jour. Son coéquipier et lui enquêtaient justement sur cinq meurtres de jeunes gens au cours des dix-huit mois écoulés. Agés de seize à dix-huit ans, tous avaient été abattus d'une balle dans la nuque. Leurs corps avaient été abandonnés dans des ruelles ou jetés dans la Trinity.

Tout d'abord, ces crimes n'avaient guère attiré l'attention. On les avait attribués à des règlements de comptes entre gangs. Tout avait changé avec la découverte de la dernière victime en date, qui appartenait à une famille en vue. Les médias s'étaient jetés dans la mêlée, suggérant qu'un tueur en série sévissait dans la région de Dallas, et avaient déclenché l'émoi de la population.

Ni Travis ni son coéquipier, Reno Vargas, ne croyaient que les meurtres soient dus au hasard. De fait, ils étaient persuadés que le commanditaire n'était autre que Georgio. Ce qui leur manquait, c'était la preuve de sa culpabilité.

Quoi qu'il en soit, Faith Ashburn avait toutes les raisons de s'inquiéter.

Travis était sur le point d'aller reprendre du café quand son téléphone vibra. Il le tira de sa poche, regarda l'écran et reconnut avec stupeur le numéro de Faith Ashburn.

Il vérifia sa montre. 7 h 30 tout juste passées. Un dimanche matin. Il espérait qu'elle l'appellerait, mais il ne s'attendait pas à ce qu'elle se manifeste aussi vite. Il doutait fort que ce soit un appel personnel, par conséquent, il devait s'agir de Cornell.

— Inspecteur Travis Dalton. Que puis-je faire pour vous ?

— Travis, ici, Faith.

Il aimait la façon dont elle prononçait son nom. En revanche, il n'aimait pas l'appréhension qui perçait dans sa voix.

— C'est…

Elle marqua une pause.

— Il faut que je vous parle. C'est au sujet de mon fils.

— Cornell ?

— Vous savez qu'il a disparu ?

— Je viens de l'apprendre. Je terminais la lecture du rapport d'enquête.

— Il s'est passé quelque chose.

— Depuis hier soir ?

— Oui.

— Quoi, au juste ?

— Je préfère ne pas en parler au téléphone. En fait, je suppose que je devrais appeler Mark Ethridge, mais je ne suis même pas sûre qu'il n'ait pas classé l'affaire et comme vous m'avez offert votre aide…

— Ne vous inquiétez pas pour ça. J'allais parler du dossier à Ethridge, de toute façon. Quand voulez-vous qu'on se voie ?

— Le plus tôt possible.

— Maintenant, ça vous va ? Que diriez-vous de prendre le petit déjeuner ensemble ?

— Ce serait parfait. Où désirez-vous qu'on se retrouve ?

— Si je passais vous prendre ?

— Dans combien de temps ?

Il tendit la main vers le formulaire qu'elle avait rempli et vérifia son adresse. Un dimanche matin, il ne lui faudrait pas plus de vingt minutes pour y aller.

— Dans une demi-heure, c'est trop tôt ?

— Non, c'est parfait, mais… Travis…

Elle hésita.

— Qu'y a-t-il ?

— Ne dites pas à Joni ou à Leif que je vous ai appelé.

— Ils savent que votre fils a disparu, non ?

— Oui. Leif a même offert d'engager un détective privé pour le retrouver.

— Vous avez refusé ?

— J'en avais déjà engagé un.

Première nouvelle, songea Travis.

— C'est vous qui voyez, dit-il. Vous n'êtes pas obligée de dire à quiconque que vous m'avez contacté si vous ne le souhaitez pas.

— C'est juste que je ne veux pas gâcher leur lune de

miel. Ils ne peuvent rien faire, de toute façon. D'ailleurs, Joni a passé assez de temps comme ça à essayer de me réconforter ces derniers mois.

— Dans ce cas, c'est notre secret, conclut-il. A tout à l'heure.

Il quitta le commissariat et se mit en route. Faith habitait un quartier de petites maisons en briques, proches les unes des autres, entourées de jardinets bien entretenus. Des paniers de basket étaient fixés ici et là au-dessus des portes de garage.

Un jeune homme poussait une voiture d'enfant sur le trottoir étroit. Une jolie femme en short blanc et corsage en coton marchait derrière lui, surveillant un bambin qui pédalait furieusement sur son petit vélo rouge.

Un endroit tranquille, agréable, où il faisait bon élever ses enfants, jugea Travis. A des années-lumière de celui où il avait passé la période qui avait suivi la mort de sa mère. Dans cette zone-là, la plupart des habitations étaient délabrées, et les fusillades, monnaie courante. Son père adoptif, lui, se soûlait avec assiduité.

S'il n'avait pas bénéficié de l'influence de sa mère durant sa petite enfance, et sans les efforts de Leif pour le sauver du ghetto, Travis aurait bien pu suivre le même chemin que les jeunes délinquants qui commettaient la plupart des crimes à Dallas.

Il s'engagea dans une rue secondaire et ralentit, vérifiant le numéro des maisons. Celle de Faith se trouvait au milieu de la rue. La haie était taillée avec soin, et des pots de fleurs encadraient sa porte d'entrée, débordant de capucines et de pensées. En dépit de son chagrin, elle s'occupait de sa maison. Sans doute voulait-elle que tout ait l'air accueillant quand Cornell reviendrait.

Travis se gara dans l'allée et remonta le petit chemin qui menait à la véranda. Faith vint lui ouvrir quelques secondes après qu'il eut sonné. Un sac à la main, elle était visiblement prête à partir.

— Vous êtes ponctuel, observa-t-elle en sortant, sans l'avoir invité à entrer.

— Et loyal. Et je me brosse les dents après chaque repas.

Un léger sourire se dessina sur ses lèvres, mais son regard demeura voilé par l'inquiétude. Son pantalon blanc en toile lui arrivait à mi-jambe, et soulignait la courbe de ses hanches. Elle portait un chemisier couleur taupe ajusté à la taille. Le soleil matinal accentuait les reflets dorés de ses cheveux châtains.

Travis se hâta d'aller ouvrir sa portière et respira son parfum alors qu'elle se glissait à l'intérieur. Une bouffée de désir l'envahit, qu'il réprima aussitôt. Le moment était mal choisi. Leurs relations devaient rester strictement professionnelles — au moins jusqu'à ce que Cornell soit retrouvé.

— Il y a un café dans le centre commercial à quelques rues d'ici, déclara-t-elle. On m'a dit que leurs crêpes étaient excellentes.

— Vous aimez les crêpes ?

— Je les adorais quand j'étais petite. A présent, je me contente d'un café et de quelques toasts. Je ne suis même pas sûre de pouvoir avaler quoi que ce soit ce matin.

— Vous n'avez pas d'appétit ? C'est à cause de cet élément nouveau dont vous vouliez me parler ?

Elle hocha la tête. Une fois de plus, Travis songea qu'elle semblait très jeune. Elle avait déclaré avoir trente-cinq ans, ce qui signifiait qu'elle avait eu Cornell à dix-sept ans. La vie n'avait pas dû être facile pour elle non plus.

— Indiquez-moi le chemin, reprit-il.

L'établissement était exigu, bondé et bruyant. Pas l'endroit idéal pour une conversation sérieuse.

— Pourrions-nous nous asseoir en terrasse ? demanda-t-il à la jeune serveuse.

— Combien êtes-vous ?

— Deux.

— Pas de problème.

Avec un sourire, elle les conduisit vers une table au milieu de la terrasse.

— Et celle-là ? demanda Travis, en lui désignant un endroit plus à l'écart, au fond.

— Comme vous voudrez, mais elle n'a pas de parasol.

En revanche, elle leur donnerait plus d'intimité. Il consulta Faith du regard.

— Cela ne m'ennuie pas d'être au soleil.

La serveuse déposa deux menus devant eux et leur promit de revenir dans quelques minutes.

— Je ne m'étais pas rendu compte qu'il y aurait tant de monde, soupira Faith. Et c'est le seul café que je connaisse à côté de chez moi.

Conscient de son malaise, Travis écarta le menu.

— Je vous écoute. Je ne peux rien faire pour régler le problème avant de savoir de quoi il retourne.

— J'ai reçu un appel de Cornell à l'aube.

Travis la dévisagea, interdit. A priori, c'était une bonne nouvelle. Savoir que l'adolescent était en vie le soulageait d'un grand poids, bien qu'il ne le connaisse pas.

— Qu'a-t-il dit ?

— Qu'il était désolé.

— C'est un bon début. Désolé pour quoi ?

— Il ne l'a pas précisé.

— Où est-il ?

— Je le lui ai demandé, mais il ne m'a pas répondu.

— Il a dû ajouter autre chose pour que vous soyez aussi bouleversée.

— C'est ce qu'il n'a pas dit qui me fait peur, Travis. Ce coup de téléphone était un appel à l'aide. Il faut que je sache où il se trouvait quand il l'a passé. C'est pour cela que je m'adresse à vous.

La serveuse réapparut.

— Vous désirez ?

— Seulement du café pour l'instant, répondit Travis. Noir.

— Pareil pour moi. Avec des sucrettes, s'il vous plaît.

— Quelque chose m'échappe, déclara Travis alors que la jeune femme s'en allait. Il s'est excusé, et pourtant vous pensez qu'il appelait à l'aide. Les deux ne vont pas ensemble. Reprenez tout au début et répétez-moi mot pour mot ce qu'il a dit.

La serveuse revint avec les cafés. Faith mit du sucre dans le sien et le remua lentement, comme si elle essayait de mettre de l'ordre dans ses pensées. Enfin, elle leva la tête et souda son regard au sien.

— Il a dit « maman », murmura-t-elle. J'ai décroché et j'ai entendu « maman ».

Elle prit sa serviette et essuya une larme au coin de son œil droit.

— Je crois que ça m'a mise en état de choc.

Travis s'en voulut de l'obliger à revivre cet instant.

— Après des mois de silence, je comprends que vous ayez été secouée.

— Tellement secouée que je lui ai demandé si c'était vraiment lui.

— Vous n'aviez pas reconnu sa voix ?

— Si, mais il m'a fallu quelques secondes. Mon cœur cognait si fort que j'étais incapable de réfléchir. Je me suis demandé si ce n'était pas un rêve. Mais c'était Cornell. Je le sais.

— Qu'a-t-il dit ensuite ?

— Je lui ai demandé s'il prenait ses médicaments. Il a affirmé que oui, qu'il avait un nouveau traitement. Et puis il a seulement ajouté qu'il était désolé.

— D'avoir quitté la maison ?

— Il n'a pas quitté la maison ! protesta-t-elle, la frustration perçant dans sa voix. Du moins pas de son plein gré. Il n'aurait jamais fait ça. J'ai expliqué à l'inspecteur Ethridge et au détective privé que j'ai engagé qu'il n'avait aucune raison de s'en aller. Je ne crois pas qu'ils m'aient crue, mais une mère connaît son fils. Enfin, je connais Cornell.

Travis se pencha en avant et recouvrit ses mains des siennes.

— Je vous crois, Faith. J'essaie seulement d'avoir une vue d'ensemble de la situation. Ça m'aiderait s'il avait expliqué ce pour quoi il s'excusait.

— Il n'en a pas eu le temps. Quelqu'un s'est mis à jurer en arrière-fond. La communication a été coupée avant qu'il ait pu en dire davantage.

— Cette personne qui jurait, c'était un homme ou une femme ?

— Un homme. J'ai essayé de rappeler le numéro, mais ça n'a pas marché. La société de télécoms n'a pas pu m'aider non plus. Mais vous, dans la police, vous devez avoir le moyen de le retrouver.

— Cornell vous a appelée sur votre téléphone fixe ou sur votre portable ?

— Le fixe. Je peux vous donner le numéro.

— Oui, j'en aurai besoin. J'aimerais aussi jeter un coup d'œil à la chambre de Cornell et à son ordinateur.

— Arsenio l'a déjà fait.

— Qui ?

— Arsenio Gomez, le détective privé que j'ai engagé. Il m'a affirmé qu'il n'y avait rien trouvé qui puisse le conduire à Cornell.

— J'aimerais vérifier quand même.

— Bien sûr. Faites tout ce que vous jugerez utile. Mais, je vous en prie, ne perdez pas de temps.

— Je ferai tout ce que je peux pour vous aider à retrouver Cornell, Faith. Mais d'abord il faut qu'on se mette d'accord sur quelques règles.

Faith planta ses yeux dans les siens, l'air soupçonneux.

— Quel genre de règles ?

— J'attends de vous que vous me disiez la vérité, toute la vérité.

— Je n'ai aucune raison de mentir.

— Non, mais parfois les parents ont du mal à affronter la vérité concernant leurs enfants. Si quelque chose suggère que Cornell se droguait ou qu'il faisait partie d'un gang, je dois le savoir. Pas pour le juger, mais parce que ça peut influer sur la manière dont je mène mon enquête.

Faith dégagea ses mains d'un geste brusque et le foudroya du regard.

— Je sais ce que vous avez lu dans son dossier, Travis, rétorqua-t-elle, les lèvres pincées. Je sais que ses amis ont affirmé qu'il avait été vu au Passion Bar. Cornell n'avait que dix-huit ans. Il a pu prendre de mauvaises décisions, mais il n'était ni un drogué ni un délinquant. Il n'est pas parti de son plein gré et, où qu'il soit, il est détenu contre sa volonté. J'en suis aussi sûre que je m'appelle Faith Ashburn et qu'aujourd'hui est un dimanche.

Bien que sceptique, Travis comprenait son désespoir. Cornell avait pu faire de mauvaises rencontres. Il était bien placé pour savoir que le monde était dangereux.

Ce qui soulevait une autre question.

— Il y a une autre règle.

— Vous avez toujours autant de règles ?

— Tout dépend de l'enjeu.

— Je vous écoute.

— Vous me laissez enquêter. Vous n'allez plus au Passion Bar ou dans d'autres endroits louches.

— Je suis assez intelligente pour ne pas m'attirer d'ennuis.

— Je ne mets pas votre intelligence en doute, mais votre jugement. Je vous ai vue en action, vous souvenez-vous ? Et, même si j'ai nettement plus d'expérience et de muscles que vous, je peux vous assurer que jamais je ne me serais approché de ce bar sans être armé.

— Si cet endroit est aussi dangereux, pourquoi la police n'oblige-t-elle pas Georgio à le fermer ?

Georgio. Entendre ce nom sur les lèvres de Faith suffit à lui donner la nausée.

— Que savez-vous à son sujet ?

— Seulement qu'il est le propriétaire du Passion Bar.

— C'est un monstre. Ne vous approchez pas de lui, Faith. C'est un ordre.

La serveuse vint remplir leurs tasses. Cette fois,

Travis commanda deux œufs au plat, accompagnés d'une saucisse, de pommes de terre et de biscuits. Faith se contenta de demander un toast.

— Si vous me donnez tout de suite le numéro d'où Cornell a appelé, je passerai un coup de fil pour lancer les recherches, reprit-il.

Elle tira un stylo de son sac et griffonna les chiffres sur une serviette.

— Combien de temps faudra-t-il pour savoir d'où il a appelé ?

— Tout dépend. Si la chance est avec nous, nous pourrions le savoir avant d'avoir terminé notre petit déjeuner.

— En quelques minutes ! s'écria-t-elle, le souffle coupé. Cornell pourrait être à la maison pour dîner.

Travis jura intérieurement. Il n'aurait pas dû lui donner de faux espoirs.

— N'y comptez pas trop, répondit-il. Nous allons devoir procéder par étapes. Mais, si nous découvrons d'où venait ce coup de fil, ce sera déjà un gros progrès.

— C'est vrai. Mais si nous savons d'où il a appelé nous devrions pouvoir le trouver.

Travis garda le silence. Il faudrait jouer serré. Ne pas se lancer tête baissée sans savoir à quoi ils avaient affaire. Si Cornell était réellement détenu contre sa volonté, une erreur stupide pourrait déboucher sur une tragédie.

A ce stade, il ne pouvait qu'espérer que Cornell Ashburn ait soudain acquis un penchant pour l'indépendance, les femmes et les drogues, et qu'il ait quitté la maison familiale pour satisfaire ses désirs.

Il ne serait certainement pas le premier jeune homme à faire des frasques. Travis était bien placé pour le savoir.

Après un rapide coup de téléphone au commissariat,

il reporta son attention sur Faith Ashburn. Elle était vraiment jolie, et d'une beauté naturelle. Son sourire, son regard, sa gravité — tout en elle l'attirait.

Il éprouvait en même temps un besoin irrépressible de la protéger et de la connaître mieux. Peut-être était-ce un effet secondaire du mariage de Leif. Avoir vu son frère si heureux avec une femme avait dû lui ramollir le cerveau.

S'il avait un grain de bon sens, il remettrait l'affaire entre les mains de Mark Ethridge et prendrait ses jambes à son cou. Seulement, il pouvait d'autant moins s'y résoudre qu'une question le taraudait : la disparition de Cornell pouvait-elle être liée à celle des quatre jeunes qui s'étaient volatilisés avant d'être retrouvés morts ? Il fallait impérativement que l'enquête progresse avant qu'un autre adolescent perde la vie.

Un autre jeune comme Cornell.

Sur le chemin du retour chez Faith, ni l'un ni l'autre n'évoquèrent de nouveau l'appel. En arrivant, elle le conduisit à la chambre de Cornell, que Travis fouilla avec la même concentration que s'il s'était agi d'une scène de crime.

Il sortit plusieurs cartons rangés au fond de l'armoire. Le premier contenait des chaussures de tennis, deux blousons trop chauds pour le climat de Dallas et une paire de souliers de marche.

— Mon fils adore les activités de plein air, expliqua Faith. Le ski, la randonnée, le rafting, l'équitation. Son oncle possédait un appartement dans le Colorado, où Cornell est allé plusieurs fois avec son père. Il adorait la région, et parlait même de s'y installer un jour.

— Avez-vous contacté son oncle pour savoir s'il était avec lui ?

— Il est mort des suites d'un accident de sports d'hiver voici trois ans. Le père de Cornell s'est tué quelques mois plus tard, sur une plate-forme pétrolière dans le golfe du Mexique. Cornell ne s'en est jamais vraiment remis.

— C'est compréhensible.

De telles épreuves auraient suffi à déstabiliser n'importe qui, songea Travis.

— Quel âge avait-il lorsque vous avez divorcé ?

— Dix ans. C'est à cette époque-là que j'ai rencontré Joni. Il fallait que je trouve du travail, alors j'ai repris mes études.

La sonnerie du téléphone interrompit la conversation. Faith porta une main à sa poitrine et s'empressa de décrocher. Travis la suivit, puis, lorsqu'il fut certain que Cornell n'était pas à l'autre bout du fil, retourna seul dans la chambre.

Il reprit ses recherches, sans succès. La chambre était celle d'un adolescent typique : il trouva des gants de base-ball, des jeux vidéo, des bandes dessinées. Quelques trophées de natation obtenus à l'école primaire.

Rien qui offre le moindre indice quant à savoir où Cornell avait pu aller et pourquoi. Travis s'apprêtait à les remettre à leur place quand il remarqua une boîte plus petite, tout au fond du placard. Il s'en empara, l'ouvrit et jeta un coup d'œil à l'intérieur.

Des revues pornographiques. Il y en avait huit au total, et Cornell avait pris soin de les cacher, ce qui n'avait rien d'étonnant. Les garçons de dix-huit ans confiaient rarement leur intérêt pour ce genre de littérature à leur mère. Mais, s'ils voulaient retrouver l'adolescent, ils devaient voir la réalité en face.

Il passa la tête par l'entrebâillement de la porte.

— Faith, pouvez-vous venir un instant, s'il vous plaît ?

Elle arriva quelques secondes plus tard, à bout de souffle après avoir grimpé les marches quatre à quatre, les yeux pleins d'espoir.

Travis chercha en vain quelque chose à dire pour atténuer le choc qu'il allait lui causer. Il n'avait jamais été très doué pour tourner autour du pot. En fin de compte, il se contenta de déposer le carton sur la table.

— Cela explique peut-être qu'il soit allé au Passion Bar.

Faith regarda les magazines, visiblement atterrée.

Au même moment, le téléphone portable de Travis se mit à vibrer.

Un coup d'œil à l'écran lui confirma que l'appel émanait du commissariat.

Les nouvelles n'étaient pas bonnes.

4

Envahie par la nausée, Faith s'assit sur le bord du lit, s'efforçant de se ressaisir.

Apparemment, Cornell n'était pas aussi innocent qu'elle l'avait cru. Cependant, il était naturel qu'il éprouve les mêmes besoins physiques que les jeunes gens de son âge. Ces magazines n'expliquaient pas sa disparition.

Pas plus que le coup de téléphone interrompu. Ni le fait qu'il n'avait pas rappelé.

Malgré tout, elle était irritée qu'il lui ait fallu dix mois pour découvrir que son fils cachait des revues pornographiques dans sa chambre. Certes, cela n'aurait sans doute pas aidé la police à le retrouver plus vite. Mais que se passait-il d'autre dans sa vie qu'elle ignorait ?

Etait-il donc devenu un homme sans qu'elle s'en aperçoive ?

Faith leva les yeux, prenant soudain conscience de la gravité qui perçait dans la voix de Travis. Cette conversation concernait-elle Cornell ou une autre de ses enquêtes ?

Elle étudia le profil de son visage hâlé. Ses sourcils étaient aussi noirs que ses cheveux. Il avait des traits décidés, un menton volontaire.

Il ne possédait pas une beauté classique, mais c'était le genre d'homme qu'on remarquait. L'archétype de la force et de la virilité. Il inspirait confiance. Elle eut soudain la conviction que, si quelqu'un pouvait retrouver Cornell, ce serait Travis Dalton.

Se berçait-elle d'illusions ? Son désespoir lui faisait-il imaginer des qualités qu'il ne possédait pas ? Elle n'avait pas le droit de se tromper.

— Mauvaises nouvelles ? demanda-t-elle lorsqu'il eut mis fin à la communication.

— Disons qu'elles pourraient être meilleures.

— C'est au sujet de Cornell ?

— J'en ai peur.

Une bouffée d'angoisse submergea Faith.

— On a pu savoir d'où venait l'appel ?

— Oui et non.

— Qu'est-ce que ça veut dire ?

— Nous avons une zone générale, pas spécifique.

— Mais c'est mieux que rien, non ?

— C'est une zone très vaste et indéfinie. L'appel émanait du Texas, quelque part au sud de San Antonio. Par contre, le téléphone utilisé avait été acheté au Mexique. Par conséquent, Cornell pourrait se trouver d'un côté ou de l'autre de la frontière.

— La société n'a pas l'adresse de l'abonné ?

— Le numéro n'a pas d'abonné. C'était un de ces téléphones qu'on peut acheter avec un certain nombre de minutes prépayées.

— Alors, tout ce que nous savons, c'est que Cornell est à proximité de la frontière du Mexique, murmura-t-elle, l'estomac noué.

Les villes frontalières étaient connues pour abriter des cartels de drogue particulièrement violents, surtout du côté mexicain. Le nombre de meurtres y avait tant augmenté que rares étaient les Américains qui s'y aventuraient. On racontait que la plupart des policiers étaient soit corrompus, soit trop terrifiés pour s'acquitter de leur mission. Elle se souvint que Cornell et elle avaient regardé une émission de télévision à ce sujet l'année précédente. Il avait été révolté par l'idée que des bandes criminelles puissent ainsi imposer leur loi sur d'honnêtes citoyens.

— Cornell ne serait jamais allé là-bas tout seul, murmura-t-elle. Il a été enlevé, Travis. J'en suis plus convaincue que jamais. Il faut que je le retrouve, même si ça veut dire qu'il faut que je me rende au Mexique.

La panique était perceptible dans sa voix. Travis repoussa le carton de magazines et s'assit à côté d'elle.

— Je sais à quel point vous avez peur, Faith, mais, croyez-moi, aller là-bas ne résoudra rien. Au contraire, vous pourriez vous mettre en danger.

— Que faire alors, Travis ? Dois-je rester ici les bras ballants pendant qu'on me fait d'interminables promesses ? Dois-je attendre qu'on vienne me dire que mon fils...

Un frisson la parcourut des pieds à la tête. Les larmes lui brûlèrent les paupières et se mirent à rouler sur ses joues.

Travis passa un bras autour de ses épaules. Elle fit mine de se dégager, mais le chagrin l'emporta sur sa détermination. Instinctivement, elle se laissa aller contre lui, secouée par les sanglots.

Travis attendit en silence qu'elle ait épuisé ses larmes et qu'elle se soit ressaisie. Même alors, il ne fit pas mine de retirer son bras.

Elle se redressa. Des paroles. Voilà tout ce que la police lui avait offert depuis dix mois. Pourquoi s'était-elle imaginé que Travis serait différent ?

— J'ai des contacts de part et d'autre de la frontière, Faith. Je vais leur parler, promit-il. Ils savent comment s'y prendre et à qui poser des questions.

— Pourquoi vos collègues ne l'ont-ils pas déjà fait ?

— Je suis sûr qu'ils ont essayé, mais je vais faire pression pour que les choses avancent plus vite. Donnez-moi quarante-huit heures. Si nous n'avons pas de piste d'ici là, j'irai sur place moi-même.

Faith traversa la chambre, puis se retourna vers lui.

— Il pourrait arriver n'importe quoi en quarante-huit heures.

— Il aurait pu arriver n'importe quoi au cours des dix derniers mois, rétorqua-t-il. Mais vous avez entendu la voix de Cornell. Vous savez qu'il est en vie, et il ne vous a pas dit qu'il était en danger.

— S'il n'était pas retenu contre sa volonté, il serait rentré à la maison ! Je ne sais pas pourquoi vous ne voulez pas comprendre ça.

— J'essaie, Faith. Croyez-moi, je considère tous les angles possibles dans cette affaire. Je voudrais emporter l'ordinateur de Cornell pour voir si je peux en tirer d'autres informations.

— Vous perdez votre temps. L'inspecteur Ethridge et le détective Gomez ont déjà tout vérifié sans succès. Il n'y avait rien de suspect dans ses e-mails ni dans ses pages sur les réseaux sociaux.

— Je voudrais faire des recherches un peu plus approfondies. La police de Dallas emploie un des meilleurs spécialistes du pays en matière d'informatique. Il m'a aidé à élucider plusieurs affaires de meurtre.

— Qu'espérez-vous découvrir ?

— C'est l'inattendu qui fournit parfois le plus d'informations.

Travis semblait sincèrement déterminé à traiter la disparition de Cornell comme une priorité. Mais pourquoi ? Il faisait partie de la brigade criminelle. Les personnes disparues n'étaient pas de son ressort.

— Pourquoi tant de ferveur, Travis ? Ce n'est pas votre travail. Pas votre responsabilité.

— Disons qu'une amie de ma belle-sœur est aussi mon amie. Et, d'après ce que je sais, vous êtes comme une sœur pour elle. Vous faites quasiment partie de la famille.

— Pourtant, vous n'êtes pas très famille. Vous ne reconnaissez même pas votre père comme en faisant partie.

— C'est vrai, déclara Travis. Vous allez juste devoir croire que je fais partie des gentils.

Etrangement, elle le croyait, sans être pour autant convaincue qu'il comprenait l'urgence de la situation. Son instinct lui soufflait que l'appel de Cornell reflétait sa peur. Il avait pris un risque en lui téléphonant, et quelqu'un l'avait entendu. Chaque seconde comptait.

— Vous me tiendrez au courant dès que vous aurez du nouveau ? demanda-t-elle alors qu'ils redescendaient les marches.

— Promis. Pareil pour vous. Si Cornell vous rappelle, avertissez-moi immédiatement.

— Bien sûr.

Travis s'arrêta au pied de l'escalier.

— J'ai quelques autres questions à vous poser, mais je reviendrai. Je vais commencer par appeler mes contacts.

Toutes ces choses-là auraient dû être faites dès le début,

songea Faith avec amertume. Cornell avait été oublié, voilà tout. Pourvu que, cette fois, ce soit différent !

Travis tiendrait-il parole ? Avait-elle suffisamment confiance en lui pour annuler le rendez-vous que Georgio lui avait fixé le lendemain ? Les individus dans son genre ne s'embarrassaient pas de règles, mais ils étaient efficaces. Du moins était-ce l'impression qu'elle avait eue chaque fois que son nom avait été mentionné.

Travis franchit le seuil. Puis, prenant appui sur le chambranle, il se pencha vers elle.

Un frisson de désir la traversa, semant le trouble en elle. Sa réaction à la proximité de Travis était inopportune, presque effrayante. Elle avait trente-cinq ans, elle avait été mariée, elle était divorcée. Son fils avait disparu et il était sans doute en danger. Elle n'avait pas pour habitude de tomber amoureuse d'hommes qu'elle venait de rencontrer.

Elle était à bout de nerfs, voilà tout.

— Souvenez-vous des règles, dit-il. Ne vous exposez pas au danger. Laissez-moi me charger de l'enquête.

— Alors, trouvez mon fils.

Elle recula d'un pas, s'obligeant à se focaliser uniquement sur Cornell. Pourtant, alors qu'elle suivait Travis du regard jusqu'à sa voiture, elle ne put s'empêcher d'imaginer ce qu'elle éprouverait au creux de ses bras.

Un peu de mayonnaise coula du sandwich et tomba sur le plan de travail en granit. Faith attrapa une serviette en papier et l'essuya machinalement. Depuis la disparition de Cornell, elle avait pris l'habitude de manger debout, ce qui lui permettait d'éviter de regarder sa place vide en face d'elle à table.

Elle prit une autre bouchée de sandwich, puis le mit à la poubelle. Autrefois, le dimanche soir était un de ses moments préférés. Peu après le divorce, Cornell et elle avaient décidé d'un commun accord de le consacrer à la famille. A de rares exceptions près, ils passaient toujours la soirée ensemble.

Ils commandaient des pizzas au pepperoni — que Cornell affectionnait — et s'installaient devant un film. La plupart du temps, c'était Cornell qui le choisissait, de sorte que, ces dernières années, elle avait regardé une foule de courses-poursuites, d'explosions, de bagarres entre héros et méchants. Ce n'était pas son genre de films, mais ces instants de détente partagés avec son fils valaient la peine qu'elle les supporte.

Son téléphone se mit à sonner. Une bouffée d'espoir l'envahit tandis qu'elle décrochait.

— Allô ?

— Salut, c'est moi, Joni.

Ravalant sa déception, Faith s'efforça d'adopter un ton dégagé.

— Hé, tu es en pleine lune de miel. Pourquoi perds-tu ton temps à m'appeler ?

— Je voulais encore te remercier d'avoir été ma demoiselle d'honneur hier.

— Je t'en prie. C'était une cérémonie magnifique.

— Oui. Je suis tellement heureuse de faire partie du clan des Dalton. Dès que la maison sera terminée, il faudra que tu viennes passer quelques jours chez nous.

— Avec plaisir. Mais tu n'étais pas obligée d'interrompre ta lune de miel pour m'inviter.

— A vrai dire, j'avais une autre raison de t'appeler. Je voulais savoir comment tu allais.

— Pourquoi est-ce que…

Elle s'interrompit, la lumière se faisant brusquement dans son esprit.

— Tu as dû parler à Travis.

— Il a appelé Leif pour lui dire qu'il allait t'aider à retrouver Cornell.

— C'est tout ?

— Oui. Pourquoi ? Il y a autre chose ?

Joni s'inquiétait déjà à son sujet. A quoi bon mentir à présent ?

— J'ai reçu un appel de Cornell la nuit dernière.

— C'est fantastique ! Tu dois être tellement soulagée de le savoir sain et sauf.

— Je sais qu'il est en vie. En revanche, je ne suis pas sûre qu'il soit en sécurité. S'il n'était pas retenu contre son gré, il serait rentré à la maison. Tu connais Cornell, Joni. Tu sais à quel point nous étions proches.

— Je sais, Faith. C'est pourquoi je t'ai appelée. J'espérais te rassurer.

— Comment le pourrais-tu, à moins que Travis n'ait dit à Leif quelque chose qu'il m'a caché ?

— Je ne sais que ce que Leif m'a répété. D'après lui, Travis est déterminé à retrouver Cornell. Et quand il a une idée en tête on peut considérer qu'il va réussir. J'ai pensé que ça t'aiderait peut-être de l'entendre.

— Merci.

— Fais-lui confiance, Faith. Essaie de dormir ce soir et de ne pas trop t'inquiéter.

— J'essaierai.

Leif avait confiance en son frère. Certes, c'était rassurant, mais, en reposant le téléphone, Faith savait qu'elle n'aurait pas un moment de paix avant d'être face à face avec son fils disparu et de constater par elle-même qu'il était hors de danger.

Et c'était précisément pour cette raison qu'elle se rendrait au Passion Bar le lendemain. Au mépris des règles fixées par Travis, elle se rendrait à son rendez-vous avec le mystérieux individu qui semblait régner sur les bas-fonds de la cité.

Elle était prête à tout pour retrouver son fils.

Et même à enfreindre la loi.

5

Cornell tourna le robinet au maximum, attendit que l'eau soit brûlante, puis s'empara du savon et se frotta vigoureusement les mains. Les yeux rivés sur l'eau qui coulait, il sentit les souvenirs l'assaillir de nouveau.

Le liquide transparent sembla se métamorphoser en flot écarlate. Il avait la gorge si sèche qu'il était incapable de déglutir. Il prit de profondes inspirations, luttant contre la nausée.

Comme le lendemain du meurtre.

Saisi de vertige, il ferma les yeux et s'agrippa au bord du lavabo pour ne pas tomber. Au bout d'un interminable moment, l'affreuse sensation cessa.

Quand Cornell rouvrit les yeux, il ne vit que de l'eau claire. Il ferma le robinet, se sécha les mains avec la vieille serviette usée et sortit de la salle de bains.

— Ça va ? grogna Tom Snyder. Tu ne vas pas piquer une de ces crises, hein ?

Cornell haussa les épaules.

— Qu'est-ce que ça peut vous faire ?

— J'aime pas ça. Elles me fichent la frousse.

— Vous ne les aimez pas ?

Cornell marmonna une bordée de jurons, des mots qu'il n'aurait jamais utilisés devant sa mère.

Non qu'il ait l'habitude de jurer. Cependant, à force de n'entendre que cela, il en prenait l'habitude.

— Et vous croyez que c'est plaisant pour moi ?

— Elles te rendent dingue, évidemment.

— Non, elles ne m'ont jamais rendu dingue, comme vous dites. De toute façon, je ne vais pas avoir de crise.

— Tant mieux. Mais plus de sottises, hein ? Si Georgio savait que tu as téléphoné à ta mère, il te mettrait en pièces.

— Ne vous inquiétez pas. Je ne recommencerai pas.

Entendre la voix de sa mère l'avait étrangement troublé. Il avait éprouvé une telle envie de rentrer à la maison qu'il avait eu toutes les peines du monde à ne pas fondre en larmes. Il avait failli tout lui dire.

Mais à quoi bon ? Ses aveux la détruiraient. Elle essaierait de l'aimer comme elle l'avait toujours fait, mais comment serait-ce possible lorsqu'elle serait au courant ? Et, de toute façon, elle ne pouvait rien y changer.

— Tu veux aller chercher une pizza ? lança Tom. On dirait qu'on va être encore coincés ici ce soir. Il y aura peut-être même quelques distractions, si tu vois ce que je veux dire.

Cornell comprit.

— Je crois que je vais me coucher de bonne heure.

Combien de temps devrait-il encore continuer à vivre avec Tom, sans avoir le moindre contrôle sur son existence ? Certes, il ne pouvait pas rentrer à la maison, mais cela ne signifiait pas qu'il doive être l'esclave de Georgio jusqu'à la fin de ses jours.

Si seulement les choses pouvaient se dérouler selon ses plans…

6

Faith avait rendez-vous avec Georgio à midi mais elle arriva avec un quart d'heure d'avance. Cette fois, elle portait une tenue sobre : un pantalon noir en toile et un chemisier blanc. En dépit de la température clémente, elle avait jeté un cardigan turquoise sur ses épaules. A Dallas, les gens avaient l'habitude d'utiliser la climatisation jusqu'au mois d'octobre.

En descendant de la voiture, elle regarda autour d'elle. Contrairement aux apparences, ces rues pleines de bars et de boîtes de nuit étaient assez sûres. On lui avait dit que, si Georgio veillait à ce que l'ordre règne dans le quartier, c'était surtout parce que la délinquance nuisait à ses affaires. Mais la seule chose qu'elle savait véritablement sur cet homme, c'était qu'il n'était pas facile d'obtenir un rendez-vous avec lui.

Le quartier était un des plus anciens de la ville. Les immeubles d'habitation côtoyaient des commerces qui vivotaient ou qui avaient cessé leurs activités. Les vitrines condamnées étaient décorées de graffiti.

Deux dames âgées inspectaient les légumes sur l'étal d'un petit magasin d'alimentation. Quelques adolescents faisaient du skateboard et zigzaguaient habilement entre les voitures. Un homme brandit le poing et leur cria de s'en aller. Ils se contentèrent de rire et continuèrent leur manège.

Trois hommes d'un certain âge bavardaient, assis sur le banc d'un salon de coiffure. Une femme corpulente, qui balayait le trottoir, lui adressa un sourire amical.

Face aux doubles portes du Passion Bar, Faith hésita un instant, puis entra, la tête haute. Une seule chose comptait pour elle : retrouver son fils.

Une jolie blonde en short noir moulant et débardeur minuscule vint l'accueillir.

— Je suis venue voir Georgio.

L'hôtesse lui accorda un bref coup d'œil, puis rejeta la tête en arrière et contempla son vernis à ongles d'un air indifférent.

— Si vous cherchez du travail, il faut parler à Laney. C'est lui qui engage le personnel, mais il ne sera pas là avant 4 heures.

— Je ne suis pas à la recherche d'un emploi. Je m'appelle Faith Ashburn. J'ai rendez-vous avec Georgio, répondit-elle fermement.

— Dans ce cas, attendez ici. Je vais voir s'il est disponible.

Il avait tout intérêt à l'être, songea Faith. S'il refusait de la recevoir, elle resterait plantée devant la porte de son bureau jusqu'à ce qu'il cède. Pas question qu'elle se laisse éconduire comme c'était arrivé tant de fois ces derniers mois.

La première fois qu'elle avait tenté de parler à Georgio — avant qu'elle sache quoi que ce soit à son sujet, sinon qu'il était le propriétaire de la boîte de nuit où Cornell avait été vu avant sa disparition —, elle l'avait tout simplement abordé et lui avait posé des questions.

Enfin… Elle l'avait surtout accusé d'attirer des jeunes dans son établissement dépravé. Elle lui avait mis la photo de Cornell sous le nez, exigeant de savoir s'il l'avait vu.

Ses gardes du corps avaient surgi de nulle part, aussi efficaces que des chiens de garde. Ils l'avaient escortée jusqu'à la sortie et lui avaient interdit de revenir, allant jusqu'à la menacer de déposer une plainte pour harcèlement.

C'était aussi pour cette raison qu'elle avait commencé à se déguiser en prostituée pour chercher Cornell.

Elle n'avait pas pour autant renoncé à contacter Georgio. Elle lui avait téléphoné une bonne dizaine de fois pour lui demander de lui parler de son fils, en vain. Son assistant, Laney, filtrait ses appels efficacement.

Aujourd'hui, ce serait différent. Georgio lui-même avait pris l'initiative de l'appeler. Apparemment, il avait enfin remarqué les affiches qu'elle collait régulièrement dans le voisinage, et avait dû faire le lien entre le nom de Cornell et celui de la femme qu'il ignorait depuis des mois.

Avec un peu de chance, les efforts qu'elle avait accomplis allaient enfin porter leurs fruits.

Elle suivit l'hôtesse dans un couloir étroit et passa devant une série de portes presque toutes fermées. Arrivée au bout, la jeune femme frappa à l'une d'elles et annonça que Faith était là.

— Faites-la entrer.

La voix était grave. L'homme élégant et bien bâti qui toisa Faith à son entrée était plus jeune que dans ses souvenirs — il devait avoir une cinquantaine d'années — mais non moins intimidant, même en l'absence de ses gardes du corps.

Elle prit une profonde inspiration et soutint son regard.

La vie de Cornell était en jeu. Elle n'allait pas se laisser impressionner.

— Asseyez-vous, madame Ashburn, dit-il en désignant un fauteuil en cuir à côté de son bureau.

Elle s'exécuta en croisant les jambes et observa l'élégant mobilier. Georgio était à l'évidence un homme d'affaires prospère. L'hôtesse s'éclipsa, refermant la porte derrière elle.

Georgio mesurait un bon mètre quatre-vingts, et ses cheveux poivre et sel étaient coiffés avec soin. Ses traits réguliers auraient pu être séduisants, si sa mâchoire carrée et autoritaire ne lui avait pas donné l'air d'un gangster. Une impression que ni son complet coûteux ni sa chemise de qualité ne parvenaient à dissiper.

Il s'assit enfin et la regarda en souriant.

— Alors, que puis-je faire pour vous, madame Ashburn ?

Elle devina qu'il savait exactement pourquoi elle était venue. Il ne semblait pas être le genre d'homme qui appréciait les surprises.

— Mon fils, Cornell Ashburn, a disparu, dit-elle d'une voix légèrement tremblante, comme chaque fois qu'elle prononçait ces mots épouvantables.

— C'est donc vous qui êtes responsable des nombreuses affiches que j'ai vues collées partout dans le quartier.

— Oui. Je suis contente que quelqu'un les ait remarquées. Elles semblent disparaître aussi vite que je les mets. J'offre une récompense de 25 000 dollars en échange d'informations le concernant.

La totalité de ses économies.

Georgio fit un petit pont de ses mains et l'enveloppa d'un regard perçant.

— Dans ce cas, je suis étonné que vous n'ayez pas reçu d'appels.

— Pas un seul.

— Vous m'en voyez navré. La police a-t-elle eu plus de succès ?

— Pas vraiment. Le détective privé que j'ai engagé non plus. Vous êtes mon dernier espoir.

Il arqua les sourcils.

— Comment au juste pensez-vous que je puisse vous aider ?

— Mon fils a été vu au Passion Bar, peu avant sa disparition.

— Vraiment ? Etait-il avec des amis ?

— Non. Apparemment, il était venu seul.

— Etes-vous sûre de ce que vous avancez ?

— La police vous a interrogé et vous a montré sa photo. Vous avez déclaré l'avoir vu vous-même par deux fois au moins. L'une de vos danseuses l'a reconnu aussi, et a affirmé qu'il venait régulièrement depuis quelques mois.

— A quand remontent ces événements ?

— Il y a dix mois.

La surprise se peignit sur les traits de Georgio.

— Pas étonnant que je ne m'en souvienne pas. Je gère non seulement le Passion Bar, mais également deux autres clubs plus fréquentés et plus luxueux que celui-ci. J'ai croisé une foule de jeunes gens depuis.

— Mais ils n'ont pas tous disparu.

— Certes. Pourquoi avez-vous attendu aussi longtemps avant de vous adresser à moi ?

— Je vous ai téléphoné je ne sais combien de fois, rétorqua-t-elle, s'efforçant en vain de dissimuler son agacement. Soit vous n'écoutez pas vos messages, soit vous avez décidé de ne pas me recevoir.

Faith tira un cliché de son sac à main et le lui tendit.

— Cette photo a été prise au lycée l'année dernière, quelques mois avant sa disparition. C'est celle que la police vous a montrée.

Il étudia le cliché.

— Il a l'air d'un jeune homme très bien. Cela dit, s'il fréquentait le lycée, il était trop jeune pour venir au Passion Bar. On ne lui aurait jamais permis d'entrer.

— On n'aurait pas dû, en effet. Vous avez déclaré à l'inspecteur Ethridge que vous vous étiez rendu compte qu'il était mineur et que vous l'aviez mis à la porte.

— Nous respectons la loi.

Il posa la photo sur le bureau.

— J'aimerais pouvoir vous aider, madame Ashburn, mais je n'ai pas vu votre fils. S'il revient, je ne manquerai pas de vous téléphoner. Quel âge a-t-il ?

— Dix-huit ans. Je sais à quoi vous pensez. Mais il n'est pas parti de son plein gré. Cornell n'est pas comme ça. Il…

Elle s'interrompit, la gorge nouée, comme chaque fois qu'elle essayait de parler de son fils.

Elle prit une profonde inspiration.

— Je le connais. Il ne serait pas parti sans un mot.

— Pensez-vous qu'il lui soit arrivé quelque chose ?

— Oui. J'en suis convaincue. Surtout depuis qu'il m'a téléphoné.

Georgio se pencha vers elle, le visage empreint de sollicitude.

— Cornell vous a appelée ?

Elle lui relata brièvement la conversation.

— Je comprends votre inquiétude, Faith. Puis-je vous appeler Faith ?

— Je vous en prie.

Cela signifiait-il qu'il était ému ? Qu'il envisageait de lui offrir son aide ?

Il se leva et contourna le bureau, puis, s'y adossant, il la regarda droit dans les yeux.

— Je vois combien vous êtes peinée, mais pourquoi pensez-vous que je puisse réussir là où la police a échoué ?

— Vous n'êtes pas limité par les contraintes de la loi.

Un sourire satisfait apparut sur les lèvres de Georgio, comme si elle venait de lui adresser un compliment. Eh bien, s'il était sensible à la flatterie, elle pouvait en profiter.

— Je sais que vous êtes riche et puissant, reprit-elle. Et que vous avez de nombreux contacts. Si quelqu'un peut m'aider à retrouver Cornell et à le ramener à la maison, c'est vous.

— Je ne sais pas comment vous êtes parvenue à cette conclusion, Faith, mais je vais vous dire quelque chose. Vous m'êtes sympathique et il est clair que vous êtes rongée par l'inquiétude. Je ne peux rien vous promettre. Cela dit, je vais essayer de me renseigner.

Le cœur de Faith se mit à battre plus vite. Tous ces mois passés à chercher son fils sans faire de véritables progrès, et voilà que Travis et Georgio lui proposaient tous les deux de venir à son aide. Ce devait être bon signe.

— Le temps presse, murmura-t-elle.

— Oui, mais n'espérez pas de miracle.

— Il le faut. Sinon, je n'aurais pas la force de continuer.

Georgio acquiesça.

— Nous allons voir ce que nous pouvons faire. Cependant, il y a une chose que vous devez savoir.

— Laquelle ?

— Je suis un homme d'affaires honnête. En revanche, je ne collabore pas avec la police.

— Pourquoi pas ?

— Disons simplement que nous ne voyons pas les choses du même œil. Je vais vous aider à retrouver votre fils, à la condition expresse que vous n'en disiez pas un mot à la police. Ne mentionnez même pas que vous m'avez parlé.

— Si vous y tenez.

— J'y tiens absolument.

Cela ne devrait pas être très difficile, songea-t-elle, puisque Travis l'avait avertie de garder ses distances avec Georgio.

— Cette conversation restera entre nous, promit-elle. Quand pouvez-vous commencer ?

Il sourit.

— Vous êtes une femme d'action. Cela me plaît. Je passerai quelques coups de fil dans la journée.

— Avez-vous besoin que je vous donne d'autres informations ?

— Pas pour l'instant, merci.

Il reprit la photo.

— Puis-je garder ceci ?

— Bien entendu.

La sonnerie du téléphone retentit.

— Excusez-moi.

Il pressa une touche et prit l'appel. A en juger par le ton de sa voix, il était contrarié.

— Je suis désolé, dit-il après avoir raccroché, mais une affaire urgente exige mon attention. J'ai votre numéro, je vous contacterai très bientôt.

— J'attendrai votre appel.

Elle se leva, sortit du bureau et regagna le couloir, à la fois soulagée et terriblement nerveuse. Travis avait été catégorique : il voulait qu'elle se tienne à l'écart de Georgio et du Passion Bar et qu'elle le laisse enquêter.

Si elle devait faire un choix entre les deux hommes, c'était sans l'ombre d'un doute à Travis qu'elle faisait le plus confiance. Cependant, il était policier. Georgio, lui, évoluait dans le milieu. Elle avait besoin des deux, elle ne pouvait s'offrir le luxe de refuser de l'aide, d'où qu'elle vienne. Travis devrait le comprendre.

Elle pressa le pas. Elle avait hâte de retrouver le soleil et d'aller boire un café avant de retourner au bureau. Son employeur avait été incroyablement compréhensif ces derniers mois, mais la société était à court de personnel cette semaine. Elle devait faire sa part du travail.

Elle fouilla dans son sac tout en marchant, à la recherche de ses clés. Une musique parvint à ses oreilles, émanant du bar, suivie d'un bruit de voix.

La voix de Travis.

Le cœur battant à tout rompre, elle se figea et tendit l'oreille. Que faisait-il là, en pleine journée, un lundi ?

C'était lui, pas de doute. Dans deux secondes, il allait apparaître dans le couloir. Affolée, elle avisa une porte entrebâillée et la poussa, refermant le battant derrière elle.

Retenant son souffle, elle attendit qu'il soit passé. A en juger par les voix et les bruits de pas, il était en compagnie d'un collègue.

Etaient-ils venus interroger Georgio à propos de Cornell ou d'une autre enquête ? Georgio était-il soupçonné de meurtre ? Etait-ce pour cette raison qu'il voulait à tout prix éviter la police ? Ce qui était certain, c'était qu'il avait semblé irrité à l'annonce de leur visite.

Une fois le silence revenu, elle entrouvrit la porte et jeta un coup d'œil à l'extérieur. Aucun signe de Travis. L'estomac noué, elle se faufila au-dehors et se hâta de rejoindre sa voiture.

Un brusque pressentiment s'empara d'elle alors qu'elle s'installait au volant. Un frisson glacé lui parcourut l'échine. Avait-elle commis la pire erreur de sa vie en mêlant Georgio à ses recherches ?

Le reste de la journée lui parut interminable. En entendant le personnel d'entretien dans le couloir, elle leva les yeux et constata avec surprise qu'il était plus de 19 heures. Pas étonnant que le bureau soit silencieux.

Une femme de ménage passa la tête à l'intérieur.

— Pardon. Je ne savais pas que vous étiez encore là.

— Je termine. J'en ai pour dix minutes au plus.

— Ne vous dépêchez pas pour moi. Je vais passer toute la nuit dans cet immeuble ! Je peux revenir tout à l'heure.

Faith la remercia d'un sourire. Avant, elle adorait son travail, les défis qu'il présentait, la camaraderie. A présent, elle n'y prenait plus plaisir, mais la routine l'aidait à ne pas devenir folle.

Elle prit le chemin du retour vers sa maison déserte. Le tonnerre grondait au loin et des éclairs zébraient le ciel. D'énormes gouttes de pluie s'écrasèrent sur son pare-brise au moment où elle s'engageait dans l'allée.

Cornell regardait-il le même orage ? Lorsqu'il était enfant, il se précipitait dans le lit de Faith au moindre coup de tonnerre.

Il y avait si longtemps.

Elle avait espéré que Travis lui téléphonerait dans l'après-midi pour lui dire ce que l'expert en informatique avait découvert sur l'ordinateur de Cornell. Cependant, il ne s'était pas manifesté. Georgio non plus.

Elle ferma la porte de communication avec le garage et traversa la buanderie. Elle ne pouvait s'empêcher de se sentir coupable. Il lui répugnait de mentir à Travis au sujet de Georgio. Au point qu'elle avait failli lui téléphoner pour tout lui avouer. Elle était même allée jusqu'à composer le numéro avant de se raviser au dernier moment.

Encore maintenant, elle était tentée de l'appeler. Elle pourrait l'inviter à dîner. Non, c'était une idée ridicule. Il était occupé. Il l'appellerait quand il aurait du nouveau. Il n'avait certainement pas envie de passer la soirée avec une mère éplorée qui ne faisait que se plaindre et se lamenter.

Si seulement elle était sûre que Cornell était sain et sauf !

Le tonnerre gronda de nouveau, si fort que les vitres en tremblèrent. Elle se confectionna un sandwich, se servit un verre de vin blanc et s'installa devant la télévision, juste à temps pour regarder les informations.

— Dans notre édition de 22 heures, le lieutenant Marylin Sylvester évoquera le meurtre de Scott Mitchell, le lycéen de dix-sept ans dont le corps a été repêché dans la Trinity la semaine dernière.

L'appétit de Faith se dissipa aussitôt. C'était précisément ce genre de bulletin qui l'avait incitée à cesser de regarder la télévision. Des nouvelles de meurtres, d'enlèvements qui ne faisaient qu'ajouter à son angoisse.

Elle éteignit l'appareil et feuilleta distraitement une

revue. Des jolies femmes habillées à la dernière mode. Sans doute le genre de femme avec qui Travis sortait. Des femmes gaies, qui le faisaient rire, qui n'avaient pas de problème plus grave que de décider de la couleur de leur vernis à ongles.

A moins qu'il n'ait une petite amie, voire une compagne. Si c'était le cas, il ne l'avait pas emmenée au mariage. Mais cela ne signifiait pas qu'il n'était pas en train de l'embrasser à cet instant précis.

— Idiote !

Faith rejeta le magazine, irritée contre elle-même. Que lui arrivait-il ? Cela ne lui ressemblait pas d'avoir ces pensées déplacées envers Travis. Sans doute était-ce l'appréhension. Ou peut-être le désir insensé d'être réconfortée.

Aucun autre homme ne l'avait affectée autant que lui. Et certainement pas Georgio.

Résolue à ne plus songer à lui, elle mit une lessive en route, priant pour que Cornell rappelle ce soir. Et que, cette fois, il lui dise où le trouver.

Le téléphone sonna deux heures plus tard, juste au moment où elle s'apprêtait à se coucher. Son cœur bondit dans sa poitrine. Elle attrapa le téléphone des deux mains et le porta à son oreille.

— Cornell ?

— Non.

La voix était douce, féminine.

Et menaçante.

7

— Ne vous approchez pas de Georgio.

Faith raffermit sa prise sur le téléphone. Encore sous le coup de la déception, elle resta un instant sans voix.

— Qui est à l'appareil ? demanda-t-elle enfin.

— Quelqu'un qui sait ce que vous mijotez. Je vous avertis, laissez tomber avant d'aggraver encore les choses.

— Les aggraver pour qui ? Pour vous ? Pour Georgio ?

— Oui. Et pour votre fils.

Une vague de peur déferla en Faith, lui coupant le souffle.

— Si vous savez où se trouve Cornell, je vous en prie, dites-le-moi. Je vous en prie. Dites-moi où il est.

— S'il voulait vous le dire, il l'aurait fait lui-même. Laissez-le tranquille.

— Je peux l'aider. Je vais l'aider. Il a besoin de moi.

Personne n'entendit ses dernières paroles. La communication avait été coupée.

Faith s'évertua en vain à composer le numéro. Elle ne fut guère surprise que personne ne lui réponde.

Qui l'avait appelée ? Qui pouvait savoir qu'elle était allée voir Georgio ce jour-là ?

La réponse était évidente : quelqu'un l'avait vue au Passion Bar. L'hôtesse ? Une serveuse ?

Qui qu'elle soit, cette femme ne voulait pas qu'elle ait des contacts avec Georgio. Par conséquent, elle devait savoir ce qui était arrivé à Cornell. Peut-être même avait-elle joué un rôle dans sa disparition.

Il fallait qu'elle parle à Travis. Il était policier, il aurait une idée. Le problème, c'était qu'elle devrait lui révéler la vérité concernant Georgio.

Elle roula sur le côté et donna un coup de poing rageur dans l'oreiller, s'accablant de reproches. Pourquoi ne lui avait-elle pas accordé quelques jours au moins avant d'enfreindre ses règles absurdes ?

Quand elle se fut calmée un peu, elle descendit dans la cuisine. Elle détestait sentir la maison vide. Elle y entendait des grincements, des craquements, et, ce soir-là, des reproches.

Elle se servit un verre de petit-lait, une habitude qu'elle avait depuis qu'elle était enfant, et qui lui venait de son grand-père. Celui-ci affirmait que cette boisson avait un effet apaisant sur lui quand il ne pouvait pas trouver le sommeil. Le remède ne fonctionnait pas pour elle mais, curieusement, elle en aimait le goût. Un défaut de fille du Sud, disait sa grand-mère pour la taquiner.

Malheureusement, à cause du caractère rebelle de sa mère, Faith n'avait vu ses grands-parents qu'en de trop rares occasions. Ils étaient morts dans un accident de voiture deux jours avant ses douze ans. Ils lui manquaient encore.

Elle emporta son verre sur la terrasse de bois qui occupait la moitié du jardin, se laissa tomber dans un rocking-chair et resta dans le noir à écouter la pluie tomber.

Des souvenirs d'enfance s'imposèrent à son esprit : elle n'avait guère connu son père. Sa mère et lui ne s'étaient jamais mariés et il n'avait pas fait partie de sa vie. En revanche, il y avait eu d'autres hommes. Sa mère avait eu une succession de petits amis, et avait fini par épouser trois d'entre eux.

Elle en était à son troisième divorce quand Faith avait rencontré Melvin Ashburn, invité-surprise à la soirée d'anniversaire de ses dix-sept ans. Il lui avait fait découvrir le cannabis, l'alcool, et le sexe.

Et puis elle s'était retrouvée enceinte.

Mais jamais elle ne s'était attendue à être confrontée à une rébellion de ce genre avec Cornell.

Faith reposa son verre, se laissa aller contre le dossier et ferma les yeux. Ressasser le passé ne lui apporterait aucun réconfort. Elle devait gérer le présent.

Elle se leva et s'étira. Comme elle se dirigeait vers la maison, elle eut tout à coup la désagréable sensation d'être observée.

Voilà qu'elle devenait parano. Elle avait pourtant déjà assez de soucis comme ça.

— Je sais que la presse meurt d'envie d'avoir un titre accrocheur, chef, mais non, il ne s'agit pas d'un tueur en série qui vise les adolescents innocents.

— C'est le quatrième meurtre inexpliqué en dix-huit mois, Travis. Tous ces garçons avaient moins de dix-huit ans. Et nous n'avons pas le moindre suspect.

— Trois d'entre eux appartenaient à des gangs et étaient des trafiquants de drogue connus. Si on se débarrassait des gangsters comme Georgio, on aurait peut-être moins de tragédies absurdes.

— Dans ce cas, trouvez-moi de quoi le faire inculper.

— On s'en approche, affirma Travis.

— Cela dit, la dernière victime n'était ni un trafiquant ni membre d'un gang, reprit son supérieur.

— Nous n'en sommes pas encore tout à fait certains.

— C'est bien là le problème. Nous ne savons pas grand-chose. Il me faut un suspect pour ce dernier meurtre avant que le maire décide de me mettre à la porte.

— J'y travaille.

— Avez-vous le moindre indice, ou est-ce un jeu de devinettes ?

— Disons que j'ai une intuition.

— Et ce crime serait lié à Georgio aussi ?

— Il sera difficile de l'impliquer directement, déclara Travis. Ce type ne se salit pas les mains. Mais la victime a été vue au Passion Bar avant d'être assassinée.

— Bon. Dégotez-moi un suspect avant qu'on ait un nouveau cadavre sur les bras.

Travis partageait son inquiétude. C'était précisément pourquoi il tenait à retrouver Cornell Ashburn au plus vite. Il devait s'assurer que l'adolescent ne serait pas la prochaine victime.

Il jeta un coup d'œil à sa montre. Presque 17 heures et toujours aucune nouvelle de l'expert en informatique. Il décida d'attendre encore un peu avant de lui téléphoner.

Il regagna son bureau, et se remit à éplucher le dossier. Il était plongé dedans quand un agent vint déposer un papier sur son bureau.

— Ce fax vient d'arriver. J'ai pensé que vous l'attendiez.

— Merci.

Travis parcourut le document avec une surprise croissante. Soit Faith Ashburn lui avait menti, soit elle n'avait pas la moindre idée des activités de son fils.

Il était temps de mettre les mains dans le cambouis. Fini le conte de fées.

Faith mit le couvert sur la terrasse, hésitant à ajouter deux verres et une bouteille de vin rouge. Travis avait dit qu'il apportait des plats chinois, mais il ne faisait aucun doute que cette rencontre était officielle.

Elle n'avait pas pu se méprendre sur sa réticence lorsqu'elle l'avait interrogé au sujet de l'ordinateur. Par conséquent, elle soupçonnait fort que ce qu'il avait à lui annoncer n'allait pas lui plaire.

Quand elle eut terminé, elle allait se rendre dans sa chambre pour se préparer quand elle s'immobilisa un instant sur le seuil, fixant le téléphone, de nouveau envahie par le remords. Allait-elle pouvoir parvenir au terme de la soirée sans avoir laissé échapper la vérité concernant Georgio et ce dernier appel téléphonique ?

Elle se força à détourner les yeux et se dirigea vers la coiffeuse. Elle ne portait jamais beaucoup de maquillage, elle se contenta donc d'ajouter un soupçon de couleur à ses joues et sur ses lèvres.

Elle retira la jupe noire qui faisait partie de sa garde-robe de travail, et, après réflexion, opta pour un short blanc. Une tenue à la fois chic et décontractée, assortie au tricot blanc qu'elle portait déjà.

Non que son apparence ait la moindre importance. Il ne s'agissait pas d'un rendez-vous romantique. Elle ne se souvenait même pas d'en avoir jamais eu. Enfin, si, une fois, mais il s'était soldé par un désastre. Elle avait été malade et avait vomi son repas sur les chaussures de son prétendant.

La sonnette retentit. Elle se hâta vers l'entrée, priant pour que Travis soit porteur de bonnes nouvelles.

— J'espère que vous avez faim, lança Travis quand elle ouvrit la porte.

Il avait les bras pleins de provisions, et une bouteille de vin coincée sous le coude, dans une position qui paraissait un tantinet précaire.

— Oups ! J'aurais dû vous avertir que j'avais déjà mangé cette semaine.

Il sourit.

— Je me suis peut-être un peu emballé en passant la commande, mais tout avait l'air tellement bon… Et je n'ai pas eu le temps de déjeuner.

Elle le débarrassa d'une partie des sacs avant qu'ils ne tombent.

— Cela ne vous ennuie pas de dîner dehors ?

— Au contraire. J'ai été coincé au bureau toute la journée avec des flics, des criminels et d'autres individus indésirables. Dites-moi ce que je peux faire pour vous aider.

— Vous pouvez ouvrir le vin. Le tire-bouchon est dans le tiroir à côté du réfrigérateur.

— Pas de problème. J'espère qu'il sera correct. Je ne suis pas un connaisseur. Personnellement, j'ai tendance à boire de la bière, mais j'aime bien donner l'impression que je suis quelqu'un de sophistiqué de temps en temps.

Il faisait de son mieux pour garder la conversation sur le ton de la plaisanterie, songea Faith. Autrement dit, les nouvelles étaient mauvaises.

Quelques minutes plus tard, ils gagnèrent la terrasse.

Travis remplit leurs verres et s'assit en face d'elle, puis porta un toast.

— A la réussite de nos recherches.

Une bouffée d'espoir monta en Faith.

— Cela signifie-t-il que vous avez découvert quelque chose sur l'ordinateur ?

— Nous avons de nouvelles informations qui pourraient être utiles, en effet.

Il lui tendit une barquette.

— Du riz aux crevettes. J'espère que vous n'êtes pas allergique aux fruits de mer.

— Non, répondit-elle en déposant une cuillerée de riz dans son assiette.

Travis se servit copieusement et prit une nouvelle barquette, mais Faith n'y tenait plus.

— Quelles nouvelles informations ?

— Si on dînait d'abord ? suggéra-t-il. On pourra parler de l'enquête après.

— Je ne pourrai rien manger avant de savoir.

Il hocha la tête.

— Bon. Connaissez-vous Angela Pointer ?

— Je n'ai jamais entendu parler d'elle.

Travis but une gorgée de vin.

— Apparemment, votre fils et elle sortaient ensemble.

— Quand ?

— Avant sa disparition. Vous êtes sûre qu'il ne vous a jamais parlé d'elle ?

— Certaine. Et aucun de ses amis non plus quand je les ai interrogés. Allait-elle au même lycée que lui ?

— Il ne l'a pas connue au lycée. Angela est danseuse exotique, du moins elle l'était à l'époque où Cornell et elle échangeaient des messages amoureux.

— Ce doit être une erreur ! s'écria Faith, choquée. Si Cornell avait été sérieusement amoureux d'une fille, il me l'aurait dit. Il m'a toujours parlé de ses petites amies par le passé.

— Il semble qu'elle ait été davantage qu'une « petite copine ». Ils se voyaient beaucoup.

— Mais… il était à la maison la plupart du temps. Enfin, sauf quand il allait réviser avec des camarades.

Ce qui était arrivé fréquemment au cours des semaines précédant sa disparition. Alors même qu'elle protestait, Faith sentait ses doutes s'accroître. Si Cornell était amoureux d'une danseuse exotique, cela expliquait qu'il soit allé au Passion Bar.

Et il était possible qu'il lui ait caché cette relation parce qu'il savait qu'elle la désapprouverait.

Mais où était la jeune fille à présent ? Où était Angela ?

Perplexe et troublée, Faith prit machinalement ses baguettes, et poussa la nourriture sur son assiette. En relevant la tête, elle vit que Travis avait cessé de manger et l'observait.

Elle croisa son regard pénétrant et devina que le pire restait à venir.

— Vous ne m'avez pas tout dit, n'est-ce pas ?

— Pas tout à fait.

— Allez-y.

— Angela était enceinte.

— Enceinte ?

Le cœur de Faith se serra. La petite amie de son fils, dont elle n'avait jamais entendu parler, avait été enceinte dix mois plus tôt. Le bébé devait être né à présent. Une douleur la submergea, tandis que son cerveau s'obstinait toujours à refuser la réalité.

— Cela ne signifie pas que Cornell ait été le père, objecta-t-elle. Je ne peux pas croire qu'il m'aurait caché l'existence de son enfant… pendant des mois.

« Je suis désolé. Je suis tellement désolé… »

Les paroles de Cornell résonnèrent dans sa tête, lui déchirant l'âme. Etait-ce pour cette raison qu'il s'excusait ? Pour avoir mis une femme enceinte et s'être enfui avec elle ? Pour lui avoir fait connaître un enfer ?

Mais pourquoi ? Pourquoi ne lui avait-il pas demandé de l'aide ? Et où avait-il pu aller sans argent ? La jeune femme n'avait évidemment pas pu continuer à exercer son métier une fois enceinte.

Elle détourna les yeux, ne voulant pas que Travis voie ses larmes. Elle ne le vit pas se pencher vers elle, mais elle sentit ses mains se refermer autour des siennes.

Des mains fortes. Solides, mais douces aussi. Réconfortantes. Protectrices.

— Je suis désolé d'avoir été brutal. Je ne voyais pas de manière facile de vous le dire.

— Ce n'est pas votre faute. Je vous ai demandé la vérité. C'est juste qu'elle est difficile à digérer.

— Regardez le côté positif, suggéra Travis. Vu la situation, il est beaucoup plus probable que votre fils soit parti de son plein gré.

Il avait raison, évidemment, et pourtant Faith avait le cœur lourd. Comment Cornell avait-il pu se conduire de manière aussi irresponsable ? Comment avait-il pu être indifférent à l'inquiétude qu'elle éprouverait ?

Apparemment, elle ne connaissait pas son fils du tout.

Travis lui caressait le dos des mains, mais elle n'était pas sûre qu'il s'en rende compte. Il avait les sourcils froncés, les lèvres pincées. Elle imaginait sans mal les hypothèses qui lui venaient à l'esprit, et aucune ne lui apportait les réponses qu'elle désirait tant.

Au bout d'un moment, elle se dégagea et tendit la main vers son verre. Elle l'inclina, regarda le liquide tournoyer et but une longue gorgée de vin, s'efforçant de regarder les choses en face.

— On dirait que je n'étais pas la mère que je croyais être.

— Ne vous accablez pas. Les adolescents prennent souvent de mauvaises décisions. D'ailleurs, j'ai l'impression que cette enquête n'en est qu'à ses débuts.

— Vraiment ?

— Cette information ouvre la porte à toute une série de possibilités, mais nous ne pouvons pas être certains que Cornell soit le père du bébé, ni même que la fille ait réellement été enceinte. Elle a pu mentir pour lui extorquer de l'argent.

— Il n'en avait pas.

— Elle ne le savait peut-être pas.

— Cela n'explique pas qu'il ait disparu pendant dix mois.

— Jusqu'à l'appel de l'autre soir, lui rappela Travis. Il a fait le premier pas pour entrer en contact avec vous, et je pense que c'est bon signe, même si ça vous a mise dans tous vos états.

Faith ne protesta pas. En dépit de tout ce qu'elle venait d'apprendre, elle voulait toujours désespérément retrouver son fils.

— Nous devons localiser cette Angela, murmura-t-elle. Avez-vous vérifié si elle travaille encore au Passion Bar ou si quelqu'un là-bas sait où la contacter ?

— Pas encore. Je voulais vous parler d'abord.

Faith réfléchit. Pourquoi ne s'adresserait-elle pas directement à Georgio, puisqu'il avait accepté de l'aider à retrouver Cornell ? Il n'y avait aucune raison de penser qu'il ne lui dirait pas la vérité.

Cependant, elle devait révéler à Travis qu'elle lui avait parlé. Sinon ce soir, très bientôt. Elle n'avait jamais pu supporter les mensonges, et celui-ci ne faisait pas exception.

Elle se força à manger quelques bouchées. Travis, en revanche, avait un solide appétit. Elle était prête à parier qu'il avait le même appétit pour la vie en général. Qu'il n'était pas du genre à tergiverser.

— Vous est-il déjà arrivé d'avoir peur de quelque chose ou de quelqu'un, Travis ?

Il cessa de manger et plongea son regard sombre dans le sien.

— Bien sûr. Je ne serais sûrement plus en vie aujourd'hui si je n'avais pas peur des criminels, surtout armés.

— Non, ça, c'est de la prudence ou même de la sagesse. Je parle de vraie peur.

Il posa sa fourchette et s'essuya les lèvres avec sa serviette.

— Quand j'étais petit, j'avais une peur bleue du monstre qui, d'après ma mère adoptive, attendait qu'il fasse nuit et que je ferme les yeux pour venir me dévorer.

Faith frissonna.

— Votre mère adoptive vous racontait des choses pareilles ?

— Parmi d'autres.

— Je suis vraiment désolée.

— Ne vous inquiétez pas. Je m'en suis remis.

— Et à part les monstres ?

— Il y a eu un taureau qui m'a fichu une sacrée

frousse voici quelques années pendant un rodéo. Il m'a envoyé mordre la poussière et, quand j'ai vu son sabot s'approcher de ma tête, j'ai eu un moment de panique.

— Oh ! Mon Dieu. Vous auriez pu être tué !

— Oui. C'est ce soir-là que j'ai décidé d'arrêter les rodéos. Je me suis dit que je serais plus utile comme flic que comme cadavre, et voilà.

Voilà. Il était là, sur sa terrasse, en train de bavarder tranquillement, comme s'ils se connaissaient depuis des années. Un preux chevalier en bottes de cow-boy, un insigne de policier sur la poitrine. Il en avait découvert davantage en deux jours que tous les autres, elle y compris, en dix interminables mois.

— Si je comprends bien, les bottes ne sont pas seulement un accessoire, dit-elle en plaisantant. Vous êtes vraiment un cow-boy.

— Dès que j'en ai la possibilité.

Il s'éloigna de la table et étira ses longues jambes.

— Je sais que je vous ai apporté des nouvelles difficiles à accepter ce soir, Faith. Je sais à quel point vous êtes inquiète pour Cornell. Mais donnez-moi encore un peu de temps. Je vous promets de le retrouver. S'il a des ennuis, j'irai le chercher. Croyez-moi.

Etrangement, elle le croyait, en effet. Elle avait une dette immense envers lui. Pourtant, elle ne pouvait nier qu'il lui inspirait plus que de la gratitude. Elle aimait qu'il soit là, elle avait aimé sentir ses mains sur les siennes. Elle avait même aimé le regarder manger.

Si elle n'y prenait garde, elle commencerait peut-être à l'aimer tellement qu'elle en oublierait qu'il n'était là qu'en tant que policier, pour rendre service à sa nouvelle belle-sœur.

Le repas terminé, Travis rassembla les barquettes vides et les emporta à la poubelle pendant que Faith débarrassait la table.

— Laissez le vin et les verres, si vous voulez, suggéra-t-il. J'aimerais vous poser encore quelques questions et il fait trop bon pour rentrer tout de suite.

— Des questions au sujet de Cornell ?

— Oui, mais ne vous gênez pas pour raconter vos exploits personnels si vous en avez envie. Vous avez entendu les miens.

— Vous m'avez vue en action, murmura-t-elle.

— Avec cet ivrogne au Passion Bar ?

— Vous avez toujours cette petite robe ? demanda-t-il avec un sourire en coin.

— Non, prétendit-elle.

— Dommage, elle restera gravée dans ma mémoire.

Faith fit la moue.

— Voilà une pensée effrayante.

Moins effrayante cependant que les petits frissons de plaisir qui venaient de la parcourir, des pieds à la tête.

— Je vais rapporter tout cela dans la cuisine, dit-elle en hâte pour dissimuler son trouble. Je reviens tout de suite.

— Très bien.

— Plus de vin pour moi, ajouta-t-elle. Je supporte mal l'alcool.

Elle n'était pas habituée à la compagnie d'un homme, encore moins celle d'un séduisant policier cow-boy. Et ce soir, après avoir appris les secrets de Cornell, elle se sentait plus vulnérable que jamais.

Travis reprit sa place, redoutant que les questions qu'il s'apprêtait à poser ne chagrinent Faith davantage encore.

A l'évidence, Cornell n'était pas l'adolescent candide que Faith lui avait décrit.

Avoir une relation avec une des danseuses de Georgio avait pu lui attirer de graves ennuis. Travis ne pouvait qu'espérer que c'était bel et bien Cornell qui avait téléphoné la veille, et non un mauvais blagueur.

Il s'inquiétait surtout du rôle que Georgio avait pu tenir dans cette affaire. Cet homme-là régnait en tyran sur son univers. Personne ne se mettait en travers de son chemin. Personne n'osait le dénoncer. Il veillait à ce que ses employés aient trop peur de lui pour être tentés de le faire.

Il se versa un demi-verre de vin et fit quelques pas sur la terrasse, songeant à Faith et à l'angoisse qu'elle éprouvait.

Sa mère avait dû ressentir un amour similaire pour Leif et lui. Elle avait quitté un mari alcoolique et infidèle pour les élever seule. Malheureusement, elle avait perdu sa bataille contre le cancer, et avait dû mourir le cœur brisé, sachant qu'elle laissait derrière elle deux enfants trop jeunes pour se débrouiller seuls.

Travis n'avait que de rares souvenirs d'elle. Ce qu'il savait lui avait été raconté par Leif. Elle les aimait plus que tout, Leif le lui avait affirmé.

Faith lui aurait plu.

Elle lui plaisait aussi. Beaucoup. Il avait du mal à le comprendre, mais un courant étrange était passé entre eux le soir de leur première rencontre. Elle était restée dans sa mémoire, hantant ses rêves, nourrissant ses illusions.

A ce moment-là, elle était plus proche du fantasme que de la réalité. Mais à présent elle était bien réelle. Et elle jouait un rôle-clé dans une affaire qui allait peut-être bien au-delà de la fuite d'un fils avec une strip-teaseuse.

Pas de doute. Faith éveillait en lui des désirs et des sentiments qui n'avaient pas leur place dans une enquête de police. Les réactions de ce genre vous rendaient faible, voire idiot. L'émotion prenait le pas sur la lucidité.

Il leva les yeux alors que Faith revenait. Le soleil s'était couché et le clair de lune filtrait à travers les branches d'un chêne majestueux, colorant de reflets argentés ses cheveux soyeux.

Il réprima de nouveau l'envie insensée de l'attirer dans ses bras, de la serrer fort contre lui. Bon sang ! Que lui arrivait-il ? Elle était belle, mais il avait l'habitude de côtoyer des femmes. Aucune ne lui avait jamais fait cet effet-là.

— Que voudriez-vous savoir de plus ? demanda-t-elle.

— Tout ce qui pourrait m'aider à comprendre Cornell. Son caractère, ses réactions face à une situation stressante, par exemple.

— Après ce que vous m'avez révélé ce soir, je ne suis pas si sûre de le connaître, avoua-t-elle avec un soupir.

— Parlez-moi de ses crises, suggéra Travis pour lui donner un point de départ. Depuis quand en souffre-t-il ?

— Elles ont commencé quand il avait quatorze ans. A l'époque, son père travaillait pour une compagnie pétrolière en Amérique centrale. Cornell a passé deux semaines de vacances chez lui, et quelques jours après son retour il a été pris de fièvre. Ensuite, les malaises se sont déclenchés.

Elle avait dû être terrifiée.

— Combien de temps a-t-il été malade ?

— Environ deux semaines. Les médecins ont fini par

diagnostiquer une sorte de grippe très rare. Par deux fois, on m'a avertie qu'il ne survivrait peut-être pas.

La voix de Faith se brisa. Elle vacilla et dut s'appuyer à un poteau. Travis ne put se retenir plus longtemps. Il s'approcha d'elle et passa un bras autour de ses épaules.

Elle se laissa aller contre lui, la tête reposant sur sa poitrine tandis qu'il lui caressait la nuque.

— Excusez-moi, murmura-t-elle enfin. J'ai repensé à ces moments-là tant de fois que je devrais être capable d'en parler sans m'effondrer. Je suis tellement stressée ces temps-ci…

— Ne vous excusez pas.

Il avait toujours pensé qu'il avait eu la vie dure en grandissant, mais le lot de Faith n'avait pas été meilleur que le sien. Il n'était pas facile d'élever seul un enfant. Et, maintenant, d'avoir à gérer cette disparition inexpliquée.

— Vu ce qui vous est arrivé, vous avez bien le droit de craquer un peu.

— Ce n'est pas constructif.

Elle se dégagea. Travis ressentit cruellement le vide soudain entre ses bras, mais son téléphone portable sonna, l'empêchant de s'appesantir davantage sur sa réaction.

Il jeta un coup d'œil à l'écran. C'était son coéquipier, Reno.

— Que se passe-t-il ?

— Tu sais, la danseuse dont tu m'as parlé ?

— Oui ?

— Son casier judiciaire est vierge. En revanche, elle est partie de chez elle à seize ans. Avant, elle vivait avec sa mère et son beau-père dans l'ouest du Texas.

— Qu'est-ce qu'elle a fait depuis ?

— Elle a travaillé dans un magasin à Austin avant de

devenir danseuse exotique au Passion Bar. Mais écoute bien : deux semaines environ avant la disparition de Cornell, elle a appelé une ambulance en disant que son petit ami l'avait battue. Elle a passé deux jours à l'hôpital, après quoi elle a retiré sa plainte.

— Tu as le nom du petit ami ?

— Walt Marshall. Un employé de Georgio.

— La plaignante a été mariée ?

— Je suppose que tu n'es pas seul ?

— Pas vraiment, mais continue. Où se trouve Marshall à présent ?

— Il semble s'être volatilisé. On n'a pas signalé sa disparition, cela dit, je n'ai rien trouvé sur lui ces dix derniers mois.

— Autre chose ?

— D'après sa propriétaire, Angela Pointer a disparu à peu près en même temps que Cornell, sans avoir réglé son loyer. C'est tout ce que j'ai pour l'instant. Tu vas m'expliquer de quoi il s'agit ?

— Oui. Je te rappelle dans une dizaine de minutes.

Travis coupa la communication, déjà décidé à ne pas répéter ces faits à Faith avant d'avoir de plus amples informations. L'affaire se compliquait de plus en plus, et il n'osait même pas imaginer dans quels genres d'ennuis s'était plongé Cornell en fréquentant la petite amie d'une brute.

— C'était une urgence ? demanda Faith.

— On dirait. Il faut que j'y aille. Mon coéquipier vient de découvrir des faits nouveaux sur une de nos enquêtes.

— Pas de problème. Je comprends tout à fait. Je ne sais pas comment vous remercier pour ce que vous avez déjà fait.

— Je me renseignerai sur Angela Pointer dès demain, promit-il. Je vous appelle dès que j'ai du nouveau. Si Cornell vous rappelle entre-temps, téléphonez-moi.

— Je n'y manquerai pas.

Elle le raccompagna jusqu'à la porte d'entrée. Quand elle leva les yeux vers lui, Travis sentit une brusque émotion le submerger. Il fallait qu'il prenne congé d'elle très vite, sans quoi il risquait de commettre un acte stupide, comme l'embrasser.

— Fermez votre porte à clé, conseilla-t-il. On n'est jamais trop prudent dans une grande ville.

— Je la ferme toujours.

Il prit une de ses mains, la serra entre les siennes et puis se détourna et s'éloigna d'elle pendant qu'il en était encore capable.

Avec un peu de chance, il retrouverait Angela Pointer saine et sauve, occupée à danser autour d'un poteau au Passion Bar ce soir.

Mais il ne se faisait guère d'illusions là-dessus.

8

— Elles mentaient, déclara Reno alors qu'ils retournaient au pick-up de Travis.

— Les deux filles qui ont admis connaître Angela ?

— Oui. J'ai eu l'impression qu'elles récitaient leur texte.

— Moi aussi. Et je doute d'en obtenir davantage de la part de Georgio quand il sera de retour en ville — à supposer qu'il se soit réellement absenté.

Reno ouvrit la portière et grimpa à l'intérieur du véhicule.

— Je commence à comprendre pourquoi Ethridge n'a pas résolu l'affaire.

— On a déjà fait quelques progrès par rapport à son enquête, lui fit remarquer Travis. On a découvert l'existence d'Angela Pointer.

— Mais nous ignorons où elle est, rétorqua son coéquipier. Et nous n'avons toujours aucune idée de l'endroit où se trouve Cornell. Par ailleurs, je suis désolé de te le rappeler, mais nous sommes au beau milieu d'une enquête criminelle très importante.

— C'est vrai. Mais j'ai promis à Faith Asburn de retrouver son fils et je tiens toujours mes promesses. De plus, je me demande s'il n'y a pas un lien entre le meurtre de Scott et la disparition de Cornell.

— Là, tu vas un peu loin. Un jeune de dix-huit ans s'enfuit avec sa sulfureuse copine — pas le genre qu'on présente à maman — et appelle sa mère des mois plus tard en disant « je suis désolé ». Pour ma part, je ne vois rien de louche là-dedans.

— En temps normal, je serais d'accord avec toi, mais Faith est convaincue qu'il ne serait jamais parti sans rien dire.

— Faith qui ne savait même pas que son fils sortait avec une stripteaseuse ?

— Je te l'accorde, tout n'est pas clair, mais le fait que Georgio soit mêlé à cette histoire me rend soupçonneux.

— Je ne vois toujours pas de lien avec Scott Mitchell.

— Je sais. Disons que c'est une intuition.

Travis démarra, enclencha une vitesse et s'engagea dans le flot de circulation.

— Rappelle-moi la nature de ta relation avec la mère de Cornell ?

— C'est la meilleure amie de la femme de Leif. Elle était demoiselle d'honneur au mariage.

— Vous n'avez aucun lien de parenté ?

— Aucun.

— Elle est jolie ? demanda Reno innocemment.

Travis n'avait pas besoin de lui demander où il voulait en venir.

— Quel rapport avec l'affaire ?

— J'étais curieux, c'est tout.

— Elle est jolie, oui.

— Et libre.

— On dirait, mais je ne fais pas ça pour coucher avec elle, si c'est ce que tu veux insinuer.

— A vrai dire, ça expliquerait pourquoi tu te jettes

tête baissée dans l'enquête d'Ethridge. Et il serait grand temps que tu couches avec une femme. Ça te rendrait peut-être moins grognon.

— Eh bien, désolé de te décevoir, mais ce ne sera pas avec Faith Ashburn. Du moins, pas avant que son fils soit retrouvé, et sans doute pas après non plus.

— Pourquoi pas ? Elle est trop âgée pour toi ?

— Non.

— Trop attirante ?

— Trop compliquée.

Et beaucoup trop irrésistible. Le genre de femme qui vous faisait penser au futur. Et Travis n'était pas du genre à planifier son avenir.

— Compliquée ? Qu'est-ce que c'est censé vouloir dire ? Elle est plus intelligente que toi ?

— Sûrement. La plupart des femmes avec qui je sors le sont. Mais ce qui serait compliqué, ce serait qu'on sorte ensemble et qu'elle se mette à penser que c'est sérieux.

— Tu pourrais toujours rompre, comme tu l'as fait chaque fois qu'une de tes copines s'est fourré cette idée en tête.

— Sauf qu'avec Faith ça ne s'arrêterait pas là. Ma belle-sœur serait fâchée contre moi. L'ambiance des repas de famille serait tendue, crois-moi. Sans compter que je risquerais de la croiser au Dry Gulch en allant rendre visite à Leif.

— Arrête tes salades et regarde les choses en face, mon vieux : tu es en train de tomber amoureux et ça te fiche une peur bleue.

— Aucun risque. Les policiers et le mariage ne vont pas ensemble. Tu es le seul de la brigade criminelle à ne pas être divorcé.

Reno éclata de rire et lui décocha une bourrade amicale.

— C'est bien ça ! Tu penses déjà au mariage. Tu es fait comme un rat. J'ai hâte de faire la connaissance de Faith. Elle doit être remarquable.

— Elle l'est. Mais il s'agit de retrouver son fils, point à la ligne. Notre relation n'ira pas plus loin.

En dépit de ses paroles, Travis avait toutes les peines du monde à détacher ses pensées de Faith. Il se demanda ce que Leif en dirait s'il le savait. Sauf que Leif n'était sans doute pas la bonne personne à interroger à ce sujet. Il était tombé fou amoureux de Joni en l'espace de quelques jours. Et, maintenant, il vivait au Dry Gulch avec un père qu'il avait toujours prétendu détester.

Il devait y avoir quelque chose dans l'eau. Dorénavant, Travis se cantonnerait à la bière.

Faith leva les yeux du dossier qu'elle parcourait, et pressa la touche de l'Interphone pour répondre à sa secrétaire.

— Vous avez un appel sur la ligne 1, annonça celle-ci. C'est un homme, et il dit que c'est personnel.

— A-t-il donné son nom ?

— Non, mais il a dit que c'était au sujet de Cornell.

Le cœur de Faith fit un bond dans sa poitrine.

— Merci. Je vais le prendre.

Une seconde plus tard, une voix masculine se fit entendre dans l'écouteur.

— Bonjour, Faith. J'espère que je ne vous dérange pas.

— Georgio, murmura-t-elle, décontenancée.

Elle ne s'était pas attendue à ce qu'il la rappelle si vite — et encore moins au bureau.

— Vous ne me dérangez pas. Je suis un peu surprise, c'est tout. Je ne pensais pas vous avoir dit où je travaillais.

— Vous ne l'avez pas fait, mais ce genre d'information se trouve facilement. J'ai appelé votre portable d'abord, et je suis tombé sur la boîte vocale.

— Je viens de sortir de réunion et je l'avais éteint, expliqua-t-elle. De quoi s'agit-il ?

— Je préférerais ne pas en parler au téléphone. Je me demandais si vous pourriez déjeuner avec moi.

Faith jeta un coup d'œil à sa montre. 11 h 30. Elle avait une réunion à 13 heures. Et l'anxiété qu'elle éprouvait à présent l'empêcherait de toute façon de se concentrer sur quoi que ce soit avant d'avoir entendu ce que Georgio avait à lui dire.

— Je peux m'absenter un petit moment, à condition d'être de retour pour 13 heures.

— Parfait. Je suis en route pour l'aéroport, mais j'ai un peu de temps devant moi. Je passe vous prendre dans dix minutes.

— Très bien.

Avec un peu de chance, les nouvelles de Georgio seraient identiques à celles que Travis lui avait fournies. Cependant, il ne servait à rien de se livrer à des hypothèses. Dans quelques minutes, elle en aurait le cœur net.

En ce qui la concernait, ils pouvaient se passer de déjeuner et avoir une conversation dans la voiture. De fait, elle allait le lui suggérer. De cette manière, elle n'aurait pas à ronger son frein plus longtemps, et il serait libre de se rendre immédiatement à l'aéroport.

Elle rangea ses dossiers, puis emprunta l'ascenseur pour gagner le rez-de-chaussée. Comme elle franchissait les doubles portes vitrées, une luxueuse voiture noire s'arrêta devant l'immeuble. Un chauffeur en descendit et lui ouvrit la portière arrière. Georgio se pencha vers elle, lui adressant un signe de bienvenue.

Elle prit place sur la banquette arrière, rabaissant sa jupe sur ses jambes lorsqu'elle surprit le regard de Georgio.

— Il y a un petit restaurant à deux pas d'ici. Le menu est limité, mais la cuisine, exquise. J'ai pris la liberté de réserver une table. J'espère que cela vous convient.

— N'importe quel endroit me convient pourvu que nous puissions parler.

— Nous aurons un salon privé.

Une bouffée d'appréhension envahit Faith. Ce qu'il voulait lui dire était-il si alarmant qu'il ne pouvait prendre le risque d'être entendu ? Ou redoutait-il sa réaction face à la nouvelle ?

Le court trajet jusqu'au restaurant lui parut interminable.

Une fois à l'intérieur, ils furent accueillis par un maître d'hôtel empressé, qui les guida vers un élégant salon privé. La table était recouverte d'une nappe blanche, élégamment dressée. Une bouteille de vin était ouverte, deux verres, déjà remplis d'un liquide à la riche couleur sombre.

— Je ne bois jamais d'alcool quand je travaille.

— Comme vous voudrez, répondit Georgio en tirant une chaise pour elle. Etant donné que notre temps est compté, j'ai commandé à l'avance. François a préparé quelques-unes de ses spécialités.

— Je suis sûre qu'elles sont délicieuses, mais à vrai dire j'ai très peu d'appétit quand je suis aussi nerveuse, déclara-t-elle, soucieuse de couper court à son bavardage. J'ai hâte de savoir ce que vous avez appris concernant Cornell.

— Oui, bien sûr. Cela me déplaît de vous peiner,

Faith. Malgré tout, je crois que vous devriez savoir ce qui se passe.

— Que voulez-vous dire ?

— Deux danseuses du Passion Bar m'ont téléphoné ce matin. Toutes les deux étaient bouleversées après avoir été interrogées hier soir par deux policiers de la brigade criminelle.

La tension de Faith s'apaisa quelque peu. Il devait s'agir de Travis et d'un collègue, vérifiant ce qu'ils avaient appris concernant Angela Pointer.

— Pourquoi cette visite les a-t-elle bouleversées ?

— A en juger par les questions qu'on leur a posées, elles pensent qu'Angela Pointer, une de mes anciennes employées, a été assassinée.

— Les policiers leur ont-ils dit cela ? demanda Faith, stupéfaite.

— Pas directement.

— Dans ce cas, pourquoi l'ont-elles supposé ?

— Tout ce que je sais, c'est qu'elles ont eu cette impression.

Faith sentit l'angoisse monter en elle. Travis n'avait rien laissé entendre de tel.

— Le nom de Cornell a-t-il été mentionné ?

Georgio baissa les yeux, la sollicitude gravée sur ses traits.

— J'en ai peur. Il m'en coûte d'avoir à vous le dire, Faith, et souvenez-vous que nous nous basons uniquement sur les impressions de ces deux femmes, mais il semblerait que la police cherche à incriminer Cornell pour le meurtre d'Angela.

La colère et la panique s'emparèrent de Faith, de manière si violente qu'elle redouta un instant de perdre connaissance. Georgio se trompait. Il devait se tromper. Travis essayait de retrouver Cornell, pas de le faire condamner.

L'arrivée de François interrompit la conversation. Il apportait un hors-d'œuvre de mousse de truffes au champagne, promettant d'autres délices culinaires à venir.

Faith se fit violence pour se ressaisir. Elle devait rester lucide, se concentrer sur les faits.

— Qu'est-ce qui a pu les inciter à parvenir à une conclusion aussi étrange ?

— D'après elles, les questions des policiers allaient clairement dans ce sens. Et, malheureusement, les réponses qu'elles ont données les ont confortés dans leur opinion.

— Que voulez-vous dire ?

— Elles ont dit la vérité, personne ne peut leur en vouloir pour cela.

— Quelle vérité ?

— Angela était harcelée par quelqu'un qu'elle a décrit comme « un adolescent en pleine poussée d'hormones ». Elle a affirmé qu'il l'avait suivie jusque chez elle à plusieurs reprises et qu'il s'était même procuré son adresse e-mail. Il lui envoyait des messages disant qu'il l'aimait et qu'ils étaient destinés à être ensemble, ce genre de choses.

— Ça ne ressemble pas à Cornell, protesta Faith.

Et ce n'était pas du tout ainsi que Travis lui avait présenté la situation.

— Angela avait-elle mentionné le nom de Cornell devant elles ?

— Si oui, elles ne s'en souviennent pas.

— Et pourquoi n'ont-elles pas révélé ces informations à la police quand Angela a disparu ?

— Parce qu'Angela m'a téléphoné pour m'avertir qu'elle rentrait au Texas à cause d'une urgence familiale. J'ai informé les autres employés et aucun de nous n'a soupçonné qu'il se passait autre chose.

— Cornell n'aurait jamais harcelé une jeune fille, sans parler de lui faire du mal. Je le sais. Je connais mon fils.

Faith ne pouvait se résoudre à prononcer le mot de « meurtre ». Elle ne pouvait même pas s'autoriser à le penser.

Que se passait-il donc ? Travis l'avait abordée le jour du mariage et lui avait proposé son aide. Il avait affirmé qu'elle pouvait lui faire confiance. Tout cela n'avait-il été qu'une ruse visant en réalité à mettre Cornell derrière les barreaux ?

Si oui, elle s'était jetée dans le piège la tête la première. Elle lui avait remis l'ordinateur de son fils pour qu'il le fasse examiner par un expert. Pour autant qu'elle le sache, il lui avait peut-être même menti concernant ce qu'il avait découvert.

Elle se redressa.

— Y a-t-il autre chose que je devrais savoir ?

— Seulement que je désire vous aider à retrouver votre fils et à laver son nom.

— Pourquoi ? Vous ne le connaissez pas. Vous ne me connaissez pas, moi.

— Mais j'en sais assez sur vous pour éprouver de la sympathie à votre égard, Faith. Vous êtes une femme qui s'inquiète pour son fils. Je respecte cela. Et je ne fais pas confiance aux policiers. Je ne leur ai jamais fait confiance. C'est pourquoi j'ai insisté sur la nécessité de ne pas leur parler. Croyez-moi, ils jetteraient le discrédit sur moi et mes affaires. Et ils me compliqueraient la tâche pour ce qui est de localiser Cornell. Ayez confiance en moi.

Confiance. Faith n'était pas sûre de jamais pouvoir faire confiance à quiconque de nouveau. Pas si Cornell était soupçonné du meurtre d'une jeune femme. Le savait-il ? Etait-ce pour cette raison qu'il ne rentrait pas à la maison ?

Il était seul. Effrayé. Et innocent.

Cornell n'aurait jamais fait de mal à personne. Jamais. Elle pouvait miser sa vie sur cette certitude.

Le serveur entra, et déposa devant eux une assiette qui contenait de la bisque de homard.

Faith repoussa la sienne et se leva. Si elle restait assise là une minute de plus, elle allait devenir folle.

— Il faut que je parte, dit-elle en attrapant son sac.

— Vous devriez essayer de manger un peu.

— Je ne peux pas. Il faut que je m'en aille. J'ai besoin d'être seule pour réfléchir.

— Comme il vous plaira. Je vais demander à mon chauffeur de vous raccompagner.

— Non, merci. C'est inutile. Je vais rentrer à pied. L'air frais me fera du bien.

— Si vous y tenez. Je vous appellerai dès mon retour, d'ici quelques jours. Entre-temps, ne parlez pas à la police. Et, si Cornell vous contacte, avertissez-moi immédiatement.

Elle ne put qu'acquiescer.

Une fois dehors, à peine consciente de la circulation ou de la chaleur du soleil, elle prit la direction de son bureau, courant presque. Quand elle arriva devant les portes du bâtiment, elle les fixa sans pouvoir se résoudre à entrer. Elle continua à marcher jusqu'à un petit café voisin.

Là, elle commanda un espresso et alla s'asseoir à une table toute proche. Le breuvage amer lui brûla la gorge, mais elle se ressaisit peu à peu, et parvint à prendre une décision. D'une main tremblante, elle composa le numéro de portable de Travis.

Elle n'allait pas se laisser manipuler par Travis Dalton. Elle allait exiger qu'il lui dise la vérité.

Dire qu'elle avait craint de tomber amoureuse de ce traître.

Faith parvint tant bien que mal à tenir jusqu'à la fin de sa réunion, puis elle capitula et prit un congé pour le reste de l'après-midi. Elle se sentait comme engourdie, incapable de se concentrer tant elle s'inquiétait.

Rien ne l'avait préparée à un tel choc. Cornell, suspecté de meurtre ? En plus de tout le reste, elle avait l'impression d'avoir été trahie. Quelle idiote elle avait été de se fier à Travis Dalton !

Reviens à la maison, Cornell, pria-t-elle intérieurement. *Nous traverserons cette épreuve tous les deux, comme nous l'avons toujours fait par le passé.*

Pourquoi n'avait-elle pas eu la présence d'esprit de prononcer ces mots-là lorsqu'il avait téléphoné ?

Une fois de retour chez elle, elle referma la porte du garage et entra dans la buanderie, puis marqua une pause, envahie par une étrange sensation.

Quelque chose était différent. Elle n'aurait su dire quoi au juste, mais elle pouvait le sentir. Une légère odeur flottait dans l'air. Une odeur qu'elle ne reconnaissait pas. Elle regarda autour d'elle. Tout semblait à sa place. Rien n'avait été dérangé.

Elle tenta de se raisonner. Qu'allait-elle s'imaginer ?

Malgré tout, elle jeta des coups d'œil méfiants à droite et à gauche en gagnant sa chambre. Elle retira ses chaussures, vérifia ses messages. Il n'y en avait pas. Travis ne l'avait pas rappelée sur le fixe, et, en dépit de ses prières, Cornell ne s'était pas manifesté.

Elle enfila un jean et un T-shirt de couleur vive, puis retourna dans la cuisine chercher un verre d'eau. Elle se figea en sentant une substance granuleuse sous la plante de ses pieds. Un nouveau malaise l'envahit. Elle était certaine que le sol était parfaitement propre quand elle était partie ce matin.

Cédant à une impulsion subite, elle alla prendre un couteau sur le plan de travail. Elle n'avait jamais utilisé un couteau pour se défendre, ni aucune autre arme, d'ailleurs, mais elle était sur le qui-vive.

Elle se mit à genoux pour inspecter le sol. C'était un peu de sable ou du gravier. Sans doute l'avait-elle rapporté de l'allée en rentrant le journal du matin.

Son téléphone sonna, la ramenant brutalement à la réalité. Le nom de Joni s'afficha à l'écran. Faith sourit : jamais elle n'avait autant eu besoin d'entendre la voix de son amie. Mais cette amie était en pleine lune de miel, se souvint-elle. Pas question de l'ennuyer avec ses problèmes.

Elle prit une profonde inspiration et s'efforça d'adopter un ton dégagé.

— Bonjour, jeune mariée. Ne me dis pas que tu n'as rien trouvé de mieux à faire que de m'appeler ?

— Il faut bien que je reprenne mon souffle de temps en temps, rétorqua Joni. Pourquoi es-tu à la maison de si bonne heure ?

— Qu'est-ce qui te fait penser que je suis à la maison ?

— Figure-toi que j'ai téléphoné au bureau d'abord. Melanie m'a dit que tu étais rentrée. Cela ne te ressemble guère.

Faith déglutit avec peine.

— J'avais une migraine.

Elle détestait mentir, et surtout à Joni.

— Leif vient d'avoir Travis au téléphone, répondit celle-ci.

Faith se sentit piégée. Apparemment, son amie en savait plus long qu'elle ne l'avait soupçonné.

— C'est bien que les deux frères restent en contact.

— Travis s'inquiète pour toi, Faith.

Il s'inquiétait tant qu'il n'avait pas pris la peine de la rappeler, songea Faith avec amertume.

— Il a téléphoné à Leif exprès pour le lui dire ?

— Non. C'est Leif qui l'a appelé. Il pense que Travis devrait venir au Dry Gulch et avoir au moins une conversation avec son père pendant que R.J. est encore lucide.

— Et comment en suis-je venue à être mentionnée dans cette conversation ?

— Travis a seulement dit que tu étais soucieuse et que ce serait une bonne idée que je t'appelle.

— Il t'a parlé d'Angela Pointer, c'est ça ?

— Un peu, dit Joni. Je sais que c'est difficile d'accepter que Cornell avait des secrets dans sa vie, mais je suis sûre que la plupart des adolescents ne disent pas tout à leur mère.

— Bien sûr, mais… Cornell et moi… nous étions si proches. Il a toujours été un fils adorable.

— Je sais. Travis va le retrouver et faire la lumière sur toute cette affaire. Et Cornell et toi redeviendrez proches. Quoi qu'il soit arrivé, je sais que vous le surmonterez.

Faith ne put réprimer plus longtemps sa rancœur.

— Travis ne s'intéresse pas à Cornell uniquement pour le ramener sain et sauf à la maison.

— De quoi parles-tu ?

Les accusations jaillirent des lèvres de Faith. Elle n'omit pas un seul détail, depuis l'analyse de l'ordinateur jusqu'à sa conversation avec Georgio. Quand elle se tut enfin, elle tremblait de tout son corps.

— Es-tu en train de me dire que tu préfères croire ce vendeur de drogues plutôt que Travis ? s'écria Joni, outrée.

— Je ne fais pas confiance à Georgio, répondit Faith. Mais comment saurait-il que Travis était allé au Passion Bar si ces deux danseuses ne le lui avaient pas dit ? Ce sont elles qui lui ont donné ces renseignements. Angela était leur amie. Elles n'ont aucune raison de mentir.

— Qu'en sais-tu ? Faith, je connais mon mari, et il connaît son frère. S'il dit que tu peux faire confiance à Travis pour retrouver Cornell, c'est la vérité.

— Et moi, je connais mon fils, rétorqua Faith. Il n'a tué personne. Il est incapable de faire une chose pareille.

— Dans ce cas, tu n'as pas de soucis à te faire sur ce point. Répète à Travis ce que tu viens de me dire, y compris le rôle joué par Georgio. Il aura une explication sensée. Donne-lui une chance.

— Il ne veut même pas que je parle à Georgio.

— Parce que ce type est un vrai serpent, Faith. Il t'a déjà empoisonné l'esprit. Réfléchis. Il faut que tu fasses confiance à Travis. Il veut t'aider et il le fera, exactement comme Leif m'a aidée, moi.

Faith avait désespérément envie de la croire. Mais elle ne pouvait abandonner son fils.

— Je ne sais pas, Joni.

— Alors, je vais venir te voir pour te ramener à la raison.

— Sûrement pas. Une lune de miel n'arrive qu'une fois dans la vie.

— Ne t'inquiète pas pour nous. Leif et moi, nous nous aimons davantage chaque jour.

La sonnette de la porte d'entrée retentit, épargnant à Faith de devoir répondre.

— On sonne. Il faut que j'aille ouvrir. Promets-moi de ne pas revenir en catastrophe au Texas.

— Alors, promets-moi de donner une chance à Travis.

— J'écouterai ce qu'il a à dire.

Pas question de s'engager davantage. Elle coupa la communication, traversa l'entrée et jeta un coup d'œil par le judas.

Travis se tenait sur le seuil, sa silhouette imposante se détachant de l'ombre. Il avait un pack de canettes de bières à la main, comme s'il était venu en ami. Une mèche sombre retombait sur son front, lui donnant presque l'air d'un adolescent.

Mais son jean, ses bottes de cow-boy, la chemise bleue ouverte au col, la veste de sport négligemment jetée sur son épaule, tout en lui affirmait sa virilité.

Le cœur de Faith fit un léger bond dans sa poitrine. Qu'importait ! Cette fois, elle ne se laisserait pas influencer par le frisson de désir qu'il éveillait en elle, surtout après ce qu'elle avait appris.

Elle ouvrit la porte.

— Entrez, Travis.

— Je suis désolé d'avoir raté votre appel. J'étais en réunion avec le chef et le maire.

— Je me rends compte que la brigade criminelle est une unité très prenante.

— Oui, enfin, j'étais occupé. J'ai essayé de vous rappeler au bureau, mais on m'a dit que vous étiez partie, alors j'ai pensé vous trouver ici.

— Bien. Il faut qu'on parle.

Et, cette fois, ce serait à son tour de poser les questions.

9

Travis ne voyait pas du tout ce qui avait pu causer la colère de Faith, mais il était clair qu'elle fulminait. Peut-être avait-elle des soucis au bureau ?

— Que diriez-vous d'une bière ?

— Non, merci. Mais, je vous en prie, ne vous gênez pas.

— Cela vous ennuie que je mette les autres au frais ?

— Allez-y. Je vous attends sur la terrasse.

Il la rejoignit quelques instants plus tard, une canette à la main. Elle était assise, jambes croisées. Ses ongles étaient peints en rose bonbon, son jean trois-quarts révélait ses jolis mollets.

Travis but une gorgée de bière et s'adossa à la rambarde, à côté d'une jardinière de pensées.

Elle le foudroya du regard.

— Quand avez-vous décidé de considérer Cornell comme un meurtrier présumé ?

L'accusation prit Travis au dépourvu. Il posa sa canette sur le rebord de la rambarde.

— De quoi voulez-vous parler ?

— Ne jouez pas la comédie, Travis. Répondez seulement à mes questions ! C'était avant le mariage de Joni ? C'est pour cette raison que vous avez fait semblant de vouloir m'aider ?

Il reprit sa bière et en but un bon tiers en essayant de comprendre ce que cette soudaine attaque signifiait.

— Je n'ai jamais fait semblant. Et je ne vous ai pas forcée à danser avec moi.

— Mais vous m'avez trompée pour que je vous remette l'ordinateur de Cornell afin que vous puissiez établir un lien entre Angela Pointer et lui ?

— Trompée ?

Il termina sa bière et fit un pas vers elle.

— Vous vouliez retrouver votre fils. Vous étiez prête à me laisser examiner son ordinateur. D'ailleurs, Angela n'a jamais été officiellement signalée comme disparue et rien ne suggère qu'elle soit morte. Je ne sais pas où vous êtes allée pêcher cette idée ridicule que j'enquêtais sur son meurtre.

Faith le toisa, les lèvres pincées.

— C'est logique. Vous êtes débordé de travail à la brigade criminelle, et pourtant vous acceptez de chercher une personne disparue dont le dossier a pratiquement été classé par vos collègues. Pour quelle raison ?

Excellente question.

La vérité s'imposa à Travis, assourdissante. Parce qu'il n'avait pas pu chasser Faith de ses pensées après leur première rencontre au Passion Bar.

Parce qu'elle l'avait rendu fou de désir quand il avait dansé avec elle au rythme d'une ballade romantique lors du mariage de Leif.

Ce qu'il commençait sérieusement à regretter. Il chercha une réponse qui soit aussi proche que possible de la vérité.

— Vous sembliez persuadée que votre fils n'était pas parti de son plein gré, Faith. Je vous ai crue, et je constate que la réciproque n'est pas vraie. Laissez-moi mettre les choses au point.

— Je veux la vérité, c'est tout.

— Vous allez l'avoir. Je suis policier. Je suis un bon policier, et je n'ai pas pour habitude de faire endosser des meurtres à des innocents. Je ne fabrique pas de preuves, je les trouve, et je n'apprécie pas qu'on laisse entendre le contraire.

Il marqua une brève pause.

— Je ne savais même pas qu'Angela Pointer existait avant de lire le rapport d'analyse de l'ordinateur. Personne n'a signalé sa disparition, et elle n'a jamais fait l'objet d'aucune enquête. Si je découvre qu'elle a été assassinée, ici, à Dallas, vous pouvez être sûre que la brigade criminelle s'emploiera à retrouver son meurtrier. Cela dit, vous avez raison sur un point. J'ai plus qu'assez de travail pour m'occuper et je n'ai pas pour habitude d'imposer mon aide à des femmes qui n'en veulent pas. Si vous n'avez pas confiance en moi, dites-le et nos relations cesseront dès à présent.

Elle le dévisagea en silence, ce qui était une réponse en soi.

— Je vais chercher une autre bière, dit-il. A vous de décider si vous voulez que je reste assez longtemps pour la terminer.

Travis laissa échapper un juron étouffé en se dirigeant vers la maison. Il avait réagi en homme et non en policier. Le désir et le travail ne faisaient pas bon ménage. C'était bien connu. Les enquêteurs intelligents ne tombaient pas dans ce panneau.

D'habitude, il faisait partie de cette catégorie.

Il ouvrit le réfrigérateur, en sortit une bière, puis une

deuxième. Une trêve les aiderait peut-être à retrouver le calme.

Elle l'avait mis en colère, pourtant, il n'avait pas envie de partir et de laisser les choses en l'état. Même si elle le jetait dehors, il continuerait à chercher Cornell.

Il ne voyait pas encore très bien quel rôle Angela Pointer avait joué dans cette affaire, mais il soupçonnait fort que la raison qui avait poussé Cornell à s'enfuir avait un lien avec Georgio. Et, si sa théorie concernant ce gangster était exacte, celui-ci pouvait commanditer un meurtre aussi facilement que la plupart des gens commandaient une pizza. Travis s'évertuait depuis près d'un an à en apporter la preuve. Il ne comptait pas s'arrêter maintenant.

Faith s'approcha de la rambarde, et regarda une mésange se faufiler dans le nichoir où ses petits attendaient d'être nourris. Une mère protectrice, nourricière. Obéissant à son instinct.

Se conduisait-elle aussi instinctivement lorsqu'il s'agissait de Cornell ? Tirait-elle des conclusions trop hâtives en attaquant Travis avant d'avoir entendu sa version des faits ? Elle ne pouvait tout de même pas lui faire aveuglément confiance, ni se laisser guider par l'attraction qu'il lui inspirait.

Pas plus qu'elle ne pouvait se permettre de le rejeter s'il essayait réellement de l'aider.

Travis réapparut, une canette de bière ouverte dans chaque main.

— Je me suis dit que vous aviez peut-être besoin de ça, dit-il.

Elle ne buvait jamais de bière. Ce n'était pas bon pour la ligne. Cette fois, cependant, elle l'accepta. Elle but lentement, à petites gorgées, puis alla s'asseoir sur les marches de bois qui menaient à la pelouse et au parterre de fleurs qu'elle avait planté pour attirer les papillons. Les phlox s'épanouissaient déjà.

Travis se laissa tomber à côté d'elle, pas trop près, mais assez pour qu'elle puisse respirer l'odeur légèrement boisée de son après-rasage. Il s'adossa au poteau, ses longues jambes étirées devant lui, et observa une abeille qui butinait ici et là.

Faith lui lança un coup d'œil à la dérobée, sentit sa détermination faiblir et détourna la tête.

— Désolée, murmura-t-elle. La journée a été rude.

— J'avais compris. C'est pour ça que vous êtes rentrée plus tôt que prévu ?

Elle se contenta d'acquiescer. Il n'insista pas. Elle but quelques gorgées de bière, réfléchissant à ce qu'elle allait lui dire. Au bout d'un moment, elle prit une profonde inspiration et se jeta à l'eau.

— Je n'ai pas cessé de penser à ces révélations au sujet d'Angela Pointer et je suppose que mon imagination s'est emballée.

A en juger par l'air sceptique de Travis, il n'était pas convaincu par cette explication. Et ses mensonges commençaient à se transformer en bile dans son estomac.

— J'étais tellement contrariée que j'en suis devenue parano, ajouta-t-elle.

Il planta son regard dans le sien.

— Et vous avez décidé que vous ne pouviez pas me faire confiance. Vous n'avez pas mis longtemps à parvenir à cette conclusion.

— Pire, quand je suis rentrée chez moi, j'ai cru que quelqu'un était venu en mon absence. Je me suis même promenée avec un couteau de cuisine au cas où j'aurais dû me défendre contre un intrus.

— Ce genre de chose vous arrive souvent ?

— Jamais.

Il se pencha vers elle.

— Qu'est-ce qui vous a donné l'impression que quelqu'un s'était introduit chez vous ? Quelque chose n'était plus à sa place ?

Elle haussa les épaules, gênée.

— Non. J'ai cru sentir une odeur d'après-rasage masculin, c'est tout.

Le visage de Travis s'assombrit.

— Autre chose ?

— Je suis allée pieds nus dans la cuisine et j'ai marché sur quelque chose qui ressemblait à du sel. En fait, quand j'ai regardé de plus près, c'était une sorte de sable. J'ai dû l'apporter moi-même en entrant.

— C'est logique. Il n'y a pas de quoi s'inquiéter.

Sa mine sévère démentait ses paroles rassurantes. Il se leva et scruta le toit de la terrasse avec attention, comme s'il cherchait des araignées venimeuses.

Il porta un doigt à ses lèvres, lui adressant en même temps un regard d'avertissement qui la laissa perplexe.

— Il faut que j'y aille, dit-il. Si vous n'avez pas confiance en moi, trouvez quelqu'un d'autre pour chercher votre fils. Rappelez-moi si vous changez d'avis.

Le doigt toujours sur ses lèvres, il captura sa main et la guida vers la pelouse. Il ne reprit la parole que lorsqu'ils atteignirent la barrière du jardin.

— Avez-vous un escabeau ? chuchota-t-il.

— Que se passe-t-il, Travis ?

— Sans doute rien, mais je veux en avoir le cœur net.

— Vous pensez que quelqu'un s'est réellement introduit chez moi ?

— Déformation professionnelle. Nous autres flics avons toujours tendance à imaginer le pire.

— Pourquoi un escabeau ?

— C'est juste une intuition. Ne vous affolez pas pour le moment. Où est-il ?

— Dans le garage. Je vais aller le chercher.

— Non. Je veux que vous restiez dans le jardin jusqu'à ce que je revienne. Ne retournez même pas sur la terrasse.

S'il essayait de lui faire peur pour qu'elle obéisse à toutes ses instructions, ça n'allait pas marcher. Malgré tout, elle avait le cœur battant en le regardant s'éloigner.

Sa nervosité ne fit que s'accroître. Quand il la rejoignit, vingt minutes plus tard, elle était partagée entre la peur et le doute. Sans un mot, il ouvrit sa main. Un petit objet était glissé dans sa paume, à peine plus gros qu'une pile de montre.

— Qu'est-ce que c'est ?

— Un micro. Vous n'êtes pas parano. On a caché des micros chez vous.

— Des micros. Qui a pu faire une chose pareille ? Pour apprendre quoi ?

— Je n'en suis pas sûr, mais j'ai bien l'intention de le découvrir. Vous ne pouvez pas rester ici.

— Combien de micros y a-t-il ?

— J'en ai trouvé quatre. Je ne crois pas qu'il y en ait sur la terrasse, mais c'est possible.

— Vous ne pouvez pas les enlever, tout simplement ?

— Je préférerais qu'ils restent à leur place jusqu'à ce que je sache qui avait des raisons de vous espionner. De cette façon, nous pourrons leur donner de fausses informations si nécessaire. Je vais remettre celui-ci où il était.

— Je ferai attention à ce que je dis, Travis. Je suis seule ici chaque soir. Ce n'est pas comme si je parlais beaucoup. Et je ne peux pas m'en aller. Cornell pourrait essayer de me téléphoner. S'il le fait, je dois être là.

— Votre ligne est sûrement sur écoute aussi. Et, même si elle ne l'est pas, ils pourraient entendre ce que vous dites à Cornell, ce qui est peut-être précisément ce qui les intéresse.

C'était absurde. Qui aurait besoin d'espionner ses conversations avec Cornell ? Pas Travis, sinon, il ne lui conseillerait pas de déménager. Cependant, si quelqu'un tenait à ce point à retrouver la trace de son fils, cela expliquait qu'il soit en fuite. En s'obstinant à rester, elle risquait de le conduire droit vers le danger.

Mais quel danger ? Il devait y avoir un lien avec Angela Pointer.

— Pensez-vous que Cornell et Angela se soient enfuis parce qu'ils avaient peur que son petit ami ne cherche à se venger ?

— C'est une possibilité.

Elle le regarda, certaine qu'il en savait plus long qu'il ne voulait l'avouer.

— Qui est au courant de l'appel de Cornell ?

— Vous. Joni. Sans doute votre frère. Joni confie tout à Leif.

— Qui d'autre ?

Les paroles de Joni résonnaient dans sa tête et dans son cœur comme autant de tambours. « Fais confiance à Travis. » « Fais confiance à Travis. »

Faith ne pouvait continuer ainsi. La situation était

devenue trop dangereuse. Elle devait choisir une fois pour toutes entre Travis Dalton et le mystérieux Georgio. Elle se décida.

— Georgio.

— Georgio ? Le propriétaire du Passion Bar ?

Elle hocha la tête.

— Comment l'a-t-il su ?

— Je le lui ai dit.

Une vague de colère déferla en Travis. Il abattit le poing sur sa paume, luttant contre la rage et la frustration.

— Je vous avais dit de ne pas l'approcher !

— Il a vu une des affiches que j'avais posées. Il m'a appelée et m'a proposé de m'aider à retrouver Cornell. Je ne pouvais pas refuser.

— C'est donc lui qui vous a montée contre moi. Vous ne comprenez pas que ce type est dangereux, Faith ? Ce salaud est le pire trafiquant de drogues de tout le Texas. Personne ne se met impunément en travers de son chemin.

— Dans ce cas, pourquoi n'est-il pas en prison ?

— Parce que personne n'ose témoigner contre lui.

— L'accusez-vous d'être un assassin ?

— Pas directement. Il emploie des gens pour faire le sale boulot à sa place.

Travis passa une main dans ses cheveux. Il ne s'était pas attendu à ce que la situation évolue aussi vite, même s'il avait soupçonné que Georgio apprendrait qu'il aidait Faith à retrouver Cornell. A l'évidence, ce dernier avait contacté Faith avant, et la question était de savoir ce qui avait pu l'y pousser.

— Allons faire un tour, suggéra-t-il.

Ils marchèrent côte à côte, sans se toucher, Travis passait

mentalement en revue les éléments dont il disposait. Oubliés, les rêves romantiques concernant Faith. Dans l'immédiat, il devait se cantonner à son rôle de policier. Assurer sa protection et celle de Cornell.

Ils empruntèrent un chemin qui traversait le quartier, et s'arrêtèrent sur un banc à l'ombre d'un chêne au tronc noueux.

Contrairement à ce qu'il redoutait, Faith commença à parler dès qu'ils furent assis. Sa voix était incertaine, mais les mots coulaient sur ses lèvres comme l'eau sur un lit de galets.

La colère de Travis s'accrut à mesure qu'elle lui faisait le récit de ses deux rendez-vous avec Georgio. Ce type la manipulait, essayait de découvrir précisément ce qu'elle savait.

Enfin, elle prit une profonde inspiration et se laissa aller contre le dossier du banc, le regard dans le vide.

— Rien de tout cela n'a aucun sens pour moi. Pourquoi ces danseuses pensent-elles qu'Angela a été tuée ? Et pourquoi Georgio fait-il semblant de m'aider maintenant alors qu'il a toujours refusé de me recevoir avant ?

— Je ne sais pas, mais pour l'instant l'important est que vous quittiez cette maison. Pouvez-vous obtenir un congé ?

— Oui. Je n'ai pas pris de vacances depuis la disparition de Cornell. Je voulais les garder pour les passer avec lui quand il reviendrait.

— Prenez-les maintenant.

— Où vais-je aller ?

— Dans un endroit où vous serez en sécurité, et pas trop éloigné de Dallas pour que je puisse garder un œil sur vous.

Un seul lieu s'imposait à son esprit. Un lieu où ses cauchemars et les ressentiments du passé se heurteraient aux peurs et aux pressions du présent. Le dernier endroit au monde où il avait imaginé passer ne serait-ce qu'une seule nuit.

— Je vais vous raccompagner chez vous, et je voudrais que vous mettiez de la musique, assez fort pour couvrir le bruit que vous ferez en préparant vos bagages.

— Que dois-je emporter ? demanda-t-elle, désemparée.

— Des jeans, des shorts, des T-shirts, des chaussures de marche si vous en avez. Rien d'élégant. Le genre de choses dont vous aurez besoin au ranch.

— Quel ranch ?

— Le Dry Gulch.

Cornell fit monter le dernier cheval dans le fourgon, puis épongea d'un revers de manche la sueur qui perlait sur son front. Il ne comprenait pas la moitié de ce que disaient les Mexicains qui l'aidaient, mais il en saisissait assez pour savoir qu'ils le croyaient fou de se diriger vers la frontière avec toute cette marchandise de contrebande.

De l'argent pour Georgio. Et, pour lui, le risque d'être arrêté et jeté en prison. Combien de temps avant qu'un agent le reconnaisse à la frontière ? Combien de temps avant que l'un d'eux comprenne qu'il ne transportait pas que des chevaux ?

Cinq voyages. C'était ce que Georgio avait promis. Cet homme mentait et manipulait sans vergogne. Mais personne ne lui tenait tête. Personne n'osait.

Cornell allait essayer.

Qu'avait-il à perdre ? Qu'est-ce qui était préférable ? Passer le restant de ses jours en fuite ou derrière les barreaux ? Se faire éliminer par un des sbires de Georgio ou être condamné à la chaise électrique ?

Au moins, s'il échappait aux griffes de Georgio, il aurait une chance de rester en vie. Mais pas aux Etats-Unis. Il ne pourrait jamais retourner dans son pays. Il ne reverrait jamais sa mère. Comment pourrait-il supporter de lire la douleur dans ses yeux lorsqu'il lui avouerait ce qu'il avait fait ?

Il avait dix-huit ans. Il était assez âgé pour partir à la guerre.

Et pourtant il n'avait pas l'impression d'être un homme.

10

R.J. se balançait dans son vieux rocking-chair, content d'avoir de la compagnie. Personne mieux que Caroline Lambert ne pouvait l'aider à mettre de l'ordre dans ses pensées. C'était la plus jolie grand-mère qu'il ait jamais vue. Et la plus futée.

Caroline s'installa dans la balancelle, calant un coussin fleuri dans son dos.

— Savez-vous ce qui a causé ce revirement chez Travis ?

— Non. Je suis aussi perdu qu'une balle de golf sur un gazon artificiel.

— Mais il a dit qu'il viendrait passer quelques jours chez vous avec Faith ?

— Il m'a demandé si j'avais de la place. Il sait pertinemment que oui. J'ai plus de place qu'il ne m'en faut dans cette grande baraque depuis que Leif et Joni ont emménagé dans leur propre maison.

— Mais vous n'êtes jamais vraiment seul à présent, R.J. Vos enfants viennent vous voir.

— Certains prennent leur temps. Et, s'ils ne se pressent pas un peu, ce sera trop tard. J'ai déjà dépassé les prévisions de mon cancérologue. La tumeur est aussi têtue qu'une mule dans un champ de trèfle.

— Mais peut-être pas aussi têtue que vous. Et la méthode que vous avez employée pour faire revenir vos enfants était un peu sournoise.

— Il n'y a rien de sournois là-dedans. D'ailleurs, c'est vous qui m'en avez donné l'idée.

— Je vous ai conseillé de leur léguer le ranch. Je n'ai jamais suggéré que vous fassiez semblant d'être mort et que vous débarquiez en pleine lecture de votre propre testament !

R.J. s'esclaffa.

— Vous auriez dû voir leur tête quand je suis entré ! J'ai cru que Jake, l'aîné, allait avaler sa langue.

— A propos de Jake, avez-vous des nouvelles de lui ?

— Oui. Il se plaint encore des conditions de l'héritage. Il pense que je suis un salaud et un manipulateur.

Caroline sourit.

— Je me demande bien pourquoi.

— Vous n'allez pas vous y mettre, vous aussi !

— Je n'oserais pas.

— Il a dû écouter sa mère. C'était une vraie beauté, celle-là. Elle a pris mon cœur à la seconde où je l'ai vue.

Elle ne le lui avait jamais rendu, d'ailleurs ; pas même quand elle l'avait quitté.

Il avait aimé chacune de ses épouses, à sa manière. Malgré tout, il ressentait toujours un émoi particulier en songeant à la première... Voilà qu'il devenait sentimental. Cela ne lui arrivait jamais autrefois, lorsqu'il était plus jeune et en bonne santé.

— Joni m'a dit que Travis et Faith ne s'étaient jamais vus avant le mariage. Ils ont dû avoir un coup de foudre s'ils partent déjà en vacances ensemble.

— J'ai eu l'impression qu'il ne s'agissait pas vraiment de vacances.

— Ah non ?

R.J. hocha la tête.

— D'après Leif, Travis aide Faith à rechercher son fils, qui a disparu il y a quelques mois. On ne s'ennuie jamais au Dry Gulch.

— Je suis désolée d'apprendre cette nouvelle. La pauvre Faith doit être bouleversée. J'espère que Travis va le retrouver sain et sauf. En tout cas, vous deux aurez l'occasion de vous voir davantage et de renouer des liens.

— Nous allons nous voir, certes. Quant à renouer des liens, c'est une autre histoire. Il était plutôt réservé au téléphone.

— Il ne peut pas vous en vouloir plus qu'Adam et Leif, et voyez comme vos relations ont évolué.

— C'est vrai. Deux sur six m'ont pardonné d'avoir été un mauvais père, c'est déjà beaucoup plus que je ne mérite.

— Le pardon n'a rien à voir avec le mérite. Et vous pouvez me traiter d'incorrigible optimiste, R.J., mais je suis sûre que vos six enfants vont vous rendre au moins une visite au cours des prochains mois.

— Nous verrons bien, soupira R.J. en se frottant la mâchoire.

Son visage lui semblait étranger à présent. Il avait perdu près de vingt kilos depuis que le médecin lui avait annoncé qu'il était condamné. Son seul plaisir désormais était d'être entouré de sa famille.

— Il faut que j'y aille, déclara Caroline. J'étais juste passée en coup de vent, pour vous apporter un peu de soupe.

— Merci beaucoup. J'adore votre soupe. Vous êtes belle, riche, et vous savez faire la cuisine. Je ne sais pas comment vous faites pour repousser les hordes d'admirateurs.

— Je garde un fusil armé près de la porte d'entrée.

R.J. éclata de rire.

— Bonne idée !

— Vous savez que Hugh était l'homme de ma vie, R.J. Personne ne pourra jamais le remplacer.

Cependant, Hugh était mort, et Caroline était bien trop jeune pour rester seule.

— Il ne s'agit pas de le remplacer, lui fit-il remarquer. Ce ne serait pas pareil, mais vous pourriez être heureuse quand même. Vieillir seul n'est pas drôle.

Caroline se leva et posa sa main fine et délicate sur la sienne, veineuse et ridée.

— Ne vous inquiétez pas pour moi, R.J. Tant que j'ai ma famille et mes souvenirs, je ne serai jamais seule. Vous n'êtes pas seul non plus. Et maintenant vous avez un autre fils qui arrive.

— Hmm. Je vous tiendrai au courant.

Elle se pencha et déposa un baiser sur sa joue.

Il réprima la tentation de pincer son joli postérieur. Elle était trop distinguée pour ce genre de plaisanterie. Il se contenta donc de la suivre du regard tandis qu'elle descendait les marches pour retourner à sa voiture.

— Etes-vous vraiment sûr que ce soit nécessaire, Travis ? Votre père est souffrant et il me connaît à peine. Comment puis-je m'imposer ainsi chez lui ?

— Il est trop tard pour changer d'avis. Nous sommes

presque arrivés et, de toute façon, je l'ai prévenu que nous étions en route.

A vrai dire, Travis aussi était tenaillé par le doute. Il s'était donné beaucoup de mal pour mettre de côté son ressentiment envers son père, en se disant que la vie était ainsi faite : on prenait ce qu'elle vous offrait et on s'en contentait, point à la ligne. Mais, à mesure qu'ils s'approchaient du ranch, les souvenirs qu'il avait refoulés s'imposaient à lui avec plus de netteté.

Faith se tourna vers lui.

— Je croyais que vous adressiez à peine la parole à R.J.

— Avec un peu de chance, cela ne va pas changer au cours des jours à venir, grommela-t-il.

— Je comprends que vous soyez amer. Ça a dû être affreux d'être placé dans une famille d'accueil parce que votre père ne voulait pas s'occuper de vous.

Apparemment, Faith était bien informée.

— C'est Leif qui vous a raconté ça ?

— C'est Joni. Elle a dit que les relations entre Leif et R.J. étaient tendues au début. Elle craignait que Leif ne puisse jamais ressentir d'affection pour lui. Et maintenant ils habitent sur les terres du Dry Gulch.

— Je ne suis pas Leif.

— J'ai remarqué. Mais vous avez l'air d'un homme qui serait à l'aise dans un ranch.

— C'est une critique ?

— Au contraire.

Il y eut un bref silence.

— D'après Joni, R.J. a beaucoup de regrets concernant sa conduite, reprit-elle doucement.

— C'est souvent le cas à l'approche de la mort, répondit Travis.

— Joni ne l'a pas connu autrefois, mais elle apprécie l'homme qu'il est à présent. Elle est ravie que Leif et lui aient fini par s'entendre.

Il était grand temps de changer de sujet, songea Travis en s'engageant sur la route étroite qui menait au ranch.

— Récapitulons ce que je vous ai dit de faire et de ne pas faire pendant que vous êtes au ranch.

Faith leva les yeux au ciel.

— Encore ? Vous m'avez déjà fait la leçon avant de quitter Dallas.

— Oui, mais je vous avais dit de ne pas parler à Georgio et regardez ce qui s'est passé.

— D'accord. Je ne dois révéler à personne que je suis au Dry Gulch. Croyez-vous réellement que celui qui a mis des micros chez moi va chercher à me retrouver ?

— Oui. Georgio ne va pas se décourager aussi facilement.

— Vous êtes convaincu que c'est lui qui est derrière tout cela, n'est-ce pas ?

— A moins que vous ne soyez harcelée par un amant jaloux dont vous ne m'avez pas parlé, oui.

— Je n'ai pas d'amant. Jaloux ou non.

Malgré lui, sa réponse plut à Travis. Il n'aurait pas dû y attacher d'importance, mais il ne pouvait pas s'en empêcher.

— Georgio vous a raconté des bobards et vous a avertie de ne pas parler à la police. Puis on cache des micros chez vous pendant qu'il vous occupe ailleurs. Pas besoin d'être un génie pour comprendre.

Elle changea de position et regarda le paysage défiler derrière la vitre.

— Je vous crois, mais c'est difficile à digérer. Georgio avait l'air tellement sincère.

— C'est un homme cruel et manipulateur qui a l'habitude d'être obéi. Croyez-moi. Ne lui donnez aucune indication quant à l'endroit où vous êtes.

— Je suis sûr qu'il ne devinera jamais que je suis dans le ranch de votre père.

Travis avait du mal à le croire lui-même. Plus il s'approchait, plus il était tenté de rebrousser chemin et de trouver un autre endroit où cacher Faith.

Cependant, il n'avait pas le choix. Il ne pouvait rester constamment avec elle, et elle serait en sécurité au ranch. Adam, R.J. et trois employés vivaient sur place. Ils étaient capables de se défendre en cas d'ennuis.

De plus, l'épouse d'Adam et ses jumelles tiendraient compagnie à Faith et lui remonteraient le moral si besoin était.

Il ralentit et s'arrêta devant la barrière en métal.

— J'y vais, lança Faith.

Elle sauta de la voiture avant qu'il n'ait eu le temps de réagir, aussi gracieuse qu'une biche, ses cheveux bruns dansant sur ses épaules délicates.

Travis la contempla, la bouche sèche, luttant contre ses sens. Le pire, c'était que l'attirance qu'elle lui inspirait allait au-delà d'un simple intérêt sexuel. Il était touché par sa vulnérabilité, par sa détermination à retrouver son fils, par l'amour qu'elle lui vouait. Tout en elle lui plaisait.

Cinq minutes plus tard, ils se garaient devant la maison. En plein jour, sous la lumière crue du soleil, elle paraissait plus défraîchie que l'autre soir, à la lueur scintillante des guirlandes. Les volets avaient besoin d'être remplacés. La peinture de la façade s'écaillait.

Pourtant, les pots de fleurs, les rocking-chairs et les coussins multicolores éparpillés sur la balancelle donnaient au lieu un côté pimpant et accueillant.

Travis ne se sentait pas chez lui pour autant. Leif, Adam et les autres étaient libres de se conduire comme bon leur semblait, mais lui n'allait sûrement pas faire des courbettes devant son père pour obtenir un héritage qui aurait dû lui revenir de droit.

D'ailleurs, il n'était même pas certain qu'il l'aurait accepté si tel avait été le cas. R.J. n'avait pas été là quand il était seul et qu'il avait désespérément besoin d'un père. A ses yeux, c'était pratiquement un étranger.

Il descendit du pick-up. Comme il allait ouvrir la portière de Faith, un claquement de sabots attira son attention. Il se tourna et vit R.J. s'approcher sur un superbe cheval. A sa grande surprise, il semblait beaucoup plus jeune et plus en forme que le soir du mariage. Travis se souvint que Leif l'avait averti qu'il avait des bons et des mauvais jours.

Faith descendit à son tour et se dirigea vers lui.

— Excusez-moi de ne pas avoir été là pour vous accueillir, dit-il. La journée était trop belle pour rester à l'intérieur, et j'ai décidé d'emmener Miss Dazzler en promenade. J'avais laissé la porte ouverte. Comme toujours, d'ailleurs.

— Ne vous excusez pas, répondit Faith en souriant. Nous venons tout juste d'arriver.

— Je vais attacher Miss Dazzler et puis je demanderai à Corky de s'occuper d'elle.

— Je m'en charge, si tu veux, proposa Travis.

Autant essayer d'être courtois puisqu'ils allaient partager le même toit pendant quelques jours.

— Merci, mais on peut laisser faire Corky pendant que vous me racontez ce qui vous amène. Vous êtes les bienvenus, évidemment. Dieu sait que j'ai de la place. Le soir, la maison est tellement sinistre que même les fantômes l'évitent.

Faith lui prit le bras et ils gravirent les marches ensemble. Travis s'attarda un instant, s'efforçant de s'habituer à l'idée d'être là.

Son téléphone sonna avant qu'il ait atteint la plus haute marche. Le nom de John Patterson s'afficha. John était un vieil ami qui avait été policier à Dallas avant d'accepter un poste sur la frontière.

— Que se passe-t-il, John ?

— C'est au sujet de ce jeune dont tu m'as parlé, Cornell Ashburn.

— Tu l'as localisé ?

— Oui et non.

— Explique-toi.

— Il est dans les parages, mais il a réussi à fausser compagnie à mes agents. C'est une longue histoire et je préfère ne pas t'en parler au téléphone. Mais il y a une chose que je peux te dire. Cornell Ashburn n'est pas qu'un jeune fugueur. Il y aura un mandat d'arrêt à son nom demain matin.

11

Travis retint un juron. Par certains côtés, la nouvelle ne le surprenait guère, mais elle signifiait qu'il allait devoir détruire la foi que Faith avait en son fils — autrement dit la seule chose qui lui donnait la force de traverser cette épreuve.

— J'essaierai d'être là avant.

Il y eut un bref silence.

— Ne viens pas au poste, conseilla John. Appelle-moi. Je te donnerai rendez-vous quelque part. Officiellement, cette conversation n'a jamais eu lieu.

— Entendu.

Travis coupa la communication, et se rendit soudain compte que R.J. et Faith le fixaient.

Le visage de Faith était sombre et ses poings crispés reflétaient la tension de son regard.

— C'était à propos de Cornell ?

Travis hésita. S'il lui mentait, elle finirait par le savoir, et ce mensonge mettrait à mal le fragile lien de confiance qui était né entre eux. Il risquait même de l'inciter à retourner vers Georgio.

— Alors ?

Il acquiesça, redoutant les questions qui allaient suivre.

— On l'a retrouvé ? demanda-t-elle d'une voix tremblante.

— Pas encore, mais il semble y avoir une piste crédible.

Elle expira lentement.

— Enfin ! Est-il au Texas ?

— A Laredo. Du moins, c'est là que je dois retrouver ma source et essayer de remonter la piste.

— Tout cela paraît assez vague, lança R.J. Qui est cette source ? Un policier ?

Travis réprima l'envie de lui rétorquer que cela ne le regardait pas. En un sens, il était également concerné par la situation, à présent. Avoir amené Faith au ranch changeait la donne.

— C'est un ami.

— Peu m'importe qui il est du moment qu'il m'aide à retrouver mon fils, déclara Faith.

— Rien n'est garanti, avertit Travis prudemment.

Si John avait dit vrai, les soucis de Faith ne faisaient peut-être que commencer.

— A quelle distance se trouve Laredo ?

— A environ huit cents kilomètres d'ici.

— Ce n'est pas très loin, dit-elle d'un ton excité. Je suis sûre qu'il doit y avoir un vol au départ de Dallas ce soir même. Nous n'avons qu'à téléphoner pour voir s'ils ont des places disponibles.

— *Des ?*

— Je viens avec vous. Sinon, je vais devenir folle à attendre ici.

Comment diable s'était-il fourré dans un pétrin pareil ?

— Ce n'est pas une bonne idée.

— Pourquoi pas ?

Parce que la réalité n'allait pas lui plaire. Parce qu'elle risquait de retrouver son fils derrière les barreaux.

— Je n'ai qu'une piste, Faith. Il faudra peut-être des jours entiers pour parvenir à un résultat. Il vaut mieux que vous attendiez ici.

— Non. Je vous accompagne.

R.J. se gratta le menton.

— C'est peut-être une perte de temps, Faith. A votre place, je laisserais faire Travis. Il a l'habitude de ce genre de chose.

Faith secoua la tête.

— Il y a dix mois que j'attends. Dix mois de larmes, de chagrin et de peur. S'il y a la moindre chance de retrouver Cornell, je dois y aller.

Travis ne chercha pas à discuter, bien qu'il n'ait pas l'intention de l'emmener.

— Je vais appeler les compagnies aériennes.

— Si aucune place n'est disponible, nous pourrons toujours y aller en voiture.

— Il vous faudra toute la nuit, objecta R.J.

— Tant pis. Je préfère rouler qu'attendre. Travis, vous avez dit vous-même que la piste était crédible. Nous n'avons pas de temps à perdre. En nous relayant au volant, nous serons à Laredo à l'aube.

Travis se dirigea vers la porte.

— Allons discuter à l'intérieur.

— Bonne idée, répondit R.J. Matilda va nous préparer du café. Elle en fait chaque après-midi avant de rentrer chez elle.

— J'espère que je ne vous importune pas trop, dit Faith. Si nous avions su que nous allions prendre un avion ce soir, nous ne vous aurions pas dérangés pour rien.

— Ce n'est jamais un dérangement de recevoir une jolie femme. Et, comme je vous disais, ce n'est pas la place qui manque, maintenant qu'Adam et Leif ne sont plus là.

Apparemment, la solitude lui pesait. Il aurait dû y réfléchir à deux fois avant de quitter toutes ses épouses, songea Travis.

R.J. s'arrêta devant une porte et l'ouvrit en grand.

— Il y a d'autres chambres au premier étage, mais celle-ci est la meilleure. J'ai acheté un matelas neuf pour le lit à baldaquin. Joni et mon autre belle-fille, Hadley, se sont chargées de la décoration.

Faith fit un pas en avant.

— C'est ravissant, dit-elle distraitement.

Il était clair qu'elle songeait toujours à Laredo et à la perspective de retrouver son fils bientôt.

Travis ne pouvait qu'espérer que John Patterson se soit trompé d'individu. Mais c'était peu probable.

Patterson ne se trompait jamais.

Faith se tourna vers R.J.

— Avez-vous un ordinateur ?

— Il y a un portable dans le salon.

— J'ai apporté le mien, déclara Travis.

Il s'installa au bureau et se mit aussitôt à chercher des vols. Comme il l'avait craint, le dernier vol direct décollait quarante-cinq minutes plus tard de Dallas. Il n'aurait pas le temps de l'attraper. Les suivants faisaient escale ici ou là, et n'arriveraient de toute façon pas avant le lendemain matin.

Faith regardait par-dessus son épaule, de sorte qu'il était inutile de lui expliquer la situation. Il se demanda comment la faire sortir de la pièce pendant qu'il affréterait un avion privé pour se rendre à Laredo. Cela lui coûterait les yeux de la tête, mais il n'avait pas le choix.

Il se leva.

— Allons dans la chambre, il faut qu'on parle, Faith.

Avec ses traits décidés, son regard brun et perçant qui semblait lire au plus profond d'elle, Travis avait des airs de héros. Ce soir-là, cependant, aucun sourire ne se dessinait sur ses lèvres. Sa démarche était tendue.

Et pourtant, malgré la tension évidente qui émanait de lui, il l'attirait plus qu'aucun autre homme ne l'avait jamais attirée. C'était comme s'il y avait entre eux un lien mystérieux, qui allait bien au-delà de l'attraction physique. Un lien qui l'incitait à lui faire totalement confiance.

Il lui avait caché quelque chose, elle le sentait. Pour la protéger ? Ou pour la manipuler ? Quoi qu'il en soit, elle se refusait à être maintenue dans l'ignorance.

Elle s'assit sur le bord du lit.

— Oui, Travis. Il faut qu'on parle, mais sincèrement. J'admets que je suis naïve, surtout en ce qui concerne Cornell. Mais je ne suis pas stupide.

— Je n'ai jamais pensé que vous l'étiez.

— Pourtant, vous me traitez comme si c'était le cas.

Il se mit à arpenter la pièce, évitant son regard.

— Que voulez-vous dire ?

— Vous avez parlé d'une piste crédible, mais je n'ai entendu aucun soulagement dans votre voix — ni quand vous étiez au téléphone ni après. Votre langage corporel dit tout le contraire de ce que vous affirmez.

— Heureusement que les suspects que j'interroge ne sont pas aussi observateurs que vous.

— Que vous a réellement dit votre source, Travis ?

— Vous n'avez pas tout à fait tort, soupira-t-il. Mais je ne vous ai pas menti, Faith. Il est fort probable que Cornell soit à Laredo ou dans les environs, peut-être du côté mexicain de la frontière.

— Qu'a-t-il dit d'autre ?

— Vous n'allez pas lâcher prise, hein ?

— Non. Je suis capable de l'entendre. Je suis plus coriace que j'en ai l'air.

— Je commence à m'en rendre compte.

Il fit mine de s'asseoir à côté d'elle, puis se ravisa et tira la chaise de bureau. Il se plaça face à elle, un regard angoissé dans ses yeux sombres.

— Mon contact s'appelle John. D'après lui, un mandat d'arrêt au nom de Cornell sera émis demain matin.

— De quoi l'accuse-t-on ? s'écria Faith.

— Il ne l'a pas précisé. Il ne voulait pas en parler au téléphone, mais je soupçonne qu'il s'agit de trafic de drogue.

— Pourquoi cette hypothèse ?

— A cause de Georgio. S'il se sert de votre fils pour faire entrer de la drogue dans le pays, cela expliquerait pourquoi il a fait poser des micros chez vous une fois qu'il a su que Cornell essayait de vous contacter.

— Vous vous trompez. Cornell ne ferait jamais une chose pareille… à moins que…

— Que ?

— Que Georgio n'ait un moyen de pression sur lui. Seulement, je ne vois pas ce qu'il aurait pu faire pour que Georgio le fasse chanter.

Elle devinait sans mal les pensées de Travis. Sans doute aurait-elle eu les mêmes s'il ne s'était pas agi de son propre fils. Il devait se dire qu'elle refusait d'accepter que son enfant ait été capable de commettre un crime, même s'il était évident qu'il avait toutes sortes de secrets. Qu'il sortait avec une stripteaseuse. Qu'il était peut-être père d'un petit garçon ou d'une petite fille qu'elle n'avait jamais vu, à qui elle n'avait jamais chanté de berceuse.

Une douleur soudaine lui comprima la poitrine. A ses yeux, Cornell n'était encore qu'un enfant. Avait-elle été trop protectrice envers lui ? Avait-elle eu tant besoin de lui qu'elle n'avait pas voulu voir ce qui se passait dans sa vie ? S'était-il tourné vers Georgio ?

Et maintenant…

— Ces jeunes qui ont été assassinés, Travis, murmura-t-elle. Pensez-vous que Georgio les ait fait éliminer ?

Travis se pencha vers elle et prit ses mains dans les siennes.

— Je crois que Georgio est capable de tout, Faith.

— Dans ce cas, s'il pense que Cornell est sur le point d'être arrêté, il risque de s'en prendre à lui pour l'empêcher de témoigner contre lui, n'est-ce pas ?

Elle avait mis un instant à parvenir à cette conclusion, mais elle savait que cette idée était venue à Travis à l'instant où il avait pris l'appel.

— Et dire que j'ai failli faire le jeu de cet homme !

— Vous ne l'avez pas fait.

— Il faut que nous retrouvions Cornell avant lui, insista Faith d'une voix pressante, plus résolue que jamais. Il faut que nous allions à Laredo tout de suite. Affrétez un avion. Je trouverai un moyen de payer.

— Je m'occupe du vol, Faith. Mais vous venez de m'entendre dire combien cette entreprise est dangereuse.

Je ne peux pas vous emmener. Vous le comprenez, à présent ?

— Je ne comprends qu'une chose. Nous devons retrouver mon fils et il n'y a pas une seconde à perdre. Et soit j'irai avec vous, Travis, soit je me débrouillerai seule.

— Vous êtes une femme difficile à protéger, Faith Ashburn.

— Mais vous avez essayé. Je ne peux pas vous dire combien c'est important pour moi, Travis.

Elle aurait voulu en dire davantage. Lui avouer qu'une fois ce cauchemar terminé elle aimerait qu'il la serre dans ses bras, qu'il pose ses lèvres sur les siennes.

Mais, d'abord, elle devait retrouver Cornell.

Travis en était à sa quatrième tentative pour trouver un avion quand le tintement strident de la sonnette l'interrompit. Des voix masculines s'élevèrent dans l'entrée, se mêlant à celle de son père. Il espéra que les visiteurs n'allaient pas s'attarder. Il était trop préoccupé pour se montrer sociable.

— Rien avant demain matin ? répéta-t-il à son interlocutrice, voulant être sûr qu'il avait bien compris.

— Je suis navrée, mais il y a une conférence internationale en ville et tous nos avions sont retenus.

Travis raccrocha, songeant qu'il devait recontacter John Patterson et lui demander de l'avertir dès que Cornell aurait été arrêté, le cas échéant. Si le jeune homme était déjà sous les verrous, leur départ pourrait attendre le lendemain. Sauf que Faith ne verrait sûrement pas les choses sous cet angle.

Il se massa la nuque, essayant en vain de dénouer ses muscles tendus.

Faith mit une main sur son épaule.

— Toujours rien ?

— Pour le moment.

— Je n'arrive pas à imaginer que Cornell est sur le point d'être arrêté, avoua-t-elle. Mais même si je ne peux pas supporter l'idée qu'il soit en prison, au moins, il serait en sécurité et nous pourrions lui parler. Une fois dissipé cet affreux malentendu, je pourrais le ramener à la maison.

La note de désespoir qui perçait dans sa voix bouleversa Travis. Il brûlait de la serrer contre lui et de lui promettre que tout allait s'arranger, mais il savait que ces mots seraient vides de sens. Et quand elle serait dans ses bras, que son corps sensuel serait tout contre le sien, il savait qu'il ne songerait pas seulement à la réconforter.

Il mourait d'envie de l'embrasser depuis la seconde où il l'avait vue au Passion Bar, même s'il avait refusé de l'admettre. A présent, ce désir se confondait avec celui de la protéger, et de l'aider à retrouver son fils.

La situation aurait dû l'inciter à garder la tête froide. Malheureusement, ce n'était pas le cas.

Les pas traînants de R.J. se firent entendre dans le couloir, puis on toqua à la porte.

Travis alla ouvrir.

— J'ai deux visiteurs dans la cuisine que je voudrais te présenter, Travis.

Il ne se sentait guère d'humeur à faire la conversation, mais cette interruption arrivait à point nommé. Une tasse de café l'aiderait peut-être à se ressaisir.

R.J. s'appuya au chambranle.

— Venez aussi, Faith. Je crois que ce que les Lambert ont à vous dire va vous intéresser.

Un des hommes était debout, un café à la main. Le second, assis à la table de cuisine, contemplait une carte du Texas. Tous les deux ressemblaient à des cow-boys. Le visage hâlé, ils étaient minces, musclés, vêtus de jeans et de chemises à carreaux.

R.J. fit les présentations. Tague et Damien Lambert. Les noms semblèrent vaguement familiers à Travis. Peut-être Leif avait-il déjà parlé d'eux.

— Je ne veux pas me mêler de ce qui ne me regarde pas, mais j'ai appris que vous vouliez vous rendre à Laredo de toute urgence, lança Damien quand Travis et Faith eurent été servis.

— Nous avions espéré y aller ce soir, dit Travis. Pour l'instant, je n'ai pas trouvé d'avion.

Il ne s'expliqua pas davantage, réticent à fournir des détails à des inconnus.

— Nous avons un Piper à quatre places que nous utilisons pour les affaires courantes. Il est moins confortable que les avions privés de Lambert Pétrole, mais il peut vous emmener à Laredo sans problème. Il est prêt, il ne nous reste qu'à faire le plein.

Les Lambert. Une des familles les plus riches du Texas. Pas étonnant que leur nom lui ait dit quelque chose.

— Avez-vous un pilote ? demanda Travis, soudain attentif.

Tague sourit.

— Moi. Et il se trouve que j'ai du temps libre.

— Vous voulez dire que vous pouvez nous emmener ce soir ?

— Oui, si ça vous intéresse. Le seul problème, c'est que je devrai aller directement de Laredo dans l'Arkansas. Je dois être là-bas demain matin pour diriger un séminaire sur l'innovation en matière de méthodes d'élevage.

— Ce n'est pas un problème. Nous pouvons prendre un vol commercial pour rentrer. L'urgence, c'est d'y aller.

— Eh bien, alors, c'est entendu.

Tague leva sa tasse, comme s'il s'était agi d'une coupe de champagne et qu'il s'apprêtait à porter un toast.

C'était presque trop facile, songea Travis, soudain soupçonneux.

— Combien vous dois-je ?

— Rien du tout. Entre voisins, on se rend service, c'est tout.

— C'est très généreux de votre part.

Travis était choqué de constater que R.J., ce coureur de jupons et buveur invétéré qui n'avait jamais pris la peine de s'occuper de ses propres enfants pendant la majeure partie de sa vie, avait des amis tels que les Lambert.

— R.J. nous a dit que vous aviez de gros soucis, dit Damien. Si nous pouvons vous aider, ce serait criminel de ne pas le faire.

— Nous sommes tous passés par là, renchérit Tague. Quand on a des ennuis, on a besoin de sa famille et de ses amis. Vous n'avez pas d'explications à nous donner. C'est comme ça qu'on fonctionne, nous, les cow-boys.

Travis le savait. Le code de conduite des cow-boys ne différait guère de celui des policiers. Sauf qu'aucun de ses collègues ne possédait d'avion privé.

— Si vous êtes vraiment sûrs que cela ne vous ennuie pas, Faith et moi serions heureux d'accepter.

— Parfait.

Ils réglèrent les détails autour d'une seconde tasse de café. Deux heures plus tard, ils étaient en route pour Laredo.

12

Les muscles noués par la tension, Faith avait le regard fixé sur les feux arrière des voitures qui précédaient leur berline de location. Elle avait l'impression d'avoir de l'acide dans l'estomac.

Elle s'étira, puis replia une jambe sous elle.

— La station-service où nous devons retrouver John est encore loin ?

— A une quinzaine de kilomètres.

— L'avez-vous averti que je serais là ?

— Non, mais il y a quelque chose que je dois vous dire. John n'est pas seulement un ami. Il est garde-frontière.

— Pourquoi ne me l'avez-vous pas dit plus tôt ?

— Sur ce coup-là, notre rencontre n'a rien d'officiel. C'est pourquoi nous avons rendez-vous ici. Et je ne suis pas sûr qu'il soit complètement franc si j'arrive avec vous.

Une bouffée de frustration envahit Faith.

— Cornell est mon fils. J'ai le droit de savoir pourquoi on va l'arrêter.

— J'aimerais quand même parler à John en tête à tête d'abord.

— Vous voulez que j'attende dans la voiture ?

— Non.

— Quel est votre plan, dans ce cas ?

— Vous entrez la première. Vous vous asseyez et vous commandez quelque chose, une tasse de café, par exemple. J'arriverai un peu après et j'irai m'asseoir à côté de John. Ensuite, nous verrons.

— Je ne vois pas pourquoi c'est vous qui prenez toutes les décisions, Travis.

— Parce que je suis policier et que vous…

La sonnerie du téléphone de Faith l'interrompit. Elle jeta un coup d'œil au nom qui s'affichait. *Inconnu.*

Le cœur battant à tout rompre, elle prit la communication.

— Allô ?

Elle entendait quelqu'un respirer à l'autre bout, mais pas de voix.

— Cornell ? Cornell ?

— Madame Ashburn.

Une voix de femme. Sourde. Incertaine.

Cruellement déçue, Faith prit une profonde inspiration, refoulant les larmes.

— Oui. Qui est à l'appareil ?

— Vous ne me connaissez pas, je m'appelle Angela.

Le cœur de Faith fit un bond dans sa poitrine.

— Angela Pointer ?

— Oui, madame. Comment le savez-vous ?

— Votre nom était sur des mails trouvés sur l'ordinateur de Cornell. Lui avez-vous parlé ? Savez-vous où il est ?

— Je ne sais pas où il est. Il n'a pas voulu me le dire, mais il m'a téléphoné. Il a des ennuis, madame Ashburn. De graves ennuis.

— Quel genre d'ennuis ? demanda Faith.

Si elle feignait de ne rien savoir, Angela lui dirait peut-être toute la vérité.

— Je ne peux pas vous le révéler. Mais il voulait que vous sachiez que, quoi que vous entendiez dire à son sujet, il vous aime. Et qu'il est désolé pour tout ce qu'il a fait.

— Qu'est-ce qu'il a fait, Angela ? Pourquoi a-t-il besoin de s'excuser ?

— Il a enfreint la loi. Il veut que vous sachiez que tout est sa faute et souhaite que vous restiez à l'écart de toute cette affaire. N'essayez pas de le trouver.

— Si Cornell a fait quelque chose d'illégal, il devait avoir une très bonne raison. Je peux l'aider, Angela. Je suis avec un policier en ce moment même, quelqu'un qui est de son côté. Il faut seulement que je sache où le trouver.

— Il ne veut pas que vous le cherchiez, madame Ashburn. Il vous aime. Sachez-le.

— Je le sais, mais…

Angela raccrocha. La main de Faith resta crispée sur le téléphone, mais l'appareil demeura silencieux. Son unique lien avec Cornell venait de se volatiliser.

— Je suppose que c'était Angela Pointer ?

— Oui. Je suis sûre qu'elle sait où se trouve Cornell, pourtant, elle a refusé de me le dire. Nous devons découvrir d'où elle a appelé.

— Je vais contacter le poste et demander à quelqu'un de s'en occuper. Que vous a-t-elle dit ?

Faith lui résuma la communication, tandis que de nouvelles craintes naissaient en elle.

— Je crois qu'Angela est en train de se retourner contre Cornell, à supposer qu'elle ait été de son côté au départ. Elle travaillait pour Georgio. Il est logique qu'ils soient tous les deux impliqués dans la disparition de Cornell.

— Tout est possible.

Faith sentit la nausée l'envahir. Si elle avait vu juste,

cette jeune femme était malhonnête mais elle était aussi peut-être la mère de son petit-fils ou de sa petite-fille — d'un enfant qui ne ferait jamais partie de sa vie.

Les souvenirs l'assaillirent sans crier gare. Elle se remémora la première fois qu'elle avait tenu Cornell dans ses bras. Elle avait craint de ne pas savoir comment faire, et même de ne pas savoir aimer ce petit être qu'elle venait de mettre au monde.

Puis il avait enroulé ses doigts minuscules autour d'un des siens et, ce faisant, avait conquis son cœur.

A cet instant, elle était devenue une mère.

Elle se remémora sa première crise, la nuit que Melvin et elle avaient passée à son chevet, pleurant et priant pour que leur fils survive.

Ils avaient eu si peur de le perdre.

Et voilà que cette peur revenait, lui coupant le souffle.

Travis ralentit. Levant les yeux, elle vit qu'ils étaient entrés dans le parking de la station-service. Des poids lourds étaient garés derrière eux. Devant se trouvaient quelques voitures, deux pick-up et plusieurs motos.

Travis choisit une place près de l'entrée.

— Je vais appeler mon coéquipier pendant que vous entrez. Je veux qu'on remonte la trace de ce numéro aussi vite que possible.

— A quoi ressemble votre ami ?

— Il a une cinquantaine d'années, le front dégarni, les cheveux grisonnants.

Elle acquiesça, ouvrit sa portière et poussa la porte du café. Quelques secondes plus tard, elle passa à côté de l'agent. Il portait un pistolet à la ceinture. Sans doute chargé et prêt à tirer.

Un pistolet dont il pourrait se servir pour abattre son fils.

— Trouve-moi Angela Pointer, conclut Travis quand il eut expliqué la situation à Reno. Je suis certain qu'elle pourra nous conduire à Cornell.

— Je m'y mets tout de suite. J'ai fait suivre Georgio. Si Cornell a perdu un chargement de drogue qui lui était destiné, Georgio va tout faire pour éviter qu'il soit arrêté et interrogé.

— Exactement. Et nous savons tous les deux jusqu'où il est prêt à aller pour ne pas être compromis.

— Tu envisages une exécution ? Tu as besoin de moi à Laredo ?

— Pas pour le moment. Je préfère que tu gères l'enquête depuis Dallas. Retrouver Cornell est une priorité absolue.

— Entendu. Rappelle-moi dès que tu auras parlé à Patterson.

— OK. A tout à l'heure.

Travis empocha son téléphone, descendit de voiture et entra à son tour. Il jeta un coup d'œil furtif à Faith avant de prendre place à côté de John.

— Tu n'as pas perdu de temps, commenta ce dernier en repoussant son assiette vide.

— Un ami possède un avion.

— Ah ! On fréquente du grand monde, je vois. J'ai entendu dire que tu allais faire un bel héritage.

— Qui t'a raconté ça ?

— C'est un bruit qui court.

— Tu ne devrais pas croire tout ce qu'on raconte.

La serveuse s'approcha, et remplit la tasse de John.

— Vous désirez ?

— Je te recommande le hamburger, conseilla John.

— J'ai déjà déjeuné. Du café, s'il vous plaît.

John attendit que la jeune femme se soit éloignée, puis regarda Travis.

— Quel est au juste ton lien avec Cornell Ashburn ?

— Sa mère est la meilleure amie de ma nouvelle belle-sœur, répondit Travis, sachant pertinemment qu'il ne faisait qu'effleurer la vérité.

— Elle ne va pas être ravie.

— Je m'en doute, mais elle a tellement hâte de le retrouver que même une arrestation serait une sorte de soulagement.

— Je comprends. J'ai un fils de seize ans, moi aussi. C'est un bon gamin, mais un brin rebelle. Je m'inquiète tout le temps pour lui.

— S'il n'avait pas un côté rebelle, je ne serais pas sûr qu'il soit ton fils.

John sourit, puis retourna à la question qui les préoccupait.

— Le mandat d'arrêt a été lancé et l'enquête est officiellement ouverte, par conséquent, je peux te dire tout ce que tu veux.

— Je t'écoute.

— Cornell passe régulièrement la frontière avec une remorque depuis plusieurs mois. Il va chercher deux ou trois chevaux et les ramène en Amérique.

— Les chevaux sont volés ?

— Non. Il a été contrôlé à diverses reprises. Ses papiers sont en ordre. Les ventes sont légitimes et les chevaux ont été vaccinés. Mais tu sais comment c'est. On soupçonne toujours un gars qui traverse fréquemment la frontière d'être un trafiquant potentiel.

— Vous devez avoir trouvé des preuves…

— Non. Jusqu'ici, les chiens n'ont jamais rien reniflé dans son pick-up ni dans la remorque.

— Jusqu'ici ?

John secoua la tête, gardant le silence pendant que la serveuse déposait une tasse de café fumante devant Travis. Elle se pencha vers lui, révélant son décolleté plongeant.

— Une part de tarte aux pommes avec ?

— Non, merci. Pas ce soir.

Il se retourna vers John tandis qu'elle s'éloignait.

— Si vous n'avez rien trouvé, pourquoi ce mandat ?

— Nous avons reçu un tuyau anonyme nous informant qu'un compartiment secret avait été aménagé dans le plancher de la remorque. J'ai fait venir des agents supplémentaires pour vérifier.

— Ce n'était pas de la drogue ?

— Non. Mais il y avait des icônes en or massif, des statuettes et diverses reliques religieuses incrustées de joyaux qui, apparemment, auraient été volées au Pérou. Le tout pour un montant estimé à des millions.

— Bon sang ! Georgio se diversifie, on dirait.

John arqua les sourcils.

— Je n'ai jamais mentionné le nom de Georgio.

— Dans ce cas, il faut que je te raconte le reste de l'histoire. Mais d'abord, si vous avez trouvé ces pièces, pourquoi ne pas avoir arrêté Cornell sur-le-champ ?

— Bonne question. Il s'est volatilisé avant même qu'on trouve la marchandise. Comme s'il savait qu'on nous avait informés.

— C'est peut-être lui qui vous a donné le tuyau.

— J'y ai songé, oui.

A son tour, Travis lui relata les circonstances de la

disparition de Cornell, sans oublier sa relation avec Angela Pointer et les efforts accomplis par Georgio pour se rapprocher de Faith.

— Voilà qui explique pas mal de choses, commenta John. Je ne voyais pas comment Cornell Ashburn pouvait être le cerveau de cette entreprise. A vrai dire, nous ne connaissions même pas son vrai nom. Il avait de faux papiers. Si tu ne m'avais pas envoyé cette photo de lui, il nous aurait peut-être fallu des jours pour l'identifier.

Et Georgio l'aurait sans doute retrouvé avant eux, songea Travis, inquiet. Ce scénario était encore possible, malheureusement.

— Il faut tout mettre en œuvre pour retrouver Cornell au plus vite, dit-il d'un ton pressant. Alerter les gardes-frontières et toutes les forces de police de la région. Si Georgio le trouve avant nous, tu sais ce qui va se passer.

— Je m'en occupe tout de suite. Au fait, il faut que je parle à la mère de Cornell. Où puis-je la joindre ?

— Par mon intermédiaire.

Travis se retourna, rencontra le regard de Faith et lui fit signe de venir les rejoindre.

— Une amie de ta belle-sœur, hein ? répéta John, l'air moqueur. Tu avais oublié de préciser qu'elle était canon.

— Ah bon ? Je n'avais pas remarqué.

— Sans blague.

Les plaisanteries cessèrent à la seconde où Travis présenta Faith à John. La situation était grave.

Une heure après avoir rencontré l'ami de Travis, Faith était encore sous le choc. Elle n'arrivait pas à digérer les accusations absurdes portées contre son fils. Elle laissa tomber son sac sur le canapé, remarquant à peine la suite spacieuse que Travis avait réservée sur les recommandations de John Patterson.

Ce dernier avait parlé d'un jeune homme. Cornell n'était qu'un adolescent, un lycéen, lorsqu'il avait disparu. Elle avait eu toutes les peines du monde à contenir sa colère en entendant ce qu'on lui reprochait.

Pourtant, Patterson semblait convaincu de sa culpabilité. Et elle soupçonnait Travis de partager le même avis.

— La journée a été longue, commenta-t-il.

— J'ai du mal à croire que c'est aujourd'hui que j'ai retrouvé Georgio pour déjeuner.

— Vous devriez dormir. Prenez le lit. Je vais m'installer sur le canapé.

— On pourrait jouer à pile ou face, suggéra-t-elle.

— Non, le canapé m'ira très bien. Je ne dors jamais beaucoup quand je suis sur une enquête.

— Vous n'êtes pas constamment sur une enquête ?

— Si. Les gens passent trop de temps à dormir.

— A vrai dire, je pense que je ne vais pas fermer l'œil de la nuit.

Travis s'assit sur le canapé et posa les pieds sur la petite table de bois qui était placée devant lui.

— Vous avez envie de discuter ?

— Je risque de dire n'importe quoi. Je suis complètement perdue, incapable de reconnaître mon fils dans la description qu'en a faite John Patterson.

— C'est normal.

Elle se laissa tomber à côté de lui.

— Je sais que ça peut paraître incompréhensible, mais je suis convaincue que les choses ne sont pas aussi simples. Si c'est vraiment Cornell qui conduisait cette remorque, soit il ignorait l'existence de ces objets, soit il a été forcé de les transporter.

— Parlez-moi du Cornell que vous connaissez, Faith.

— Vous pensez que je suis une mère aveuglée par l'amour, n'est-ce pas ?

— Je pense que vous êtes une femme exceptionnelle qui adore son fils. Ma mère était comme vous — enfin, c'est ce qu'on m'a dit. Je ne me souviens guère d'elle. Elle est morte d'un cancer à l'époque où j'ai commencé à aller à l'école.

— Elle serait fière de vous, murmura Faith.

Quelle mère ne l'aurait pas été ? Travis était un homme, un vrai. Et pourtant il était aussi protecteur, et tendre, et…

Et elle était en train de tomber amoureuse de lui. N'était-ce pas insensé d'éprouver de tels sentiments alors que sa vie sombrait dans le chaos, que son cœur se brisait chaque jour un peu plus ? Et pourtant elle mourait d'envie de se réfugier dans ses bras.

— Je ne sais pas par où commencer, avoua-t-elle.

— Commencez où vous voulez.

Elle ferma les yeux un instant, se laissant envahir par des souvenirs heureux.

— J'avais dix-sept ans quand j'ai épousé Melvin Ashburn. Il avait deux ans de plus que moi, il avait quitté le lycée et travaillait pour l'entreprise de son père.

— Vous étiez très jeunes pour fonder une famille. Evidemment, je suis peut-être mal placé pour en parler, puisque j'ai trente-neuf ans et que je n'ai jamais été marié. Mais c'est un autre sujet.

Etait-ce une manière de l'avertir de ne pas se faire

d'illusions quant à une relation entre eux ? Faith songea qu'elle devrait sans doute y prendre garde.

— Oui, très jeunes. Quand Cornell est né, Melvin s'est senti piégé, ce qui était à prévoir, je suppose. Il a commencé à sortir avec ses amis, à boire et à faire la fête.

— Pendant que vous restiez à la maison avec Cornell ?

— Oui. Il était toute ma vie. Je m'émerveillais de tout ce qu'il faisait. Ses premiers mots. Ses premiers pas. Mais, bizarrement, notre mariage a résisté plus longtemps qu'on aurait pensé.

— Comment Cornell a-t-il réagi au divorce ?

— Il l'a mal pris, comme n'importe quel enfant quand son père s'en va. Pour lui, Melvin l'abandonnait.

— Quel genre de père a-t-il été par la suite ?

— Il n'a guère changé. Il était absent le plus souvent, mais il venait de temps en temps et emmenait Cornell en vacances. Et il était avec moi quand Cornell a failli mourir de cette mystérieuse maladie.

Travis se redressa et plongea son regard dans le sien.

— Un divorce, une maladie gravissime, et la mort de son père. Cornell a traversé de rudes épreuves ces dernières années. Des épreuves qui auraient pu briser plus d'un homme adulte.

Faith eut un haut-le-corps. Elle lui avait ouvert son cœur et il se servait de ses paroles pour trouver des raisons qui avaient pu pousser son fils au crime.

— Nous avons assez parlé, dit-elle d'une voix tremblante.

Elle se dirigea vers le coin cuisine, et se versa un verre d'eau.

— Je ne voulais pas vous faire de la peine, Faith.

— Peu importe, Travis. Rien de ce que vous direz ne pourra me faire changer d'avis. Cornell n'a rien fait de mal, malgré tout ce qu'il a vécu.

Des larmes lui montèrent aux yeux, et cette fois elle ne tenta pas de les refouler. Elle enfouit son visage dans ses mains et éclata en sanglots.

Elle entendit Travis venir vers elle, puis sentit ses bras se refermer autour de sa taille. Il la serra étroitement contre lui jusqu'à ce qu'elle s'apaise.

Puis il glissa un doigt sous son menton et l'obligea à croiser son regard sombre.

— Je vous crois, Faith. Je ne vois pas comment il pourrait avoir une mère telle que vous et ne pas être un garçon droit et affectueux. Maintenant, c'est à votre tour de me croire. Je ferai tout ce qui est en mon pouvoir pour retrouver votre fils et l'innocenter.

— Il est tout mon univers…

— Je sais.

Il se pencha vers elle, et l'embrassa. Elle s'abandonna à son baiser, se laissant submerger par sa tendresse et son réconfort.

Elle ne savait qu'une chose : elle se sentait à sa place dans les bras de Travis.

Il se dégagea.

— Je crois qu'on devrait arrêter, murmura-t-il. A moins que tu…

A moins qu'elle n'en décide autrement. Elle mourait d'envie de rester blottie contre lui, de partager son lit. Mais le regretteraient-ils tous les deux le lendemain ?

— Tu as raison, souffla-t-elle. Pas ce soir. Pas avant que Cornell ne soit en sécurité, et qu'il n'y ait plus que nous deux.

La douleur au côté empirait. Il avait dû se faire une élongation en sautant par-dessus la clôture du ranch, à quelques kilomètres au nord de Laredo.

La nuit était tombée à présent, et il distinguait une lumière au premier étage de la maison. Celle d'une chambre, sans doute. S'il ne dérangeait pas les chevaux, il devrait être en sécurité dans l'écurie, au moins jusqu'au lendemain matin.

Son estomac grondait. Il avait trouvé un robinet à l'arrière de la ferme, en revanche, il n'avait rien mangé de toute la journée. Il aurait dû mieux se préparer, mais l'idée lui était venue d'un seul coup : comment réussir à priver Georgio de son butin sans le trahir ouvertement.

Il avait compris qu'il pouvait s'esquiver pendant que les agents fouillaient la remorque. Il y avait déjà songé par le passé, se demandant s'il aurait le courage de prendre la fuite au cas où les objets seraient découverts. D'autres l'avaient fait. Une seule fois, il avait vu un homme se faire abattre en tentant de s'échapper.

Cornell s'assit sur une meule de foin et retira ses bottes — de belles bottes, de vraies bottes de cow-boy. C'était ce que Georgio lui avait dit quand il les lui avait remises, avec les vêtements qu'il devait porter chaque fois qu'il franchissait la frontière avec un chargement.

Quelques voyages seulement. Pas de drogues. Pas d'armes. Georgio le lui avait promis. Mais ses promesses ne valaient pas grand-chose ; il avait aussi garanti à Cornell qu'il lui fournirait une nouvelle identité et un emploi sur la côte Ouest.

C'était cela ou la prison jusqu'à la fin de ses jours. Ou une exécution. Sur le moment, Cornell n'avait pas vu d'autre solution.

A présent, il en avait assez de vivre dans le mensonge. Assez de ne pas pouvoir revoir les gens qu'il aimait. Il commençait à se haïr de ne pas s'être comporté en homme, de ne pas avoir fait face au châtiment qu'il méritait.

Il était prêt à se rendre. Le plus dur serait de lire la douleur et le chagrin sur le visage de sa mère lorsqu'il lui dirait la vérité.

Il avait tué un homme désarmé.

13

Travis passa une nuit agitée, sur le canapé qui était trop petit pour ses longues jambes. Cependant, le manque de confort était bien le dernier de ses soucis.

Non, ce qui l'avait tenu éveillé, c'était le son léger et régulier de la respiration de Faith endormie dans le lit si proche de lui… C'était d'avoir imaginé sans répit son corps délicat étendu entre les draps, ses cheveux déployés sur l'oreiller, la peau soyeuse de ses seins.

Le baiser avait causé sa perte. En un éclair, il avait oublié toutes les raisons pour lesquelles il ne devait pas s'attacher à elle. Il était tombé amoureux. Pour de bon.

Il avait eu des petites amies par le passé. Aucune ne l'avait troublé autant que Faith. Il ne parvenait pas à s'expliquer pourquoi c'était ainsi. Tout ce qu'il savait, c'était qu'il serait là pour elle quoi qu'il arrive, quoi que son fils ait fait.

Il ne pouvait plus vivre sans elle.

Mais, s'il arrivait malheur à Cornell, serait-elle jamais capable d'aimer de nouveau ?

Quand les premières lueurs de l'aube filtrèrent enfin à travers les rideaux, il rejeta le drap, se leva et alla préparer du café. Il en but une tasse dans le silence matinal en réfléchissant à ce qu'il allait faire ensuite.

Tous les policiers de l'Etat du Texas étaient à la recherche de Cornell, leur motivation renforcée par la nouvelle que Georgio Trosclair était probablement le cerveau de l'opération de contrebande.

La porte de la chambre grinça alors qu'il s'apprêtait à refaire du café. Il leva les yeux. Faith se tenait sur le seuil, ses longs cheveux bruns ébouriffés par le sommeil.

Une bouffée de désir le submergea, si violente qu'il en eut le vertige. Mais le moment était mal choisi pour se montrer faible. Au prix d'un effort considérable, il se ressaisit.

— Bonjour.

— Quelle heure est-il ? demanda-t-elle.

— Presque 7 heures.

— Je suis désolée. Je voulais me réveiller plus tôt, mais il devait être plus de 2 heures quand je me suis endormie.

— Tu avais besoin de repos.

Il pressa l'interrupteur de la cafetière. Au même moment, son téléphone vibra. C'était Reno.

— C'est mon coéquipier, expliqua-t-il à Faith. Je vais prendre la communication dehors.

Il ne voulait pas parler devant elle au cas où Reno lui annoncerait une mauvaise nouvelle.

— Qu'y a-t-il ? demanda-t-il dès la porte refermée sur lui.

— On a remonté la trace de l'appel passé par Angela Pointer.

— Beau boulot. Où est-elle ?

— A environ trente kilomètres au nord de Laredo. La ligne est au nom de Dolorès Gutierrez.

— Des informations sur elle ?

— Mariée, cinq enfants, cuisinière au Jackrabbit Chase Ranch.

— Par conséquent, je devrais la trouver là-bas ?

— Oui, sinon, nous avons aussi une adresse pour elle. Ce qui est intéressant, c'est que d'autres appels ont été passés à Georgio du même ranch, mais pas du même téléphone, le premier environ une demi-heure après la confiscation du chargement.

— Autrement dit, le propriétaire du ranch est peut-être le receleur de la marchandise.

— C'est aussi ce que je dirais. Quant à Angela Pointer, difficile de dire quel est son rôle dans tout ça.

— Tu as l'identité du propriétaire ?

— Alex Salinger, soixante-trois ans, connu dans la région pour être un homme droit et honnête — enfin, c'est l'impression que j'ai eue. S'il a des liens avec Georgio, il y a sûrement d'autres choses à dire à son sujet.

— Sans aucun doute.

— Evidemment, l'endroit est hors de notre juridiction, lui rappela Reno. Ne songe même pas à te rendre à ce ranch.

— C'est la version officielle ?

— Oui. Donne-moi quelques heures et je serai à Laredo pour t'accompagner sur place. Nous ne pouvons pas interroger Salinger au sujet de la contrebande, mais nous pouvons prétendre que nous sommes à la recherche d'une vieille amie, Angela Pointer.

— Merci pour ta proposition, mais je n'ai pas le temps d'attendre. C'est la course entre les représentants de la loi et les sbires de Georgio pour retrouver Cornell.

— Dans un cas comme dans l'autre, le gamin est fichu.

— Oui, mais dans un des cas il s'en sortira vivant.

— Je n'ai pas besoin de baby-sitter, Travis ! C'est moi qu'Angela a appelée. J'ai plus de chances que toi de l'inciter à parler.

— Nous ne savons même pas si elle est là-bas.

— Je viens avec toi.

— Cela pourrait être dangereux.

— Tu me protégeras. Et nous n'avons pas le temps de rester ici à discuter des détails. Je serai prête dans dix minutes.

Travis eut un geste de frustration.

— Bon. Mais, une fois au ranch, tu feras exactement ce que je te dis. Pas question de t'éloigner ou d'intervenir dans la conversation. C'est clair ?

— Limpide.

Faith se tut, consciente qu'elle avait gagné. Il fallait absolument qu'elle parle à Angela. Il lui suffirait de la regarder dans les yeux pour savoir si elle mentait.

Et, si elle avait réellement de l'affection pour Cornell, elle ferait sûrement tout son possible pour l'aider à le retrouver.

Travis s'arrêta devant le Jackrabbit Chase à 8 h 48 précises. L'heure était indiquée sur un boîtier numérique placé sur la barrière en métal de l'entrée du ranch.

Un code était nécessaire pour l'actionner. A l'évidence, l'entreprise s'avérait plus compliquée qu'il ne l'avait prévu. Il pressa la touche d'appel, arborant un sourire amical à l'intention de la caméra de surveillance.

— Vous désirez ?

La voix était masculine, légèrement bourrue.

— Eh bien, à vrai dire, ma femme est à la recherche d'une vieille amie, expliqua Travis, conformément aux mensonges qu'ils avaient préparés sur le trajet. Une certaine Angela Pointer. On nous a dit qu'elle vivait au ranch.

— Vous avez été mal renseignés.

— Vous êtes sûr ? On nous a pourtant affirmé qu'elle était là.

— On vous a raconté des histoires. Mais attendez une minute. Je vais vérifier avec le patron pour être certain de ne pas vous induire en erreur. Vous êtes monsieur et madame… ?

— Hartford. Calvin et Eloïse Hartford. Eloïse connaît Angela depuis sa toute petite enfance. Si nous ne la trouvons pas ici, il faudra qu'on la cherche dans tous les ranches du coin.

Au bout de quelques instants, la voix s'éleva de nouveau.

— M. Salinger peut vous accorder quelques minutes. Vous n'avez qu'à suivre la route sur trois cents mètres et vous verrez la maison sur la droite.

— Merci beaucoup.

La barrière se leva. Jusque-là, leur plan se déroulait comme prévu.

Faith s'agita sur son siège, ajustant le rétroviseur pour ne pas être éblouie par le reflet du soleil.

— Elle est ici. Je le sais. Mais nous ne la verrons pas. Ils sont tous impliqués. Cornell n'est qu'un pion. S'il s'est mal conduit, c'était contre son gré.

— Souviens-toi des règles, lança Travis de nouveau. Tu me laisses parler. Et il ne sera pas question de Cornell. Quand l'équipe de John Patterson arrivera, il aura un mandat de perquisition.

— Et d'ici là mon fils risque d'être tué.

La maison ressemblait aux demeures majestueuses des plantations de coton. Intégralement blanche, elle avait deux étages, et un grand escalier menait jusqu'à l'entrée principale. Une galerie couverte courait le long de la façade, soutenue par d'imposantes colonnes de couleur crème.

Des drapeaux du Texas et des Etats-Unis flanquaient l'allée circulaire qui menait à la villa, devant laquelle on avait disposé des plantes vertes et des pots de fleurs impeccablement entretenus.

Travis se gara. Un homme les attendait en haut de l'escalier.

— Je suis Alex Salinger. Bienvenue dans mon ranch.

— Superbe maison, déclara Travis. Je ne me doutais pas que l'élevage du bétail rapportait autant.

Alex s'esclaffa et lui donna une tape dans le dos.

— Ça aide d'avoir un père riche.

Ou des amis dans la pègre, songea Travis.

Leur hôte les conduisit dans un vaste salon doté d'une cheminée en pierre. C'était une pièce à la décoration masculine, où Salinger semblait tout à fait à sa place, avec son visage buriné, ses moustaches, et son biceps gauche tatoué d'un grand aigle.

— Mon gardien m'a dit que vous cherchiez une certaine Angela Pointer.

— Oui. Ma femme s'est mis en tête de chercher la fille de sa meilleure amie, qui est morte il y a des années. Vous savez comment sont les femmes, hein ? Quand elles ont une idée…

— J'aimerais pouvoir vous aider, malheureusement, je ne connais pas d'Angela Pointer. Cela dit, il y a beaucoup de gens dans la région que je ne connais pas. Avez-vous contacté le shérif ?

— C'est le prochain sur notre liste. Avez-vous des employés qui pourraient la connaître ?

— C'est peu probable, mais je me renseignerai. Tenez, ajouta-t-il, comme s'il venait d'avoir une idée. Je vais demander à ma cuisinière de nous apporter un café et vous pourrez l'interroger vous-même sur la fille de votre amie. Dolorès connaît tout le monde par ici.

Dolorès. Aux yeux de Travis, la seule mention de ce nom confirmait qu'ils avaient vu juste. Angela avait téléphoné du ranch en se servant du téléphone de Dolorès, sans doute sur ordre de Salinger. Et maintenant ce dernier essayait de découvrir si Travis et Faith savaient où Cornell se cachait.

Il savait que la police avait remonté la trace de l'appel, mais il ne craignait pas de les laisser parler avec sa cuisinière, parce que Dolorès, comme tous ses autres employés, avait tout intérêt à se taire.

Même si Travis fouillait les lieux, il n'y aurait aucune trace d'Angela. Alex Salinger, pas plus que Georgio, ne commettrait d'erreur.

Sauf qu'ils en avaient commis une. Cornell s'était fait prendre en transportant leur chargement de contrebande.

Alex disparut et revint une minute plus tard. Il s'installa dans un fauteuil inclinable, les jambes croisées, comme s'il se préparait à une conversation entre amis.

— Vous travaillez dans un ranch ? demanda-t-il à Travis.

— Non. Je suis technicien de surveillance sur un forage. J'ai commencé tout en bas de l'échelle et j'ai fait mon chemin peu à peu, prétendit Travis tranquillement.

— Vraiment ? Avec votre Stetson et vos bottes, vous ressemblez à un vrai cow-boy.

Dolorès apparut, apportant du café et une assiette de petits pains à la cannelle à l'odeur appétissante. Travis ne se fit pas prier pour en accepter un.

Faith prit une tasse de café sur le plateau. Elle glissa entre ses doigts, et le liquide brûlant se renversa sur ses genoux.

Faith poussa un cri et se releva d'un bond, essuyant son pantalon gris clair. Travis se hâta vers elle, mais Dolorès le devança, et se mit à essuyer le liquide avec son tablier.

— Je suis désolée, dit-elle. Je n'aurais pas dû les remplir autant.

— Ce n'est rien, assura Faith. C'est ma faute, pas la vôtre. En revanche, j'aurais besoin d'un peu d'eau, pour nettoyer les taches.

— Bien sûr.

Dolorès sortit rapidement, Faith sur ses talons, et Travis comprit aussitôt ce qui s'était passé : elle avait délibérément renversé le café pour parler à la cuisinière en tête à tête.

Elle avait pourtant promis de le laisser faire ! Il fut tenté d'aller la chercher, mais se ravisa aussitôt. Si quelqu'un pouvait obtenir des informations de Dolorès, c'était sans doute Faith.

Une minute plus tard, elle était de retour, un linge humide dans la main.

Le téléphone d'Alex sonna à cet instant. Il s'excusa et prit l'appel. Lorsqu'il raccrocha, il était visiblement irrité.

— J'aimerais pouvoir bavarder plus longuement, malheureusement, j'ai du travail qui m'attend. Je vous raccompagne.

Tant mieux, songea Travis. De toute façon, ils perdaient leur temps ici, même s'il aurait aimé savoir si cet appel concernait Cornell.

La seule manière de prouver que Salinger mentait à propos d'Angela était de disposer d'un mandat. Mais la jeune femme n'était pas leur priorité.

Cornell avait disparu depuis des heures à présent. Etait-il déjà au Mexique ? Ou étendu mort, quelque part dans un fossé ?

Faith bouillait de colère. Dolorès était mère, elle aussi. Elle aurait dû avoir de la compassion pour Faith ; et peut-être en aurait-elle eu si elle n'avait pas été si terrifiée.

— Dolorès n'a pas menti, fulmina-t-elle. Seulement, elle avait peur de dire quoi que ce soit. Elle n'arrêtait pas de secouer la tête et de regarder par-dessus son épaule, comme si elle s'attendait à ce qu'Alex nous surprenne. Comment quelqu'un peut-il exercer autant de pouvoir sur un autre être humain à notre époque ?

— C'est plus courant qu'on ne le croit, soupira Travis. Il y a beaucoup de gens qui éprouvent le besoin de contrôler autrui.

— Des psychopathes dénués de conscience !

— Même si nous avions retrouvé Angela, je ne crois pas qu'elle aurait pu te dire où se trouve Cornell.

— Tu ne peux pas le savoir.

— Non, mais si Georgio et Salinger savaient où il se cache il n'aurait servi à rien qu'elle t'appelle.

— Alors, tu penses qu'elle était chargée de découvrir si j'avais parlé à Cornell ?

— C'est une possibilité.

— Je voudrais tant qu'il appelle. Si seulement je pouvais entendre sa voix…

— Je suppose qu'il ne veut pas te mêler à tout cela.

— Ou qu'il a peur que mon téléphone ne soit sur écoute… Pouvons-nous être sûrs qu'il ne l'est pas ?

— Oui.

— Comment ?

— On le surveille. Toute tentative d'espionnage déclenchera automatiquement un signal qui sera envoyé à Reno et à moi.

— J'ignorais qu'on pouvait faire ce genre de chose.

— Les miracles de la technologie moderne. Le problème, c'est de garder une longueur d'avance sur les criminels.

— Et ce n'est pas le cas ?

— Pas encore, avoua Travis. Mais Cornell est recherché par toutes les forces de l'ordre et pourrait être appréhendé à tout moment. Garde confiance. Tu as toujours dit qu'une fois qu'on l'aurait retrouvé il pourrait expliquer tout ce qui s'est passé.

— J'en suis sûre.

Il fallait qu'elle s'accroche de toutes ses forces à sa conviction.

— Je dois faire le plein, annonça Travis. Et je meurs de faim. Un petit pain à la cannelle ne me suffit pas pour le petit déjeuner.

— Très bien. Arrête-toi où tu voudras. Un café et un toast me suffiront.

Cinq minutes plus tard, Travis se garait dans une station-service. Faith descendit et s'étira, cherchant des yeux l'origine du cognement sourd qu'elle entendait.

Travis s'était figé derrière la voiture.

— Que se passe-t-il ?

— Eloigne-toi, Faith, ordonna-t-il d'une voix tendue.

Il avait glissé la main à l'intérieur de sa veste légère, comme pour s'emparer du petit pistolet qu'il portait à l'épaule.

Une bouffée d'appréhension envahit Faith. Le cognement, qui avait cessé un instant, reprit de plus belle. Trois coups, un silence, puis trois coups de nouveau, comme un signal.

— Eloigne-toi, répéta-t-il.

Cette fois, elle obtempéra.

Après s'être assuré que personne n'observait la scène, Travis actionna une touche sur la clé de contact.

Le coffre s'ouvrit lentement. Le bruit cessa, remplacé par un cri étouffé qui rappelait le miaulement d'un chat blessé. Deux pieds nus et un bras mince apparurent.

— Qu'est-ce que… ?

Travis tendit la main à la jeune femme couchée dans le coffre et l'aida à se redresser. Elle grimaça de douleur et dut s'appuyer au pare-chocs pour ne pas tomber.

— Qui êtes-vous ? Que faites-vous là-dedans ?

L'inconnue jeta un coup d'œil craintif autour d'elle, puis se tourna vers Faith.

— Je m'appelle Angela Pointer. Nous nous sommes parlé hier soir et aussi quelques jours avant, quand je vous ai avertie de ne pas vous approcher de Georgio.

— C'était vous ? s'écria Faith, interdite.

La jeune femme acquiesça.

Elle ne ressemblait en rien à la femme fatale et sans cœur que Faith avait imaginée. Jolie, terriblement frêle, elle n'était sans doute guère plus âgée que Cornell. Ses cheveux blond pâle étaient longs et raides. Sa candeur, mêlée à l'angoisse qui se lisait dans son regard, émut Faith malgré elle.

— Qui vous a enfermée dans ce coffre ?

— Personne. C'est la dernière chose qu'Alex Salinger aurait voulu faire. Il m'aurait tuée pour m'empêcher de vous parler. Quand le gardien a annoncé que vous étiez là, il m'a fait enfermer dans une chambre au premier étage et m'a ordonné de ne pas dire un mot.

Faith expira lentement, tandis que la lumière se faisait en elle.

— Alex Salinger sait qui nous sommes ?

— Il sait qui vous êtes depuis que vous êtes venue au Passion Bar. Et Georgio l'a renseigné sur l'inspecteur Dalton.

— Comment avez-vous réussi à sortir d'une pièce fermée à clé ? demanda Travis, soupçonneux.

— Je suis passée par la fenêtre, j'ai rampé sur le toit de la galerie et je me suis laissée tomber à terre.

Elle se baissa et massa doucement sa cheville enflée.

— C'est comme ça que je me suis fait mal.

— Vous avez couru un gros risque.

— Si je n'étais pas partie, ils m'auraient tuée. Pas aujourd'hui, mais tôt ou tard. J'en sais trop long pour qu'ils me laissent la vie sauve. D'ailleurs, ils n'ont plus aucune raison de me garder maintenant qu'ils n'ont plus besoin de moi pour faire pression sur Cornell.

— Je ne comprends pas, dit Faith, abasourdie.

— Je vous expliquerai tout, mais pas ici. Nous sommes trop près du ranch et les hommes d'Alex sont sans doute déjà en train de me chercher.

— J'ai assez d'essence pour qu'on aille un peu plus loin, affirma Travis. Nous allons sortir de l'autoroute.

Montez à l'arrière. Mais, avant qu'on fasse quoi que ce soit, vous allez répondre à une question. Pas de mensonges, d'accord ?

— D'accord.

— Savez-vous où se trouve Cornell ?

— Non. Tout ce que je sais, c'est ce qu'il m'a dit quand il a téléphoné, juste avant de jeter son téléphone dans le Rio Grande.

— C'est-à-dire ?

— Qu'il était en fuite. Et qu'il voulait juste essayer de rester en vie.

— Comment vous a-t-il contactée ?

— Par l'intermédiaire de Dolorès Gutierrez. C'est quelqu'un de bien, mais elle a peur d'Alex. Vraiment peur. Comme tous les autres.

— Bon. J'espère que vous ne m'avez pas menti, lança Travis. Sinon, je vous garantis que vous irez en prison.

— J'en ai fini avec les mensonges, murmura Angela.

— Quand nous aurons discuté, il faudra que vous consultiez un médecin. Vous avez peut-être une fracture.

— Pas de médecin. Pas d'hôpital, dit-elle fermement. C'est trop risqué.

— Nous en discuterons plus tard, décida Faith, que la peur évidente d'Angela rendait nerveuse. Allons-nous-en avant que Salinger ne nous retrouve.

Ils montèrent en voiture. Dès que Travis eut démarré, Faith posa la question qui lui brûlait les lèvres.

— Où est le bébé, Angela ? Qu'avez-vous fait du bébé ?

14

Angela se pencha en avant et plongea son regard dans celui de Faith.

— Comment êtes-vous au courant ?

— Je l'ai appris en même temps que j'ai découvert votre existence — à partir de l'analyse de l'ordinateur de Cornell. Vous étiez enceinte, n'est-ce pas ?

— Oui. J'ai fait une fausse couche au bout de quelques semaines. Cornell n'était pas le père du bébé. Mon ex-petit ami m'avait persuadée de lui donner une dernière chance. Ça a été une erreur ; je l'ai compris tout de suite, mais j'ignorais que j'étais enceinte quand je l'ai quitté pour de bon.

Elle marqua une brève pause.

— Je sais que c'est difficile à croire, étant donné les ennuis que j'ai causés à votre famille, mais je n'ai jamais eu de relations sexuelles avec votre fils.

Cette révélation ne fit qu'ajouter à la perplexité de Faith. S'il n'y avait rien entre Angela et Cornell, pourquoi en était-il arrivé là ?

— Etes-vous en train de dire que vous n'avez pas encouragé Cornell à prendre la fuite avec vous ?

— Je l'ai supplié de rester à l'écart du Passion Bar et de ne pas chercher à me voir. Il n'a pas voulu m'écouter.

— Parce qu'il était entiché de vous !

— Non. Parce qu'il a un cœur en or et qu'il ne voulait pas me laisser tomber en sachant que j'avais des ennuis.

— J'ai vu les messages qu'il vous envoyait, Angela. Il croyait être amoureux de vous.

— Nous étions très attirés l'un par l'autre, je ne le nie pas. Je n'ai jamais connu personne d'aussi honnête, d'aussi généreux que votre fils. Mais je ne me faisais pas d'illusions. J'ai toujours su qu'il méritait mieux que moi.

Honnête. Généreux. Un cœur en or. Faith reconnaissait cette description de Cornell. Et pourtant…

— Tout ce que je sais, c'est que mon fils était heureux et insouciant, et qu'il rentrait à la maison chaque soir. Il se confiait à moi. Et puis il vous a rencontrée et il s'est volatilisé. Et maintenant il est recherché par la police.

— Je sais. Sa vie est gâchée.

— Comment est-ce arrivé ? Il faut que je le sache, Angela. Comment Cornell a-t-il pu devenir un homme comme Georgio ?

Angela se mit à pleurer doucement. Faith eut pitié d'elle. Sincèrement. Cependant, Angela était en sécurité, au moins pour l'instant. Cornell, lui, était en cavale, traqué par la police et par un monstre qui le tuerait avant qu'il ait eu le temps d'expliquer quoi que ce soit.

— Je crois que nous devrions remettre cette conversation, suggéra Travis. Attendons d'être au motel. Et nous essaierons de parler calmement — sans accusations ni récriminations.

— Je ne peux pas aller dans un motel avec vous, s'écria Angela, prise de panique. C'est le premier endroit où Alex et ses hommes me chercheront.

— Nous n'allons pas vous abandonner en pleine rue,

rétorqua Travis. Soit vous me faites confiance pour vous protéger, soit nous alertons la police et vous pourrez raconter votre histoire. Peut-être qu'on vous mettra en lieu sûr. C'est à vous de choisir.

— Je ne veux pas parler à la police. Si je dis la vérité, Cornell en subira les conséquences. Je préférerais mourir que de lui causer encore des ennuis.

— Dans ce cas, vous allez devoir nous accompagner.

Travis s'arrêta à une station-service pour faire le plein, puis commanda des petits déjeuners et du café pour eux trois dans un drive-in, ainsi qu'un sachet de glaçons pour la cheville d'Angela.

Rongée par l'angoisse, Faith ne put rien avaler. Angela avait promis de tout leur dire, mais en fin de compte cela ne résoudrait rien. Elle ignorait où était Cornell, et rien d'autre n'avait d'importance.

Elle mit la main dans sa poche, effleurant son téléphone, priant pour qu'il se mette à sonner. Si seulement Cornell l'appelait, ils pourraient lui venir en aide ! Il devait bien savoir qu'elle serait toujours là pour lui, quoi qu'il ait fait.

Elle ferma les yeux et les rouvrit presque aussitôt, envahie par une affreuse prémonition. Et si elle ne revoyait jamais son fils…

Comme s'il avait deviné sa douleur, Travis se pencha et serra sa main.

Quand ils atteignirent le motel, la cheville d'Angela avait viré au violet. Travis la prit dans ses bras, la porta jusqu'à l'intérieur, et la déposa sur le canapé.

— Je dois téléphoner à Reno, dit-il. Je n'en ai pas pour longtemps.

— Nous t'attendrons pour commencer, assura Faith.

Travis parti, un silence gêné s'installa entre elles. Maintenant que le moment de vérité était arrivé, Faith n'était plus sûre de vouloir l'entendre.

Si Angela ne voulait pas parler à la police, les faits devaient accabler Cornell.

— Du nouveau ? demanda-t-elle dès que Travis franchit le seuil.

— Rien. J'espère que vous allez pouvoir nous éclairer un peu, Angela. Comment Cornell s'est-il retrouvé mêlé à cette opération de contrebande ?

La jeune femme avait le visage défait d'un condamné à mort. Faith prit une brève inspiration, se préparant au pire.

— Je devrais commencer par le début, je suppose.

— S'il vous plaît. Et ne cherchez pas à embellir la vérité. Je ne peux pas me battre pour Cornell sans savoir exactement comment il s'est mis dans cette situation.

Angela enroula une mèche de ses cheveux autour de ses doigts, la tortillant d'un côté et de l'autre. Ses yeux restèrent baissés, son regard dissimulé derrière ses longs cils.

— Cornell est venu au Passion Bar un soir, avec des amis du lycée.

— Comment sont-ils entrés ? Ils étaient mineurs !

— Ils avaient de fausses pièces d'identité. Tous les adolescents en ont.

— C'est là que vous l'avez rencontré ?

— Oui. Et puis mon ex est arrivé et m'a prise à partie. Georgio lui avait interdit d'entrer dans le club quand il avait bu, mais il n'était pas du genre à écouter.

— Qu'a-t-il fait au juste ?

— Il m'a coincée au moment où je sortais de scène.

J'ai essayé de me défendre, mais il a insisté. Il essayait de m'embrasser, ce genre de choses.

Faith imagina la scène.

— Il n'y avait pas de videur ? demanda Travis.

— Il était occupé avec un autre client. Cornell a donné un coup de poing à Walt, qui est tombé en arrière contre le mur, le nez en sang. Il a perdu connaissance l'espace de quelques secondes, et quand il s'est relevé il s'est jeté sur Cornell pour se venger. Heureusement, le videur est arrivé et les a séparés.

Elle soupira.

— Il voulait les expulser tous les deux, mais je suis intervenue. J'avais peur qu'ils ne recommencent à se battre dans la rue et que Cornell ne prenne un mauvais coup. Walt était violent quand il était ivre, et habitué à se battre. Avec n'importe quoi : des couteaux, des barres de métal, des tessons de bouteilles.

La voix d'Angela tremblait à présent. Elle se tut, et leva enfin les yeux, affrontant le regard de Faith.

— Si Cornell était parti avec ses amis, les choses en seraient restées là. Ils en auraient plaisanté le lendemain et puis ils auraient tout oublié.

Faith comprenait les regrets de la jeune fille. Cependant, il ne servait à rien de ressasser le passé.

— Qu'est-il arrivé ?

— J'ai pris un verre avec Cornell. Nous avons sympathisé. Je n'avais jamais rencontré quelqu'un comme lui. Il n'a pas essayé de me draguer, il ne s'est pas vanté. Nous avons juste parlé comme de vieux amis.

— C'est un bon garçon, murmura Faith.

— Presque un homme, lui rappela Angela. Après, il est revenu plusieurs fois au club. Nous avons continué à discuter. Au bout de deux semaines, il m'a embrassée. A partir de ce moment-là, notre relation a changé.

Faith comprenait. Elle avait à peu près l'âge de Cornell lorsqu'elle avait rencontré Melvin. Même si leur relation n'avait pas duré, elle avait eu Cornell, et jamais elle ne le regretterait.

— Cornell ne voulait pas vous mentir, madame Ashburn. Il vous adore. Il voulait me présenter à vous.

— Pourquoi ne l'a-t-il pas fait ?

— Je savais que vous ne verriez pas les choses comme lui. Que vous sauriez que je n'étais pas une fille pour votre fils.

— Mais vous n'avez pas rompu avec lui ?

— Je n'ai pas pu. Il me donnait l'impression d'être quelqu'un de bien. A ses yeux, je n'étais pas qu'une danseuse de bar. Quand il a appris que j'étais enceinte, il m'a suppliée d'abandonner mon emploi et de le laisser prendre soin de moi. Il voulait abandonner ses études et travailler. C'était un rêve, mais pendant quelques jours j'y ai cru, moi aussi.

— Il voulait prendre soin de vous alors qu'il savait que vous étiez enceinte d'un autre homme ?

— Oui. Comment aurais-je pu ne pas l'aimer ?

Angela changea de position et, avec une grimace de douleur, déplaça le sac de glace sur sa cheville.

— C'est à ce moment-là que Cornell a commencé à travailler pour Georgio ?

— Non. Cornell n'aurait jamais travaillé pour Georgio de son plein gré. A ce moment-là, il ne le connaissait pas encore, même si, apparemment, Georgio était au courant de notre relation. Je suis sûre que Walt lui en avait parlé.

Le récit d'Angela ne semblait conduire nulle part.

— Votre ex était un ami de Georgio ?

— Walt était son employé.

— Quelles fonctions exerçait-il ? demanda Travis.

— Son rôle consistait à satisfaire les besoins des clients. Il leur vendait du crack, du cannabis — tout ce qu'ils voulaient, sauf quand la brigade des stups était dans le coin. Il pouvait les flairer à des kilomètres.

— Je ne comprends toujours pas, avoua Faith. Si Cornell ne travaillait pas pour Georgio, comment est-il devenu passeur ?

— Walt a décidé qu'il voulait renouer avec moi. Apparemment, il a agressé Cornell un soir pendant que j'étais dans la loge. Le videur les a mis à la porte. C'est là que j'ai entendu les détonations.

Travis se pencha en avant.

— Des coups de feu ?

Angela acquiesça.

— Je me suis précipitée dehors et je suis tombée sur le videur qui venait me chercher.

— Comment s'appelle-t-il ?

— Brad. Il m'a dit que Georgio voulait me voir. Quand je suis arrivée, Cornell était assis sur une chaise, la chemise couverte de sang. J'ai cru qu'on avait tiré sur lui. J'ai voulu aller vers lui, mais il m'a repoussée. Il ne voulait pas me parler. Ni même me regarder.

Faith écoutait, la gorge nouée. Son cœur cognait dans sa poitrine. Atterrée, elle garda le silence pendant qu'Angela racontait que Georgio avait découvert Cornell penché sur le corps de Walt, un pistolet à la main.

Il avait abattu Walt d'une balle dans la nuque. Il avait tué de sang-froid un homme désarmé qui s'éloignait de lui.

— Non ! Cornell n'aurait jamais fait ça. C'est impossible !

Faith mit une seconde à se rendre compte que ce cri tourmenté avait jailli de ses propres lèvres. Travis l'attira près de lui, si près qu'elle sentit les battements de son cœur contre le sien.

Quand elle cessa enfin de trembler, elle se dégagea.

— Continuez, Angela.

— Cornell n'a pas nié. Il était prêt à appeler la police et à tout avouer. Georgio l'a persuadé de ne pas le faire.

— L'a-t-il aussi persuadé de ne rien me dire ? s'écria Faith, anéantie. Je suis sa mère. J'aurais dû être avec lui, l'aider à prendre une décision qui allait peut-être le hanter jusqu'à la fin de ses jours.

— Cornell ne voulait pas vous faire de mal, madame Ashburn. Il était plus inquiet pour vous que pour lui-même.

Inquiet, peut-être, mais il l'avait rejetée. Il continuait à l'exclure. Elle avait échoué dans son rôle de mère. Son amour n'avait pas été à la hauteur.

Elle entendit vaguement le reste des explications. Georgio s'était posé en sauveur. Il avait promis de veiller à ce que rien ne puisse le relier à ce crime, à condition que Cornell se cache jusqu'à la fin de l'enquête.

Il avait insisté pour qu'Angela quitte la ville en même temps, sous prétexte que les policiers voudraient certainement l'interroger. De cette manière, avait-il déclaré, elle ne serait pas obligée de leur mentir.

Angela avait encouragé Cornell à accepter la proposition de Georgio. Celui-ci l'avait envoyée au Jackrabbit Chase, où elle avait vécu en recluse. De son côté, Cornell était allé se réfugier chez un certain Tom, un des contacts de Georgio au Mexique.

Après cela, elle n'avait parlé à Cornell qu'à de rares occasions. Le jeune homme lui avait dit qu'il conduisait des chevaux du Mexique aux Etats-Unis. Cependant, deux semaines plus tôt, elle avait entendu une conversation entre Alex et Georgio et compris qu'il passait en réalité des objets en contrebande. C'était alors qu'elle était devenue prisonnière.

— Alex m'a forcée à vous téléphoner. Il voulait vous dissuader de rechercher Cornell.

— Vous m'avez aussi dit de ne pas m'approcher de Georgio.

— Je sais, répondit Angela. Vous devez me détester.

— Je ne sais pas ce que j'éprouve pour vous.

— Je comprends. Je ne peux pas vous en vouloir. Conduisez-moi à la frontière, et je sortirai de votre vie pour toujours.

Il était trop tard pour cela, songea Faith. Le mal était fait.

— Non. Vous allez rentrer à Dallas avec nous. Les mensonges, le chantage… tout cela doit cesser. D'ailleurs, vous venez de faire des aveux à un policier. Il ne servirait à rien de prendre la fuite.

Un policier qui enverrait sans doute son fils en prison jusqu'à la fin de ses jours, sinon à la chaise électrique.

Si elle avait eu le moindre espoir de refaire sa vie avec Travis, cet espoir venait de s'éteindre. Il avait été anéanti en même temps que les rêves qu'elle caressait pour l'avenir de Cornell.

— Si je retourne à Dallas, Georgio va me retrouver et me faire éliminer, murmura Angela. Mais peut-être l'ai-je mérité.

— C'est Georgio et Alex qui doivent être punis comme ils le méritent, déclara Travis fermement. J'ai l'intention d'y veiller. Dans l'intervalle, je vais vous faire placer sous protection policière.

— Où puis-je aller ? Je n'ai pas d'argent. Pas de travail. Pas d'amis à qui me fier.

— Vous vous installerez au Dry Gulch, avec Faith et moi. R.J. voulait de la famille, il va en avoir ! Et toutes les complications qui vont avec.

— Je ne suis pas de votre famille, protesta Angela.

— Moi non plus, dit Faith.

— Ce n'est pas grave. R.J. aura sûrement plus d'affection pour vous qu'il n'en a jamais eu pour moi.

Cornell se réveilla en sursaut. Un insecte grimpait le long de sa jambe, à l'intérieur de son pantalon. Il se hâta de le retirer, mais la tarentule continua tranquillement son chemin jusqu'à son caleçon. Il la chassa d'une chiquenaude, puis s'adossa au tronc d'arbre sous lequel il avait dormi et chercha à reprendre ses esprits.

La réalité ne tarda pas à s'imposer de nouveau à lui, bien plus effrayante que l'araignée qu'il venait de repousser.

L'air était froid. Il avait perdu sa veste, sans doute restée dans l'écurie où il avait essayé de passer la nuit.

Il s'était faufilé au-dehors avant l'aube, quand une des juments s'était agitée et avait commencé à hennir, protestant visiblement contre son intrusion. Guidé par le clair de lune, il avait suivi une clôture jusqu'à la petite rivière où il s'était arrêté pour se reposer.

Machinalement, il avait porté la main à sa poche pour prendre son téléphone, avant de se souvenir qu'il l'avait jeté dans le Rio Grande après avoir passé un dernier appel à Dolorès. Il avait voulu qu'Angela et sa mère sachent qu'il était en sécurité.

En sécurité. Georgio le lui avait promis. Quelle cruelle plaisanterie ! Mais Cornell n'avait découvert sa véritable identité qu'après lui avoir vendu son âme.

Et maintenant le diable était à sa poursuite. Georgio ignorait peut-être encore que c'était lui qui avait fourni le tuyau à la police des frontières. Mais peu importait. Cornell avait échoué, et Georgio ne supportait pas les gens qui échouaient, surtout quand ils étaient aussi bien informés sur ses activités que Cornell l'était.

Mais Cornell s'en moquait, désormais. Angela était retenue prisonnière. Il savait que, même s'il avait continué à obéir aux règles, Georgio aurait pris tôt ou tard la décision de se débarrasser d'eux.

Il était grand temps que ce monstre soit mis hors d'état de nuire. Et, pour cela, tout ce que Cornell devait faire, c'était trouver la police et tout leur dire avant que Georgio ne l'élimine. Ensuite, ils iraient tous les deux croupir en prison.

Un coupable doit payer pour ses crimes.

Cornell remit son pantalon et reprit sa route. Le soleil était déjà haut dans le ciel quand il arriva sur une petite route. Il resta sur le bas-côté, levant le pouce chaque fois qu'une voiture passait.

Enfin, quelqu'un ralentit. Deux hommes, à bord d'une berline noire.

— Vous voulez qu'on vous emmène ?

— Si vous allez à Laredo.

— Montez.

Cornell fit un pas en avant et vit le pistolet. Il se jeta de côté tandis que des coups de feu déchiraient l'air. Des gouttes de sang éclaboussèrent le sol à ses pieds, comme de la pluie rouge.

Il continua à courir, titubant en direction de la clôture. Il tendit le bras vers un poteau, et manqua son but. La dernière chose qu'il vit fut la terre brune.

Puis le noir.

15

— Cette histoire n'a ni queue ni tête, déclara Reno. Cornell possédait un pistolet ?

— Pas d'après Faith. Et je ne me souviens pas qu'on ait retrouvé un cadavre à proximité du Passion Bar il y a dix mois.

— Si c'était le cas, tu ne l'aurais sûrement pas oublié, puisqu'on était déjà en train de s'arracher les cheveux pour trouver des preuves solides contre Georgio.

— Nous avions des preuves, rectifia Travis. Rappelle-toi le témoin qui est malencontreusement tombé de son échelle et qui est mort avant d'avoir pu témoigner.

— Et maintenant nous avons Cornell, qui pourrait peut-être attester que Georgio l'a obligé à tuer Walt, sauf que son témoignage l'enverrait droit en prison, alors pourquoi l'admettrait-il ? Georgio se débrouille toujours pour tirer son épingle du jeu.

— Pourquoi Cornell aurait-il obéi à Georgio ? rétorqua Travis, sceptique. Il ne prend pas de drogues, par conséquent, il n'avait pas besoin d'argent pour s'en procurer. Il n'a pas de casier judiciaire et pas d'antécédent de violence à l'école.

— Il y a toujours une première fois, et une femme peut pousser un homme au crime.

— C'est ce qu'on dit.

— Quant à Walt Marshall, continua Reno, c'est tout le contraire de Cornell. Il a été expulsé de son collège pour avoir apporté un revolver en classe. Avant cet incident, il avait déjà été suspendu à plusieurs reprises pour s'être battu, et, une fois, pour avoir menacé une enseignante.

— L'as-tu interrogée ?

— Pas encore. J'ai laissé un message lui demandant de me rappeler après ses cours. Dans l'intervalle, je vais jeter un coup d'œil à la base de données pour vérifier si Marshall a été condamné par le passé.

— Appelle aussi la morgue pour vérifier que son cadavre n'y est pas. Mais pour l'instant notre priorité n'a pas changé, nous devons retrouver Cornell au plus vite.

— On n'a toujours aucune trace de lui ?

— Pas que je sache, répondit Travis d'un ton sombre. J'attends un appel de Patterson d'une minute à l'autre.

— Comment Faith réagit-elle ?

— Elle tient le coup, et continue d'espérer que toute cette affaire ne soit qu'un affreux malentendu.

— Tu as déjà rencontré une mère qui ne croyait pas à l'innocence de son fils ?

— Une seule. Gloria Keating. Elle a téléphoné au poste pour dénoncer son fils parce qu'il lui avait volé sa dose d'héroïne.

— Je m'en souviens, répondit Reno. Pas vraiment une mère modèle, hein ?

Faith n'aurait pas pu être plus différente. Cette épreuve était un calvaire pour elle. Avant de la rencontrer, Travis avait été obsédé par l'idée de mettre Georgio derrière les barreaux. Il le désirait toujours, mais souffrait de savoir qu'en atteignant ce but il risquait aussi d'envoyer le fils de Faith en prison.

Pour la première fois de sa vie, il aurait préféré exercer un autre métier.

Son téléphone émit un bip.

— J'ai un autre appel. C'est sans doute Patterson. Recontacte-moi dès que tu as du nouveau concernant Walt.

— Pas de problème. Je te tiens au courant.

Travis prit la communication en attente.

— Du nouveau ?

— Oui. Faith Ashburn est toujours avec toi ?

— Elle est dans la pièce voisine.

— Dans ce cas, j'espère que tu sais t'y prendre pour annoncer les mauvaises nouvelles.

Travis se raidit et ravala un juron, n'osant imaginer la suite.

— Cornell a été retrouvé par un rancher qui inspectait sa clôture, il y a environ une heure. Il était couvert de sang, étendu sur le ventre. Au début, le type l'a cru mort, et puis il s'est aperçu qu'il respirait faiblement et a appelé une ambulance.

— Continue.

— Il a été touché à l'épaule et à la nuque. Le tireur a dû penser qu'il était mort, sinon il l'aurait achevé.

— Où était Salinger au moment des faits ?

— Assis sur sa terrasse, en train de boire un café avec moi. Je suis allé lui rendre une visite amicale ce matin.

— A-t-il admis qu'Angela Pointer avait été hébergée chez lui ces dix derniers mois ?

— Au contraire. Il prétend n'avoir jamais entendu parler d'elle. Sa parole contre celle d'Angela. A ton avis, qui un jury va-t-il croire ? Un propriétaire terrien respecté ou une stripteaseuse ?

— Elle est montée dans ma voiture au ranch, lui fit remarquer Travis.

— Non. Tu l'as trouvée dans le coffre de ta voiture à une station-service. Un bon avocat manipulera cette information dans tous les sens sauf le bon.

Restait Dolorès Gutierrez, mais Travis savait qu'elle était trop effrayée pour témoigner contre Salinger. Et, même si elle prenait le risque, elle ne survivrait pas jusqu'au procès. Elle succomberait à un accident. Une chute. Une noyade. Un incendie. Les méthodes de Georgio étaient efficaces à défaut d'être originales.

— Où Cornell a-t-il été attaqué ?

— A environ quarante kilomètres d'ici. Les premiers rapports de police indiquent que l'incident a eu lieu au bord d'une petite route.

— Et où est-il maintenant ?

— A l'hôpital universitaire. Dans un état critique.

— Georgio n'a pas perdu de temps, murmura Travis avec amertume.

— Non. Je suis furieux que ses sbires nous aient pris de vitesse.

— On a dû les renseigner. Je suis sûr que Salinger a son propre réseau d'informateurs dans le coin.

Travis ne pensait plus qu'à Faith à présent. Comment allait-elle réagir à cette épouvantable nouvelle ?

— Sa mère peut lui rendre visite ?

— Je n'y vois aucune objection, tant que le chirurgien est d'accord. Il est en état d'arrestation et un policier monte la garde devant sa chambre, mais je vais téléphoner pour qu'on vous laisse passer.

— Merci. Il me faudra quelqu'un pour rester avec Angela Pointer. Elle est terrifiée à l'idée que Salinger la retrouve pour l'éliminer.

— Amène-la ici. Elle sera en sécurité. Attention, Travis : ne pose pas de questions à Cornell sur la contrebande. Je ne veux pas que tout le dossier s'effondre pour cause d'irrégularité lorsque l'affaire sera portée devant le tribunal.

— Entendu.

Dans l'immédiat, une seule chose comptait, et c'était de savoir si Cornell allait s'en sortir.

Travis raccrocha, la mort dans l'âme. Faith allait souffrir, et il ne pouvait rien faire pour la protéger.

Les larmes montèrent aux yeux de Faith à la vue de son fils blessé. Il semblait dormir. Son visage était d'une pâleur inquiétante, sa respiration, irrégulière en dépit des nombreux fils qui reliaient son corps à divers appareils. Des écrans mesurant ses signes vitaux clignotaient de manière menaçante à l'arrière-plan.

Elle se pencha et lui caressa la main du bout des doigts, puis effleura sa joue.

— Je suis là, Cornell, murmura-t-elle. Je suis là, à côté de toi. Tu es en sécurité.

Il n'ouvrit pas les yeux, et n'eut aucune réaction.

Faith se tourna vers l'infirmière.

— Peut-il m'entendre ?

— Je n'en suis pas sûre, mais c'est une bonne chose de lui parler. Il est possible qu'il reconnaisse votre voix et qu'elle le réconforte même s'il est inconscient.

— A-t-il repris connaissance depuis qu'il a été blessé ?

— Pas depuis qu'il est à l'hôpital, mais le maintenir

dans cet état est une décision des médecins. On l'a placé dans un coma artificiel pour éviter tout stress inutile. C'est une procédure assez courante après un traumatisme au cerveau.

Les paroles de l'infirmière résonnèrent dans le crâne de Faith, éveillant d'épouvantables hypothèses. Elle se cramponna à la barre du lit, les jambes chancelantes.

— Ses blessures sont très graves ?

— Je crois qu'il vaut mieux que ce soit le chirurgien qui vous en parle. Nous l'avons averti que vous étiez ici et il ne va pas tarder.

Faith acquiesça. Elle ne pouvait pas en vouloir à l'infirmière de refuser de lui apporter d'affreuses nouvelles. Elle avait retrouvé son fils, mais le cauchemar avait revêtu une autre forme.

Des souvenirs douloureux l'assaillirent. Elle avait déjà connu de pareils moments d'angoisse lorsque le virus avait terrassé Cornell. Assise à son chevet, n'osant fermer les yeux de peur que son fils ne soit plus de ce monde quand elle les rouvrirait.

Comment la vie pouvait-elle être assez cruelle pour leur imposer cette seconde épreuve ?

La main de Travis se posa sur son bras. Faith prit une profonde inspiration, et eut l'étrange impression qu'il lui communiquait sa force. En l'espace de quelques jours, il avait endossé un rôle de protecteur pour elle.

Elle ne comprenait pas encore tout à fait le changement intervenu dans leur relation, mais Travis était la seule personne au monde qu'elle voulait avoir à ses côtés à cet instant. La personne sur qui elle pouvait compter.

Se berçait-elle d'illusions ? Travis était policier. Il serait du côté de la loi quoi que cela signifie pour Cornell.

Elle le savait, et pourtant elle avait besoin de son contact. Elle se laissa aller contre son épaule tandis qu'il lui caressait les cheveux, écartant les mèches qui tombaient sur ses joues.

— Merci d'être là, souffla-t-elle.

— Je serai là aussi longtemps que tu voudras de moi, Faith.

Le médecin entra dans la chambre. Il se présenta, puis examina rapidement le patient et la feuille de soins avant de se retourner vers Faith.

— Je suis sûr que vous avez beaucoup de questions à me poser. Si vous voulez me suivre, il y a une petite salle où nous pourrons parler sans être dérangés.

Ils lui emboîtèrent le pas et sortirent du service d'urgence, passant devant le garde.

— Je sais que mon patient est en état d'arrestation, reprit le médecin lorsqu'ils furent entrés dans la petite salle. Permettez-moi de vous assurer, madame Ashburn, que cette situation n'influera en rien sur le traitement qu'il va recevoir. Et qu'elle ne m'empêchera pas d'être aussi honnête que possible avec vous.

— Je vous remercie.

— Il n'est pas nécessaire que l'inspecteur Dalton reste avec vous à moins que vous ne le souhaitiez.

— C'est aussi un ami. J'aimerais qu'il reste.

— Très bien.

Le chirurgien leur fit signe de prendre place autour d'une petite table et les imita.

— Comment va-t-il ? demanda Faith, anxieuse.

— Cornell est dans un état critique.

Il sortit deux radiographies d'une enveloppe et leur montra l'endroit où les balles étaient entrées, puis se lança dans une explication difficilement compréhensible car truffée de termes médicaux.

Faith regarda rapidement les clichés et les lui rendit.

— Qu'est-ce que cela signifie en langage ordinaire ?

— Nous avons extrait la balle logée dans l'épaule et, à moins d'une infection, il ne devrait pas y avoir de séquelles à long terme.

— Et la balle dans la tête ?

— Les blessures au cerveau sont souvent imprévisibles, mais j'ai réussi à sortir la balle sans causer de dégâts supplémentaires et nous avons stoppé l'hémorragie. Il subsiste un hématome temporaire qui appuie sur la boîte crânienne, et d'importantes lésions autour du point d'impact. Mais votre fils a eu beaucoup de chance, madame Ashburn. Si la balle était passée deux centimètres plus à droite, il ne serait pas en vie à l'heure qu'il est.

Un frisson secoua Faith. Cornell avait vraiment frôlé la mort.

— Va-t-il pouvoir se rétablir complètement ?

— Ses chances sont bonnes, à condition qu'aucune complication ne se présente au cours des vingt-quatre heures à venir. Cela dit, une guérison complète exigera du temps et, sans doute, une assez longue rééducation.

— Combien de temps ?

— C'est difficile à dire. Il est possible qu'il se rétablisse en quelques mois, ou qu'il ne recouvre jamais entièrement la mémoire ou une partie de sa mobilité. A priori, je pense que la première hypothèse est la plus probable, mais je ne peux rien vous promettre.

Faith acquiesça, quoique guère rassurée. Quelles chances aurait-il de se rétablir s'il était en prison ?

— J'aimerais rester à son chevet cette nuit, murmura-t-elle.

— Je comprends. Je veillerai à ce qu'on vous y autorise. Mais cela m'amène à un autre point dont je voudrais vous parler.

— Lequel ?

— Si tout va bien, nous aimerions transférer votre fils dans un hôpital à Dallas demain ou après-demain. C'est un des meilleurs établissements du pays pour ce genre de blessures.

Faith revit les fils qui reliaient Cornell aux appareils de contrôle. Certes, elle préférait qu'il revienne à Dallas, cependant…

— Est-il prudent de le transférer si vite ?

— Il serait transporté en hélicoptère, sous la surveillance de personnel spécialisé. Cela vous pose-t-il un problème ?

— Non, si vous pensez qu'il n'y a pas de risque.

— Je ne le recommanderais pas à moins d'être convaincu que c'est la meilleure solution pour lui.

Cornell serait de retour à Dallas. Ils pourraient retourner chez eux. Mais cela signifiait aussi qu'ils seraient à proximité de Georgio.

— Cornell aura-t-il également une garde rapprochée à l'hôpital de Dallas ?

— Vous devrez discuter de cela avec John Patterson.

— Il en aura une, affirma Travis. Je te garantis que ni Georgio ni aucun de ses hommes ne s'approchera de lui pendant qu'il est à l'hôpital.

Faith respira plus librement, résolue à voir le côté positif de la situation. Cornell était en vie, et allait recevoir les meilleurs soins possibles. Elle pourrait aller lui rendre visite chaque jour.

C'était déjà miraculeux.

Deux jours plus tard, Angela, Faith et Travis franchissaient le portail du Dry Gulch.

Après une première nuit sans incident à l'hôpital de Laredo, l'état de santé de Cornell s'améliorait peu à peu. Faith n'avait quitté son chevet qu'une seule fois, le temps de retourner au motel pour prendre une douche rapide et se changer.

Elle paraissait exténuée. Le chirurgien lui-même l'avait remarqué. Il lui avait conseillé de rester à la maison ce soir et de se reposer pendant que l'équipe médicale de Dallas procédait à une première évaluation.

De son côté, Travis avait consacré son temps à la recherche d'informations sur Walt Marshall et celles-ci ne manquaient pas. Le jeune homme avait été arrêté à de nombreuses reprises, pour possession, distribution et trafic de stupéfiants, mais aussi pour coups et blessures. Après sa dernière condamnation, qui lui avait valu trois ans de prison en Géorgie, il s'était installé à Dallas, où il avait fait la connaissance de Georgio.

Travis reconnut la voiture de Leif alors qu'ils approchaient du ranch. En revanche, Faith était si perdue dans ses pensées qu'elle ne parut rien remarquer. Tant mieux, songea-t-il. Une surprise agréable lui ferait le plus grand bien.

— C'est une grande maison, commenta Angela en descendant du pick-up. Votre père doit s'ennuyer ici tout seul.

« *Votre père.* » Ce mot troublait toujours Travis. Pour lui, R.J. n'avait pas mérité ce titre-là.

— Je me sens vraiment coupable de lui imposer tous mes problèmes, murmura Faith. Avec sa tumeur au cerveau, il a assez de soucis comme ça.

Angela se figea.

— Il a une tumeur au cerveau ? Vous n'en aviez pas parlé. Est-il invalide ?

— Non. Il peut encore marcher, et il est lucide la plupart du temps. D'après Joni, il a parfois des vertiges, mais il continue à monter à cheval et à aller à la pêche.

— J'adore les chevaux, déclara Angela. Avant la mort de mon père, je faisais de l'équitation.

La porte d'entrée s'ouvrit, et Joni se rua à leur rencontre. Le visage de Faith s'éclaira aussitôt, et elle esquissa un sourire radieux. Les deux amies s'étreignirent avec émotion tandis que Leif et R.J. attendaient sur le seuil.

Leif salua Travis d'une bourrade, puis l'embrassa.

— Salut, petit frère. La semaine a été rude ?

— C'est le moins qu'on puisse dire, répondit Travis en souriant.

— Content de te voir, fiston. Et qui est cette charmante jeune fille ?

Travis présenta Angela comme une amie de Cornell. Il donnerait des détails plus tard, lorsqu'il serait en tête à tête avec Leif.

R.J. adressa un grand sourire à Angela et l'escorta à l'intérieur.

— Je veux tout savoir, lança Leif. Adam et Hadley vont se joindre à nous vers 18 heures pour dîner, alors il faut qu'on parle avant.

— Bonne idée. R.J. peut montrer sa chambre à Angela, et Faith et Joni ne remarqueront même pas notre absence.

Travis ne voyait pas d'inconvénient à tout raconter à Leif. Enfin, presque tout. Il n'allait pas avouer qu'il était tombé fou amoureux de Faith, au point qu'il perdait toute lucidité quand il s'agissait d'elle.

Car, malheureusement, cela ne changeait rien au fait qu'il allait peut-être devoir envoyer son fils en prison.

Ce qui sonnerait le glas de leur relation.

— Reposez-vous, les filles. Nous allons ranger la cuisine, d'accord, les gars ? suggéra Adam.

— Bien sûr, dit Leif, mais laisse-moi terminer ce crumble aux mûres. Il est délicieux.

Hadley lui passa le plat en souriant.

— C'est la recette de Caroline Lambert. Elle m'a appris à faire la pâte. C'est le secret d'un bon crumble.

— Caroline est la mère de Teague ? demanda Travis.

— Oui. C'est une cuisinière hors pair. D'ailleurs, elle est douée pour tout ce qu'elle entreprend.

— J'ai du mal à croire qu'aucun homme ne l'a demandée en mariage, commenta R.J. Même si, évidemment, il ne serait pas facile de succéder à Hugh.

— Non. Caroline parle souvent de lui. Il lui manque encore beaucoup.

Faith se leva, et fit mine de débarrasser la table, mais Adam la devança.

— Sérieusement, laissez-nous faire, les filles ! C'est nous qui sommes de service ce soir.

— Entendu, mon chou, répondit Hadley en lui tendant un tablier avant de l'embrasser sur la joue. D'ailleurs, il faut que j'aille voir Angela. J'espère que Lacy et Lila ne l'ont pas épuisée.

— C'était gentil de sa part de partir avec elles à la chasse aux lucioles.

— Je crois que la compagnie des filles lui fait du bien, dit Faith. Elle a besoin de se changer les idées.

— J'aimerais beaucoup en savoir plus long sur elle, déclara Joni, mais rien ne presse. Je sais que tout ça fait partie de l'enquête.

Elle enroula un bras autour de la taille de Faith.

— Je suis tellement contente que tu sois là, au ranch, entourée d'amis. Une des choses que j'ai apprises grâce à mon merveilleux mari, c'est que tout est plus facile à affronter avec le soutien des gens qui vous aiment.

Faith sourit. Elle ne faisait pas partie de la famille, mais elle se sentait davantage chez elle ici ce soir que n'importe où ailleurs depuis la disparition de Cornell.

Et c'était grâce à Travis.

R.J. resta assis à table, une tasse de café décaféiné froide devant lui. Il parut surpris quand ses fils le rejoignirent, une bière fraîche à la main.

— Où est Gwen ?

— Tu veux dire Hadley ou Joni ?

— Mais non ! Qu'avez-vous fait de Gwen ?

Travis se souvint que c'était le nom que R.J. avait prononcé lors du mariage, lorsqu'il l'avait trouvé désorienté dans le jardin.

— Gwen n'aime pas qu'on boive de la bière. Si elle vous voit, elle vous mettra à la porte.

— Ne t'inquiète pas, répondit Adam d'un ton apaisant.

Elle a dû aller se coucher. Je vais te raccompagner à ta chambre et puis nous nous débarrasserons de ces bières.

— Il vaudrait mieux. Elle est intraitable là-dessus. Têtue comme une mule.

— Oui. Laissons-la dormir, déclara Adam. Je m'occupe de tout ici.

Il aida son père à se lever et le guida vers le couloir.

— Qui est cette Gwen ? demanda Travis lorsque son demi-frère revint.

— Gwen était le deuxième nom de sa première épouse. Je suppose qu'il veut parler d'elle, mais rien n'est sûr. D'après le neurologue, il est assez fréquent qu'un malade atteint d'une tumeur au cerveau confonde le passé et le présent.

— Cela lui arrive souvent ?

— Une ou deux fois par semaine, peut-être. Cela ne dure jamais longtemps. En général, c'est quand il est content ou ému par quelque chose. Il s'est inquiété pour Faith et pour toi pendant que vous étiez à Laredo.

— Que sait-il à ce sujet ?

— Ce que je lui ai dit au téléphone hier, affirma Leif. Que vous aviez retrouvé le fils de Faith et qu'il était hospitalisé. Je n'ai pas parlé du fait qu'il avait été grièvement blessé, ni qu'il était en état d'arrestation. Il croit que Cornell est malade.

— A vrai dire, je n'en sais pas beaucoup plus, dit Adam. Non que cela me regarde, bien sûr.

— Détrompe-toi, répondit Travis. Leif et moi avons discuté avant le dîner, mais je ne prendrai aucune décision concernant Faith et Angela sans ton accord. Après tout, tu es chez toi ici. Moi, non.

— Je t'écoute.

— Je vais chercher d'autres bières d'abord. C'est assez compliqué.

Une heure plus tard, les trois hommes s'étaient mis d'accord sur un plan.

Hadley et les petites filles iraient passer quelques jours chez la mère de celle-ci, une visite qu'elles projetaient depuis quelque temps. Joni aurait le choix entre séjourner chez les Lambert et habiter dans la maison principale si elle se trouvait au ranch en l'absence de Leif. Cela n'arriverait guère, puisqu'elle était le plus souvent prise par son activité de vétérinaire.

Quant à Angela, Faith et R.J., ils seraient surveillés par deux policiers chaque fois que Travis ne pourrait être là pour les protéger. De cette manière, si l'un d'eux décidait de faire une promenade à cheval ou à pied, un garde du corps pourrait l'accompagner.

— Comment R.J. va-t-il réagir à la présence de ces agents ? demanda Travis.

— Je lui dirai que ce sont des amis à toi, venus passer quelques jours ici pour s'exercer au tir, suggéra Leif.

Adam acquiesça.

— R.J. sera enchanté d'avoir de la compagnie. Quant à moi, j'étais dans les Marines, tu sais. Je ne serais pas contre le fait de m'entraîner au tir sur un type comme ce Georgio. Penses-tu vraiment qu'il soit assez fou pour s'en prendre à Faith ou à Angela au Dry Gulch, alors que nous sommes tous là ?

— Non. En général, Georgio est très habile. Il agit sans témoins et ne prend pas de risques évidents. Mais Angela en sait trop sur son compte. Et, s'il pense que Cornell a révélé à Faith des informations qui l'impliquent dans le meurtre de Walt ou le trafic d'objets volés, il voudra l'éliminer aussi.

— Il faut le mettre hors d'état de nuire, marmonna Adam. Et je voudrais bien être celui qui le fera !

Travis leva sa canette vide.

— Mets-toi dans la file, mon vieux !

Quelques minutes plus tard, Adam et sa famille prenaient congé, imités par Leif et son épouse. Travis, Faith et Angela les raccompagnèrent à leurs voitures et leur adressèrent des signes d'adieu.

Comme ils regagnaient la maison, la lune émergea de derrière les nuages, éclairant le paysage de sa lueur argentée. Faith attendit que Travis la rejoigne, et il se demanda si elle avait conscience du trouble qu'elle éveillait en lui.

Il aurait dû détester être ici, au ranch. Mais comment détester un endroit où Faith se trouvait ?

— Votre famille est fantastique, inspecteur, commenta Angela, l'arrachant brusquement à ses pensées. Vous avez de la chance.

— Je n'ai pas eu une enfance facile, répondit-il honnêtement. J'ai eu de la chance de m'en sortir.

— Je regrette de ne pas avoir été assez intelligente pour faire pareil.

— Vous êtes jeune, Angela, lui rappela Faith. Vous avez encore le temps de repartir de zéro.

— Si Cornell va en prison pour le meurtre de Walt, je ne mériterai pas d'être heureuse. C'était ma faute. Mais je crois que Georgio aurait tué Walt si Cornell ne l'avait pas fait.

— Qu'est-ce qui vous fait dire cela ? demanda Travis, curieux.

— J'ai entendu Georgio le menacer. Lui dire que, s'il échouait encore une fois, il le paierait cher.

— Quand lui a-t-il dit cela ?

— Deux jours avant que Walt ne soit tué.

Travis hocha la tête. Il avait eu l'intuition que Georgio était derrière ce meurtre, et la révélation d'Angela confirmait ses soupçons.

— Comment en êtes-vous venue à fréquenter un homme comme ce Walt ? demanda Faith.

— Il était fort, et il disait qu'il voulait me protéger. Personne ne m'avait jamais protégée avant. Et puis il a commencé à me brutaliser et j'ai compris qu'il était exactement comme mon beau-père. Méchant jusqu'à la moelle.

Pas très différent de ses parents adoptifs, songea Travis amèrement.

Angela ouvrit la porte.

— Je vais me coucher. Inspecteur, madame Ashburn, merci pour tout et bonne nuit.

— Bonne nuit, Angela, répondit Faith en l'étreignant.

Travis observa la scène, touché par la cordialité de Faith vis-à-vis de cette jeune femme qui était à l'origine des ennuis de son fils. Elle pardonnait plus aisément que lui.

Il la raccompagna à sa chambre. Elle s'attarda sur le seuil, levant les yeux vers lui dans la semi-pénombre.

Un désir intense s'empara de Travis.

— Je ne sais pas ce que j'aurais fait sans toi, murmura-t-elle.

Il promena un doigt sur sa joue et la ligne délicate de son cou, réprimant une folle envie de l'embrasser. Elle était encore trop vulnérable, trop préoccupée par la situation de Cornell, pour répondre à ses sentiments.

Mais soudain ce fut elle qui l'embrassa. Ils échangèrent un long baiser, lent et intense, qui embrasa les sens de Travis.

— Bonne nuit, inspecteur.

— C'est tout ? souffla-t-il, déçu.

— Pour ce soir.

Elle recula et ferma la porte, le laissant sur sa faim. Il s'éloigna, encore étourdi par ce qui venait de se passer et résigné à prendre une douche froide.

Le lendemain, il devrait trouver le moyen de prouver que Cornell Ashburn était aussi innocent que sa mère l'affirmait.

Faute de quoi il ne saurait peut-être jamais où ce baiser aurait pu le mener.

Faith se réveilla plus tard qu'elle ne l'avait escompté. Les rayons du soleil inondaient la pièce et ses lèvres avaient gardé le goût de celles de Travis.

Elle repoussa le drap et s'assit au bord du lit, songeant toujours à ce baiser.

Avec le recul, elle ne savait pas vraiment pourquoi elle s'était détachée de lui. Elle aurait pu dormir dans ses bras, faire l'amour avec lui et, au réveil, se blottir contre la chaleur de son corps.

Mais ce n'était pas le moment. Pas encore. Pas alors que Cornell était dans le coma et qu'il ne savait même pas qu'il était en sécurité, de retour chez lui.

Quand elle ferait l'amour avec l'inspecteur Travis Dalton, tout devrait être parfait.

Elle s'aspergea le visage d'eau froide et lissa ses cheveux. Après le petit déjeuner, elle demanderait à Travis s'il pouvait l'emmener à l'hôpital.

La sonnerie de son téléphone portable la fit tressaillir. Elle se hâta de retourner dans la chambre, jeta un coup d'œil au numéro et se figea.

C'était celui de l'hôpital.

Si on l'appelait d'aussi bonne heure, cela signifiait que quelque chose n'allait pas.

— Allô ?

— Je voudrais parler à Faith Ashburn, s'il vous plaît.

— C'est moi.

— J'ai de bonnes nouvelles, madame Ashburn. Cornell est sorti du coma. Il vous réclame.

16

Travis conduisit Faith à l'hôpital. Une fois arrivés, ils se rendirent directement à la réception. Ainsi qu'on l'en avait priée, Faith demanda à parler à l'infirmière principale, Betty Norton.

Celle-ci les accueillit en souriant.

— Vous devez être la mère de Cornell.

— Oui. Et voici l'inspecteur Dalton.

— Vous êtes arrivés plus vite que je ne m'y attendais.

— J'ai peut-être enfreint la limite de vitesse une fois ou deux, dit Travis.

— Vous êtes un parent du patient ?

— Non. Je suis un ami de la famille, et je suis membre de la brigade criminelle de Dallas.

— Mais votre présence ici n'a rien d'officiel ?

— Pas ce matin, non.

— Excusez-moi. Il fallait que je vous pose cette question, car aucun représentant de l'ordre n'est autorisé à parler au patient pour le moment — décision médicale.

— Il est ici en tant qu'ami, assura Faith. Avez-vous quoi que ce soit à me dire avant que je voie mon fils ?

— Seulement que le médecin ne veut pas qu'il s'agite. N'abordez pas de sujets graves. S'il paraît affecté, je devrai vous prier de partir.

— Je comprends.

— Ne vous étonnez pas s'il semble un peu désorienté. C'est tout à fait normal. Et, bien qu'il vous ait réclamée, il est possible qu'il ne vous reconnaisse pas immédiatement.

Faith la regarda, abasourdie. Cette possibilité ne lui était pas venue à l'esprit.

— Vous avez le droit de le voir trente minutes, ajouta l'infirmière. Ensuite, il faudra qu'il se repose.

— Et au bout de combien de temps pourrai-je revenir ?

— Toutes les deux heures, sauf si la visite le perturbe.

Faith avait beau mourir d'envie de voir Cornell, cette série de mises en garde commençait à la rendre nerveuse. Elle ne voulait pas mettre en péril le rétablissement de son fils.

Dix mois passés à se demander où il se trouvait, et s'il était mort ou vivant. Dix mois passés à rêver d'entendre sa voix de nouveau.

Et voilà qu'on lui annonçait qu'il n'allait peut-être pas la reconnaître.

Comme s'il avait deviné ses craintes, Travis lui prit la main.

— Tout ira bien. N'attends pas trop de cette première visite. Donne-lui le temps de s'ouvrir à toi.

— J'essaierai.

Betty Norton les accompagna jusqu'à la chambre et fit signe au garde de les laisser entrer.

Travis poussa la porte, puis mit la main au creux du dos de Faith, l'invitant silencieusement à passer la première. Les mains moites, l'estomac noué, celle-ci s'avança, suivie de l'infirmière.

Cornell avait les yeux fermés. Il n'avait plus de tube dans la bouche, mais une perfusion intraveineuse était plantée dans son bras. Les écrans fonctionnaient, clignotant à intervalles réguliers.

— Dites son nom tout doucement, conseilla Betty.

— Cornell.

Ses paupières frémirent, puis se relevèrent. Il regarda tour à tour Faith et Travis mais ne réagit pas.

— C'est maman, Cornell. C'est moi.

Il s'humecta les lèvres.

— Maman ?

Une bouffée de soulagement monta en Faith.

— Oui, mon chéri.

— Qu'est-ce qui m'est arrivé ?

— Tu as eu un accident, mais tu es à l'hôpital et tout le monde s'occupe très bien de toi.

L'infirmière sourit, tapota le bras de Faith d'un air approbateur et sortit sur la pointe des pieds.

— Quel genre d'accident ? insista Cornell.

Faith consulta Travis du regard. Devait-elle lui dire la vérité ? Il hocha la tête en signe d'acquiescement.

— On a tiré sur toi.

— Pourquoi ?

— Je ne sais pas, mais on va le découvrir.

— Tu as averti le lycée ?

— Le lycée ?

— Oui. Tu les as prévenus que je ne serais pas là aujourd'hui ?

Il était beaucoup plus désorienté qu'elle ne l'avait soupçonné. C'était comme s'il ne se souvenait pas d'avoir quitté la maison.

— Le lycée est au courant. Ne t'inquiète pas.

Il tourna la tête vers Travis.

— Qui êtes-vous ?

— Un ami de votre mère.

— Je ne vous ai jamais vu.

— Non, mais j'espère que nous deviendrons bons amis.

Faith ne put réprimer un sourire et sentit son anxiété se dissiper un peu. Cornell avait peut-être été contraint de faire entrer des marchandises en contrebande, mais au fond il n'avait pas changé. Il était toujours un garçon gentil. Il avait bon cœur. Il était impossible qu'il ait tué quelqu'un de sang-froid, que ce soit Walt Marshall ou n'importe qui d'autre.

Quand il aurait recouvré la mémoire, il le leur dirait. Il leur expliquerait tout.

— Est-ce que je pourrais boire un Coca ?

— Je vais voir.

— Si ce n'est pas possible, juste un peu d'eau. J'ai l'impression d'avoir du sable dans la bouche.

— Mon pauvre chéri.

— Je suis désolé, maman…

— Tu n'as pas besoin de t'excuser, Cornell. Quoi qu'il soit arrivé…

— Oui, je sais, ce n'est pas ma faute. Mais, s'il faut que tu prennes tes vacances pour t'occuper de moi, tu ne pourras jamais faire cette croisière aux Bermudes dont tu rêvais.

— Je te propose un marché, dit Travis. Concentre-toi sur ton rétablissement, et moi je veillerai à ce qu'elle fasse cette croisière. Ça marche ?

— Oui. Ça marche.

Cornell ferma les yeux et s'endormit presque aussitôt. Les larmes aux yeux, Faith lui humecta les lèvres avec le linge mouillé que lui avait donné l'infirmière.

— Il n'a tué personne, Travis. Nous ne pouvons pas

le laisser aller en prison. Nous devons trouver le moyen de prouver qu'il est innocent.

— J'y travaille. Il me faut une preuve, c'est tout.

— Tu l'auras. Dès qu'il pourra s'expliquer.

Travis garda le silence. Il était content qu'un d'eux croie aux miracles.

— Tu es sûr de toi ? Tu n'es pas entiché de cette femme au point d'avoir perdu la tête ?

— J'ai une intuition, je te dis.

Reno secoua la tête.

— Si Cornell n'a pas commis le meurtre, comment Georgio a-t-il pu lui faire du chantage ?

Travis repoussa une pile de classeurs et posa ses pieds sur le bureau.

— C'est le petit détail qui m'échappe encore.

— Si c'est un détail, le golfe du Mexique est une mare aux canards.

— Mon idée n'est pas tellement tirée par les cheveux. Regarde les faits, insista Travis en désignant le tableau qu'il avait accroché au mur. Jusqu'à sa rencontre avec Angela Pointer, Cornell était blanc comme neige. Pas de casier judiciaire. Pas de mauvaise conduite à l'école.

— D'accord. Un gamin sans histoires. Je comprends, mais ces choses-là peuvent changer.

— En revanche, Walt Marshall est une tête brûlée qui traîne une liste de condamnations plus longue que mon bras. Il y a sans doute pas mal de gens qui avaient des raisons de vouloir l'abattre, y compris Georgio.

— Tu n'as aucune preuve de ce que tu avances.

— Je n'ai aucune raison de ne pas croire ce que m'a dit Angela.

— Mais elle a signé une déposition affirmant que Cornell avait tué Walt.

— Elle n'était pas là quand Walt a été abattu.

— Même si Georgio a persuadé Cornell de tirer à sa place, ça reste un meurtre.

— Supposons qu'il ne l'ait pas tué ? persista Travis. Supposons que Georgio ou un de ses hommes ait appuyé sur la gâchette et fait croire à Cornell qu'il était l'assassin ?

— Comment cela ? En l'hypnotisant ?

— Je ne sais pas. J'y réfléchis encore, mais pour moi cette hypothèse est plus logique que de suggérer que Cornell a tiré dans le dos d'un homme. Il n'est pas du genre à chercher les ennuis, au contraire, il s'est toujours débrouillé pour les éviter.

— Jusqu'au moment où il a rencontré Angela Pointer. Une jolie danseuse sexy qui voulait qu'il la protège du grand méchant Walt. Une femme peut vous faire craquer complètement. Regarde-toi avec la mère de Cornell !

— Je n'ai pas craqué. Je te dis que quelque chose ne colle pas dans le scénario. Cornell n'a pas un profil d'assassin. Georgio, lui, par contre, est notre suspect principal pour toute une série de meurtres.

— Apporte-moi des preuves, Travis. Tu sais que je ne demanderais pas mieux que de voir Georgio derrière les barreaux, mais jusqu'à présent seule la déclaration d'Angela le relie à la contrebande. Et, sinon, comment va Faith ?

— Mieux que je l'avais craint, mais je l'ai à peine vue ces deux derniers jours. Elle passe tout son temps au chevet de Cornell, en espérant qu'il va recouvrer la mémoire. Et moi, je travaille sur l'affaire du matin au soir.

— Tu devrais peut-être prendre une journée de congé.

Ce n'était pas une mauvaise idée, d'autant que Faith serait au Dry Gulch cet après-midi. Travis se leva.

— J'étais censé être en repos aujourd'hui, et je suis ici depuis 6 heures du matin. Je crois que je vais suivre ton conseil.

Reno sourit.

— C'est ça. Profite du soleil.

Avec un peu de chance, il rentrerait assez tôt pour faire une promenade à cheval avec Faith.

Une fois à la rivière, Travis prit les rênes et aida Faith à descendre de sa monture. Elle s'approcha du bord, retira ses chaussures, puis mit les pieds dans l'eau. Le froid lui coupa le souffle.

A moins que ce ne soit Travis qui ait cet effet sur elle ? En moins d'une semaine, il avait totalement changé sa vie. Il avait retrouvé son fils. Il l'avait emmenée au Dry Gulch pour qu'elle soit en sécurité. Il avait été là chaque fois qu'elle avait eu besoin de lui.

Le son de sa voix faisait battre le cœur de Faith plus vite. Son contact éveillait en elle un frisson de désir. Leurs baisers l'avaient bouleversée.

Certes, il était trop tôt pour savoir si leur relation allait durer, mais elle se sentait à sa place avec lui.

Après avoir fait boire les chevaux, Travis enroula les rênes autour de la branche d'un arbre et ramassa une canne à pêche posée dans l'herbe.

— C'est sans doute celle de R.J., observa-t-il. La ligne est déjà montée. Il ne manque qu'un appât.

— Il prend des vifs dans le filet qui est là-bas, à côté du tronc d'arbre.

— Tu es venue pêcher avec lui ?

— Oui, ce matin. Un des agents nous a accompagnés.

— Vous avez pris quelque chose ?

— Une canette de jus de fruit.

— Elle était bonne ? lança Travis.

Faith sourit.

— J'ai barboté. C'était agréable.

Elle s'avança dans l'eau.

— Retire tes chaussures et viens me rejoindre.

— Je préfère te regarder.

Faith se pencha et l'éclaboussa.

— J'aime bien R.J., avoua-t-elle. Je sais que vos relations sont tendues mais il reconnaît avoir fait des erreurs dans sa vie. Il est tellement content que Leif et Adam soient venus habiter ici. Il n'a pas perdu l'espoir en ce qui concerne ses autres enfants, tu sais.

— Aucune chance que ça s'arrange, du moins en ce qui me concerne.

— Je ne vois pas pourquoi. Tu as l'air d'un cow-boy, tu parles comme un cow-boy et tu aimes les chevaux. Moi, je pourrais vivre ici.

— Dans ce cas, je te lègue ma part du ranch.

— J'accepte avec reconnaissance.

Faith regagna la rive et se laissa tomber sur l'herbe, à l'ombre d'un chêne noueux. Elle s'étendit sur le dos, la tête reposant dans ses mains.

Travis la contempla, fasciné. Sa poitrine se soulevait doucement sous son chemisier, la brise jouait avec les mèches de ses cheveux soyeux.

S'il allait la rejoindre, il n'aurait pas la force de lutter contre le désir qui le submergeait. Et s'il gardait ses distances il allait devenir fou.

Il s'approcha et s'allongea à côté d'elle, prenant appui sur ses coudes pour mêler son regard au sien.

Cette fois, il n'attendit pas qu'elle prenne l'initiative.

17

Les lèvres de Travis se posèrent sur les siennes. Elle sentit son haleine, douce et salée. Une bouffée de désir monta en elle, affolant ses sens.

Elle inspira l'odeur masculine de Travis et ferma les yeux pour mieux savourer le goût de sa bouche, la chaleur de son corps.

Le baiser devint plus intense, plus profond. Il glissa une main sous son chemisier et cala sa jambe droite entre celles de Faith. Son corps se tendit vers lui, avide de désir.

L'instant d'après, il déposa une traînée de baisers brûlants dans son cou. Faith pivota et se mit à déboutonner sa chemise, impatiente de révéler son torse hâlé et viril.

Travis continua à embrasser ses seins et son ventre tout en ouvrant les boutons de son chemisier. Puis il glissa les pouces sous son soutien-gorge et titilla la pointe déjà durcie de ses mamelons.

Elle se pressa contre lui, contre son membre qu'elle sentait raidi sous le tissu du jean. Travis se pencha vers elle.

— Je peux m'arrêter si c'est ce que tu veux, Faith. Tu n'as qu'un mot à dire.

— Non, souffla-t-elle d'une voix rauque, tendue par le désir. Rien ne va changer parce que nous aurons fait l'amour, mais j'ai envie de toi. J'ai besoin de toi.

Il l'embrassa de nouveau, sans retenue, cette fois, avant de retirer son jean et de l'aider à ôter le sien. Puis il recommença à la caresser, ses doigts trouvant le centre de sa féminité, découvrant sa moiteur.

Enfin, il la pénétra. Avec un gémissement de plaisir, Faith murmura son nom. Travis se mit à aller et venir en elle, lentement d'abord, puis de plus en plus vite, jusqu'à ce que l'extase les emporte tous les deux.

Ils restèrent longtemps enlacés, leurs corps nus baignés de soleil.

Dans l'absolu, la situation était la même qu'avant. Les problèmes de Faith demeuraient. Ses craintes pour Cornell ne s'étaient pas apaisées.

Pourtant, quelque chose avait changé en elle. Quoi que l'avenir réserve à sa relation avec Travis, elle avait connu un moment merveilleux qu'elle ne regretterait jamais.

L'amour, si fragile et si incertain qu'il soit, s'était fait une place dans son cœur, et le monde ne serait plus jamais pareil.

— Vous êtes sûr que personne ne peut remonter jusqu'à ce numéro ?

— Oui. Je ne ferais pas d'erreur pour quelque chose d'aussi important.

— Et pourtant vous avez laissé Cornell vivant.

— J'étais sûr qu'il était mort ! J'ai vérifié. Il est tombé comme une masse au moment où la deuxième balle l'a touché. Il avait les yeux révulsés. Je n'ai pas senti de pouls.

— Il faut croire qu'il en avait un.

— Mais je fais tout ce que je peux pour me rattraper. J'ai trouvé le moyen d'obtenir son dossier médical. Il a des séquelles au cerveau. Même s'il parle, ça ne tiendra pas la route au tribunal.

— Cela ne compense pas votre négligence.

— J'ai fait comme il fallait et vous le savez. Nous n'aurions jamais trouvé Cornell si je n'avais pas averti tous les ranchers du coin qu'un de mes gars m'avait volé une selle et que j'étais à sa recherche. Sinon, quand Billy a trouvé cette veste dans son écurie, il aurait appelé la police au lieu de me contacter.

Georgio ne pouvait le nier. Cependant, même si Cornell était hors d'état de nuire, ce n'était pas le cas de sa mère, et elle était tenace. Elle irait jusqu'au bout pour découvrir la vérité et innocenter son fils.

— Vous avez les informations que je vous ai demandées ?

— Oui. Faith Ashburn se trouve au Dry Gulch, avec Travis Dalton et son père mourant.

— Et ?

— Le vieillard va à la pêche tous les matins après le petit déjeuner, parfois seul, mais souvent accompagné par un cow-boy.

Georgio écouta attentivement, tandis qu'un plan prenait forme dans son esprit.

Une fois débarrassé de Faith, il se mettrait au vert pendant quelques mois. Peut-être partirait-il en voyage en Europe.

Faith entra dans la cuisine d'un pas plus léger que la veille. Travis avait partagé son lit pour la première fois.

Ils avaient fait l'amour — et refait l'amour. Sans doute auraient-ils recommencé si Travis n'avait pas été appelé à l'aube pour se rendre sur les lieux d'un homicide. Ce serait peut-être difficile de s'habituer à ses horaires. Cela dit, elle ne pouvait pas se permettre de dormir aussi tard tous les jours. Il était 8 heures passées.

La cafetière était presque pleine. A l'évidence, quelqu'un d'autre était debout. Elle se servit une tasse de café et partit à la recherche de R.J. Il demeura invisible, mais Angela était assise sur la balancelle.

— Bonjour. Où est tout le monde ?

— Joni est partie travailler. R.J. est à la pêche.

— De si bonne heure ?

— Il pense qu'il va pleuvoir plus tard.

— Il n'y a pas un nuage dans le ciel !

— C'est exactement ce que je lui ai répondu. Il m'a dit que son arthrose était le meilleur des indicateurs en ce qui concerne la météo.

— Dans ce cas, je ferais mieux d'emporter un parapluie cet après-midi, quand j'irai à l'hôpital.

— Où est l'inspecteur Travis ?

— Il ne va pas tarder à rentrer au ranch.

— A-t-il encore travaillé toute la nuit ?

— Non, mais il s'est levé très tôt. Apparemment, la brigade criminelle n'a pas d'horaires réguliers. Il revient pour prendre une douche et m'emmener à l'hôpital, après quoi il retournera au bureau.

— J'aimerais bien avoir quelque part où aller aujourd'hui, soupira Angela. J'aime être au ranch, mais on finit par s'y ennuyer. Croyez-vous que l'inspecteur m'autoriserait à accompagner Joni demain ? Elle veut bien m'emmener.

— Vous devrez le lui demander.

Comme Faith regagnait sa chambre, la sonnerie de son téléphone portable s'éleva. Elle s'empressa de répondre.

— Allô ?

Un grésillement lui répondit.

— Allô ? Qui est à l'appareil ?

Quelques mots indistincts lui parvinrent.

— Vertige… pas… cheval…

— R.J ? demanda Faith. C'est vous ?

— Vite.

La ligne fut coupée. Faith jeta sa robe de chambre sur le lit et enfila à la hâte un jean, un polo et des bottes, puis se rua au-dehors.

— R.J. vient d'appeler. Je crois qu'il ne sait plus où il est. Je vais le chercher.

— Pas sans moi.

Elle pivota, surprise. Ray, un des agents que Travis avait engagés, était debout au pied de l'escalier.

— D'accord, mais dépêchons-nous.

— Vous voulez que je vienne avec vous ? proposa Angela.

— Non. Restez ici au cas où Travis rentrerait avant nous. Sinon, il se demandera où nous sommes tous passés.

— Carl fait le tour du ranch pour vérifier que tout va bien, expliqua Ray. Appelez-le si vous avez besoin de quoi que ce soit.

Faith partit en courant vers l'écurie, Ray sur ses talons. Ils sellèrent deux chevaux, les enfourchèrent et partirent au galop.

Quelques instants plus tard, ils arrivaient en vue de la rivière. Soudain, une détonation retentit, suivie d'un cri de douleur. Faith tira sur les rênes et se retourna. Ray glissait de sa selle, une tache rouge s'étalant sur sa poitrine. Au même moment, elle aperçut R.J. Il avait été bâillonné et ligoté au tronc d'un grand pin.

Georgio était à côté de lui, un grand sourire aux lèvres, un pistolet braqué droit sur elle.

— Je suis si heureux de vous revoir, ma chère. Permettez-moi de vous aider à mettre pied à terre.

Elle l'ignora, et se débrouilla seule.

— Comment êtes-vous arrivé ici ? demanda-t-elle, atterrée.

— A cheval, comme vous. J'ai pris un raccourci qui traverse la propriété de votre voisin. Comme vous ne répondiez pas à mes appels, j'ai décidé de venir vous voir. Et nous voilà enfin réunis, sans cet inspecteur encombrant.

Un nouveau cavalier surgit d'un bosquet. Il s'approcha de Ray, et lui lia les mains derrière le dos.

— Vous voulez me tuer, Georgio. Très bien. Allez-y, mais laissez Ray et R.J. s'en aller.

— On ne vous a rien dit ? Je déteste qu'une scène de crime soit encombrée de témoins.

— C'est pour ça que vous avez éliminé Walt ? Parce que vous ne vouliez pas qu'il témoigne contre vous ?

— Non. Je l'ai éliminé parce que c'était un imbécile qui ne savait pas la fermer.

— C'est donc vous qui l'avez tué !

— Vous ne croyiez tout de même pas que votre nigaud de fils était capable d'abattre un homme ?

— Comment avez-vous convaincu Cornell qu'il était l'assassin ?

— Ce n'était pas prévu, ma chère. Le destin en a décidé ainsi. Quand je suis sorti du club pour voir qui causait tout ce raffut, j'ai trouvé Cornell par terre dans la ruelle, en proie à une de ces crises dont vous parlez. Et Walt qui s'éloignait, le dos tourné, m'offrant une occasion idéale.

— Vous avez tué Walt, badigeonné de sang la chemise de Cornell et vous lui avez mis le pistolet dans la main.

— Exactement. Et le plus beau, c'est que Cornell m'a considéré comme un héros. Je me suis débarrassé du corps et je l'ai sauvé de la peine de mort. Il lui a fallu des mois pour comprendre qu'il ne transportait pas que des chevaux. C'était le contrebandier parfait. Il passait pour innocent parce qu'il croyait être innocent. Mais assez bavardé. Revenons à vous. Retirez votre T-shirt et votre soutien-gorge.

Faith hésita. Elle ne pouvait pas mourir sans rien tenter. Elle devait essayer de trouver le moyen de sauver la vie de R.J. et la sienne.

— Allons, insista Georgio.

Il allait abuser d'elle, là, sous les yeux des autres. Abuser d'elle à l'endroit même où elle avait fait l'amour avec Travis.

— Allez au diable ! Je préfère mourir plutôt que vous laisser me toucher.

Faith se redressa, et cracha dans sa direction.

Elle allait mourir. Elle savait que son fils était innocent des crimes dont on l'accusait, et elle n'allait pas pouvoir l'aider.

Mais peu importait. Travis découvrirait la vérité. D'une manière ou d'une autre, il y parviendrait, elle en était sûre. Elle se félicita qu'ils aient fait l'amour. Elle ne regrettait qu'une seule chose : ne pas lui avoir dit qu'elle l'aimait.

Et maintenant il était trop tard.

18

Angela vint à la rencontre de Travis dans l'allée.

— Il est arrivé quelque chose à R.J.

— Avez-vous appelé une ambulance ?

— Non. Il n'est pas ici. Il est parti à la pêche, puis il a téléphoné à Faith pour lui demander de l'aide.

— Il est tombé ?

— Je ne sais pas. Elle a seulement dit qu'il ne semblait pas dans son état normal. Ray et elle sont partis à sa recherche à cheval.

— Donc Ray est avec elle ?

— Oui, mais je ne suis pas tranquille. Ils devraient être rentrés.

— Ne vous inquiétez pas, Angela. Vous savez que R.J. est un peu perdu par moments. Leif et moi lui avons conseillé de ne pas sortir tout seul, mais il n'en fait qu'à sa tête.

— Vous avez raison, je suppose.

— Je vais appeler Faith et lui demander ce qui se passe.

— J'ai déjà essayé. Elle ne répond pas. R.J. et Ray non plus.

Tout à coup, Travis se sentit mal à l'aise. Il se dirigea vers la cuisine et composa le numéro de Faith. Pas de réponse. Il s'apprêtait à se verser un café quand il découvrit le téléphone de R.J. en train de se recharger, caché derrière le grille-pain.

R.J. n'avait pas téléphoné à Faith.

Travis se rua au-dehors et courut vers l'écurie, puis se ravisa. Il n'avait pas le temps de seller un cheval. Il s'arrêta au corral, sauta sur le dos d'un alezan et partit au galop.

Il entendit un hennissement et fila droit à la rivière. Il aperçut Georgio en même temps qu'un reflet de soleil sur le canon d'un pistolet.

Puis il vit Faith, à plat ventre sur le sol.

Le gangster avait mis un pied sur son épaule, et tenait son arme braquée sur elle. Un jeune malfaiteur, armé lui aussi, était debout à côté de Georgio.

R.J. et Ray étaient ligotés et bâillonnés.

Travis s'arrêta si brusquement qu'il faillit passer par-dessus l'encolure de son cheval. Une seule erreur de sa part et Georgio appuierait sur la gâchette. Faith mourrait sur le coup.

Comment avait-il pu laisser cela arriver ?

— Bienvenue, inspecteur. Vous alliez manquer la fête.

— Vous ne vous en tirerez pas, cette fois, Georgio. Vous êtes allé trop loin.

— Et que pourrez-vous donc faire lorsque vous serez mort, inspecteur ? J'ai toujours été plus intelligent que vous et vos collègues de Dallas. Vous le savez bien.

— Parce que vous croyez que personne ne va vous soupçonner après cette affaire de contrebande et le meurtre de Marshall ?

— Cornell a des séquelles cérébrales. Ce qu'il racontera n'est pas recevable. Quant à Angela, une stripteaseuse qui voulait plaquer Walt pour Cornell, qui la prendra au sérieux ? D'un autre côté, reprit le gangster, votre père est en train de perdre la boule. Ça arrive souvent avec les tumeurs au cerveau. Il vous a tous attirés ici, éliminés les uns après les autres, et puis il s'est suicidé.

Un grognement guttural jaillit de la gorge de R.J. Son visage était rouge de colère.

— Continue à tenir l'inspecteur en joue, mais enlève le bâillon du vieux, ordonna Georgio à son jeune complice.

Celui-ci s'exécuta aussitôt.

Le foulard tomba sur l'herbe. Au même moment, R.J. poussa un cri digne de Geronimo en personne.

Prise de panique, Miss Dazzler se dressa sur ses jambes arrière. Georgio fit un bond de côté pour ne pas être piétiné, mais les sabots du cheval retombèrent sur son dos, le jetant à terre.

Georgio tira. Travis riposta, et fit mouche. Sa balle se logea dans le torse de Georgio, qui s'effondra.

Son complice tenta de prendre la fuite, mais Ray roula sur le sol et parvint à le faire tomber. Faith, au même moment, s'était emparée du pistolet de Georgio et le pointait sur lui.

— Un geste et je vous tue.

— Bien joué, lança Travis.

— J'ai un bon modèle.

Faith avait du mal à croire qu'elle avait une arme à la main. Mais, pour sauver son fils, elle aurait été prête à lutter contre le diable en personne.

Peut-être était-ce d'ailleurs exactement ce qu'elle venait de faire.

Travis ligota le jeune homme tandis que Faith s'empressait de libérer R.J., puis vérifiait le pouls de Ray. Celui-ci tenta de parler, en vain. Un filet de sang sortit de sa bouche. Faith retira son T-shirt et s'en servit comme d'un pansement, le pressant doucement contre la plaie.

— J'appelle une ambulance. Ne bougez pas.

R.J. se pencha sur Georgio.

— Pour celui-là, c'est un corbillard qu'il faut appeler.

Quand il eut raccroché, Travis s'approcha et prit Faith dans ses bras.

— Tu vas bien ?

— Ça va aller.

— Ne me fais plus jamais une peur pareille, murmura-t-il. J'ai cru que j'allais te perdre…

Sa voix se brisa.

— Un homme peut mourir d'amour, tu sais.

— Mais son amour peut aussi sauver une femme, souffla-t-elle. Surtout si elle l'aime en retour.

Épilogue

Deux mois plus tard

La cuisine du Dry Gulch débordait de provisions : jambons, rôtis, poulets frits, salade de pommes de terre, haricots, pudding au maïs et desserts en tous genres.

— Où dois-je mettre ce gâteau à la banane ? demanda une voisine dont Faith avait oublié le nom.

— Il y a de la place dans le réfrigérateur de la buanderie, déclara Joni.

Quelqu'un d'autre entra, déposant un plat de cupcakes sur le plan de travail. Un garçonnet en attrapa un au passage et continua son chemin.

— C'est toujours comme ça le 4 juillet ? demanda Faith.

— Pas d'après Caroline Lambert. D'habitude, la fête a lieu à la salle des fêtes d'Oak Grove.

— Pourquoi est-ce différent cette année ?

— Un incendie a endommagé la cuisine du centre le mois dernier. Apparemment, R.J. a proposé que la manifestation se tienne au Dry Gulch.

— Cet homme ne cessera jamais de me surprendre.

— Il espère que Travis et toi allez annoncer votre mariage un de ces jours, dit Joni en souriant. Et que vous allez vous installer ici même. Il pense que la vie au ranch serait bénéfique à Cornell.

— Il t'a dit ça ?

— Oui. Il est déçu que ses trois autres enfants n'aient pas encore accepté sa proposition.

— Laissons-leur un peu de temps.

— Ils feraient mieux de se dépêcher s'ils veulent profiter de sa présence pendant qu'il est encore assez bien portant. Son état de santé se dégrade peu à peu. Mais, curieusement, il semble chaque jour plus en paix.

— Je suis d'accord avec toi. Je l'aime beaucoup, et Cornell aussi, d'ailleurs.

Un groupe d'adolescentes entra dans la cuisine à la recherche de boissons fraîches. Joni leur indiqua l'énorme glacière posée au sol, à côté de la porte de derrière.

— Allons nous asseoir quelque part où nous pourrons parler sans être dérangées, suggéra-t-elle. Je t'ai à peine vue ces derniers temps.

Elles montèrent dans un salon au premier étage.

— Parle-moi de Cornell. A-t-il entièrement recouvré la mémoire ?

— Presque. Il a encore les idées assez vagues en ce qui concerne les événements qui se sont déroulés au Mexique, mais le médecin l'a autorisé à reprendre le lycée la semaine prochaine.

— Et Angela ? Se fréquentent-ils toujours ?

— Ils sont en contact, surtout par le biais des réseaux sociaux. Ils ont tous les deux décidé qu'ils devaient prendre le temps de remettre leur vie sur les rails avant de s'engager à long terme. Elle vit avec sa tante à Kentwood, en Louisiane, et elle travaille dur pour réussir son examen de fin d'études secondaires. Ensuite, elle espère s'inscrire à l'université de Louisiane, grâce à une bourse offerte par R.J.

— Et j'ai entendu dire qu'Alex Salinger était passé aux aveux maintenant qu'il est face à la perspective d'aller en prison ?

— D'après Travis, il a tout avoué, y compris les meurtres commandités par Georgio pour rester à la tête de son empire. Walt était le sixième à être assassiné. Son corps a été retrouvé la semaine dernière.

— Travis doit être soulagé.

— Je crois, oui. Je ne l'ai pas beaucoup vu récemment. Je ne m'étais jamais rendu compte que la brigade criminelle était aussi prenante.

— Il pourrait probablement demander un transfert dans une autre unité pour avoir des horaires plus réguliers.

— Il ne serait pas heureux, soupira Faith. Il adore son métier.

Elle regrettait seulement qu'il n'ait pas été question de mariage entre eux.

— On devrait aller rejoindre tout le monde, observa Joni. Le président de l'association des ranchers ne va pas tarder à prononcer son discours.

— Oh ! Je ne voudrais manquer ça pour rien au monde, dit Faith avec malice.

Travis les retrouva alors qu'elles redescendaient l'escalier.

— J'aurais dû savoir que vous mijotiez quelque chose, toutes les deux, dit-il en souriant. Je t'ai cherchée partout, ajouta-t-il à l'intention de Faith.

— Qu'est-ce que j'ai manqué ?

— Viens avec moi. J'ai quelque chose à te montrer.

— On va rater les discours.

— C'est une bonne idée, non ?

Il prit sa main dans la sienne et la conduisit au-dehors, en direction de l'écurie.

— Ne dis pas non avant de m'avoir écouté jusqu'au bout, ordonna-t-il.

— Tu es bien mystérieux.

— C'est comme ça quand je suis nerveux.

A l'entrée de l'écurie, il se tourna vers elle.

— Ferme les yeux et laisse-toi guider.

— Attends une minute. Si tu veux me donner le chiot abandonné que tu as trouvé la semaine dernière, la réponse est non. Ma propriétaire interdit les animaux.

— Ce n'est pas un chiot, promit-il. Mais il est tout aussi adorable, tu vas voir.

Faith ferma les yeux et se laissa faire. Quand Travis lui dit de les rouvrir, elle se tenait devant un box où un tout jeune poulain était blotti contre sa mère.

— Qu'en dis-tu ?

— Que ma propriétaire ne va certainement pas être d'accord non plus.

— Il n'est pas pour toi, mais pour Cornell. Je crois que ça lui ferait du bien d'élever un cheval.

— Si on vivait dans un ranch…

— Justement. Je songe à construire un chalet ici, sur les terres du Dry Gulch. Je sais que ça va m'obliger à de longs trajets, mais je pourrais garder un petit appartement à côté du commissariat pour les soirs où il m'est vraiment impossible de rentrer.

Le cœur de Faith se mit à battre plus vite.

— Quel rapport cela a-t-il avec Cornell ? C'est une demande en mariage ?

— Non. Pas du tout. Pas encore.

Faith lutta pour dissimuler sa déception.

Travis mit un genou par terre et tira une bague de sa poche.

— Maintenant, c'est une demande en mariage. Mais écoute l'avertissement d'abord.

— Je suis toute ouïe.

— Les policiers de la brigade criminelle font des maris épouvantables. Ils travaillent tout le temps. Ils se laissent absorber par leurs enquêtes. Ils passent plus de temps avec leurs coéquipiers qu'avec leurs épouses. Mais, si tu veux de moi, je ferai tout pour vous rendre heureux, Cornell et toi. Je t'aime, Faith, plus que je n'ai jamais imaginé pouvoir aimer quelqu'un. Je ne peux pas vivre sans toi. Acceptes-tu de m'épouser ?

— Oui. Oh ! Oui. Je t'aime tellement ! Je croyais que tu ne me poserais jamais la question.

Il glissa une bague en améthyste à son doigt.

— Je sais que ce n'est pas une bague de fiançailles classique, mais elle appartenait à ma mère. Elle me l'a donnée avant de mourir. J'aimerais que tu la portes, à moins qu'elle ne te plaise pas.

— Comment pourrait-elle ne pas me plaire ? Elle est superbe. Et elle vient de toi. Je la porterai jusqu'à la fin de mes jours.

Travis se releva, la prit dans ses bras et l'embrassa.

— La route a été longue pour moi, dit-il, mais j'ai enfin trouvé ma place. Ici, au Dry Gulch, avec toi.

— Nous serons heureux ici, souffla-t-elle. Et c'est d'accord pour le poulain. Et pour le chiot.

CASSIE MILES

Une surprenante révélation

Traduction française de
VÉRONIQUE MINDER

BLACK ROSE

HARLEQUIN

Titre original :
HOSTAGE MIDWIFE

Ce roman a déjà été publié en 2014.

1

Dimanche, 21 h 57

L'électricité avait été coupée, seuls les éclairages de sécurité fonctionnaient. Kelly courait à perdre haleine vers l'issue de secours. Son cœur battait frénétiquement, ses mains tremblaient et ses jambes défaillaient. Peut-être y avait-il la mort au bout du couloir, mais elle devait risquer le tout pour le tout afin de sauver la vie des autres otages.

Malgré l'urgence, elle entrebâilla avec lenteur et prudence la porte entre les bureaux et l'escalier de secours, puis retint sa respiration et tendit l'oreille. L'un des preneurs d'otage montait-il la garde dans l'escalier ? Fonçait-elle dans un piège ? La fumée qui montait du rez-de-chaussée, provoquée par les explosions récentes, lui gratta la gorge. Elle retint une quinte de toux qui, fatalement, trahirait sa présence.

Après quelques secondes, elle sortit dans l'escalier. La porte, munie d'un dispositif de verrouillage électromagnétique, se referma automatiquement derrière elle. Revenir sur ses pas était désormais impossible… Elle se plaqua contre le mur, le souffle toujours retenu. Puis elle saisit la rampe en métal pour se propulser à l'étage supérieur. Les ombres créaient dans l'escalier des illusions optiques effrayantes, les marches semblaient disparaître dans la pénombre, telle l'échelle de Jacob. Malgré la peur, Kelly monta.

Entre le septième et le huitième étage, elle marqua une pause pour reprendre son souffle avant d'aborder le neuvième où le danger était le plus grand : là se trouvaient Trask et ses complices armés jusqu'aux dents.

Si elle arrivait à franchir ce neuvième étage, elle parviendrait au toit de l'immeuble. Son but ultime.

Soudain, plus bas, une porte s'ouvrit, une voix d'homme monta jusqu'à elle.

— Elle est là ?

— La ferme ! Ecoute plutôt : si elle y est, on l'entendra.

Combien de temps pouvait-elle se retenir de respirer ? se demanda Kelly hors d'haleine.

Quelques secondes s'écoulèrent. La première voix reprit avec impatience :

— Je n'entends rien.

— On continue. Les autres nous ouvriront.

Le bruit de leurs pas s'éleva : ils se rapprochaient. Elle devait se remettre à respirer, continuer de monter. Elle happa une grande goulée d'air et gravit l'escalier sur la pointe des pieds, se forçant à progresser lentement.

Pourvu qu'ils ne m'entendent pas… Oh ! pourvu qu'ils ne m'entendent pas…

En dépit de ses précautions, ou justement parce qu'elle en prenait trop, elle trébucha et se rattrapa de justesse. D'en bas s'éleva une voix triomphante :

— Elle est là !

La peur lui donnant des ailes, Kelly franchit le neuvième étage à la vitesse de l'éclair.

— Tu la vois ?

— Non. Pas encore ! Mais elle est piégée. On la tient !

Les voix continuaient de se rapprocher. Des coups de feu retentirent et les balles ricochèrent sur les murs.

Kelly gravit les dernières marches quatre à quatre, emprunta l'échelle de secours qui menait au toit et sortit dans la nuit noire et étoilée, puis se remit à courir.

Elle contourna les évents de toiture et les panneaux solaires pour traverser le toit.

Arrivée devant le parapet, elle jeta un regard en contrebas : la rue était embouteillée par des voitures de police et autres véhicules d'urgence dont les gyrophares rouge et bleu perçaient la nuit par intermittence.

Kelly fit demi-tour et se précipita vers le côté opposé. A peine l'avait-elle gagné que des pas et de nouveaux coups de feu résonnèrent derrière elle.

Elle enjamba le parapet et repéra juste en dessous un immeuble de quatre étages. Elle n'avait jamais eu peur des hauteurs mais, soudain, le vertige la saisit.

Tant pis.

Elle s'approcha du bord et s'accroupit, prête à sauter.

Une semaine plus tôt. Dimanche, 18 h 07

Cinq femmes enceintes en leggings et T-shirts amples formaient un demi-cercle sur les tapis de sol en face de Kelly. Leurs conjoints ou partenaires étaient présents à leurs côtés. Lauren Spencer, la seule non accompagnée, ne cessait de regarder dans la direction de la porte vitrée, les sourcils froncés de contrariété.

— Comme d'habitude, il est en retard, marmonna-t-elle. J'aurais dû m'en douter.

— Ne vous faites pas de souci, il ne va sans doute plus tarder, lui dit Kelly d'une voix apaisante. Ça n'est pas très grave, car nous allons commencer par faire connaissance.

Les six cours de préparation à l'accouchement, étalés sur deux semaines, duraient à peu près une heure et demie chacun. Kelly tenait à les commencer à l'heure.

— Nous vous laissons la parole, déclara Lauren Spencer. Nous nous connaissons toutes déjà : Valiant est une si petite ville.

A l'évidence, Lauren Spencer était la meneuse de ce petit groupe. Ce n'était pas seulement parce qu'elle était blonde et d'une extraordinaire beauté, mais surtout parce qu'elle était l'épouse d'un membre du clan Spencer. D'emblée, cela lui donnait une position et un statut social.

Les Spencer avaient été les premiers habitants de Valiant, petite ville nichée au pied des collines entre Boulder et Fort Collins, dans le Colorado. Le QG de leur entreprise de construction et d'immobilier s'y trouvait : l'immeuble Spencer, comme on disait en ville. C'était un bâtiment de dix étages, au milieu d'un espace arboré original et bien conçu.

Kelly y donnait ses cours, dans une des salles de gymnastique au deuxième étage.

— Je suis sage-femme depuis trois ans, expliqua-t-elle en réponse à Lauren Spencer. J'ai exercé à Austin, au Texas, mais avant j'ai longtemps vécu à Denver. Je suis très contente d'être revenue dans le Colorado.

En prenant la route, plus tôt dans la journée, la vue des montagnes Rocheuses l'avait mise de si bonne humeur qu'elle avait commencé à fredonner une chanson de John Denver. Le ciel était bleu indigo et l'air, si vif. Pourquoi avait-elle fui cette région enchanteresse ? A cause de son divorce, bien sûr.

Cinq ans plus tôt, elle avait quitté son mari et s'était installée au Texas. Elle y avait suivi des cours pour devenir sage-femme. Son ex-mari, lui, était resté dans le Colorado. Avocat, il ambitionnait de se présenter à la législature d'Etat. Désormais remarié et bientôt papa, il se positionnait pour être candidat aux élections primaires. Kelly n'était pas entrée en contact avec lui depuis son retour dans le Colorado et hésitait à le faire. A quoi bon ?

— Comment avez-vous rencontré Serena ? interrogea l'une des futures mamans.

— Serena Bellows m'a demandé de la remplacer pendant la durée de son congé de maternité. On se connaît depuis déjà longtemps. A propos, elle m'a demandé de vous saluer de sa part ! Je me suis installée dans sa ferme.

— Avec ses lamas ?

— Et les chèvres, les poules, les chevaux et les ânes ! précisa Kelly en souriant. Et ses enfants, bien entendu. J'ai assisté à la naissance du numéro quatre, la semaine dernière : c'est une adorable petite fille. Trois kilos huit. C'était un accouchement dans l'eau. Quelqu'un parmi vous est intéressé par cette pratique ?

Il y eut un non général.

— D'autres questions ?

Une petite brune avec une frange asymétrique prit la parole.

— J'aime beaucoup vos reflets blonds.

— Merci, répondit Kelly en secouant son carré blondi par le soleil texan.

— Je suis coiffeuse coloriste, ajouta la petite brune, et ma boutique porte mon nom : Roxanne. Si vous décidez de vous installer à Valiant et si vous avez besoin d'un bon coiffeur, n'hésitez pas à passer.

— Merci, Roxanne, acquiesça Kelly, qui en profita pour réorienter la conversation sur ses patientes. Quand votre accouchement est-il prévu, Roxanne ?

— La semaine prochaine : le 21 mars. C'est le premier jour du signe du Bélier. J'ai hâte ! Mon ventre me gêne pour couper les cheveux. Surtout, je ne peux plus manipuler les produits chimiques de coloration.

Daisy, une jolie jeune femme au visage frais, prit la parole.

— Il paraît qu'il ne faut pas se trouver à proximité de ce genre de produits pendant sa grossesse.

— Si vous utilisez des gants, vous ne risquez pas grand-chose, expliqua Kelly. Il est souvent déconseillé de se colorer les cheveux pendant le premier trimestre de la grossesse. Ensuite, il vaut mieux éviter les produits de coloration qui contiennent du formaldéhyde. Vous pouvez en revanche demander à votre coiffeur de vous faire une teinture sans ammoniaque.

— Quoi qu'il en soit, l'odeur m'indispose tellement que je sors prendre un café dans le salon de thé voisin, confia Roxanne avec un soupir.

— Mon Dieu, de la caféine ! s'exclama Daisy avec un frisson. Mais c'est interdit !

— Oui, oui, je sais. J'ai dit « café », mais je ne bois que ces horribles tisanes sans saveur, rectifia Roxanne. J'ai hâte d'accoucher pour pouvoir me remettre à boire mes petits espressos !

— Il vous faudra patienter, intervint Kelly. Si vous

décidez d'allaiter votre bébé, la caféine peut passer dans votre lait. Faites-moi confiance, vous ne voulez pas avoir un bébé trop éveillé !

Tout en parlant, Kelly jeta un coup d'œil circulaire à l'assistance : les hommes ne participaient pas à la discussion et commençaient à donner des signes d'impatience ou d'ennui. Elle changea donc de sujet et expliqua comment ils pourraient assister leur partenaire, au cours de l'accouchement.

— Nous allons commencer par le massage. Messieurs, allongez-vous à plat ventre sur le tapis de sol, s'il vous plaît.

Au même instant, la porte vitrée s'ouvrit sur un monsieur de grande taille vêtu d'un smoking taillé sur mesure. L'homme, très séduisant, avait des cheveux noirs et bouclés. Il s'approcha à la hâte, en déboutonnant le col de sa chemise plastronnée.

— Ça n'est pas trop tôt ! s'exclama Lauren.

Kelly s'approcha de lui et lui tendit la main.

— Ravie de faire votre connaissance, monsieur Spencer.

— Nick Spencer, répondit-il, en la lui serrant. Tout le plaisir est pour moi.

Kelly ne put s'empêcher de le détailler. Il avait une élégance et une décontraction naturelles. Son sourire irrésistible rendait ses yeux bleus encore plus expressifs.

Kelly se ressaisit presque aussitôt. Qu'est-ce qui lui prenait ? Nick Spencer était un homme marié et, de surcroît, futur père.

— Vous n'avez pas manqué grand-chose, lui dit-elle froidement pour conjurer son propre embarras. Je vais vous demander de retirer vos chaussures et de vous allonger.

— Vous êtes plutôt directe ! Avec plaisir…

Il soutint son regard plus longtemps que les convenances

ne l'y autorisaient. S'il n'avait pas été marié, cela aurait pu passer pour une tentative de séduction, songea Kelly.

Elle commença par des techniques de massage destinées à soulager les douleurs lombaires, au niveau du bassin, des hanches ou du carré des lombes. Le jour J, ce type de massage, pratiqué entre chaque contraction par le futur père, apaisait la mère.

Lors des premières séances avec ses patientes, elle conseillait souvent aux futures mamans de masser leur compagnon. Ainsi, ce dernier réussissait mieux à masser sa compagne ensuite. Investir le père d'une fonction était une façon de prendre en compte ses angoisses, souvent niées, face à la grossesse. Le contact tactile, intime, permettait aussi au couple de retrouver une certaine sensualité, à une période où les échanges charnels n'allaient pas toujours de soi. Enfin, placer le futur papa en position de coach, à la fois mental et physique, soutenait la mère qui ne se sentait plus seule dans cette fabuleuse aventure à deux.

Les futurs pères massaient leur partenaire quand une femme blonde et mince, vêtue d'un strict tailleur-pantalon noir, entrouvrit la porte.

— Excusez-moi de vous déranger, commença-t-elle d'une voix froide et mécontente. Nick ? Vous pourriez venir un instant, s'il vous plaît ? Il faut que je vous parle. C'est très important.

Nick Spencer se leva. Il s'approcha de Kelly et lui murmura à l'oreille :

— Continuez. Je reviens dans une minute.

Son souffle chaud lui causa un frisson délicieux qui courut le long de son échine. Contrariée et étonnée, elle se raidit et se disciplina. Elle ne se laisserait pas séduire par un homme marié.

Une fois que Nick Spencer fut sorti, Kelly le remplaça auprès de Lauren : celle-ci était très tendue. Ça n'était pas étonnant, vu l'attitude éhontée de son époux.

Derrière les portes vitrées, il posait les mains sur les épaules de la femme blonde. C'était peut-être un geste de conciliation, mais celle-ci, manifestement très énervée, se dégagea avec rudesse et agita son index devant le visage de Nick Spencer.

— C'est Marian Whitman, la comptable de Spencer Entreprises, murmura Lauren qui avait suivi son regard. Cette femme est glaçante ! Elle a quarante-deux ans. Célibataire. Seule. On ne lui connaît ni aventure ni liaison. Les chiffres, c'est toute sa vie…

Marian Whitman, empourprée par l'indignation, effectuait de grands gestes. Cet échange plutôt passionné ne semblait avoir rien de professionnel, songea Kelly, intriguée.

Quelques minutes plus tard, Nick Spencer revint et passa devant elle au moment où elle se relevait.

— Je vous ai manqué ? chuchota-t-il à son oreille.

Il flirtait ! Franchement, elle n'appréciait pas. Jusqu'à la fin du cours, elle garda soigneusement ses distances et l'ignora même de son mieux. Quand il lui posait des questions, elle ne lui souriait pas et évitait tout échange de paroles ou de regards trop prolongés.

Une fois le cours terminé, les futurs parents prirent congé. Nick et Lauren, les derniers à sortir, s'approchèrent.

— Je suis désolé d'avoir été en retard, confessa Nick Spencer. Je devais assister à un gala.

— Les Spencer Academy Awards ! précisa Lauren

fièrement. Un programme de bourses destiné aux meilleurs élèves admis à l'université du Colorado. Les Spencer ont fait fortune pendant la ruée vers l'or, et ils passent le relais pour redistribuer leurs richesses aux plus méritants.

— C'est vrai ? Les Spencer étaient chercheurs d'or ? s'enquit Kelly, intéressée.

— Mes ancêtres l'étaient, confirma Nick Spencer.

— Les histoires de famille me fascinent, reprit-elle en évitant ostensiblement son regard. Surtout quand elles sont liées aux grands mythes de notre pays.

— C'était en 1862, poursuivit Nick Spencer. Mes aïeuls ont découvert l'une des plus importantes mines d'or des Rocheuses, la mine Valiant. Plus importante que Glory Hole, qui se trouve près de Central City.

Lauren posa la main sur son ventre.

— Mon bébé va naître dans une famille riche de traditions. Au sens propre et figuré ! Figurez-vous que dans les bureaux du neuvième étage se trouve l'or de la mine Valiant ! Cinquante lingots dont le poids varie entre 905 et 1 005 grammes, et dont la pureté est supérieure ou égale à 995 millièmes, récita-t-elle consciencieusement.

— Cinquante lingots ! s'exclama Kelly, incrédule. Une véritable petite fortune.

— Oui, acquiesça Lauren, le regard étincelant. Chacun d'eux est estampé « V », pour Valiant, le nom de la mine.

Elle marqua une pause et reprit :

— Kelly, je suis désolée pour le retard de Nick, mais il ne faut pas lui en vouloir... Je lui suis déjà reconnaissante d'avoir accepté de venir. Mon mari est en déplacement à l'étranger et ne sera de retour que la semaine prochaine.

La surprise rendit Kelly muette. Soudain, elle était Alice au pays des merveilles, dans un univers surréaliste où les propos incohérents et le coq-à-l'âne étaient la norme.

— Excusez-moi, Lauren, mais je ne suis pas certaine de bien comprendre. Votre mari n'est pas à Valiant ?

— Jared est à Singapour où il conclut des affaires de la plus haute importance.

— Alors Nick n'est pas…

— Mon mari ?

Lauren éclata de rire.

— Oh mon Dieu, non ! Jamais je n'aurais épousé Nick, si charmant soit-il ! C'est mon beau-frère.

Nick sourit à sa belle-sœur, puis se pencha vers Kelly et la regarda droit dans les yeux.

— Comme vous vous intéressez aux histoires de famille, Kelly, je vais vous montrer l'or des Spencer.

Gênée d'avoir tiré des conclusions fausses sur l'attitude de Nick et d'avoir été aussi froide à son égard, Kelly ne lui déroba pas son regard. Elle lui sourit même franchement.

— Vous piquez ma curiosité, Nick.

— J'en suis ravi. Vous êtes donc d'accord ?

Plus qu'elle n'aurait su le dire.

2

Dimanche, 19 h 52

Nick conduisit Kelly vers l'ascenseur. Il avait été attiré par elle au premier regard. Ensuite pendant son cours, comme elle était restée pieds nus, le vernis de ses ongles l'avait fasciné : rose, jaune soleil et rouge vermillon. Conquis par cet arc-en-ciel pour le moins insolite, il avait imaginé lui embrasser les pieds, puis caresser ses longues jambes fuselées, jusqu'à sa taille et ses seins, et même lui prendre les lèvres pour l'embrasser fougueusement. Ces préliminaires fantasmés avaient attisé une attirance et un désir aussi brusques qu'inattendus.

Il avait aussi été frappé par son intelligence, sa vivacité et son sens de l'humour. Kelly correspondait en tout point au type de femme qu'il rêvait de rencontrer. Las de sa solitude, épuisé par les problèmes financiers du groupe Spencer, il aspirait à rencontrer une compagne joyeuse et spirituelle qui les lui ferait oublier.

— Juste pour ne plus laisser planer aucune ambiguïté : je ne suis pas marié actuellement, expliqua-t-il en montant dans l'ascenseur.

— J'en déduis donc que vous l'avez été.

— J'ai divorcé. Et vous ?

— Moi aussi.

Kelly détourna les yeux et fixa obstinément l'ascenseur.

— Pendant mon cours, vous m'avez peut-être trouvée sèche à votre égard, mais je ne vais pas m'excuser. Je pensais en effet que vous étiez le mari de Lauren, et que vous flirtiez avec moi.

— Moi, j'ai flirté avec vous ?

— Oui.

La voix de la jeune femme avait été ferme, et pourtant son attitude démentait son assurance. Elle était fébrile et jouait avec le nœud de son foulard.

— Vous me regardiez d'une… d'une certaine façon, insista-t-elle. Vous m'avez également parlé à l'oreille. Deux fois.

Il se baissa et, de ses lèvres, effleura sa joue, puis le lobe de son oreille.

— Et si j'avais juste voulu être amical ?

— Amical ? Non ! Enjôleur. Rusé…

— Ah ?

— Vous semblez inoffensif… jusqu'à ce que vous attaquiez.

— Apeurée ?

— Non. Je sais gérer un assaut.

— Intéressant.

Kelly se décida enfin à tourner la tête et à le regarder. Aussitôt qu'elle lui sourit, ses yeux verts pétillèrent. Elle devait avoir une trentaine d'années, subodora-t-il, de plus en plus conquis. Forts de leur expérience et de leur maturité, ils ne perdraient certainement pas leur temps en circonvolutions. Ravi par cette pensée prometteuse autant que par son sourire lumineux, il lui sourit aussi.

— Parlez-moi de vos lingots d'or, reprit-elle. Pourquoi

les conservez-vous dans vos bureaux, dans cet immeuble, et non à la banque ?

— Spencer Entreprises est toujours géré, en majorité, par le clan Spencer. Les autres actionnaires, minoritaires, acceptent nos excentricités. Mon oncle Samuel, le dernier de sa génération, est un génie de l'architecture. C'est lui qui a conçu ce parc et cet immeuble qui s'y élève.

Trente ans plus tôt, durant les années quatre-vingt, l'industrie du pétrole avait connu un véritable boom dans le Colorado. Afin de combler les besoins en locaux commerciaux dans la région de Denver et de Boulder, Samuel avait conçu un immeuble de dix étages, ainsi que trois autres, plus modestes, dotés de quatre étages chacun. Le concept parut brillant, mais Valiant était éloignée de Denver qui concentrait l'activité économique du Colorado. Aussi, tout le monde chez Spencer Entreprises, le père de Nick le premier, avait pensé que Samuel perdait la tête.

Spencer Entreprises.

Mais la suite prouva que Samuel avait eu raison. Valiant était en effet proche de la zone métropolitaine de Denver-Aurora-Boulder. Pendant que Denver se développait de façon exponentielle, Valiant attirait des entreprises et sociétés désireuses de s'installer dans la région sans vouloir payer les prix exorbitants pratiqués dans l'immobilier à Denver. Samuel avait habilement joué la carte de la proximité des montagnes et de la vie au grand air, un complément indispensable aux hommes d'affaires toujours stressés.

Quand, à la fin des années quatre-vingt, les sociétés de gaz et de pétrole avaient quitté l'immeuble Spencer suite aux chocs pétroliers successifs, les sociétés d'informatique les avaient remplacées. Seul Spencer Entreprises était resté, et ses bureaux se trouvaient toujours aux neuvième et dixième étages.

— Cet or constitue une partie de notre identité familiale et professionnelle, expliqua Nick à Kelly. Nous construisons des immeubles et des maisons dans le monde entier. Nos clients demandent toujours à voir notre or, et ils sont invariablement impressionnés pas sa vue.

— Quelle est sa valeur en dollars ?

— Environ trois millions de dollars.

Kelly sifflota, l'air impressionné.

— C'est beaucoup d'argent ! Surtout conservé si loin des coffres d'une banque !

— Attendez de voir. Nous sommes peut-être excentriques, mais nous ne sommes pas inconscients !

L'ascenseur arrivait au neuvième étage. Les portes s'ouvrirent sur Marian Whitman. A l'évidence, elle les attendait. Bien qu'il soit presque 8 heures du soir, de surcroît un dimanche, elle était vraiment impeccable dans son tailleur austère et son chignon de ballerine d'où ne s'échappait pas une mèche. Seul son rouge à lèvres, d'un joli rose, égayait cet ensemble austère, songea Nick.

— Je pensais que vous viendriez seul, lui dit-elle d'un air contrarié. Nous devons parler sérieusement de l'avenir de l'entreprise.

Il n'avait pas la moindre envie d'évoquer les déficits de Spencer Entreprises ou d'éventuelles décisions en matière d'investissements.

— Plus tard, Marian.

— Mais votre oncle est dans son bureau. C'est le bon moment pour lui parler.

C'était plutôt le bon moment pour proposer à Kelly

une promenade dans le parc arboré et ainsi mieux faire sa connaissance. Il avait envie de légèreté et de romantisme. Cette soirée de mars, presque printanière, s'y prêtait parfaitement.

— Je ne voudrais pas déranger..., intervint Kelly, visiblement gênée. Ecoutez, Nick, ce sera pour une autre fois. Je vais redescendre.

— Merci de votre compréhension, répliqua Marian sans sourire. Nick ? Vous venez avec moi.

Si Marian Whitman dirigeait le service comptable et financier de Spencer Entreprises, et en était la reine incontestée, il n'en assurait pas moins la direction avec son frère Jared...

— Pas tout de suite Marian, trancha-t-il. Je vais d'abord montrer l'or des Spencer à Kelly, ensuite je la raccompagnerai. Avec un peu de chance, Kelly acceptera même de faire quelques pas avec moi le long de la crique, et nous admirerons des tamias qui détaleront devant les oiseaux de nuit... Ensuite, seulement, je serai d'humeur à parler chiffres.

Sans attendre la réponse d'une Marian sidérée, Nick conduisit Kelly vers les bureaux de Spencer Entreprises. Mais Kelly toussota avec embarras.

— Ce n'est vraiment pas grave, Nick, vous me montrerez cet or une autre fois.

— Non. Je viens déjà de passer la journée dans ce smoking, à serrer des mains, à sourire et à représenter Spencer Entreprises. Je n'ai pas envie de jouer les médiateurs entre mon oncle et Marian.

— « Lourde est la tête qui porte la couronne... »

Nick sourit.

— Je me trompe ou c'est du Shakespeare ?

— Oui. *Henry IV.*

Souriant, il plaça sa main au creux des reins de la jeune femme, lui fit contourner les bureaux de la réception, puis entrer dans une salle immense, dotée de nombreuses fenêtres. S'y trouvaient disséminés les box du département de comptabilité.

— J'ai l'impression que vous avez fréquenté beaucoup de têtes couronnées, reprit-il. Ou des ambitieux, pour être plus direct.

— Mon ex-mari est avocat. Dans cette profession, beaucoup veulent porter sceptre et couronnes, ou plutôt les titres et habits de gouverneur ou sénateurs…

Alors qu'ils passaient devant les box que les employés avaient décorés de photos pour les personnaliser, les plafonniers s'allumèrent automatiquement : après la fermeture des bureaux, un détecteur de présence intégré et invisible assurait un allumage automatique de la lumière. Cinq ans plus tôt, Samuel avait investi des sommes considérables pour améliorer l'installation électrique de l'immeuble ainsi que le système de ventilation et d'aération.

Le décor était, quant à lui, saturé de couleurs mais il incluait aussi du bois sombre qui évoquait les clubs autrefois exclusivement réservés aux hommes. Pour autant, le design était sophistiqué et les installations, dernier cri.

A l'extrémité de la pièce se trouvaient trois portes, qui donnaient sur un espace de séparation. Deux se faisaient face.

— Ce sont les bureaux de Marian et de mon oncle, précisa Nick à l'intention de Kelly.

Sur le mur du fond se dressait une vitrine avec des

objets miniers : pots, treuils et pics. Une grande toile avait été suspendue juste au-dessus et représentait un chercheur grisonnant avec une mule.

— On dirait un tableau de Frederic Remington, observa Kelly.

— C'est son style, mais mon arrière-grand-père a commandé cette toile à l'un de ses contemporains. Ce mineur a d'ailleurs le visage de mon aïeul. Autrefois, la mule avait les traits de son principal rival !

— Plus maintenant ?

— Une fois que mon grand-père l'a évincé, la représentation lui a semblé injuste.

Sur ces mots, Nick ouvrit la porte à côté de la vitrine. Elle donnait sur une grande salle de conférences où trônait une table en acajou entourée de fauteuils en cuir. Plusieurs tableaux ornaient les cimaises.

— En revanche, cette toile que vous voyez là et qui représente le cavalier sur un cheval sauvage est signée Frederic Remington. Mon arrière-grand-père le connaissait bien.

— C'est passionnant ! s'enthousiasma Kelly. J'adore l'histoire ! Surtout ce qui a trait à l'installation des pionniers dans l'Ouest américain.

— Je suis attaché aux traditions de notre famille et j'en suis fier mais, en matière d'art, je préfère un style plus moderne, confia Nick en traversant la salle. Ainsi a été conçu mon bureau à Breckenridge.

— Vous n'habitez pas à Valiant ?

— Mon Dieu non ! Si j'y suis actuellement, c'est sur la demande de mon frère : il m'a demandé d'assurer l'intérim pendant son déplacement à Singapour. J'ai certes un bureau et un appartement à Valiant, mais je vis le plus clair de mon temps à Breckenridge. Je travaille sur le terrain, dans les stations de sport d'hiver.

Arrivé au fond de la salle de conférences, il s'arrêta devant une porte en chêne.

— Je vous précise que ce mur et la porte sont en acier.

— Pour des raisons de sécurité, bien entendu.

— Bien entendu.

Kelly se rapprocha.

— L'or de la mine Valiant se trouve donc derrière cette porte ?

— C'est un peu plus compliqué, vous vous en doutez.

Sur ces mots, il ouvrit un petit panneau presque invisible qui révéla une console. Après avoir tapé un code à cinq chiffres et lettres, il ouvrit et entra dans une salle de dimension modeste mais bien éclairée, dotée de nombreuses étagères et de meubles de bureau.

— Nous conservons ici des documents confidentiels, les contrats, etc. Nous l'appelons « le caveau ».

— Un caveau avec des archives… Rassurez-moi, l'entreprise est informatisée ?

— Elle l'est, mais certains documents, qui remontent au début du XIXe siècle, ne le sont pas. C'est un travail de longue haleine.

Sur ces entrefaites, Nick la prit par les épaules et la positionna devant une vitrine.

— Prête ?

Kelly sourit.

— Etonnez-moi, Nick !

Il sourit à son tour, puis pressa un bouton. Une vitrine éclairée se révéla à leurs yeux. Elle abritait l'or de la mine Valiant. Celui-ci brillait avec un éclat qui rivalisait avec la lumière du soleil. Il y avait là cinquante lingots, dont la forme et le volume évoquaient les dimensions d'une petite table basse. Nick l'avait vu des centaines de fois, il l'avait également souvent soupesé. Il suffisait qu'il le regarde pour se souvenir du poids et de la sensation éprouvée. Le même petit frisson d'exaltation le parcourait chaque fois.

— Je peux toucher ? demanda Kelly.

— Malheureusement, non.

Elle s'approcha le plus près possible de la vitrine.

— Je n'avais jamais vu autant d'or, avant. Ces lingots semblent… vivants…

Il s'amusa de son enthousiasme.

— Maintenant, poursuivit Kelly, je comprends mieux pourquoi l'or a toujours exercé une telle fascination. Du roi Midas à la recherche de l'Eldorado…

— Et jusqu'à nos jours, compléta Nick. Tenez, par exemple : il y a deux mois, un prince éthiopien nous a proposé d'acheter notre or.

A cette idée, il réprima un soupir. L'or des Spencer n'était pas seulement un trésor destiné au plaisir des yeux, c'était aussi et surtout la garantie de la solvabilité de Spencer Entreprises. Si, comme Marian le prétendait, le groupe traversait de graves difficultés financières, la vente de cet or les sauverait de la faillite. Evidemment, ils s'y résoudraient en dernier recours.

Kelly cogna de l'index la paroi vitrée.

— Cette protection me semble bien faible.

— Détrompez-vous. La vitre est blindée et les barres en acier qui la protègent sont indestructibles. De plus, il n'y a qu'un seul moyen d'ouvrir cette vitrine. Avec un code et les empreintes digitales simultanées de deux personnes de la famille Spencer : moi, mon frère, mon oncle Samuel ou l'un de mes cousins qui est actuellement en expédition au pôle Nord.

— Je vois un coffre, au fond. Que contient-il ?

— Les bijoux de notre famille. Les diamants ont presque autant de valeur que l'or. Je regrette que personne ne les porte.

— Oui, c'est dommage : les diamants sont faits pour être portés, et admirés.

Nick lui jeta un regard enflammé. Rien ne lui aurait fait plus plaisir que de la parer de l'un de ces précieux colliers et, ensuite, de lui faire l'amour sur les lingots d'or de la mine Valiant.

— J'aimerais pouvoir vous les montrer, Kelly, confia-t-il avec élan.

— Les pierres précieuses sont magiques. Autrefois, j'en portais, à l'occasion.

La jeune femme effectua un geste plein de grâce.

— Il y a eu un temps où je possédais des rubis, des saphirs et des diamants, ajouta-t-elle.

— Vous aviez une vie mondaine ?

— Plus ou moins. Le gouverneur du Colorado était même un proche de mon ex-mari.

Nick fut soudain curieux d'en savoir plus sur ce dernier.

— Je connais bien le gouverneur. Je suis donc surpris de ne vous avoir jamais vue à l'une ou l'autre de ces soirées, à ces événements mondains qui défraient la chronique.

— C'est parce que vous ne m'avez jamais remarquée, Nick. J'ai toujours eu l'art de me fondre dans le décor, même parée des plus beaux diamants. Même lors d'un bal d'inauguration du gouverneur du Colorado…

— Vous êtes pourtant éblouissante, même sans diamants.

Au même instant, un bruit étouffé traversa les murs, évoquant la détonation d'un silencieux.

Aussitôt, Nick saisit Kelly par le poignet et la fit sortir du caveau, puis traversa la salle de conférences en courant.

— Surtout, restez derrière moi !

Revenu dans l'espace de séparation entre les bureaux de Marian et de son oncle, il se heurta à sa comptable, manifestement inquiète.

— Vous aussi, vous avez entendu, Nick ? On dirait qu'un coup de feu a été tiré dans le bureau de votre oncle.

Nick déglutit. Un instant plus tôt, rien ne lui semblait pire que de perdre l'or des Spencer. Jamais il n'avait envisagé qu'on puisse attenter à la vie des membres de sa famille.

Il saisit la poignée du bureau de son oncle, qui résista. Le bureau était fermé à clé.

— Samuel ! cria-t-il. Ouvre ! Samuel ! Que se passe-t-il ?

Aucune réponse.

Nick réfléchit à toute vitesse. Si on avait tiré sur Samuel, il devait entrer dans le bureau au plus vite. Mais s'il y avait un tueur, la prudence était de mise.

Marian le saisit par le bras.

— Vous n'avez pas les clés, Nick ?

— Si : dans mon bureau, au dixième étage. Je vais perdre trop de temps si je vais les chercher.

Nick regarda autour de lui et son regard se posa sur la vitrine où étaient exposés des objets miniers. Par chance, elle n'était pas verrouillée. Il en sortit un pic, le brandit et l'assena sur la serrure qui se fracassa. La porte s'ouvrit aussitôt.

Une odeur de poudre lui parvint : Samuel gisait devant son bureau, un calibre 45 dans la main droite. Il était touché à la poitrine. Le sang coulait et tachait la moquette.

Nick se précipita et prit son pouls.

— Il respire encore ! Il faut appeler le 911 !

— Laissez-moi faire, intervint Kelly en s'approchant. Je suis infirmière diplômée aussi.

Nick retira l'arme de la main de son oncle et se leva tandis que Kelly se mettait à genoux devant Samuel et essayait de stopper l'hémorragie.

Nick détailla la pièce. La porte du bureau avait été fermée à clé, les fenêtres étaient verrouillées, comme toutes celles de l'immeuble : son oncle s'était suicidé. Sur les plans jonchant son bureau, il avait d'ailleurs écrit un mot :

« Pardon. »

3

Lundi, 10 h 25

— Ça n'est pas ta faute si l'oncle de Nick Spencer est mort, Kelly.

— Je sais, mais ça n'empêche..., répondit-elle avec un soupir.

Elle suivit Serena dans le salon, louvoyant entre les jouets et animaux en peluche. Cette pièce était impressionnante avec son immense plafond à poutres apparentes. Au cours des années, le modeste chalet de Serena et de Nigel, qui s'élevait sur un terrain d'environ neuf hectares, était devenu une élégante demeure de quatre pièces.

Serena aimait dire que sa maison avait suivi un rythme de construction biologique et naturel. Le chalet, dans sa forme d'origine, était long, plat et rappelait les ranchs. Le salon et la cuisine, qui y avait été ajoutée, formaient un A. Le toit était couvert de panneaux solaires. Une élégante tourelle de style victorien abritait le bureau de Nigel. Il n'y avait pas de couleurs dominantes. Chaque pièce avait sa propre nuance, et cet ensemble parfois hétéroclite formait un véritable arc-en-ciel.

— Assieds-toi, lui proposa Serena. Et raconte-moi tranquillement ce qui s'est passé hier soir.

Sa tasse de café à la main, Kelly obtempéra.

— Je te l'ai déjà raconté.

— Tu as juste annoncé que Samuel Spencer s'était suicidé. Vide ton cœur, cela te soulagera.

Son nouveau-né dans les bras, Serena s'installa dans le grand rocking-chair devant la cheminée, puis déboutonna sa chemise en mousseline turquoise pour l'allaiter.

— Je vois bien que cette histoire te pèse.

Kelly soupira. Elle n'avait jamais rencontré l'oncle de Nick de son vivant, mais elle avait tenu sa vie entre ses mains et était liée à ses derniers moments.

— J'aurais tant aimé le sauver…, balbutia-t-elle.

Elle avait fait son maximum pour stopper l'hémorragie causée par le coup de feu et le ranimer. En vain. Les urgentistes étaient arrivés très exactement dix-huit minutes après l'appel de Nick. A ce moment-là, Samuel avait toujours un pouls. Puis Nick était parti avec l'ambulance pendant que, avec Marian, elle restait sur place pour répondre aux questions de la police. Moins d'une heure plus tard, elle avait appris que Samuel n'avait pas repris conscience et qu'il était mort sur la table d'opération. Bien sûr, elle n'était pas responsable de son décès, mais elle en était très affectée.

— Tu t'es déjà demandé pourquoi nous avions choisi d'être sages-femmes plutôt que chirurgiennes ? reprit Serena à brûle-pourpoint.

— Parce que les études sont moins longues et moins coûteuses ?

— Non : parce qu'une sage-femme aide les femmes à mettre un enfant au monde et que, le plus souvent, l'issue d'un accouchement est heureuse.

Kelly opina. A la différence des infirmières urgentistes

qui chaque jour faisaient face à la mort, les sages-femmes donnaient la vie, une mission chargée de joie.

Elle aimait entendre les premiers cris d'un nouveau-né, sentir une menotte serrer son index et voir un petit visage parfait.

Souriant à cette image, Kelly observa son amie qui allaitait son bébé. Pour la première fois depuis le début de la matinée, le calme revenait en elle. Le mari de Serena était parti faire des courses avec leurs trois enfants et la sœur de Serena, donc la maison était calme. Même si Kelly appréciait son séjour au sein de cette famille très animée, elle avait besoin de silence. Aujourd'hui surtout. Elle s'adossa aux coussins jaune et vert du sofa et but une gorgée de café.

— On est bien, tu ne trouves pas ?

— Les enfants, ces animaux... Ça te rend folle, n'est-ce pas ? comprit Serena.

— Je dirais plutôt que c'est différent de mon ordinaire.

Kelly n'avait qu'une sœur plus jeune, qui habitait à Chicago, non loin de chez leurs parents.

— Je n'ai pas vécu dans une grande famille.

— Maintenant, tu fais partie de la nôtre ! s'enthousiasma Serena. Tu ne seras plus jamais seule, Kelly. Si tu as besoin d'une amie, je serai toujours là.

— Et réciproquement, déclara Kelly, touchée.

Elle connaissait Serena depuis leur première année d'études à l'université du Colorado à Boulder. Même si elles avaient ensuite vécu loin l'une de l'autre et que leurs vies avaient pris des tournures différentes, elles étaient restées liées. Mais Serena avait réussi sa vie, pas elle. Kelly souffrait de son mariage malheureux, et de sa solitude suite à son divorce... Elle avait toujours rêvé de fonder une grande famille et d'avoir des enfants, mais cette éventualité s'éloignait et son rêve, peut-être, ne se réaliserait jamais.

— Vas-y : raconte-moi en détail ce qui s'est passé hier soir, Kelly.

— Nick Spencer a dû utiliser un pic pour fracasser la serrure et entrer… Ensuite, à la vue de Samuel Spencer, j'ai d'abord eu une réaction de panique… J'ai cru entendre une sonnerie stridente dans mes oreilles et j'ai eu le souffle coupé. Pire, je me suis sentie paralysée. C'était atroce !

— Après, c'est l'adrénaline et l'instinct qui ont repris le dessus, n'est-ce pas ?

Kelly acquiesça. Le premier choc passé, elle avait recouvré sa lucidité et effectué les gestes indispensables pour sauver Samuel Spencer. Elle s'était souvenue de procédures qu'elle n'avait pourtant pas utilisées depuis plusieurs années.

— C'est seulement une fois que les urgentistes l'ont emmené que j'ai pris conscience de ce qui venait de se passer. J'avais du sang partout… A propos, le joli foulard que tu m'as offert est fichu… Je l'ai utilisé pour stopper l'hémorragie.

Ce souvenir la fit trembler. Elle posa sa tasse.

— Tu es certaine qu'il s'est suicidé ? reprit Serena, songeuse. La police accrédite la thèse du suicide ?

— Samuel Spencer était enfermé dans son bureau, il était seul et tenait son arme. Et puis, il a laissé un mot pour demander pardon.

— Comment as-tu appris qu'il n'avait pas survécu à sa blessure ?

— Nick Spencer m'a appelée de l'hôpital. Le chirurgien n'a pas réussi à le ranimer : il est mort sur la table d'opération.

Quelle profonde tristesse dans la voix de Nick…, se souvenait-elle. Il avait parlé de façon détachée, comme s'il s'exprimait de loin, de très loin.

— Les urgentistes lui ont dit que j'avais fait du bon boulot. Nick m'a remerciée.

La veille au soir, elle avait eu envie de le réconforter et avait été frustrée d'en avoir été empêchée. Elle était également un peu déçue que Nick ne l'ait pas rappelée ce matin. D'un autre côté, il n'avait aucune raison de le faire, d'autant qu'ils se connaissaient à peine… Et puis, il avait bien assez à faire avec le drame qui venait d'endeuiller sa famille.

— Nick Spencer, reprit Serena en souriant rêveusement. Je le connais de vue. Un charme fou, n'est-ce pas ?

— Oh oui. D'autant plus séduisant que, hier, il portait un smoking.

— Tu devrais lui téléphoner, poursuivit Serena en berçant doucement son bébé. Lui offrir ton soutien.

— Moi ? Pourquoi ?

— Il a besoin d'affection. De compassion. De chaleur humaine !

— Je traduis ta pensée : tu veux que je profite de la situation ?

— Non, je dis que vous êtes deux célibataires en quête d'amour. Pour quelle raison, sinon, étiez-vous au neuvième étage du Spencer Building un dimanche soir ?

— Nick voulait seulement me montrer l'or de la mine Valiant.

— Eh bien, c'est Nigel qui va être jaloux ! Il travaille pour un client dont les bureaux sont dans l'immeuble

Spencer, et il ne l'a jamais vu. Nick doit te trouver très à son goût pour t'en avoir fait les honneurs.

Serena, tout excitée, devenait volubile.

— Je suis heureuse, Kelly ! Si tous les deux vous vivez le grand amour, tu auras davantage de motivation pour rester à Valiant, et moi, j'aurais une associée. C'est génial !

Kelly éclata de rire.

— Tu ne crois pas que tu vas un peu vite en besogne ?

— Il ne faut jamais laisser passer le bonheur, ou l'espoir de bonheur ! Nick Spencer a toutes les qualités : tu ne pourrais pas rêver mieux.

C'était indéniable. Il était séduisant et sexy, drôle et, ce qui ne gâtait rien, très riche.

— S'il a autant de qualités, comment se fait-il qu'une autre femme ne l'ait pas conquis ? objecta-t-elle.

— Il est divorcé depuis deux ans, répondit Serena. D'après ce que j'ai entendu dire, c'est un papa gâteau. Il adore ses enfants.

— Il en a combien ? demanda Kelly, curieuse.

— Il a deux filles. Sept et quatre ans, je crois. Elles sont adorables. Je les ai vues, à Valiant, avec leur père, mais je crois qu'elles vivent à Denver avec leur mère. Elles ont les cheveux noirs et les yeux bleus, comme Nick.

La sonnerie de la porte d'entrée l'interrompit. Kelly se leva aussitôt.

— Ne bouge pas, j'y vais.

Elle se hâta d'aller ouvrir. Le premier coup de sonnette n'avait pas réveillé le bébé assoupi après sa tétée, mais si le visiteur sonnait une deuxième fois, il le tirerait de son sommeil.

Un homme en costume sombre était sur le pas de

la porte. Il ne devait pas avoir quarante ans, mais ses cheveux coupés court étaient déjà blancs. Son visage paraissait pugnace et son regard, glacé. Kelly l'aurait trouvé intimidant si une chevrette blanche au museau noir ne s'était tenue à côté de lui. L'animal, que les enfants de Serena avaient baptisé Fifi, tapa du sabot, donna un coup de tête dans les côtes de l'inconnu et bêla. Fifi n'était guère farouche et aimait particulièrement la présence des hommes.

— Je peux vous aider ? demanda Kelly au visiteur en se retenant de sourire.

— J'aimerais m'entretenir avec Kelly Evans.

— C'est moi.

— J'aimerais vous poser quelques questions sur la tragédie qui s'est déroulée la nuit dernière dans l'immeuble Spencer.

L'individu sortit de sa poche une carte de visite qu'il lui tendit.

— Y. E. Trask. Détective privé.

Kelly saisit la carte, mais ne lui proposa pas d'entrer. Elle prit plutôt sa veste à la patère et sortit dans la véranda. Cet homme ne lui inspirait pas confiance, et elle ne voulait pas le faire pénétrer dans la maison de Serena.

— Je n'ai pas grand-chose à dire, monsieur Trask. En plus, je me suis déjà longuement entretenue avec la police, hier soir.

— J'aimerais néanmoins entendre le récit des événements de votre bouche.

Fifi donna un nouveau petit coup de tête contre la cuisse de Trask qui, mécontent, recula. La chevrette bêla.

— Cet animal ne devrait-il pas être dans un enclos ?

— Oui, mais Fifi réussit toujours à s'en échapper. Si

vous lui faites l'aumône d'une caresse, elle sera contente et vous laissera en paix.

— J'en doute, lâcha-t-il d'une voix brève. L'indifférence est le meilleur gage de tranquillité dans la vie.

Décidément, cet homme était très antipathique.

— Fifi n'est qu'une chevrette, répliqua froidement Kelly.

— Ne me faites pas perdre mon temps, madame Evans. Voulez-vous m'aider, oui ou non ? La famille Spencer se trouve actuellement confrontée à une situation délicate et difficile.

Kelly ne put retenir un mouvement de surprise. Si cet individu lui avait annoncé d'emblée qu'il travaillait pour la famille Spencer, elle aurait été plus coopérative.

Au même moment, le monospace familial apparut sur la route. Nigel et les enfants revenaient au chalet.

— Venez, lança-t-elle à Trask. Nous allons trouver un endroit plus calme pour parler.

Elle adressa un petit signe aux occupants du monospace, puis conduisit Trask vers la grange. Ils croisèrent deux lamas tachetés qui trottaient côte à côte, aussi pressés que s'ils devaient accomplir une mission de la plus haute importance : les deux ruminants passèrent devant le poulailler, causant du remue-ménage chez les poules, mais ils continuèrent de trottiner avec une souveraine indifférence.

Un tel spectacle aurait amusé n'importe qui, mais Trask n'y accorda pas la moindre attention, pas plus d'ailleurs qu'il n'admira sur les murs de la grange les dessins naïfs des enfants de Serena et de Nigel, véritable symphonie de couleurs propre à susciter la bonne humeur. Il avait visiblement d'autres chats à fouetter et son principal souci consistait à éviter de se salir.

Kelly s'arrêta près du corral.

— Nous serons tranquilles ici. Posez-moi vos questions.

— Vous avez été la première à vous approcher de Samuel : est-ce correct ?

— Non. C'est Nick Spencer. Je suis intervenue seulement après.

— Samuel s'est suicidé. Comment a-t-il procédé ?

— Son corps gisait devant le bureau. Il tenait toujours son arme retournée contre lui.

— Il était toujours vivant quand vous lui avez porté les premiers secours ? Il parlait ?

— Il murmurait seulement.

La police s'était déjà enquise de tout cela, avec insistance, la veille.

— Il n'a rien dit de cohérent, ajouta Kelly. Il parlait de « fermer la porte ». Et puis, il a répété le mot « or » à plusieurs reprises. Enfin, il a parlé d'un « cœur de pierre ».

Fifi s'approcha de nouveau de Trask, mais ce dernier lui lança un regard si furieux que Kelly craignit qu'il ne s'en prenne à la chevrette. Par chance, Fifi s'éloigna sans demander son reste.

— Autre chose, monsieur Trask ?

— Concentrez-vous, madame Evans. Qu'est-ce que Samuel Spencer a précisément dit sur ce « cœur de pierre » ?

— Je n'en sais rien.

Kelly réfléchit encore et hocha la tête.

— Désolée… je ne suis même pas certaine des mots qu'il a prononcés.

— Vous feriez mieux de me dire ce que vous savez, madame Evans !

Il la menaçait ?

— Pourquoi vous cacherais-je des informations ? s'étonna-t-elle.

Trask ne répondit pas. Il continuait de la toiser, mais Kelly ne se laissa pas décontenancer.

— Je crois que cet entretien est terminé, dit-elle sèchement.

— Très bien. Je vous recontacterai si j'ai d'autres questions.

Kelly le salua froidement. Le métier de Trask, à savoir épier les gens, les confronter et les interroger, n'était pas agréable. D'un autre côté, Trask était vraiment agressif et désagréable : il semblait être fait pour ce travail ingrat.

Pourquoi Nick lui avait-il envoyé ce malotru sans la prévenir ?

Tracassée, elle décida de l'appeler.

Elle sortit son portable et composa le numéro de Nick, qu'elle avait dans la mémoire de son téléphone après son appel de la veille.

Mais quand il décrocha, elle faillit raccrocher. Nick venait de perdre son oncle, elle n'avait pas le droit de l'ennuyer parce que les manières de son détective privé lui avaient déplu.

— Comment allez-vous, Nick ? demanda-t-elle donc avec hésitation.

— J'ai eu de meilleures journées. Je pensais justement à vous, Kelly. Je voulais encore vous remercier d'avoir essayé de sauver la vie de mon oncle.

— J'ai fait de mon mieux. J'ai également fait tout mon possible pour répondre aux questions de votre détective privé, mais je crois que je l'ai contrarié.

— De qui parlez-vous ?

— Du détective que vous avez engagé et envoyé chez mon amie Serena. Un certain Y. E. Trask. Il a des cheveux blancs et il n'est pas commode.

— Je n'y comprends rien, Kelly. Attendez, je me renseigne.

Nick parla à quelqu'un d'autre, mais elle n'entendit pas ses propos. Il reprit vite la communication :

— Kelly… Ecoutez, personne ici n'a entendu parler de cet individu. Il ne travaille pas pour nous !

Dans ces conditions, qui lui avait envoyé Trask ? Et pourquoi ?

4

Lundi midi

En route chez Serena, Nick fulminait. Il ne supportait pas l'idée qu'un inconnu ait harcelé Kelly. Elle était étrangère au drame qui avait frappé le clan Spencer hier soir. Elle avait été par hasard sur les lieux d'un événement terrible dont elle subissait pourtant les conséquences.

Quand il avait reçu son appel, il était assailli, littéralement, par les avocats de l'entreprise, la police, les autres membres de sa famille ainsi que les employés. Jared absent, il était le seul Spencer sur place, le seul capable de prendre les décisions qui s'imposaient.

Mais il ne se sentait pas du tout à la hauteur. Il vivait la plupart du temps loin de Valiant, à Breckenridge, et il évitait soigneusement de participer aux décisions qui engageaient le groupe. Il en laissait volontiers la responsabilité à son frère qui aimait son rôle de décideur. Malheureusement, Jared était retenu à Singapour.

Il arriva à la hauteur de la maison de Serena, signalée par une boîte aux lettres sur laquelle étaient peints des fleurs et des papillons. Il tourna dans un chemin privatif et continua sur plusieurs mètres.

Au moins, le récit de Kelly lui avait donné un but, et un dérivatif à son deuil.

Qui était ce Trask ? Et pour quelle raison avait-il interrogé Kelly ? Tout cela ne présageait rien de bon. Kelly était en danger, il le sentait. Mais pourquoi ?

C'était la première fois qu'il se rendait dans la ferme de Serena et Nigel Bellows, pourtant bien connue dans la région. Elle mêlait différents styles architecturaux et était, d'après Marian Whitman, « sans queue ni tête ». En effet. De la maison en forme de A jusqu'à la tour victorienne surmontée d'une girouette, rien ne faisait sens dans cette architecture improbable, et certainement pas la grange et ses murs de couleur. Mais quand il descendit de voiture, Nick ne put retenir un sourire, le premier depuis la veille au soir.

Pour ajouter à l'atmosphère pour le moins insolite des lieux, une chevrette s'approcha, suivie par une petite fille blonde : celle-ci portait une longue robe jaune d'or et une tiare avec des brillants.

— Tu seras le prince ! lui lança-t-elle. Tu dois tuer le dragon. C'est ta mission.

Nick caressa la chèvre.

— C'est ton dragon ?

— Mais non ! C'est une chèvre ! Elle s'appelle Fifi.

— Et toi, comment tu t'appelles ?

La fillette rejeta les cheveux en arrière avec un geste princier. Elle avait le visage constellé de taches de rousseur.

— Moi, je suis la princesse papillon.

Elle était comme un rayon de soleil dans un jour de brume. Nick aurait voulu passer le reste de la journée avec la princesse papillon et sa chevrette pour oublier les avocats et les comptables qui le harcelaient depuis le début de la matinée.

Soudain, Kelly s'approcha. Elle était vêtue d'un drap pourpre qui faisait office de cape et avait sur la tête une couronne de carton peint. Deux autres enfants, plus jeunes, et un lama la suivaient.

— Bonjour, Nick ! s'exclama-t-elle en lui faisant un petit signe.

Elle s'adressa à la princesse papillon.

— Le dragon est tout proche ! gronda-t-elle.

La princesse papillon se cacha derrière Nick.

— Toi, capture-le ! lui intima-t-elle. Tu es fort.

Nick adopta une pose digne d'un héros et un ton impérieux.

— Dragon ! Je te bannis du royaume de la princesse papillon ! Tu es désormais mort.

Kelly rejeta sa cape et retira sa couronne.

— Oh… je suis un dragon banni… Ma vie me fuit. J'expire.

Les enfants se précipitèrent vers elle.

— Non, non, dragon, ne meurs pas ! Il ne faut pas !

— Ah bon ? fit Kelly, surprise.

— Mais non ! Tu vas te transformer en princesse.

— Alors je serai la princesse Kelly ?

Ces conclusions prononcées, elle renvoya les enfants vers la maison et sourit à Nick en se recoiffant d'une main.

— Merci d'avoir participé au jeu.

— Je vous en prie. Je ne savais pas que vous étiez aussi féroce, Kelly !

— Oh ! vous n'avez rien vu ! Je suis inégalable quand il s'agit de cracher du feu !

Elle plia soigneusement son drap rouge.

— Vous n'aviez pas besoin de venir jusqu'ici…

— La vue de cette maison à elle seule vaut le déplacement !

— Atypique, n'est-ce pas ?

— Oui, je n'ai jamais vu une bâtisse pareille. Je la trouve extraordinaire. J'ai fait bâtir une maison, à Aspen, qui ressemble à une soucoupe volante, et une autre qui est une espèce de château gothique pour une star du rock. C'étaient des projets intéressants, mais le résultat n'est pas aussi extraordinaire que cette demeure.

— Ses habitants ont su lui donner son charme.

— Une maison n'est finalement qu'un coquillage.

A ces mots, Kelly lui posa la main sur l'épaule et leva les yeux vers lui. Son regard vert chercha le sien.

— Je suis sincèrement désolée pour votre oncle.

Nick fut touché par ses paroles sobres.

— Merci, Kelly.

— Parlez-moi de Samuel.

— C'était un excentrique.

Mais un excentrique dont il avait apprécié la créativité et les perspectives visionnaires.

— J'admirais son talent. Nous ne nous parlions pas tous les jours, mais nous étions proches. Parce que nous nous comprenions. Du moins, je le pensais. Son suicide me prouve le contraire. Si je m'étais douté…

Sans dire un mot cette fois, Kelly noua les bras autour de sa taille et posa la tête sur son torse.

Nick n'avait guère eu le temps de s'appesantir sur sa peine depuis qu'il avait vu son oncle blessé et inanima, puis, appris sa mort. Depuis la veille au soir, il n'avait pas eu une minute à lui pour revenir sur ces tragiques événements mais, quand les bras de Kelly l'enveloppèrent, il lâcha prise. Pourtant sa tristesse, immense, côtoyait aussi la colère. Comment Samuel avait-il pu se donner la mort ? Pourquoi ?

Nick s'en voulait de ne pas avoir été plus attentif, de ne pas avoir pris le temps de parler à Samuel, de ne pas lui avoir rendu plus souvent visite, et, pour finir, de ne pas avoir décelé son mal de vivre.

Il posa le menton sur la tête de Kelly et l'odeur de framboise de son shampoing lui fit tourner la tête.

— Il va me manquer, murmura-t-il, la serrant dans ses bras.

Au bout d'un moment, Kelly recula. Aussi facilement qu'ils s'étaient réunis, et unis, ils furent séparés. L'émotion étreignit Nick. Rien n'avait été plus naturel que de tenir Kelly dans ses bras.

— Je suis content d'être venu, reprit-il. Je suis également content de vous revoir, Kelly. J'avais besoin de m'éloigner de Marian et des avocats.

— Si j'ai bien compris, personne chez Spencer Entreprises ne connaît ce Trask ?

— Non. Montrez-moi sa carte de visite.

Kelly la lui tendit. Le vélin comportait seulement un nom et un numéro de téléphone.

— Trask semblait surtout s'intéresser aux derniers mots que Samuel avait pu prononcer. Il ne m'a pas crue quand je lui ai répondu que je ne me souvenais de rien de précis, ou de cohérent.

Nick revit Kelly se pencher sur son oncle.

— Samuel a parlé ?

— Oui. Mais il était presque inconscient, il marmonnait. Il m'a demandé de fermer la porte. Il devait parler de la porte de son bureau, que vous veniez de fracasser.

Mais il y avait aussi la porte de l'armoire se trouvant dans le bureau, songea Nick. Par acquit de conscience, il l'avait ouverte et avait regardé à l'intérieur pour être certain que personne ne s'y était caché.

— Quoi d'autre ?

— Il a répété le mot « or » à plusieurs reprises. Il a aussi parlé d'un « cœur de pierre ». Cela m'a rappelé une chanson country. Cela vous évoque quelque chose, Nick ?

— Non. Vous avez dit que Trask ne vous avait pas crue. Pourquoi ?

Elle fit une moue.

— Je ne sais pas… Il a insisté et a affirmé que je ferais mieux de parler.

— Cela ressemble à des menaces.

— J'en ai eu l'impression, oui. Mais je n'en ai pas compris la raison.

Elle fronça les sourcils.

— Ce Trask est un individu très désagréable.

— Je n'aime pas ses manières, confirma Nick.

— Moi non plus. Surtout, je n'aime pas qu'il soit venu chez Serena. Si Trask est dangereux, je ne veux pas qu'il s'approche de mon amie et de ses enfants.

— Je suis d'accord avec vous. Nous allons essayer de le débusquer au plus vite. Je vous propose de revenir avec moi, à l'immeuble Spencer, pour nous pencher sur la question.

— Si vous voulez. Mais avant je dois me changer : je ne suis guère présentable.

— Vous trouvez ? Votre costume de dragon me plaisait bien…

Ils s'approchèrent de la maison.

— Combien de personnes y habitent ?

— Serena et Nigel, leurs trois enfants et un bébé. La sœur de Serena y séjourne actuellement. Je partage ma chambre avec elle.

— Vous projetez de rester encore longtemps dans la région ?

— Je ne sais pas encore.

Elle haussa les épaules.

— Serena m'a appelée à la rescousse pour que je m'occupe de ses patientes pendant deux semaines et, depuis mon arrivée, je me rends compte que le Colorado me manque. J'ai toujours aimé les montagnes. Je suis ici chez moi. Quand Serena reprendra son activité, je ne sais pas encore si je m'y fixerai… Cela dit, j'ai rendu les clés de mon appartement d'Austin.

— Il semble donc que vous soyez revenue définitivement ?

Nick ne pouvait cacher sa satisfaction. Il voulait revoir Kelly, mieux la connaître, et cela prendrait sans doute plus de deux semaines.

— Vous envisagez de séjourner chez Serena ?

— Oh non. Je l'adore, et j'adore ses enfants, mais j'ai besoin d'avoir mon espace, ma vie privée.

Ils entrèrent dans une grande pièce avec un plafond à poutres apparentes. Trois enfants chantaient une comptine, en s'accompagnant de tambourins. Serena et Nigel les applaudirent quand ils eurent terminé, et Kelly put faire les présentations. Puis elle s'éclipsa pour se changer.

Nick dévisagea Nigel, dont les traits lui paraissaient familiers.

— Vous travaillez à l'immeuble Spencer ?

— Je collabore avec des sociétés d'informatique qui y ont leur siège. Ma femme m'a raconté que vous aviez montré l'or de la mine Valiant à Kelly.

— Vous aimeriez que je vous le montre ?

— Volontiers !

— Je suis heureuse que vous ayez fait la connaissance de Kelly, intervint Serena. J'aimerais tant qu'elle reste à Valiant, et qu'elle échange le fardeau de son passé contre un avenir plus léger.

Kelly revenait, vêtue d'un pantalon kaki, d'un T-shirt blanc et d'une veste bordeaux.

— Nous devons y aller, lança-t-elle.

— Pas tout de suite ! intervint Serena. Il y a encore tant de choses que j'aimerais confier, sur toi, à Nick.

— Et j'ai très envie de les entendre ! déclara Nick chaleureusement.

— Eh bien, ce sera pour une autre fois ! les coupa Kelly.

Sur ces mots, elle prit Nick par le bras et le conduisit dehors. Là, elle poussa un gros soupir.

— Serena est une redoutable entremetteuse... Désolée.

— Mais non ! Votre amie et son mari sont très sympathiques. Et je ne demande pas mieux que d'apprendre à vous connaître.

Fifi trottait devant la maison, le drap rouge entre ses dents.

— J'aime beaucoup cette ménagerie ! conclut Nick en riant franchement.

Il était conquis. Il en oubliait presque les raisons de sa venue, son inquiétude pour la sécurité de Kelly. Mais la présence d'une limousine noire, garée près de la boîte aux lettres au bout du chemin privatif, le rappela à la réalité.

— Qui ça peut être ? lui demanda Kelly, qui avait suivi son regard.

— Aucune idée. Mais j'ai l'intention de le découvrir. Je vous conseille de rentrer pendant que je m'entretiens avec les occupants de ce véhicule.

— Si ces individus s'intéressent à la mort de Samuel, et sont liés, de près ou de loin à ce Trask, c'est sans doute moi qu'ils veulent rencontrer, donc je vous accompagne.

Nick ne discuta pas sa décision.

— Voilà ma stratégie : je vais reprendre la route afin que la limousine nous suive. Quand nous serons assez loin, je m'enquerrai des intentions de leurs occupants. Je ne veux pas que la princesse papillon et la chevrette, ou les lamas, s'en approchent. Je ne veux prendre aucun risque.

— Quand des enfants sont en danger, je ne réponds plus de moi !

Nick sourit.

— Ainsi parlent les dragons assoiffés de sang.

Sur ces entrefaites, il lui ouvrit la portière passager. En dépit de ses derniers mots plutôt taquins, il était soucieux. Pourquoi cette limousine était-elle venue jusque chez Serena ? L'y avait-on suivi ? Qui étaient ses occupants ? Que cherchaient-ils ?

Il prit la route. Comme prévu, le véhicule suivit. Allait-il affronter ses passagers ou plutôt avertir la police ?

Il n'était pas particulièrement satisfait des conclusions des agents du FBI de l'antenne locale du Colorado : ces derniers avaient tout de suite accrédité la thèse du suicide de Samuel et considéraient l'affaire comme presque close. Nick n'était pas de cet avis. L'enquête aurait dû être plus approfondie, et il avait envie de mener la sienne de son côté.

Kelly sortait déjà son portable.

— Voulez-vous que j'appelle le 911 ?

— Non. Pas encore. Je veux d'abord connaître l'identité de ces personnes. Et savoir ce qu'elles veulent.

Sur ces mots, il se gara non loin d'une caserne de pompiers, un endroit idéal pour appréhender ces gens, si besoin.

— Vous êtes armé ? lui demanda Kelly.

Il sourit. Il était architecte, pas tireur d'élite.

— Ne vous inquiétez pas, je n'ai pas l'intention de les provoquer, seulement de me renseigner. Mais je vous conseille de rester à l'abri dans la voiture et de verrouiller les portières. Mettez-vous derrière le volant, afin que nous puissions prendre la route au plus vite, si nécessaire.

— Vos intentions sont pacifiques, mais je n'aime pas du tout la tournure que prennent les événements.

— Ne vous faites pas de souci, Kelly, répéta Nick. Je serai vite de retour.

Il descendit de la voiture en même temps que le chauffeur de la limousine, un homme trapu avec un cou rougeaud. Sans doute un garde du corps.

— Monsieur Spencer ? l'interpella ce dernier d'une voix posée. M. Barry Radcliff aimerait vous parler.

Sa politesse obséquieuse était franchement déplacée. Nick le dévisagea.

— Pourquoi m'avez-vous suivi ?

— Pour des raisons pratiques.

Sur ces paroles placides, le chauffeur et garde du corps de ce Barry Radcliff lui ouvrit la portière de la limousine. Nick y monta, inquiet.

5

Lundi, 12 h 48

Kelly jeta un œil dans le rétroviseur : Nick s'engouffrait dans la limousine aux vitres teintées. Aussi, elle garda son portable en main, prête à appeler la police au besoin.

Le chauffeur referma la portière derrière Nick et se posta devant le capot, observant la route et la forêt environnante. Son attitude semblait détendue, mais il était certainement armé, prêt à dégainer.

En ce milieu de journée, le soleil étincelait sur la carrosserie de la limousine et Kelly en détourna les yeux avec une grimace. Elle détestait ces véhicules au luxe ostentatoire. Son ex-mari insistait toujours pour en louer quand ils se rendaient à des soirées de gala : Ted aimait tant afficher qu'il avait de l'argent. Même les boutons de manchette de son smoking étaient en diamant. Il était doté d'un extraordinaire charisme et son élégance attirait toujours les regards. Mais elle, elle était invariablement dans son sillage, se répétant sans cesse que jamais, au grand jamais, elle ne serait aussi belle et aussi séduisante que son mari.

En dépit des efforts de Ted, elle n'avait jamais réussi à acquérir un peu de son aplomb et de sa classe. C'était source de frictions entre eux. Ted avait besoin d'une épouse à la hauteur de ses ambitions. Il voulait en effet devenir partenaire associé dans le meilleur cabinet d'avocats de Denver avant ses trente-cinq ans, et travaillait d'arrache-pied pour atteindre son objectif. Il attendait donc qu'elle se joigne à ses efforts, joue son rôle d'épouse soignée, jolie et invariablement souriante, qu'elle le soutienne en toute occasion. Kelly y avait misérablement échoué.

Non seulement elle avait toujours détesté les mondanités, mais sa profession n'était pas non plus très glamour. D'ailleurs, Ted la présentait comme étudiante en médecine, jamais en tant qu'infirmière.

Ce mépris lui avait été insupportable, d'autant qu'elle était très fière de son métier qu'elle adorait. Finalement, elle avait renoncé à jouer un rôle, même pour assouvir les ambitions de Ted. Au lieu de le suivre dans des soirées interminables, vêtue de robes et de chaussures luxueuses, elle restait à la maison. De son côté, Ted avait été soulagé d'assister seul à ces événements mondains sans avoir à subir la présence d'une épouse timide et au supplice, même dans ses plus beaux atours et bijoux.

La nouvelle épouse de Ted raffolait au contraire des galas et autres réjouissances de ce type. Tous deux formaient un couple idéal et puissant, qui prenait de plus en plus d'importance sur la scène politique du Colorado. Ils avaient déjà un enfant, alors que Ted n'en avait jamais voulu auparavant.

De nouveau, Kelly jeta un regard dans le rétroviseur. Mais Nick ne revenait toujours pas.

Le destin lui avait fait un drôle de clin d'œil la veille, songea-t-elle. Lui faire rencontrer un homme en smoking, de retour d'un gala ! Nick Spencer était-il comme son ex-mari ? Non ! Si Ted avait le charme des politiciens, il était froid et distant, tandis que Nick avait un naturel désarmant qui le rendait encore plus séduisant. Il avait aussi de l'humour. Et il l'avait complimentée, sincèrement, sur ses talents d'infirmière.

Kelly ne put réprimer un sourire. Mais, aussitôt, elle s'intima la prudence. Dès que Nick insisterait pour qu'elle enfile des escarpins Manolo, elle s'enfuirait !

Elle secoua la tête, amusée par le fil de ses pensées, et se détourna pour mieux regarder la limousine.

L'intérieur du véhicule, en cuir beige, évoquait un luxueux bureau. Son occupant s'était présenté à Nick sous le nom de Barry Radcliff. Il était assis sur la banquette du fond, derrière une table où se trouvait un ordinateur portable. Une imprimante et un fax étaient disposés sur une étagère, sous l'espace de séparation entre le chauffeur et l'arrière de la limousine.

Barry Radcliff était accompagné par une ravissante jeune femme brune dont la minijupe dévoilait de longues jambes fuselées mises en valeur par des spartiates aux lanières argentées. Ses cheveux dénoués bouclaient et retombaient sur ses épaules. Son corsage, très échancré, attirait le regard.

Barry Radcliff la lui présenta. C'était son avocate.

— Ne vous laissez surtout pas abuser par sa beauté ! ajouta-t-il. Francine est diplômée de la faculté de droit de Stanford et a été qualifiée pour les Jeux olympiques.

— Quel sport ? s'enquit Nick, plus par politesse que par réel intérêt.

— Volley-ball de plage.

Voilà qui était insolite.

— Pourquoi voulez-vous me rencontrer ? demanda-t-il ensuite.

— Votre oncle et moi avions signé un contrat, répondit Barry Radcliff. Je veux m'assurer qu'il reste valide.

— Vous devriez plutôt vous adresser aux avocats de Spencer Entreprises. Ils sont mieux informés que moi.

— Ça n'est pas mon style.

Le style de Radcliff était en effet sujet à caution, pensa Nick. Il portait des colliers en or et une chemise à fines rayures bleues et dorées dont les quatre boutons du haut étaient défaits, laissant voir son torse. Ses cheveux noirs, épais, étaient rejetés en arrière et maintenus par du gel. Il était bronzé : sans doute passait-il plus de temps sur un yacht ou sur un terrain de golf que dans cette limousine ou ses bureaux.

— Votre oncle m'a emprunté un million de dollars. Il devait me rembourser cette somme précisément hier. Je veux récupérer mon argent.

— Vous devrez vous montrer patient, monsieur Radcliff. Mon oncle a une fortune considérable, et la succession risque d'être longue et complexe.

— D'où l'objet de ma démarche, Spencer : je vous donne jusqu'à mardi prochain pour me rembourser, sinon je m'emparerai de la garantie que Samuel m'a donnée en cas de non-remboursement.

— Vous voulez dire, l'or de la mine Valiant ? Si mon oncle n'honorait pas le remboursement, il vous donnait le droit de saisir cet or afin de récupérer le montant des sommes dues ?

— C'est exact.

Barry Radcliff se renversa sur son siège.

— Montrez-lui le contrat, mon chou.

La jeune femme diplômée de Stanford et championne de volley-ball de plage resta indifférente au ton familier de son employeur, et sortit d'un dossier la copie d'un document qu'elle tendit à Nick.

Il le parcourut à la hâte.

Deux mois plus tôt, un peu après le 1er janvier, Samuel avait emprunté un million de dollars à Barry Radcliff. Si ce montant et les intérêts — qui s'élevaient à une centaine de milliers de dollars — n'étaient pas remboursés à la date due, Radcliff était en droit de saisir une partie de l'or de la mine Valiant. La signature, en bas du document, était bien celle de Samuel.

— Les termes de ce contrat sont très clairs, déclara Nick. Mais je dois le transmettre aux avocats de notre société pour qu'ils en vérifient la conformité.

— Ça n'est pas un contrat concernant Spencer Entreprises, objecta Radcliff. C'est un contrat entre Samuel et moi. C'est pourquoi je m'adresse à vous, en tant que représentant de la famille Spencer.

— Savez-vous pourquoi mon oncle avait besoin d'une telle somme ?

— Non, répondit Radcliff d'un ton net. Je peux compter sur vous, Spencer ?

— Je vais réfléchir.

Nick était tenté de déchirer le contrat et de laisser l'avocate de Radcliff porter l'affaire devant la justice mais, en l'honneur de son oncle, ne devait-il pas honorer sa dette ? Le projet de Samuel devait être particulièrement important pour offrir, en garantie, le trésor familial. Le découvrir lui permettrait peut-être de comprendre la raison de son suicide.

— J'ai une question, reprit-il. Samuel vous semblait-il

déprimé la dernière fois que vous l'avez rencontré ? Nerveux ? Paniqué ?

— Non, il allait bien. Entre nous, Spencer, j'appréciais beaucoup votre oncle. Il prenait des risques, et ça me plaisait. De nos jours, la plupart des décisions sont prises par des conseils d'administration frileux. Samuel, lui, avait de l'aplomb. De l'enthousiasme !

Voilà une description qui ne correspondait pas à celle d'un homme sur le point de se suicider, songea Nick, perplexe. En outre, Radcliff avait de Samuel une image assez juste. Cela le rendait plutôt sympathique.

— Je vous rembourserai, Radcliff. Vous pouvez me faire confiance.

— Dommage, laissa tomber Barry Radcliff. J'aurais aimé posséder l'or de la mine Valiant.

Nick ouvrit la portière de la limousine.

— La prochaine fois que vous voudrez me joindre, je vous prie de me téléphoner, plutôt que de me filer.

— Pour un premier contact, je préfère une rencontre de visu, alors vous me pardonnerez cette procédure inhabituelle et un peu brutale.

Nick contint un sourire, légèrement amusé.

— Comment puis-je vous contacter, de mon côté ?

Radcliff fit un petit signe à son avocate, qui lui tendit une carte de visite. Là-dessus, Nick sortit de la limousine, adressa un signe au chauffeur et regagna son véhicule.

Quand il en eut refermé la portière passager, il parcourut de nouveau le contrat que Samuel et Barry Radcliff avaient signé. Il examina ensuite la carte de visite de Radcliff, qui énumérait cinq sociétés dont trois semblaient liées au forage du pétrole.

— Que s'est-il passé, Nick ? lui demanda Kelly. Tout va bien ?

— C'est difficile à dire. Je suis dans la confusion la plus totale. Pour commencer, l'intérieur de cette limousine est aménagé comme un vrai bureau… J'y ai fait la connaissance d'un certain Barry Radcliff. Un homme d'affaires bronzé comme s'il passait le plus clair de son temps à Miami ou à Las Vegas. A moins qu'il ne joue beaucoup au golf ? Je n'en sais rien et, à vrai dire, ça n'a aucune importance.

— Que vous voulait-il ?

— Mon oncle lui a emprunté un million de dollars deux mois avant sa mort.

— Quand même !

— Je ne vous le fais pas dire…

Réunir une somme pareille, intérêts compris, était une vraie gageure, d'autant que Marian Whitman ne cessait de répéter que Spencer Entreprises était étranglée par les dettes. La veille au soir, elle avait même insisté pour qu'il affronte son oncle et le force à renoncer à certains de ses projets en cours. Mais Samuel ne renonçait jamais. Quand il avait une idée en tête et besoin de financement, il en cherchait et trouvait toujours.

Soudain, la limousine les doubla. L'une des vitres de la portière coulissa, et la main de l'avocate s'agita. Puis la limousine prit de la vitesse et disparut de leur vue.

— Qui est cette personne ? s'enquit Kelly.

— L'avocate de Radcliff. Et, accessoirement, une championne olympique de volley-ball de plage.

— C'est ça, et moi je suis top model.

— Toute cette histoire semble insensée, mais c'est la pure vérité, lâcha Nick avec un soupir. D'ailleurs, voici un contrat en bonne et due forme entre Barry Radcliff et mon oncle. En cas de non-remboursement, Barry Radcliff mettra la main sur l'or de la mine Valiant.

— N'est-ce pas plutôt une affaire qui concerne Marian Whitman, la comptable ? Pourquoi Radcliff vous a-t-il d'abord contacté ?

— Parce que c'est un type intelligent. Il préfère s'adresser à moi, l'un des héritiers de Samuel Spencer prêt à honorer une dette de famille, plutôt qu'à Marian ou à nos autres avocats qui essaieront de dénoncer les termes du contrat.

Découvrir les raisons de cet emprunt lui permettrait peut-être de découvrir ce qui avait conduit Samuel à cet étrange suicide, songea-t-il de nouveau. Samuel n'était pas dépressif, il aimait la vie et ne s'excusait jamais. Son oncle était un impétueux qui assumait ses erreurs.

Kelly posa les mains sur le volant.

— Et maintenant ?

— Je veux comprendre pourquoi Samuel avait besoin d'un million de dollars.

— Il faudrait consulter les fichiers de son ordinateur.

— Il ne gardait pas toujours trace de ses projets. Et puis, il détestait les ordinateurs.

Nick savait pourtant comment obtenir les informations dont il avait besoin.

— Laissez-moi prendre le volant, Kelly. Nous allons chez Julia.

Etonnamment, sa conversation avec Barry Radcliff lui avait redonné de la force et de l'énergie. Il allait comprendre pourquoi Samuel s'était suicidé.

— Qui est Julia ? demanda Kelly, une fois qu'il eut démarré.

— Julia Starkey est la secrétaire de mon oncle depuis plus longtemps que je ne peux m'en souvenir. Elle travaille pour lui depuis presque trente ans. Elle l'a rencontré à l'époque où elle était mère célibataire avec deux jeunes enfants. Ils sont tombés fous amoureux l'un de l'autre.

— Samuel était marié à cette époque ?

— Mon oncle ne s'est jamais marié et Julia a été son seul amour. Vous comprendrez ses sentiments quand vous aurez vu la maison de Julia : il l'a dessinée pour elle.

— Comme cet empereur a fait édifier le Taj Mahal pour celle qu'il aimait ?

— A la différence que le Taj Mahal est un mausolée ! La maison de Julia a été conçue pour une femme qui aime la sérénité et l'ordre. Cette maison a quelque chose de mystérieux… Mon oncle Samuel aimait à dire qu'il n'avait jamais compris qui était Julia, même après toutes ces années.

Adolescent, il avait aidé son oncle à dessiner les plans de cette demeure, à en choisir les matériaux et à la faire construire. Cet été-là, il s'était initié à l'architecture et, conquis, avait décidé d'en faire son métier. Il en avait appris les techniques, mais Samuel lui avait aussi enseigné que l'inspiration, le souffle qui transformait une construction en une maison unique, était indissociable de la maîtrise de l'architecture.

Nick quitta la route pour prendre une voie privative. Plus tôt dans la journée, alors qu'il se trouvait dans l'immeuble Spencer, il avait remarqué que le bureau de Julia, à côté de celui de son oncle, était désert. Evidemment elle ne s'y rendrait pas aujourd'hui. Elle devait être ébranlée par la mort brutale de Samuel.

— Ça va, Kelly ? Vous êtes bien calme, tout à coup.

— J'aimerais qu'un homme m'aime au point de construire une maison rien que pour moi…

Elle lui adressa un sourire.

— C'est une preuve d'amour époustouflante.

Nick préféra ne pas renchérir.

— Ne vous y trompez pas, Kelly. Julia et Samuel n'étaient pas un couple particulièrement romantique. Samuel était certes un rêveur, mais Julia a toujours été une pragmatique. En fait, ils se disputaient sans cesse.

— Et Samuel ne l'a jamais épousée. Comme quoi, aucune relation amoureuse n'est parfaite…

Nick hocha la tête. A défaut de la perfection, inaccessible, il se serait volontiers contenté de la passion qui avait uni Samuel et Julia.

6

Lundi, 14 h 25

D'après la description de Nick, Kelly s'était attendue à un manoir doté de tourelles de coin, ou tout au moins à des excentricités architecturales de cet acabit. Elle fut déçue dans ses attentes.

La création de Samuel Spencer pour Julia Starkey n'était qu'un chalet de bois sombre et sobre, en pleine forêt. Au lieu de s'élever vers le ciel, elle était plate, trapue et de forme rectangulaire, et s'élevait sur trois étages.

— Cette demeure est assez discrète… A peine remarquable.

— Telle est Julia, répondit Nick. Vous jugerez par vous-même.

— Nous aurions dû l'appeler avant de passer, non ?

— Connaissant Julia, elle m'en aurait dissuadé. Or, j'ai besoin de découvrir quel était le dernier projet de Samuel. Elle seule peut me l'apprendre.

Une fois que Nick se fut garé, ils remontèrent l'allée jusqu'au perron. Le jardin était un agencement de pierres et de plantes évoquant le Japon. Quant au chalet, il se révélait plus original qu'il n'y paraissait. Certaines poutres de bois portaient des idéogrammes délicatement calligraphiés, et des vitraux de couleur avaient été installés à la place de certaines fenêtres. Composés d'éléments rouges, verts, bleus et violets, ils formaient au gré des rayons du soleil une mosaïque aux couleurs changeantes.

Si cette demeure symbolisait Julia, celle-ci devait être une femme intense et passionnée, quoiqu'un peu mystérieuse, songea Kelly.

Le son cristallin d'un carillon japonais invisible retentit soudain, et Julia leur ouvrit.

De nouveau, Kelly fut un peu déçue. Grande et mince, Julia était vêtue d'une jupe marron sans forme et d'un petit haut de la même couleur improbable. Ses cheveux gris étaient coupés très court et encadraient un visage anguleux. Au premier abord, elle n'avait rien de remarquable.

Nick fit les présentations.

— Toutes mes condoléances, déclara Kelly sobrement.

— C'est vous qui étiez avec Samuel quand il est mort ? demanda Julia sans détour.

— Avant qu'il ne meure, corrigea-t-elle. Il était à peine conscient.

— Pouvait-il parler ?

— Un peu.

— A-t-il prononcé mon nom ? reprit Julia avec vivacité.

Un élan de compassion envers cette femme seule et endeuillée saisit Kelly.

— Je suis désolée…

— Ça ne m'étonne pas de Samuel.

Sur ces mots, Julia ouvrit la porte en grand.

— Entrez, je vous en prie.

Nick pénétra dans le vestibule dallé avec l'aisance d'un habitué des lieux.

— J'aimerais que tu m'aides, Julia. J'ai quelques questions concernant la mort de Samuel.

— Son suicide ! rectifia-t-elle. Telles sont les conclusions de la police, n'est-ce pas ?

— C'est en effet l'opinion des experts. Les caméras de sécurité ne montrent personne quittant l'immeuble. Celles du dixième étage ne fonctionnaient pas, dimanche soir, mais ça n'a pas d'importance, puisque le bureau de Samuel est au neuvième. Et puis, la porte de son bureau était verrouillée et il tenait son arme. Un pistolet automatique calibre 45.

— Je sais, lâcha Julia.

Elle les conduisit dans un grand salon en contrebas dont l'élément le plus spectaculaire était une immense cheminée à l'ancienne. Les murs étaient blancs, seules quelques toiles se trouvaient pendues aux cimaises, mais la lumière qui passait par les vitres colorées suffisait à donner de la couleur aux murs. Cette tonalité changeante était pour le moins étrange dans une pièce aussi sobre, pensa Kelly.

— La police m'a déjà interrogée, reprit Julia. Les policiers voulaient savoir si je savais que Samuel possédait un calibre 45, et où il le conservait. Sans doute dans un coffre ? En tout cas, pas ici. Je doute qu'il ait emporté son arme au cours de ses récents déplacements.

— Ah bon, il se déplaçait souvent ces derniers temps ? Où ?

— Samuel ne me disait pas tout, Nick !

Julia semblait fâchée, mais elle se ressaisit et sourit.

— Puis-je vous offrir une tasse de thé ?

— Oui, volontiers, répondit Nick. Cela t'ennuie si je fais visiter la maison à Kelly ?

— Non, mais je te prie de ne pas lui montrer notre chambre à coucher. Cet endroit appartient à ton oncle et à moi. Sinon, bien entendu, vous pouvez visiter le reste. Aussi longtemps que je vivrai ici, tu seras le bienvenu, Nick.

Celui-ci prit le couloir.

— Venez, Kelly. Aucun espace n'est perdu ici. Même le couloir comporte des niches, avec des bergères ou un canapé, toujours près d'un vitrail de couleur. Les fenêtres donnent sur une fontaine et un bouddha en pierre. L'œil n'est jamais en repos… La transition d'une pièce à une autre est toujours un plaisir pour le regard.

Son enthousiasme était communicatif, songea Kelly en souriant spontanément. Nick était un architecte qui aimait son métier autant qu'elle le sien. En revanche, il ne semblait pas passionné par les responsabilités qui lui incombaient au sein de Spencer Entreprises.

— Il y a un passage secret dans la maison. Je ne peux pas vous le montrer parce que son accès est dans la chambre à coucher, mais c'est extraordinaire ! Si vous ne connaissez pas son existence, vous ne pouvez pas le trouver.

— Pourquoi installer un passage secret dans un chalet isolé en pleine forêt ?

— Parce que c'est amusant ! Inutile ! Les grands créateurs savent toujours vous surprendre.

Nick lui prit la main pour la conduire dans la bibliothèque, et ce geste fit courir sur son bras un délicieux frisson. La veille, un élan de sympathie spontané envers lui l'avait déjà transportée, un élan manifestement réciproque et qui se transformait de plus en plus en attirance.

Dans la bibliothèque, Nick la prit par les épaules et la

plaça devant un escalier en fer forgé qui desservait les trois étages. De chaque côté s'élevaient des étagères bien garnies. Kelly utilisait souvent une liseuse numérique, pour des raisons pratiques, mais elle préférait amplement les livres imprimés. Elle monta l'escalier, et déchiffra sur les étagères les titres des biographies, des recueils de poésie et des tout derniers romans policiers.

— C'est vraiment bien conçu ! Quand je pense à mes livres, toujours éparpillés dans mon ancienne maison. Lorsque j'ai quitté le Texas, j'en avais des caisses !

— Vous pouvez les donner…, proposa Nick.

— Jamais ! s'exclama-t-elle en portant la main à son cœur dans un geste mélodramatique.

Nick lui sourit, et elle rit. Leur complicité allait-elle devenir de l'amitié ? Elle ne voulait pas devenir son amie. Elle aspirait à un rôle plus exclusif dans la vie de Nick Spencer.

— Que pensez-vous de Julia ? lui demanda-t-il tout à coup.

Kelly hésita, car son opinion n'était pas très flatteuse. Certes, Julia était touchante d'avoir demandé si Samuel avait pensé à elle dans ses derniers instants, mais elle paraissait tout de même très froide.

— Ce ne sont pas les meilleures conditions pour faire connaissance d'une personne, biaisa-t-elle.

— Julia n'est pas très facile d'accès, en général.

— Et elle a peu d'amis, avança Kelly.

— J'ai l'impression que c'est une constatation, et non une question.

— Disons que Julia m'a l'air très seule : personne n'est là pour la réconforter alors qu'elle vient de perdre l'homme qu'elle aimait. J'aurais pensé que ses enfants, au moins, seraient à ses côtés.

— Annette, sa fille, est plutôt sympathique, mais Arthur est un imbécile !

De l'escalier, Kelly baissa les yeux sur Nick, qu'elle dominait d'une bonne tête. Cette perspective, assez inhabituelle, était plutôt plaisante.

— Nous devrions retourner auprès de Julia, dit-elle, redescendant déjà.

— Attendez, je vais vous aider !

Ce n'était pas nécessaire, mais il passa les mains autour de sa taille et la souleva sans difficulté. Kelly eut le souffle coupé par ce geste intime et, surtout, par leur soudaine proximité. Alors qu'il la reposait tout près de lui, un frisson délicieux la parcourut de nouveau, plus profondément encore.

Nick la prit par la main, et ils sortirent de la bibliothèque. Sa paume était grande, forte et virile quoiqu'un peu calleuse, mais la sensation n'était pas désagréable, loin de là. Il lui parla des projets sur lesquels il travaillait actuellement et elle se l'imagina, avec un vif plaisir, sur les chantiers, un plan en main.

Ils revinrent dans le grand salon, au moment où Julia sortait de la cuisine avec du thé et quelques biscuits sur un plateau. Kelly lâcha la main de Nick à contrecœur pour prendre place sur le sofa.

— Tu connaissais les derniers projets en date de Samuel ? demanda Nick à Julia pendant qu'il sucrait son thé.

— Il n'en avait pas, ces derniers temps.

— Mais il avait souvent des déplacements, dis-tu. Où se rendait-il ?

— Je t'ai déjà dit que je n'en savais rien. Il ne m'a même pas remis ses reçus pour se les faire rembourser.

Julia ponctua ces mots par un soupir exaspéré.

— Ton oncle ne se souciait guère de ce genre de détails, et encore moins de la gestion des comptes de la société.

Frappée par ce nouvel accès d'animosité, Kelly se tendit. Si Julia s'énervait pour quelques dépenses, elle serait furieuse quand elle apprendrait que Samuel avait emprunté un million de dollars.

— Samuel avait un projet particulier qui requérait également un financement particulier, reprit Nick. Cela t'évoque quelque chose ?

— Maintenant que j'y pense, j'ai vu quelques dépenses sur sa carte de crédit de la société. Il est descendu dans un motel, dans la petite ville qui se trouve non loin de la mine Valiant.

— A ton avis, pour quelle raison ?

Julia reposa sa tasse de thé et adressa un regard dur à Nick.

— Cesse de tourner autour du pot, Nick. Où veux-tu en venir ?

— Samuel a récemment emprunté un million de dollars.

Julia eut un haut-le-corps.

— Je n'y crois pas !

— Tu n'es donc pas au courant ?

— Non. Sinon il y en aurait trace dans les livres comptables.

— Normalement, oui. Marian et les avocats de la société auraient également dû être consultés pour la rédaction du contrat, mais, cette fois, Samuel a géré la transaction seul.

— Quel désastre, mon Dieu…, murmura Julia.

— J'ai besoin de savoir pourquoi Samuel avait besoin de cet argent. Pour un projet immobilier aux abords de la mine d'or ?

— Dans une zone sinistrée ? Pour un million de dollars ?

Julia haussa les épaules.

— C'est absurde. Même pour un homme aussi extravagant que Samuel. Et puis, il t'en aurait parlé, puisque tu travailles en montagne.

Kelly comprenait mal les aléas du marché immobilier mais, à ce qu'elle avait entendu, il était en perte de vitesse en montagne, car si les touristes étaient toujours au rendez-vous, les acheteurs, eux, se faisaient moins pressants. Pour autant, c'était une clientèle plutôt fortunée qui venait aux sports d'hiver, et la réhabilitation de granges ou fermes ainsi que la construction de chalets de grand luxe étaient autant d'invitation à résider en montagne.

— Peut-être ne s'agissait-il pas d'un projet immobilier de grande envergure, reprit Kelly. Seulement d'une nouvelle demeure de luxe destinée à un particulier fortuné ?

— Dans ce cas, l'acheteur aurait fait une avance, souligna Julia.

— Kelly a raison, objecta Nick. Samuel avait peut-être reçu une commande. Tu sais que c'est possible, Julia. Tu connaissais ses affaires.

Julia se leva et fit les cent pas devant la cheminée. Un rayon de soleil passa par un carreau rouge, colorant ses vêtements marron et informes. Le rouge allait bien avec sa mauvaise humeur, songea Kelly. De toute évidence, Julia Starkey n'aimait pas être laissée de côté, surtout quand il s'agissait d'argent.

— Tu affirmes que Samuel aurait négocié, seul, un prêt de cette importance ? Comment a-t-il pu convaincre le prêteur ? Ça n'est pas un homme d'affaires !

— Il a mis l'or de Valiant en garantie.

Cette information décupla la colère de Julia.

— De mieux en mieux. Le contrat est valide ? Légitime ?

— Oui.

— On risque donc de perdre l'or de la mine Valiant ?

— C'est possible. Nous le saurons seulement la semaine prochaine. J'ai promis de respecter l'engagement de Samuel. Si je ne le rembourse pas mardi prochain, le prêteur sera en droit d'exiger son dû.

— Et comment s'appelle l'imbécile qui a négocié avec Samuel ?

— Je l'ai rencontré tout à l'heure, et c'est loin d'être un imbécile, Julia. Il s'appelle Barry Radcliff.

— Radcliff !

Julia leva les bras au ciel.

— C'est de pire en pire !

— Tu le connais ?

— De réputation seulement, déclara Julia froidement. Surtout pour son manque de respect pour l'environnement. Il défend la fracturation hydraulique, une technique risquée qui utilise des millions de litres d'eau, de sable et de produits chimiques pour casser les feuilles de schiste et… Bref, je vous épargne les détails. Il y a plusieurs années, Radcliff a également participé à des projets d'exploitation minière à ciel ouvert, sur la côte Ouest. La rumeur affirme qu'il aurait employé des têtes brûlées, une véritable mafia d'individus tous plus douteux les uns que les autres !

Kelly déglutit. Si elle avait entendu cette description avant que Nick ne monte dans la limousine de Radcliff, elle aurait immédiatement appelé la police ! C'était un individu peu recommandable.

— Tu comprends donc mes inquiétudes, Julia, reprit Nick. Radcliff est roué. Nous risquons bel et bien de perdre une partie de l'or de Valiant.

— Mon Dieu, c'est un désastre, Nick !

Un silence tomba. Nick se leva, manifestement pressé de prendre congé. Mais, arrivé à la porte, il fit volte-face.

— Je n'aime pas l'idée de te laisser seule dans un moment pareil.

— Ne t'inquiète pas. Ça ira.

Julia était toujours sur la défensive.

— De toute façon, j'ai l'habitude d'être seule, lâcha-t-elle.

Les adieux furent un peu contraints.

Une fois que Nick eut démarré, Kelly reprit la parole :

— Qu'est-ce qu'elle a voulu dire, au juste, quand elle a affirmé qu'elle était toujours seule ? Votre oncle ne vivait pas avec elle ?

— Non.

— Et cependant, ils étaient en couple.

— Il y a des couples qui ont besoin de vivre séparément, pour des raisons diverses… Julia et Samuel avaient chacun leur propre maison. Peut-être parce que Julia est une maniaque de l'ordre et que mon oncle a toujours été désordonné.

Kelly ne répondit pas. Se marier avec Ted et vivre avec lui au quotidien s'étaient soldés par une catastrophe. A chaque couple ses habitudes, son rythme ou ses solutions.

— J'imagine que la maison de Samuel est spectaculaire ! dit-elle pour changer de sujet.

— Vous vous trompez… Mon oncle ne s'est jamais installé. Il emménageait quelque part, rénovait et, quand il avait terminé, déménageait. L'année dernière, il habitait dans un modeste immeuble.

Ils reprirent la route principale, qui offrait une vue panoramique sur la vallée et Valiant, nichée en son creux. Au sud, les monts Flatirons se découpaient sur le ciel.

— Vous pensez que le projet de Samuel est lié à la mine Valiant ?

— C'est une possibilité mais, avant, nous devons nous intéresser au détective qui travaille soi-disant au nom de Spencer Entreprises.

Kelly acquiesça.

Comparé à Radcliff et au million de dollars en balance, Trask ne pesait pas bien lourd. Du moins, elle l'espérait.

7

Lundi, 16 h 15

— Radcliff est un filou ! C'est de notoriété publique ! s'exclama Rod Esterhauser en frappant du plat de la main le bureau.

— Il a déjà fait l'objet de poursuites ? s'enquit Nick d'une voix calme.

Lorsqu'il s'entretenait avec le principal avocat de Spencer Entreprises, emporté et impulsif en dépit de ses talents oratoires, Nick s'efforçait de garder son sang-froid.

— Les gars de son espèce ne sont jamais poursuivis ! s'écria Rod en s'enflammant. Ils embauchent des crapules pour faire le sale boulot !

— Et des avocates championnes de volley-ball, laissa tomber Nick.

— Pardon ? demanda Rod, étonné. De quoi parlez-vous ?

Pour éviter que la discussion ne s'envenime, Nick lui tournait le dos et regardait par la fenêtre. De temps à autre, son regard se portait sur Kelly, à son côté. Il contemplait son profil, contenant chaque fois son désir de passer le bras autour de ses épaules. Vu les circonstances, cette pensée était déplacée, mais cela lui permettait de se mettre à distance des propos furieux de Rod Esterhauser et de conserver son calme.

Il se remit à contempler les collines sur lesquelles la nuit tombait. Son bureau, logé au dixième étage, juste au-dessus de celui de son oncle, offrait une vue magnifique.

Enfin, il fit volte-face.

— Nous allons honorer notre dette, Rod. Le contrat est inattaquable.

— Ce torchon ?

Rod agita le papier.

— Je peux le déchirer !

— Vous savez bien que vous ne le déchirerez pas.

Rod Esterhauser était un homme trapu avec d'épais cheveux gris coupés court. Il n'était pas un cow-boy et n'avait sans doute pas monté sur un cheval depuis des années, mais il affectionnait les costumes de coupe western et les cravates bolo.

— Vous êtes prêt à sacrifier une partie de l'or de la mine Valiant, Nick ? hurla-t-il.

Nick baissa les yeux sur sa table de travail. Comme il ne passait guère de temps dans ce bureau, celle-ci était presque déserte, à l'exception d'une photo de ses filles et de quelques objets insignifiants. Pourtant, il semblait y manquer quelque chose.

— Je n'ai pas peur, Rod. Je vais honorer la dette de Samuel parce que tel aurait été son désir, insista-t-il. Il y a eu une époque où les dirigeants de Spencer Entreprises concluaient leurs arrangements sur une seule poignée de main.

— C'était avant la crise financière et immobilière.

— Soit c'est Spencer Entreprises qui honore la dette, insista Nick, soit c'est moi.

— Comment pensez-vous réunir un million de dollars en une semaine ?

— J'y arriverai ! martela-t-il, avec plus d'assurance qu'il n'en avait.

Son patrimoine se composait de biens fonciers, placements financiers et stock-options, mais il n'en avait pas le montant en tête. Quant aux délais pour convertir tout cela en liquidités, il ne les connaissait pas.

Rod secoua la tête.

— Marian va être furieuse. Votre frère aussi. Au fait, Jared rentre vendredi.

— Tant pis. J'ai pris ma décision. Sinon, où en est la police concernant l'enquête sur la mort de Samuel ?

— Vous savez bien qu'elle a conclu au suicide. L'équipe de la police technique et scientifique n'a trouvé aucune trace suspecte, ni d'indices que Samuel aurait été tué. De toute façon, c'est impossible : il était seul dans son bureau fermé à clé.

— Et pourtant, ça me semble bizarre, déclara Nick, perplexe.

— Je suis d'accord avec vous.

Rod se laissa tomber dans un fauteuil.

— Votre oncle et moi, on avait beaucoup de dissensions, mais j'ai toujours apprécié sa fougue. Samuel n'a jamais eu de tendances suicidaires, ou à la contrition.

Nick tourna les yeux vers Kelly qui, devant la bibliothèque, lisait les titres des livres. Il revit son enthousiasme dans la bibliothèque de Julia. Soudain, elle se baissa et ramassa un objet qu'il ne distingua pas, puis elle s'approcha de son bureau et lui montra un morceau de pyrite.

— Qu'est-ce que c'est ?

— C'est l'or des fous : le surnom de la pyrite.

Voilà ce qui manquait sur son bureau. Il replaça le minerai à sa place et revint au sujet qui l'occupait.

— Qu'est-ce que vous avez trouvé sur Trask, le faux détective privé qui a harcelé Kelly ?

— O'Shea s'en occupe.

Rod sortit son téléphone portable.

— Je vais l'appeler pour en savoir plus.

Kelly posa sa main sur le bras de Nick.

— Je peux vous aider à effectuer son portrait-robot. Ensuite, je téléphonerai à Serena pour qu'elle passe me chercher.

— Je préférerais que vous séjourniez ailleurs pendant quelque temps, pour votre sécurité et celle de votre amie, repartit Nick, inquiet. Je peux m'en occuper.

— Je comprends, mais je ne veux pas non plus vous causer de dérangement. Vous avez assez de soucis pour le moment.

Elle se tut et reprit en hésitant :

— Nick… vous pensez vraiment que je suis en danger ?

— J'espère que non, mais on n'est jamais trop prudent.

Rod referma son portable et se renversa dans son fauteuil.

— O'Shea arrive.

— Quand nous sommes revenus devant l'immeuble Spencer, nous avons vu des camions de télévision, déclara Nick. Les médias ne nous lâchent plus.

— La famille Spencer suscite toujours la curiosité. Tout le monde, du gouverneur au citoyen lambda, la connaît dans le Colorado.

Rod croisa les doigts sur son ventre.

— Ne vous inquiétez pas, Nick. O'Shea s'en occupe.

Les vigiles vont interdire l'accès du bâtiment aux journalistes, et surveiller la maison de votre belle-sœur. Si je puis me permettre, vous devriez dire deux mots à Lauren. Elle est assez troublée et, dans son état, ça n'est pas souhaitable.

Nick était contrarié par la présence des médias sans en être surpris. Les Spencer étaient effectivement connus dans tout le Colorado ; journalistes et photographes avaient même été présents à son mariage et à celui de son frère Jared. Plus récemment, il avait été classé dans un magazine parmi les célibataires les plus en vue et les plus séduisants.

Craig O'Shea entra dans son bureau quelques minutes plus tard. Avec ses cheveux en désordre, son jean délavé et son sweat-shirt trop grand, il ressemblait davantage à un ado passionné de snowboard qu'à un détective privé. Mais selon O'Shea, son apparence banale était son meilleur atout : les gens lui fournissaient des explications sans qu'il lui soit nécessaire de les interroger.

— J'ai un nouvel indice sur la mort de Samuel Spencer ! s'exclama-t-il.

— Dites-nous d'abord si vous avez obtenu des informations sur Trask, objecta Rod. Dans les circonstances actuelles, c'est le plus important.

— Je n'ai rien trouvé sur le dénommé Y. E. Trask. Quand je dis « rien », c'est zéro, *nada*. Il ne figure nulle part. Personne n'a jamais entendu parler de lui.

O'Shea parlait si vite qu'il avalait ses mots. Il fit une pause pour reprendre son souffle.

— Il n'existe pas de casier judiciaire à ce nom, ni de permis de conduire. Il n'existe pas !

— Je peux vous le décrire précisément, intervint Kelly. Il a des cheveux blancs.

— Je le sais déjà. Il est donc âgé ? interrogea O'Shea.

— Non, à mon avis, il a blanchi prématurément : il n'a pas quarante ans.

Kelly fouilla dans son sac.

— Voilà sa carte. Vous y trouverez peut-être ses empreintes ?

— Je peux toujours essayer…

O'Shea prit la carte par l'un des coins.

— Mais n'y comptez pas trop. La vraie vie, ça n'est pas comme dans les séries télévisées. Bon, on a terminé avec Trask ?

— Pas encore, répondit Nick. Le fait que vous n'ayez rien trouvé a forcément une signification.

— Bien entendu : Y. E. Trask n'existe pas. C'est un faux nom, déclara O'Shea en mettant la carte de visite dans un petit sachet en plastique.

— Il pourrait travailler pour Barry Radcliff ?

En ce cas, Kelly était bel et bien en danger, songea Nick. Mais au moins le danger serait vite circonscrit.

— Je vais vérifier, assura O'Shea. Maintenant, je vais vous annoncer la nouvelle du jour !

Sur ce, il se tut. Il ménageait évidemment ses effets.

— Il s'agit du rapport d'autopsie ! C'est étonnant que nous l'ayons déjà. Rod a fait appel à ses relations, mais je n'en suis pas moins impressionné. Comme le médecin légiste. Mais pour d'autres raisons.

— Qu'est-ce qu'il a découvert ?

— Je vais vous faire une démonstration, cela vaudra toutes les explications. Levez-vous, Nick.

Nick obtempéra. O'Shea se plaça à côté de lui. Puis il pointa le doigt sur la moquette.

— Samuel était devant son bureau, n'est-ce pas ?

— Juste là, en effet, répondit Nick d'une voix brève.

Il n'avait pas envie de se remémorer la scène.

— Si Samuel s'est suicidé, il aurait positionné l'arme là, pas là, et ensuite il aurait tiré.

Sur ces mots, O'Shea replia l'annulaire et l'auriculaire avec le pouce pour figurer un pistolet, toujours pour illustrer ses propos, et les pointa sur la poitrine de Nick.

La curiosité de Nick s'éveilla.

— *S'il* s'est suicidé ?

— Eh oui. Selon l'expertise balistique, la balle est entrée assez haut et ne correspond pas au geste qu'accomplit une personne qui retourne une arme contre elle, poursuivit O'Shea. Votre main aura tendance à se diriger vers le bas.

— Pas nécessairement, répondit Nick avec difficulté.

Cette conversation lui était pénible.

— Il a pu braquer l'arme vers le haut.

— Essayez plutôt, continua O'Shea. Retournez l'arme contre vous.

Mais Nick se figea, soudain frappé par une évidence.

— Bon sang, Samuel était gaucher ! Il n'a pas pu se suicider en tirant de la main droite !

Il aurait dû s'en rendre compte la veille, quand il avait retiré le calibre 45 de la main droite de Samuel. Ils avaient perdu un temps précieux…

Mais, déjà, une autre question se posait : comment le meurtrier était-il sorti du bureau de son oncle ? Et puis, quel était son mobile ?

Kelly était impatiente de rentrer chez Serena. Les chèvres, les lamas et les enfants lui offriraient une distraction bienvenue après un rapport d'autopsie qui accréditait la thèse d'un assassinat maquillé en suicide et une enquête criminelle qui remettait la police sur le devant de la scène.

Mais elle avait promis à Nick qu'elle ne quitterait pas l'immeuble Spencer tant que O'Shea n'aurait pas obtenu davantage d'informations sur Trask. Aussi, elle resta dans le bureau de Nick jusqu'à la nuit tombée.

De son côté, Nick était sur tous les fronts. Même s'il n'élevait jamais la voix et restait calme au milieu de l'agitation générale, il restait indiscutablement le leader. On ne cessait de le solliciter, et jamais il ne se dérobait. Soudain, il se tourna vers elle.

— Vous vous ennuyez ?

— Je regrette seulement de ne pas pouvoir vous aider plus.

Il lui sourit.

— Votre présence me soutient, et c'est beaucoup… O'Shea n'a toujours aucune trace de Trask : c'est l'homme invisible. Personne ne sait qui il est, s'il travaille pour le compte de Radcliff ou d'un autre individu.

— Conclusion ?

— Je veux qu'on cherche jusqu'à ce que j'en aie le cœur net, répondit Nick simplement. Je peux m'organiser de façon à ce que vous passiez la nuit chez moi, mais vous pouvez aussi rentrer chez Serena : des vigiles surveillent les abords de sa maison.

— Je ne veux pas faire courir de risques à Serena et aux siens. D'un autre côté, je suis presque certaine que Trask a déjà obtenu ce qu'il voulait de ma part.

— Que voulez-vous dire ?

— Nous savons maintenant que votre oncle a été assassiné. Je comprends donc mieux pourquoi Trask m'a contactée : il voulait savoir si Samuel avait prononcé le nom de son assassin, du moins révéler un indice le concernant, avant de mourir.

Nick haussa les sourcils.

— A votre avis, Trask serait le complice du meurtrier ?

— C'est probable. Mais il sait que je ne représente désormais plus aucune menace.

Nick lui saisit la main avec élan.

— Je préférerais néanmoins vous inviter à passer la nuit chez moi. Si jamais il vous arrivait quelque chose, je ne le supporterais pas. Vous savoir proche calmerait mes inquiétudes.

Kelly fut touchée par sa sincérité et son inquiétude, réelles. Cela faisait longtemps qu'elle ne s'était sentie protégée. Peut-être même n'avait-elle jamais ressenti une telle sensation de sécurité. Passer la nuit chez Nick la tentait, mais était-ce bien raisonnable ?

— C'est gentil, mais je crois que je vais tout de même rentrer chez Serena et Nigel…

— Comme vous voulez. Lauren vient d'arriver : elle vous y reconduira.

— Ah bon, Lauren est là ? Mais le prochain cours n'aura lieu que demain soir.

— Ma belle-sœur est inquiète… Venez, nous allons la rejoindre.

Lauren était au neuvième étage, devant le bureau de Marian Whitman qu'elle accablait de plaintes. L'attitude de Marian, immobile et inébranlable, força l'admiration de Kelly. Son visage évoquait un masque kabuki et n'exprimait pas la moindre émotion.

— Vous avez fini ? interrogea-t-elle quand Lauren se fut tue.

Mains sur les hanches, Lauren la jaugea.

— Je vous ai énuméré sept problèmes pour lesquels j'ai besoin d'une solution, mais vous restez indifférente.

— L'organisation de la crémation de Samuel Spencer ne fait pas partie de mon travail, repartit froidement Marian. Je suis consciente que vous êtes l'épouse de Jared Spencer, le numéro un de Spencer Entreprises, mais si Jared était présent, il me demanderait plutôt de me concentrer sur Spencer Entreprises, et non sur vos soucis domestiques.

— Il y a un problème ? intervint Nick.

— Bien entendu ! s'exclama Lauren, scandalisée. Depuis ce matin, je ne cesse de recevoir des appels téléphoniques. Des fleurs sont livrées continûment, des proches de Samuel veulent que j'organise leur transfert de l'aéroport de Denver à Valiant. Tous voudraient séjourner chez moi.

— Tu as pourtant du personnel à ta disposition.

— Une gouvernante et un cuisinier à mi-temps ! Pour organiser un dîner, c'est parfait, mais pour accueillir des parents proches et lointains, préparer des chambres et gérer les repas, enfin, l'aspect logistique, c'est plus compliqué, et nettement moins festif. Et je ne te parle même pas des médias qui me harcèlent !

Lauren respirait vite. Hors d'haleine, elle s'adossa au mur.

— Calmez-vous, Lauren, lui conseilla Kelly, inquiète

qu'elle soit si stressée dans son état. Ecoutez, je crois que j'ai une idée.

Peut-être se mêlait-elle de ce qui ne la regardait pas, mais c'était certainement la solution idéale.

— Vous devriez contacter Julia Starkey et lui demander de vous venir en aide. Personne ne connaissait mieux Samuel. En plus, elle est très efficace.

Lauren lui adressa un immense sourire.

— Quelle bonne idée !

— Je l'appelle ! renchérit Nick. Je suis certain que Julia sera contente de te prêter main-forte, Lauren.

Lauren fit volte-face et s'adressa à Marian.

— Vous auriez dû y penser !

— Calme-toi, Lauren ! reprit Nick vivement, en passant un bras derrière les épaules de sa belle-sœur pour la diriger vers les ascenseurs. J'aimerais te demander un petit service : reconduire Kelly chez Serena et Nigel. Ensuite, tu rentreras à la maison et tu te reposeras en attendant l'arrivée de Julia.

Une fois qu'ils furent tous trois dans l'ascenseur, Kelly s'adressa à Lauren.

— Vous devez bien vous alimenter, boire beaucoup d'eau et, surtout, ne pas vous fatiguer inutilement.

— Merci pour vos conseils et votre soutien, Kelly, répondit Lauren en soupirant. Bon, je suis garée juste devant l'immeuble Spencer. Mais avant de regagner ma voiture, je vous préviens, nous allons devoir affronter la meute des journalistes.

Kelly se figea, en proie à une panique irrépressible. Son ex-mari savait séduire les médias et en tirer profit, mais elle les avait toujours détestés et redoutés. Les photos des magazines people avaient en effet fourni à Ted de nombreuses occasions de critiquer son style vestimentaire et ses maladresses. Pire, une fois, elle avait trébuché et était tombée sous l'objectif des caméras et des photographes.

— Il n'y a pas d'autre sortie ? demanda-t-elle à Nick.

— Ça ne sera rien, répliqua Lauren. Dites seulement : « Pas de commentaire », et avancez bravement.

Kelly n'eut pas le temps d'émettre d'autres objections, car ils sortaient. Impressionnante avec son ventre de femme enceinte, Lauren fendit la foule des journalistes sans un regard pour eux. Au contraire, Kelly essayait de se faire toute petite. Elle arrondit les épaules, baissa la tête et resta le plus proche possible de Nick, cherchant sa protection.

Deux journalistes, micro à la main, s'approchèrent en appelant Nick.

— Est-ce un meurtre ou un suicide ? demanda l'un des deux. On peut avoir votre version des faits ?

Soudain, le journaliste avisa Kelly.

— Je vous connais ! s'exclama-t-il. Je vous ai déjà vue !

Elle détourna la tête tout en montant dans la voiture de Lauren. Elle était presque sauvée.

— Vous êtes l'ex-femme de Ted Maxwell ! hurla le journaliste.

8

Mardi, 13 h 15

Au lieu de passer la journée confinée chez Serena, Kelly décida de passer à l'action. Cinq futures mamans étaient inscrites à ses cours de préparation à l'accouchement, mais la liste des clientes et patientes de Serena comprenait également quatre femmes qui avaient accouché au cours de ces dernières semaines. Leur rendre visite et faire leur connaissance serait un moyen de se familiariser avec la région et de se changer les idées.

La matinée avait été calme. Nick l'avait appelée à quatre reprises pour l'informer des dernières nouvelles. L'enquête se poursuivait et les médias l'avaient réduite à cette question :

« Meurtre ou Suicide ? »

Le journal télévisé du matin avait diffusé sa sortie de l'immeuble Spencer, la veille, avec Nick et Lauren. Elle avait l'air terrorisée. Par chance, le nom de Ted Maxwell n'avait pas été prononcé.

Elle parvint à un chalet isolé où habitait l'une des patientes de Serena qui avait accouché deux mois plus tôt. Sa santé et celle de son bébé étaient bonnes, mais la jeune maman craignait de faire une dépression post-partum. Kelly l'écouta attentivement et lui conseilla de consulter l'un des thérapeutes recommandés par Serena. Elle lui conseilla également de se promener avec son bébé et de passer du temps avec des amies. L'hiver tirant à sa fin, elle aurait moins de difficultés pour sortir de l'isolement qui avait suivi son accouchement.

De là, Kelly revint à Valiant et se rendit dans le salon de coiffure de Roxanne. L'atmosphère animée qui y régnait était à l'opposé de celle du chalet qu'elle venait de quitter. Elle échangea quelques mots avec Roxanne qui lui avoua être très fatiguée, au point de ne pas avoir la force de cuisiner le soir. Kelly n'eut pas besoin de lui donner son avis : d'emblée, Roxanne reconnut qu'elle ne se ménageait pas assez.

En sortant du salon de coiffure, Kelly fit une pause dans la rue pour apprécier la douceur exceptionnelle de cette journée de mars. La température était clémente, le vent soufflait à peine. Sur le trottoir d'en face, un homme lisait le journal local, avec ce gros titre : « *MEURTRE OU SUICIDE ?* » Aussitôt après, elle croisa le regard fixe de l'inconnu par-dessus le quotidien. Il détourna précipitamment la tête, s'éloigna à la hâte et monta dans une voiture blanche garée plus bas dans la rue.

L'épiait-il ? Kelly, inquiète, sortit son portable pour appeler Nick, puis y renonça : il avait assez de problèmes sans subir en plus sa paranoïa.

Une fois qu'elle eut repris la route, elle consulta son rétroviseur arrière : la voiture blanche de tout à l'heure roulait derrière elle. Etait-ce une coïncidence ? Pour en avoir le cœur net, elle rentra dans le parking d'un supermarché, en tourna le coin et s'y gara pour identifier le conducteur au moment de son passage. Elle reconnut bien l'individu qui semblait la guetter près du salon de coiffure. Arrivé au bout du parking, il fit demi-tour et prit une autre direction. Puis une limousine aux vitres teintées longea le parking du supermarché. La limousine de Barry Radcliff.

Kelly jeta un œil à sa montre. 16 heures. Elle devait passer chez une autre patiente et, ensuite, se rendre à l'immeuble Spencer pour y donner son cours à 18 heures précises. Elle décida de se rendre chez Daisy, la jeune femme au visage frais, adepte d'un mode de vie naturel et biologique. Sa maison se trouvait un peu à l'extérieur de Valiant et était un modèle des principes que Daisy et son mari prônaient. Daisy la lui fit visiter et lui montra, avec enthousiasme, sa chambre à coucher où elle voulait accoucher. La pièce avait été repeinte dans des couleurs douces et apaisantes. Son mari, ingénieur du son de profession, y avait installé une chaîne hi-fi dont le son avait une qualité exceptionnelle.

La joie de Daisy fit plaisir à Kelly et lui redonna un peu d'optimisme. Aussi, après avoir pris congé, elle se raisonna. Il devait y avoir une explication plausible à la présence de la limousine de Barry Radcliff à Valiant. Il s'y était peut-être rendu pour ses affaires ?

Elle reprenait la route lorsque, de nouveau, la voiture blanche apparut. Elle reconnut l'inconnu qui l'épiait tout à l'heure dans la rue. Cette fois, il avait un passager. Un homme aux cheveux blancs. Trask.

Une profonde angoisse saisit Kelly. Elle crispa les mains sur son volant. Que voulaient ces individus ? Deux jours plus tôt, elle n'avait jamais entendu parler de la famille

Spencer, elle ne connaissait même pas Samuel Spencer, et maintenant elle semblait être liée à son destin.

Par précaution, elle verrouilla ses vitres et portières, et continua sa route vers l'immeuble Spencer. Chaque voiture lui semblait désormais représenter une menace. A un moment donné, un coup de Klaxon la fit sursauter. Enfin, pour éviter les médias toujours rassemblés devant l'immeuble, elle se gara dans le parking souterrain. Mais ne commettait-elle pas une nouvelle erreur ? Ces endroits sombres pouvaient être redoutables.

Kelly prit sa besace, se précipita vers l'escalier pour accéder au rez-de-chaussée. Il était presque 17 heures, et les employés partaient. Soulagée de voir du monde, elle s'installa dans le café établi à ce niveau et téléphona à Nick pour lui annoncer sa présence.

Il perçut immédiatement sa tension.

— Il y a un problème, Kelly ?

— Je ne voulais pas vous alerter... mais je pense que Trask me harcèle. En plus, il a un complice.

— J'arrive !

Kelly raccrocha. Ses mains tremblaient, et un frisson lui parcourut le dos. Trask était-il dans l'immeuble ? Ou son complice ? Elle regarda subrepticement par-dessus son épaule.

Nick sortit au même moment de l'ascenseur et s'approcha à grands pas. A sa vue, elle sourit de soulagement. Dès qu'il se fut installé à sa table, elle lui relata ses péripéties de l'après-midi : l'homme qui l'avait épiée dans la rue, puis la vue de la limousine de Radcliff et de nouveau l'inconnu avec, cette fois, Trask à son côté.

— Vous avez relevé le numéro de sa plaque d'immatriculation ? lui demanda Nick.

— J'aurais dû, je n'y ai pas pensé, reconnut-elle, contrite. Ce genre de chose est tout nouveau pour moi : je n'ai jamais été harcelée.

— Pouvez-vous me fournir des détails sur cet individu ?

— Il est de taille et de poids moyens. De loin, il n'a rien de remarquable.

Kelly se renversa sur sa chaise, soulagée de se confier.

— Je l'ai vu trois fois. J'ai aussi repéré la limousine de Radcliff. J'avais l'impression d'être cernée, vous savez, un peu comme une victime encerclée par des requins.

— N'ayez crainte, Kelly. Personne ne vous fera de mal tant que je serai là !

Cette déclaration l'apaisa. Jamais elle ne s'était sentie autant en confiance, même avec Ted. Et même si elle avait des amis, comme Serena ou sa famille à Chicago, elle se sentait seule depuis son divorce.

— Merci, Nick.

— Vous me remerciez de vous avoir mise dans une situation aussi désagréable à cause de la mort de mon oncle ?

Elle sourit, prit son gobelet de café, sa besace et se leva.

— Je dois monter, vous m'accompagnez ?

— Je vous rejoins dès que j'aurai passé quelques appels, répondit-il.

— Ne soyez pas en retard, je vous en prie. Je suis certaine que Lauren ne l'acceptera pas.

— Vous savez que ma belle-sœur va beaucoup mieux aujourd'hui ? L'aide de Julia l'a soulagée d'un grand poids. Julia s'occupe de tout : l'organisation de la crémation, la rédaction de la nécrologie, bref, toute la logistique.

Nick se leva, et se pencha sur elle avec un sourire réconfortant.

— Vous n'avez plus rien à craindre, Kelly, maintenant que je suis là.

— D'habitude, je ne suis pas si peureuse. Je suis même si intrépide que je pratique l'escalade.

— Vous ne souffrez pas de vertige ?

— Non, j'aime ce qui est grand.

Surtout les hommes, pensa-t-elle.

— J'aime les grands espaces. Mais j'ai peur quand on m'épie et qu'on me poursuit dans les rues !

Nick posa une main sur son épaule avec tendresse.

— N'ayez pas peur, vous pouvez compter sur moi.

— Merci… A tout à l'heure. Surtout, ne soyez pas en retard pour le cours !

Elle se dirigea vers les ascenseurs, la joie au cœur. Tantôt, elle était paniquée et traquée, elle tournait sans cesse la tête derrière elle. Plus maintenant. C'était si bon de se sentir protégée, de sentir le regard de Nick l'accompagner.

Une fois dans la salle de son cours, elle disposa les tapis de sol et attendit l'arrivée de ses patientes et de leurs conjoints.

Tous furent ponctuels, même Nick, qui franchit le seuil de la porte un peu avant 18 heures. Il lui adressa un clin d'œil complice et prit place à côté de sa belle-sœur.

Après avoir répondu à quelques questions et calmé certaines inquiétudes, Kelly se concentra sur les techniques de respiration. Tandis qu'elle inhalait et expirait selon les techniques initiées par la méthode Lamaze, en alternant la respiration du petit chien et de profondes inspirations, ses propres tensions se dénouèrent. Bien respirer… telle était la clé du bien-être.

La présence de Nick contribuait également à calmer

son stress. Sitôt qu'elle croisait son regard bleu ou qu'il souriait, elle exultait. Ça n'était pas un véritable apaisement, car toutes ses terminaisons nerveuses se trouvaient délicieusement agacées et stimulées, mais ça n'en était pas moins très agréable. Nick Spencer était indiscutablement le meilleur antidote aux doutes et à la frustration.

Le cours s'acheva trop vite à son goût. Les couples prirent congé, Kelly resta seule avec Nick et Lauren. Cette dernière la remercia avec effusion de lui avoir recommandé de s'adresser à Julia.

— Elle est tellement organisée ! Et puis, elle connaissait si bien Samuel. C'est précieux pour l'organisation de la cérémonie.

— J'en suis ravie, déclara Kelly.

Mais, à sa plus vive surprise, des larmes se mirent à briller dans les yeux de la jeune femme.

— Kelly, écoutez… si vous avez besoin de parler, n'hésitez pas… J'imagine ce que vous éprouvez… Cet homme est épouvantable.

Kelly, étonnée, recula.

— Mais… de qui me parlez-vous, Lauren ?

— Comment… vous n'êtes pas au courant ? demanda Lauren, surprise.

— De quoi ?

— Je préfère ne pas vous en informer…

— Parlez ! Dites-moi ce qui se passe !

— Eh bien, le journaliste qui vous a reconnue, hier soir… il tient un blog.

Kelly se figea.

— Il y parle de moi et de Ted, n'est-ce pas ?

— Votre ex-mari se présente aux élections. On parle

souvent de lui dans les journaux et à la télévision, continua Lauren. Vous devriez lire ce blog.

Sur ces mots, Kelly se tourna vers Nick.

— Vous avez un ordinateur ?

— Suivez-moi.

Elle aurait dû se douter que son passé la poursuivrait. Avec Nick, elle monta rapidement au dixième étage.

— Vous êtes certaine de vouloir consulter ce blog, Kelly ? s'enquit Nick, inquiet.

— Je veux en avoir le cœur net.

Et si Lauren exagérait ? Car enfin, quelle information scabreuse pouvait révéler ce journaliste ? Elle et Ted avaient divorcé, mais cela n'avait rien d'exceptionnel. De nombreux mariages se terminaient par un divorce. De plus, le leur s'était déroulé sans véritable animosité, d'autant qu'elle lui avait cédé presque tout, mais elle n'en avait pas moins reçu une jolie somme. Il n'y avait pas non plus eu de bataille pour la garde d'un enfant.

Un enfant.

Kelly déglutit. Son secret le mieux gardé allait-il devenir public ? L'une des principales raisons pour laquelle elle avait mis fin à son mariage avec Ted, c'était sa fausse couche. Ce souvenir restait très douloureux... Elle était enceinte de trois mois et personne n'en avait encore été avisé lorsqu'elle avait souffert de douleurs inquiétantes. Les circonstances défavorables s'étaient ensuite enchaînées. Après, elle avait traversé un long passage à vide.

Elle avait toujours voulu avoir des enfants... Dès qu'elle avait eu la confirmation de sa grossesse, elle avait commencé à faire des projets et songer à des prénoms. Malheureusement, Ted n'avait pas été très enthousiaste quand elle la lui avait annoncée. Il aurait préféré qu'ils patientent avant de fonder une famille, mais, dans le secret de son cœur, elle avait eu la certitude que, dès la naissance du bébé, il changerait d'avis : il aimerait leur enfant, et leur mariage, qui accusait un léger malaise, en retrouverait une nouvelle vigueur.

Mais quand elle lui avait annoncé qu'elle avait fait une fausse couche, Ted n'avait pas caché son soulagement. Il lui avait même confié que c'était mieux, et que, à l'avenir, ils devraient éviter qu'elle ne retombe enceinte et qu'elle ait une grossesse non désirée. *Non désirée ?* Elle voulait un enfant. Tel était son désir le plus cher. Ses larmes avaient contrarié Ted autant que son chagrin lui avait été insupportable.

Très déprimée et à bout de nerfs, Kelly était partie quelques jours à la montagne pour se reposer. Lors d'une promenade, elle avait emporté la couverture pour bébé que sa grand-mère lui avait donnée pour son premier-né, l'avait pliée dans une boîte de bois de rose et l'avait enterrée au bord d'une rivière. A ce moment-là, elle avait compris que son mariage était terminé.

Le crâne pris dans l'étau de ses souvenirs, Kelly longeait un des couloirs de l'immeuble Spencer, derrière Nick. Ils étaient au dixième étage et arrivèrent dans son bureau.

Elle redoutait de revivre la douleur de sa fausse couche. Que pouvait écrire un blogueur sur une tragédie aussi intime et douloureuse ? Et puis, comment aurait-il pu en être informé ? Elle n'avait jamais parlé de sa fausse couche. Ted non plus.

Nick prit place devant son ordinateur. En se postant derrière lui, Kelly avisa une photo de ses deux filles.

Elles avaient les cheveux noirs et les yeux bleus de leur père, et riaient.

Nick trouva le blog, qu'il parcourut, puis tourna l'écran dans sa direction.

Une photo la montrait avec Nick, en train de quitter le Spencer Building, et comportait cette légende :

Aura-t-elle plus de chance en amour, cette fois ?

Puis, dessous, elle lut :

Kelly Evans, autrefois madame Ted Maxwell, a mis le grappin sur le plus séduisant célibataire du Colorado, Nick Spencer, dont la mort de l'oncle reste pour l'instant une énigme. Espérons que Kelly aura plus de chance cette fois. Son mariage avec Ted Maxwell s'est soldé par un divorce quand il s'est avéré que celui-ci avait une liaison bien établie avec son assistante juridique.

Kelly écarquilla les yeux. Elle n'en avait jamais rien su.

9

Mardi, 20 h 11

A peine eut-elle assimilé cette information que Kelly fut prise d'étourdissements. Des taches noires dansèrent devant ses yeux. Elle y porta la main machinalement et s'efforça de discipliner sa respiration erratique.

— J'aimerais un verre d'eau…, murmura-t-elle.

Nick se rua hors du bureau.

Restée seule, elle résista au désir de s'y barricader pour les vingt années à venir. Jamais elle n'avait subi pareille humiliation. Son ex-mari avait eu une liaison. Une maîtresse attitrée. Elle avait soupçonné qu'il entretenait, avec sa ravissante assistante juridique, des liens qui allaient au-delà de l'affection, mais c'était tout. Comment s'appelait cette jeune femme déjà ? Cheryl. Oui, c'était ça, Cheryl. Gentille et agréable… Elle lui avait envoyé des fleurs, de la part de Ted bien entendu, pour son anniversaire.

Nick revint avec un verre d'eau.

— Buvez, Kelly.

Elle but à petites gorgées et leva les yeux vers lui.

— Dommage que ça ne soit pas de la ciguë. Ou

une potion pour dormir cent ans, jusqu'à ce que je ne souffre plus.

— Vous n'êtes pas responsable, Kelly. Votre ex-mari l'est.

— Nick… Pourquoi les hommes trompent-ils leur femme ? C'est pour ça que vous avez divorcé ?

Dès que ces paroles eurent jailli de ses lèvres, elle les regretta.

— Désolée, Nick. Ça ne me regarde pas.

— Vous êtes directe quand vous êtes en colère.

Kelly se mordit la lèvre, honteuse d'avoir blessé le premier homme en qui elle avait confiance depuis des années.

— Désolée…, répéta-t-elle.

— Inutile. Je suis soulagé de constater que vous n'êtes pas toujours rayonnante et douce.

Les yeux bleus de Nick pétillaient. Il la dévisageait avec calme, sans la juger.

— Pour répondre à votre question, j'ai été fidèle. J'ai fait de mon mieux pour que mon couple soit un succès. Le problème, c'est que je ne pouvais pas être l'homme que mon ex-femme voulait que je sois.

C'est impossible ! songea Kelly, incrédule. Nick était l'homme dont toutes les femmes rêvaient ! La curiosité fut la plus forte.

— Qu'est-ce qu'elle attendait de vous ?

— D'être comme Jared. Jared, c'est mon frère.

Sur ces mots, Nick se leva.

— Wendy voulait être la femme d'un chef d'entreprise, la reine du clan Spencer. Mais moi, je déteste les mondanités. Je ne supporte pas d'être enfermé dans un bureau cinq jours par semaine. Je ne suis pas un homme d'affaires, et encore moins un homme d'argent.

— Vous êtes architecte. Créatif. Indépendant. Un peu artiste.

— Tout ce que je sais, c'est que je ne veux pas faire de la représentation, assister à des galas de charité, serrer des mains et couper les rubans lors d'inaugurations. Notre divorce a été aussi amical qu'un divorce peut l'être. Nous entretenons des relations cordiales et nous nous efforçons de combler les besoins de nos deux filles. Wendy est une bonne mère, et j'apprécie même son nouveau mari ! Il dirige une société d'investissements et gravit allègrement les échelons de la réussite. Pour le grand plaisir de Wendy.

Il consulta sa montre.

— Je ne veux pas vous presser mais, vous et moi, nous devons gérer de nombreux problèmes logistiques.

— Que voulez-vous dire ?

— Entre les journalistes, Trask et son complice, je veux que vous bénéficiiez d'une protection rapprochée, Kelly. Plus j'y réfléchis, plus je me dis que vous ne serez pas en sécurité tant que nous ne saurons pas qui vous harcèle, et pourquoi. Je préfère par conséquent que vous ne passiez pas la nuit chez Serena.

— Je crois que vous avez raison.

— J'aimerais que vous passiez la nuit chez moi mais, si vous le préférez, vous pouvez aussi séjourner chez Lauren. Sa maison est immense.

— Mais assiégée par votre famille et les proches. Je préfère aller chez vous.

C'était plus simple. Tellement plus tentant aussi.

— Je m'en réjouis, fit-il simplement.

— Je dois passer chez Serena : j'ai besoin d'affaires de rechange.

Il lui retira son verre des mains et les prit dans les siennes pour l'aider à se lever.

— J'ai un rendez-vous dans dix minutes. Je peux vous faire conduire chez Serena, puis chez moi, à moins que vous ne désiriez m'accompagner. Je dois dîner avec Barry Radcliff.

— Comment ! Vous…

— Je l'ai contacté avant d'assister à votre cours. Je n'avais guère le choix… Trask est un faux nom, et nous n'avons aucun indice sur l'identité de son complice présumé. Barry Radcliff pourra peut-être nous informer.

Kelly réfléchit un instant. La perspective de faire la connaissance de l'homme d'affaires après ce qu'elle en avait entendu dire, l'intimidait, mais en même temps attisait sa curiosité. Et puis, elle avait envie de rencontrer son avocate championne de volley-ball. Surtout, elle voulait rester auprès de Nick.

— Je viens avec vous, lança-t-elle. Où avez-vous rendez-vous ? Dans sa limousine ?

— Pas cette fois.

Tant mieux.

En s'approchant des ascenseurs, Nick posa sa main sur la taille de Kelly. Elle avait repris des couleurs, son regard avait perdu sa fixité douloureuse. Dans un sens, la colère de la jeune femme l'avait rassuré. Elle n'était pas sans cesse souriante et sereine face aux épreuves.

— Je suis certain que nous allons passer une soirée intéressante ! lui dit-il.

— En plus, Radcliff ne pourra rien entreprendre devant témoins.

— En effet. Mais ça n'est pas son genre. Il délègue sans doute le sale travail à des hommes de main.

— Où allons-nous dîner ?

— Au restaurant du rez-de-chaussée.

— Ce restaurant tellement chic ?

— Ne vous laissez pas abuser par ses belles nappes blanches. Cet établissement est correct, sans plus.

Kelly eut un mouvement de recul.

— Je ne suis pas habillée pour y dîner.

— Personne n'osera vous en faire la remarque, d'autant que je suis le propriétaire de cet immeuble.

— Quand même, ça me gêne…

Elle ouvrit sa besace.

— Je vais sans doute trouver quelque chose, là-dedans. Ne serait-ce qu'une trousse de maquillage.

Sur ces mots, Kelly avisa les toilettes des femmes, près des ascenseurs.

— Vous m'attendez ? J'en ai pour cinq minutes.

Nick opina, s'adossa au mur et croisa les bras. Radcliff et son avocate étaient sans doute déjà arrivés au restaurant.

En fait, il était plutôt satisfait de se confronter de nouveau à l'homme d'affaires ; il ne perdait pas espoir d'obtenir des informations sur le projet de son oncle. Au cours de la journée, il avait endossé, à contrecœur, le rôle du grand patron de société, principalement avec Rod Esterhauser et Marian. L'épreuve s'était avérée pire qu'il ne l'avait imaginée, et l'avait épuisée, d'autant que la situation financière de l'entreprise était lamentable.

La faute en incombait au net ralentissement des activités immobilières et aux délais de paiement rarement respectés par la clientèle privée et les entreprises. Si Jared ne revenait pas avec un contrat de la société de Singapour, laquelle voulait s'implanter aux Etats-Unis, Spencer Entreprises serait bientôt obligé de procéder à des coupes drastiques, voire de licencier.

Mis à part ce déficit de Spencer Entreprises, Nick n'avait rien appris qui l'éclaire sur la mort de Samuel.

Personne ne savait quel était le projet de son oncle. Rod et Marian avaient toujours considéré ce dernier avec une certaine condescendance : à leurs yeux, Samuel Spencer était le maillon faible de l'entreprise, un homme incapable de prendre les décisions raisonnables. Pourtant, tous deux avaient souvent vanté sa créativité et ses idées visionnaires quand il s'agissait de vendre les projets de Spencer Entreprises. Le talent de Samuel avait été la garantie du succès. Mais il était toujours tenu à l'écart des décisions importantes. Donc Samuel, par un juste retour des choses, avait ses secrets.

Nick s'interrogea. S'il avait vécu à Valiant, la dynamique aurait-elle été différente ? Lui et Samuel avaient la même conception de l'architecture, tous deux étaient des visionnaires : Samuel aurait pu se confier à lui.

L'enquête de la police était tout aussi frustrante. En dépit des conclusions du rapport d'autopsie, appuyé par celui de la balistique, la police tendait toujours à accréditer la thèse du suicide, que Nick réfutait désormais. Son oncle aurait-il pu se suicider de la main droite alors qu'il était gaucher ? Cela n'avait pas de sens.

A cet instant, Kelly sortit des toilettes des femmes, recoiffée et maquillée. Elle portait un body noir et un pantalon en lin de la même couleur, et avait noué autour du cou un petit foulard noir, or et violet.

— Vous êtes superbe ! lui dit-il.

Elle sourit.

— J'emporte toujours une tenue de rechange lorsque je suis appelée au chevet d'une parturiente.

— Votre besace est une vraie caverne d'Ali Baba.

— J'y ai même des chaussures !

Elle portait en effet des ballerines chinoises.

— Vous êtes magnifique, Kelly, répéta-t-il.

— Merci. Allons-y !

Une fois qu'ils furent arrivés dans le restaurant, l'hôtesse les conduisit vers une table un peu à l'écart où se trouvaient déjà Radcliff et son avocate. Cette dernière portait un chemisier vert émeraude avec un collier étincelant, et une jupe crayon noire sobre mais élégante. Radcliff semblait mal à l'aise, engoncé dans son costume et sa cravate, mais il les salua aimablement et eut une parole galante pour Kelly.

Elle lui sourit avec effort.

— J'ai vu votre limousine, plus tôt dans la journée.

— C'est possible : j'avais quelques affaires à régler à Valiant.

— J'ai plutôt eu l'impression que vous me suiviez. Vous vouliez me parler ? Me poser des questions ?

Radcliff inclina la tête vers Nick.

— Votre amie est coriace, Spencer !

— Obstinée, surtout. Je vous conseille de répondre franchement, sinon elle ne vous lâchera pas.

L'avocate le devança.

— Les deux allégations de Mlle Evans sont vraies. Nous avions un rendez-vous professionnel à Valiant. Quand nous avons identifié le pick-up de Mlle Evans, nous l'avons suivie pendant un moment, pensant qu'elle allait à votre rencontre. Ainsi aurions-nous pu faire le point sur la situation sans avoir à solliciter un rendez-vous de votre part.

Radcliff conclut les propos de l'avocate par un geste ample.

— Prenez place, je vous prie.

Nick fit signe à Kelly de s'asseoir. Quand elle leva les yeux vers lui, il admira la ligne de son cou et de ses épaules. Sa présence suffisait à lui faire oublier les raisons pour lesquelles il devait s'entretenir avec Radcliff. Et pourtant, combien il voulait progresser dans son enquête sur le meurtre de son oncle et connaître l'identité de la personne que Radcliff avait rencontrée, aujourd'hui à Valiant.

Le restaurant n'était pas tout à fait plein, l'atmosphère y était détendue. La conversation le fut également. Kelly et l'avocate de Radcliff sympathisèrent et parlèrent des difficultés, pour une femme, de concilier enfants et carrière professionnelle. A plusieurs reprises, Nick et Radcliff hochèrent la tête d'un air approbateur. Ce dernier confia d'ailleurs qu'il avait cinq enfants dont il n'avait guère le temps de s'occuper, à son plus vif regret. Décidément, songea Nick, Barry Radcliff ne ressemblait pas au féroce individu que Rod Esterhauser avait décrit, bien au contraire. Rod l'avait-il volontairement rendu antipathique ?

Après les entrées, des crevettes à la thaï qui avaient fait l'unanimité, le plat de résistance fut servi. Nick et l'avocate de Radcliff avaient commandé un steak avec des pommes de terre rissolées, Kelly, un poulet satay, et Radcliff, qui surveillait son taux de cholestérol, un plat végétarien.

Nick en vint au sujet qui l'intéressait.

— Vous vouliez me rencontrer : vous auriez dû décrocher votre téléphone au lieu de suivre Kelly.

— Non. Parce que je n'étais pas certain que vous décrocheriez.

Il avait préféré effrayer Kelly en la filant dans les rues de Valiant ? C'était pour le moins étrange.

— Vous avez mon attention, maintenant, reprit Nick. Que voulez-vous au juste ?

— Je vais être direct, Spencer : Spencer Entreprises est au bord du gouffre et je peux vous aider. Je double donc l'emprunt que j'ai accordé à Samuel et vous donne un délai. Si, dans six mois, la situation de Spencer Entreprises est toujours aussi précaire et que vous ne pouvez pas me rembourser, tout l'or de la mine Valiant me reviendra.

— C'est une proposition intéressante, répondit Nick. Mais avant d'y répondre, permettez-moi de vous poser quelques questions.

— Je vous en prie, intervint l'avocate, efficace et professionnelle.

— Mon oncle avait une façon bien à lui de gérer l'argent. Ainsi, nous ne sommes même pas en mesure de vérifier s'il a reçu le vôtre.

— Il a insisté pour que je lui fasse un chèque, répondit l'avocate. Je vous le concède, j'ai été surprise. De nos jours, les virements par internet sont presque la règle.

— Dans les faits, répliqua Nick, nous ne savons absolument pas où est cet argent.

Il revenait au point de départ. Samuel avait pu cacher son chèque. Ou ouvrir secrètement un nouveau compte.

— J'ai une autre question à vous poser, Barry. Comment avez-vous rencontré mon oncle ?

— Samuel m'a contacté, et il s'est rendu dans mes bureaux de Denver, sur Blake Street.

— Pourquoi mon oncle est-il venu vous consulter ?

— Justement pour me demander un prêt d'un million de dollars. De but en blanc. Je comptais refuser, évidemment ! Je n'avais aucune raison de faire confiance à un homme que je considérais d'emblée comme un excentrique.

Il se tut.

— Excusez-moi, Nick, je n'avais pas l'intention d'insulter sa mémoire.

— « Excentrique »... c'est un mot qui lui correspond. Malgré tout, vous avez accepté de lui prêter cette somme. Pourquoi ?

— Parce qu'il m'offrait l'or de la mine Valiant en garantie. J'ai tout de suite été séduit !

— Il suffit de prononcer le mot « or » pour que la séduction agisse, reconnut Nick. Vous êtes venu à Valiant, aujourd'hui, pour des motifs professionnels : êtes-vous en contact avec une autre personne de Spencer Entreprises ?

— Désolé, Nick, intervint l'avocate, plus rapide que Radcliff. Nous ne vous divulguerons pas les noms de nos clients et partenaires.

C'était de bonne guerre.

Là-dessus, Nick promit à Radcliff de réfléchir à sa proposition et de le tenir informé. Il redoutait que Radcliff ne mette la main sur l'or de Valiant s'il ne récupérait pas son million, mais l'homme était plutôt sympathique et le dîner avait, somme toute, été agréable. Malheureusement, à l'issue de la soirée, il n'avait rien appris de neuf sur le projet de Samuel.

Cependant, sa déception était mitigée par son impatience de se retrouver seul avec Kelly.

Ils passèrent rapidement chercher quelques vêtements de rechange chez Serena et se rendirent chez lui.

— Que pensez-vous de Radcliff ? lui demanda-t-il ensuite en tournant dans sa rue.

— C'est le cliché de l'homme d'affaires des années quatre-vingt. Il est aussi plus vieux qu'il ne veut le laisser paraître. Il doit avoir la soixantaine. Il est assez intelligent pour avoir son avocate sans cesse à ses côtés. Vous avez remarqué qu'elle ne boit pas ? C'est une femme vigilante.

— Vous croyez qu'il est lié à la mort de mon oncle ?

— Je n'en serais pas surprise. Radcliff est déterminé, et il veut votre or.

— Je ne l'ai pas cru quand il a affirmé qu'il vous avait suivie pour me rencontrer plus vite, poursuivit Nick. Il nous cache quelque chose.

— Nick, je doute que l'on s'intéresse à ma personne : on ne s'intéresse qu'aux derniers mots de Samuel.

Il hésita un instant. Une idée assez dérangeante lui avait traversé l'esprit.

— Et si l'on vous suivait à cause de votre ex-mari ?

10

Mardi, 22 h 21

A ces mots, Kelly tressaillit. La peur et l'humiliation suscitées par la lecture du blog revinrent l'assaillir. On l'aurait suivie, harcelée, à cause de son ex-mari ? Son passé empiétait sur son présent ? Que des inconnus répandent des informations sur son mariage et son divorce l'horrifiait. Il s'agissait de sa vie privée et de son histoire personnelle. Personne n'avait le droit de s'en mêler.

Malheureusement, Ted était un homme public, en lice pour des élections. Son influence, son prestige étaient immenses au Colorado. Sa campagne politique le montrait avec son élégante jeune épouse et leur bébé : tous les trois symbolisaient le rêve américain. Une ex-femme en colère était une fausse note indiscutable dans ce paysage idyllique.

Nick se gara dans un parking numéroté, devant un immeuble de trois étages, simple et certainement pas fréquenté par des personnalités. Kelly soupira : cela lui allait très bien.

— Mon appartement se trouve au troisième, dans l'immeuble de droite, lui précisa-t-il.

— Il ne peut s'agir de mon ex-mari, murmura-t-elle,

répondant enfin à sa question. Trask n'a même pas mentionné son nom. Radcliff non plus. En revanche, l'inconnu qui m'a suivie dans les rues de Valiant a peut-être voulu mettre la main sur un scoop ? Une bonne histoire. Le scandale…

— Pourquoi ne vous a-t-il pas abordée de front ?

— Je ne sais pas.

La colère envahit Kelly comme une brusque flambée tandis que Nick regardait partout dans le parking.

— Je ne crois pas que des paparazzis nous aient suivis. Mais vous craignez peut-être de passer la nuit chez moi ?

— Pourquoi ? Nous ne sommes pas mariés ! Nous sommes libres de nos mouvements !

Soudain, une pensée terrible lui traversa l'esprit.

— A moins que vous n'ayez honte d'être vu avec moi, Nick ?

— Oh non !

— Souvenez-vous du titre du blog de ce journaliste : « Aura-t-elle plus de chance en amour, cette fois ? » Nous sommes déjà la cible de la presse à scandale.

Elle s'en voulait de compliquer davantage la vie de Nick.

— Ecoutez, je vais prendre une chambre dans un hôtel, je…

Nick ne la laissa pas terminer. Il lui scella les lèvres d'un baiser passionné qui lui coupa, littéralement, le souffle. Sa bouche était si ferme, brûlante et si avide qu'elle fondit et céda en se blottissant dans ses bras. Des sensations troublantes et délicieuses la submergeaient, des sensations qu'elle n'avait pas ressenties depuis des années, peut-être même jamais. Subjuguée, elle goûta la saveur unique des lèvres de Nick et abandonna toute pensée consciente. Chaque cellule de son corps aspirait à l'oubli, à l'enivrement, à la passion, à la fusion puis à cet apaisement d'exception qui ne survient qu'après le plaisir de l'amour… La brise nocturne les environnait et berçait sa flamme sans l'éteindre.

Nick détacha ses lèvres des siennes, mais il la garda dans ses bras.

— Nous n'irons pas à l'hôtel, murmura-t-il tout contre sa joue.

— Ce serait peut-être plus facile, pourtant ?

— Je ne veux pas une situation facile, je veux la réalité avec toi !

Kelly, touchée par cette déclaration fougueuse, enfouit le visage dans son épaule et se serra davantage dans ses bras comme pour se fondre en lui.

Nick la conduisit vers son immeuble et la fit entrer dans l'ascenseur. L'entrée lambrissée lui rappela le chalet où elle passait les vacances de neige avec Ted, autrefois. Que le diable emporte Ted Maxwell ! Pourquoi pensait-elle à lui maintenant ? Pourquoi sa mémoire ne lui laissait-elle pas de repos ?

Dans l'ascenseur, Nick reprit sa bouche. Sa langue y pénétra, chaude, douce et extraordinairement habile. La passion, impérieuse, submergea l'amertume. De nouveau, elle était impatiente de vivre sa passion avec Nick pendant toute une nuit. Avec lui, elle ne pouvait pas se tromper. La chance, enfin, avait tourné en sa faveur !

Ils sortirent de l'ascenseur toujours étroitement enlacés. Quand il eut ouvert la porte de son appartement, elle ne pouvait plus contenir son désir. Son corps en feu annihilait sa capacité de penser et de raisonner.

Ils entrèrent si vite dans son appartement qu'ils trébuchèrent dans les bras l'un de l'autre. Sa seule réalité, c'était son envie de faire l'amour avec Nick. Il était son rédempteur, son amant. Quand il la souleva dans ses bras, elle leva la tête et se perdit dans le bleu de ses yeux. Nick était son meilleur antidote contre le poison que le passé instillait dans ses pensées.

Elle lui retira sa veste avec impatience et déboutonnait sa chemise fébrilement quand Nick retint ses mains entre les siennes. Immobilisée et peinée de l'être, elle le dévisagea. Elle avait un tel besoin de le toucher, de sentir les battements de son cœur contre le sien.

Mais gardant ses mains dans les siennes, Nick l'embrassa sur le front et recula d'un pas. Kelly s'entêta. Elle voulait soigner son humiliation et ses blessures d'amour-propre par la volupté et la sensualité.

Combattre le feu par le feu.

Si elle ne faisait pas l'amour maintenant, elle allait exploser !

— Kelly… Ça va ? lui demanda Nick dans un souffle.

Non !

— Fais-moi l'amour, Nick !

— Oui.

Et cependant, il recula.

— Laisse-moi prendre mon temps pour t'aimer comme tu le mérites.

— Non ! *Maintenant !* s'exclama-t-elle, se jetant dans ses bras avec fougue.

Elle le caressa ardemment, laissa l'une de ses mains s'égarer plus bas et caressa son sexe gonflé.

— Tu me désires.

— C'est juste.

— Je te jure que tu ne seras pas déçu…

Sa vie sexuelle avec Ted avait toujours été satisfaisante,

c'était bien la seule chose qui l'avait été, d'ailleurs. Parce que Ted, qui comptait beaucoup de femmes à son actif, était un amant expert ? A la pensée de son ex-mari, sa rage rejaillit avec la puissance d'une flamme incendiaire.

— Ted affirmait que…

— Ted ? la coupa Nick.

Elle ne voulait pas penser à Ted, et pourtant il était là, entre eux, obsédant comme une idée fixe. L'instant qui n'aurait dû n'appartenir qu'à eux s'en trouvait gâché. Mon Dieu, qu'est-ce qui lui prenait ? Elle voulait décharger sa colère et sa rage contre Ted en faisant l'amour avec Nick ? Quelle terrible erreur !

Hors d'elle, elle s'arracha des bras de Nick, traversa le salon en trombe et ouvrit les baies vitrées de la terrasse baignée par le clair de lune. Elle sortit et serra la rampe du balcon de toutes ses forces. Son cœur battait violemment, elle était terriblement essoufflée, ses poumons la brûlaient.

Son désir de faire l'amour avec Nick restait présent, mais il était avant tout motivé par la colère et l'humiliation, elle le savait. Nick méritait mieux que ça. Elle aussi.

Nick la rejoignit, et toujours honteuse, elle garda le regard fixé sur les branches d'un grand conifère qui frôlaient la rampe du balcon. Elle estimait Nick. Avec lui, elle pouvait probablement construire quelque chose, mais peut-être avait-elle tout gâché ?

— Je suis désolée, murmura-t-elle quand elle eut recouvré un semblant de calme.

— Inutile de t'excuser, Kelly.

— C'est juste que…

— Je n'ai pas non plus besoin d'explications…

Elle leva les yeux vers lui avec effort. Il se tenait de

trois quarts, et la lueur de la lune ciselait ses traits, leur conférant une étonnante expressivité. Elle croisa son regard. Il était soucieux. Normal. Elle venait d'avoir un comportement hystérique.

— Je ne suis pas moi-même, Nick.

Elle était calme, fiable et pondérée. Elle était sage-femme. Les gens lui faisaient confiance. Elle n'avait rien d'une furie.

— Ce soir, j'ai vécu une sorte de distorsion, reprit-elle. C'était comme si la réalité avait été déformée par des milliers de miroirs.

— Chut, Kelly, lui dit-il doucement. Je comprends, ta franchise t'honore.

Il sourit, elle se sentit rassurée. Elle avait eu une attitude irrationnelle, mais il ne la repoussait pas. Nick était un homme fidèle et solide sur qui elle pouvait compter. C'était bon signe pour l'avenir. Mais pour le moment…

— Nick… Je suis désolée, mais je crois que j'ai besoin d'être seule.

— Je comprends. Je vais te laisser. Tu prendras la chambre d'amis au fond du couloir à droite.

Sur ces mots, il leva sa main à ses lèvres et l'effleura.

— Bonne nuit, Kelly.

Elle le suivit des yeux. Il voulait garder ses distances. Elle le comprenait. Elle aussi avait besoin de recul.

Puis, restée seule, elle leva les yeux vers les étoiles, des larmes brûlantes derrière les paupières.

Mercredi, 9 h 45

Dès qu'elle fut prête, Kelly se rendit dans la salle à manger où Nick l'attendait.

— Bonjour ! la salua-t-il avec bonne humeur. J'ai préparé du café, mais il n'est pas très bon. Nous allons plutôt prendre un vrai petit déjeuner à l'immeuble Spencer.

Kelly sourit sans répondre. Elle ne voulait pas revenir sur les événements de la veille, non seulement parce que le sujet était clos, mais parce qu'elle en ressentait encore de la gêne.

Elle choisit donc la simplicité.

— Très bien.

— Alors on part tout de suite.

Du mouvement, voilà exactement ce dont elle avait besoin. Elle le suivit sans se faire prier.

Une bonne heure plus tard, après avoir mangé une omelette et but sa seconde tasse de café, elle avait les idées plus claires. Elle était prête à conquérir le monde.

— Aujourd'hui, je préfère que tu restes avec moi. Cela me rassurera, annonça Nick.

— Je ne risque rien si celui qui me poursuit est seulement un paparazzo à la recherche d'un scoop sur mon ex-mari.

— Tu détiens des informations intéressantes sur Ted ?

Kelly garda le silence. Elle aurait pu salir la réputation de son ex-mari en adressant à la presse à scandale quelques révélations croustillantes, mais elle préférait laisser ses secrets au passé.

— Intéressantes ? Pour certaines personnes seulement. Monnayables ? Possible. Mais je refuse de rentrer dans ce genre de considérations.

— Honnêtement ?

— Honnêtement ! L'image que veut donner mon ex-mari m'indiffère, Nick. C'est son problème, pas le mien. Je ne veux pas faire de révélations aux médias sur mon passé avec Ted, parce que je veux tourner la page et aller de l'avant.

Cela étant dit, elle décida de changer de sujet de conversation.

— Quels sont nos projets pour aujourd'hui ?

— Un seul, toujours le même : comprendre à quoi mon oncle destinait le million de dollars de Barry Radcliff. Comme son bureau n'est désormais plus une scène de crime réservée à la police, nous allons commencer par là.

— Je ne suis pas certaine de pouvoir t'aider, Nick.

— Détrompe-toi. Tu vas m'être d'une grande aide.

— Ah bon ? Pourquoi ?

— Tu as une bonne intuition. Tu portes un regard neuf sur les événements et les gens. C'est précieux.

Kelly acquiesça timidement. Comme tous les créatifs, Nick avait manifestement la conviction que tout le monde lui ressemblait, mais elle doutait de lui être d'une quelconque utilité.

Cependant, trop contente de rester auprès de lui, elle se garda de le contredire.

Ils se rendirent au neuvième étage, dans le bureau de Samuel. L'atmosphère dans les couloirs de Spencer Entreprises avait sensiblement changé depuis deux jours... Les employés se redressaient sur le passage de Nick et lui montraient davantage de respect. Ils s'inquiétaient sans doute pour l'avenir de l'entreprise et la pérennité de leur emploi. Dans un groupe de cette taille qui connaissait de graves problèmes financiers, le décès de l'un des principaux actionnaires allait forcément entraîner des restructurations.

Dans le bureau de Samuel, Nick s'installa devant le

secrétaire et ouvrit le tiroir de gauche. Il en retira le contenu, puis y glissa la main.

— Il y a un mécanisme secret ? s'enquit Kelly, intriguée.

— Samuel conservait ses cigares là : il était certain que Julia ne les trouverait pas.

Il se pencha, retira un petit panneau amovible.

— Rien. La police a dû fouiller là aussi.

— Ton oncle avait beaucoup de petites cachettes de ce genre ?

— Oui ! Il adorait créer des illusions. Un jour, il m'a avoué que s'il n'était pas devenu architecte, il serait devenu prestidigitateur.

Nick se leva et effectua un grand geste de la main.

— Abracadabra ! Un million de dollars disparaissent comme par magie !

— Tu cherches son chèque, qu'il aurait caché ?

— J'en doute. Son excentricité avait des limites. En réalité, je cherche un indice qui me renseignerait sur son projet.

— Un plan… Ou une espèce de carte au trésor ?

— Une information plus banale.

Nick inspecta la moulure à l'entour du secrétaire.

— On l'a déjà ouverte, et mal replacée.

Il se dirigea vers l'armoire, l'ouvrit et y fit coulisser un panneau amovible, découvrant dans le mur un espace assez grand pour dissimuler un homme.

— Si ton oncle a été tué, le meurtrier a pu se cacher là, suggéra Kelly.

— Je sais. Quand tu as tenté de ranimer Samuel, j'ai regardé à l'intérieur. Les policiers y ont recherché des empreintes, mais ils n'y ont trouvé que celles de Samuel.

— Pourquoi a-t-il aménagé cette cachette ?

— Pour être tranquille !

Nick alluma la lumière dans l'armoire.

— Julia était furieuse quand elle entrait dans son bureau et ne l'y trouvait pas, alors qu'il aurait dû y être. Samuel se dérobait ainsi à Julia, ou à Marian, quand il n'avait pas envie d'être dérangé.

Son oncle était décidément plus extravagant qu'elle ne l'avait pensé. Son attitude avait dû exaspérer un grand nombre de personnes.

— Il avait d'autres petits trucs ?

— Oui. Celui-là, par exemple.

Nick s'approcha de la fenêtre, puis glissa une main sous le rebord du bas.

— Il y a un levier que je vais soulever. Regarde.

La fenêtre s'entrouvrit, un peu d'air frais pénétra dans la pièce.

Le bureau n'était donc pas totalement hermétique. Le meurtrier avait pu prendre la fuite par la fenêtre.

11

Mercredi, 11 h 15

Nick passa la main sur l'encadrement de la fenêtre.

— Elle ne s'ouvre et ne se ferme que de l'intérieur. Si le meurtrier l'avait utilisée pour prendre la fuite, elle serait restée ouverte et nous l'aurions remarqué au moment où nous sommes entrés.

Kelly s'approcha et se pencha par la fenêtre. Elle regarda vers le bas, sans paraître éprouver de vertige.

— Il y a peut-être un mécanisme d'ouverture depuis l'extérieur ?

Nick sourit à cette idée.

— Samuel était un excentrique, mais pas à ce point !

— En tout cas, j'adore l'idée qu'il ait trouvé un moyen d'ouvrir sa fenêtre de bureau. Je ne supporte pas ces fenêtres verrouillées, l'impossibilité d'aérer une pièce.

— Quand cet immeuble a été construit, il y a une trentaine d'années, toutes s'ouvraient et se refermaient. C'était la climatisation version Colorado !

Les températures de la chaîne du Front Range chutaient assez, au cours de la nuit, pour rafraîchir et rendre toute climatisation inutile. Du moins en était-il ainsi, autrefois, mais le réchauffement climatique avait changé cet état de fait. Toutes les nouvelles constructions étaient dotées de l'air conditionné.

— Le système de climatisation a été amélioré à plusieurs reprises dans l'immeuble Spencer, reprit Nick. Nous utilisons cependant beaucoup l'énergie des panneaux solaires.

Il se remémora une discussion sur les éoliennes qu'il avait eue avec Samuel.

— Mon oncle projetait de faire détruire l'immeuble Spencer et de le remplacer par une construction écoresponsable.

— Un projet très coûteux pour lequel il aurait pu emprunter un million de dollars.

— Effectivement.

Cela aurait été tout son oncle de se lancer dans un chantier d'une telle envergure sans avoir, au préalable, reçu l'aval de Marian, de Rod et de Jared.

— J'avais raison sur ta propension à ouvrir de nouvelles perspectives, Kelly ! Mais si tel était le projet de Samuel, il en avait sans doute les plans.

— Il faudrait passer son ordinateur au crible.

— Mon oncle ne l'utilisait presque pas. L'informatique ne l'intéressait pas.

— C'est étrange pour un homme qui aimait jouer les magiciens… L'informatique, internet sont les outils rêvés d'un magicien quand on y réfléchit bien.

— Samuel disait qu'un magicien ne révèle jamais ses trucs.

— Ce qui signifie…

— Qu'il aimait jouer les prestidigitateurs, fasciner

ses clients avec ses tours. Rien ne lui plaisait autant que d'avoir trouvé une solution créative et inédite. Les ordinateurs tendent à rendre le mystère moins… mystérieux. On se sent souvent plus intelligent sitôt qu'on accède aux autoroutes de l'information, mais l'est-on pour autant ? Avec les logiciels d'architecture et graphiques, il est plus facile de tracer des plans. Même pour un débutant. Mais est-on pour autant architecte et créatif ?

Samuel dédaignait les ordinateurs parce qu'il aimait le secret, songea Nick. D'où son désir, sans doute, de recevoir un chèque de la part de Radcliff, et non un virement par internet.

— J'aurais aimé le connaître, conclut Kelly.

— Vous seriez devenus bons amis.

— Pourquoi ?

— Vous êtes tous les deux doux et candides, mais aussi compliqués !

Il sourit à Kelly. Elle semblait heureuse, et ses cheveux aux reflets dorés la sublimaient. Sans son élan de colère de la veille, il n'aurait jamais soupçonné qu'elle était également une femme blessée et tourmentée. Chez lui, elle s'était jetée dans ses bras, brûlante de passion, de colère et de désir tout à la fois. Elle avait littéralement déchiré sa chemise dans son élan ; elle avait été demandeuse, insistante et sensuelle. Son ardeur l'avait conquis et bouleversé, et avait bien entendu attisé son propre désir. S'il y avait cédé, leur nuit aurait été un véritable feu d'artifice passionnel.

Mais il ne voulait pas seulement une nuit de passion exacerbée, suscitée essentiellement par la colère et la frustration. Celles-ci consumées, la gêne ou l'humiliation seules seraient restées au petit matin. Leur relation n'aurait peut-être eu aucun avenir… C'était du moins ce qu'il s'était dit quand il s'était retrouvé seul dans son lit, se reprochant de lui avoir seulement baisé la main, au lieu de l'attirer à lui et de lui faire follement l'amour.

— Il a peut-être fait des plans ? reprit Kelly au même instant. Il y en a des milliers dans le caveau à archives.

Perdu dans ses pensées, le souvenir de ses baisers et de ses caresses insistantes et audacieuses, Nick tressaillit et revint au présent avec difficulté.

— De quels plans parles-tu ?

— De ceux de la nouvelle bâtisse qu'il envisageait de construire à la place de l'immeuble Spencer. Tu viens de dire qu'il aurait pu en dessiner les plans…

La perspective de fouiller dans le caveau pour remettre la main dessus, du moins s'ils existaient, lui parut soudain insurmontable. Nick referma la fenêtre à l'aide du mécanisme secret et eut une autre idée.

— Viens.

Ils se rendirent au sixième étage où se trouvaient les bureaux du grossiste en équipements sportifs. C'était l'endroit que Nick préférait dans l'immeuble. Au sixième et au septième étages, personne ne portait de costumes trois-pièces et de cravates. Les employés étaient des skieurs, randonneurs ou adeptes du vélo de montagne.

La réceptionniste leur expliqua que Tony Bracco, le gérant, se trouvait dans l'aire d'exposition, qui n'était autre qu'une immense salle de gymnastique.

Ils s'y rendirent.

Tony était petit, mince et bronzé. Il testait des arcs recurve et coumpound. Nick fit les présentations.

— Vous transmettrez mes salutations à Serena et à Nigel, dit spontanément Tony à Kelly.

Puis il se tourna vers Nick.

— Mes condoléances. Si tu as besoin de quoi que ce soit…

— Merci.

Nick observait l'arc recurve avec grand intérêt.

— Je peux l'essayer ?

— Magnifique, n'est-ce pas ? La vitesse au lâcher peut atteindre quatre-vingt-dix mètres par seconde.

Nick soupesa l'arc avec respect, en apprécia le design et la souplesse.

— Ton arc semble plus mortel qu'un fusil.

— Je ne te le fais pas dire !

Nick lui désigna la cible, sur le mur du fond.

— Je peux ?

— Si tu veux.

Nick prit une flèche, la positionna, banda l'arc, visa, tira et toucha presque le centre de la cible.

— C'est vraiment un bel objet, fit-il.

Tony posa sa main sur le bras de Kelly.

— Vous voulez tirer ?

— Je ne sais pas. Ma passion, c'est plutôt la randonnée et, surtout, l'escalade.

Tony s'empressa donc de lui montrer l'espace dédié à l'escalade, qui regorgeait de cordes, piolets, pitons, mousquetons, crampons, harnais, chaussures, casques et autres équipements dernier cri. Kelly les passa en revue avec enthousiasme.

— Justement, Tony, cela t'ennuie si je t'emprunte du matériel d'escalade ? demanda Nick.

— Tu as envie de faire une petite balade en montagne ?

— On peut dire ça comme ça.

Chargés des cordes et de l'équipement, Nick et Kelly gagnèrent le dixième étage.

— Pourquoi ? Qu'allons-nous faire ? demanda Kelly, étonnée.

— Après réflexion, j'aimerais tester ta théorie. Je veux être certain qu'il n'y a aucun moyen de fermer et d'ouvrir la fenêtre du bureau de Samuel de l'extérieur.

Au dixième étage, ils prirent l'escalier qui conduisait vers le toit. Nick bloqua au préalable avec un piton la porte d'accès entre les bureaux du dixième étage et l'escalier.

Sur le toit, la vue panoramique, magnifique, lui rappela pourquoi il aimait tant la montagne. L'air frais, toujours vivifiant en altitude, lui donnait le sentiment d'être vivant. Il avait envie de revenir chez lui à Breckenridge, où sa vie était plus calme, si simple… Il aimait Valiant, mais il n'y séjournait jamais longtemps. Il fut même soudain tenté de vendre ses actions de Spencer Entreprises à son frère afin de vivre tranquillement dans ses chères montagnes.

Kelly traversa le toit, louvoyant entre les évents et les panneaux solaires. Il la suivit des yeux, admirant sa démarche, ses longues jambes fuselées et son pas athlétique tandis qu'elle s'approchait de l'extrémité de l'immeuble qui faisait face aux collines.

Elle se pencha par-dessus le parapet.

— Le bureau de ton oncle est de ce côté-là ?

— Non, de l'autre.

Il y déposa son équipement et étudia un instant les environs.

— Tu vois des signes de passage ? Des griffures

sur le mur qui prouveraient que quelqu'un a escaladé le mur en béton ?

Kelly passa la main sur le parapet.

— Je ne vois rien.

Nick non plus. Rien n'indiquait qu'un homme ait utilisé la façade comme voie de passage, mais il voulait en avoir le cœur net. Son oncle avait été assassiné, et la fuite par la fenêtre, si improbable fût-elle, restait pour l'instant la seule échappatoire du criminel.

Il se mit à genoux et prépara son équipement. La tristesse que lui occasionnait la mort de son oncle était mitigée par une immense frustration, et aussi par la certitude, presque une consolation en définitive, que son oncle n'avait pas mis fin à ses jours. Samuel aimait trop la vie, jouer et surprendre son entourage. De plus, son message d'excuse ne lui ressemblait pas : Samuel n'éprouvait jamais de regrets. C'était un homme libre et audacieux qui n'en faisait qu'à sa tête, au dire de son entourage, surtout Marian ou Julia. Mais il assumait les conséquences de ses actes et de ses erreurs.

Nick prépara sa descente en rappel. Ces préparatifs effectués, Kelly lui tendit le casque.

— Mets-le.

— Tu plaisantes ? fit-il.

— Je ne plaisante jamais avec la sécurité, Nick.

Il regarda par-dessus le parapet.

— Nous sommes à une hauteur d'environ trente mètres. Si je tombe, le casque ne me protégera pas.

— Tu peux aussi perdre l'équilibre. Te cogner la tête. Ou…

— Très bien, j'ai compris !

Il le lui prit des mains et le mit.

— Autre chose ?

— Tes chaussures ne conviennent pas : les semelles sont trop épaisses. Et puis, la corde va abîmer ta veste. Je te donnerais bien la mienne, mais je doute qu'elle t'aille.

— Tu es infernale !

— Non : raisonnable.

Elle lui tendit les gants.

— La preuve, je ne me suis jamais blessée en faisant de l'escalade.

Avant d'amorcer sa descente, il la dévisagea. Kelly, auréolée par le soleil à son zénith, représentait tout ce qu'il avait jamais désiré chez une femme. Mû par une impulsion, il lui donna un profond baiser.

— Souhaite-moi bonne chance.

— J'aurais préféré être à ta place. Bonne chance.

Nick se laissa descendre le long du mur. Ses chaussures, comme Kelly venait de le lui dire, n'étaient pas idéales, mais il ne glissa pas. Quand il passa devant la fenêtre de son propre bureau, qui était directement au-dessus de celui de Samuel, il regarda à l'intérieur. La pièce était la réplique exacte de celle de Samuel, mais en plus petit. Il avait la forme d'un pentagone, et la porte de l'armoire encastrée dans le mur de coin en pente faisait face à un autre mur pentu où se trouvait la porte d'accès.

A cette hauteur, le vent soufflait plus fort, et sa chemise en coton ne l'en protégeait pas suffisamment, mais l'effort physique lui permettait de ne pas souffrir du froid.

Arrivé devant la fenêtre du bureau de son oncle, il en inspecta l'entour soigneusement, cherchant des traces.

Rien.

La voix de Kelly lui parvint.

— Nick ? Tu as trouvé quelque chose ?

— Non. Je vais remonter.

Sa déception était immense.

Le cœur battant, Kelly regardait Nick qui remontait. Leur baiser avait accéléré les mouvements de son pouls qui restait rapide.

Il l'avait embrassée, rien n'était perdu entre eux... Elle voulait tant oublier la scène de la nuit passée dont le seul souvenir la faisait encore rougir de honte.

Elle s'arracha à ses pensées pour aider Nick à franchir le parapet, espérant un nouveau baiser ou une étreinte, mais son portable sonna.

Elle le sortit à la hâte. Elle ne connaissait pas le numéro affiché sur l'écran, mais prit la communication, plusieurs de ses patientes étant proches de leur terme.

— Bon sang, Kelly ! C'est quoi ton problème ?

Elle n'identifia pas immédiatement la voix de son interlocuteur, déformée par la colère.

— Qui est à l'appareil ?

— Ton mari !

Son premier instinct fut de jeter son portable par-dessus le parapet, mais elle se contrôla. Elle refusait de se laisser atteindre.

— Tu es mon ex-mari, Ted et je n'ai plus rien à te dire. Ne me rappelle plus.

Sur ces mots, elle raccrocha et se tourna vers Nick. Il venait de retirer son casque et se passait les doigts dans les cheveux. Comment avait-elle pu tomber amoureuse d'un homme comme Ted ?

— Qui était-ce ? demanda Nick, sourcils froncés.

— L'imbécile qui a été mon mari dans une autre vie.

— Ça va ?

— J'ai eu un sursaut de colère que j'ai réussi à réprimer. Il se prend pour qui ? De quel droit me harcèle-t-il ?

Comme elle avait élevé la voix, elle s'obligea à se taire. Mais ses mains ne tremblaient pas, les larmes ne lui étaient pas non plus montées aux yeux. Ted lui serait bientôt indifférent. C'était un progrès. Le signe qu'elle était prête à aller de l'avant… Une découverte euphorisante…

12

Mercredi, 12 h 45

Sur la route de Denver, Kelly dut passer de nombreux appels téléphoniques. Elle voulait parer à toute éventualité. Si son métier ne comportait pas d'horaires de bureau, en revanche une sage-femme devait souvent gérer les imprévus. Kelly pouvait ainsi passer plusieurs jours sans nouvelles de ses patientes, puis survenait le coup de téléphone d'une parturiente qui l'obligeait à réagir très vite et la tenait occupée pendant plusieurs heures d'affilée.

Pour commencer, elle appela Serena, qui avait approuvé son projet de passer la nuit chez Nick. Serena lui affirma qu'elle n'avait pas constaté de problèmes majeurs à Bellows Farm.

Kelly s'entretint ensuite avec deux futures jeunes mamans dont l'accouchement était prévu dans les jours à venir.

Enfin, elle rangea son portable.

— Il faut combien de temps pour couvrir la distance entre Denver et Valiant ?

— En voiture ? Environ quarante-cinq minutes, précisa Nick. Pourquoi ? Tu penses avoir une urgence ?

— Daisy, qui participe à mon cours de préparation à l'accouchement, pourrait bientôt accoucher. Elle n'a pas perdu les eaux, mais elle a d'autres symptômes.

— Et si tu n'es pas sur place, que va-t-il se passer ?

— Que je sois présente ou non, le bébé naîtra… Au pire, si nécessaire, Serena me remplacera.

Serena pouvait aussi faire appel à une autre sage-femme de sa connaissance, mais celle-ci habitait à plus d'une heure de Valiant.

— J'aimerais cependant être présente au cas où Daisy m'appellerait.

— Nous ne resterons qu'une heure ou deux à Denver, la rassura Nick. Je veux jeter un œil aux bureaux de Radcliff, puis passer voir mes filles chez mon ex-femme. Elles sont perturbées par la mort de Samuel.

— C'est la première fois qu'elles sont confrontées à la mort ?

— Oui.

Et Nick ajouta, pensif :

— C'est complexe à évoquer avec des enfants. Alors un suicide… Comment le leur expliquer ?

Kelly réfléchit un instant. Nick ne pouvait biaiser et esquiver le sujet d'autant que, entre les médias et les conversations, les deux fillettes en avaient sans doute entendu parler.

— Dans tous les cas, il vaut mieux que ça soit toi qui leur parle, Nick.

— Mes filles posent des centaines de questions quand une feuille tombe d'une branche, alors imagine quelles seront leurs interrogations sur des notions aussi complexes !

— Sois simple.

— Même en parlant de suicide, de meurtre ?

— Si tu ne connais pas la réponse à leurs questions, dis-leur.

Pour autant, elle ne l'enviait pas de devoir tenir une telle conversation.

— Crois-tu en l'au-delà, Nick ? Du moins, en un au-delà ?

— Plus ou moins.

— Alors dis-leur : c'est là que votre grand-oncle est parti.

Rencontrer les deux filles de Nick, c'était aussi rencontrer Wendy, son ex-femme, avec qui il avait des rapports cordiaux et sur laquelle il n'avait jamais prononcé une seule parole négative, songea Kelly, intriguée. Malgré un divorce par consentement mutuel avec Ted, que l'on puisse avoir des relations apaisées avec son ex-conjoint l'étonnait.

— Je suis certaine que tu fourniras les réponses appropriées à tes filles, conclut-elle.

— Je regrette de ne pas les voir plus souvent… Breckenridge est loin de Denver, et je ne peux pas m'y rendre tous les week-ends. Mes filles y ont leurs activités, leurs habitudes et leurs amies. Mais on se voit au moins une fois par mois. Et lors des grandes vacances et des fêtes de Noël, elles séjournent plus longtemps à la maison.

Il y avait une note de tristesse dans sa voix.

— Cet arrangement ne te convient pas ? s'enquit Kelly.

— Honnêtement ? Non. J'aimerais voir mes filles tous les jours, mais je veux aussi qu'elles mènent une vie équilibrée et paisible entre moi et Wendy, et leur beau-père. Elles aiment leur existence à Denver. En plus, chez leur mère, elles ont une existence stable. Moi, je suis souvent en déplacement.

— Quand ont-elles vu Samuel pour la dernière fois ?

— En novembre, pour Thanksgiving. Une grande réunion de famille s'est tenue à Valiant. Des cousins étaient venus de la côte Est. Toute la famille de Lauren et même les enfants de Julia, désormais des adultes, étaient présents. Samuel s'est beaucoup occupé de mes filles.

— Il aimait les enfants ?

— Seulement à petites doses. Mais mes filles l'adoraient.

Il se détendit et sourit.

— Je le revois, devant le feu de cheminée, leur raconter des histoires sur les orpailleurs et les mineurs héroïques de la mine Valiant. Samuel était un conteur-né. Je suis content qu'elles aient passé ces moments-là avec lui…

— Si petites soient-elles, elles garderont un bon souvenir de ton oncle, Nick.

Ils continuèrent leur route, enveloppés par un silence complice, et bientôt arrivèrent à Denver.

Kelly y avait vécu douze ans, avant son divorce : ses musées, sa vie culturelle, même ses boutiques lui manquaient. Sans parler de ses restaurants.

A cette pensée, l'eau lui vint à la bouche : elle mourait de faim.

— On va déjeuner quelque part ?

— Le bureau de Radcliff est au centre de Denver, nous y trouverons une profusion de petits restaurants.

— Je me souviens d'un petit libanais qui se trouvait justement sur Blake Street.

— Va pour un pain pita ! lança Nick.

Ils se garèrent non loin d'Union Square et du restaurant

dont Kelly avait gardé un si bon souvenir. Malheureusement, celui-ci avait été remplacé par un magasin de vêtements.

Finalement, ils trouvèrent, juste en face des bureaux de Barry Radcliff, un tex mex où ils entrèrent. Kelly commanda un taco au saumon et un autre au thon et tomates piquantes. Nick choisit quant à lui un taco au bœuf à la mexicaine, et un second au poisson mariné et guacamole.

Ils s'installèrent dans l'espace restauration de l'établissement et déjeunèrent en observant les bureaux de Barry Radcliff : BR Drilling.

— Qu'espères-tu trouver au juste ? demanda Kelly.

— Je ne sais pas… J'aimerais savoir pourquoi mon oncle s'est rendu chez Barry. Qui lui a donné son nom. J'essaie d'entrer dans les pensées de Samuel, afin de découvrir ses objectifs. BR Drilling est spécialisé dans l'exploitation minière et pétrolière. Si Samuel avait un projet en montagne, il a peut-être pensé que celui-ci intéresserait Radcliff ?

— Il t'aurait aussi contacté.

— Non ! Samuel aimait trop les surprises !

Nick se sentait-il blessé de ne pas avoir été mis dans la confidence par son oncle ? se demanda Kelly. D'une certaine façon, les deux hommes se ressemblaient, quoique Nick soit plus ancré dans la réalité. Peut-être parce qu'il avait fondé une famille et avait eu deux filles, alors que Samuel n'avait jamais été capable de véritablement s'engager, même avec Julia qu'il avait pourtant aimée toute sa vie.

— J'aime bien cette partie de la ville, reprit-elle soudain.

— Moi aussi. La plupart de ses bâtiments ont été rénovés, mais ils ont gardé l'esprit d'origine de Denver. Pourtant Denver change. Le Colorado change.

— Tu le regrettes ?

— Oui et non. Samuel pensait que le changement n'était pas toujours positif. Il aimait le passé et cultivait la nostalgie…

Une fois qu'ils eurent fini leur déjeuner, ils traversèrent la rue. Malgré la curiosité de Nick, ils n'entrèrent pas dans les bureaux de BR Drilling. Nick préférait que Radcliff ne sache pas qu'il se trouvait à Denver. De toute façon, il était temps de reprendre la route pour passer voir ses filles.

Nick avait programmé cette visite à la dernière minute, profitant de l'intervalle de deux heures entre la sortie de l'école de ses filles et le retour du mari de Wendy à la maison.

Finalement, comprit Kelly, cette excursion avait été surtout motivée par le désir de Nick de voir ses filles et de leur parler de leur grand-oncle décédé. Sa sensibilité la touchait. Quand un décès survenait dans une famille, on oubliait souvent les sentiments des enfants, on pensait que les plus petits ne pouvaient comprendre un événement si complexe et attristant.

Wendy et son mari habitaient dans une maison de deux étages dans le quartier des boutiques de Cherry Creek. Dans le jardin, l'herbe commençait à verdir, les arbres bourgeonnaient et des pousses émergeaient dans les jardinières qui se trouvaient de chaque côté de l'entrée.

Wendy ne cacha pas sa surprise en voyant Nick. Elle portait un jean slim et un pull en cachemire, mais ces vêtements très simples étaient griffés, et elle était donc d'une suprême élégance. Ses yeux étaient aussi bleus que ceux de Nick, mais plus froids. Sans conteste, elle faisait partie de ces femmes distantes et réservées.

Nick fit les présentations et Kelly adressa ses condoléances à Wendy.

Celle-ci les fit ensuite entrer dans le vestibule tout en marbre.

— Un journaliste m'a contactée récemment, indiqua-t-elle à Nick.

— Quelle a été ta réaction ?

— Je lui ai conseillé d'appeler mon avocat. Ne te fais pas de souci, Nick, je ne veux pas me mêler de cette histoire. L'enquête est terminée ?

— Pas encore.

Sur ces mots, Nick leva les yeux vers l'escalier.

— Les filles sont en haut ?

— Parle-leur. Moi, je n'ai pas su quoi leur dire… et elles sont très tristes.

Nick n'eut pas besoin d'en entendre davantage : il monta l'escalier quatre à quatre. Quelques secondes plus tard, les cris de joie de ses filles retentirent à l'étage. Kelly sourit à l'image de Nick les embrassant et les serrant dans ses bras.

— C'est important qu'elles voient leur père et leur famille du côté paternel le plus souvent possible, déclara Wendy. D'autant que les Spencer font partie de l'histoire du Colorado.

Son assurance était impressionnante. Surtout, elle ne semblait pas ressentir la moindre animosité envers Nick.

— Vous êtes plutôt positive et bienveillante envers le clan Spencer, remarqua Kelly.

— Je n'ai aucune raison d'éprouver de l'hostilité à leur égard. Je déteste ces divorces qui finissent en règlement de comptes.

— Je vous comprends.

— Puis-je vous offrir une tasse de café, Kelly ?

— Volontiers.

Wendy la conduisit dans une grande cuisine très sophistiquée, où elle prépara deux expressos. Elle déposa les tasses sur la table de cuisine.

— Vous avez une jolie maison, la félicita Kelly.

— Quand mon mari et moi l'avons achetée, nous avons dû faire de gros travaux. Nick nous a beaucoup aidés.

Son nouvel époux était-il jaloux des relations que Wendy entretenait avec Nick ? En dépit de sa curiosité, Kelly se garda de poser la question.

— Je vais vous paraître indiscrète, mais tant pis, je n'y tiens plus ! déclara Wendy au même instant. Vous êtes la nouvelle petite amie de Nick ?

— Je l'ai rencontré il y a quelques jours seulement, biaisa Kelly.

Elle lui raconta l'arrivée de Nick à son cours de préparation à l'accouchement, et sa méprise.

— Lauren m'a très vite corrigée.

— Je n'en doute pas ! Elle a beaucoup de personnalité et de tempérament !

— Après, Nick m'a conduite au neuvième étage pour me montrer l'or de la mine Valiant.

Jusque-là, son récit avait été facile et léger.

— C'est alors que nous avons découvert Samuel inanimé, blessé, dans son bureau…

Wendy s'enquit ensuite de la façon dont elle avait tenté de le ranimer. Quand Kelly eut terminé son récit, elle lui prit la main.

— Cela vous ennuie si je vous pose une autre question personnelle ?

— Je vous en prie…

— Vous êtes l'ex-femme de Ted Maxwell, n'est-ce pas ? Que pensez-vous de lui ?

Pour la première fois depuis son divorce, Kelly ne ressentit aucune colère à la mention de son nom. A peine eut-elle un petit pincement au cœur. On lui poserait souvent cette question désormais, elle le savait.

Non seulement les médias étaient en quête d'informations sur la mort de Samuel — et elle faisait partie de ce drame —, mais le blog du journaliste avait révélé la nature de ses liens avec Ted Maxwell, un avocat renommé qui ambitionnait de faire une carrière politique.

— Ce que je peux vous dire, c'est que je ne voterais pas pour lui.

Wendy poursuivit son interrogatoire sur Ted, mais Kelly n'y répondit que du bout des lèvres, avec réticence. L'élégante ex-femme de Nick aimait manifestement les ragots. De plus, elle devait certainement fréquenter les mêmes cercles que Ted et sa nouvelle épouse.

Finalement, Kelly changea de sujet.

— Je suis certaine que vous connaissez de nombreuses anecdotes sur la famille Spencer. Je suis curieuse d'en apprendre davantage sur Samuel. Lui et Julia sont restés ensemble pendant fort longtemps, et je ne comprends pas pourquoi ils ne se sont pas mariés.

Wendy répondit à voix basse.

— Selon la rumeur, Julia aurait refusé de l'épouser

s'il ne lui donnait pas vingt lingots de l'or de Valiant. Une dot de près d'un million de dollars ! Evidemment, Samuel a refusé de céder ne serait-ce qu'un lingot de l'or familial.

— Cela aurait pourtant pu être un geste symbolique, déclara Kelly, pensive. Julia désirait sans doute qu'il lui prouve son amour absolu.

— A moins que ça n'ait été une manœuvre pour mettre la main sur la fortune des Spencer.

Wendy se leva.

— Cela vous intéressera sans doute de voir la photo de famille que nous avons prise lors de Thanskgiving. Je l'ai sortie parce que Maddie, ma fille aînée, voulait voir son grand-oncle.

A cet instant, Nick et ses filles descendirent et les rejoignirent dans la cuisine. Les fillettes parlaient avec animation d'une chevrette qui s'appelait Fifi et d'une princesse papillon…

Nick présenta Maddie et Carrie à Kelly.

— Je leur ai promis de nous rendre à la ferme de Serena, la prochaine fois qu'elles viendraient à Valiant, expliqua-t-il.

— Excellente idée ! déclara Kelly. Il y a aussi deux lamas, des lapins et des poules.

Carrie, la plus jeune, qui avait quatre ans, battit des mains.

— Oh ! comme j'aime les petits lapins !

La plus âgée, âgée de sept ans, était plus sérieuse. Elle avait les yeux rouges comme si elle avait pleuré.

Elle prit son père par le bras.

— Viens, papa. Viens, on va regarder la photo.

— Elle est sur la table de la salle à manger, expliqua Wendy. Je voulais justement la montrer à Kelly.

Dans la salle à manger, Kelly observa le cliché par-dessus l'épaule de Nick : il représentait une trentaine de personnes, de tous les âges. Maddie mit des noms sur certains visages, Nick l'aida à reconstituer les liens familiaux.

— Là, c'est Phil, un cousin de New York. Il est médecin. Et lui, c'est Andrew : il habite en Floride. Voilà votre grand-oncle Samuel, déclara enfin Nick, montrant un homme aux cheveux blancs.

Maddie embrassa la pointe de son index et le posa sur le visage souriant de Samuel. Ce geste simple et tendre bouleversa Kelly.

Soudain, elle se figea : elle venait de reconnaître un visage.

— Qui est cet homme ?

— C'est le fils de Julia, répondit Nick. Arthur Starkey. Pourquoi ?

Arthur Starkey. C'était l'homme qui l'avait épiée et suivie dans les rues de Valiant.

13

Mercredi, 18 h 15

Nick se gara devant chez Lauren, coupa le moteur et se tourna vers Kelly. Elle semblait embarrassée par leur récente découverte.

— Je suis désolée, Nick. Mais je suis certaine que c'est lui…

— Je te crois, et cette histoire m'inquiète de plus en plus. Mais, je ne suis pas beaucoup lié avec Arthur, tu sais. Pour être franc, je ne l'apprécie guère.

— Oui, mais tu apprécies beaucoup Julia.

Nick jeta un œil à l'extérieur. La Lexus bronze de celle-ci était garée non loin, et bien d'autres véhicules envahissaient l'allée devant chez Lauren. Les amis, les proches et la famille semblaient avoir pris d'assaut la maison. D'ailleurs, toutes les fenêtres étaient allumées.

Nick poussa un soupir.

— Il faudra bien que j'annonce à Julia que son fils est mêlé, de près ou de loin, à la mort de Samuel.

— Nous ne le savons pas encore avec certitude, Nick !

En rentrant de Denver, ils avaient évoqué les raisons pour lesquelles Arthur aurait pu l'épier et la suivre. Arthur Starkey était-il le complice de Trask ? Ou avait-il engagé ses services ? Dans quel but ? Pourquoi s'intéressait-il aux dernières paroles de Samuel ? Les questions sans réponses continuaient d'affluer.

— Je vais contacter Arthur ! déclara soudain Nick.

Mais son numéro, qu'il composa dans la foulée, n'était plus en service.

— Je vais demander le nouveau à Julia ! J'aimerais éviter une conversation désagréable avec elle.

— Mais elle te demandera pourquoi tu désires tant parler à son fils et tu seras obligé de lui répondre. Julia est intelligente et perspicace, tu ne pourras rien lui cacher.

Il apprécia, de nouveau, la clairvoyance de Kelly.

— Tu es précieuse, tu sais.

— Je veux t'aider et je ferai tout mon possible pour te soutenir.

Il se promit de la remercier à sa façon, tendrement, passionnément, quand ils rentreraient chez lui en fin de soirée.

Là-dessus, il revint à contrecœur au présent et se tourna vers la grande maison.

— Il est possible qu'Arthur soit chez Lauren ce soir…

— Alors contacte la police.

Il fit non de la tête.

— Tant que je ne suis pas certain du rôle d'Arthur dans cette histoire, je préfère éviter que la police intervienne.

— Tu veux que je m'entretienne avec Julia ?

C'était une offre tentante, mais il se devait d'assumer cette confrontation, si déplaisante fût-elle.

— C'est à moi de gérer cette affaire, Kelly.

Il se décida enfin à descendre de voiture. Le sourire de Kelly, quand il lui ouvrit sa portière, était encourageant et lui offrait le soutien dont il avait besoin. Il la prit par la main, et une connexion très profonde s'établit aussitôt entre eux. Mû par un élan de tendresse et de reconnaissance sans pareil, il passa un bras autour de sa taille et la pressa contre lui.

— Qu'est-ce que tu fais ? demanda-t-elle dans un souffle.

— Je cherche l'inspiration…

— Alors prends tout ce que tu veux, Nick. Je suis à toi…

Sur ces mots, elle entrouvrit les lèvres et les lui offrit. Il les prit sur un sourire. Quand ils s'embrassèrent, l'adrénaline explosa dans ses veines, le pressant de l'embrasser plus passionnément et de renoncer à se rendre chez sa belle-sœur pour plutôt rentrer et s'adonner à des activités autrement plus euphorisantes.

Ce soir ! se promit-il.

Quand il eut mis fin, avec effort, à leur baiser, il reprit la main de Kelly et tous deux s'approchèrent de la maison. Il entra sans sonner. Autrefois, cette immense demeure appartenait à ses parents : il y avait grandi et avait le sentiment d'en être toujours un peu propriétaire. Les couleurs des murs et les meubles avaient changé depuis que Jared y avait emménagé avec Lauren, mais l'atmosphère qui en exsudait n'en évoquait pas moins le passé. Ainsi reconnaissait-il le vitrail, près de la porte, qui avait été réparé après qu'il l'eut cassé avec une balle de base-ball. Le mur de l'escalier était couvert de photos représentant les Spencer sur des générations.

Il se rendit dans la cuisine où Lauren, qui préparait le dîner, retint Kelly et lui donna un économe pour éplucher les légumes. Il se mit quant à lui en quête de Julia, elle était dans la salle à manger.

A sa vue, elle sourit.

— Vous restez dîner, toi et Kelly ?

— Non, malheureusement.

— Quelle bonne idée Lauren a eue de m'appeler à la rescousse. A force de vivre seule, j'oublie combien c'est agréable d'être en famille. Tout le monde est si gentil avec moi... Chacun a une parole de réconfort, une pensée pour moi et mon cher Samuel.

Nick retint un mouvement de surprise. C'était la première fois que Julia parlait avec autant de tendresse de son oncle. Ce soudain élan sentimental le laissa sceptique : les relations entre Julia et Samuel étaient plus orageuses et passionnelles que romantiques. Nick avait même été témoin d'affrontements entre eux deux, et Julia était une femme dure, il l'avait souvent constaté.

— Il faut absolument que je te parle, commença-t-il sans ambages. Mais pas ici. Sortons pour avoir un peu de calme.

Julia, un peu étonnée, enfila son cardigan gris et obtempéra.

Nick la conduisit dans la véranda où, autrefois, il aimait prendre son petit déjeuner. La température y était fraîche mais supportable. Il y flottait une légère odeur de renfermé, comme si les souvenirs du passé étaient venus s'y réfugier et s'y empoussiérer.

Sa conversation avec Julia allait à coup sûr modifier leurs relations. En proférant des accusations contre son fils, il deviendrait en effet un ennemi.

Pressé d'en finir, il aborda le sujet sans détour.

— Il faut que je joigne Arthur.

— Qu'est-ce qu'il a encore fait ?

— Je veux lui parler.

— Voilà qui me surprend, Nick.

Ce ton sarcastique convenait plus au caractère de Julia que son élan de sentimentalisme euphorique de tout à l'heure.

— Toi et Arthur, vous avez été élevés comme deux frères, mais vous n'avez jamais été proches. Pourquoi veux-tu le contacter ?

Le ton de Julia était devenu accusateur. Elle avait toujours considéré qu'Arthur était victime du mépris du clan Spencer. Nick jugea plus sage de ne pas s'engager dans cette conversation. Le fils de Julia, qui avait la petite trentaine, n'était pas franchement honnête, toujours mêlé à des histoires plus ou moins sordides.

Nick prit place sur l'une des chaises en rotin.

— Tu es au courant des activités d'Arthur ?

Un éclair de colère jaillit du regard étréci de Julia, et Nick craignit qu'elle ne fasse demi-tour et le laisse en plan dans la véranda.

— Quelles activités, Nick ? Je n'y comprends rien.

— Je suis certain du contraire.

— Je ne te savais pas aussi péremptoire.

Il refusa de se laisser intimider ou décontenancer, et décida au contraire de foncer.

— Arthur est de mèche avec des individus peu recommandables. Je te demande donc de coopérer. Ne m'oblige pas à contacter la police.

Julia prit place sur un siège en rotin et changea de ton.

— Samuel et Arthur ont récemment collaboré. J'en ai été ravie : j'ai toujours voulu que Samuel aime mes enfants, les considère comme les siens et noue avec eux des liens. J'aurais dû me douter que cela n'apporterait que des problèmes.

— Sur quoi travaillaient-ils au juste ? demanda Nick, intéressé.

— Je ne sais pas. J'ai volontairement gardé mes distances. Je voulais que Samuel constate qu'Arthur avait de bonnes idées, surtout en ce qui concernait la recherche d'apports.

— Barry Radcliff, par exemple ?

Julia soupira.

— C'est exact. Arthur est à l'origine de la rencontre entre Samuel et Barry Radcliff.

Une partie de l'énigme était donc résolue. Un homme aussi roué qu'Arthur avait des contacts douteux, et Samuel avait sans doute aimé l'idée d'obtenir des financements sans consulter Marian, Rod ni Julia.

— Tu aurais dû me le dire plus tôt, Julia.

— A quoi bon ?

— Parce que Samuel a mis l'or de la mine Valiant en garantie pour obtenir ce prêt d'un million de dollars de la part de Barry Radcliff.

— C'est ce que tu m'as appris avant-hier, Nick. Quoi qu'il en soit, cette transaction était une erreur ! martela-t-elle.

— Si je ne rembourse pas Radcliff, il s'appropriera l'or de la mine Valiant.

— Je ne l'accepterai pas !

Malheureusement pour elle, Julia n'avait pas voix au chapitre, songea Nick.

— J'aimerais en savoir davantage sur le projet qui nécessitait ce financement.

— Je n'en ai hélas aucune idée.

— J'en doute, Julia. Mais, tôt ou tard, je le découvrirai, répliqua-t-il froidement. Un million de dollars ne s'évanouissent pas dans la nature. Ils doivent bien être quelque part.

— Ton oncle était le roi des magiciens. Sans moi, personne chez Spencer Entreprises n'aurait été au courant de ce qu'il entreprenait.

— Tous les deux, vous formiez une équipe parfaite. Samuel était créatif et Julia, organisée.

— Il te faisait une confiance absolue, Julia.

— Il me remarquait à peine, objecta-t-elle. Ces derniers temps, il ne me voyait ni ne me regardait plus. Et je ne sais pas du tout quel projet il avait en tête.

Elle observa ses poings toujours fermés.

— Comment puis-je contacter Arthur ? coupa Nick.

Elle lui donna son numéro de portable.

— Mais il n'y répond plus depuis des semaines.

— Tu as son adresse ?

— Non. Tu sais comment est Arthur. Toujours sur la route... Ces dix derniers mois, il n'a pas eu de résidence permanente : il a séjourné chez des amis. La plupart de ses affaires sont chez moi.

— S'il te contacte, fais-le-moi savoir.

— Je ne peux pas te le promettre, Nick.

Il la regarda bien en face et chercha dans ses yeux une trace de leur ancienne complicité. Mais le regard de Julia était devenu froid.

— Très bien, Nick, je t'informerai. Mais je t'en prie, ne l'accable pas.

L'accabler ? Non, il désirait seulement comprendre comment et pourquoi son oncle avait été tué. Le million de dollars et l'or de la mine Valiant étaient presque secondaires. Si Spencer Entreprises perdait tout, tant pis, mais il voulait connaître la vérité sur la mort de son oncle.

Il regagna la cuisine où Lauren insista pour qu'ils restent dîner, mais il plaida la fatigue et prit vite congé avec Kelly. Il n'avait pas la moindre envie de passer la soirée sous le regard inquisiteur de Julia. Deux autres parentes, qui s'intéressaient à la nature de ses relations avec Kelly, cherchèrent aussi à les retenir. D'autres se renseignèrent plutôt sur le déroulement des funérailles. Nick eut le plus grand mal à s'en dépêtrer.

Une fois qu'il fut dans sa voiture, il ne démarra pas et resta silencieux. Comme lui, Kelly ne semblait pas avoir envie de parler et paraissait ressentir son besoin de calme. Ils ne se connaissaient que depuis peu, mais se comprenaient presque déjà.

Kelly lui tendit un cookie au chocolat.

— Délicieux, dit-il avec un murmure de plaisir. Je mourais de faim.

— Pendant que j'étais dans la cuisine, j'ai pris des sandwichs et des cookies. Ainsi que des fruits.

— Je préfère les cookies.

— Je m'en doutais. Le stress appelle le sucre, qui appelle le sucre… A ces sucres raffinés, purifiés et dangereux, il faut pourtant préférer les sucres non raffinés, comme les céréales complètes, les fruits et les légumes.

— Est-ce une experte en nutrition qui parle ?

— Non, le bon sens. Tu ne prêtes pas attention à ta façon de t'alimenter. La preuve, tu n'as même pas de quoi préparer un bon petit déjeuner chez toi.

— J'ai du café.

— Et surtout de la bière et des œufs douteux qui sont dans ton réfrigérateur depuis au moins trois mois ! Le contenu typique du frigo d'un célibataire.

Kelly avait raison, mais elle oubliait un détail : il

passait si peu de temps dans son appartement de Valiant qu'il n'y conservait guère de quoi manger.

— Ma maison de Breckenridge est remplie d'aliments naturels et biologiques, bons pour la santé. Il m'arrive de cuisiner.

— Mais nous ne sommes pas à Breckenridge.

Un silence tomba. Puis Nick soupira.

— J'aurais tellement aimé te rencontrer dans des circonstances plus favorables, Kelly.

— Pas moi.

Sur ces mots, elle lui tendit un sandwich au roast-beef enveloppé dans une serviette en papier.

— Ah bon ? Explique-toi.

— Si nous nous étions rencontrés dans une rue de Breckenridge et qu'on avait commencé à se fréquenter, nous aurions mis les formes. Il aurait fallu des semaines, voire des mois pour établir la complicité que nous avons déjà. Echaudée par mon premier mariage et mon divorce, j'aurais été beaucoup plus prudente à ton égard, et je n'aurais certainement pas eu l'explosion de colère d'hier soir.

— Tu la regrettes ? demanda-t-il en mordant à belles dents dans son sandwich.

— Oui, bien sûr. Commencer une relation par un accès de fureur n'est pas idéal… Cela dit, de nombreux obstacles se sont dressés d'un seul coup. Il m'en faut beaucoup pour me mettre hors de moi et, hier soir, j'ai été un vrai volcan.

Brûlante et plus passionnée qu'aucune femme qu'il ait connue, pensa-t-il.

— Cela m'a surpris, mais pas déplu.

— Oh ça, je m'en doute ! lança-t-elle en mordant dans son propre sandwich.

Puis elle lui tendit une bouteille d'eau.

— Dis donc, tu as pillé la cuisine ! s'exclama Nick, amusé. Comment as-tu pu sortir de la maison avec autant de victuailles ?

— Tu sais désormais que ma besace est une caverne d'Ali Baba... Parle-moi plutôt de ton échange avec Julia. Animé, n'est-ce pas ?

Nick lui apprit qu'Arthur était à l'origine de la rencontre entre Barry Radcliff et Samuel.

— Arthur n'est pas joignable et n'a pas d'adresse. Julia affirme que ses affaires sont chez elle, donc...

— Donc, tu aimerais que l'on passe chez Julia ? acheva-t-elle.

— Oui. J'ai participé à l'élaboration des plans de cette maison, et je sais comment y entrer sans déclencher le système d'alarme.

— On ne ferait pas mieux de demander ses clés à Julia ?

— Pour le moment, elle n'est pas très coopérative.

Sur ces mots, Nick termina son sandwich et démarra. Retrouver la trace d'Arthur était capital pour progresser dans l'enquête. Aussi n'avait-il aucun scrupule à pénétrer chez Julia sans le lui dire.

14

Mercredi, 20 h 32

Kelly avait un mauvais pressentiment. Dès sa première rencontre avec Julia, cette femme plutôt lunatique qui avait été à la fois la secrétaire et la maîtresse de Samuel lui avait inspiré une méfiance instinctive.

La route de montagne qui conduisait chez elle était plongée dans l'obscurité, seule la lueur des phares l'éclairait. Le visage de Nick était ainsi plus mystérieux et d'autant plus attirant.

— La fille de Julia assistera à l'enterrement ? demanda-t-elle au bout d'un moment.

— Je crois. Elle et mon oncle s'entendaient bien. Ils avaient de nombreux intérêts en commun.

— Elle est architecte ?

— Non, artiste : Annette travaille pour les plus grands créateurs de mode à New York. Elle envisage de lancer sa propre ligne de chaussures et de sacs.

— Elle est mariée ?

— Depuis douze ans, mais elle n'a pas d'enfants. La dernière fois que je l'ai vue, elle venait d'acquérir un petit chien qui portait un collier en strass, précisa-t-il avec un sourire.

— Et son frère ?

— Arthur a coupé les ponts avec elle. Annette m'a confié qu'il était venu lui rendre visite à New York, et qu'il avait abusé de son hospitalité. En plus, elle lui a prêté de l'argent qu'il ne lui a jamais remboursé.

Ils arrivèrent devant chez Julia, il y avait de la lumière à l'intérieur.

— Il y a quelqu'un ? s'étonna Kelly.

— C'est sans doute Arthur ! déclara Nick qui semblait ne plus tenir d'impatience. J'aurais dû m'en douter ! Puisqu'il est à Valiant, il a besoin d'un logis. Donc, il loge chez sa mère.

— Tu ne redoutes pas de l'affronter ?

— Arthur n'est pas un personnage très recommandable, mais il n'est pas dangereux.

Kelly resta sceptique.

— Nous ne rentrerons donc pas par effraction chez Julia ? dit-elle quand Nick se fut garé.

— C'est inutile quand on peut sonner à la porte : Arthur nous ouvrira. Tu as peur, Kelly ?

— Un peu… Je ne le connais pas, mais il me semble désespéré, donc prêt à tout. Il m'a épiée et suivie dans les rues de Valiant. Avec ce Trask en plus… Je ne sais pas ce qu'il cherchait et, en définitive, je n'ai pas très envie de le découvrir.

Nick lui caressa la joue.

— Tu préfères rester dans la voiture avec les portières verrouillées ?

En sachant que Nick courait peut-être un danger ? Cette perspective lui fit plus peur que celle d'affronter l'individu qui l'avait harcelée.

— Et s'il n'est pas seul ? reprit-elle. Et s'il est avec un complice armé ?

— Ecoute, tu vas m'attendre dans la voiture. Si je ne suis pas revenu dans une petite dizaine de minutes, tu appelles le 911.

Mais ils étaient au milieu de nulle part, il faudrait longtemps avant que la police n'arrive sur les lieux. Kelly reporta son attention sur la maison, et son imagination s'emballa. Elle entrevoyait une bande armée cachée dans les ombres. Oui, décidément, elle avait trop peur pour rester seule.

— Je viens avec toi ! lança-t-elle.

Elle remonta, à son côté, la voie privée qui conduisait vers l'entrée. Le vent soufflait dans les branches des pins, des bruits d'eau s'élevaient du petit jardin japonais. L'atmosphère était sereine et, malgré tout, mystérieuse et intrigante. Le cœur battant trop fort, elle passa derrière Nick, prête à prendre la fuite au premier signe.

Nick sonna. Elle tendit l'oreille. Il y avait bel et bien quelqu'un à l'intérieur.

Nick pressa de nouveau sur la sonnette.

— Arthur ? s'écria-t-il. C'est moi, Nick. Il faut que je te parle !

Un fracas s'éleva de l'intérieur.

— Ah zut, il prend la fuite ! s'exclama Nick, l'air furieux.

Kelly l'aurait laissé volontiers déguerpir : sa réaction prouvait sa culpabilité et sa dangerosité. Mais Nick se précipitait déjà. Elle ne pouvait faire autrement que le suivre.

Malheureusement, Nick courait à longues foulées souples, et elle avait du mal à soutenir son rythme. Elle pressa sa besace contre sa poitrine et se concentra sur son souffle tandis qu'ils descendaient une petite pente qui s'enfonçait profondément dans la forêt.

Elle avait certes le pied sûr, après avoir pratiqué l'escalade pendant des années, mais il faisait nuit et le terrain était pour le moins irrégulier. Elle dut ralentir à plus d'une reprise : elle n'arriverait jamais à rejoindre Nick, se dit-elle avec angoisse.

Elle s'était laissée distancer quand une silhouette apparut, toute proche. C'était le fils de Julia.

— Nick ! Par ici, cria-t-elle d'une voix essoufflée. Nick ! reviens !

Alerté par le son de sa voix, l'homme se détourna. Dans la nuit, elle ne distinguait pas ses traits et encore moins l'expression de son regard, mais il l'avait évidemment repérée et ne la quittait plus des yeux.

Mon Dieu, où était Nick ?

— Kelly ! l'interpella l'individu. C'est votre nom, n'est-ce pas ? Kelly ! Attendez !

Elle brandit sa besace, prête à s'en servir comme d'une arme, le cas échéant.

— N'approchez pas !

Il s'arrêta net dans le clair de lune, ce qui lui permit de discerner ses traits. C'était bien l'homme qui l'avait suivie dans les rues de Valiant. Arthur Starkey.

— N'approchez pas ! répéta-t-elle.

Il recula.

— Je ne vous veux aucun mal.

— Je ne vous crois pas ! Pourquoi m'avez-vous suivie ? Que me voulez-vous ?

— Kelly… calmez-vous !

Arthur Starkey leva les mains en signe d'apaisement.

— Tout va bien. Vous n'avez aucune raison de vous inquiéter.

Au même instant, Nick surgit de la forêt et se jeta sur Arthur, qu'il plaqua au sol. Il le maintint à terre en plaçant son genou entre ses omoplates.

— Ça va, Kelly ? demanda-t-il.

— Je pense… oui.

Mais elle était sous le choc. Son cœur battait trop fort, elle était en nage.

— Tu es certaine ? insista Nick. Pas de bleus ni de contusions ?

— Je vais bien… Il ne m'a pas touchée…

— Bon sang, lâche-moi, Nick ! s'écria Arthur d'une voix étouffée.

— Pas tant que tu ne te seras pas expliqué. Pourquoi as-tu pris la fuite devant moi ?

— Parce que je ne savais pas que c'était toi ! Il y a des gens qui sont à mes trousses. Ils veulent ma peau.

— Qui ?

Arthur continuait de se débattre.

— Un certain Trask.

— Menteur ! s'écria Kelly. Je vous ai vu avec Trask dans la voiture.

— C'est vrai. Je vous suivais quand cet homme aux cheveux blancs a surgi de nulle part et est monté dans ma voiture : il m'a menacé. Il m'a ordonné de quitter Valiant si je ne voulais pas avoir d'ennuis. C'était une manœuvre d'intimidation.

Kelly resta dubitative.

— Mais vous, pourquoi m'avez-vous suivie ?

— Vous étiez avec Samuel quand il est mort…

— Et pourquoi cela t'intéresse-t-il autant ? intervint Nick.

— Tu n'es pas le seul à avoir perdu un être cher. J'aimais Samuel comme un père.

Arthur parlait d'une voix trop douce pour être crédible, songea Kelly.

— Je voulais savoir qui l'avait tué… s'il avait prononcé le nom de son assassin, poursuivit Arthur.

Nick le libéra et il se releva. Tous deux s'affrontèrent du regard. Ils avaient à peu près le même âge, nota Kelly, mais Nick était en meilleure forme qu'Arthur, trop mince, presque maigre avec ses épaules rentrées qui le vieillissaient avant l'âge. Son visage était marqué et son nez, de travers, comme s'il avait été cassé et mal réparé.

— Selon toi, Samuel a été assassiné ? s'enquit Nick.

— Parce que toi, tu accrédites la thèse du suicide ? Pas moi ! Samuel avait toutes les raisons de vouloir continuer à vivre !

— Julia m'a expliqué que vous aviez collaboré sur un projet.

— Possible…, déclara Arthur. Je le lui ai peut-être dit pour qu'elle cesse de me harceler. Elle a toujours voulu que je me rapproche de Samuel, même si elle désirait ne l'avoir que pour elle.

Kelly se remémora les paroles de Wendy : Julia aurait accepté d'épouser Samuel à la condition qu'il lui offre des lingots de l'or familial. Julia était possessive, autoritaire et entière. Arthur Starkey était quant à lui indigne de confiance. Mais un escroc pouvait toujours lâcher une vérité dans un tissu de mensonges.

— Pourquoi m'avez-vous harcelée ? répéta-t-elle.

Si vous aviez des questions à me poser, vous auriez pu m'aborder et me les poser. Ainsi fait-on normalement.

— Normalement…, répéta-t-il avec un sourire froid. C'est pour ça que vous sortez avec Nick : parce que vous aimez la normalité ?

— Arrête, Arthur, le coupa Nick.

— Nicky Spencer ! Que tout le monde aime ! L'homme idéal. Pas une superstar, comme Jared. Voilà qui déplaisait à cette chère Wendy, n'est-ce pas ? Elle voulait la grande célébrité de Spencer Entreprises, pas son outsider.

Nick resta de marbre.

— Kelly t'a posé une question, Arthur. Pourquoi la harcelais-tu ?

— La harceler ? Voyons, Nick…

— Ma patience a des limites, Arthur. Réponds.

— Sinon quoi ?

— Crois-moi, Arthur, cela me déplaît de te solliciter, mais nous poursuivons le même but : retrouver le meurtrier de Samuel. Si tu aimais autant mon oncle, tu dois me dire ce que tu sais.

Arthur se caressa le menton et lui adressa un sourire de mépris.

— Pour commencer, je ne harcelais pas Kelly. J'avais l'intention de l'aborder, mais Trask m'a piégé avant.

— Que voulais-tu demander à Kelly ? insista Nick, au bord de l'exaspération.

Arthur s'adressa à elle.

— Je voulais savoir si Samuel avait prononcé des paroles importantes, avant de mourir.

— Ce que Samuel a dit n'était pas cohérent, expliqua Kelly, et puis, de toute façon, j'étais trop occupée à essayer de stopper l'hémorragie pour prêter attention à ses propos. Tout ce dont je me souviens, c'est qu'il m'a demandé de fermer la porte.

— Quelle porte ? interrogea Arthur.

— La porte de son bureau, peut-être.

— Ou celle de l'armoire, ajouta Nick. J'ai regardé dans la cachette de Samuel, mais personne ne s'y trouvait.

— Sinon ? reprit Arthur.

— Il a également parlé d'or..., répondit Kelly. Il a répété ce mot plusieurs fois. Il a aussi parlé d'un « cœur de pierre ».

— Cœur de pierre..., répéta Arthur. J'espérais des informations plus utiles.

Un silence tomba.

— Rentrons ! déclara enfin Nick.

Tous les trois sortirent de la forêt et revinrent sur le chemin privatif.

— C'est donc toi qui as présenté Samuel à Radcliff ? reprit Nick.

— Disons que je les ai mis en contact. Samuel avait besoin d'emprunter une importante somme d'argent sans que personne de Spencer Entreprises n'en soit avisé ni ne puisse deviner l'identité du prêteur. J'ai été ravi de pouvoir l'aider. Samuel m'a donné une commission de quatre mille dollars. Il aurait pu me verser davantage.

— Tu ne sais pas ce qu'il a fait de cet argent ? Ou ce qu'il avait l'intention d'en faire ?

— Je sais seulement que cela avait un rapport avec la mine Valiant. A mon avis, il voulait entreprendre de nouvelles opérations minières.

Nick rit.

— J'en doute !

— Pas moi, Nick. L'or a plus de prix que le pétrole. La découverte d'un nouveau filon d'or serait inestimable dans le contexte économique actuel et cent fois plus intéressante que l'immobilier.

— Dans ces conditions, pourquoi en garder le secret ?

— Tu sais comment était Samuel. Il aimait jouer les magiciens. Il voulait sortir l'or, comme un prestidigitateur sort un lapin de son chapeau, et sauver le précieux capital de la famille Spencer.

— Aurait-ce été une raison pour le supprimer ? suggéra Kelly.

— Non, évidemment. Et pourtant... Certains individus aimeraient contrôler Spencer Entreprises, reprit Arthur. Marian Whitman et Rod Esterhauser, en l'occurrence. Ces deux-là sont féroces et cupides.

Assez pour commettre un meurtre ? se demanda Kelly.

15

Mercredi, 21 h 24

Nick dévisagea Arthur, perplexe. Il avait déjà conçu des soupçons sur le rôle éventuel de Marian dans ce drame, non pas à cause de ses éventuelles ambitions et de son probable désir de contrôler Spencer Entreprises, mais surtout parce qu'elle était la seule personne présente au neuvième étage, le soir où Samuel avait trouvé la mort. Avait-elle feint la surprise et l'effarement ?

— Tu sais que j'ai raison ! renchérit Arthur. Le meurtrier est soit Marian soit Rod. Peut-être les deux. Ce sont des escrocs ! Ils doivent payer !

— S'ils sont coupables…

— Ils le sont ! Ouvre les yeux ! Avec toi, ils sont complaisants mais, moi, je les vois tels qu'ils sont. Je ne peux compter le nombre de fois où ils ont été méprisants à mon égard.

Nick n'avait ni le temps ni l'envie d'évoquer les griefs d'Arthur envers Marian et Rod. Marian avait souvent repoussé en bloc les propositions d'investissement d'Arthur, mais elle n'avait pas été la seule. Tout le monde se méfiait d'Arthur.

— Tu n'apprécies pas Marian et Rod, mais ça ne

prouve pas leur culpabilité. Pourquoi la mort de Samuel leur profiterait ?

— Je te dis qu'ils voulaient mettre la main sur Spencer Entreprises. Samuel détenait 33 % de son capital.

— Comment le sais-tu ?

— C'est ma part d'héritage !

Samuel avait couché Arthur sur son testament ? s'étonna Nick intérieurement. En ce cas, les raisonnements d'Arthur s'éclairaient d'un jour nouveau.

— Donc, tu hérites.

— Et je deviens un homme riche.

Arthur rit.

— Ensuite Rod et Marian rachètent mes parts ou les réinjectent dans le capital. D'une façon ou d'une autre, ils ont le contrôle.

— Non ! objecta Nick. Parce que Jared et moi nous possédons 40 % du capital de Spencer Entreprises.

— Samuel a toujours été de ton côté, lui rappela Arthur. Maintenant qu'il est mort, la magie disparaît : Marian et Rod vont prendre le pouvoir.

C'était le pire scénario, s'alarma Nick. Il n'était ni un gestionnaire ni un homme d'affaires, mais il n'avait pas envie de renoncer à ses parts pour autant. Il les considérait comme un droit imprescriptible.

En revanche, si Marian ou Rod faisaient main basse sur le capital et parvenaient à diriger Spencer Entreprises, c'en serait fini d'une légende. Le patrimoine immobilier serait vendu ou hypothéqué, les projets en cours seraient sous-traités, et l'architecture innovante et créative qui faisait la réputation de la famille Spencer ne serait plus.

— J'ai une question, intervint Kelly. Comment savez-vous que vous héritez, Arthur ?

— Vous n'êtes pas seulement mignonne, vous êtes perspicace. Une jolie combinaison. Je l'aime bien, Nick.

— Réponds plutôt à sa question.

— Samuel aimait ma mère, ça n'est un secret pour personne. Il la couvrait de cadeaux, mais elle n'a jamais aimé les bijoux ou les voyages de rêve. Julia est une femme pratique.

Il fit un geste vers la maison.

— Elle a demandé à Samuel de lui construire une belle maison. Il a obtempéré. Elle lui a demandé la sécurité financière pour elle et pour ses enfants. Il la lui a assurée, et nous a favorisés dans son testament. Samuel m'a confié que ma sœur aurait la propriété et moi, les actions.

— Tu as vu le testament ? insista Nick.

— Non. Mais j'en connais les termes. C'est pourquoi je suis revenu à Valiant. J'ai juste besoin de l'entendre dire et de savourer ma victoire.

C'était l'aveu le plus sincère d'Arthur depuis le début de cet entretien. Tel un vautour, il attendait que soient révélées les dispositions testamentaires de Samuel pour s'en réjouir ouvertement et jouir de son triomphe.

— Je pensais que tu étais venu pour enquêter sur le meurtre de mon oncle, que tu voulais lui faire justice en retrouvant son meurtrier ? ironisa Nick.

Arthur posa une main sur son épaule.

— Je sais que tu t'en occupes : je te cède volontiers la place. Tu seras un excellent justicier, Nicky.

— Donne-moi un numéro de téléphone où je peux te joindre.

— A quoi bon ?

Arthur lui tourna le dos et se dirigea vers la maison.

— Tu auras besoin de moi, le rappela Nick.

— Pourquoi ?

— Parce que je suis un Spencer. Je peux facilement découvrir les dispositions testamentaires de Samuel. Dès demain. Je te contacterai aussitôt.

Arthur émit un petit rire méprisant.

— Qui aurait pensé qu'un jour, toi et moi, on allait collaborer ?

Comme il n'avait pas de carte de visite, Kelly fouilla dans sa besace et en sortit un papier et un crayon. Nick nota soigneusement son numéro.

— Tu vas demeurer ici ? s'enquit-il après.

— C'est bien possible. Maman joue les belles dames chez Lauren. C'est peut-être sa dernière chance de rester sous le feu des projecteurs. Maintenant que Samuel est mort, plus personne ne prêtera attention à la femme qui a été sa maîtresse pendant si longtemps.

— Tu te trompes.

— Je me doute que tu seras exemplaire, Nicky. Mais Julia passera toujours après tes enfants, ton frère et ta petite amie. Tu lui feras parfois l'aumône de quelques heures, histoire d'évoquer avec elle le bon vieux temps.

Un silence tomba.

— Tu savais que c'était moi, tout à l'heure ? poursuivit Nick.

— Non. Comment voulais-tu que je le sache ?

— Tu es sorti par la porte qui donne sous la véranda, et non par le passage secret qui mène à la cave. Toi et moi, nous sommes les seuls à connaître son existence.

— Si je l'avais emprunté, j'aurais été piégé dans la cave.

— Je veux savoir pourquoi tu as pris la fuite, Arthur.

— Tu ne l'as pas encore compris ?

Arthur ouvrit les bras.

— Je ne t'aime pas, Nick. Je n'aime pas non plus ton frère et les autres membres de la famille. Quand j'aurai mon héritage, je vous promets que vous autres, les Spencer, vous ne me reverrez plus jamais !

Arthur s'éloigna sur ces mots. Nick le suivit des yeux. Somme toute, ce serait un soulagement si Arthur disparaissait pour de bon du paysage familial.

La voix de Kelly l'arracha à ses pensées.

— Tu le crois ?

— Je ne sais pas. Je me suis toujours méfié de lui.

Il passa un bras derrière ses épaules et l'attira à lui.

— Je pensais que tu ne voyais que le bon côté des gens, Kelly…

— Tout à l'heure, dans la forêt, Arthur m'a de nouveau fait très peur. J'ai du mal à avoir un avis positif sur lui, même avec la meilleure volonté du monde.

— Tu as néanmoins été courageuse. Tu l'as menacé avec ta besace !

Il l'embrassa sur le front.

— Je doute qu'il représente un danger, mais je n'en mettrais pas ma main au feu. Arthur est un homme désespéré…

— Avide, compléta Kelly. Et puis cette fuite devant toi… C'est tout de même étrange, non ? Il semble vous détester, les Spencer.

Nick acquiesça. D'aussi loin qu'il se souvienne, Arthur était vindicatif et jaloux.

— Il nous cache sûrement quelque chose, même s'il a parfois dit la vérité.

— J'ai pitié de lui… Il a été élevé avec toi au sein de

la famille Spencer, mais il n'a jamais eu l'impression d'en faire partie.

— C'est son choix, Kelly.

Alors qu'il la contemplait, d'autres pensées, amplement plus agréables, lui traversèrent l'esprit. Le reste de la nuit leur appartenait… Soudain impatient, il l'étreignit et ils revinrent enlacés à la voiture. S'il roulait vite, dans une vingtaine de minutes, ils seraient chez lui.

— Arthur est donc un homme désespéré, continua Kelly, pensive. Il a une revanche à prendre. Je sais ce que c'est. Quand je vivais encore avec mon ex-mari, nous devions souvent assister à de nombreux galas et autres événements mondains. J'avais le sentiment de ne pas me trouver à ma place. Je ne connaissais personne, et personne n'avait de raison de s'intéresser à moi. Je n'étais pas célèbre, je n'étais pas non plus d'une beauté à couper le souffle et, enfin, je n'avais pas le pouvoir. Alors on m'ignorait. J'ai passé des soirées entières dos contre le mur, comme une potiche, près des plantes vertes.

— Ton ex-mari est fautif. Il aurait dû s'assurer que tu te sentais à ton aise avec les gens qui t'entouraient.

Nick ne put retenir un soupir d'agacement. Chaque fois que Kelly lui parlait de Ted Maxwell, il trouvait une nouvelle raison de le haïr.

— N'importe quel homme se sentirait honoré d'être vu avec toi.

— Merci…

— Tu as toujours le ton juste, Kelly, et quelles que soient les circonstances. Les gens t'apprécient et ils s'intéressent à toi. Tu as même réussi à apprivoiser mon ex-femme, et ça n'est pas facile !

— Tu manques d'objectivité !

Mais au son de sa voix, il sentit qu'elle était heureuse. Il ne voyait pas son visage, masqué par la pénombre, mais elle souriait très certainement.

— Je voulais seulement t'expliquer ce que l'on ressentait quand on était toujours dans l'ombre… comme Arthur.

— Tu ne lui ressembles pas, Kelly ! Arthur est cupide ! Intéressé.

— N'est-ce pas une façon d'attirer l'attention d'autrui sur soi ?

— Personne ne l'a jamais ignoré ni dédaigné. Il a été entouré d'affection. Les Spencer sont riches, mais ils sont aussi très ouverts et solidaires. C'est une tradition dans l'Ouest.

— Que veux-tu dire ?

— Quand on travaille dans la montagne, on a besoin de la communauté pour faire son boulot et bien le faire. Voilà ce que les pionniers nous ont appris. Voilà ce que la tradition nous a transmis. Chacun unit ses forces pour combattre un blizzard ou un feu de forêt. L'effort de chacun compte.

— Je n'avais jamais vu les choses sous cet angle.

— La solidarité est capitale, Kelly. La première fois que tu m'as vu, j'étais en smoking : je venais d'assister à une cérémonie visant à attribuer aux meilleurs élèves du Colorado une bourse leur permettant d'étudier à l'université sans frais. Ma famille connaît le sens du mot « solidarité ».

La fierté envahissait Nick au fur et à mesure qu'il prononçait ces mots.

— Arthur, lui, a refusé cet héritage. Il n'a cessé de se plaindre, il a exigé toujours plus. Il continue de se plaindre et je ne ressens aucune compassion envers lui.

— En tout cas, tu prends le sujet très à cœur.

— C'est peut-être stupide d'être autant attaché à de vieux outils de mine, à des tableaux de Remington et à des lingots d'or, mais c'est ce que je suis. C'est ce que Samuel était.

— Arthur affirme qu'il a été tué.

— Disons que, pour une fois, il a une bonne intuition.

Arthur avait même raison à bien des égards, pensa Nick. Rod et Marian étaient ambitieux et voulaient avoir davantage le contrôle de la société. Ils avaient souvent fait pression sur Samuel afin que ce dernier prenne sa retraite. Mais tuer Samuel pour obtenir 33 % du capital tenait de l'absurdité.

Nick quitta la petite voie de montagne pour reprendre la grande route. Dans dix minutes, ils seraient arrivés, se dit-il. Son impatience crût.

— On y est presque…, dit tout à coup Kelly.

— Tu es fatiguée ?

— Un peu. Pas trop, se ravisa-t-elle en souriant.

— Si tu veux, je te ferai un massage.

— Volontiers, susurra-t-elle.

Sans aucun doute avait-elle deviné ses intentions.

— Nous allons acheter une bouteille de bon vin et finir la soirée agréablement.

— Un projet très séduisant…, renchérit Kelly.

Où conduisaient un massage et un verre de bon vin, sinon à des ébats pleins de sensualité ? Nick sourit à part lui au plaisir qu'ils se promettaient. Malheureusement, au même moment, le portable de Kelly sonna.

La jeune femme répondit sans attendre.

Pourvu que ce ne soit pas une urgence, songea-t-il.

Mais Kelly parla presque aussitôt de contractions et promit d'arriver au plus vite. Tout espoir était perdu.

Elle raccrocha et se renversa dans son siège.

— C'était Daisy. Elle a perdu les eaux : elle va accoucher.

— En clair ?

— J'ai vraiment envie de rentrer avec toi, que l'on passe ensemble une soirée sensuelle…

Elle se tut et soupira.

— Mais ? demanda Nick qui avait déjà deviné la suite.

— Mais je dois me rendre auprès de Daisy. C'est son premier bébé, elle a besoin de moi.

Kelly poussa un nouveau soupir.

— Avant, nous devons passer à l'immeuble Spencer : je dois prendre mon pick-up.

Nick accéléra à contrecœur. Ils ne feraient pas l'amour cette nuit, sauf si Daisy accouchait en un temps record…

— Le premier accouchement de mon ex-femme a duré douze heures, lâcha-t-il, résigné.

— Ça n'est pas inhabituel.

— Ecoute, Kelly, je songe à ta sécurité et je ne veux pas te laisser seule. Nous ne savons toujours pas qui est Trask et ce qu'il veut. Il est peut-être plus dangereux que nous ne le pensons.

— Mais tu ne peux pas m'accompagner chez Daisy, Nick. Elle serait angoissée, et elle doit être dans un environnement aussi calme et serein que possible. Je t'appellerai si je vois Trask rôder.

— Ce sera peut-être trop tard. Il vaut mieux que je reste devant chez Daisy et que je surveille sa maison.

— Toute la nuit ? s'étonna-t-elle.

Elle posa la main sur son bras et il tressaillit, regrettant la nuit passionnée qu'il s'était promise et qui était désormais remise.

— Comment vas-tu continuer tes recherches sur le projet de Samuel si tu passes la nuit dans ta voiture ? insista Kelly.

Il se rappela une solution qu'il avait envisagée précédemment mais repoussée, car il avait voulu assurer la sécurité de Kelly seul.

— Je vais contacter O'Shea pour qu'il envoie un ou plusieurs vigiles de son équipe. Ils seront discrets, tu ne sauras même pas qu'ils sont là, mais ils seront prêts à agir en cas de nécessité.

— Je n'ai jamais eu de garde du corps…

— Tu vas adorer !

Nick déposa Kelly devant l'immeuble Spencer, et peu après elle reprit la route. Il la suivit jusque chez Daisy et sortit même de sa voiture pour l'accompagner jusqu'à la porte tant il lui importait de retarder le moment de la séparation.

Kelly prit sa sacoche, sa besace et son sac à dos : c'était à croire qu'elle allait s'installer chez Daisy.

Il la déchargea du sac à dos.

— Tu vas faire un accouchement ou construire une maison ? plaisanta-t-il.

— Tu construis pour abriter des familles, et moi j'aide les familles à naître.

Elle se haussa sur la pointe des pieds et l'embrassa sur la bouche. Ses lèvres fraîches avaient un goût de menthe.

Elle recula et le regarda droit dans les yeux.

— C'est bien. Vraiment bien…, murmura-t-il.

— Attends que je te fasse un massage, Nick. Je ne veux pas me vanter, mais je suis une spécialiste ! Je vais commencer par tes pieds et je remonterai. De plus en plus haut…

— J'en meurs déjà d'envie.

— Sans compter que j'ai des huiles de massage qui sentent délicieusement bon.

— Kelly, si tu ne veux pas que je t'enlève et te fasse commettre une faute professionnelle, cesse tout de suite !

Et sur ces mots, il regagna sa voiture. S'ils ne faisaient pas bientôt l'amour, se dit-il, il allait se consumer de frustration.

16

Jeudi, 10 h 30

Le soleil matinal était doux et lui caressait le visage par la vitre de son pare-brise : la journée s'annonçait printanière. L'accouchement de Daisy avait duré neuf heures et elle était épuisée. Elle n'avait qu'une hâte. Se coucher. Dormir.

Le garde du corps qui l'avait accompagnée lui donna les clés de l'appartement de Nick et lui tint ses affaires. C'était un individu compassé, à la mine sévère et imposante. Surtout, il était armé.

— Dois-je entrer ? lui demanda-t-il.

— C'est l'usage ?

Il lui adressa un petit salut militaire.

— C'est pour votre sécurité, madame.

Kelly ouvrit la porte et fit un geste ample.

— Je vous en prie.

Il obtempéra et, rapidement, inspecta les armoires puis regarda sous les lits.

— Je serai dans l'escalier, en cas de besoin, lui annonça-t-il en revenant. N'hésitez pas à m'appeler.

Restée seule, Kelly prit le couloir en chancelant de fatigue. Allait-elle se laisser tomber sur le grand lit de Nick ou de nouveau occuper celui de la chambre d'invités ? Elle regarda dans la chambre de Nick avec envie.

Son lit était fait, mais l'oreiller et la couette accusaient un creux, comme si Nick s'y était allongé et avait fixé le plafond rêveusement. L'avait-il attendue toute la nuit ?

Elle s'allongea et enfouit sa tête dans l'oreiller qui avait gardé son odeur. Prête à sombrer dans le sommeil, elle s'enveloppa dans la couette, soupira de bien-être et aussi de regret. Elle aurait aimé passer la nuit là, dans les bras de Nick, faire l'amour pendant des heures jusqu'au petit matin où elle se serait endormie, repue et divinement heureuse.

Son portable sonna. Mon Dieu, si une autre parturiente l'appelait, elle aurait besoin d'une perfusion de caféine pour rester éveillée !

— Allô ?

— Ne me raccroche pas au nez cette fois, Kelly !

Ted ?

Kelly se redressa et fixa son portable, incrédule. Etait-elle déjà endormie ? Faisait-elle un cauchemar ?

— Qu'est-ce que tu veux encore ?

— Sois raisonnable, Kelly. Tes révélations sont stupides et mettent ma carrière en péril. Même si je t'ai trompée, il y a plusieurs années, l'infidélité conjugale reste un sujet brûlant dans ma situation. Je suis un homme public, je ne veux pas entacher ma carrière politique, ma réputation, et risquer un scandale. Tu comprends ?

— Tu m'accuses d'avoir fait ces révélations à ce journaliste ?

— Oui ! Qui d'autre sinon ?

— Laisse le passé où il est, Ted. Va de l'avant, puisque tel est ton désir. C'est le mien aussi.

— Je te demande de garder le silence sur nous, ça n'est tout de même pas compliqué !

Kelly allait lui expliquer qu'elle n'avait pu informer le journaliste blogueur de sa liaison extraconjugale pour la bonne raison qu'elle n'en avait jamais rien su, mais à quoi bon ?

— Je n'ai rien à me reprocher, Ted.

— Evitons de nous accuser et de nous justifier mutuellement. C'est embarrassant. Je ne tolère pas que tu m'accables dans les médias.

— Et moi, je ne tolère pas que tu me dictes ma conduite.

— Pardon ?

— C'est toi qui m'as trompée. A toi de t'adresser des reproches.

Ted toussota pour s'éclaircir la voix.

— Je ne te reconnais pas, Kelly. Quand nous étions mariés, tu étais…

— Une potiche !

— Kelly, écoute-moi !

— Non, Ted, c'est à ton tour de m'écouter ! J'ai changé. J'ai une vie et une carrière que j'aime. J'ai mon avenir devant moi désormais ! Plein de promesses. Tu n'es plus rien à mes yeux. Adieu. Pour de bon, cette fois. Je ne veux plus jamais entendre le son de ta voix !

Sur ces paroles définitives, Kelly raccrocha et se rallongea, triomphante. Soulagée. Elle avait affronté et vaincu ses démons, son passé. Son premier mariage appartenait au passé. Cette fois, elle avait définitivement tourné la page.

Quelques secondes plus tard, elle s'endormait.

Mais, au bout d'un moment, quelqu'un chercha à s'insinuer dans son sommeil. Du moins en eut-elle l'impression. C'était comme un écran de papier que l'on aurait voulu déchirer, ou une mélodie lui intimant de se réveiller, d'ouvrir les yeux et dont le volume augmentait.

Mais elle était si fatiguée... Et ce lit, cette couette étaient si confortables... Elle se pelotonna un peu plus.

Cette fois, des battements d'ailes la dérangèrent dans son sommeil. Des papillons ? De nouveau, quelque chose, ou quelqu'un, tentait de l'arracher à son repos.

Quand elle réussit à soulever les paupières, le visage séduisant de Nick se penchait sur elle et elle croisa son regard bleu cobalt. Il était allongé à son côté et l'observait.

— Quand tu as commencé à te réveiller, tu as fait des petits bruits.

— Je ronflais ?

— Tu ronronnais plutôt. Tu fronçais le nez. C'est étrange mais mignon.

Il sourit.

— Je t'aurais volontiers laissée dormir, mais il est plus de 16 heures : c'est bientôt l'heure de ton cours.

Kelly s'étira et bâilla.

— Je serais volontiers restée au lit avec toi...

— Moi de même, mais ça n'est que partie remise.

Kelly soupira et lui sourit.

— J'ai faim... de toi... mais aussi de nourritures plus terrestres.

— Moi aussi. Si tu savais à quel point... Sur le plan des nourritures terrestres, j'ai fait quelques courses avant de rentrer.

Il lui dégagea le visage, laissa glisser ses lèvres sur sa joue.

— Avant, parle-moi du bébé de Daisy, murmura-t-il.

— C'est une jolie petite fille avec des cheveux fins et très clairs. Trois kilos cinq. L'accouchement a duré presque neuf heures, mais il s'est bien passé.

— Et après ?

— J'ai vérifié que le nouveau-né était en bonne santé. J'ai rempli l'acte de naissance et, ensuite, comme d'habitude, j'ai attendu que la maman allaite.

Cette vision la fit sourire.

— Daisy était si heureuse avec son bébé au sein.

— Tu aimes tellement ton métier. C'est impressionnant.

— Parce que c'est un métier merveilleux ! Et toi ? Qu'est-ce que tu as fait de beau, aujourd'hui ?

— Va plutôt te préparer, il ne nous reste guère de temps. Je t'expliquerai tout à l'heure.

Kelly se précipita dans la salle de bains. Elle ne voulait pas être en retard à son cours. De plus, elle était impatiente d'annoncer aux autres couples la naissance du bébé de Daisy et de leur montrer les photos qu'elle avait prises avec son portable.

Après s'être séché les cheveux à la hâte et s'être maquillée pour couvrir ses cernes, elle enfila un T-shirt turquoise et un pantalon de yoga noir, puis se précipita dans le salon.

— Je suis prête.

— Que suis-je censé faire avec Lauren à ton cours, ce soir ?

— Rien de trop astreignant, ne t'inquiète pas.

Elle fronça les sourcils.

— A propos, quand ton frère revient-il de Singapour ?

— Demain. Pourquoi ?

— Quand j'ai vu Lauren, hier soir, j'ai constaté qu'elle

portait son bébé un peu trop bas. A mon avis, elle ne va pas tarder à accoucher. Ce serait mieux si ton frère était de retour à temps.

— Jared n'aurait jamais dû prévoir un voyage à l'autre bout du monde, alors que Lauren était si proche du terme. Il n'a pas encore compris ce que cela signifiait d'être père, et combien sa vie va changer.

— Il va vite le comprendre !

— Je n'en doute pas. Il pourra alors devenir le meilleur père de tous les temps.

Il y avait comme une note d'amertume dans sa voix.

— J'ai l'impression qu'il y a une rivalité entre toi et Jared.

— C'est exact. Elle date de notre enfance.

Nick la conduisit dans la cuisine et lui montra un poulet fermier bio et une salade verte sur le comptoir.

— Et voilà. Achetés au marché fermier ! Tu as quinze minutes pour déjeuner.

Kelly se jucha sur un tabouret et mangea de bon appétit.

— Comment ça s'est passé avec les gardes du corps de O'Shea ? lui demanda Nick.

— Si discrets que je les ai crus invisibles ! Je n'ai vu que leur voiture : c'était le seul indice de leur présence. S'ils patrouillaient autour de la maison, ils étaient silencieux. Il paraît que ce sont d'anciens militaires.

— Je ne sais pas. C'est toujours O'Shea qui gère la sécurité.

Nick posa les coudes sur la table et se pencha vers elle.

— Tu m'as manqué cette nuit. Et pendant toute la journée aussi.

Elle sourit.

— Dis-moi comment je t'ai manqué, Nick.

— J'ai passé mon temps à écouter les rapports et observations de Marian et de Rod. Comptabilité, bilans, balance commerciale… Au bout d'un moment, je ne les ai plus écoutés. Je ne pensais qu'à toi. Tu me manquais. Quand tu es là, Kelly, tout est plus simple, même les chiffres, que je déteste ! Tu m'as tellement manqué…

Il soupira et consulta sa montre.

— Mais il faut malheureusement qu'on y aille. Au temps pour la minute de romantisme…

En route, il lui parla du testament de Samuel.

— Arthur s'est un peu trompé sur les intentions de mon oncle. Mais Samuel ne l'a pas oublié pour autant, ni Annette. Ils reçoivent tous les deux des fonds substantiels et des propriétés d'un montant de plusieurs centaines de milliers de dollars.

Puis il ajouta :

— Jared et moi possédons désormais 55 % des actions de Spencer Entreprises. Le reste revient au trust central.

— Pourquoi ? demanda Kelly.

— Les Spencer gardent le contrôle, mais l'entreprise a un pouvoir décisionnaire.

A ces mots, il fronça les sourcils.

— A mon avis, c'est Rod Esterhauser qui est lié à ces décisions. Mon oncle lui faisait confiance et l'a nommé exécuteur testamentaire.

— Et en ce qui concerne Julia ?

— Elle possède déjà sa propre maison et recevra une pension d'un montant confortable jusqu'à la fin de ses jours.

— Si elle avait épousé Samuel, elle aurait hérité de sa fortune ?

— Ne te fais pas de souci pour Julia, elle n'a aucune raison de se plaindre.

Un silence tomba. Nick paraissait ne pas avoir tout dit.

— Que penses-tu de ce testament ? le relança-t-elle.

— Il est conventionnel. La holding familiale reste intacte. Samuel a fait des legs à ses proches.

— Pourtant, tu es tracassé ?

— Plutôt déçu. J'espérais trouver un indice qui m'aurait expliqué, en partie du moins, pourquoi Samuel a été tué. Il a revu ses dispositions testamentaires il y a deux mois. A l'époque où il a fait son emprunt à Radcliff. Etonnamment, le testament n'en fait pas mention.

— Personne ne sait où se trouve cet argent ?

— Non. Nous n'avons que le contrat de Samuel et de Radcliff…

Au loin, dans le crépuscule, l'immeuble Spencer apparut avec ses fenêtres allumées. La bâtisse rendait hommage à l'imagination et à la créativité de Samuel Spencer.

— Le testament évoque la mine d'or ? reprit Kelly.

— La mine et les lingots font partie du trust familial que Samuel garde intact, expliqua Nick. Il n'en reste pas moins que la piste de la mine d'or est notre indice le plus vraisemblable. Il nous faudra donc nous rendre sur place pour glaner quelques informations.

— C'est loin de Valiant ? Tu sais que je ne peux pas m'éloigner de mes patientes trop longtemps.

— C'est à environ une heure demie de route, mais nous irons en hélicoptère.

— Ça me plairait beaucoup !

Nick menant une vie simple, elle oubliait sans cesse sa fortune et les facilités qui allaient avec.

— La seule fois où j'ai volé en hélicoptère, c'était lors d'un accouchement qui aurait pu se terminer de façon tragique. Une parturiente a eu des complications et a dû être transportée d'urgence à l'hôpital. Mais ça s'est bien terminé. La maman a subi une césarienne et son bébé a été sauvé.

Une fois arrivée devant l'immeuble Spencer, Kelly jeta un œil à l'entrée. Le journaliste qui lui avait consacré quelques lignes dans son blog faisait les cent pas devant. D'une certaine façon, elle eut envie de le remercier : son comportement intrusif lui avait donné l'élan nécessaire pour se libérer de son passé.

A l'intérieur, les couples (ils étaient maintenant quatre) qui suivaient son cours étaient déjà présents. Ils s'émerveillèrent devant les photos du bébé de Daisy. Les futures mamans l'accablèrent de questions.

— Neuf heures pour un premier bébé, ça n'est pas inhabituel, les renseigna Kelly. Cela semble long, mais la souffrance n'est pas non plus constante. Le plus difficile, c'est la phase d'expulsion finale. Certes, l'effort physique est important, exténuant, mais donner la vie est la plus belle expérience émotionnelle. Maintenant, installez-vous confortablement, nous allons effectuer des exercices de relaxation et de visualisation.

Le silence se fit aussitôt.

— Fermez vos yeux.

Kelly se transporta dans son lieu favori : la chambre de Nick.

— Mettez tous vos sens à contribution. Pensez à ce que vous voyez… Quelle est votre odeur préférée ?

— Celle du linge propre, murmura Roxanne.

— L'odeur du gâteau au chocolat, confia Lauren.

Kelly invoqua quant à elle l'odeur de la peau de Nick. Elle se passa la langue sur les lèvres pour retrouver la sensation de son baiser.

Quand elle rouvrit les yeux, elle croisa son regard bleu cobalt, irrésistible et brûlant. Elle eut soudain hâte que le cours se termine, afin que ses désirs, leurs désirs, se réalisent enfin.

17

Jeudi, 20 h 22

Après le cours, et sitôt qu'elle se retrouva seule avec lui dans la voiture, Kelly embrassa passionnément Nick. Son corps semblait prêt à fusionner avec le sien.

— Lors des exercices de visualisation, avoua-t-elle hors d'haleine, je me suis représenté ta chambre à coucher.

— Moi aussi… J'ai pensé à toi, dévêtue. Nue.

— Et ensuite ?

— Censuré ! Jusqu'à ce que nous soyons arrivés chez moi…

Il lui sourit.

— J'ai dû refréner mon imagination avant que mon corps ne réagisse trop. Je tenais tout de même ma belle-sœur dans mes bras et je ne voulais pas qu'elle se méprenne sur mes réactions.

Kelly éclata de rire tandis que Nick parcourait d'une traite la distance entre l'immeuble Spencer et chez lui.

A leur arrivée, Kelly, trop impatiente, n'attendit même pas qu'il vienne lui ouvrir la portière. Et ils s'embrassèrent follement dans l'ascenseur tandis qu'ils montaient au troisième étage. Quand Nick lui ouvrit la porte de son appartement, il lui avait déjà retiré sa veste et glissait les mains sous son T-shirt.

Mais, une fois à l'intérieur, il recula, posa les mains sur ses épaules et la regarda droit dans les yeux.

— Je te désire, Kelly, plus que je n'ai jamais désiré une femme, mais je ne veux pas me précipiter.

— Moi non plus, balbutia-t-elle, même si son seul désir était qu'il lui fasse l'amour à la minute, sur le tapis du salon.

Il sourit.

— Un verre de vin ?

— Une proposition trop civilisée à mon goût…

— Je suis de ton avis, dit-il, la conduisant dans sa chambre. Mais c'est une ruse pour te laisser seule, le temps que j'aille nous verser un verre.

— Que suis-je censée faire en t'attendant ?

— Me surprendre…, murmura-t-il d'une voix rauque et le regard étincelant.

L'espace d'un instant, Kelly fut embarrassée. Elle ne s'était jamais perçue comme une femme fatale. Certes, elle avait un tempérament sensuel, aimait faire l'amour et y avait toujours trouvé du plaisir. Pour autant, elle manquait de confiance en elle et doutait de ses charmes et de sa beauté… Du moins, jusqu'à maintenant. Ou plutôt, jusqu'à sa rencontre avec Nick. Il la regardait en effet comme si elle était la plus belle femme du monde.

Restée seule, elle se dévêtit sans attendre, souriant à la perspective des ébats à venir… Son soutien-gorge n'était pas noir ni en dentelle, il était couleur chair, mais faisait de l'effet. Sa petite culotte était en satin rose pâle avec un galon de dentelle. Sexy ? Rien qu'un peu. Qu'importe, se dit-elle. Elle ne la garderait pas longtemps.

Elle se glissa sous la couette, puis se figea, soudain prise d'appréhensions. Leur relation avait-elle un avenir ? Nick habitait à Breckenridge et, pour le moment, elle n'avait pas de toit… Leur liaison serait peut-être éphémère, ne s'étalerait que sur quelques jours, quelques semaines, voire quelques mois. Désirait-elle n'avoir qu'une simple aventure avec Nick Spencer ?

Quand ce dernier revint avec deux verres de vin et vêtu de son seul boxer noir, Kelly décida de profiter de l'instant. A quoi bon songer à l'avenir, puisque la soirée et la nuit leur appartenaient ? Si leur liaison ne durait que quelques heures ou quelques jours, elle comptait en profiter jusqu'au bout.

— J'aime ce que tu portes, Nick, murmura-t-elle, le regardant avec gourmandise.

Il s'assit sur le bord du lit et posa les verres sur la table de nuit.

— Moi, je vais adorer ce que je vais contempler quand j'aurai retiré la couette…

Aussitôt, il fit voler celle-ci et couva Kelly d'un regard si brûlant qu'une vague de chaleur la traversa. Elle se prit au jeu, adopta une pose sensuelle et lui adressa un regard langoureux.

— C'est ce que tu avais imaginé ? souffla-t-elle.

— C'est beaucoup mieux, Kelly !

Il se pencha et l'attira à lui. Elle savoura sa force, le contact de sa peau si douce contre la sienne, et celui de ses muscles. Elle se sentait en sécurité. Elle se sentait bien.

Ils s'embrassèrent, très lentement, et surtout longuement. Ils ne se pressaient plus, ils avaient la nuit pour eux et jouissaient du plaisir de se découvrir.

Après ces longs et tendres préliminaires, ils burent

un peu de vin, yeux dans les yeux… Le chardonnay, velouté et gouleyant, caressa le palais de Kelly et flatta ses sens en éveil. Bientôt, elle fut ivre de Nick.

— Demain, nous irons dans la montagne…, murmura-t-elle.

— Dans un petit motel où nous pourrons passer une nouvelle nuit romantique.

— Dis-moi tout.

— C'est là que mon oncle descendait quand il se rendait à la mine d'or.

Nick était en deuil, se souvint-elle soudain, désolée. Elle ne pouvait soigner cette blessure qui serait longue à guérir, mais elle pouvait lui offrir toute sa tendresse.

De concert, et le regard rivé l'un à l'autre, ils reposèrent leurs verres. Nick allongea Kelly sur le lit et, au lieu de la recouvrir de son corps, il se posta à ses pieds.

— La première fois que je t'ai vue, j'ai remarqué que le vernis de tes doigts de pied était de toutes les couleurs.

— C'était un jeu avec la princesse papillon.

— Je vais maintenant te montrer ce que j'ai eu envie de faire ce jour-là.

Il lui caressa les pieds et les embrassa. Ses caresses excitèrent son désir, qui se répandit dans ses veines, dans tout son corps. Ses terminaisons nerveuses étaient d'une infinie sensibilité, et elle ne fut bientôt plus qu'émotions exacerbées. Nick remonta lentement et, au fur et à mesure, Kelly sentait l'excitation et le plaisir onduler à fleur de peau, lui causant des frissons de désir.

— Surtout ne t'arrête pas…, exhala-t-elle.

Les mains de Nick atteignirent enfin ses seins. Quand il les prit en coupe, elle ne tenait plus d'impatience.

Elle l'attira à lui avec impétuosité. Elle voulait son

corps sur elle, le sentir en elle. L'attente, délicieuse tout à l'heure, la torturait…

Nick se plia volontiers à son élan et lui retourna le plaisir qu'elle lui donnait. Après des jours d'attente, ils s'adonnaient enfin, et pleinement, au plaisir des sens.

La veille au soir, elle avait avoué être une spécialiste des massages : elle s'intéressait en effet au yoga tantrique et à ses techniques.

— J'ai toujours voulu m'y initier, confessa-t-elle hors d'haleine, sans cesser de le caresser intimement et sensuellement. Mais il se pratique en couple.

— Alors je suis partant !

Puis elle regarda Nick droit dans les yeux tandis qu'il la possédait.

L'énergie qu'elle relâcha dans la jouissance, le plaisir qu'il lui donna furent au-delà de toute espérance et, ainsi, indescriptibles.

Vendredi, 10 h 4

Pendant que Kelly prenait sa douche, Nick resta sous la couette, savourant la douceur de l'instant. Durant la nuit, et au petit matin encore, ils avaient fait l'amour. Cela avait été divin.

Nick ne pouvait oublier sa tristesse et ses tourments, mais ces instants avec Kelly étaient merveilleux. Jamais il n'avait été aussi heureux avec une femme, lui qui avait douté de retrouver le bonheur et l'amour après son divorce.

— Quand partons-nous ? l'interrogea Kelly en revenant de la salle de bains.

— Bientôt… malheureusement. Nous passerons

d'abord chez Lauren et Jared. Mon frère devait rentrer tôt ce matin.

Nick n'avait guère envie de le revoir et, surtout, de se confronter à lui. Le deuil aurait dû les réunir, mais il n'en serait rien, Nick le pressentait.

Pour commencer, lui et Jared avaient des opinions diamétralement opposées sur Samuel. Son frère lui reprochait sa gestion comptable calamiteuse et se méfiait de son excentricité, alors que lui ne s'en inquiétait pas.

Ensuite, ses relations avec Jared étaient assez tièdes. Ce dernier gérait Spencer Entreprises avec maestria et ne laissait personne ignorer ses talents directoriaux, quand lui préférait sa vie paisible à Breckenridge.

Enfin, Jared n'en revenait pas du million de dollars emprunté par Samuel à Radcliff et refusait tout remboursement, alors que Nick, lui, y tenait.

Aussi, une heure plus tard, il s'engagea devant la maison de son enfance avec appréhension. A la différence de la veille au soir, ses abords étaient déserts. Et un vigile en uniforme était posté devant la porte d'entrée.

— C'est bien calme, déclara Kelly comme si elle avait lu dans ses pensées. Où sont-ils donc tous ?

— Mon frère a manifestement remis de l'ordre dans le chaos qui régnait devant chez lui. Les médias sont désormais tenus à distance. Bonne initiative de sa part.

Il se gara aussi près que possible de la maison, descendit de voiture et ouvrit sa portière à Kelly.

— Excusez-moi, monsieur, intervint le vigile en s'approchant, mais je dois vous demander de déplacer votre véhicule.

— Je ne vais rester que quelques minutes.

— Je suis désolé, mais j'ai des ordres stricts, monsieur. Si vous voulez me donner vos clés, je vais déplacer votre véhicule.

— Ça ne sera pas utile. Je vous assure que tout va bien, insista Nick, certain de son bon droit.

Il tendit la main à Kelly pendant que le vigile parlait dans son oreillette, puis se dirigea vers le perron, agacé.

La porte d'entrée s'ouvrit alors sur Jared.

— J'aimerais que tu déplaces ta voiture, Nick ! lui lança immédiatement son frère.

— Tu plaisantes, j'espère ?

Jared, qui aimait pourtant faire valoir son pouvoir et son autorité, eut un geste las.

— D'accord, reste garé là, dit-il avec un soupir.

Aussitôt, la culpabilité saisit Nick. Jared avait l'air épuisé et il était très pâle. Soit son séjour à Singapour n'avait pas été de tout repos, soit il accusait le choc suite à la mort de leur oncle. Ou les deux. Nick décida de lui donner le bénéfice du doute et choisit donc la seconde explication.

— Comment vas-tu ?

— Mon Dieu, Nick, je n'arrive pas à croire que Samuel ne soit plus…

Leur père était mort quelques années plus tôt des suites d'un infarctus. Nick avait regretté de n'avoir pas davantage passé de temps avec lui. Il n'avait pas renouvelé cette erreur avec son oncle et, en dépit de la distance, avait souvent été en contact avec lui. Il avait de nombreux souvenirs, consolateurs.

Il présenta Kelly à Jared et, sur ces entrefaites, entra. L'atmosphère, dans la maisonnée, était plus pesante que la veille. Lauren était dans le salon avec un cousin dont

Nick ne se rappelait pas le nom. Julia se trouvait dans la cuisine avec deux autres parents. Avait-elle eu l'occasion de parler avec Arthur ?

Jared les conduisit dans la véranda où Nick s'était entretenu avec Julia l'avant-veille et en laissa la porte entrouverte.

— Explique-moi ce qui se passe, Nick. C'est un meurtre ou un suicide ?

— Je suis certain que c'est un meurtre, mais je ne peux malheureusement pas en dire davantage. Je ne connais ni le mobile, ni le mode opératoire, ni l'identité du meurtrier.

— La police n'est pas d'accord avec toi. Elle n'a qu'un seul indice qui accréditerait la thèse du meurtre : Samuel était gaucher. Pour le reste…

— La police ne le connaissait pas ! Samuel n'était pas dépressif, et il n'aurait jamais laissé un mot pour demander pardon. Tu sais bien qu'il ne s'excusait jamais pour quoi que ce soit ! Il allait toujours de l'avant !

— Oui, tu as raison, dit Jared. Les décisions excentriques de Samuel nous ont d'ailleurs coûté beaucoup d'argent.

— Samuel était un visionnaire. Ses projets semblaient d'abord extravagants, mais ils nous ont rapporté beaucoup, à long terme. J'ai pris connaissance de ses dernières volontés avec Rod, hier, et tout est en ordre.

— Pourquoi ce testament serait-il sujet à caution ? s'étonna Jared.

— Il ne l'est pas, alors n'en parlons plus.

Nick n'avait pas envie de parler d'héritage et d'argent. Leur oncle venait de mourir, et il aurait préféré que son frère et lui se soutiennent au lieu de se disputer.

— C'est moi qui décide de ce qui est important ou non, déclara Jared d'un ton tranchant. Tu pensais qu'il y aurait des problèmes avec le testament ? Pourquoi ?

— Parce que je me suis récemment entretenu avec Arthur Starkey, expliqua Nick, résigné. Il pensait que Samuel lui avait fait un legs important, mais il s'est trompé.

— Heureusement ! Si notre oncle avait légué sa fortune à Arthur, j'aurais compris qu'il soit devenu fou et se soit suicidé.

Nick glissa un œil dans le salon. Julia avait-elle entendu ces derniers mots ?

— J'ai une piste, reprit-il.

— Concernant le million de dollars ?

— Oui.

— Bon sang, Nick !

Jared leva les yeux au ciel, exaspéré, un geste qu'il effectuait souvent pendant leur enfance et leur adolescence. Quand ils étaient ensemble, ils avaient tendance à redevenir de tout jeunes hommes.

— Cesse de t'entêter, Nick ! Samuel a été fou d'emprunter de l'argent à Barry Radcliff. Et toi, tu l'es de le rechercher. Laissons la justice trancher !

— Et si la justice décide que nous devons rembourser Radcliff avec l'or de la mine Valiant ? Tel est le désir, légitime malheureusement, de Radcliff. Selon le contrat signé de la main de notre oncle, il aurait pu mettre la main dessus d'ici quelques jours, mais il nous a laissé un délai supplémentaire.

— Il n'en est absolument pas question ! s'obstina Jared. Nous allons contester ce torchon.

— Pourquoi refuses-tu de respecter les termes d'un contrat conclu par Samuel avec Radcliff ?

— Tu n'as aucune expérience en la matière, Nick ! Et d'ailleurs, si tu connaissais la situation financière actuelle de Spencer Entreprises, tu soutiendrais ma position !

— Je la connais, on me l'a expliquée ces derniers jours.

Il avait été certain qu'il entrerait en conflit avec Jared et il ne s'était pas trompé… La colère l'envahissait. Il était capable de supporter les reproches de Marian ou de Rod sans s'énerver, de subir les sautes d'humeur de Julia ou l'arrogance, voire les insultes, d'Arthur, mais Jared avait le don de le mettre hors de lui.

Il décida de prendre congé avant d'exploser.

— Je te tiens informé de la situation.

— Oui, c'est ça, déclara Jared, sarcastique. Quand tu auras fini de jouer au gendarme et au voleur, viens me faire ton rapport.

Nick sortit. Kelly lui emboîta immédiatement le pas, et ils prirent la route.

— Tu as entendu comme il me parle ?

— Oh oui. Vous hurliez !

Nick déglutit : il ne s'en était pas rendu compte. Encore une fois, il avait perdu son sang-froid à cause de son frère.

18

Vendredi, 14 h 15

L'hélicoptère survolait les montagnes et Nick recouvra son calme. Il partait souvent en hélicoptère pour accéder aux sites sur lesquels il travaillait et vérifier le déroulement de nouveaux projets immobiliers. Mais, aujourd'hui, Kelly était avec lui. Le nez pressé contre la vitre du hublot, elle s'émerveillait. Elle lui avait déjà signalé des élans et s'extasiait sans cesse sur la beauté du paysage.

Quand ils atterrirent dans un petit aérodrome non loin de la bourgade minière, une voiture les attendait déjà. Nick prit aussitôt la route.

— Ça m'a beaucoup plu de voler en hélicoptère, déclara Kelly. Aller d'un endroit à un autre, si simplement et si vite, avoir une voiture à disposition à l'atterrissage… c'est génial. Et dire que tout cela a nécessité un simple coup de téléphone !

— C'est normal, Kelly, je me déplace beaucoup. Et en montagne, l'hélicoptère est très pratique.

— Si je dois revenir d'urgence à Valiant, le pilote sera disponible ?

— Ne t'inquiète pas, je lui ai déjà donné des ordres. Je te promets que nous arriverons à temps s'il y a un nouvel accouchement. Pour commencer, et tant qu'il fait encore jour, nous allons nous rendre à la mine.

— Quand a-t-elle été opérationnelle pour la dernière fois ?

— La dernière fois qu'un Spencer en a extrait de l'or, c'était au moment de la Seconde Guerre mondiale. A l'époque, mon grand-père dirigeait l'entreprise. Il est le dernier vrai chercheur d'or de la famille, et il n'a jamais regretté d'avoir exploité la mine jusqu'au bout. Il voulait même en continuer l'exploitation. Il affirmait qu'un filon se trouvait à quelques mètres plus au fond.

— C'était un parieur.

— Et aussi un rêveur.

— Comme toi, remarqua Kelly.

— C'est un trait des Spencer, mais tout le monde n'en a pas hérité.

Les rêveurs n'étaient pas les décideurs…, songea Nick. Spencer Entreprises s'était diversifié et s'était engagé dans l'immobilier et la construction, un moyen plus sûr que l'exploitation d'un filon d'or pour gagner de l'argent. Son père avait entériné le mouvement, Jared aussi.

Nick retint un soupir d'exaspération. Il n'arrivait pas à comprendre l'attitude de son frère. Jared ne parlait que d'argent et n'avait évoqué le deuil qui les frappait que quelques instants.

— C'est très beau par ici, reprit Kelly. J'aime les montagnes.

— Assez pour t'installer dans le Colorado ?

— Oh oui ! Mon ex-mari habite à Denver, mais il me laissera tranquille désormais. En revanche, je ne sais pas si je veux rester travailler à Valiant avec Serena. Je pourrais postuler dans une maternité de Denver ou ouvrir mon propre bureau dans les montagnes.

— A Breckenridge ? demanda-t-il en tournant dans le canyon.

— Sur ton territoire ? Il faudrait savoir si une sage-femme y est déjà installée.

— Je n'en sais rien.

C'était déconcertant de penser aux accouchements et naissances en termes d'affaires. Mais les sages-femmes étaient aussi à la tête d'entreprises et pouvaient se faire concurrence.

La question surtout, c'était de savoir si Kelly voulait rester à ses côtés et s'engager plus avec lui. Lui, il était certain de le désirer.

Il s'arracha à ses pensées.

— Je ne sais pas si nous avons pris la bonne direction. Je ne suis pas venu ici depuis plusieurs années.

Kelly scruta la route.

— Continue, on verra bien.

Il obtempéra et, bientôt, reconnut les environs. Sur sa droite s'élevait un mur de granite et, sur la gauche, le terrain était moins accidenté. Un étroit ruisseau coulait au milieu.

Nick baissa sa vitre et inhala l'air de la montagne. Même s'ils ne trouvaient aucun indice aux abords de la mine Valiant, il était content d'être revenu. Les montagnes lui étaient nécessaires et, avec Kelly à ses côtés, il était comblé.

Après quelques virages, il s'arrêta au pied d'une colline.

— Nous allons devoir marcher maintenant.

— J'ai mis des chaussures de marche. Cela fait

longtemps que je ne les avais pas enfilées. Au Texas, je n'en avais pas besoin.

— Suis-moi.

Nick traversa le ruisseau et s'engagea dans le chemin qui conduisait à la mine.

— On l'empruntait pour les chariots. On peut encore voir les vieilles planches utilisées pour le roulage. On se servait de mules pour les remorquer.

— En tout cas, la vue est magnifique.

Il était de son avis. Une épaisse forêt de conifères et des arbustes à feuillages persistants couvraient les monts, en alternance avec les rochers. Au loin se profilaient les sommets coiffés de neige.

Ils contournèrent des roches pour s'approcher de l'entrée de la mine. Rien n'indiquait qu'il s'agissait de la célèbre mine Valiant, l'une des plus prodigues des Rocheuses. On pouvait simplement lire ces mots, sur un panneau :

« DANGER.
Défense d'entrer. »

— Je n'y suis entré qu'une seule fois, confia Nick. Mon père a déplacé quelques planches pour que l'on puisse s'y introduire. Je ne devais avoir que sept ou huit ans, les mines me fascinaient. Mon père a éteint sa lampe de poche, et nous nous sommes retrouvés dans le noir le plus total. Je ne pouvais même pas voir ma main devant mon visage !

— On aurait dû apporter une lampe de poche.

— Pourquoi ? On ne va pas y entrer.

— En tout cas, quelqu'un l'a fait.

Nick suivit le regard de Kelly. Derrière l'une des vieilles planches devant l'entrée apparaissait un panneau de contreplaqué assez récent, dont les clous brillaient. Cette découverte lui redonna espoir de peut-être trouver un nouvel indice. Il retira les planches et le panneau qui muraient l'entrée, ménageant ainsi une ouverture assez grande pour passer.

— Je suis sûr que mon oncle est revenu sur les lieux.

— Pourquoi ?

— C'est la question… Continuons. On finira peut-être par trouver.

Kelly sortit son téléphone portable et l'alluma.

— Ça n'est pas une lueur bien puissante, mais c'est mieux que rien.

Nick sourit, ravi qu'elle désire le suivre. Il aimait son esprit aventureux.

— Tu n'as pas peur du noir ? s'enquit-il.

— Le noir ne me dérange pas, mais je te préviens, je déteste les chauves-souris. Si jamais nous en croisons, tu m'entendras hurler !

Il s'introduisit dans la galerie où ils pouvaient tout juste se tenir debout. La lueur de leurs portables, qui perçait à peine une profonde obscurité, rappela à Nick sa première incursion dans la mine, et la même impatience, le même enthousiasme qu'alors le saisirent.

— Que cherchons-nous au juste ? demanda Kelly. Nous n'y voyons rien.

Sa voix était calme, mais elle se raccrochait à un pan de sa veste et était toute proche.

— J'essaie de penser comme mon oncle.

Nick se baissa et balaya de son mieux, à la lueur de son portable, les parois rocheuses de la galerie.

— Pourquoi serait-il venu ici ? Pour chercher quoi ?

— Un trésor enfoui ? hasarda-t-elle.

— J'en doute.

— Pourquoi ? Les trésors engloutis, voilà qui va bien avec l'histoire de ta famille, Nick.

— Les Spencer étaient des chercheurs d'or, pas des pirates.

— Mais l'or de la mine Valiant n'en est pas moins un trésor. Il n'y a qu'une seule raison de se rendre dans une mine d'or : l'or.

— Samuel serait donc revenu ici parce qu'il envisageait de rouvrir la mine à l'exploitation ? Parce qu'il avait besoin de procéder à des recherches, à des tests ?

— Des tests ?

— Prélever des échantillons pour les soumettre à des analyses par coupellation. Je ne m'y connais pas beaucoup, mais c'est la procédure. On pourrait solliciter les experts de la Colorado School of Mines de Golden.

Ils s'enfoncèrent plus avant dans la galerie et arrivèrent près d'un étroit boyau. Nick s'arrêta aussitôt. Aller au-delà était imprudent. Autrefois, son père l'avait prévenu des dangers que réservaient les puits de mine.

— Sans un équipement, nous ne continuerons pas.

— Tant mieux, murmura-t-elle. Je ne dirais pas que je suis morte de peur, mais je suis mal à l'aise. C'est si sombre… J'ai l'impression d'être enfermée dans une ombre.

Il la serra dans ses bras. Sans son soutien et sans ses encouragements, il n'aurait peut-être pas suivi cette piste.

— Merci de m'avoir accompagné.

Elle brandit son portable pour qu'il la voie sourire.

— Sans te quitter d'une semelle !

— Sortons vite, maintenant.

Le retour à l'air libre, vivifiant, fut comme une renaissance.

Après avoir replacé le panneau de contreplaqué et les planches devant l'entrée de la mine, ils revinrent à la voiture. Le jour baissait déjà dans le canyon.

Ils reprirent la route pour gagner la petite ville toute proche. Nick essayait de nouveau de penser comme son oncle. Ces derniers mois, Spencer Entreprises avait été confronté à d'importants problèmes financiers et, à plus d'une reprise, Marian s'était érigée contre les nouveaux projets de Samuel.

— Il essayait sans doute de trouver une solution aux problèmes de l'entreprise, lâcha-t-il.

— Le prix de l'or ne cesse de monter. Par conséquent, rouvrir la mine en valait peut-être la peine ?

— Samuel aurait donc emprunté de l'argent à Radcliff dans ce but ? Mais un million de dollars, c'est beaucoup… Il ne faut pas une telle somme pour prélever des échantillons et les soumettre à des analyses.

Sa théorie avait encore des pans d'ombre, mais c'était certainement la bonne voie, il le sentait.

— Si Samuel envisageait de rouvrir la mine Valiant, je n'arrive pas à comprendre les raisons de sa discrétion. Il s'est toujours confié à Julia. Pourquoi ne lui a-t-il rien dit, cette fois ?

— Leurs relations me semblent finalement assez troubles, commenta Kelly.

— Elles ont toujours été particulières mais solides. Même s'ils se chamaillaient.

Samuel et Julia étaient ensemble depuis si longtemps, songea Nick. Il ne pouvait même pas se les imaginer séparés.

— Je ne les connais pas aussi bien que toi mais, quand Julia prononce le prénom de Samuel, sa voix est glacée. Son regard lance des éclairs.

— Vraiment ? s'étonna Nick.

— Oui. Elle semble en colère contre lui. C'est comme si elle avait de la rancune envers lui.

— De quoi ? Julia avait sans doute espéré recevoir davantage, après avoir passé trente ans auprès de lui. Mais elle n'a pas non plus été lésée…

— La question, c'est de savoir aussi pourquoi ton oncle ne t'a rien dit, avança Kelly.

Elle avait raison. Pourquoi Samuel ne l'avait-il pas consulté ? Ils étaient certes tous les deux très occupés, mais ce n'était pas une excuse. Si Samuel avait voulu lui parler, la distance entre Breckenridge et Valiant ne l'en aurait pas empêché. Il aurait suffi qu'il lui propose de le rencontrer à Valiant ou à la mine.

Ses espoirs de découvrir le secret de son oncle retombaient de nouveau, mais Nick refusait de s'avouer vaincu. Si seulement il avait eu un nouvel indice tangible…

Il entra dans la petite ville où se trouvaient un café, un supermarché avec une station d'essence et quelques maisons.

— Je suis étonnée qu'il y ait un motel ici ! déclara Kelly. Je doute que cet endroit soit très touristique.

Nick se gara dans le parking désert. Le motel, un chalet de bois, était un bâtiment plat et rectangulaire qui comprenait six chambres de plain-pied. La peinture s'écaillait et la toiture semblait en mauvais état.

— Ce motel existe depuis le milieu du siècle dernier, expliqua Nick. Sans doute que les mineurs et chercheurs d'or y résidaient.

A l'entrée, un panneau de bois indiquait le nom du motel.

« STONY HEART. »

— Stony Heart… Stony Heart, répéta Nick.

— Mais oui ! s'écria Kelly. *Stony Heart*. « Cœur de pierre »…

Tels avaient été les derniers mots de Samuel, se rappela Nick.

Cœur de pierre.

Samuel avait donc bel et bien tenté de communiquer une information capitale avant de mourir.

19

Vendredi, 16 h 52

Kelly franchit avec Nick la porte du motel. Aussitôt, la gérante leur adressa un sourire chaleureux. Elle baissa ensuite le volume de sa télévision et s'approcha.

— Dora, pour vous servir. Vous avez réservé ?

Il semblait peu vraisemblable qu'il soit nécessaire de réserver, mais Kelly sourit poliment.

— Nous venons juste de nous décider. Vous avez des chambres ?

— Je vais vous installer tout au bout : vous y serez tranquilles. Vous avez choisi de passer le week-end ici ? Vous avez raison : le temps devrait être magnifique !

Nick glissa un billet de cent dollars sur le bureau.

— Nous recherchons des informations. Pouvez-vous nous aider ?

Le billet disparut très vite dans la poche de Dora.

— Volontiers.

— Mon oncle serait venu à plusieurs reprises dans votre motel, au cours de ces derniers mois. C'est un homme d'un certain âge. Grand et mince. Il s'appelle Samuel Spencer.

— Oh oui, je m'en souviens d'autant mieux qu'on a

beaucoup parlé de lui à la télévision récemment. La police ne sait pas s'il s'est suicidé ou s'il a été tué. C'est terrible.

— Effectivement. Nous enquêtons sur cette affaire, et nous aimerions savoir si vous pouvez nous renseigner.

— C'est à propos de cette femme, n'est-ce pas ? Quand je les ai vus arriver, je me suis dit qu'il était assez âgé pour être son père mais, de plus près, j'ai constaté qu'elle avait à peu près le même âge que lui. A mon avis, ils avaient une liaison.

Kelly se retint d'adresser un regard entendu à Nick. Elle avait identifié chez Julia de la colère et de l'hostilité envers Samuel. Parce qu'il lui était infidèle, sans le moindre doute...

— Une autre fois, poursuivit Dora, la dame est arrivée la première au motel. Je peux rechercher son nom dans mes registres.

Sur ces mots, elle ouvrit un petit meuble de classement et chercha quelques instants.

— Voilà. Elle s'appelle Virginia L. Hancock.

Kelly la remercia avec effusion. Dora leur avait fourni un vrai indice.

— Vous pouvez nous dire autre chose ?

— Vous n'êtes pas les premières personnes qui m'interrogez sur M. Spencer. Il y a deux semaines, un détective privé vous a précédés. Il avait des cheveux blancs.

Trask, comprit Kelly.

Après avoir glissé à Dora un autre billet de cent dollars, ils revinrent à la voiture.

— A ton avis, Samuel avait une liaison ? s'enquit Kelly.

— Je ne sais pas. Il avait près de soixante-dix ans, objecta Nick. Mais ça ne signifie pas que les femmes ne l'intéressaient plus. Quoi qu'il en soit, je ne le vois pas tromper Julia.

Kelly préféra ne pas insister et changea de sujet.

— Comment allons-nous retrouver Mme Hancock ?

Pour toute réponse, Nick sortit son ordinateur portable de sa sacoche et fit une recherche sur internet.

— Voilà son téléphone et son adresse. A Silverton. C'est à quarante kilomètres d'ici. Elle a enseigné à la Colorado School of Mines, et elle est désormais à la retraite. On va aller se renseigner.

Sur la route, Nick resta pensif, un peu attristé, comme s'il était déçu par ses dernières découvertes, remarqua Kelly.

— Je ne peux pas croire que Samuel ait trompé Julia, lâcha-t-il enfin. Il lui a construit une maison magnifique. Il l'aimait. En dépit de ses excentricités, c'était un homme fiable et solide.

— Tu es un homme troublant, Nick. Les gens affirment que tu es un rêveur comme lui, mais vous êtes tous les deux entiers, passionnés et totalement dévoués.

— Je suis une espèce de boy-scout.

— Tu serais mignon en culotte courte !

— Mignon ! Aucun homme ne veut se voir affublé d'un tel qualificatif.

— Si je te disais le fond de ma pensée, si j'exprimais mes sentiments à l'instant, nous devrions nous arrêter immédiatement pour faire l'amour.

— Si seulement…

Nick soupira.

— Malheureusement, nous sommes obligés de différer ce plaisir…

Il sourit et conclut :

— Qui n'en sera que meilleur…

Après une nouvelle pause, il reprit :

— Nous sommes sur le point de résoudre l'énigme entourant la mort de mon oncle. Je suis convaincu que Virginia L. Hancock répondra à nos questions.

Enfin, ils arrivèrent.

Virginia L. Hancock habitait dans un endroit isolé, mais manifestement elle n'était pas chez elle : aucune voiture n'était garée devant la maison. Cela n'empêcha pas Nick de grimper l'escalier du perron quatre à quatre et de frapper.

— Madame Hancock ?

Pas de réponse.

— Madame Hancock ? insista-t-il.

Finalement, il tourna la poignée, ouvrit la porte et entra.

— Non, Nick ! protesta Kelly. Tu ne peux pas. C'est une intrusion.

— La porte n'était pas verrouillée.

— Nous allons tout de même avoir des problèmes !

Elle se laissa finalement fléchir et le suivit à l'intérieur, où elle alluma la lumière. Ils se trouvaient dans un salon qui faisait aussi office de bureau. Un secrétaire, dans un coin, était couvert de dossiers.

Quels que soient les talents de Mme Hancock, le ménage n'en faisait pas partie. La cuisine était propre mais en désordre. Dans la grande chambre à coucher, les vêtements étaient entassés sur les chaises, et des paires de chaussures étaient éparpillées çà et là. Il y avait également du linge sale un peu partout.

— Nick ? Viens voir !

— Tu as trouvé quelque chose ?

Sur une commode se trouvaient un fusil et un pistolet.

— C'est le genre de femme qu'il vaut mieux ne pas énerver ! commenta Kelly.

— Mais que nous allons devoir affronter…

Il soupesa le calibre 45.

— Il est chargé.

— Par pitié, repose-le, Nick ! Je déteste les armes.

Mais il le garda en main tandis qu'il revenait dans le salon. Puis il retira les magazines qui traînaient sur le sofa et s'y assit.

— Nous allons l'attendre, annonça-t-il.

Cette perspective déplut à Kelly. Si cette femme rentrait chez elle et y trouvait deux inconnus, elle porterait plainte. Et si elle était armée, elle ferait feu sans sommation.

— Je préfère que nous l'attendions dans la voiture.

— Nous serons mieux dans son salon.

— Nick ! Je suis sérieuse ! Cette femme vit seule et elle est armée jusqu'aux dents : elle n'est certainement pas du genre à plaisanter.

Il se leva à contrecœur.

— Et si elle ne revient pas avant demain matin ?

— Pour un boy-scout, tu as une attitude déplorable ! Viens vite !

Elle ouvrait la porte quand un bruit retentit dehors, près de leur voiture.

— Madame Hancock ? appela-t-elle d'une voix hésitante.

Mais Nick la prit par le bras et l'obligea à se replier à l'intérieur. Quelques secondes plus tard, un coup de feu déchira l'air. Folle d'angoisse, Kelly s'accroupit à côté de Nick.

Ce dernier s'approcha de la fenêtre à croupetons et leva son arme.

— Tu ne peux pas tirer, Nick ! Cette femme a le droit de se protéger ! Elle pense évidemment que nous sommes des voleurs !

Il ne répondit pas et baissa la tête pour éviter une nouvelle balle. Celle-ci fit éclater la vitre de la fenêtre. Il se redressa alors pour viser par la vitre cassée.

— Ne tirez pas, madame Hancock ! cria Kelly. Nous ne vous voulons aucun mal !

— Tu perds ton temps, Kelly ! Ça n'est pas Virginia Hancock qui nous a pris pour cible, mais un homme.

De nouveaux coups de feu éclatèrent. Kelly se souleva pour regarder dehors.

— Je crois que cet individu est derrière la voiture.

— Reste à couvert, Kelly, pour l'amour du ciel !

Après un nouvel échange de coups de feu, un profond silence tomba, bientôt rompu par la voix d'une femme :

— Qui êtes-vous ?

— Je suis Nick Spencer. Le neveu de Samuel Spencer !

— Ne bougez pas ! J'arrive.

La porte s'ouvrit sur une femme armée d'un fusil.

— Virginia Hancock, se présenta-t-elle d'emblée. Je suis désolée pour votre oncle, Nick.

20

Vendredi, 18 h 15

Virginia Hancock ne ressemblait pas du tout à Julia et au type de femme qui attirait Samuel, constata immédiatement Nick. Elle était de petite taille, avec une poitrine généreuse, et semblait remplie d'énergie. Quand elle retira sa casquette, ses cheveux auburn retombèrent en cascade sur ses épaules.

— Le tireur a filé ! Il a compris qu'il n'aurait pas le dessus !

Kelly s'approcha.

— Nous sommes désolés d'être entrés chez vous pendant votre absence, madame Hancock.

— Ne vous faites pas de souci. J'ai contacté le shérif, mais je n'ai pas l'intention de porter plainte. Si vous n'aviez pas été là, cet individu m'aurait piégée. En quelque sorte, vous m'avez sauvé la vie.

— Vous l'avez vu ? intervint Nick.

— Non, il faisait trop sombre. En plus, il était habillé de noir de la tête aux pieds, et portait une casquette.

— Vous ne pouvez pas nous dire s'il avait les cheveux blancs ? s'enquit Kelly. Le nom de Trask vous dit-il quelque chose ?

— Non. Je suis désolée.

Virginia Hancock traversa le salon et posa son fusil.

— Je vous attendais, Nick. Votre oncle a eu le temps de vous expliquer ses projets avant de mourir ?

Nick soupira. Malgré sa soif de vérité, il ne savait plus s'il avait envie de l'entendre.

— Non… Il ne m'a rien dit.

Virginia croisa les mains derrière la nuque et se renversa sur sa chaise de bureau.

— Samuel et moi, on était en contact permanent depuis quelques mois. On se voyait chez moi ou au motel Stony Heart. On passait notre temps à affiner notre projet. Il nous arrivait parfois d'y passer la nuit.

— Quel projet ? demanda Nick.

Virginia regarda dans la direction de Kelly.

— Je vais vous l'expliquer. En attendant, vous voulez boire quelque chose ? J'ai un petit whisky dont vous me direz des nouvelles.

— Parfait pour surmonter le choc, intervint Kelly. C'est la première fois qu'on me tire dessus !

— On n'a pas vécu tant qu'on n'a pas fait face à la mort, énonça Virginia sentencieusement.

— Parlez-moi des plans de Samuel ! reprit Nick, impatient.

— Pour commencer, je suis en retraite depuis deux ans. Je m'ennuyais, seule dans ma forêt. Quand Samuel m'a contactée parce qu'il envisageait de rouvrir la mine Valiant, j'ai sauté sur l'occasion.

Samuel n'avait donc pas eu une liaison avec Virginia Hancock, conclut Nick. Il lui avait seulement demandé son aide pour rouvrir la vieille mine d'or.

— C'est possible ? s'étonna-t-il.

— J'en suis convaincue ! J'ai prélevé des échantillons de minerai, et j'ai procédé à leur analyse pour déterminer la quantité de métal précieux qu'ils contenaient. J'ai aussi exercé un contrôle des métaux contenus dans le minerai, effectué des tests et des analyses pour contrôler leur qualité selon des méthodes reconnues que je ne vais pas vous expliquer. Bref, on a étudié les anciens plans de la mine, et nous y sommes allés à plusieurs reprises.

Voilà qui expliquait le panneau de contreplaqué sous les vieilles planches.

— Quel serait le coût si la mine était rouverte et réexploitée ?

— Cela serait évidemment très onéreux. Les vieilles poutres de soutènement des galeries ne peuvent pas soutenir le poids d'équipements plus modernes. En plus, les normes en matière de sécurité et d'environnement sont beaucoup plus strictes. Il faut investir dans la revalorisation complète et la modernisation de la mine et de l'usine de concentration. Obtenir les permis d'exploitation, etc. Mais Samuel a trouvé un financement. Je vais vous montrer.

Virginia ouvrit les tiroirs du secrétaire et fouilla dedans.

Pendant ce temps, Kelly tendit son verre de whisky à Nick, qui en but une longue gorgée. Il avait les nerfs à vif, après l'échange de coups de feu. Et puis, ce projet de réouverture de la mine d'or l'enthousiasmait.

— Voilà ! s'exclama Virginia en lui tendant une enveloppe. Un chèque d'un million de dollars. Tous ces zéros sont impressionnants.

— Et vous le gardez dans un tiroir qui n'est même pas verrouillé ! s'exclama Kelly.

— La meilleure cachette, c'est l'exposition. De toute façon, il était à l'ordre de Samuel.

Nick ouvrit l'enveloppe.

— Mais ce chèque n'a jamais été encaissé !

— Samuel a fait un emprunt parce qu'il pensait qu'on se retrouverait face à d'importantes dépenses, mais il était aussi convaincu qu'il pourrait tout rembourser jusqu'au dernier centime. Ensuite, il a eu une idée : l'individu qui lui avait prêté l'argent pourrait vouloir investir davantage dans son projet.

— C'est possible, convint Nick. Radcliff aime l'or.

— Tout le monde l'aime l'or. Mais il y a aussi de l'uranium dans la mine.

— Attendez ! interrompit Kelly. Vous allez trop vite pour moi. Comment auriez-vous procédé pour inciter Radcliff à investir ?

— Au moment de rembourser le prêt, Samuel aurait offert l'occasion, à son investisseur de devenir le prochain roi de l'or du Colorado.

Nick termina son verre et se laissa tomber sur le sofa. Au loin résonnaient les sirènes de la voiture du shérif, mais il y prêtait à peine attention. Sa vie allait changer, et très vite, il le sentait. Il était à la croisée des chemins.

— Je dois continuer le projet de Samuel ? demanda-t-il à Kelly.

— Oui ! s'écria celle-ci.

Quelques heures plus tôt, Jared affirmait qu'il était fou, et Nick s'était dit qu'il avait peut-être raison. Maintenant, il demandait son avis à une sage-femme, une non-spécialiste... Mais il lui faisait confiance plus qu'à son frère et il n'avait jamais été aussi convaincu d'agir pour le mieux.

— Le projet de Samuel me plaît, et je veux le continuer, annonça-t-il à Virginia.

Il allait devenir chercheur d'or. Comme ses ancêtres.

Il passa la nuit et une bonne partie de la journée du samedi à parcourir les cartes et plans avec Virginia, à s'informer et à poser de nouveaux jalons. Si Julia était la prudence incarnée et n'aurait jamais encouragé Samuel à prendre le risque de rouvrir la vieille mine, Virginia, elle, n'avait peur de rien.

Le samedi soir, Nick se posta devant la mine et observa le coucher du soleil. Kelly s'approcha et se blottit dans ses bras. La perspective de passer une nouvelle nuit avec elle le comblait en même temps que l'inquiétude l'envahissait : leur relation en devenir allait se heurter à un problème de taille.

Alors que le ciel s'empourprait, il lui prit le menton et l'embrassa.

— Je vais passer beaucoup de temps ici.

— Oui, je le sais.

— C'est loin de chez Serena. De toi…

— Cela ne me fait pas peur, Nick. Et puis la distance, c'est relatif quand on a un hélicoptère à sa disposition…

Elle sourit.

— C'est peut-être mieux si nous ne sommes pas ensemble à plein temps. On appréciera d'autant plus nos rencontres, et surtout nos cours de yoga tantrique.

Nick l'embrassa avec élan.

— Il suffira que tu m'appelles pour que je vole vers toi.

— En parlant de cours… je vais devoir revenir demain à Valiant pour assurer le mien.

— Je rentrerai avec toi. Je dois avoir une petite conversation avec mon frère. Mais je n'ai pas envie d'y penser pour le moment.

Kelly lui posa la main sur la joue et le regarda droit dans les yeux.

— J'espère que nous aurons bientôt toutes les réponses auxquelles nous aspirons, Nick.

Il acquiesça. Le mystère de la mort de Samuel restait entier. Qui l'avait tué ? Pourquoi ? Trask faisait-il partie de l'équation ?

Dimanche, 17 h 32

Nick faisait face à son frère dans son bureau du dixième étage.

— J'ai de mauvaises nouvelles, lui annonça Jared sans ambages. Le contrat de Singapour ne sera pas signé.

Son frère n'avait pas l'habitude des échecs, et la déception et l'amertume étaient manifestes dans son regard.

— Je suis désolé, Jared. Je sais que tu avais beaucoup misé sur cette collaboration.

— Si nous avions signé ce contrat, Spencer Entreprises aurait été tiré d'affaire. On aurait pu continuer sur notre lancée et entreprendre d'autres projets. Mais ça ne sera pas possible. Nous allons devoir faire des économies drastiques, même dans le secteur qui concerne la construction dans les montagnes. Quelle est ta position ?

— Tu veux avoir une idée précise de mes projets ?

— Oui. C'est indispensable, Nick.

Il aurait voulu garder secret son projet de réouverture de la mine en continuant de travailler pour Spencer Entreprises mais, vu la conjoncture, c'était impossible. Et puis, il ne supportait plus d'être sous la surveillance de son frère.

— Je suis certain que nous trouverons quelqu'un pour me remplacer à mon poste.

Jared fronça les sourcils.

— Que dois-je en déduire ?

— Je n'ai jamais aimé travailler dans un bureau. Nous le savons, toi et moi. Tout le monde le sait. Sur ce point, je m'entendais parfaitement avec Samuel. Mais Samuel est mort…

Jared consulta sa montre.

— Je dois retrouver Lauren pour le cours de préparation à l'accouchement. Que veux-tu, Nick, en échange de ton départ ?

— Rien ! rétorqua Nick en s'asseyant.

Jared s'assit aussi et croisa les jambes.

— Tu démissionnes ou tu veux faire une pause ? Prendre du recul ?

— Je ne veux plus travailler pour Spencer Entreprises.

— Que vas-tu faire ?

— J'ai découvert le projet de Samuel. Il envisageait de rouvrir la vieille mine Valiant. Il concoctait ce projet au motel Stony Heart. « Cœur de pierre »… Ce sont ces derniers mots avant de mourir, et je pense pouvoir réaliser son projet. Il y a de l'or, et en plus les essayeurs de métaux ont découvert de l'uranium.

— Tu sembles convaincu, commenta Jared.

— Je le suis.

— Je te préviens, tu ne recevras pas un sou de Spencer Entreprises. Tu as trouvé un autre moyen pour financer ton projet ?

— Oui.

Son frère se massa les tempes et baissa les yeux. Allait-il exploser de colère ou éclater en sanglots ? se demanda Nick. C'était la fin d'une époque… Même s'ils avaient souvent suivi des chemins différents, ils avaient toujours formé une équipe dont Jared avait été la star, et lui, l'outsider. L'équilibre des forces avait peut-être changé.

Jared se leva lentement et lui tendit la main.

— Je te souhaite bonne chance, Nick.

— Ce n'est qu'un au revoir, répondit Nick en lui serrant la main.

— Heureusement ! Je vais avoir besoin d'un bon baby-sitter…

Nick sourit. Il avait pris la décision qui s'imposait, il en était persuadé. De l'au-delà, Samuel lui avait donné l'impulsion pour commencer une nouvelle vie.

21

Dimanche, 18 heures

Kelly dévisagea Jared avec attention lorsqu'il arriva avec Lauren. Contre toute attente, le frère de Nick semblait d'excellente humeur. Tout en souriant, il se présenta aux autres couples et se désola d'avoir été absent lors des cours précédents.

— J'ai pris des notes ! annonça Lauren. J'ai la situation sous contrôle !

Mais son apparence démentait ces propos optimistes, nota Kelly. Ses cheveux blonds étaient en désordre et ses vêtements n'étaient pas assortis. Son ventre était si gros qu'il était étonnant qu'elle puisse traverser la pièce avec aisance et s'asseoir sur le tapis. A l'évidence, elle n'allait pas tarder à accoucher.

Comme Roxanne. Quand cette dernière prit place, elle poussa un petit grognement. Chacun de ses mouvements semblait difficile, mais elle ne se plaignait pas.

Une fois que Kelly eut commencé les exercices de respiration, elle se mit à genoux à côté de Roxanne.

— Ça va ?

— Ça pourrait aller mieux…

— Vous avez des crampes ?

— Oh oui.

Elle leva sur Kelly un regard effrayé.

— Depuis ce matin… Mais je n'ai pas perdu les eaux. J'en conclus que le travail n'a pas encore commencé.

— Après le cours, je vous examinerai.

Kelly revint auprès de Lauren et de Jared. Même si ce dernier n'avait pas été présent aux autres cours, il se montrait particulièrement tendre, attentionné et attentif. Ayant été témoin de sa dispute avec Nick, elle l'avait d'emblée perçu comme un ennemi, mais les deux frères avaient finalement beaucoup de points communs.

— Des questions ? l'interrogea-t-elle.

— Ça va, lui répondit Jared.

Il serra la main de Lauren.

— J'aurais aimé être là, la semaine dernière, au lieu de me trouver au bout du monde. Je vous remercie d'avoir soutenu ma femme.

Ses propos, chaleureux et sincères, touchèrent Kelly, et elle lui sourit.

Mais aussitôt après, jetant un œil vers les portes vitrées, elle se figea : cinq hommes cagoulés étaient dans le couloir. Que faisaient-ils ici ? Pour quoi faire ? Et pourquoi portaient-ils des cagoules ?

Puis les portes s'ouvrirent et les hommes, armés et menaçants, firent irruption dans la salle.

— Restez calmes ! ordonna celui qui était en tête. Nous ne vous voulons aucun mal. Lequel d'entre vous est Jared Spencer ?

Jared se leva.

— C'est moi. Je ferai ce que vous voulez, mais laissez les autres personnes tranquilles.

— Vous allez tous venir avec nous, reprit le même homme, qui paraissait être le chef.

— Que voulez-vous ? reprit Jared.

— Des otages pour le moment.

Même tétanisée par la peur, Kelly essaya de réfléchir. C'était dimanche soir, les commerces du rez-de-chaussée étaient fermés, ainsi que les bureaux dans les étages. Les vigiles étaient sans doute partis. Il n'y avait plus personne à appeler à l'aide dans l'immeuble. Sauf Nick, qui venait de s'entretenir avec son frère et devait toujours être présent dans son bureau. Comment communiquer avec lui, lui faire part de la situation ?

Kelly se tourna vers le mur où sa veste était roulée en boule : son portable était dans une des poches.

— Vous allez nous donner vos portables, ordonna le chef au même instant.

L'un de ses hommes circula parmi les couples avec une taie d'oreiller où il les recueillit. Un autre fouilla dans les sacs et les poches des femmes sans vergogne. Kelly déglutit : son espoir d'appeler Nick s'évanouissait.

— Ne paniquez pas, déclara le chef. Si tout va bien, dans une heure et demie, ce sera terminé.

Roxanne se mit à pleurer. L'homme qui rassemblait les portables se tourna dans sa direction.

— Taisez-vous !

— Je ne peux pas. J'ai mal.

— Je ne vous ai même pas touchée !

— Laissez-la tranquille, intervint Kelly. Elle est en train d'accoucher.

Dimanche, 18 h 18

Nick avait décidé de démissionner. La transition allait certainement durer des jours, voire des semaines, et il n'était pas obligé de vider son bureau à la minute. Mais il voulait rassembler ses affaires maintenant, et ainsi signifier, symboliquement, la fin de sa collaboration.

Il prit un carton dans la salle de la photocopieuse et y déposa la photo de ses filles ainsi que les autres objets qui traînaient, dont le morceau de pyrite que Kelly avait retrouvé près de la bibliothèque. De nouveau, il s'interrogea : comment ce morceau était-il arrivé là ?

Puis il se dirigea vers les rayonnages pour prendre des livres.

La forme pentagonale de son bureau l'avait toujours contrarié. L'armoire, penchée, semblait empiéter sur l'espace déjà réduit. Il se souvenait avoir interrogé son oncle sur le sens de cette fantaisie architecturale, identique à celle de son bureau à l'étage inférieur. Samuel avait éclaté de rire et lui avait tenu des propos cryptés, lui disant en substance qu'il y avait toujours une raison à tel ou tel choix architectural, et que les apparences étaient trompeuses.

L'armoire dans le bureau de Samuel recélait une cachette, et Nick n'avait jamais vérifié si celle de son bureau en renfermait une également. C'était le moment ou jamais.

Il entra dans l'armoire, en referma la porte et se retrouva le nez contre le mur du fond. Il tapa dessus, mais il n'y eut pas de son creux. Il tâtonna et ne trouva pas de mécanisme d'ouverture. Mais il avait longtemps travaillé avec son oncle, spécialiste par excellence des mécanismes et cachettes, et il palpa chaque aspérité, chaque irrégularité. Si Samuel avait installé une cachette là, c'était maintenant qu'il devait la découvrir.

Soudain, il localisa un levier qu'il pressa : le panneau était amovible… Derrière se trouvait un poteau muni de barreaux. Une échelle ! Samuel avait donc relié leurs deux bureaux par un passage secret. Voilà comment le meurtrier avait pu fuir en toute impunité : il était descendu et remonté par là. De plus, le soir où Samuel était mort, les caméras de sécurité ne fonctionnaient pas au dixième étage. Le tueur avait ensuite dévalé les escaliers jusqu'au parking souterrain où il avait attendu avant de sortir.

Un bruit dans son bureau coupa Nick dans ses réflexions. Quelqu'un était entré dans la pièce.

— Il est où ? interrogea une voix inconnue.

Nick se cacha derrière le panneau secret et prêta l'oreille.

— Il était censé être là !

— Il faut le retrouver ! Nous avons besoin des empreintes digitales de Jared et de Nick Spencer pour nous emparer de l'or.

Sans doute ces deux individus avaient-ils déjà mis la main sur Jared, qui assistait au cours de Kelly, avec Lauren et les autres couples.

La porte de l'armoire s'ouvrit.

Nick jeta un œil par un rai du panneau amovible : un homme armé et cagoulé fouillait dans les vêtements puis referma l'armoire.

— Demande à Trask. Il nous donnera des instructions.

Nick ferma les poings en songeant aux couples assistant au cours de Kelly, mais il décida de ne leur porter secours et de n'affronter ces sinistres individus que lorsqu'il aurait un plan. Tant qu'il restait caché, il avait de la ressource.

La trappe dans le passage secret lui permit de gagner le bureau de son oncle. L'armoire se trouvait entre le bureau de Samuel et la salle de conférences. Il tendit de nouveau l'oreille : il y avait beaucoup de va-et-vient. Soudain, un hurlement résonna.

Une voix toute proche, sans doute quelqu'un qui se trouvait dans le bureau de son oncle, s'éleva :

— Qu'est-ce qui se passe ?

— Une femme est en train d'accoucher. Je te préviens, elle va crier encore plus fort.

— On ne peut pas la faire taire ?

— D'abord, l'or. Ensuite, les otages.

— Tu veux dire : prendre l'or et se débarrasser des otages.

Ils voulaient tuer les otages, s'avisa Nick avec effroi. Tuer Kelly.

Dimanche, 18 h 45

Kelly et les couples se trouvaient dans la salle de conférences entre les bureaux de Marian et de Samuel, salle qui donnait sur le caveau. Elle avait plaidé pour emporter sa sacoche et utiliser ses instruments médicaux afin d'assister Roxane, mais les hommes de Trask avaient catégoriquement refusé. L'accouchement s'annonçait difficile, long et douloureux.

Pendant que les autres couples s'installaient autour de la table de la salle de réunion, Kelly et le mari de Roxanne se tenaient auprès de Roxanne, allongée non loin de là, sur la moquette. Les intervalles entre les contractions étaient d'environ cinq minutes et Roxanne ne contenait plus ses hurlements de douleur.

Jared s'approcha de l'un des hommes cagoulés.

— Que se passe-t-il ?

— Nous savons que votre frère est dans l'immeuble, mais nous ne parvenons pas à le localiser.

A cet instant, Roxanne laissa échapper un nouveau hurlement. Un homme cagoulé entra dans la salle de conférences, son portable plaqué à l'oreille. C'était Trask, reconnut Kelly. Elle n'avait entendu sa voix qu'une seule fois, mais c'était suffisant.

— Je comprends, dit-il à un interlocuteur qui, manifestement, dirigeait les opérations. Nous ne pouvons pas utiliser d'explosifs : cela abîmerait l'or.

Elle s'approcha de lui.

— Nous devons conduire ma patiente à l'hôpital. Elle souffre.

— Elle n'est pas blessée : elle est en train d'accoucher.

— Si vous refusez de la faire hospitaliser, laissez-nous au moins nous installer dans une autre pièce où elle ne subira pas le stress ambiant.

Trask fit un signe à ses hommes.

— Conduisez tout le monde dans le bureau de la comptable. L'un d'entre vous restera sur place. Décrochez le téléphone et fermez la porte pour qu'on n'entende plus hurler !

Une fois dans le bureau de Marian, Kelly aida Roxanne à s'allonger sur le sofa, regrettant tout ce monde autour d'eux.

Mais l'un des futurs jeunes pères tenait dans sa main

un portable, sans doute devait-il en posséder deux. Quand Roxanne cria de nouveau, il l'alluma et, tout en faisant mine de parler à son épouse, il composa un numéro, sans doute celui de la police, se dit Kelly.

Dimanche, 19 h 15

Nick avait quitté le passage secret pour s'introduire dans le conduit du système de ventilation, qu'il avait aidé à installer et connaissait mieux que personne. Ces conduits verticaux et horizontaux formaient une espèce de labyrinthe qui sinuait à travers l'immeuble, assurant le chauffage et la climatisation.

Le seul problème, c'était sa taille. Il était en effet obligé de ramper recroquevillé et ne progressait que lentement.

Il jeta un œil par la grille de ventilation qui donnait sur le couloir et se fit une idée plus exacte des événements qui se déroulaient au neuvième étage.

Puis, aux étages inférieurs, il regarda de nouveau par les grilles : des explosifs avaient été disposés dans les coins, là où une détonation ferait le plus de dégâts.

Parvenu au sixième étage, où se trouvait le grossiste en équipements sportifs, il donna un coup sec dans la grille, arrachant par la même occasion une bonne partie du mur, et sortit.

Une fois qu'il se fut libéré et redressé, non sans soulagement, il prit à peine le temps de respirer à fond et courut à travers les bureaux déserts. Les capteurs de mouvement s'allumaient sur son passage ; si les preneurs d'otage patrouillaient dans l'immeuble, ils découvriraient vite sa présence. Mais, avec un peu de chance, ils resteraient au neuvième étage.

Dans l'espace consacré au ski, il trouva une cagoule et un col roulé noir, et put se vêtir comme les preneurs d'otage. Il portait certes un jean au lieu d'un pantalon cargo noir, mais il ne resterait pas longtemps parmi ces individus : les agresseurs n'auraient pas le temps de s'étonner de son accoutrement un peu différent du leur. Enfin, il s'empara d'un arc, de flèches et de cordes. S'il pouvait descendre du toit en rappel, casser les vitres et passer par les fenêtres des bureaux, il réussirait à désamorcer les bombes.

Des sirènes de voitures de police s'élevèrent.

Nick aurait été soulagé d'avoir des renforts si le bâtiment n'avait pas été piégé et les otages, en danger. Aussi, il sortit son portable et appela l'un des policiers qui avait enquêté sur la mort de son oncle.

Quand celui-ci répondit, Nick fut direct.

— Il y a une prise d'otage dans l'immeuble Spencer. Quatre femmes enceintes et leurs conjoints, et une sage-femme…

Kelly, ma Kelly…

— Ils sont détenus au neuvième étage, ajouta-t-il.

— Compris ! dit le policier. On arrive.

— Mais attention ! Les preneurs d'otage ont disposé des bombes partout dans l'immeuble !

— On s'en occupe.

Nick s'approcha de la fenêtre. En contrebas, il y avait de nombreux véhicules de police et médicaux. Des policiers se rassemblaient devant l'entrée de l'immeuble. Bon Dieu ! Le message n'avait pas été transmis.

Il rappela le policier.

— Il y a des explosifs partout ! La police doit rester dehors, pour sa propre sécurité et celle des otages !

Au même moment, deux explosions ébranlèrent l'immeuble Spencer. Nick retint son souffle, le bâtiment allait s'effondrer.

22

Dimanche, 19 h 42

L'immeuble trembla et craqua. Kelly retint un cri. Elle avait fait de son mieux pour rester calme, mais c'était plus qu'elle n'en pouvait supporter. Tout le monde était pétrifié, même Jared. D'autres explosions plus lointaines et moins violentes s'élevèrent ensuite.

— Qui a un portable ? Qui a averti la police ? s'exclama Trask qui revenait.

— Personne, répondit Jared. Vous nous les avez confisqués.

— Pas tous, manifestement : vous n'auriez pas dû appeler la police. C'est pourquoi nous avons été obligés de faire exploser l'escalier et tous les ascenseurs, sauf un. Vous avez compliqué la situation.

— Laissez-moi parler à la police ! reprit Jared. Je peux plaider votre cause !

— Non. Il n'y a qu'une façon pour vous de sauver la mise, coupa Trask en lui tendant un portable. Appeler votre frère pour qu'il vienne immédiatement nous rejoindre.

Jared prit le portable.

— Que se passera-t-il une fois que vous aurez mis la main sur l'or ?

— Appelez-le.

Kelly évitait de penser au pire pour rester concentrée sur Roxanne, qui s'était laissée glisser à terre. Ses cris s'étaient mués en des sanglots irrépressibles.

Elle lui donna des instructions, l'encouragea de son mieux afin qu'elle effectue ses exercices de respiration. Les autres couples s'étaient rassemblés autour d'elles, formant comme un bouclier de protection. L'un des futurs jeunes pères murmura que Roxanne pourrait raconter à son bébé, plus tard, combien sa naissance avait été digne d'un film à suspense. Encore fallait-il qu'ils sortent vivants de ce cauchemar, songea Kelly.

Mais ils s'en sortiraient ! Elle refusait de penser autrement. Dès que Nick les aurait rejoints, tout irait bien. A cette pensée, elle reprit espoir.

Roxanne commença à pousser et, bientôt, la tête du bébé apparut. Epuisée par ses efforts, elle se laissa retomber dans les bras de son mari.

— Je ne peux… pas…

— Encore une fois ! insista Kelly. Poussez !

Enfin, après de longues minutes, Kelly put tenir le nouveau-né dans ses mains : c'était une petite fille.

— Donnez-la-moi, murmura Roxanne, qui souriait à travers ses larmes.

La jeune femme avait réussi à mettre son bébé au monde dans les pires circonstances, et Kelly, plus émue qu'elle ne l'avait jamais été, posa le nourrisson sur son ventre.

— Vous êtes une héroïne, Roxanne.

Surtout, elle était soulagée : l'accouchement s'était bien déroulé.

Jared l'appela et lui tendit le portable de Trask.

— Kelly ? Nick veut vous parler.

Elle prit le téléphone.

— Roxanne vient de mettre au monde une petite fille, annonça-t-elle d'une voix tremblante.

— Je t'aime ! répondit-il avec fougue.

Ce n'était ni l'endroit ni le moment pour faire une déclaration d'amour, et pourtant il n'aurait pas pu mieux choisir. Et puis, Nick ne parlait jamais à la légère, il était sincère, elle le savait. Entre peur et bonheur, la tête lui tournait.

— Moi aussi je t'aime, confia-t-elle sans hésitation.

— Je vais te sortir de là, mon amour.

— Que puis-je faire ?

— De qui Trask prend-il ses ordres ?

Ce dernier s'entretenait toujours, par téléphone, avec la personne qui semblait diriger l'opération.

Elle s'approcha de Trask.

— Nick Spencer veut parler avec votre chef.

— Dites-lui plutôt de venir nous rejoindre pour que l'on puisse s'emparer de l'or.

— Nick est obstiné, objecta Kelly. Je suis certaine qu'il sera plus coopératif si vous laissez partir Roxanne et son bébé. Je suis également sûre que votre chef ne refusera pas de libérer un otage.

— J'en doute. Vous ne la connaissez pas, repartit Trask.

Il marmonna quelques paroles furieuses qu'elle ne comprit pas. Mais, au moins, elle avait appris une chose : il obéissait à une femme.

Elle reprit donc à l'adresse de Nick :

— Il a dit que son boss était déterminé : elle veut l'or.

— C'est donc une femme… Dis à Trask que je me dirige vers le seul ascenseur encore en état demarche. Qu'il s'y rende aussi.

Mais Trask lui arracha le portable des mains et hurla dans le combiné.

— Ça n'est pas la peine, il a raccroché, lui lança Kelly. Mais il va faire ce que tu demandes.

Des cris la firent se retourner. Lauren se tenait le ventre et gémissait. Un autre bébé allait naître… Pourvu que Nick ait un plan !

Dimanche, 20 h 2

Nick poussa le corps d'un des preneurs d'otage dans l'ascenseur, au sixième étage. Une flèche en acier était plantée dans sa poitrine. La blessure n'était pas fatale, mais l'homme, inconscient, aurait valeur de message adressé à Trask et à ses hommes : ils ne sortiraient pas vivants de cet immeuble sauf si les otages étaient libérés sans condition.

Il pressa sur le bouton pour expédier le corps au neuvième étage et emprunta quant à lui l'escalier intérieur pour remonter au septième.

Dès qu'il avait appris que le chef de Trask était une femme, il avait deviné son identité. Il composa donc son numéro.

— Bonsoir, Nick.

— C'est donc bien toi. Pourquoi ?

— Samuel m'a trahie, Nick.

La voix de Julia était dure et amère, remplie d'un ressentiment accumulé depuis des années. Sa haine l'avait poussée à diriger des hommes armés pour qu'ils effectuent une prise d'otages et s'emparent de l'or de la mine Valiant.

— Tu as embauché Trask pour qu'il découvre le dernier projet de Samuel, continua Nick. Mais Trask s'est mépris sur les incursions de Samuel au motel Stony Heart. Il n'avait pas une liaison avec Virginia Hancock, c'était sa collaboratrice. Ils passaient leur nuit à parler de l'éventualité de rouvrir la mine d'or.

— Samuel ne m'en a pas moins trahie en me tenant à l'écart de ses projets, en refusant de me donner des lingots d'or de la mine Valiant. Et lors de l'ouverture du testament, j'ai été humiliée. J'étais sa femme, sauf par le mariage, et il ne m'a laissé qu'une aumône. J'aurais pourtant dû hériter de l'intégralité de sa fortune ! De l'or des Spencer.

— Tu sais que cet or ne sortira jamais de la famille.

— Mais Radcliff allait s'en emparer mardi prochain ! Négocier avec lui est impossible ! Le rembourser aussi. J'ai donc voulu m'en emparer avant.

Elle marqua une pause.

— Tu devrais me remercier, Nick : grâce à moi, Radcliff ne mettra jamais la main sur le trésor des Spencer.

— Mais ce soir, tu le voles aux Spencer. Cela dit, c'est fini, Julia. La police est là.

— Je sais : je vois tout, de là où je suis.

Julia était donc proche de l'immeuble. Elle voulait voir sa vengeance à l'œuvre, être témoin de la destruction de cet immeuble qui avait été le plus grand succès architectural de Samuel.

— Julia… je viens de découvrir le passage secret entre mon bureau et celui de Samuel.

— Tu y as mis le temps, Nick ! Mais tu es si naïf… Tu as assez souvent travaillé avec Samuel pour savoir qu'il aimait les petits secrets mais, cette fois, il a été pris à son propre piège.

Son amour s'était mué en haine… Julia aimait Samuel depuis des années, comment en était-elle arrivée là ?

— C'est toi qui l'as tué ?

— Oui, mais j'aurais dû demander à Trask de s'en charger. J'ai annoncé à Samuel que j'étais au courant de ses rencontres au motel, et je l'ai tué.

— Et le mot ? C'était son écriture ?

— La mienne. Cela fait des années que je signe pour Samuel.

Nick comprenait enfin. Son oncle avait été tué par amour.

— Laisse-moi t'aider, Julia. Nous pouvons plaider le crime passionnel. Libère les otages tout de suite et tu auras la clémence de la justice.

— C'est inutile. Tout se déroule à la perfection. Une fois que je serai immensément riche, je vivrai une nouvelle vie. Je n'ai pas besoin de ton aide.

— Tu as besoin de mon empreinte digitale pour mettre la main sur l'or.

C'était sa seule monnaie d'échange.

— Si tu libères les otages, je rejoins Trask au neuvième étage et je t'obéirai en tout.

— Disons plutôt : si tu montes au neuvième étage, je libérerai les otages.

Les lumières tout à coup s'éteignirent et la pénombre l'environna.

— Que se passe-t-il ?

— Procédure standard en cas de prise d'otages, l'informa Julia platement. La police a coupé l'électricité dans le bâtiment ; l'escalier est sans doute à moitié détruit par les explosions, et un seul ascenseur fonctionne désormais. Tu es piégé, Nick. Renonce.

— L'as-tu aimé ? As-tu aimé Samuel ?

— Trop, justement… Je n'ai pas un cœur de pierre, quoi que tu en penses… Adieu, Nick.

Non. Il refusait que Julia remporte la victoire. Il ne voulait pas perdre Kelly, il désirait vivre avec elle. Vivre leur amour. Il ferait tout son possible pour qu'ils aient un avenir.

Les lumières d'urgence s'allumèrent. Son arc en main, Nick se dirigea vers l'escalier.

Dimanche, 21 h 17

L'accouchement de Lauren fut différent de celui de Roxanne. Lauren fut courageuse pendant une heure mais, épuisée et stressée, elle n'eut bientôt plus la force de gémir. Kelly l'avait examinée et redoutait une hémorragie interne.

Il fallait un médecin. Kelly savait comment faire une césarienne, elle avait aussi été témoin de plusieurs procédures d'urgence, mais elle ne pouvait pas agir seule, et de surcroît sans instruments.

Elle leva les yeux vers Jared.

— Lauren doit être hospitalisée.

Elle n'eut pas besoin d'en dire davantage. Jared avait déjà compris la gravité de la situation. Il s'adressa à l'homme masqué le plus proche qui les observait.

— Il faut que je m'entretienne avec votre chef de toute urgence.

— Appelez Trask ! insista Kelly. Nous devons lui parler.

L'homme masqué obtempéra. Même s'ils étaient séquestrés, Kelly avaient réussi à surprendre des bribes de conversation : trois preneurs d'otage avaient été blessés par des flèches. L'un était entre la vie et la mort, les blessures des deux autres étaient superficielles. Nick était passé à l'attaque.

A peine Trask fut-il entré que Jared l'interpella.

— Ma femme a besoin d'un médecin, sinon elle va mourir ! Mon frère vous obéira !

Trask lui tendit le téléphone.

— D'accord.

Pendant que Jared s'organisait, Kelly se concentra sur Lauren, qui sombrait dans l'inconscience.

— Sauvez mon bébé, murmura-t-elle d'une voix sans timbre.

— Vous allez être prise en charge par une équipe médicale. Tout ira bien, Lauren.

— Je voulais une naissance naturelle…

— Chut, ne parlez pas. Economisez vos forces.

L'une des futures mamans s'approcha.

— Que va-t-il se passer ?

— Nous allons sortir d'ici ! déclara Kelly.

— Vous n'en êtes pas certaine, objecta l'un des futurs pères.

— Non, mais accrochons-nous à cet espoir.

Les lumières d'urgence s'allumèrent, ce qui la fit ciller. Que se passait-il ? Etait-ce bon signe ?

23

Dimanche, 21 h 32

Après des négociations entre la police et Trask, Kelly accompagna Lauren jusqu'à l'ascenseur et, de là, au rez-de-chaussée où des urgentistes devaient la prendre en charge.

— Ensuite, vous remonterez à l'étage où se trouve Nick Spencer, lui intima Trask. Vous reviendrez avec lui. Sinon, je tuerai un otage.

Un frisson secoua Kelly.

— J'ai compris.

Aidée par Jared, Kelly entra dans l'ascenseur avec Lauren. Elle était si inquiète et si impatiente de remettre la jeune femme entre les mains de médecins qu'elle croyait se mouvoir au ralenti. Elle aurait aimé réfléchir à un plan, à une stratégie pour sauver les autres otages, mais elle n'avait que la vie de Lauren et de son bébé en tête.

Les urgentistes l'attendaient au rez-de-chaussée avec un brancard. Un policier de l'unité d'élite SWAT s'approcha.

— Vous allez rester ici, madame. Nous allons reprendre l'ascenseur. Nous pouvons en finir maintenant.

— Mais les otages paieront le prix fort ! objecta Kelly.

— Je comprends vos inquiétudes, madame, mais vous

ne pouvez pas faire confiance à des preneurs d'otages. Tout ce que vous avez pu négocier avec eux n'est pas…

Elle n'avait pas vécu ces dernières heures éprouvantes pour recevoir des ordres. Elle n'avait plus envie de plier devant personne, même devant le SWAT.

D'un geste fulgurant, elle sortit l'arme du holster du policier et le pointa sur sa poitrine.

— Reculez ! Personne ne m'empêchera de remonter !

Pendant quelques secondes de silence, le policier resta figé, ce qui lui laissa le temps de courir vers l'ascenseur et de jeter l'arme avant que les portes ne se referment. Elle ne voulait pas courir le risque de remonter armée et de mettre ainsi les autres otages en danger, voire d'être prise pour cible par les hommes de Trask.

Au sixième étage, les portes de l'ascenseur s'ouvrirent et, soudain, Nick fut devant elle. Il lui tendit les bras, elle s'y jeta et l'embrassa à perdre haleine.

— Nick… nous devons y aller…

— Non, pas toi, Kelly ! C'est moi que Trask veut. Tu vas rester là, te mettre à l'abri.

— Que va-t-il se passer ?

— Rien, j'espère. J'ai réussi à désactiver les explosifs dans les bureaux des autres étages.

— Tu sais les manier ?

— N'oublie pas que je travaille en montagne. Nous devons souvent en utiliser pour des opérations de génie civil. Ecoute, Kelly, peu importe les détails. Ces bombes n'exploseront pas, mais il en reste une, qui se trouve dans le bureau de mon oncle, à l'étage des otages. Pour y accéder, il fallait que je descende en rappel pour ne pas traverser le neuvième étage et me faire voir. J'ai préparé le matériel nécessaire, mais…

— Que va-t-il se passer ? répéta-t-elle.

— Si cette bombe explose, elle ne détruira pas l'immeuble, mais elle risque de provoquer des dégâts au neuvième étage.

— Là où sont les otages… Laisse-moi venir avec toi, Nick.

— Je t'aime, Kelly, lui dit-il en entrant dans l'ascenseur. Reste ici. Bientôt, tout sera fini. Bientôt, nous serons réunis.

Les portes se refermèrent.

Dimanche, 21 h 47

Avant que les portes de l'ascenseur n'atteignent le neuvième étage, Nick appela une dernière fois le policier avec lequel il s'était à maintes reprises entretenu et lui expliqua son plan. Une fois que Trask et ses hommes seraient dans le caveau, ils seraient distraits par la vue de l'or, donc la police pourrait intervenir.

— Dans dix minutes, pas avant, conclut-il à l'adresse de son interlocuteur.

— D'accord, Nick.

Au neuvième, Trask et quatre de ses hommes l'attendaient.

— Allons-y, dit Nick. Finissons-en !

— C'est moi qui donne les ordres ! déclara Trask.

— Non, c'est Julia. Comment pouvez-vous accepter que cette femme vous dicte votre conduite.

— C'est ma mère.

— Pardon ?

— Elle m'a donné à l'adoption, à ma naissance, mais elle a élevé mon jeune demi-frère et ma demi-sœur. Je l'ai retrouvée, il y a deux ans. Nous avons beaucoup de points communs, elle et moi.

— Une tendance à l'homicide, par exemple ?

— Si vous aviez été perspicace, vous auriez pu découvrir que Y. E. Trask est une anagramme de Starkey, biaisa Trask.

Nick contint un sentiment de dégoût. Julia s'était jouée de Samuel et de la famille Spencer.

— Trask, Starkey, répéta Nick.

Il secoua la tête.

— Comment envisagez-vous de sortir avec cet or ?

— Un hélicoptère va atterrir sur le toit.

Ce plan ne fonctionnerait pas, anticipa Nick. La police patrouillait déjà en hélicoptère. La fuite était vouée à l'échec.

— Ça n'est pas tout, déclara Trask. Le bâtiment explosera dès notre envol. Cela fera diversion.

— Intelligent.

Trask ne savait pas que les bombes, sauf celle placée dans le bureau de Samuel, avaient été désamorcées. Avec un peu de chance, songea Nick, l'explosion de celle-ci ne serait pas très puissante.

Trask lui prit le bras.

— J'ai hâte de toucher mes lingots.

Nick adressa un petit signe de tête à Jared qui avait l'air très inquiet.

— Les urgentistes s'occupent de Lauren, lui annonça-t-il. Ça ira.

— Merci, Nick. C'est l'essentiel... Je veux que Lauren et notre bébé soient en sécurité.

Le temps des disputes était terminé. Finalement, lui et son frère s'unissaient dans l'adversité.

Dimanche, 21 h 57

Restée seule à l'étage des articles de sport, Kelly ne pouvait rester inactive, alors que les otages étaient toujours en danger. Nick avait déjà préparé le rappel sur le toit, elle pouvait donc le rallier et parvenir au bureau de Samuel.

Il n'était plus temps de se munir d'un équipement de sécurité, et elle se précipita dans l'escalier de secours en béton. Elle montait toujours quand deux hommes de Trask la repérèrent et la poursuivirent.

Arrivée sur le toit, elle courut vers le parapet, où Nick avait disposé le nécessaire pour descendre en rappel vers le bureau de son oncle. Elle s'accroupit, saisit les cordes et se lança.

Comme elle n'avait pas de harnais, ses bras devaient supporter tout son poids. Heureusement, elle n'avait que sept mètres environ à parcourir.

Ses poursuivants étaient arrivés sur le toit et devaient se demander par où elle avait pu disparaître. S'ils baissaient les yeux, ils la découvriraient vite, tireraient sans sommation ou couperaient la corde, la promettant dans les deux cas à une mort certaine.

Avait-elle pris la décision qui s'imposait ? Elle risquait sa vie… Nick l'aimait, elle l'aimait. Elle n'avait d'autre envie que de vivre. Mais elle ne pouvait abandonner les autres otages à leur sort.

Elle arriva devant la fenêtre du bureau de Samuel : la bombe était sur le bureau. C'était un paquet à peine plus gros qu'une boîte à chaussures et qui ne semblait pas susceptible de causer de terribles dégâts, mais elle ne se souvenait que trop bien des explosions survenues un peu plus tôt et qui avaient ébranlé l'immeuble.

Le rebord de la fenêtre n'était pas assez large pour qu'elle puisse s'y tenir, mais elle y plaça la pointe du pied et s'y appuya. La fenêtre s'ouvrant de l'intérieur, elle devait briser la vitre pour entrer, et le bruit de casse pouvait attirer l'attention.

Son regard se porta vers le bas : les véhicules de police cernaient le bâtiment. La hauteur ne lui faisait pas peur, mais la perspective de tomber de si haut était effrayante. Elle devait agir maintenant ; elle ne pouvait rester indéfiniment pendue en l'air, comme une mouche au bout d'une toile d'araignée. Elle donna donc une poussée contre la vitre qui, par chance, céda un peu.

Apparemment, Nick ne l'avait pas bien refermée, le jour où il lui avait montré le mécanisme d'ouverture secret. Se soutenant d'un bras, elle fit pression avec son autre main sur la vitre qui, de nouveau, bougea.

En haut, les hommes de Trask criaient. Ils l'avaient découverte, et si elle n'agissait pas très vite, ils tireraient ou couperaient la corde, et c'en serait terminé…

Elle réussit enfin à ouvrir la fenêtre et à entrer. Elle était saine et sauve, mais toujours en danger de mort. Du paquet sur le bureau s'échappaient des fils, un téléphone portable était fixé dessus. Cela ne ressemblait pas aux bombes qu'elle avait vues dans les films : il n'y avait pas de cadran avec des chiffres en cristaux liquides où s'affichait le décompte des secondes jusqu'à l'explosion.

Si elle jetait la bombe par la fenêtre, elle risquait de blesser les gens, en bas.

Mais comment la désamorcer ?

Dans sa panique croissante, la voix de Nick résonna

en elle et l'apaisa. Il croyait en elle. Il l'aimait, son heure n'était pas venue.

Elle se ressaisit. Alors une idée lui vint. Les autres bombes, qui avaient explosé dans l'escalier, n'avaient pas réussi à détruire le bâtiment. Elle devait donc jeter celle-ci dans l'escalier, mais sans tarder, car les hommes de Trask n'allaient pas tarder à redescendre.

Précautionneusement, elle souleva la bombe. Ses doigts étaient parcourus de picotements. Elle tenait la mort entre ses mains, se dit-elle.

Un étrange silence était tombé sur le neuvième étage, ce qui lui permit de sortir du bureau de Samuel à la hâte et de se diriger vers les ascenseurs. La porte du bureau de Marian, où étaient séquestrés ses patientes et leurs maris était fermée. Les hommes de Trask conféraient dans le caveau. Les deux individus à ses trousses n'étaient pas encore redescendus du toit.

La bombe n'exploserait pas tant que Trask et ses hommes seraient sur place, mais il ne lui restait que quelques minutes pour couvrir les quelques mètres jusqu'à l'escalier. Elle se remit à courir et se heurta à deux policiers de l'équipe SWAT.

— C'est une bombe, leur annonça-t-elle.

L'un des deux la lui prit des mains.

— Vous devez partir d'ici tout de suite !

Elle regarda plus bas dans l'escalier : des douzaines d'autres policiers montaient. Trask ne ferait pas le poids face à ce contingent armé. Un policier, dont la veste portait la mention « Bomb Squad », se chargea à son tour de la bombe et disparut avec dans l'escalier.

— Vous ne pouvez pas rester ici, madame, répéta le responsable de l'équipe.

Kelly ne s'était jamais perçue comme une femme courageuse. Au contraire, toute sa vie elle s'était sentie faible et pusillanime. Plus maintenant.

Elle se raidit.

— Je ne partirai que lorsque je serai certaine que tout le monde est sain et sauf.

Elle avait dû être convaincante, parce que son interlocuteur ne perdit pas de temps à discuter.

Pendant que le reste de l'unité SWAT et la police se préparaient à l'assaut, Kelly attendit. L'odeur des balles et de l'explosion la saisit, et l'appréhension l'envahit quand il y eut plusieurs échanges de coups de feu.

Puis, en quelques minutes, et plus rapidement qu'elle ne s'y était attendue, tout fut terminé.

Ses patientes et leurs maris se précipitèrent vers elle, escortés par le SWAT. Voilà une journée qu'ils raconteraient souvent à leur enfant.

A son tour, Jared apparut au milieu de cette foule, mais seul.

Où était Nick ? se demanda Kelly, paniquée.

Son cœur s'arrêta de battre.

Nick ?

Il y avait des voix, du mouvement, de l'agitation, mais pas Nick.

Enfin, il arriva, se dirigeant vers elle.

Alors elle se jeta dans ses bras, et plus rien n'exista que lui.

Six mois plus tard. Samedi, 13 heures

Kelly avait décidé avec Nick de se marier au mois de septembre dans la ferme de Serena.

Depuis le début des opérations minières, ils vivaient dans un mobile home à proximité de la mine Valiant. Le motel Stony Heart hébergeait quant à lui les mineurs.

Kelly portait une robe à taille Empire qui cachait sa grossesse déjà bien avancée. Folle de bonheur, elle contemplait, du pas de la porte, ses amis et sa famille rassemblés devant la grange.

Fifi et les autres chèvres s'étaient échappées de leur enclos, mais elles étaient plus intéressées par les fleurs que par les invités.

Serena passa un bras autour de la taille de Kelly.

— Il était écrit que tu devais rester dans le Colorado... J'aimerais tout de même que tu vives plus près...

— Nous allons déménager. Jared ne cesse de demander à Nick de revenir travailler à Spencer Entreprises.

Le frère de Nick n'avait pas signé de contrat avec la société de Singapour, mais il avait accru l'activité de Spencer Entreprises en lançant des douzaines de projets dans la région. Depuis la naissance de son bébé, il voyageait moins.

— Qui est cet homme avec des colliers en or ? s'enquit Serena.

— Barry Radcliff. Notre commanditaire. Il nous a aidés à financer la réouverture de la mine. La femme qui l'accompagne a failli entrer dans l'équipe olympique de volley-ball de plage.

Il y avait également de nombreuses autres personnes de Spencer Entreprises qu'elle ne reconnaissait pas et de jeunes mamans avec leur bébé. Elle avait envoyé une invitation à Arthur et à sa sœur dans un élan de réconciliation, afin qu'ils comprennent que Nick et elle ne les tenaient pas responsables des agissements de leur mère et de leur demi-frère, mais ils n'étaient pas venus.

Arthur ruminait sans doute toujours son amertume. Il avait été interrogé par la police qui le soupçonnait d'être le complice de Trask. Il n'avait qu'un lien avec ce dernier : l'ADN.

Trask et ses complices s'étaient rendus aux hommes de l'unité SWAT lorsqu'ils avaient été acculés et étaient désormais en détention préventive. Julia aussi avait été arrêtée. Son rêve de vivre une retraite dorée s'était mué en de longues années derrière les barreaux.

— Tu pensais que la situation allait prendre cette tournure ? demanda Serena à Kelly.

— Tu parles d'une prise d'otages dans un bâtiment de dix étages ? Ou d'ouvrir une mine d'or et d'uranium ?

— Je veux parler de l'amour ! D'avoir enfin trouvé l'âme sœur.

Kelly regarda devant elle. Nick se frayait un chemin à travers la foule, serrant des mains au passage. Grâce à sa haute taille, elle n'avait jamais de mal à le repérer et ne se lassait jamais de l'admirer. En smoking, il était le plus beau de tous.

— Je n'attendais pas Nick, mais je le mérite…, conclut-elle d'une voix frémissante.

Retrouvez prochainement,
dans votre collection

BLACK ROSE

Un garde du corps inespéré, de Cassie Miles - N°649

À La Nouvelle Orléans, on fête Halloween. Dans la parade, Alyssa se laisse charmer par un séduisant pirate avant de s'éloigner dans les ruelles désertes. Là, elle est attaquée par trois inconnus et ne doit son salut qu'à l'intervention du mystérieux pirate qui la conduit chez lui. Méfiante d'abord, Alyssa décide de faire confiance à son sauveur inespéré et lui révèle qu'un danger permanent plane sur elle car elle a été témoin d'un meurtre…

Captive du silence, de Carla Cassidy

« Maddy, que fais-tu ici ? » Stupéfait, Flint se penche vers la jeune femme blottie dans la grange et l'aide à se lever. Pourquoi se cache-t-elle ainsi ? Et comment expliquer son expression d'animal traqué et les larmes qui voilent son regard ? Bientôt, il apprend que sa voiture est tombée en panne alors qu'elle quittait la ville. Pour fuir quoi ? Ou qui ? Bien décidé à le découvrir, il lui propose alors de l'héberger dans son chalet…

En quête de vérité, d'Amanda Stevens- N°650

Le jour de son mariage, la vie de Penelope bascule : Simon, son fiancé, est victime d'un accident qui le plonge dans le coma. Mais un soir, alors qu'elle est venue lui rendre visite à l'hôpital, elle le trouve conscient et debout. Soulagée de voir l'homme qu'elle aime hors de danger mais bouleversée d'avoir été dupe, elle accepte d'écouter ses explications. Il lui confie alors qu'un secret l'oblige à feindre le coma…

Dans l'ombre du désir, de Marilyn Pappano

AJ a enfin trouvé la tranquillité, loin de Dallas qu'il ne supportait plus. Pourtant, tout bascule le jour où Masiela Leal réapparaît dans sa vie. Masiela, son ancienne coéquipière qu'il a aimée en secret sans que cet amour soit partagé…. Aujourd'hui, elle est en danger de mort et il faut qu'il la cache. Il accepte mais se jure que, cette fois, il ne la laissera pas se frayer un chemin jusqu'à son cœur…

Retrouvez prochainement,
dans votre collection

BLACK ROSE

Un ange en danger, de Julie Miller - N°651

En apprenant qu'elle doit protéger Fiona, la fille de Quinn Gallagher, magnat du pétrole, Miranda est furieuse. Elle est tireur d'élite, pas baby-sitter ! Pourtant, lorsqu'elle croise la fillette âgée de trois ans, sa colère s'évanouit et elle se lance à la recherche du lâche qui la menace. Une mission périlleuse pour Miranda, car non seulement Fiona la prend pour sa mère, mais Quinn exerce sur elle une étrange attirance…

Le mystère de Culpepper, de Tyler Anne Snell

En entrant dans le commissariat de Culpepper, Sophia espère bien obtenir de l'aide pour retrouver sa sœur Lisa dont elle est sans nouvelles. Un espoir qui se renforce lorsque Braydon Thatcher, un séduisant inspecteur, la reçoit dans son bureau. Mais bientôt il énonce une liste de prénoms et Sophia comprend que Lisa fait partie des jeunes femmes récemment disparues dans la région…

Angelika Gräfin Wolffskeel
von Reichenberg

Schüßler-Salze für Ihr Kind

Sanfte Heilung für 0- bis 14-Jährige

Haben Sie Fragen an die Autorin?
Anregungen zum Buch?
Erfahrungen, die Sie mit anderen teilen möchten?
Nutzen Sie unser Diskussionsforum:
www.mankau-verlag.de

mankau

Bibliografische Information der Deutschen Nationalbibliothek
Die Deutsche Nationalbibliothek verzeichnet diese Publikation in der Deutschen Nationalbibliografie; detaillierte bibliografische Daten sind im Internet über http://dnb.d-nb.de abrufbar.

Angelika Gräfin Wolffskeel
von Reichenberg

Schüßler-Salze für Ihr Kind

Sanfte Heilung für 0- bis 14-Jährige
Symptom-Register von A bis Z

ISBN 978-3-938396-24-7

1. Auflage 2009

Mankau Verlag
Postfach 13 22, D-82413 Murnau a. Staffelsee
Im Netz: www.mankau-verlag.de
Diskussionsforum: www.mankau-verlag.de/forum.php

Lektorat: Katharina Floßmann, Mankau Verlag
Nicole Duplois, MetaLexis
Endkorrektorat: Dr. Thomas Wolf, MetaLexis
Monika Hein-Wesner, Marnbach
Gestaltung: Heike Brückner, Grafikstudio, Regensburg
Fotos Titelseite (v. oben): Serhat Divrik, Würzburg;
Caroline Förster, Würzburg; Shutterstock; Adpic

Der Inhalt wurde auf chlorfrei gebleichtem Recyclingpapier gedruckt, der Druck erfolgte in Deutschland.

Inhalt

Vorwort

Liebe Leserin, lieber Leser,

dieses Buch widme ich den Kindern, Eltern, Großeltern, Verwandten und allen, die Kinder lieben, wertschätzen und sich um deren Wohl bemühen.

Ich überreiche Ihnen meinen ganz persönlichen Erfahrungsschatz. Öffnen Sie Ihr Herz für den Gesundheitserreger „Dr. Schüßler" und begleiten Sie ganz mutig den individuellen Entwicklungsweg Ihrer Kinder.

Mit herzlichen Grüßen
Ihre

Angelika Gräfin Wolffskeel von Reichenberg
Gerchsheim, im März 2009

„Kinder sind Gäste, die nach dem Weg fragen."
Titel eines „Elternbuchs" von Irina Prekop und Christel Schweizer

I. Grundlagen

1. Einführung in die Biochemie nach Dr. Schüßler

Der Lebensweg Dr. Schüßlers

Im 18. und 19. Jahrhundert führten grundlegende Erkenntnisse in den Naturwissenschaften zu einem neuen Denken und damit zu veränderten, neuen Konzeptionen in der Medizin. Diese haben bis heute nicht an Bedeutung verloren.

Die Zeit war geprägt durch die Abkehr von der bis dahin herrschenden naturphilosophischen Betrachtungsweise des Menschen und der Krankheiten – hin zu einer naturwissenschaftlich begründeten Medizin. Demnach sind Veränderungen, die das sogenannte innere Milieu eines Organismus – das heißt die biochemischen Abläufe in den Zellen – stören, maßgeblich an der Entstehung von Befindlichkeitsstörungen bzw. Krankheiten beteiligt.

In dieser Zeit lebte auch der Arzt Dr. Wilhelm Heinrich Schüßler (1821–1898), Begründer der Biochemie. Zeitgenossen waren u. a. der Chemiker und Mikrobiologe Louis Pasteur, der Bakteriologe Robert Koch, der Pathologe Rudolf Virchow sowie der Arzt Samuel Hahnemann, Begründer der Homöopathie.

Als homöopathisch arbeitender Arzt eröffnete Schüßler 1858 in Oldenburg seine eigene Praxis. In den Naturwissenschaften setzte sich zunehmend die Erkenntnis durch, dass Mineralstoffe für den Zellstoffwechsel und die Krankheitsentstehung eine sehr große Bedeutung besitzen. So begann Schüßler, sich mit den in der Homöopathie gebräuchlichen Mineralstoffen vermehrt auseinanderzusetzen.

In den Folgejahren hatte er allein in Oldenburg mit der Behandlung von 1.000 diphtheriekranken Kindern Erfolg, von denen Schüßlers Kollegen viele schon aufgegeben hatten. Die vielen Heilerfolge mit 12 Mineralsalzen ermutigten ihn, im Jahre 1874 seine erste kleine Broschüre mit dem Titel „Eine Abgekürzte Therapie" zu veröffentlichen. Hierin drückte er seine feste Überzeugung aus, dass durch diese 12 Mineralsalze „alle Krankheiten, welche überhaupt heilbar sind, geheilt werden können."

Sein Vermächtnis an die Nachwelt besteht vor allen Dingen in der von ihm vertretenen ganzheitlichen Heilweise, die auf die Funktionen und Lebensvorgänge des menschlichen Organismus wirkt. Damit hilft er den Menschen bis heute, sich gesund zu halten, und gibt wertvolle Ratschläge bei der Behandlung von Befindlichkeitsstörungen bzw. Krankheiten. Diesem Ziel soll auch der vorliegende Ratgeber für gesunde Kinder dienen.

Lehrsätze

Das Lehrgebäude Dr. Schüßlers baut zunächst auf drei bereits damals bekannten Grundsätzen auf:

1. Die kleinste Lebenseinheit ist die Zelle.

2. Das Wesen der Krankheit ist die pathogen (krankhaft) veränderte Zelle (Virchow).

3. Gesund bleiben kann der Mensch nur, wenn er die nötigen Mineralstoffe in der erforderlichen Menge und im richtigen Verhältnis besitzt (Moleschott).

Aus diesem Wissen heraus entwickelte Schüßler dann seine eigenen Lehrsätze:

1. **Lehrsatz:** „Alle Krankheiten entstehen durch einen Mangel an bestimmten lebensnotwendigen Mineralstoffen in der Zelle."
2. **Lehrsatz:** „Durch Zuführung der fehlenden Mineralsalze tritt die Heilung ein."
3. **Lehrsatz:** „Die Zuführung der Mineralstoffe darf nur in allergeringsten Mengen erfolgen."
4. **Lehrsatz:** „Die Zuführung der fehlenden Stoffe muss in solch einer Verdünnung erfolgen, dass der Übertritt des funktionssteigernden Salzes unmittelbar durch die Schleimhäute in Mundhöhle, Schlund und Speiseröhre direkt ins Blut erfolgen kann."

Die beiden Hände

Es sagte einmal die kleine Hand zur großen Hand:

Du große Hand, ich brauche dich,
weil ich bei dir geborgen bin.
Ich spüre deine Hand, wenn ich wach werde und du bei mir geborgen bist,
wenn ich Hunger habe und du mich fütterst,
wenn du mir hilfst, etwas zu greifen und aufzubauen,
wenn ich mit dir meine ersten Schritte versuche,
wenn ich zu dir kommen kann, weil ich Angst habe.
Ich bitte dich, bleib in meiner Nähe und halte mich.

Es sagte die große Hand zur kleinen Hand:

Du kleine Hand, ich brauche dich,
weil ich von dir ergriffen bin.
Das spüre ich,
weil ich viele Handgriffe für dich tun darf,
weil ich mit dir spielen, lachen und herumtollen kann,
weil ich mit dir kleine wundersame Dinge entdecke,
weil ich deine Wärme spüre und dich liebhabe,
weil ich mit dir zusammen wieder bitten und danken kann.
Ich bitte dich, bleib in meiner Nähe und halte mich.

Gerhard Kiefel

Krankheitsursachen nach Schüßler

Krankheiten können nach Schüßler verschiedene Ursachen haben. Zum einen kann ein Mangel an einem bestimmten Mineralstoff vorliegen, der auf Verteilungsstörungen zurückzuführen ist. Zum anderen mag es sich um eine Selbstvergiftung der Zelle handeln. Darüber hinaus gibt es krankmachende Faktoren, die direkt auf die Zelle und den Zellstoffwechsel einwirken:

- elektrischer, physikalischer, pathologischer Reiz (Elektrosmog, Wasseradern usw.)
- mechanischer Reiz (Verletzung, Riss, Stich usw.)
- physikalischer Reiz (Kälte, Hitze usw.)
- Zivilisationsbelastungen (Treibhausgas, Smog usw.)
- chemischer Reiz (Säure, Laugen usw.)
- toxischer Reiz (Erreger wie Bakterien, Viren, Pilze, Parasiten usw.)
- aus der Umwelt (Formaldehyd, Autoabgase, Färbemittel usw.)
- Medikamente (Impfungen, Antibiotika, Hormone, Cortison, Psychopharmaka usw.).

Diese verschiedenen Einflüsse können die Zelle daran hindern, die erforderliche Nahrung aufzunehmen. Die Folge davon ist: Der Stoffwechsel wird gestört. Führen wir z. B. bei Krämpfen den fehlenden Mineralstoff, z. B. Magnesium phos., direkt über das Blut zu und regen damit die Entkrampfung der Zellen an, erfolgt als unmittelbares Ergebnis die Heilung.

Dazu Dr. Schüßler: *„Gesundheit ist das quantitative Gleichgewicht der einzelnen Mineralsalze, Krankheit entsteht erst durch das Ungleichgewicht dieser Mineralsalze."*

Homöopathie – Gemeinsamkeiten und Unterschiede

Gemeinsam haben die Biochemie nach Schüßler und die Homöopathie das Bestreben, mithilfe von Heilmitteln natürlichen Ursprungs die Gesundheit von Menschen zu fördern und Krankheiten ganzheitlich zu behandeln. Die Herstellung durch homöopathische Potenzierung ist beiden Behandlungsformen im Grundsatz gleich. Während aber in der Homöopathie neben den Niederpotenzen bis D10 auch Mittel- und Hochpotenzen ab D30 zu finden sind, arbeitet die Biochemie nach Schüßler in der Regel mit den Potenzstufen D6 und D12. Ein weiterer Unterschied besteht im Grundsatz der Mittelwahl. Während bei der Behandlung mit den Schüßler-Salzen biochemische Funktionsmittel zugeführt werden, um einen „Mangel" auszugleichen, der durch eine Verteilungsstörung in der Mineralstoffversorgung bedingt ist, wird in der Homöopathie das Mittel nach dem Ähnlichkeitsprinzip ausgesucht. Dieses besagt, dass eine Arznei, die beim Gesunden bestimmte Symptome hervorruft, ähnliche Beschwerden oder Symptome beim Kranken heilen kann. Für die Homöopathie gilt eine Faustregel, die sogenannte „Simile-Regel": „Gleiches heilt Gleiches" oder „Ähnliches heilt Ähnliches".

Schüßler sieht klare Unterschiede zwischen der Biochemie und der Homöopathie:

„(...) mein Heilverfahren ist aber kein homöopathisches, denn es gründet sich nicht auf das Ähnlichkeitsprinzip, sondern auf die physiologisch-chemischen Vorgänge, welche im menschlichen Organismus sich vollziehen." Und weiter: „Der Grundsatz, nach welchem ein Mittel gewählt wird, drückt diesem sein Gepräge auf. – Ein nach dem Ähnlichkeitsprinzip gewähltes Mittel aber, welches den Mineralstoffen des Organismus homogen ist und dessen Anwendung sich auf die physiologische Chemie gründet, ist ein biochemisches."

„Fehlendes durch Fehlendes ersetzen"

Unter dem Stichwort „Mangel" ist normalerweise kein mengenmäßiger Mangel zu verstehen, sondern eine Verteilungsstörung. Schüßler nannte das die „Bewegungsstörung" der Mineralstoffe. Die Aufnahme der Schüßler-Salze hilft dem Körper, die Mineralstoffe genau an den Ort des Geschehens gelangen zu lassen, an dem sie gerade gebraucht werden. Wollten wir damit quantitative Mängel beheben, wäre die Therapie in dieser Art wegen der geringen Mineralstoffmenge in den Tabletten wenig sinnvoll. Bei einer akuten Erkrankung kommt es im Körper zu einem erhöhten Verbrauch bestimmter Mineralstoff-Ionen. Mangelt es gerade an diesen Mineralstoff-Ionen zur Aufrechterhaltung der Körperfunktionen, werden diese aus den Geweben mobilisiert. Schüßler ging davon aus, dass in diesem Fall Stoffe, die an diese Mineralstoffe gebunden sind, ausfallen. Ein Beispiel dafür: Mangel an oder Verbrauch von z. B. Natrium chlor. ist etwa zu erkennen an einem einsetzenden Fließschnupfen oder an tränenden Augen. Bei der Therapie eines tatsächlichen Mineralstoffmangels, wie bei der Osteomalazie (Kno-

Wächst ein Kind mit Kritik auf, lernt es zu verurteilen.
Wächst ein Kind mit Hass auf, lernt es zu kämpfen.
Wächst ein Kind mit Schmach auf, lernt es, sich schuldig zu fühlen.
Wächst ein Kind mit Spott auf, lernt es, scheu zu sein.
Wächst ein Kind mit Toleranz auf, lernt es, geduldig zu sein.
Wächst ein Kind mit Ermutigungen auf, lernt es, dankbar zu sein.
Wächst ein Kind mit Lob auf, lernt es, selbstsicher zu sein.
Wächst ein Kind mit Aufrichtigkeit auf, lernt es, gerecht zu sein.
Wächst ein Kind mit Sicherheit auf, lernt es, zuversichtlich zu sein.
Wächst ein Kind mit Anerkennung auf, lernt es, sich selbst zu schätzen.
Wächst ein Kind mit Güte und Freundlichkeit auf, lernt es, die Welt zu lieben.

Jean Paul Sartre

chenerweichung), ist es immer sinnvoll, den Körper anzuregen, wieder stabile und elastische Gewebe und Strukturen aufzubauen und diese zu ernähren. Das könnte in diesem Fall unterstützend mit Natrium chlor. (Nr. 8) geschehen: Mit diesem Salz fördern Sie den Nährstrom zur Zelle, sodass die Nährstoffe, die über die Nahrung aufgenommen werden, tatsächlich zur Knochenstärkung zur Verfügung stehen.

Funktionsmittel

Schüßler erkannte, dass er die Mineralstoffe potenzieren musste, da diese sonst direkt über die Nieren wieder ausgeschieden werden und so nicht ins Blut und damit nicht in die Zellen gelangen. Schüßler selbst setzte hauptsächlich die Potenz D6 ein, mit Ausnahme von Calcium fluor., Ferrum phos. und Silicea, die wegen der geringen Löslichkeit in D12 verordnet wurden. Die Schüßler-Salze 1 bis 12 gibt es dank verbesserter Herstellungsverfahren in den Potenzierungen D3, D6 und D12. Beim Lutschen der Tabletten tolerieren die Regulierungssysteme, wie z. B das Immunsystem, die potenzierten Mineralsalze (Moleküle). Und diese zirkulieren so lange im Blut, bis sie in die Zelle gelangen. Deshalb sind die Schüßler-Salze in der Lage, die Zellfunktion anders zu beeinflussen als das anorganische Mineral in seiner Grundsubstanz. Die von Schüßler gewählten Mineralsalze fördern so die Stoffwechselfunktion der Gewebe, Zellen und Organe. Daher werden sie Funktionssalze bzw. Funktionsmittel genannt.

Die Biochemie nach Dr. Schüßler ist eine Regulationstherapie: Mit ihrer Hilfe wird die Verteilungsstörung der Mineralsalze reguliert.

Die Wirkung der biochemischen Mineralsalze lässt sich zu einem großen Teil herleiten, wenn man die Bedeutung der in ihnen enthaltenen Ionen kennt. Diese Bedeutung ist eng mit ihrem Vorkommen im Organismus verbunden.

Die Potenzierung

Bei der Herstellung homöopathischer und biochemischer Arzneien wird die Ursubstanz mit Milchzucker in einem vorgegebenen Zeitschema verrieben und pro Potenzierungsstufe im Verhältnis 1:9 (D-Potenzen) bzw. 1:99 (C-Potenzen) verdünnt. Nach der 3. Verreibungsstufe wird mit Alkohol verschüttelt und weiter verdünnt.

Dabei zeigt das Kation (+) den **„Funktionsort“** („wo etwas passiert“) an.

Hierfür gilt:

- Kalium: intrazellulär (in der Zelle)
- Natrium: extrazelllulär (außerhalb der Zelle)
- Calcium: an der Membran (Zellhülle)
- Silicea: Bindegewebe
- Magnesium: an der Membran, Nerven

Das Anion (–) zeigt dagegen die **Wirkungsweise** an:

- Phosphat: Energiegeber
- Sulfat: Reinigung
- Chlorid: Transportbewegung (z. B. rein in die Zelle, raus aus der Zelle)

Schüßler: *„Jedes biochemische Mittel muss so verdünnt werden, dass die Funktionen gesunder Zellen nicht gestört, vorhandene Funktionsstörungen aber ausgeglichen werden können."*

Als homöopathisch denkender Arzt potenzierte er seine Mineralstoffe: Er verrieb und verdünnte sie stufenweise mit Milchzucker. So können die heilwirksamen Salze direkt über die Schleimhäute des Schlundes (Rachen) und der Speiseröhre ins Blut übertreten.

Wo kann ich die Schüßler-Salze für meine Kinder einsetzen?

Die biochemischen Mineralsalze nach Schüßler können grundsätzlich immer zur Gesunderhaltung Ihrer Kinder eingesetzt werden, bei akuten wie chronischen Erkrankungen, Schmerzen, während der Stillzeit, zur Operationsvorbereitung und -nachsorge, als Haus- und Reiseapotheke und zur Unterstützung bei allopathischen Behandlungen. Wählen wir die richtigen Mittel, können diese für die ganz speziellen Bedürfnisse oder Erkrankungen des jeweiligen Altersabschnitts Ihres Kindes hilfreich und nützlich sein.

Sie können insbesondere eingesetzt werden als:

- Entzündungssalze (akut wie chronisch)
- Nervensalze
- Blutsalze
- Knochensalze
- Muskelsalze
- Salze für die Bänder
- Salze für die Schutzorgane
- Salze für die Blutgefäße
- fäulnisverhütende Salze
- Drüsensalze

Die breite Wirkung der Biochemie auf den Organismus hilft oftmals, vielfältige Befindlichkeitsstörungen und Beschwerden zu bessern oder ganz und gar zu heilen. Gerade zur Vorbeugung von Krankheiten und zur Gesunderhaltung ist es von großem Vorteil, dass die biochemischen Funktionstabletten völlig unbedenklich sind und auch über einen längeren Zeitraum gelutscht werden können.

Ausführlichere einführende Informationen zur Biochemie nach Dr. Schüßler finden Sie in meinem Ratgeber „Die 12 Salze des Lebens. Biochemie nach Dr. Schüßler".

2. Empfehlungen zur Einnahme

Zur Einnahme der Schüßler-Salze wird im Allgemeinen empfohlen: Kinder lassen idealerweise die Tabletten im Mund zergehen. So können die heilwirksamen Salze über die Mundschleimhäute aufgenommen werden. Dies bewirkt eine gute und schnelle Aufnahme in den Organismus. Eine mögliche Beeinflussung durch die Verdauungssäfte kann so ebenfalls vermieden werden. (Würden sie geschluckt werden, blieben sie wirkungslos, weil die Magensäure die potenzierten Mineralstoffmoleküle der biochemischen Funktionsmittel zerstört.) Am besten lutschen Kinder die Funktionsmittel einzeln im Mund. Ältere Kinder können auch 2 Tabletten auf einmal lutschen.

Alternativ können die biochemischen Funktionsmittel aufgelöst in etwas abgekochtem, heißem Wasser, auf Mundtemperatur abgekühlt, kauend getrunken werden – aus meiner Sicht die beste Darreichungsform, genannt „Heiße X" (X ist die Nummer des Salzes). Dies empfiehlt sich vor allem bei größeren Einnahmemengen. So können z. B. bei akuter Halsentzündung 3–5 Tabletten des Schüßler-Salzes Ferrum phos. (Nr. 3) D 12 als Akutmittel aufgelöst werden.

Die biochemischen Funktionsmittel sollten ca. eine halbe Stunde vor oder nach den Mahlzeiten genommen werden. Eine Einnahme gleichzeitig mit Essen oder Trinken ist nicht allzu empfehlenswert, weil der Organismus sich besser mit einer Aufgabe beschäftigen kann, als viele Dinge gleichzeitig zu tun.

Gleichzeitig können bis zu 3–4 verschiedene Schüßler-Salze zur Anwendung gelangen In der Regel werden je nach Anforderung (akut oder chronisch) 3 x 1 bis 3 x 2, im Akutfall auch bis zu 5 x täglich 3 bzw. 5 bzw. 7 Tabletten (je nach Alter) mehrmals täglich verabreicht. Langsam wirkende Salze wie Calcium fluor. (Nr. 1) und Silicea (Nr. 11) können Monate bis Jahre genommen werden. Denken Sie an den Zahn- und Knochenaufbau Ihres Kindes. Da sind diese Mineralsalze bis zum Zahn- bzw. Knochenabschluss erforderlich. Wenig sinnvoll erscheinen größere Einnahmemengen. Die tatsächlich zugeführte Menge an Mineralstoffen ist allerdings auch bei höherer Dosis noch verschwindend gering.

Eine Überdosierung ist im üblichen Dosisbereich auch bei einer längeren Einnahme von verschiedenen biochemischen Funktionsmitteln nicht möglich. Bei der Einnahme vieler Tabletten (50–100 pro Tag) oder bei sehr empfindlichen Personen kann der Milchzucker eine leicht abführende Wirkung haben.

Akute Erkrankungen

Kinder unter 12 Jahren erhalten bei akuten Beschwerden ein- bis zweistündlich 1 Tablette, zur weiteren nachfolgenden Behandlung oder auch in chronischen Fällen 3–4 x täglich 1 Tablette.

Insbesondere bei dem biochemischen Funktionsmittel Nr. 7, Magnesium phos., hat sich noch eine andere Einnahmeweise bewährt, die besonders schnell und intensiv wirkt: die sogenannte „Heiße 7". Sie wird bevorzugt bei akuten Schmerzen und Krämpfen angewandt.

Chronische Erkrankungen

Bei chronischen Beschwerden sollten Kinder über den Tag verteilt 3 bzw. 5 bzw. 7 Tabletten (je nach Alter des Kindes) des jeweiligen Schüßler-Salzes im Munde hintereinander zergehen lassen oder als heiße Trinklösung mit der Gesamttagesmenge einnehmen, z. B. morgens, mittags, nachmittags und abends.

Säuglinge

Bereits Säuglingen können die Tabletten in gelöster Form mit dem Fläschchen, über die Brei-Methode (1 Tablette als Brei lösen, auf die Brustwarze auftragen und das zu stillende Kind saugen lassen, oder den Brei in die Wangeninnentasche streichen) oder mit der Brei-Mahlzeit gegeben werden.

Diese Darreichungsform kann mehrmals täglich, wenn akute Situationen dies erfordern, und zur Not auch in der Nacht wiederholt werden. Die erforderlichen Salze können auch wechselweise verabreicht werden.

Diabetiker

Diabetiker sollten die Tabletten wegen des Gehalts an Milchzucker auf ihre Broteinheiten anrechnen. 50 Tabletten entsprechen dabei ungefähr einer Broteinheit. Es gibt die Möglichkeit, die Tabletten in Wasser zu lösen, den Milchzucker absetzen zu lassen, den Überstand zu kauen und anschließend das Wasser auszuspucken. Der Milchzucker ist sehr träge und wird deshalb in der kurzen Zeit kaum bis gar nicht aufgenommen.

Gleichzeitige Einnahme mehrerer Schüßler-Salze

Sie werden bemerken, dass bei gleichartigen Befindlichkeitsstörungen/Krankheitszuständen oftmals verschiedene Funktionsmittel in Frage kommen. Der Grund: Die Biochemie nach Dr. Schüßler behebt in erster Linie eben nicht Krankheitszustände, sondern Krankheitsursachen. Aus diesem Grunde ist es unbedingt wichtig,

a) alle Krankheitsursachen genau zu erforschen und

b) die Wirkungsgebiete der biochemischen Funktionsmittel richtig und gründlich zu studieren.

Bei unklaren und schwerwiegenden Symptomen ist es unumgänglich, einen Arzt oder Heilpraktiker aufzusuchen. Verlieren Sie keine wertvolle Zeit und besprechen Sie auch ggf. mit Ihrem Therapeuten, dass Sie eine biochemische Begleitung durchführen.

Das am geringsten im Körper vorkommende Salz bestimmt den Grad der Gesundheit und sollte am dringendsten verabreicht werden. Im Körper kann jedoch durchaus ein Mangel – in unterschiedlicher Ausprägung – an mehreren Mineralsalzen bestehen. Diese sind dann entsprechend einzunehmen. Eine Obergrenze von vier, maximal sechs verschiedenen Mineralsalzen sollte dabei nicht überschritten werden.

Bei akuten Krankheiten wird der

Mangel eines bestimmten Minerals sehr stark sichtbar und chronische Mangelzustände treten in ihrer Bedeutung in den Hintergrund. Ist der akute Zustand vorbei, tritt der chronische Mangel wieder hervor. Bei einer Einnahme gegen chronische Erkrankungen wird deshalb zugunsten der akuten Erkrankung die Behandlung unterbrochen und dann nach Ende wieder erneut fortgesetzt.

Hinweis: Die einzelnen biochemischen Mineralsalze stehen untereinander in einem Verhältnis der „Gegensätzlichkeit", des Antagonismus.

Das bedeutet, dass wir Mineralsalze, die sich in der Aufnahme und im Funktionskreis beeinflussen, nicht gleichzeitig zu uns nehmen dürfen. Nach Möglichkeit sollten, außer im Akutfall, ca. 2 Stunden Zeit dazwischenliegen.

Antagonisten (Gegenspieler)	
Eisen	*Zink*
Kalium	*Calcium, Magnesium*
Calcium	*Eisen, Kalium, Zink*
Natrium	*Kalium*

Häufig gestelle Fragen

1. Können Nebenwirkungen auftreten?

Durch den Milchzucker kann es bei Einnahme größerer Mengen zu einer weichen Konsistenz des Stuhls kommen. Durchfall ist bei den üblichen Dosierungen nicht zu erwarten.

Menschen, die unter Zöliakie (auf Glutenunverträglichkeit beruhende Verdauungsstörung mit chronischem Durchfall bei Verzehr von Getreideprodukten) oder einer sonstigen Überempfindlichkeit gegen Weizenstärke leiden, sollten biochemische Funktionsmittel bevorzugen, die glutenfrei sind. Dazu gehört z. B. die karto-Linie der Deutschen Homöopathie Union (DHU) – hier wurde der zur Herstellung üblicherweise verwendete Hilfsstoff Weizenstärke durch Kartoffelstärke ersetzt.

Alternativ könnte ein homöopathisches Mittel in der gleichen Potenzierung, z. B. Calcium phos. D6, auf Rohrzuckerbasis genommen werden. 5 Globuli entsprechen 1 Mineralsalztablette. Bitte arbeiten Sie dann auch im Sinne von Dr. Schüßler damit: Wird z. B. mehrmals täglich 1 Tablette für Ihr Kind benötigt, etwa Ferrum phos. (Nr. 3), weil der Hals gerötet oder der Po wund ist, werden mehrmals täglich 5 Globuli des homöopathischen Mittels Ferrum phos. D12 verabreicht.

2. Gibt es Gegenanzeigen?

Manche Menschen vertragen Milchzucker nicht (Laktose-Intoleranz, Laktose-Malabsorption). Eine Unverträglichkeitsreaktion entsteht in der Regel jedoch erst, wenn 20–40 Tabletten und mehr auf einmal verabreicht werden. Die in der Biochemie übliche Dosierung mit verschwindend geringen Mengen führt zu keinen Problemen. Ursache für eine Unverträglichkeit ist ein Enzymmangel (Laktasemangel), bei dem die Produktion des Enzyms Laktase eingeschränkt ist. Bei Kindern sollten pro Tag nicht mehr als 20 Tabletten verabreicht werden, falls eine Laktose-Intoleranz vorliegt.

Bei einer Laktose-Unverträglichkeit (Milchzucker-Unverträglichkeit) sollte die gelöste Variante (s. Abschnitt „Diabetiker") gewählt werden.

3. Ist eine Erstverschlimmerung zu erwarten?
Bei besonders sensiblen oder geschwächten Kindern kann es gelegentlich zu einer „Erstverschlimmerung" kommen. Diese verläuft, sofern sie überhaupt auftritt, i. d. R. wenig belastend und klingt meist schnell wieder ab. Eine Erstreaktion ist grundsätzlich nicht negativ zu bewerten. Der Körper signalisiert damit, dass das biochemische Funktionsmittel richtig gewählt wurde und somit eine gute Wirkung erwartet werden kann. Eine Erstverschlimmerung ist für die Wirkung allerdings nicht notwendig und sollte von Ihnen nicht erwartet werden.

4. Was ist bei Diabetikern zu beachten?
Diabetiker müssen berücksichtigen, dass aufgrund ihres Milchzuckergehalts etwa 50 Tabletten einer Broteinheit (BE) entsprechen (s. Abschnitt „Diabetiker").

Willst du deine Zukunft kennen, dann betrachte dich in der Gegenwart, denn sie ist die Ursache deiner Zukunft.

Buddha

5. Kann mit homöopathischen Arzneien kombiniert werden?
Die biochemischen Funktionstabletten können eine homöopathische Therapie unterstützen. Entsprechende Funktionstabletten eignen sich hierbei besonders als sogenannte Basistherapie. Verbleibende Symptome können dann entweder mit einem homöopathischen Einzelmittel nach dem Simile-Prinzip oder, bei einer organ- oder indikationsbezogenen Therapie, mit einem geeigneten Komplexmittel behandelt werden. Wichtig ist, dass die Eltern dem Therapeuten die Einnahme der biochemischen Funktionstabletten mitteilen, da dies bei der Mittelwahl in der Homöopathie berücksichtigt werden sollte.

6. Kann mit allopathischen (schulmedizinischen) Arzneimitteln kombiniert werden?
Die biochemischen Funktionstabletten können auch eine allopathische Therapie unterstützen. Aufgrund der Wirkung auf die Zellfunktion und das die Zelle umgebende Milieu können andere Arzneistoffe die Zellen besser erreichen und dort ihre Wirkung entfalten. Die Mineralsalze können ergänzend eingenommen, sollten aber auf keinen Fall als Ersatz verwendet werden. Sie dürfen die verordneten Arzneimittel unter keinen Umständen ohne Rücksprache mit dem Arzt/Heilpraktiker oder sonstigen Therapeuten absetzen.

7. Besteht die Gefahr der Gewöhnung?
Eine Gewöhnung oder Abhängigkeit kann in keinem Fall entstehen. Es wird jedoch berichtet, dass in manchen Fällen die Kinder ein Bedürfnis nach den biochemischen Funktionstabletten entwickeln und diese einfordern. Eine mögliche Interpretation: Der Körper versucht, einen bestehenden Mangel auszugleichen.

8. Woran liegt es, wenn sich kein Erfolg einstellt?

Klären Sie für sich zunächst folgende Fragen:

- Ist das für Ihr Kind richtige Mittel gewählt? Ein richtig gewähltes biochemisches Funktionsmittel schmeckt grundsätzlich süß. Fragen Sie Ihr Kind danach. Eines, das im Moment nicht benötigt wird, schmeckt neutral.
- Lutschen die Kinder ausreichende Mengen? Versuchsweise sollten Sie die Häufigkeit der Gaben erhöhen.
- Therapiehindernisse:
  - Störfelder (z. B. Entzündungsherde im Körper oder auch Narben)
  - Amalgamfüllungen in den Zähnen, verschiedene Zahnmaterialien, Zahnspangen usw.
  - hohe Zufuhr von Genussgiften wie Coca-Cola, Limonade, Süßigkeiten, Alkohol (diese fördern die Ausscheidung von Mineralien bzw. erhöhen den Verbrauch)
  - ernährungsbedingter Mangel an Mineralien durch einseitige Kost
  - starke psychische Belastungen wie Ängste, Beziehungskrisen der Eltern, Verlust von Freunden, Orts- und/oder Schulwechsel, Tod eines Familienangehörigen usw.
  - Es kann auch durch eine fortschreitende Erkrankung zu irreparablen Organveränderungen gekommen sein. Hier bitte auf keinen Fall eine Heilung durch die Schüßler-Salze erwarten!

3. Die 12 biochemischen Mittel im Überblick

Dr. Wilhelm Heinrich Schüßler hat sich in erster Linie mit den 12 biochemischen Hauptmitteln befasst, den sogenannten Schüßler-Salzen:

- Nr. 1 Calcium fluoratum
- Nr. 2 Calcium phosphoricum
- Nr. 3 Ferrum phosphoricum
- Nr. 4 Kalium chloratum
- Nr. 5 Kalium phosphoricum
- Nr. 6 Kalium sulfuricum
- Nr. 7 Magnesium phosphoricum
- Nr. 8 Natrium chloratum
- Nr. 9 Natrium phosphoricum
- Nr. 10 Natrium sulfuricum
- Nr. 11 Silicea
- Nr. 12 Calcium sulfuricum

Aus diesen Salzen leiten sich auch die Schüßler-Salben ab (s. Kap. I. 5. Schüßler-Salben).

Erst nach dem Tod Schüßlers wurden mehrere sogenannte Ergänzungsmittel in die biochemische Therapie eingeführt (s. Kap. I. 4. Die 12 biochemischen Ergänzungsmittel).

Nr. 1 Calcium fluoratum (CaF_2)

Das Salz für Bindegewebe, Gelenke und Haut – Regelpotenz: D 12

Fluorcalcium ist als Mineral gewöhnlicher Flussspat, also eines der in der Natur am häufigsten vorkommenden Mineralien. Calcium fluoratum ist das wichtigste Mittel für die Binde- und Stützgewebe, insbesondere für deren Skleroproteine.

Skleroproteine sind Gerüsteiweiße, die als Elastin, Kollagen und Keratin in den genannten Geweben vorkommen und für Ihr Kind von unendlicher Bedeutung sind. Elastin ist Hauptbestandteil der elastischen Fasern. Es ist in vielen Bändern und Sehnen zu finden. Reich an Elastin sind die Bänder zwischen den einzelnen Wirbelkörpern und die herznahen Arterien. Elastin ist ein aus Monoaminosäuren aufgebauter Eiweißstoff. Eine Neusynthese von Elastin unterbleibt, denn die Bildung von Elastin ist ein sehr energieaufwändiger Vorgang, den sich der Organismus unter den Anforderungen des Lebens nicht leisten kann. Es steht dem Menschen in einer schon vorgeburtlich angelegten Menge zur Verfügung. Eng verknüpft mit dem Elastin sind die Kollagene. Sie sind hauptsächlich – wie das Elastin – aus Monoaminosäuren aufgebaute Gerüsteiweiße, die sehr stabil und widerstandsfähig sind. Kollagen ist Hauptbestandteil von Bindegewebe, Sehnen, Muskelhaut, Bändern, Knorpel, Knochen und Zähnen.

Keratin, auch als Hornstoff bezeichnet, ist schwefelreich und tritt in der obersten Hautschicht, den Hautanhangsgebilden, den Haaren und Nägeln auf.

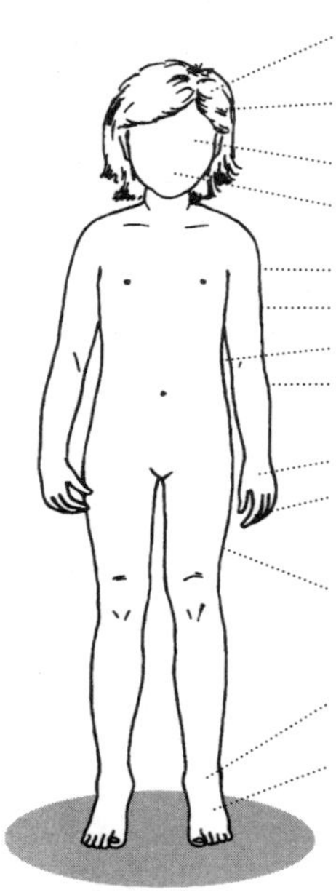

Mangel an diesem Mineralsalz führt zu Gewebsverhärtungen und verstärkter Brüchigkeit.

Mangelzeichen sind daher u. a.: Schwielen, Schrunden, Hornhautbildung, Risse an den Händen und Lippen, Schuppenbildung der Haut, vorzeitige Alterung der Haut, trockene und spröde Haare, Haarausfall, Überbeine, Haltungsschäden, Osteoporose, Bänderschwäche (Knöchel knicken um), Überstreckbarkeit der Gelenke und anderer Gelenksverbindungen, verhärtete Sehnen und Narben, Schielen (Salz Nr. 1 stärkt die Bänder am Auge!), Hämorrhoiden, Verhärtungen der Blut-

Woran sind Mängel erkennbar?	
Haut	rau, rissig; Verhärtungen; schlaff; stärkere Hornhautbildung; Schuppenflechte, Dehnungsstreifen, Überbein und Krampfadern; Neurodermitis mit harten Schuppen; Narben mit Wulstbildung (Salz Nr. 1 zur Narbenentstörung einsetzen!)
Absonderungen	ätzend
Zunge	rissig, borkig; stärker verhornt; bräunlich rissig
Augenregion	sehr feine Falten, die fächerförmig vom inneren Winkel des unteren Augenlids ausgehen und durch Querfalten geschnitten werden: Sie zeigen den Mangel an Calcium fluor. an. Darunter liegt ein rötlich-bräunlicher oder rötlich-schwärzlicher Farbton, der sich auch zum Oberlid ziehen kann.
Hände	Hornhautbildung; schwielige, rissige Hände
Gesicht	Firnisglanz

gefäße, Arteriosklerose (Fluor baut Kalk ab!), durchsichtige Zahnspitzen, Karies, Bindegewebsschwäche, aber auch Knotenbildung sowie verhärtete Drüsen (z. B. Lymphknoten), Mangel an „geistiger Elastizität“ (Anpassungsschwierigkeiten).

Anwendung

Calcium fluor. sollten Sie Ihrem Kind als langsam wirkendes Mittel über einen längeren Zeitraum regelmäßig verabreichen – zur Unterstützung von Aufbauprozessen auch monate- bis jahrelang. Ich empfehle, Ihr Kind bis zum Abschluss der Zahnbildung täglich 1 Tablette morgens lutschen zu lassen. Da es sehr tiefgreifend wirkt, sollte es in niedrigen Dosierungen, d. h. nicht mehr als 1–2 Tabletten pro Tag, eingesetzt werden. Als gute Ergänzung haben sich für Kinder Calcium phos. (Nr. 2) und Silicea (Nr. 11) bewährt, besonders wenn es um den so wichtigen Aufbau von Knochen und Zähnen geht.

Einflüsse auf die Wirkung

Bei einer Verteilungsstörung bzgl. Salz Nr. 1 erfährt der Mensch Verschlechterung bei Hitze, geistiger Anstrengung, beim Übergang von Ruhe zu Bewegung, starker Bewegung.

Besserung bei Wärme, Ruhe, mäßiger Bewegung. Da Calcium physiologischerweise morgens steigt, sollte dieses Salz möglichst am Morgen gelutscht werden.

Calcium fluoratum macht Hartes weich und elastisch, Weiches fest und elastisch.

Nr. 2 Calcium phosphoricum ($CaHPO_4 \cdot 2H_2O$)

Das Salz für Knochen und Zähne – Regelpotenz: D 6

Phosphorsaurer Kalk findet sich im menschlichen Körper vorwiegend in den Zähnen und Knochen. Salz Nr. 2 dient der Membran- (= Zellhülle) Stabilisierung der Zellen (z. B. bei Allergien, Katarrhen). Es ist das wichtigste Aufbau- und Kräftigungsmittel und dämpft übersteigerte abbauende Stoffwechselprozesse.

Die Knochen bestehen zu 85 % aus Calcium phos. Es kommt in allen Zellen, insbesondere in den Zellkernen, in vielen inneren Drüsen und in den Schleimhäuten vor.

Salz Nr. 2 bildet und beeinflusst das Gewebe und die Körperflüssigkeiten in den Zellen. Entsprechend seinem Vorkommen im Organismus wirkt es auf den Eiweißaufbau in den Zellen und die Zellneubildung, besonders der Knochen. Es stabilisiert die Zellhüllen. Sein Fehlen führt daher zu Störungen in den Erneuerungs- und Aufbauvorgängen. Durch die Sicherung der auf stabilen Membranen basierenden Transportmechanismen wird der Energiehaushalt ausgeglichen und aufrechterhalten. Calcium phos. unterstützt die Energiespeicherung, die Aktivierung der Natrium-Kalium-Pumpe, die Rekonvaleszenz (Genesungsphase nach überstandenen Krankheiten) und fördert Knochenbildung und Zahnung. Zudem normalisiert dieses Mineralsalz den Muskeltonus und fördert Blutbildung und Wundheilung. Es ist ein wichtiges Mittel in der Schwangerschaft, zum Wohl von Mutter und Kind.

Nach Dr. Schüßler ist Calcium phos. ein „Funktionsmittel für anämische Zustände und Restaurationsmittel der Gewebe nach Ablauf akuter Krankheiten." Calcium phos. ist ein langsam wirkendes Schüßler-Salz und wird deshalb über einen langen Zeitraum verabreicht.

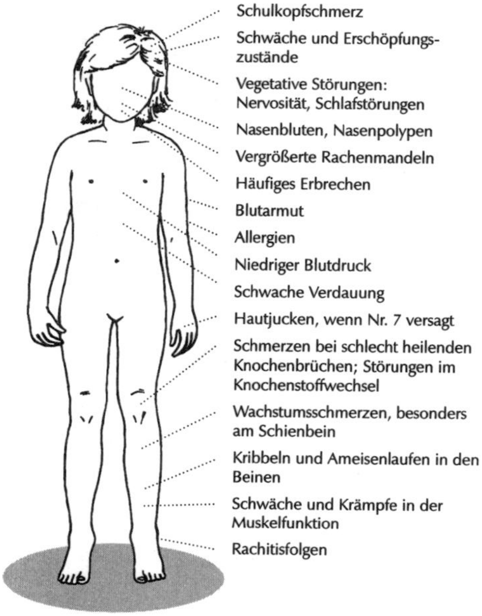

Mangel an diesem Salz führt zu Störungen in den Erneuerungs- und Aufbauvorgängen; bemerkbar im Knochenstoffwechsel z. B. bei Wachstumsschmerzen (besonders am Schienbein), Rippenschmerzen, schlecht heilenden Knochenbrüchen; in der Muskelfunktion z. B. durch Schwäche, Krämpfe; auch bei vielen vegetativen Störungen, z. B. Nervosität, Schlafstörungen, Herzklopfen, Schweißausbrüchen, Wetterfühligkeit, Schwäche- und

Woran sind Mängel erkennbar?	
Haut	hohe Schweißneigung mit eiweißartiger Krustenbildung; kühle Haut mit Kribbelgefühl und eingeschlafenen Extremitäten; blutarm, blass, wächsern aussehend
Absonderungen	Fleischwasser-ähnlich, wie rohes Hühnereiweiß, nicht scharf, glasig milchig; vertrocknen an der Oberfläche zu weiß-gelblichen Krusten; Nasenbluten (hier Salbe Nr. 2 auf und in die Nase cremen!)
Zunge	Zunge pelzig, durchscheinend weißlich belegt; Geschmack süßlich
Augenregion	Augenbrille, käsig wächsern; bei einem Mangel an Calcium phos. sollte auch Kalium chlor. (Nr. 4) eingenommen werden.
Schleimhaut	chronische Schleimhautkatarrhe, Schuppen und Flechten
Gesicht	wächserner Ton der Stirn- und Nasenpartie, später auf dem ganzen Gesicht (wie Figur aus dem Wachsfigurenkabinett)
Ohren	wachsgelbe Ohren

Erschöpfungszuständen, Überanstrengungskopfschmerz, Schulkopfschmerz, niedrigem Blutdruck. Weitere mögliche Störungen: Blutarmut, Nasenbluten bzw. die Neigung dazu, vergrößerte Rachenmandeln, Nasenpolypen, häufiges Erbrechen, schwache Verdauung, Allergien, Wadenkrämpfe, Kribbeln und „Ameisenlaufen“, Hautjucken (hier Einsatz von Salz Nr. 2, wenn Nr. 7 versagt!).

Anwendung

Salz Nr. 2 wird vorwiegend morgens gegeben, z. B. vor der Schule oder dem Kindergarten. Als Aufbaumittel wird es häufig mit Calcium fluor. (Nr. 1) oder Silicea (Nr. 11) kombiniert. Magnesium phos. (Nr. 7) ergänzt die Wirkung besonders bei gesteigerter Erregbarkeit von Muskeln und Nerven; dann geben wir morgens gleich nach dem Aufstehen Salz Nr. 2 und abends vor dem Schlafen Salz Nr. 7.

Das Mittel passt besonders für blasse, blutarme Kinder mit kränklichem Aussehen und schlechtem Appetit. Es ist eines der wichtigsten Kindermittel in der Biochemie nach Dr. Schüßler und gilt als das wichtigste Aufbausalz; bewährtes Nerven-, Beruhigungs- und Kräftigungsmittel. In Verbindung mit Natrium chlor. (Nr. 8) ist es außerdem das Mittel für die Rekonvaleszenz, in Verbindung mit Ferrum phos. (Nr. 3) und Natrium chlor. (Nr. 8) das Blutbildungsmittel bei Eisenmangelanämie. Bei Zahnungsbeschwerden geben Sie Salz Nr. 2; kommt Fieber dazu, auch Salz Nr. 3.

Einflüsse auf die Wirkung

Verschlechterung bei Ruhe und Wärme.
Besserung bei Bewegung und Kühle.

- ***Strukturerhaltungsmittel***
- ***Stärkt den Tagesnerv/Sympathicus***
- ***Das große Aufbaumittel für Kinder***

Nr. 3 Ferrum phosphoricum ($FePO_4 \cdot 4H_2O$)

Das Salz für das Immunsystem – Regelpotenz: D 12

Eisen ist der wichtigste Bestandteil des Blutfarbstoffs Hämoglobin und des Myoglobins (roter Muskelfarbstoff) und wirkt als Sauerstoffüberträger. Phosphorsaures Eisen ist besonders vorhanden in allen Muskelzellen, im Blut, in Enzymen, in einer Reihe innerer Organe, wie z. B. Gehirn, Leber (das blutreichste Organ unseres Körpers), Milz, Knochenmark, Darmwandung und -zotten und in vielen Drüsen mit innerer Sekretion, wie z. B. Schilddrüse, Bauchspeicheldrüse.

Das in den roten Blutkörperchen enthaltene Eisen nimmt beim Einatmen Luftsauerstoff auf, um ihn allen Geweben des Körpers zuzuführen. Fehlt das Eisen, so tritt eine Erschlaffung der Muskeln ein. Die Hauptanwendungsgebiete von Ferrum phos. können nicht unmittelbar, wie bei anderen Mitteln, aus seinem Vorkommen im Organismus abgeleitet werden; sie wurden vielmehr aus den eigenen therapeutischen Erfahrungen von Schüßler entwickelt.

Ferrum phos. spielt in der Infektabwehr und für eine gute Immunabwehr bei Ihrem Kind eine wichtige Rolle und ist das Hauptmittel für alle plötzlich auftretenden akuten Gesundheitsstörungen, also auch für die Erste Hilfe einsetzbar. Anwendung findet es bei allen entzündlichen Erkrankungen in der ersten Entzündungsphase (trockener Schwellungskatarrh ohne Sekretion), bei akutem Fieber (bis 38,5 °C), Sonnenbrand, roter Haut und Schmerzzuständen. Salz Nr. 3 regt die Zottenpumpe in den Darmzotten an. Dadurch wird die Nahrung besser verwertet.

Bei allen Verletzungen der Weichteile, wie Quetschungen, Stauchungen, Schnitt- und Schürfwunden, lindert es die akuten Beschwerden und vermindert die Blutung. Über längere Zeit eingenommen, beeinflusst es auch die Wundheilung. In Verbindung mit Kalium chlor. (Nr. 4) wird es bei Verletzungen der Weichteile eingesetzt; bei einem Bluterguss zusätzlich noch mit Silicea (Nr. 11).

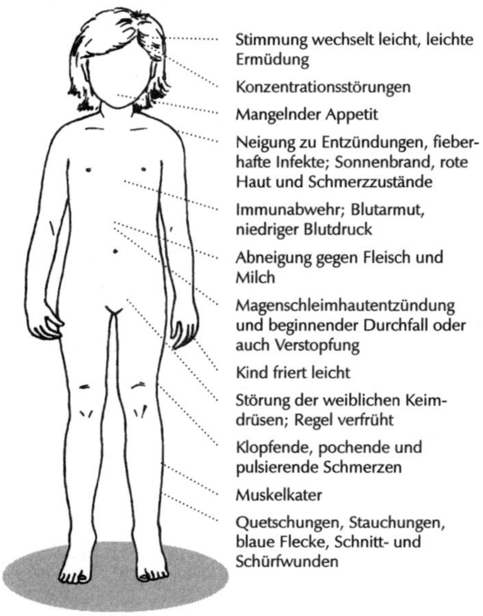

Mangel an diesem Mineralsalz führt zu folgenden Symptomen: Konzentrationsstörungen, Stimmung wechselt leicht, leichte Ermüdung, wenig Widerstandskraft, Neigung zu Entzündungen, fieberhafte Infekte, Blutarmut, mangeln-

Woran sind Mängel erkennbar?	
Augenregion	Ferrum-Schatten, oft als „Ränder unter den Augen" bezeichnet. Dieser zieht von der Nasenwurzel aus unter dem Auge entlang; je länger und dunkler der Strich, desto stärker ist der Mangel. Hohläugigkeit nach großer Anstrengung oder kurz vor Fieberausbruch.
Absonderungen	blutige Wunden
Zunge	rein, rötlich, besonders die Zungenränder, in akuten Fällen oft trocken und am Zungengrund schon weißlich belegt, Zunge sehr rot, Geschmack nach faulen Eiern
Gesicht	Ferrum-phos.-Mangel zeigt sich in der „Ferrum-Röte", die fühlbar mit Hitze verbunden ist, hervorgerufen durch Blutüberfülle. Hitze zuerst auf der Stirn, dann auf den Wangen (Fieberwangen) und an den Ohren.
Ohren	Z. B. nach geistiger Anstrengung kann Röte auftreten.
Haut	Entzündungen und rote Pickel der Gesichtshaut weisen auf einen Ferrum-phos.-Mangel hin.

der Appetit, Durchblutungsstörungen, niedriger Blutdruck; klopfende, pochende und pulsierende Schmerzen; rheumatische Beschwerden und Muskelkater; Magenschleimhautentzündung und beginnender Durchfall oder auch Verstopfung. Das Kind friert leicht.

Anwendung

Ferrum phos. wird besonders als Akutmittel bei Infekten, Überanstrengungen und Verletzungen sowie in frühen Phasen einer entzündlichen oder fieberhaften Erkrankung (z. B. Kinderkrankheit) eingesetzt. Es kann auch vorbeugend eingenommen werden, um Widerstandskraft und Leistungsfähigkeit des Körpers zu stärken und um Infektionen im Herbst und Winter zu vermeiden. Bei Durchblutungs- und Wundheilungsstörungen, Konzentrationsstörungen und in der Rekonvaleszenz wird es über einen längeren Zeitraum gelutscht. Ferrum phos. unterstützt die arterielle Komponente des Blutkreislaufes.

Die Einnahme erfolgt vorwiegend morgens. In akuten Fällen auf die „heiße" Version mit jeweils 3, 5, 7 oder 10 Tabletten zurückgreifen, je nach Alter des Kindes und nach Schweregrad der Akutsituation.

Einflüsse auf die Wirkung

Verschlechterung durch Wärme und Ruhe, eventuell Kopfschmerzen durch Gefäßerschlaffung; durch Wärme und Bewegung bei Blutandrang zum Kopf (Kongestion). Besserung bringen bei Kongestionen Kälte und Ruhe; bei Kopfschmerzen durch Gefäßerschlaffung Kälte und Bewegung.

- ***Akut- und Unfallmittel/Erste Hilfe***
- ***„Alles, was rot ist"***
- ***Mittel für das 1. Entzündungsstadium***

Nr. 4 Kalium chloratum (KCl)

Das Salz für die Schleimhäute – Regelpotenz: D 6

Chlorkalium findet sich in einer großen Zahl von Körperzellen: in den Gehirnzellen, Nerven- und Muskelzellen und in den roten Blutkörperchen.

Es regt den Zellstoffwechsel an und steht in engster Beziehung zum Faserstoff Fibrin. Kalium chloratum ist das Hauptlymphmittel mit Bezug zu Haut und Schleimhaut. Es spielt eine wichtige Rolle bei Katarrhen und Entzündungen mit weiß-grauen und zähen Sekreten.

Kalium chlor. ist das Mittel der zweiten (subakuten) Entzündungsphase. Diese setzt gewöhnlich ca. 3 – 4 Tage nach Beginn der Erkrankung ein (bei primär chronisch verlaufenden Infektionen oder entzündlichen Erkrankungen oft auch erheblich später). Diese Phase ist gekennzeichnet durch sich schwer lösende schleimige Absonderungen, Ausschwitzungen und entzündliche Schwellungen der Gewebe- und Lymphknoten. Bei Schwellungen durch Wassereinlagerungen (Ödeme) wird Natrium sulf. (Nr. 10) eingesetzt. Kalium chlor. ist ein ganz wichtiges Entgiftungsmittel. Es regt den Stoffwechsel (Zellstoffwechsel) und die Drüsentätigkeit an. Es ist gut geeignet, um sich vor Belastungen durch die Umwelt zu schützen (z. B. wenn Ihr Kind viel am Computer sitzt, in Verbindung mit Calcium phos. (Nr. 2), um einen Zell- und Lymphschutz aufzubauen).

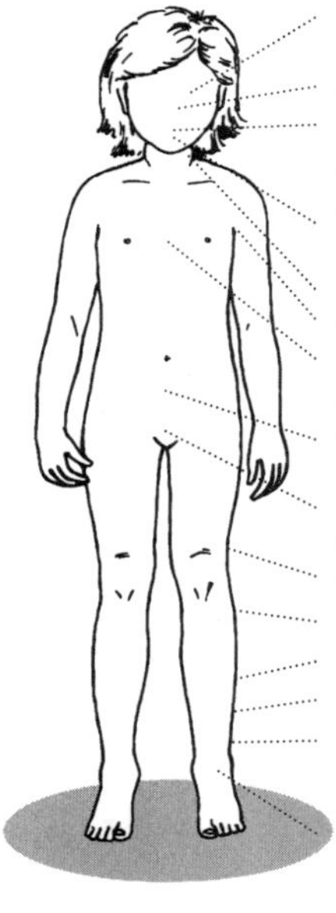

Mangel an diesem Salz kann sich unterschiedlich äußern: Entzündungen mit leichtem Fieber, Blutverdickung (Thrombosegefahr), Schwerhörigkeit, Neigung zu Übergewicht, Drüsenschwellungen, Schleimhauterkrankungen, wie z. B. Katarrhe mit weißlichen, weißgrauen, zähen Schleimabsonderungen, Stockschnupfen, Husten (mit Schleimrasseln), Asthma, spastische Bronchitis, weißer, weißgrauer Zungenbelag, fadenziehender Schleim und Speichel, Mundausschlag, Hautausschläge mit mehlartigem Belag oder weißgrau klebenden Schüppchen (z. B. weißlich verklebte Augen am Morgen oder Schüppchen unter den Augenlidern), Milchschorf, Urin wolkig (im Glas sammeln und anschauen) oder auch weißgrau mit Schleimfetzen, Darm- und Magenschleimhautentzündung, Lymphknotenschwellungen,

Woran sind Mängel erkennbar?	
Haut	mehlartige Beläge, weißgraue Schuppen
Absonderungen	weißlich, klebend, z. B. am Gaumenzäpfchen
Zunge	milchig, weißlich oder weiß-grau, vor allem Zungenwurzel, jedoch nicht schleimig
Augenregion	gereizte Lidränder und Schleimhäute, ständige Bindehautreizung, untere und obere Augenlider milchig, manchmal auch rot-blau, gerötete Augenlider
Lippen	An der Oberlippe kann es hell wie ein „Milchbart" schimmern.
Blutungen	Blut ist schwärzlich, dick, zäh und klumpig.
Gesicht	Couperose (erweiterte Äderchen) im Bereich der Wangen; milchig-bläulicher Farbton, kann sich über das ganze Gesicht ziehen („Alabasterstatue")

chronische Gelenkleiden (z. B. Tennisarm), Muskelschwäche, Sehnenerkrankungen, neuralgische Schmerzen.

Anwendung

Generell sollte bei allen subakuten und entzündlichen (Infektions-) Krankheiten (akuter/chronischer Schnupfen, Sinusitis, Kehlkopfentzündung, Bronchitis, Mittelohrentzündung) an eine Unterstützung durch dieses Salz gedacht werden. Beschwerden nach Sportverletzungen oder Überanstrengungen der Gelenke, Bänder und Sehnen, die sich oft 3–4 Tage nach dem akuten Ereignis einstellen, sprechen meistens sehr gut auf Kalium chlor. an.

Wegen seines Bezugs zum Schleimhautsystem ist es auch ein Mittel, das wir zum Schutz vor Elektrosmog einsetzen können. Es ist Teil der Impfvorbereitung. Geben Sie es Ihrem Kind auch bei Schnarchen aufgrund vergrößerter Rachenmandeln (dazu unbedingt die Ernährung beachten, siehe Anhang B!) und bei Verdauungsproblemen aufgrund von Ärger und Unverträglichkeit von Fetten.

Bei wiederkehrenden Mittelohrentzündungen (mit Erguss) Natrium sulf. (Nr. 10) dazugeben.

Nr. 4 ist das Mittel der Wahl bei vielen Kinderkrankheiten, vor allem wenn es um Abschälungskrankheiten (wie z. B. Windpocken) geht.

Einflüsse auf die Wirkung

Verschlechterung bei Bewegung, in der Kälte, bei Aufregung, Ärger oder fetten Speisen. Besserung bei Wärme, bei mäßiger Bewegung.

- ***Mittel für das 2. Entzündungsstadium***
- ***„Alles ist klebend und fadenziehend"***
- ***Bei Schleimabsonderungen, schwer abhustbarem Schleim***

Nr. 5 Kalium phosphoricum (KH_2PO_4)

Das Salz für Nerven und Psyche – Regelpotenz: D 6

Kalium phosphoricum befindet sich in den Zellen des Gehirns, der Nerven, der Muskelzellen, in den Blutkörperchen, in der Blut- und Gewebeflüssigkeit. Kalium als das dominierende Element dieses Salzes ist das wichtigste Mineral im Inneren der Zellen und bestimmt damit wesentlich das innere Zellmilieu.

Salz Nr. 5 hält das Zell- und Membranpotenzial aufrecht und ist das Hauptmittel für das Nervensystem, besonders für das zentrale und vegetative Nervensystem. Es unterstützt besonders stoffwechselaktive Zellen und gilt somit als Energielieferant. Kalium phos. ist ein äußerst wichtiges Mineralsalz bei allen körperlichen, geistigen und seelischen Erschöpfungszuständen. Es gilt als Aufhellungsmittel des Gemüts und als Gewebezerfallsverhüter der Biochemie (verhütet zusammen mit Kalium chlor. Nr. 8 den Zerfall der Zellen).

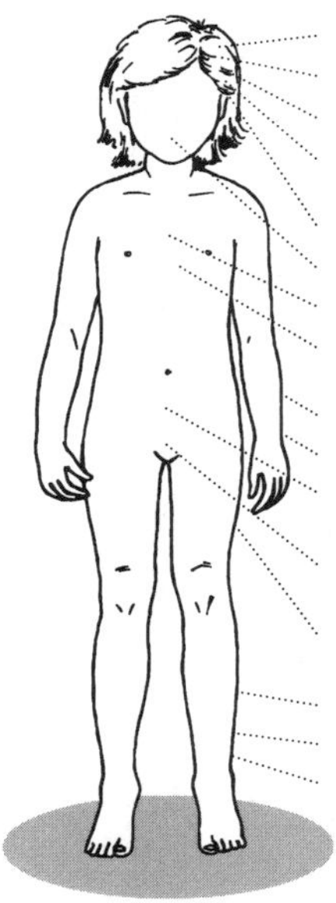

Mangel an diesem Mineral führt zu Erschöpfungszuständen, die häufig von Stimmungsschwankungen bzw. Gemütsverstimmungen begleitet werden. Gut für nervöse, überreizte und geschwächte Kinder.

Mangelerscheinungen zeigen sich in folgenden Symptomen: Neurasthenie (Nervenschwäche) aufgrund von Erregung, nervöses Asthma, Ermüdungserscheinungen, nervöse Schlaflosigkeit, Ängste, Lähmungsgefühl, Muskelschwund, Muskelschwäche, Schließmuskellähmung des Afters und der Blase, Krämpfe, Zuckungen, nervöse Unruhe der Extremitäten; Herzschwäche, nervöse Herzbeschwerden, Herzklopfen, nervöses Hautjucken, hohes Fieber (39 °C), Erkrankungen mit Zelluntergang (Absterben von Zellen), z. B. Alopecia areata (kreisrunder Haarausfall), alle nervösen Verdauungsbeschwerden, Fäulnis im Darm (Winde des Kindes riechen übel); Mundgeruch, den Sie morgens beim Betreten des Kinderzimmers wahrnehmen.

Anwendung

Bei Muskelschwäche ist ein Behandlungsversuch angezeigt. Kalium phos. unterstützt die Körperabwehr bei Infektanfälligkeiten und bei Infekten mit Fieber über 38,5 °C, besonders wenn Viren

Woran sind Mängel erkennbar?	
Haut	aschgrau; Grindflechte der Kinder, auch am Haaransatz (Salbe verwenden!)
Haare	siehe Haut; kreisrunder Haarausfall (Salben Nr. 5 und 11 verwenden!)
Absonderungen	mit schwärzlich-blutigem Inhalt; Blut ist wässrig und gerinnt nicht.
Zunge	wie mit flüssigem Senf bestrichen, braun belegt, trocken, übler Mundgeruch, Geschmack faulig, stinkend
Augenregion	aschgraue Schatten um die Augen, untere Augenlider aschgrau, fahl und blass; Augen können apathischen Ausdruck haben
Schläfen	eingefallen, deuten auf einen starken Mangel hin
Gesicht	Gesamtaussehen grau und schmuddelig
Kinnpartie	aschgrau
Mundpartie	fahl, schmutzig wirkend

im Spiel waren. Infektionen und Fieber sind immer mit einer starken Aktivierung des Stoffwechsels verbunden. Dadurch entsteht ein Mangel an Kalium phos. Es ist eines der wichtigsten Entgiftungsmittel der Biochemie und kommt daher zum Einsatz bei der Belastung des Körpers durch Strahlen, Chemikalien und Gifte. Weitere Anwendungsgebiete: als Teil der Impfvorbeugung, Aufbaumittel, bei Geschwüren, Magen- und Zwölffingerdarmgeschwüren, Blutungen, Gehirnerschütterung; bei nervösen Gesichts-, Zahn- und Kopfschmerzen; bei blassen, schwächlichen, reizbaren Menschen; bei Zahnschmerzen mit leicht blutendem Zahnfleisch, Sepsis (zur Unterstützung); bei Schlaflosigkeit aufgrund von Nervosität (immer mittags geben), Lernschwierigkeiten, Konzentrationsstörungen, Gedächtnisschwäche. Alle Beschwerden gehen mit dem Gefühl „wie gelähmt" und mit Antriebsminderung einher.

Bei Schwäche wird das Salz Nr. 5 vormittags gegeben. Es hat seine beste Wirkzeit vom späten Vormittag bis ca. 15 Uhr. (Nach 15 Uhr sollte es nur in besonderen Fällen, etwa bei hohem Fieber, eingenommen werden, da es munter macht.) Ergänzend wirkt hervorragend Natrium chlor. (Nr. 8), das allerdings auch nicht mehr nach 16 Uhr, außer bei sehr hohem Fieber, gegeben werden sollte, da es ebenfalls eine aufweckende Wirkung hat.

Einflüsse auf die Wirkung

Verschlechterung morgens, bei Anstrengung, insbesondere bei geistiger Tätigkeit. Besserung in Ruhe und bei mäßiger Bewegung.

- ***Kein Gedanke ohne Kalium und Phosphor***
- ***Antibiotikum der Biochemie***
- ***Fiebermittel ab 38,5 °C***
- ***Kraftgeber für Zellen und Gewebe, Gewebezerfallsverhüter***

Nr. 6 Kalium sulfuricum (K_2SO_4)

Das Salz für die Entgiftung (v. a. von Haut und Leber) – Regelpotenz: D 6

Kalium sulfuricum kommt vor in der Oberhaut, in der oberen Schicht der Schleimhäute, in Knochen, Knorpeln und Nägeln sowie in allen Zellen, welche Eisen enthalten. Es ist neben Salz Nr. 3 Sauerstoffüberträger in die Zellen und hilft so, den Stoffwechsel zu fördern.

Salz Nr. 6 unterstützt die zellulären Ausscheidungs- und Entgiftungsvorgänge. Dadurch wird das Bindegewebe entlastet und der Abbau von Stoffwechselschlacken gefördert. Die entgiftende Wirkung zeigt sich z. B. in gelblich-schleimigen Absonderungen oder Abschuppungen. Kalium sulf. hat eine stärkere Verbundenheit zum venösen System des Blutkreislaufs, während Ferrum phos. (Nr. 3) mehr das arterielle System unterstützt.

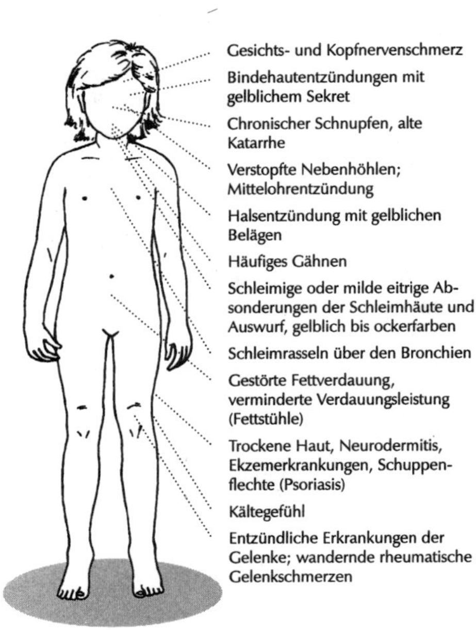

Mangel an diesem Mineralsalz zeigt sich u. a. in seinem starken Bezug zu den Schleimhäuten. Kalium sulf. ist das Mittel der 3. Phase (Wiederherstellungsphase) einer (Infektions-) Krankheit.

Schleimige oder milde eitrige Absonderungen der Schleimhäute und gelblich bis ockerfarbener Auswurf sind typisch für diese Phase. Oft hört man über den Bronchien ein Schleimrasseln. Das Mineral hat einen großen Bezug zur Haut und ist deshalb ein wichtiges Heilmittel der Oberhautzellen, z. B. bei trockener Haut, Neurodermitis, Ekzemerkrankungen, Schuppenflechte (Psoriasis), Bindehautentzündung mit gelblichem Sekret, Halsentzündung mit gelblichen Belägen. Bei Entzündungen der Haut kommt es in dieser Phase zu Hautabschuppungen, oft auf klebrigem Untergrund. Bei entzündlichen Erkrankungen der Gelenke, verbunden mit wandernden rheumatischen Gelenkschmerzen, hilft es, die Schmerzsymptome zu mildern und die Heilung zu unterstützen. Es regt den Leberstoffwechsel auf Zellebene an. Wir verwenden es bei alten Katarrhen, bei Mittelohrentzündung, verstopften Nebenhöhlen und chronischem Schnupfen (es bringt den Eiter in Gang); bei gestörter Fettverdauung infolge verminderter Verdauungsleistung (Fettstühle), bei häufigem Gähnen als Zeichen für Sauerstoffmangel, auch bei Kältegefühl.

Woran sind Mängel erkennbar?	
Haut	Leberflecken, Sommersprossen, Ausschlag mit Schuppenbildung, oder auch trocken und klebrig; Milchschorf mit gelblich-klebenden bis gelblich-bräunlichen Krusten
Absonderungen	gelbschleimige, milde Absonderungen, können auch ins Grünliche gehen, keinesfalls ätzend oder scharfmachend
Zungenbeläge	gelblich-schleimig, bei akutem Bedarf ockerfarben
Augenregion	ein ockergelber Farbton lässt sich am inneren Augenwinkel und besonders häufig innerhalb der so genannten „A-Form", die von der Nasenwurzel bis zum Kinn verläuft, feststellen; Augenlider bräunlich-gelblich, unten und oben
Lippen	braun-gelber Farbton rechts und links unter der Unterlippe
Nasenflügel	gelblich-bräunliche Flecke
Gesicht	bräunlich-gelb, bräunliche und gelbliche Flecke
Stirn	bräunliches Gelb, kann auch über die ganze Haut verteilt sein

Anwendung

Kalium sulf. kann bei allen Krankheiten angewendet werden, bei denen sich die Ausheilung verzögert oder Neigung zu Chronizität besteht. Es findet auch als Zwischenmittel Verwendung, um eine ins Stocken geratene Behandlung voranzubringen. Aufgrund der Entgiftungsfunktion ist es zur Unterstützung der Leber einsetzbar. Schüßler nannte es das „kleine große Lebermittel" der Biochemie. Daraus ergeben sich günstige Wirkungen auf das Herz und den Pfortaderkreislauf (in den großen Blutkreislauf eingeschalteter funktioneller Leberkreislauf, der das venöse Blut von Speiseröhre, Magen, Dünn- und Dickdarm, Bauchspeicheldrüse und Milzvenen über die Pfortader zur Leber befördert) und auf die dazugehörigen Organe. Durch seinen großen Bezug zur Milz und zur Bauchspeicheldrüse kann es bei allen Leiden, die in Verbindung damit stehen, eingesetzt werden. Es fördert die Abschuppung nach Kinderkrankheiten wie Masern, Scharlach und Röteln. Die Stimmung der Kinder ist traurig und ängstlich.

Setzen wir es für die Reinigung/Zellentschlackung ein, wird es am besten zwischen 17 und 22 Uhr gegeben.

Einflüsse auf die Wirkung

Verschlechterung abends, nachts, in geschlossenen, warmen Räumen. Besserung in frischer, kühler Luft, morgens gegen 7 Uhr. (Oft sind diese Einflüsse der einzige Hinweis auf Salz Nr. 6.)

- ***Mittel für das 3. Entzündungsstadium***
- ***„Alles ist gelbschleimig"***
- ***Bei Lufthunger***
- ***Mittel für Morgenmuffel und gegen Katzenjammer***

Nr. 7 Magnesium phosphoricum ($MgHPO_4 \cdot 3\,H_2O$)

Das Salz gegen Krämpfe und Schmerzen – Regelpotenz: D 6

Phosphorsaures Magnesium findet sich vorwiegend in den Nerven- und Muskelzellen, im Gehirn und Rückenmark, in einer großen Anzahl innerer Organe (Herz, Leber, Lunge, Milz, Bauchspeicheldrüse, Nieren, Darm und Schilddrüse) sowie in Knochen und Zähnen. Nach Schüßler fördert es „die selbstständige Bewegung der Zellen".

Magnesium phos. spielt sowohl intrazellulär als auch extrazellulär eine zentrale Rolle und wird für die Aktivität zahlreicher Enzyme benötigt. Interessant ist, dass Magnesium im Körper stets mit Calcium einhergeht. Dies deutet darauf hin, dass einerseits die krankhaften Erscheinungen beim Fehlen eines der beiden Mineralsalze die gleichen sind, andererseits sie sich in der Therapie gegenseitig ergänzen können. Sollte im Einzelfall einmal Magnesium phos. versagen, lässt man an seine Stelle Calcium phos. (Nr. 2) treten. Es mildert die Erregbarkeit der vegetativen Zentren, verlängert die Überleitungszeit am Herzmuskel, setzt den Tonus der glatten Muskulatur herab und wirkt schlaffördernd. Entsprechend seiner großen Bedeutung für Muskeln und Nerven gilt es als das Mittel für alle Krampf- und Schmerzzustände mit „blitzartigem" Charakter. Übersäuerung der Gewebe bildet die Grundlage für viele chronische Erkrankungen. Deswegen kommt Magnesium phos. neben Calcium phos. eine wesentliche Bedeutung zu. Je mehr Säure gebunden werden muss, desto größer der Bedarf. Es ist daher ein Basismittel zur Vorbeugung und Behandlung von chronischen Erkrankungen.

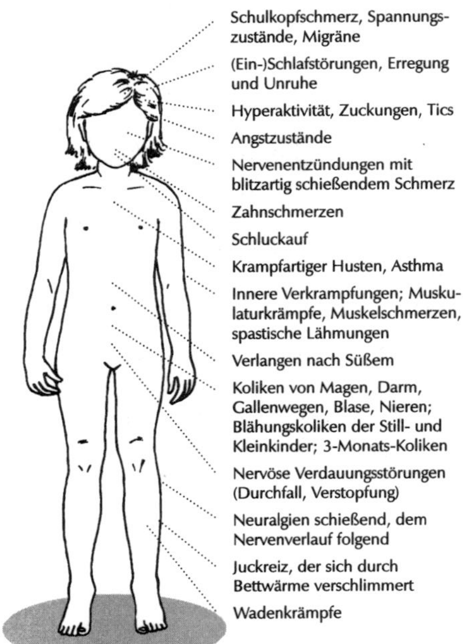

Mangel an diesem Mineralsalz führt zu einer übermäßigen Erregbarkeit der Nervenzellen. Es kommt zu Funktionsstörungen sensibler Organe, diese werden dann häufig als „nicht organisch bedingt" diagnostiziert und sprechen deshalb auf herkömmliche Behandlungsmethoden kaum an.

Symptome: Spannungszustände, innere Verkrampfungen, (Ein-) Schlafstörungen, Hyperaktivität, Erregung und Unruhe, Angstzustände, vegetative Dystonie, Zuckungen, Tics; Neural-

Woran sind Mängel erkennbar?	
Gesicht	zarte „Magnesiumröte" = Lampenfieberröte, die meist rechts und links der Nase auf den Wangen liegt – ohne fühlbare Wärme, obwohl man selbst oft das Gefühl von Hitze unter der Röte hat; Erröten bei Verlegenheit; hektische Flecken, die plötzlich im Gesicht oder am Hals nach geistiger oder körperlicher Anstrengung oder bei Aufregung auftreten; die Röte kann auch über das ganze Gesicht gehen. Im Unterschied zur Ferrum-Röte ist keine Hauterwärmung damit verbunden.
Wangen	karmesinrot (entsteht, wenn neben Magnesium-phos.-Mangel auch ein Kalium-chlor.-Mangel besteht); Rot wird intensiver, nicht blaurot.
Nasenflügel	talerförmige Röte links und rechts der Nasenflügel
Zunge	rein
Haut	Juckreiz, zur Beruhigung des Hautausschlages

gien, Kopfschmerzen wie „elektrische Schläge", Schulkopfschmerz, Zahnschmerzen, Muskelschmerzen, Migräne, Krämpfe, alle Arten von Koliken; Schluckauf, Wadenkrämpfe, nervöse Verdauungsstörung (Durchfall, Verstopfung), krampfartiger Husten, Asthma, niedriger Blutdruck, Juckreiz, der sich durch Bettwärme verschlimmert. Suchtverhalten geht auf einen Mangel an Magnesium phos. zurück, z. B. Verlangen nach Süßem.

Anwendung

Magnesium phos. beruhigt das vegetative Nervensystem und hat daher einen großen Einfluss auf die Funktionen von Herz, Kreislauf und Verdauungsorganen. Es fördert auch einen ausgewogenen Tag-Nacht-Rhythmus und sorgt deshalb für einen erholsamen Schlaf. Als Nervensalz hilft es zusammen mit Kalium phos. (Nr. 5), Erregungszustände zu lösen, mit Calcium phos. (Nr. 2) wirkt es als Stärkungsmittel. Bei akuten Schmerzzuständen und Krämpfen hat sich die Einnahme von Magnesium phos. als sogenannte „Heiße 7" (s. Kap. I. 2. – Akute Erkrankungen) besonders gut bewährt. Sehr empfehlenswert bei Beschwerden im 21-Tage-Rhythmus.

Salz Nr. 7 wirkt am besten, wenn es abends ab 18 Uhr eingenommen wird.

Einflüsse auf die Wirkung

Verschlechterung bei Kälte, Ruhe, nach dem Schlaf; auch nachts; bei leiser Berührung (erhöhte Oberflächensensibilität). Besserung bei Bewegung, Wärme, festem Druck, durch Zusammenkrümmen.

- ***Gegen Koliken, Krämpfe und Schmerzen***
- ***Mittel für innere Ruhe, gegen Einschlafstörungen***
- ***Fördert die Entspannung***

Nr. 8 Natrium chloratum (NaCl)

Das Salz für den Flüssigkeitshaushalt – Regelpotenz: D 6

Natrium chloratum kommt in allen Körperflüssigkeiten und Geweben vor. Es ist vor allem außerhalb der Zellen vorhanden und wichtig für den osmotischen Druck. Es gilt als das „Wassermittel" der Biochemie, es fördert den Nährstrom und reguliert den Wasserhaushalt.

Natrium chlor. ist nötig für die Neubildung von Zellen. Im Magen, in den Nieren, Knochen und Knorpeln ist es überproportional vorhanden. Mit seinem Einfluss auf den Flüssigkeits- und Wärmehaushalt und seinem Bezug zu den Schleimhäuten, den Ausscheidungsorganen und den Geweben, die nicht durchblutet werden (z. B Knorpel, Bandscheiben, Augenlinse), darf es nicht unterschätzt werden.

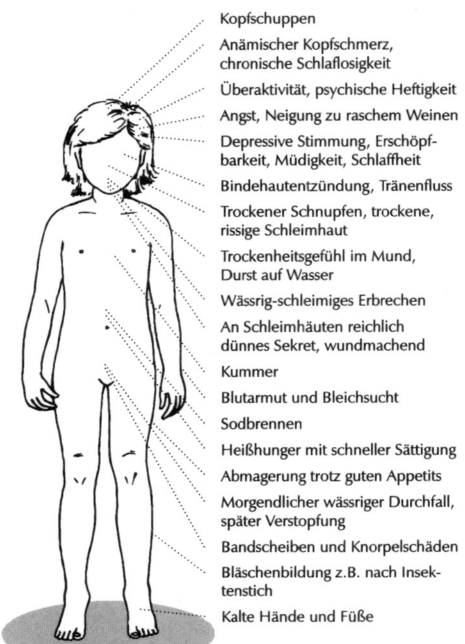

Mangel an diesem Mineralsalz zeigt sich in der Psyche zunächst durch Überaktivität, Heftigkeit, Ängste, Kummer, Neigung zu raschem Weinen, raschen Stoffwechsel, der sich leicht erschöpft, später zu Müdigkeit und Schlaffheit führt. Des Weiteren: Verstimmungen morgens und vormittags, Blutarmut und Bleichsucht; anämischer Kopfschmerz, chronische Schlaflosigkeit, an den Schleimhäuten reichliches, dünnes Sekret, auch wundmachend (z. B. Tränenfluss), oder (später) trockene rissige Schleimhaut, Störungen des Tränen- und Speichelflusses, wässrige und kalte Gelenkschwellungen, wässrig-schleimiges Erbrechen, mangelnde Magensäureregulation, Trockenheitsgefühl im Mund, Durst auf Wasser; Abmagerung trotz guten Appetits; morgendlicher wässriger Durchfall, später Verstopfung; Bläschenbildung (z. B. nach Insektenstich), Windeldermatitis, Sodbrennen, kalte Hände und Füße, Störungen im Wasserhaushalt (Ödeme) und bei der Schweißregulierung (zu trockene Haut), der Blasen- und Nierenfunktion, Bandscheiben- und Knorpelschäden, Augensäckchen / Augenringe, kleine Schaumbläschen auf der Zungenkante, Milchstau bei Stillenden, Kopfschuppen.

Anwendung

Das Mineral hat eine den Wasserhaus-

Woran sind Mängel erkennbar?	
Gesicht	Gelatineglanz – ein feuchter, unterbrochener Glanz, lässt die Hautbeschaffenheit erkennen; lässt sich nicht abwaschen und geht meist nicht über das ganze Gesicht. Schwacher Mangel zeigt sich durch Glanz auf der Nase und an den Augenlidern. Beginnt am inneren Augenwinkel. Kann sich bei stärkerem Mangel über das ganze Gesicht ziehen.
Haut	Gedunsenheit, erweiterte Hautporen wie bei Orangenschale. Poren sind tief, die Haut ringsum ist aufgequollen und etwas erhöht. Bei schwachem Mangel findet sich dieses Zeichen nur neben den Nasenflügeln, wabbelige Haut, Orangenhaut
Augenlider	Geringer Mangel ist am unteren Lidrand erkennbar. Beschaffenheit ist dort schleimig. Der Streifen kann unterschiedlich breit sein.
Wangen	Durch Flüssigkeitszurückhaltung prall gefüllte Wangen mit Gelatineglanz. Glänzen sie fettig, besteht noch ein Natrium-phos.-Mangel.
Augenregion	Augen tränen bei Wind, wässrige Augen, Tränenwasser zwischen Lid und Augapfel
Lippen	Wasserbläschen
Zunge	klar und dick schleimige Beläge, evtl. entlang des Zungenrandes kleine Bläschen, wasserhell, glasig; Gefühl, als läge ein Haar auf der Zunge; Trockenheitsgefühl, Brennempfinden auf der Zungenspitze, metallener Mundgeschmack, starker Speichelfluss, Geschmacksverlust
Absonderungen	brennend, hellwässrig, hellschleimig, glasig-scharf, wundmachend
Schwitzen	sehr schnell oder sehr schwer

halt ausgleichende Wirkung. Heißhunger nach salzigen oder stark gewürzten Speisen braucht Salz Nr. 8; ebenso großer Durst oder Durstmangel. Störungen des Wasserhaushaltes: Kältegefühl an Rückgrat, Händen und Füßen; wässriges, gedunsenes Gesicht. Notwendig bei Blutarmut, Allergie, Tränen- und Speichelfluss, wässrigem Nasenkatarrh und Bläschenausschlag, wässrigen Pickeln, trockener Haut und Schleimhäuten, Ekzemen mit Bläschenbildung, Insektenstichen, Brennen beim Wasserlassen, wässrigem Durchfall mit ätzender Schärfe, Juckreiz, der zum Kratzen nötigt. Kribbeln und Taubheitsgefühl an Händen und Füßen treten oft beim Einschlafen ein.

Außer in Akutsituationen nicht am Abend geben.

Einflüsse auf die Wirkung

Verschlechterung morgens, vormittags; bei geistiger Überanstrengung; bei feuchtem, kühlem Wetter, bei nebligem Wetter, durch Aufenthalt an Binnenseen. Besserung durch trockene, warme, kühle, frische Luft; durch Schwitzen; abends.

- ***Reguliert den Wasserhaushalt***
- ***Fördert den Nährstrom zur Zelle – damit diese überhaupt ernährt werden kann***
- ***Regt die Blutneubildung an***

Nr. 9 Natrium phosphoricum ($Na_2HPO_4 \cdot 12\ H_2O$)

Das Salz für den Stoffwechsel – Regelpotenz: D 6

Phosphorsaures Natrium kommt fast im ganzen Körper vor, insbesondere in den Gehirnzellen, Nervenzellen, Muskelzellen, Blutkörperchen, in der Blut- und Gewebeflüssigkeit und im Bindegewebe. Es aktiviert den Stoffwechsel, unterstützt alle physiologischen Verbrennungsprozesse, trägt zum Gleichgewicht der Körperflüssigkeiten bei und hat einen engen Bezug zum Säure-Basen-Haushalt.

Natrium phos. ist ein alkalisches Salz und hält die im Blut befindliche Harnsäure, die sich beim Zerfall der Eiweißstoffe bildet, in Lösung. Schüßler misst diesem Mineralsalz große Bedeutung bei: beim Kohlensäureaustausch des Blutes in den Lungen, bei der Lösung der Harnsäure im Blut, bei der Verseifung der Fettsäuren nach Fettgenuss und bei übermäßiger Milchsäurebildung. Es ist ein alkalisches Salz, welches Säure bindet.

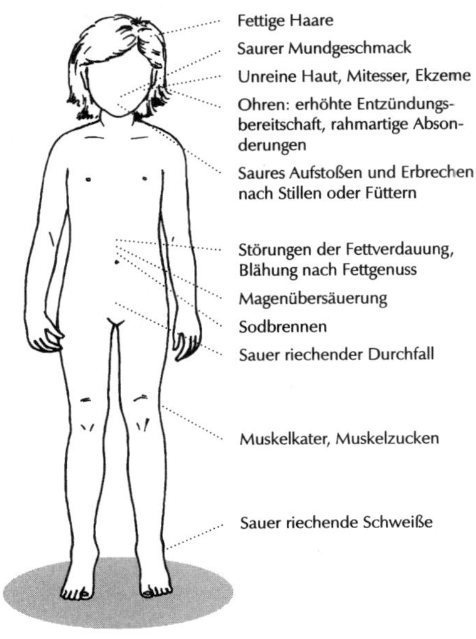

Mangel an diesem Mineralsalz entsteht bevorzugt durch säurebildende Nahrungsmittel oder durch Säureüberschuss in den Geweben. Störungen im Stoffwechsel sind sehr oft von einer Übersäuerung im Organismus begleitet.

Als Entsäuerungsmittel hat es deshalb ein großes Anwendungsgebiet. Hierzu zählen Beschwerden durch zu viel Säureproduktion wie Sodbrennen, Magenübersäuerung der Kinder, saures Aufstoßen und Erbrechen nach Stillen oder Füttern, saurer Mundgeschmack, Muskelkater, Muskelzucken (besonders der Gesichtsmuskeln), Störungen der Fettverdauung (Fettsäuren), sauer riechender Durchfall; Blähung nach Fettgenuss, Rheumatismus, Störungen des Zuckerstoffwechsels, Hauterkrankungen wie Akne bei fettiger Haut, schlecht heilende Wunden, Ekzeme, fettige Haare, saure Schweiße; bei den Ohren erhöhte Entzündungsbereitschaft, aber auch rahmartig-eitrige Absonderungen. Bei chronisch entzündlichen Erkrankungen sollte auch immer an dieses Salz gedacht werden. Mithilfe von Natrium phos. kann der Bildung von Gallen-, Nieren- und Harnblasensteinen entgegengewirkt werden.

Woran sind Mängel erkennbar?	
Gesicht	stumpfer fettiger Glanz auf den Nasenflügeln und auf dem Nasenbein; Stirn und Kinn scheinen wie mit Speck eingerieben. Dieser Glanz ist abwaschbar. Mitesser an Nase, Mundwinkeln, Stirn und Kinn; sie bestehen aus abgelagertem Fett.
Wangen	fettig glänzende, volle und hängende Wangen
Haut	fettige Ausschwitzung, Mitesser, vorzeitiges Altern, speckiger Glanz, rot unterlaufene Eiterherde
Haare	fettig
Augenregion	fettig (s. fettige Brillengläser)
Zunge	gelblich-weißlich belegt, gelb im hinteren Teil der Zunge, dick, goldgelb scheinend an der Zungenwurzel, Geschmack bitter oder sauer
Absonderungen	eitrig, gelb-rahmartig, honiggelb, sauer riechend, Fettränder an den Kleidern

Anwendung

Begleitend zur Behandlung bei Diabetes (Zuckererkrankung), Adipositas (Fettsucht) und Fettstoffwechselstörungen. Wenn diese Erkrankungen als Trias auftreten, deutet dies auf Mangel an Natrium phos. hin. Bei starker Übersäuerung ist eine zusätzliche Anwendung von Silicea (Nr. 11) anzuraten. Selbst viele weitere innere Leiden, wie Herz-, Nieren-, Leber- und Gallekrankheiten, Erhöhung des Blutdruckes, ja sogar Nervenleiden beruhen oftmals auf Übersäuerung. Hilfe auch bei Reizblase durch Harnsäure (brennt beim Wasserlassen!).

Alle Übersäuerungskrankheiten bedingen eine lange Einnahmezeit sowie eine Umstellung der Ernährung auf wenig tierisches Eiweiß und wenig raffinierte Nahrungsmittel wie Zucker, Weißmehlprodukte usw. (siehe auch mein Ratgeber „Deine Nahrung sei dein Heilmittel").

Beste Einnahmezeit ist vor- oder nachmittags, zur Säurelösung abends.

Einflüsse auf die Wirkung

Verschlechterung durch fette Speisen, Bewegung und durch feuchtes, kaltes Wetter. Verbesserung durch Schwitzen.

- ***Hält Säuren in Lösung***
- ***„Alles, was sauer ist"***
- ***Hilft gegen Störungen im Fettstoffwechsel***

Nr. 10 Natrium sulfuricum (Na_2SO_4)

Das Salz für die Ausscheidung – Regelpotenz: D 6

Schwefelsaures Natrium ist vorwiegend in allen Körpersäften enthalten. Es hilft, wie alle Natriumsalze, die Körperflüssigkeiten zu regulieren.

Salz Nr. 10 ist von großer Bedeutung für den Erhalt der Funktion und der Regeneration der Ausscheidungsorgane Leber, Galle, Niere, Blase und Dickdarm. Es bringt das zur Ausscheidung, was für den Körper nachteilig oder überflüssig ist: Wasserüberschuss, Abfallstoffe (Stuhlverstopfung) und Giftstoffe (z. B. Medikamente, Umweltgifte).

Mangel an diesem Mineralsalz äußert sich: in funktionellen Leber- und Gallenstörungen wie Leberschwellung und verminderter Gallenabsonderung, v. a. beim Säugling, der sich aufgrund von mangelnder Gallensäure mit Blähungen, Blähungskoliken, Stuhlgang mit unverdauten Nahrungsresten und galligen Durchfällen mit grünlich-wässriger Stuhlfarbe herumplagt; an der Bauchspeicheldrüse bei mangelnder Sekretion der Verdauungssäfte, durch stinkende Winde, Verstopfung; feuchte Bronchitis mit wässrigen Absonderungen in den Bronchien; erkältungsbedingte Entzündung mit gelb-grünem Schleim; Blasen- und Nierenerkrankungen, bei mangelnder Harnausscheidung; nässende Hautausschläge, Akne, Neurodermitis, Schuppenflechte, Juckreiz, Herpes, Hautschwellungen, Tränensäcke; Rheuma, Lymphknotenschwellungen; bei Kopfschmerzen nach Operationen (Vergiftungskopfschmerz).

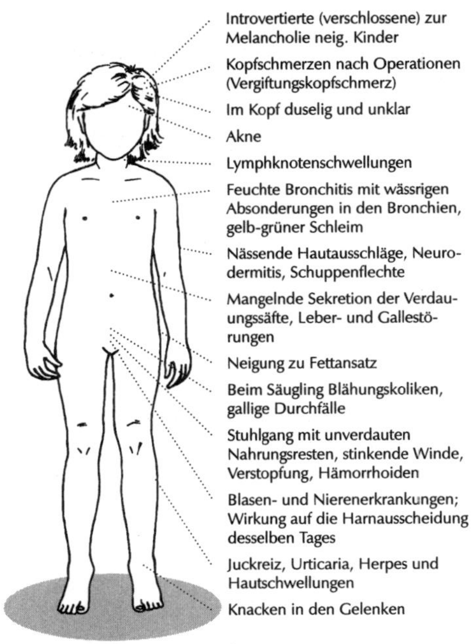

Anwendung

Salz Nr. 10 wirkt auf alle Drüsen im kindlichen Organismus. Es findet Verwendung bei Schnupfen, Grippe, Gallenstauung, Leberbeschwerden, Verstopfung, morgendlichem Durchfall, morgendlicher Verquellung der Hände, Nierengrieß, Ernährungsfehlern, fieberhaften Erkrankungen zur Anregung des Schwitzens, bei Hämorrhoiden (dies ist nicht nur ein Problem Erwachsener).

Bei Kindern, die Neigung zu Fettansatz haben, kann Salz Nr. 10 im Rahmen einer Diät helfen, den Stoffwechsel anzuregen, Stoffwechselschlacken abzubauen, den Körper zu entwässern, das Gewicht zu reduzieren. Es hilft bei

Woran sind Mängel erkennbar?	
Absonderungen	grünlich-gelblich, bitter schmeckend; auch Erbrechen mit bitterem Geschmack
Zunge	schmutzig, grünlich-grau, grünlich-braun oder grünlich-gelb; bitterer, seifiger oder schwefliger Geschmack; brennend wie Pfeffer
Stuhlgang	hellfarbige Durchfälle, da dem Stuhl zu wenig Wasser entzogen wird; Hellfärbung durch zu wenig Galle
Gesicht	entzündliche bläuliche Röte (eine Röte wie der Hof über einem Furunkel), vornehmlich auf der Nase; kann aber auch über den Nasensattel auf die Wangen übergehen. Rötungen finden wir vornehmlich nicht auf der Nase. Bei schwachem Mangel nur ein gelber Farbton; er zeigt sich an den Schläfen, am äußeren Augenwinkel, vor dem Ohr als gelb-grüne Streifen, auf dem Nasensattel, über der Stirn und unter der Unterlippe.
Wangen	rötlich-bläulich, Wangenröte
Haut	grünlicher Hauch

zu starker Milchbildung und zum Abstillen; unterstützend für introvertierte (verschlossene) bis hin zur Melancholie neigende Kinder.

Bei seelischen Problemen aller Art sollten Sie immer die Leber und den Querdarm ihres Kindes stärken. Dies geschieht mit den Salzen Nr. 10 und Nr. 6, die dann im täglichen Wechsel zu verabreichen und als Salben 6 und 10 im abendlichen Wechsel auf den Oberbauch einzureiben sind.

Ergänzender Hinweis: Salz Nr. 10 regt die Galle-Absonderung an und wirkt dadurch auf die Lebertätigkeit regulierend, entlastend und funktionsfördernd. Leberleiden, die von venösen Stauungen herrühren, verlangen Salz Nr. 6 als Haupt-Lebermittel.

Wenn das Salz um 11 Uhr gelutscht wird, hat es eine Wirkung auf die Harnausscheidung desselben Tages. Mittags gegen 14 Uhr entfaltet es seine maximale Wirkung für die Leber. Abends hat es einen Einfluss auf den Stuhlgang am nächsten Morgen. Ist der Darm zu langsam (atonisch), dann in Verbindung mit Silicea (Nr. 11) und Ferrum phos. (Nr. 3) einsetzen.

Einflüsse auf die Wirkung

Verschlechterung bei feuchtem Wetter, bei Nebel, in feuchten Gegenden; feuchte Anwendungen (z. B. Kneippgüsse) werden schlecht vertragen. Besserung durch Wärme und bei trockenem Wetter.

- ***Fördert den Klärstrom/Abtransport der Körperflüssigkeiten***
- ***Fördert die Ausscheidung vor allem über das Leber-Galle-System, Darm, Nieren, teilweise auch über die Haut***
- ***Hilft bei übermäßiger Wasseransammlung***

Nr. 11 Silicea ($SiO_2 \cdot H_2O$)

Das Salz für Haare, Haut und Bindegewebe – Regelpotenz: D12

Kieselsäure (Silicea) findet sich in allen Zellen und in allen Geweben des menschlichen Körpers. Der Wirkkreis ist außerordentlich groß und greift tief in den Körperhaushalt ein. Silicea wirkt beim Aufbau der Gewebestrukturen mit.

Silicea gibt dem Bindegewebe Halt und Festigkeit und steigert die Widerstandskraft z. B. gegen Infekte. Es befeuchtet das Bindegewebe, verbessert die Knochen- und Gelenksernährung. Wir finden Silicea in Nägeln, Haaren, in der Oberhaut, in elastischen Häuten (z. B. Muskelhäute), Knochen, Muskeln, Sehnen, Schleimhaut, Drüsen und Nerven. Silicea steht zu den weißen Blutkörperchen in Beziehung, Ferrum phos. (Nr. 3) zu den roten.

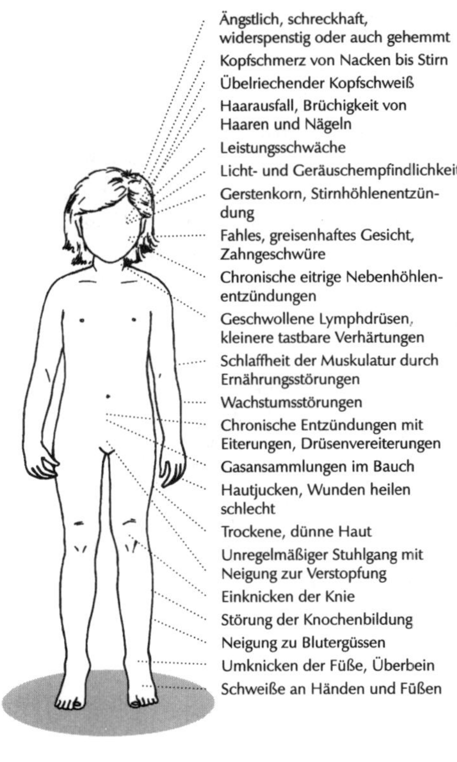

Mangel an Silicea äußert sich in einer sowohl widerspenstigen als auch gehemmten Psyche.

Im Verdauungstrakt: Gasansammlungen im Bauch, muskuläre und enzymatische Schwäche, unregelmäßiger Stuhlgang mit Neigung zu Verstopfung (atonischer Darm).

An der Muskulatur: Schlaffheit durch Ernährungsstörungen, Leistungsschwäche, Bänderschwäche, schwache Halsmuskulatur, Einknicken der Knie, Umknicken der Füße, Hautjucken ohne äußere Erscheinungen, frühe Faltenbildung, trockene dünne Haut, Wunden heilen schlecht und eitern schnell, Schweiße an Händen und Füßen, Wachstumsstörungen und Brüchigkeit von Haaren und Nägeln; vorzeitiges Altern. Salz Nr. 11 gilt als das „Verjüngungsmittel der Biochemie". Bei chronischen Entzündungen mit Eiterungsfolgen, geschwollenen Lymphdrüsen, besonders kleineren tastbaren Verhärtungen.

Salz Nr. 11 gilt als wichtiges Mittel für die neurovegetative Stabilität. Mangelzeichen: übermäßige Empfindlichkeit gegenüber Licht und Geräuschen, starke Schreckhaftigkeit; ängstliche Kinder, die sich gerne hinter dem „Rockzipfel" der Mutter verstecken.

Woran sind Mängel erkennbar?	
Absonderungen	scharf, übelriechend und wundmachend, auch eitrig (zur Ergänzung Natrium phos. (Nr. 9) einnehmen), Schweißfüße, Schweißhände
Zunge	bräunlicher Schleim, Haargefühl auf der Zunge und auf der Zungenspitze, Geschmack nach Blut im Mund, besonders morgens, fettiger Geschmack, Geschmacksverlust (wie bei Natrium chlor. (Nr. 8))
Haut	unrein, Bindegewebeschwäche, Striae, schlaffe Haut, Falten, satinierte Haut am äußeren Augenwinkel, vorzeitiges Altern, Haut glasig durchscheinend, Glasurglanz am Schienbein; geglättete Haut – wie Pergamentpapier – ist eine Vorstufe des Glasurglanzes.
Haare/Nägel	dünn, stumpf, brüchig; Kahlköpfigkeit
Augenregion	Krähenfüße
Augen	Lichtempfindlichkeit
Nase	Glasurglanz auf der Nasenspitze
Ohren	Falten neben den Ohren
Gesicht	Glasurglanz, glänzend wie ein Spiegel. Der Glanz zeigt keine Poren und keine Hautbeschaffenheit; er findet sich zunächst auf der Nase, dem Nasensattel, dann auf den Wangen, dann weiter über dem ganzen Gesicht. Häufig ist ein beginnender Mangel am Haaransatz sichtbar. „Polierte Glatze" ist ein Zeichen von starkem Mangel.

Anwendung

Silicea verwenden Sie bei Ihrem Kind bei starker Schweißbildung, bei Furunkeln, Fisteln, Eiterungen, Zahngeschwüren, Gerstenkorn, Überbein, Hautjucken, welker und schlaffer Haut, Haarausfall, brüchigen Nägeln, Hühneraugen; Gelenk- und Sehnenerkrankungen, Störung der Knochenbildung, Nierensteinen, Nierengrieß; bei Neigung zu Blutergüssen (in Verbindung mit Kalium chlor. (Nr. 4)).

Kinder, die sich nur zögerlich entwickeln, sollten Silicea über einen längeren Zeitraum (jahrelang) bekommen. Zur Entwicklung von Zähnen und Knochen oder zur Heilung von Knochenbrüchen. Salz Nr. 11 ist ein hervorragendes Mittel während Schwangerschaft und Stillzeit.

Beste Einnahmezeit: abends.

Einflüsse auf die Wirkung

Verschlechterung bei Witterungswechsel, kaltem Luftzug, bei Bewegung, nach geistiger und körperlicher Anstrengung; abends, nachts, bei Neumond. Verbesserung durch Wärme, warmes trockenes Wetter, an der Seeluft.

- ***„Wenn Eiter keinen Abfluss hat"***
- ***Fördert die Aufnahme von Vitaminen und Mineralien***
- ***Fördert die Aktivität des Bindegewebes***
- ***Stärkt und unterstützt die Abwehrfunktionen Ihres Kindes***
- ***Empfohlen bei Kälteempfindlichkeit und Problemen mit Zugluft***
- ***Nervenmittel, bei Geräuschempfindlichkeit und Schreckhaftigkeit***

Nr. 12 Calcium sulfuricum ($CaSO_4 \cdot 2\ H_2O$)

Das Salz für die Gelenke – Regelpotenz: D 6

Schwefelsaures Calcium ist eines der wichtigsten Reinigungs- und Regenerationsmittel. Schüßler selbst hat in den letzten Jahren seines Lebens Salz Nr. 12 aufgrund theoretischer Überlegungen nicht mehr verwendet. Heute hat es sich in der biochemischen Praxis einen festen Platz erobert.

Das Mineral kommt in der Galle und in der Leber vor. Es klärt die Lymphe, unterstützt die Ausscheidung der Abbauprodukte und vermindert die Ablagerung schädlicher Stoffe im Organismus. Calcium sulf. hat eine besondere Wirkung auf die Haut, die Schleimhäute und die Drüsen. Es übt eine entzündungshemmende, lösende, ausscheidende und reinigende Wirkung auf die Schleimhäute aus. Wie Silicea (Nr. 11) ist es ein Mittel bei allen eitrigen Prozessen, darf aber erst eingesetzt werden, wenn ein Abfluss möglich ist. Es fördert die Neubildung von Zellen und damit die rasche Heilung. Es regt den Stoffwechsel an und unterstützt die Blutgerinnung.

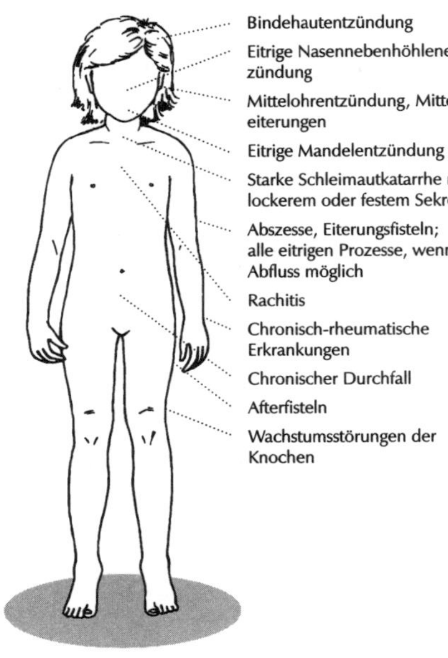

Mangel an Calcium sulf. zeigt sich in Abszessen, Eiterungsfisteln und Eiterungsprozessen aller Art, ganz gleichgültig, wo diese ihren Sitz haben. Zu den Mangelzeichen gehören: im HNO-Bereich eitrige Mandelentzündung, Mittelohreiterungen, eitrige Nasennebenhöhlenentzündung; starke Schleimhautkatarrhe mit lockerem oder festem Sekret; chronisch-rheumatische Erkrankungen, Wachstumsstörungen der Knochen.

Anwendung

Als Bindegewebsmittel und durch seine hohe Verbundenheit zu Knochen und Knorpeln ist es bei allen Arten von Weichteil- und Gelenkerkrankungen angesagt. Auch bei chronischen Eiterungen und bei fokal bedingtem Rheuma mit Herden im HNO-Bereich (vorsichtige Dosierung, da es Eiterherde aufflackern lässt!). Da es schleimlösend und ausscheidungsfördernd wirkt, findet Calcium sulf. Anwendung u. a. bei Stockschnupfen, eitriger Mandel-, Hals- und Mittelohrentzündung, chronischer Bronchitis, Abszessen, Eiterfisteln, Afterfisteln, bei Blasen- und Nierenentzün-

Woran sind Mängel erkennbar?	
Zunge	mit einer Schicht am Zungengrund belegt, die wie halbtrockener Lehm aussieht; saurer, seifiger, bitterer Geschmack auf der Zunge; schmerzhafte Geschwüre vor allem am Zungenrand; Wundheitsgefühl auf der Zunge
Haut	braune Ablagerungen unter der Haut (Zwischenlagerung von toxischen Substanzen, an möglichst harmlosen Stellen); Schweiß an Händen und Füßen
Gesicht	gelblich-gräulich wächsern, schmutziggraue Färbung im ganzen Gesicht
Allgemein	Brennempfinden allgemein, brennende Fußsohlen

dungen, Rachitis; bei chronischem, nicht zu beherrschendem Durchfall zusammen mit Ferrum phos. (Nr. 3); bei allen inneren und äußeren Blutungen; zum Aufbau von Binde- und Stützgewebe zusammen mit Silicea (Nr. 11).

Einflüsse auf die Wirkung

Verschlechterung bei Wärme, Witterungswechsel, bei Arbeiten in und am Wasser. Besserung durch Trockenheit und Wärme.

- ***„Wenn Eiter einen Abfluss hat"***
- ***Wirkt stark reinigend auf die Schleimhäute***

4. Die 12 biochemischen Ergänzungsmittel

Nach dem Tod von Dr. med. Wilhelm Schüßler wurde dessen Mineralstofflehre weiterentwickelt. So wurden weitere Mineralien und Spurenelemente gefunden, die zum dauernden Bestand des Körpers gehören und deshalb im Laufe der Entwicklung als sogenannte Ergänzungsmittel (Ergänzungssalze) in die biochemische Therapie eingeführt wurden. Sie bieten eine wertvolle Hilfe und werden ergänzend zu den klassischen biochemischen Mineralsalzen eingesetzt.

Aus meiner Erfahrung erweist sich die Anwendung der 12 Schüßler'schen Mineralsalze als ausreichend. Die Ergänzungssalze stellen jedoch eine wertvolle Unterstützung dar, wenn unter der bisherigen Behandlung mit den Mineralsalzen Nr. 1 bis Nr. 12 keine entscheidende Besserung im Befinden eingetreten ist.

Die biochemischen Ergänzungsmittel Nr. 13 bis Nr. 24 werden in der Potenz D 6 angewendet. Eine Ausnahme bildet das Salz Nr. 19 – wir geben es in D 12. Die Anwendung bei Kindern erfolgt am besten in der untersten Dosierung: Setzen Sie maximal bis zu 2 Tabletten pro Salz pro Tag ein.

Ich flog mit dem Wind um die Wette,
über alles hinweg, allem davon,
doch mir selbst entkam ich nicht.

Monika Brauner

Nr. 13 Kalium arsenicosum D 6 (Kaliumarsenit)

Schwerpunkt: Haut, Schwächezustände, Abmagerung

Kalium arsenicosum unterstützt die Funktion von Haut, Schleimhäuten (u.a. an den Atmungsorganen) und Nerven. Mangel kann zu chronischen Hauterkrankungen mit quälendem Juckreiz und zu schwer behandelbaren Hautleiden sowie zu einer Schwächung des gesamten Nervensystems führen. Das Salz schützt vor Degeneration, weil es die Zellkraft erhält und damit Haut, Nieren, Schleimhäute und Nerven vor Zerfall bewahrt.

Verteilungsstörungen können Schwächezustände, Erschöpfung, nervöse Unruhe und Herzklopfen mit Bangigkeit verursachen. Im Verdauungstrakt äußern sie sich z. B. als Magenkrämpfe, wässrige Durchfälle, Abmagerung, Blähungen und Schleimhautentzündungen vom Magen bis zum Enddarm – diese können sich auch als brennende Schmerzen am After zeigen.

Enzym- und Verdauungsschwäche im Magen, chronische Nephritis mit Ödemneigung bis hin zu einer Schrumpfniere, Albuminurie (Eiweiß im Urin aufgrund von Überanstrengung des Kindes, z. B. beim Sport), Mandelentzündung, Knochenschmerzen und Lymphdrüsenerkrankungen sind durch Salz Nr. 13 gut beeinflussbar. Bei einer behandlungsbedürftigen Anämie ist neben Calcium phos. (Nr. 2), Ferrum phos. (Nr. 3), Natrium chlor. (Nr. 8) und Manganum sulf. (Nr. 17) auch an dieses Mineralsalz zu denken.

Salz Nr. 13 ist angezeigt, wenn Schmerzen sich bei Wetterwechsel verschlimmern, Beschwerden sich bei großer Wärme verschlechtern (wie z. B. bei heißer Wärmeflasche) und durch mäßige Wärme (z. B. Wollschal) bessern.

Arsen, das in der Natur als Spurenelement vorkommt, wirkt in dieser sehr geringen Dosis nicht gesundheitsschädigend auf Ihr Kind.

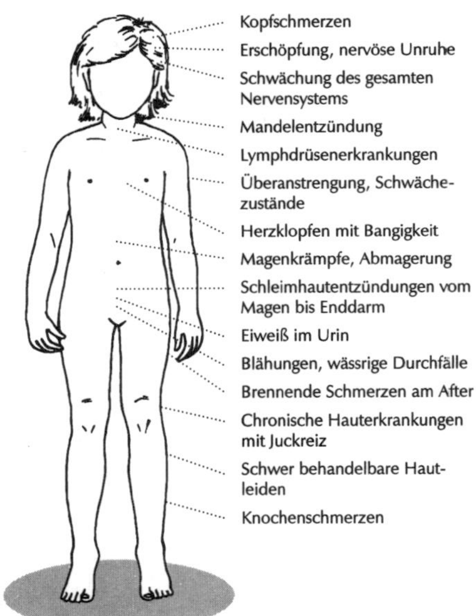

Nr. 14 Kalium bromatum D 6 (Kaliumbromid)

Schwerpunkt: Haut- und Nervensystem, Beruhigungsmittel

Kalium bromatum finden wir in sehr geringen Mengen im Körper und dort nur in den innersekretorischen Drüsen. Es wirkt ausgleichend auf das sensible/vegetative Nervensystem. Durch seinen Einfluss auf das Lymphsystem werden die Schleimhäute entlastet.

Verordnet wird Salz Nr. 14 bei Drüsenstörungen, besonders der Schilddrüse, bei Überfunktion oder Basedow. Nerven-, Gehirn- und Rückenmark werden durch dieses Mineralsalz positiv beeinflusst.

Es wirkt als Beruhigungs- und Einschlafhilfe, wenn bei Kindern der Tag-Nacht-Rhythmus verlorengegangen ist.

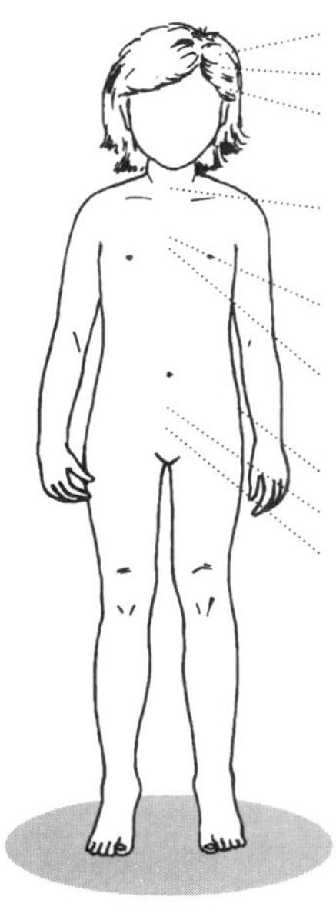

Geben Sie 2–3 Tabletten ca. 15 Min. vor dem Schlafengehen. Das kann problemlos wiederholt werden. Da Salz Nr. 14 die Magnesiumwirkung unterstützt, wirkt es auch in Kombination mit Salz Nr. 7 schlaffördernd. Knirscht Ihr Kind im Schlaf mit den Zähnen oder wacht es aus dem Schlaf mit Angst auf, dann denken Sie an Salz Nr. 14.

Die entzündungshemmende Wirkung von Salz Nr. 14 machen wir uns im HNO-Bereich bei allen Entzündungen zunutze, v. a. wenn bei den Schleimhautkatarrhen die Lymphe nur schwach abfließt (Schwellung, Ödeme). Auch bei nervösem Asthma und bei Hustenreiz, v. a. wenn er trocken ist, ermüdet und nächtlich auftritt; an der Haut, z. B. bei Pubertätsakne, Pusteln auf Brust, Schultern und Gesicht, Furunkulose; bei Darmkatarrhen und Entzündungen im Verdauungstrakt. Nr. 14 wirkt auch auf die Psyche.

Seine Wirkung entfaltet sich am besten in Kombination mit anderen Salzen: Calcium phos. (Nr. 2), Kalium chlor. (Nr. 4), Magnesium phos. (Nr. 7) und Silicea (Nr. 11).

Alle Beschwerden verschlechtern sich bei mangelnder Bewegung und bessern sich bei Bewegung und im Freien.

Nr. 15 Kalium jodatum D 6 (Kaliumjodid)

Schwerpunkt: Schilddrüse

Kalium jodatum ist das wichtigste Schilddrüsenmittel in der Biochemie. In geringen Mengen kommt es auch in Drüsen wie Prostata, Lymphdrüsen, Eierstöcken und in weiteren inneren Organen vor. Als Resorptionsmittel wirkt es auf wässrige Schwellungen und Entzündungen, auf Katarrhe mit scharfen Sekreten und bei verengten und verhärteten Gefäßen, indem es Flüssigkeit entzieht.

Es hilft Kindern, die unruhig, boshaft und nachtragend mit Rachegedanken sind, und solchen, die streng und hart gegen sich selbst sind. Bei Wallungen zum Kopf mit pochenden Kopfschmerzen, wässrigem Schnupfen, Erkältungskrankheiten, nicht hörsturzbedingten Ohrgeräuschen und Heuschnupfen ist es das Mittel der besten Wahl.

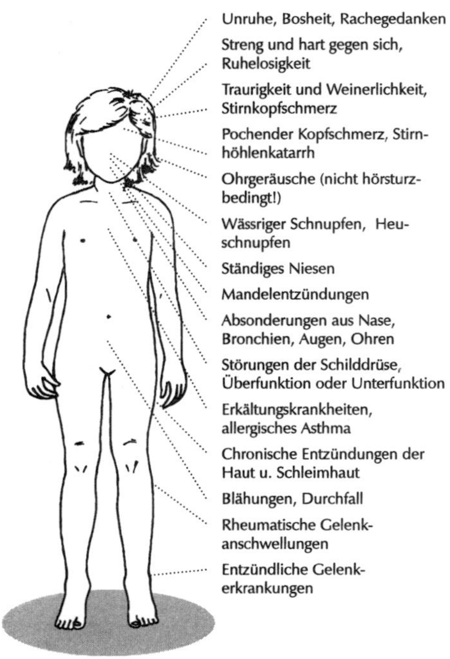

Weitere Anwendungen bei: Störungen der Schilddrüse, z. B. bei Überfunktion oder Unterfunktion, Entwicklungsstörungen des Gehirns, des Wachstums. Eine gute Kombinationsmöglichkeit bietet sich im Wechsel mit Salz Nr. 14 und etwaiger weiterer Mittel bei Überfunktion der Schilddrüse.

Allergisch bedingtes Asthma wird gut auf Salz Nr. 15 ansprechen. Bei Blähungen, hervorgerufen durch kalte Speisen und Getränke, bei Durchfall, rheumatischen Gelenkanschwellungen und entzündlichen Gelenkserkrankungen, bei chronischen Entzündungen der Haut und Schleimhäute kommt es zur Anwendung; bei dicken, (gelb-) grünen, oft übel riechenden Absonderungen aus der Nase, den Bronchien, Augen und Ohren; bei wässrigen Nasenabsonderungen, die wundmachend und brennend sind, ständigem Niesen, Mandelentzündungen, vergrößerten Mandeln, Stirnhöhlenkatarrh verbunden mit Stirnkopfschmerz. Es stärkt zudem die Immunabwehr und wirkt einer Fettsucht entgegen.

Kalium jodatum ist angezeigt, wenn sich die Beschwerden durch Kälte und Nässe und kalte Luft verschlimmern. Besserung bei Bewegung und in frischer Luft; es kommt aber zu sofortiger Verschlechterung, wenn Sie mit Ihrem Kind wieder ins Haus zurückkehren.

Nr. 16 Lithium chloratum D 6 (Lithiumchlorid)

Schwerpunkt: Gichtig-rheumatische Erkrankungen, Harnsäureablagerungen, schwere nervliche Belastungen

Lithium chloratum findet sich im menschlichen Körper nur in sehr geringen Mengen. Vorzugsweise wird es bei gichtig-rheumatischen Erkrankungen, bei allgemeiner Erschöpfung, Abmagerung und schweren nervlichen Belastungen, Katarrhen und Entzündungen der Harnorgane eingesetzt. Es wirkt auch gegen depressive, durch Übersäuerung hervorgerufene, Verstimmungen und fördert den Eiweißstoffwechsel.

In der Psyche äußert sich die Verteilungsstörung als depressive oder manisch-depressive Verstimmung, Neigung zur Abmagerung.

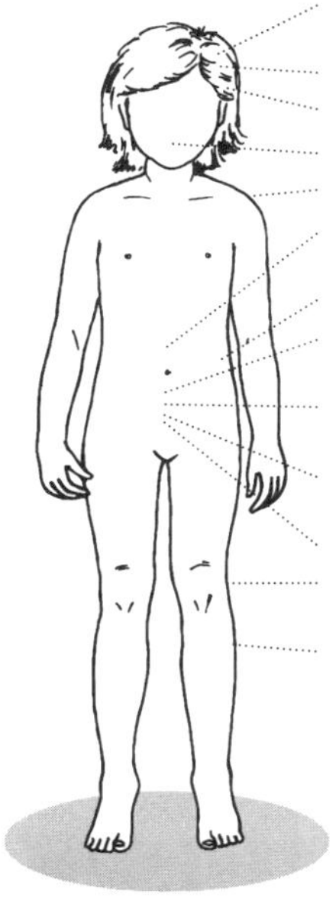

Verhärtung und Verdickung von Gewebe und Gewebeschwund (nach Kortisongabe) können günstig beeinflusst werden.

Magenerkrankungen, die durch Säure hervorgerufen wurden, kolikartige Magen-Darmbeschwerden mit Blähungen und Windverhalten werden mit Salz Nr. 16 verbessert; ganz besonders bei nervösen Bauchbeschwerden der Kinder, hervorgerufen durch Angst oder Stresssituationen.

Einzusetzen ist es auch bei Nierenleiden, Entzündungen der ableitenden Harnwege, besonders bei Neigung zu Übersäuerung, und zur Auflösung von Harnsteinen.

Alle Beschwerden verschlechtern sich durch warme Kleidung und in warmen Räumen, bei feuchtem Wetter und nachts.

Nr. 17 Manganum sulfuricum D 6 (Mangansulfat)

Schwerpunkt: Förderung der Aufnahme von Eisen im Körper

Manganum sulfuricum fördert die sauerstoffabhängigen Prozesse und wirkt auf die Blutbildung und -verteilung. Es ist ein essentielles Spurenelement und dient als Co-Faktor, deshalb ist es an vielen Stoffwechselprozessen beteiligt.

Eine große Rolle kommt ihm bei der Entwicklung unseres Skeletts und unserer Keimdrüsen, bei der Vitamin-B1-Verwertung und beim Eiweiß-, Kohlehydrat- und Fettstoffwechsel (Cholesterin) zu. Ein Mangel kann zu Sterilität, Anämie, Kehlkopfkatarrhen mit gelblich-grünlichem Auswurf, Knochenwachstumsstörungen, Knochenfehlbildungen und zu Störungen des Bewegungsapparates führen. Diese äußern sich durch z. B. nächtlich wandernde Gliederschmerzen, besonders am Schienbein und an der Ferse, morgens durch Steifheit der Muskeln und Sehnen.

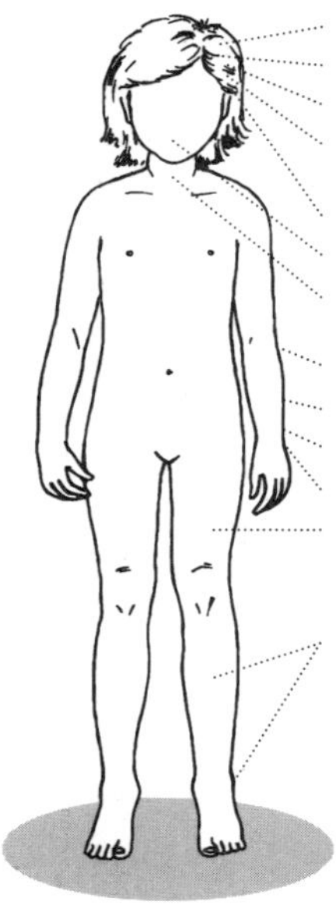

Bei allgemeiner Nervenschwäche, Ermüdung, Neuralgien, Störungen im Zentralnervensystem (Gabe dann in Potenz D4 – zusätzlich zur schulmedizinischen Behandlung), Lernstörungen, Depressionen, Parästhesien/„Ameisen-Laufen" (Letzteres in Verbindung mit Calcium phos. Nr. 2) ist dieses Salz ein wertvoller Begleiter.

Manganum wirkt bei anämischen Zuständen ähnlich wie Eisen und Kupfer, es fördert die Oxidationsvorgänge, stärkt die Blutgefäße bei Blutstau, regt – in Verbindung mit den Salzen Nr. 2, 3 und 8 – die Blutneubildung an (rote Blutkörperchen) und hat möglichen senkenden Einfluss auf den Blutzucker bei jugendlichem Diabetes.

Bei Kindern mit Abwehrschwäche (bspw. schlecht heilenden Wunden und bei Allergiebereitschaft, wie z. B. Heuschnupfen) findet Salz Nr. 17 einen guten Resonanzboden. Bei Zahnschmerzen ist es ein probates Mittel der Wahl.

Alle Beschwerden verschlechtern sich bei Wetterwechsel, durch nasskaltes Wetter und nachts.

Nr. 18 Calcium sulfuratum Hahnemanni D 6

(Kalziumsulfid)

Schwerpunkt: Erschöpfungszustände mit Gewichtsverlust

Calcium sulfuratum hilft, Übersäuerungszustände mit gesteigerten Oxidationsprozessen zu mindern, und fördert die Glukosespeicherung in den Zellen, in der Leber und in der Muskulatur. Es darf keinesfalls mit Calcium sulfuricum (Nr. 12) verwechselt werden.

Salz Nr. 18 wirkt besser als Schwefelpräparate. Schwefel dient als Drahtbesen der Zelle und hat somit einen starken Reinigungscharakter mit Schlepperfunktion zu den Ausscheidungsorganen. Sulfid-Ionen regen Reinigungs- und Ausscheidungsvorgänge im Körper an. Es wirkt bei der Energiegewinnung und unterstützend bei Reparaturaufgaben an den Gelenken. Manganum sulf. (Nr. 17) und Natrium phos. (Nr. 9) unterstützen dieses Mineralsalz.

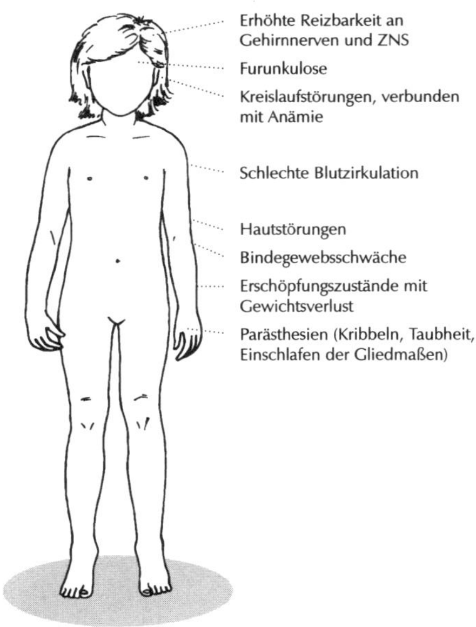

In der Kinderheilkunde ist es ein Mineralsalz, das man bei Infektanfälligkeit, Abnahme der Widerstandskräfte und bei Bronchitis zur Regulierung der Sekretausscheidung einsetzen kann.

Salz Nr. 18 unterstützt bei Nervenschwäche (z. B. Unterernährung), Erschöpfungszuständen mit Gewichtsverlust trotz Heißhungers, Parästhesien, erhöhter Reizbarkeit (v. a. an den Gehirnnerven und ZNS-Reizung). Erhöhte Säurebildung verursacht eine Reizung der Gehirnnerven und führt zu einer Erschlaffung am Gefäßnervensystem, u. U. auch zu Kreislaufstörungen, verbunden mit Anämie, zu schlechter Blutzirkulation in der Haut, hartnäckigen Hautstörungen mit schlechter Heilungstendenz; u. U. auch zu klebrigen, jauchig riechenden Absonderungen, ja sogar Furunkulose.

Sein Einsatzgebiet: Haut, Schleimhäute, Verdauungsdrüsen, Muskeln und Gefäße.

Alle Beschwerden sind begleitet von übermäßigem Durst und Müdigkeit; vermehrtes Verlangen nach Essen.

Nr. 19 Cuprum arsenicosum D 12 (Kupferarsenit)

Schwerpunkt: kolikartige Schmerzen, Nierenleiden, Nervenumstimmungsmittel

Kupfer ist ein lebenswichtiges Spurenelement und wichtiger Bestandteil verschiedener Enzyme, die sich am Sauerstofftransport beteiligen. Arsen ist ein wichtiges Spurenelement, das auf alle Körperzellen Einfluss ausübt. In Spuren (wie bei biochemischen Mineralsalzen üblich) unterstützt es physiologische Prozesse.

Cuprum arsenicosum beeinflusst die Hämoglobinbildung, das Zellwachstum und die Bildung roter Blutkörperchen aus dem Knochenmark und übt insgesamt einen günstigen Einfluss auf die Behandlung von Eisenmangelanämien aus. Es wirkt wie ein Biokatalysator und hat deshalb einen positiven Effekt auf infektiöse und entzündliche Krankheiten wie Reizungen und Absonderungen von zellhaltigen Flüssigkeiten (Exsudat) an den Schleimhäuten und an der Haut; deshalb können Sie es auch in der Kinderheilkunde mit einsetzen. Weist der Harn der Kinder zudem einen knoblauchartigen Geruch auf, ist Salz Nr. 19 das Mittel der Wahl.

An Blutgefäßen führt ein Mangel zu Anämie, Gefäßspasmen (z. B. Morbus Raynaud), Durchblutungsstörungen und Thrombose. Wir setzen es bevorzugt bei Krämpfen des Magen-Darm-Traktes und bei Nieren- und Gallenkoliken ein. Wadenkrämpfe, die sich durch die Gabe der „Heißen 7“ nicht lösen, können zusätzlich mit Salz Nr. 19 behandelt werden. Leberentzündungen, Leberbeschwerden, Übelkeit und Kopfschmerzen, krampfartige brennende Schmerzen mit Zucken der Beine und chronische Nierenleiden sind Einsatzmöglichkeiten. Bei krampfartigem Schwangerschaftserbrechen empfiehlt es sich, der „Heißen 7“ 3 Tabletten des Salzes Nr. 19 hinzuzufügen.

Alle Beschwerden verschlimmern sich durch Stillliegen; dem Kind geht es besser, wenn es aufsteht und wenn es steht. Das Trinken von kaltem Wasser lindert die Beschwerden.

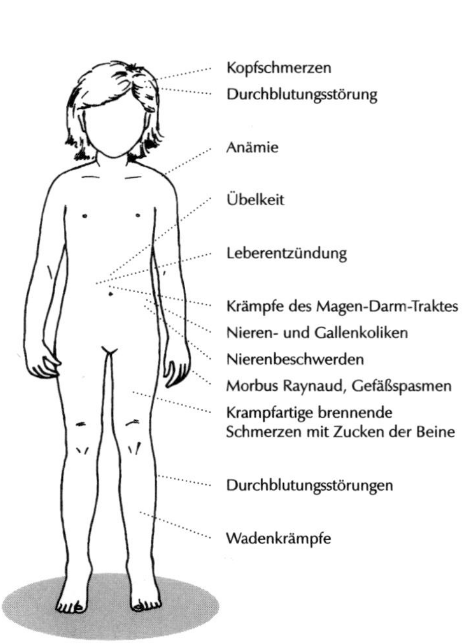

Nr. 20 Kalium Aluminium sulfuricum D6

(Kaliumaluminiumsulfat, Alaun)

Schwerpunkt: Blähungskoliken, belastetes Nervensystem

Salz Nr. 20 unterstützt das zentrale und periphere, insbesondere aber das vegetative Nervensystem. Es reguliert die Membrandurchlässigkeit, schützt vor Mineral- und Wasserverlust und beeinflusst Oxidations- und Reduktionsprozesse. Seine bevorzugten Einsatzgebiete sind deshalb Schwindel (besonders in Rückenlage), Sensibilitätsstörungen, „Ameisenlaufen", das Gefühl von „Spinnweben im Gesicht", Erschöpfungszustände.

Bei den Verdauungsorganen finden wir auf der einen Seite die Darm- und Blähungskoliken, auf der anderen Seite besteht auch die Möglichkeit der atonischen Obstipation (langsam arbeitender Darm), verbunden mit Blähungen, wenig bis gar keinem Stuhlgang oder Hämorrhoiden, die durch venöse Stauungen im Venensystem hervorgerufen werden.

Atemwegserkrankungen zeigen sich als Katarrhe mit gelbschleimigen Absonderungen, als trockener Husten – besonders im Winter. Der Bewegungsapparat zeichnet sich durch Gangunsicherheit und zittrige Schwäche der Beine aus.

Salz Nr. 20 kann bei Nervenschwäche mit Kalium phos. (Nr. 5), bei Schweiß mit Calcium phos. (Nr. 2) (besonders Nachtschweiß) oder Silicea (Nr. 11) (besonders Fußschweiß) kombiniert werden; zur Förderung des Klärstroms auch mit Natrium sulf. (Nr. 10).

Besserungen der Beschwerden finden im Allgemeinen durch Wärme und im Sommer statt. Große Kälteempfindlichkeit.

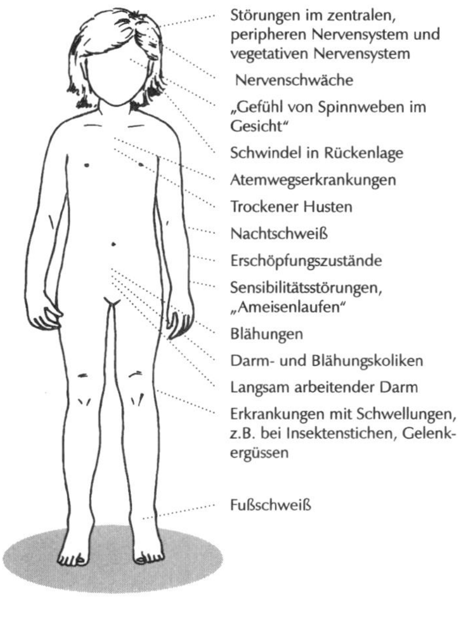

Nr. 21 Zincum chloratum D 6 (Zinkchlorid)

Schwerpunkt: belasteter Stoffwechsel, Menstruationsbeschwerden, Nervenberuhigungs- und Schmerzmittel, Immunsystem

Zincum chloratum gilt als ein sehr wichtiges Spurenelement, das Bestandteil der Zellen und der Immunabwehr ist. In seiner Funktion als Oxidations-Katalysator wirkt es v. a. auf das zentrale und vegetative Nervensystem.

Weiterhin ist es Bestandteil von Enzymen und Gewebesäften und ein hervorragendes Nervenberuhigungs- und Schmerzlinderungsmittel, besonders bei Neuralgien und reizbaren Zuständen des Nervensystems (z. B. Lichtsehen, Augenmigräne, Tränen der Augen), Nervenschwäche, Hirnreizung und Krämpfen, Schwindel, „Restless legs" (unruhige Beine), Rückenschmerzen, Kopfschmerzen, Gesichtslähmung (Fazialislähmung) und MS.

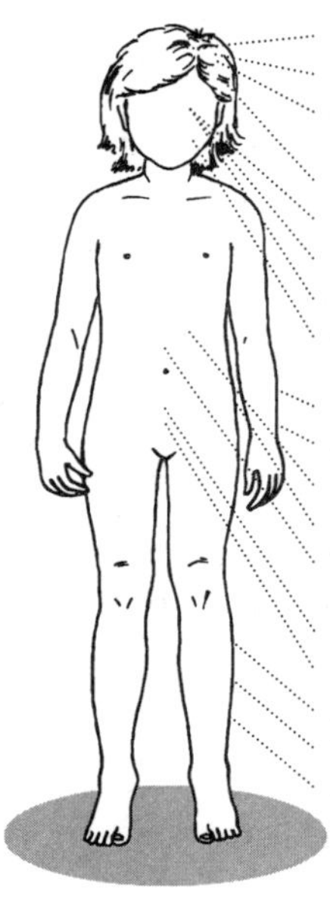

Beim Aufbau von Enzymen wird Zink benötigt. Es übt einen wichtigen Einfluss auf die Bildung der Antikörper (Phagozytose) aus. Äußerlich angewandt beschleunigt es die Wundheilung durch hemmenden Einfluss auf das Bakterienwachstum. Hormone (Mangel äußert sich durch PMS-Beschwerden, Magersucht), Knorpel und Knochen werden beeinflusst.

Mangel führt zu Störungen der Verdauungsenzymbildung, zur Störung der Insulinbildung in der Bauchspeicheldrüse, zu Hauterkrankungen und zur Verschlechterung der Vitamin-A-Verwertung im Körper. Erhöhter Verlust von Zink, ausgelöst durch Darmerkrankungen oder eine gestörte Aufnahme über Schleimhäute, führt zu: Wachstumsverzögerungen bei Kindern, Unfruchtbarkeit, Störungen der Wundheilung, Abwehrschwäche, Depressionen, Haarausfall.

Krankheiten erfahren Besserung im Freien und durch Bewegung. Verschlimmerung besonders nach Reizmittelmissbrauch und bei ruhigem Sitzen.

Nr. 22 Calcium carbonicum Hahnemanni D6

(Kalziumcarbonat)

Schwerpunkt: Erschöpfungszustände, frühzeitiges Altern, Kindermittel

Calcium carbonicum übt eine außergewöhnliche Anziehungskraft auf den Stoffwechsel aus, indem es z. B. die Ausscheidung intrazellulärer Stoffwechselrückstände begünstigt und entsäuernd auf das Gewebe einwirkt. Bei Mangel herrscht im Verdauungstrakt Säure vor, was sich durch saures Aufstoßen und sauren Geschmack äußert.

Salz Nr. 22 wirkt langsam, aber sehr nachhaltig und wird in der Kinderheilkunde bei Erschöpfungszuständen bzw. nach Krankheiten zur Rekonvaleszenz eingesetzt. Es erhöht den Grundumsatz, verbessert die Calcium-Resorption im Darm und hat einen positiven Einfluss auf die Erregbarkeit von Nerven und Muskeln (auch Herzmuskel).

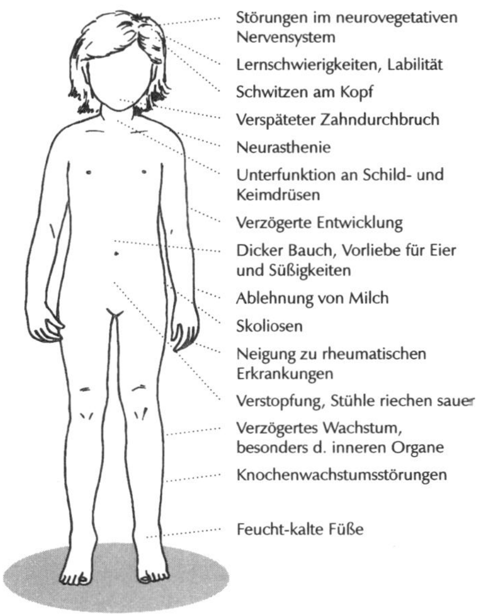

Wegen seines Bezuges zum Lymphsystem geben wir es gerne bei Erkrankungen, die mit Lymphknotenschwellungen einhergehen; bei chronischen Schleimhautkatarrhen der Augen und im HNO-Bereich sowie bei Allergien.

Mangel zeigt sich als Unterfunktion/Wachstumsverzögerung an Schild- und Keimdrüsen, inneren Organen; Störungen im neurovegetativen Nervensystem, Labilität, Neurasthenie, Parästhesien; im Bewegungsapparat durch Skoliosen und die Neigung zu Rheuma; im Säuglingsalter: verzögerte Entwicklung und verspäteter Zahndurchbruch. Betroffene Kinder haben feucht-kalte Füße und Lernschwierigkeiten. Verstopfung bei Kindern, die etwas schlaff, rundlich und zufrieden sind, einen schwitzigen Kopf und zögerliche Entwicklung aufweisen; ihre Stühle riechen sauer; oft haben die Kinder einen dicken Bauch und lieben Eier und Süßigkeiten, Milch lehnen sie ab.

Bei Knochenwachstumsstörungen sollte Salz Nr. 22 mit Calcium phos. (Nr. 2) kombiniert werden. Weitere Kombinationsmöglichkeiten: mit Calcium fluor. (Nr. 1), Magnesium phos. (Nr. 7) und Silicea (Nr. 11).

Beschwerden verschlimmern sich durch Kälte und Feuchtigkeit, v. a. um den Vollmond. Besserung durch trockene und warme Witterung.

Nr. 23 Natrium bicarbonicum D 6

(Natriumbicarbonat, Natron, Natriumhydrogencarbonat)

Schwerpunkt: Säureüberladung, Schlackenausscheidung

Natrium bicarbonicum hat im Organismus die wichtige Aufgabe, das sich ständig bildende Kohlendioxid zu binden und abzutransportieren. Es übt einen aktivierenden Einfluss auf den Stoffwechsel aus, insbesondere auf die Ausscheidung von harnpflichtigen Substanzen (Harnsäure); damit wird es zu einem wichtigen Mineralsalz bei allgemeiner Übersäuerung.

Salz Nr. 23 verwenden wir somit grundsätzlich bei Harnsäureüberladungen von Blut und Gewebe und bei trägem Stoffwechsel mit ungenügender Entschlackung. Folglich sind alle Krankheiten, die mit einem verminderten Stoffwechsel und einer unvollständigen Ausscheidung von Stoffwechselendprodukten einhergehen, damit positiv beeinflussbar, z. B. Fettsucht, Diabetes, Rheuma und Gicht.

Es beruhigt und mildert auch die krankhaft gereizten, übererregten Magen-Darmnerven, weil es hemmend auf die Übersäuerung einwirkt. Es unterstützt die Tätigkeit der Bauchspeicheldrüse.

Speisesoda/Natron wird in der Volksheilkunde bei Magenübersäuerung und Sodbrennen eingesetzt. Beim Kochen von Linsen und Bohnen hat es die Mutter zugegeben, damit diese uns nicht blähen. Heute erfährt Natriumbicarbonat eine große Wiedergeburt im Wellnessbereich (Entsäuerungs-, Entschlackungsbäder).

Alle Beschwerden gehen mit einer Übersäuerung einher.

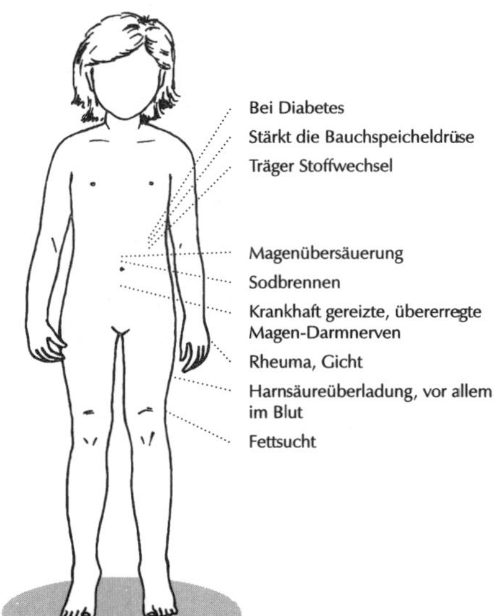

Nr. 24 Arsenum jodatum D 6 (Arsentrijodid)

Schwerpunkt: Haut, nässende Ekzeme, jugendliche Akne

Arsenum jodatum wirkt auf den Stoffwechsel dämpfend und energiesparend. Es saugt Ergüsse auf und wirkt in kleinen Gaben appetitanregend.

Salz Nr. 24 wird in kleinsten Mengen gereicht, bei Einnahme von max. 2 Tabl. pro Tag.

Es konzentriert sich in seiner Wirkbreite auf die serösen Häute der Lunge, der Haut und der Lymphdrüsen. Allergische Reaktionen wie Heuschnupfen, Asthma, Entzündungen am Herzbeutel, am Lungenfell und chronische Sehnenscheidenentzündungen sind ein dankbares Einsatzgebiet für Salz Nr. 24.

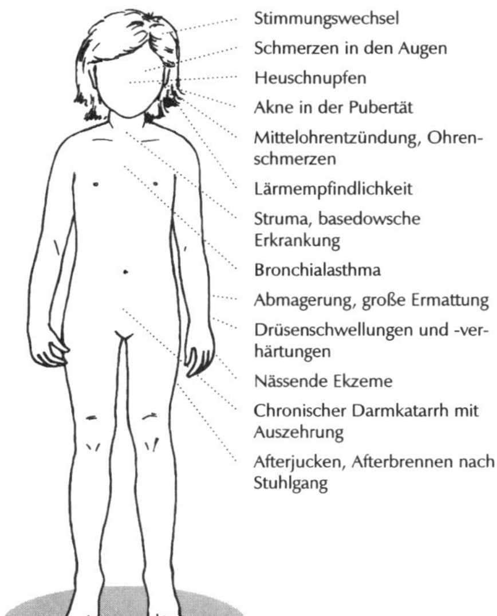

Arsenum jodatum findet in der Kinderheilkunde Anwendung bei Erkrankungen, die mit Abmagerung und großer Ermattung einhergehen, besonders bei Erkrankungen der Lunge. Bei chronischem Darmkatarrh mit verbundener Auszehrung. Heuschnupfen und Bronchialasthma sprechen ebenfalls gut auf das Salz an. Ebenso nässende Ekzeme, Afterjucken, Afterbrennen nach dem Stuhlgang, Drüsenschwellung und -verhärtung, Lärmempfindlichkeit, Mittelohrentzündung, Ohrenschmerzen mit stechendem und reißendem Charakter, Schmerzen in den Augen beim Lesen, rascher Stimmungswechsel der Kinder zeigen die Behandlung mit Salz Nr. 24 an.

Arsenum jodatum, speziell der Jodanteil, hilft der Schilddrüse, das Hormon Thyroxin gleichmäßig aufzubauen. Bei einem Mangel von Thyroxin kann es zu einer Struma (Kropf) bzw. zu einer Basedowschen Erkrankung kommen.

Alle Beschwerden verschlimmern sich bei Anstrengungen geistiger und körperlicher Art, während der Menstruation, durch Kälte und durch Föhn.

Achtung: Die Selbstbehandlung beschränkt sich auf die Potenz D 6, tiefere Potenzen sind nur unter fachkundiger Anleitung zu nehmen.

5. Schüßler-Salben

Die biochemischen Salben sind hervorragend für die äußerliche Anwendung bei Säuglingen und Kindern geeignet. Sie lieben es geradezu, berührt und massiert zu werden. Durch die Reflexzonentherapie wissen wir, dass über die Haut innere Organe beeinflusst werden können.

Zur Anwendung wird ein Salbenstrang von 1–3 cm aus der Tube in die warmen Hände der Mutter oder des Vaters gegeben, dort für die sanfte Einreibung auf die betroffene Stelle angewärmt und anschließend sanft einmassiert. Die gewählte Salbe kann auch für Massagen oder für einen Salbenumschlag über Nacht verwendet werden. Die Einreibung kann durch das Aufbringen eines feuchtwarmen Wickels oder eines warmen Kirschkernkissens (nicht in der Mikrowelle anwärmen!) oder einer Wärmflasche (nie direkt und überhitzt, Tuch oder Stoffwindel dazwischenlegen!) in ihrer Wirksamkeit unterstützt werden. Falls einmal Kälteanwendung notwendig sein sollte, dann können Sie genauso verfahren. Wichtiger Hinweis: Legen Sie niemals direkt ein Kühlgelkissen auf die Haut, sondern immer ein Tuch dazwischen. Dann in etwas Abstand zum Tuch (ca. 3–5 mm) über dem Tuch entlangstreichen, warten und den Vorgang 3–5 x wiederholen. Dann aufhören und nach einer halben Stunde nochmals wiederholen. Die Haut darf niemals auskühlen und es darf keine Kälte in den Körper eindringen. Bitte beachten Sie diesen Hinweis daher dringend, zum Wohle Ihres Kindes.

Die Häufigkeit der Anwendung sollte individuell angepasst werden. Es gilt der Grundsatz: bei chronischen Krankheiten wenige Anwendungen, bei akuten Krankheiten häufige Anwendungen.

In akuten Fällen: Stündlich einreiben! Sind mehrere Salben im Wechsel angezeigt, wird stündlich gewechselt.

In chronischen Fällen: Dreimal täglich einreiben! Sind mehrere Salben im Wechsel angezeigt, wird täglich gewechselt.

Biochemische Funktionstabletten und Salben können gleichzeitig eingesetzt werden.

Berührt, gestreichelt, massiert werden, das ist Nahrung für das Kind. Nahrung, die genauso wichtig ist wie Mineralien, Vitamine und Proteine.
Nahrung, die Liebe ist.

Frédérick Leboyer

Eine Übersicht:

Salbe Nr. 1: Calcium fluoratum D 4

Diese Salbe gilt als Hart- und Weichmacher gleichzeitig. Sie eignet sich bei rissiger Haut, insbesondere für raue Lippen, glättet und erweicht Narbengewebe, d.h. wir verwenden die Salbe zum Festigen, aber auch um Geschmeidigkeit zu erreichen.

Anwendung für unsere Kinder:

- bei Erschlaffung der elastischen Gewebe, Bänder- und Sehnenschwäche
- bei Verhärtungen der Haut zur Wiederherstellung der Elastizität, z. B. bei Hornhautbildung, Rissen und Schrunden, harten Warzen, Schuppen (Milchschorf)
- bei Nagelverwachsungen, Wachstumsstörungen von Finger- und Zehennägeln
- zur Stärkung der Knochen, z. B. nach Brüchen
- zur Narbenentstörung
- bei Narbenkelloidbildung (bei wulstigen und/oder verhärteten Narben)
- bei Verspannungen im Nackenbereich
- beim Schiefhals (Torticollis)

Salbe Nr. 2: Calcium phosphoricum D 4

Kalziumphosphat ist im Körper für den Knochenaufbau und für die Bänder zuständig. Die Salbe Nr. 2 kommt bei Kindern und Jugendlichen mit Schmerzen während des Wachstums zum Einsatz. Sie ist ein ausgezeichnetes Kräftigungsmittel zur Unterstützung des Knochenwachstums, aber auch nach Knochenbrüchen oder Unfällen mit Knochen- und Muskelschäden. Nach Verletzungen nur im Bereich des gesunden Gewebes (oberhalb oder unterhalb der verletzten Stelle) einreiben.

Anwendung für unsere Kinder:

- Kräftigungsmassage besonders bei Knochenschwäche der Kinder
- Knochenschmerzen in Wachstumsschüben
- Knochenbrüche
- bei chronischen Ekzemen mit weißgelblicher Krustenbildung
- bei Taubheitsgefühl, Kribbeln und Verspannungen
- Schweißbildung besonders im Nackenbereich oder auch an anderen Stellen des Körpers
- Schulkopfschmerz (hier betroffene Stellen am Kopf sanft einmassieren, auch morgens vor der Schule)
- Nasenpolypen (äußerliche Anwendung, innerlich mit Wattestäbchen hauchdünn einbringen)

Salbe Nr. 3: Ferrum phosphoricum D 4

Die Creme Nr. 3 ist die Erste-Hilfe-Salbe bei Unfällen und Verletzungen. Sie kommt auch bei akuten Entzündungen mit Rötung und Schwellung zum Einsatz. Insbesondere im ersten Stadium der Entzündung ist sie das Mittel der Wahl.

Anwendung für unsere Kinder:
- als Wundsalbe bei frischen und entzündlichen Verletzungen, insbesondere Schnittverletzungen, sofern möglich direkt auf die offene Stelle
- bei wundem Po kleiner Kinder
- Quetschungen, Prellungen, Verstauchungen, bei Blutergüssen
- Insektenstiche, Sonnenbrand
- rissige, entzündliche Lippen
- gutes Massagemittel bei kalten Füßen

Salbe Nr. 4: Kalium chloratum D4

Diese Salbe ist das Heilmittel der Schleimhäute, insbesondere im zweiten Entzündungsstadium der Schleimbildung, verbunden mit Schwellung. Damit verhindern wir, dass beim Kind z. B. eine chronische Bronchitis entstehen kann.

Anwendung für unsere Kinder:
- eignet sich für die zweite Entzündungsstufe
- für Verletzungen mit nachfolgender Schwellung
- trockene Hautausschläge wie: Kopfschuppen, Schuppenflechte, Milchschorf mit weißgrau klebenden Schüppchen
- generelle Hautausschläge mit hellen, weißlichen bis weißgrau klebenden Krusten und Auflagerungen (wie mit Mehl bepudert)
- Warzen (weiche)
- Mumps
- Sehnenscheiden-Entzündung
- Wangenschwellung durch Zahnschmerzen
- Bei Husten mit zähem Auswurf auf Brust und Rücken aufbringen.
- Bei Nebenhöhlenentzündungen (festsitzender klebender Schleim) Stirn- und Kieferhöhle (oberer Wangenknochen) einreiben.
- Bei Ohrentzündung mit Schleim im Ohr auf das Mastoid (der kleine Knochenansatz hinter dem Ohrläppchen) aufbringen.
- bei Schwellung nach Insektenstichen
- bei kalten Händen und Füßen

Salbe Nr. 5: Kalium phosphoricum D4

Salbe Nr. 5 gilt als Antibiotikum der Biochemie und als Gewebezerfalls-Verhüter. Sie kann auch als Nerven- und Herzsalbe eingesetzt werden. Bei ängstlichen Kindern eignet sich die Salbe hervorragend zur Einreibung, um die Nerven zu stärken.

Anwendung für unsere Kinder:
- bei Angst (unteres Brustbein, Nacken, Schultern, Knieinnenseiten links und rechts einreiben)
- Nesselausschlag
- kreisrunder Haarausfall
- zur Massage bei Nervenschmerzen und zur Stärkung der Nerven
- nach Sport, um die Muskeln und die Wadenmuskulatur zu stärken
- als Heilsalbe bei hartnäckigen Wunden mit gelbschleimigen oder stinkenden Absonderungen
- bewährt als Herz- und Nervensalbe
- zur Entspannung auf den Solarplexus auftragen
- Schreibkrämpfe

- zur Stärkung des Blasenschließmuskels (im Bereich der Blase am Morgen und am Abend einreiben)

Salbe Nr. 6: Kalium sulfuricum D 4

Als Basismittel für alle Hauterkrankungen ist die Salbe Nr. 6 an Entgiftungs- und Ausscheidungsprozessen maßgeblich beteiligt. Sie fördert die Heilung von Hautgewebe im 3. Entzündungsstadium (gelbschleimige Absonderungen – gelb klebende Schuppen, chronische Beschwerden).

Anwendung für unsere Kinder:

- bei Hautjucken und Hautschuppen, Milchschorf mit gelb klebenden Schuppen, Neurodermitis, Schuppenflechte und anderen Oberhautveränderungen
- bei Akne mit milden gelblichen Absonderungen
- zur allgemeinen Hautpflege bei trockener, brennender Haut
- bei wandernden Rheumaschmerzen
- bei hartnäckigem Husten mit ockergelbem Auswurf auf Brust und Rücken auftragen, bei entsprechendem Schnupfen in die Nase, auf die Stirnhöhle und Nebenhöhlen sanft einklopfen
- zur Anwendung bei Leberbeschwerden die Lebergegend unter dem rechten Rippenbogen einreiben

Salbe Nr. 7: Magnesium phosphoricum D 4

Salbe Nr. 7 wirkt wunderbar bei Juckreiz, Krämpfen, Koliken und Schmerzen; außerdem um Kinder zu entspannen und um innerer Unruhe entgegenzuwirken.

Anwendung für unsere Kinder:

- bei reißenden, bohrenden, schießenden, wandernden Schmerzen
- Wetterfühligkeit
- Krampfzuständen wie Koliken, Wadenkrämpfe
- Muskelschmerzen z. B. nach Sport, bei Verspannungen
- Kopfschmerzen
- Gesichtsschmerzen (Neuralgie)
- Durchblutungsstörungen infolge Verkrampfung
- nächtlichen Armschmerzen und Kribbeln
- Hautausschlag zur Beruhigung
- Hautjucken (als Hautkrampf)
- Zittern nervöser Art

Salbe Nr. 8: Natrium chloratum D 4

Diese Salbe dient der Regulierung im Feuchtigkeitshaushalt der Haut. Da Natrium chlor. für den Nährstrom verantwortlich ist, findet es Anwendung bei zu trockener Haut, aber auch bei zu viel Absonderungen wie z. B. Schwitzen. Bei Schwellungen oder Fließschnupfen, tränenden Augen und brennendem Sekret aus der Nase.

Anwendung für unsere Kinder:

- bei wässrigen Absonderungen der Haut, mit und ohne Blasenbildung, mit hellwässrigem Inhalt
- Niesen, Fließschnupfen
- Sekrete, die brennen (Augen, Nase, Scheide, After)

- tränende Augen, trockene Augen (um die Augenhöhlen leicht und sanft einklopfen)
- Brandwunden
- Insektenstiche mit und ohne Blasenbildung, mit hellwässrigem Inhalt
- Insektenstiche mit leichten Schwellungen und Juckreiz
- nässende Haut
- Einrisse der Mundwinkel
- Ergüsse und teigige Schwellungen im Bereich größerer Gelenke
- trockene Haut, trockene Lippen
- trockene Ausschläge mit weißen Schuppen, herunterfallende Kopfschuppen
- Afterfissuren
- Hautpilzerkrankungen
- hartnäckige Akne und Mitesser
- Hautausschläge mit vermehrter Talgabsonderung

Salbe Nr. 9: Natrium phosphoricum D 4

Salbe Nr. 9 gilt als Drüsensalbe bei Lymphdrüsenschwellungen mit weichen Knoten. Zur Regulierung im Fettstoffwechsel einsetzbar bei fettiger, großporiger Haut, gegen Mitesser und Pickel.

Anwendung für unsere Kinder:

- als Drüsensalbe bei Lymphdrüsenschwellung mit weichen, nicht verhärteten Knoten
- Milchschorf
- besonders wirkungsvoll bei fettiger, großporiger Haut (wie Orangenschalen)
- gegen Mitesser und Pickel
- Akne mit honiggelben Pusteln und rotem Hof
- eignet sich ebenfalls zur leichten Massage bei Gelenkschmerzen
- bei Druckgefühl in der Lebergegend
- rheumatischer Formenkreis für Gelenke und Muskulatur

Salbe Nr. 10: Natrium sulfuricum D 4

Diese Salbe bewährt sich bei nässenden Ekzemen, Flechten und Hautpilzerkrankungen. Sie unterstützt den Klärstrom und wirkt damit auf die Ausscheidung von Körperflüssigkeiten ein. Eine Lebereinreibung damit unterstützt die Entgiftungsbereitschaft der Leber und reinigt damit das Gewebe.

Anwendung für unsere Kinder:

- bewährt als Salbenverband bei nässenden Ekzemen und Flechten
- bei Hautpilzerkrankungen und Hühneraugen
- bei Frostbeulen: Nach dem Waschen die Haut sorgfältig abtrocknen und Salbe unter leichtem Reiben auftragen, besonders zur Nacht.
- zur Leberentgiftung, bevorzugt abends, im Leberbereich auftragen
- Ödeme (Wasseransammlungen, z. B. in Beinen und Füßen)
- bei Schnupfen und Husten mit grünlicher Absonderung (Anwendung siehe Salz Nr. 4)
- Völlegefühl nach dem Essen der Kinder (Bäuchlein massieren)
- Magenschmerzen der Kinder mit bitterem Mundgeschmack (Bäuchlein massieren)
- Entzündungen auf der Kopfhaut

- Hautausschläge, die gelblich-grünliche Krusten bzw. Schuppen bilden

Salbe Nr. 11:
Silicea D 4

Zur Ausreifung von entzündlichen Eiterungen, wenn Eiter keinen Abfluss hat, kann die Salbe Nr. 11 zum Einsatz kommen (Arzt oder Heilpraktiker zur Begleitung aufsuchen). Auch zur Haut- und Nagelpflege, bei Fußschweiß und Zwischenzehenpilz und zur Nervenberuhigung bestens geeignet.

Anwendung für unsere Kinder:
- fördert die Ausreifung von entzündlichen Eiterungen, Geschwüren, Karbunkeln, Nagelgeschwüren und Fisteln
- Husten und Nebenhöhlenentzündungen chronischer Art (siehe Salz Nr. 3)
- bei trockener Haut und Faltenbildung
- bei Knirschen in der Halswirbelsäule
- bei Fußschweiß, Zwischenzehenpilz, Nagelpilz
- Haut mit eitrigen Pickeln
- brüchige Finger- und Fußnägel, schlecht wachsende Finger- und Fußnägel
- Nagelumlauf, der sich entzündet hat
- zur Ernährung von Haut, die sich schlaff und welk anfühlt

Salbe Nr. 12:
Calcium sulfuricum D 4

Diese Salbe findet Anwendung, wenn Eiter einen Abfluss hat (eine Öffnung ist vorhanden), dann um den Entzündungsherd herum auftragen. Bei eitrigen Entzündungen zur Unterstützung (Arzt oder Heilpraktiker zur Begleitung aufsuchen).

Anwendung für unsere Kinder:
- bei allen rheumatischen Gelenkbeschwerden
- Lymphknotenentzündungen (zum Arzt!)
- bei Eiterungen mit Abflussmöglichkeit (Öffnung vorhanden) um den Entzündungsherd herum auftragen
- eitrige Entzündungen der Haut, Akne
- Mandelschwellungen, -entzündungen
- chronisch eitrige Bronchitits und Nebenhöhlenentzündungen (Anwendung wie unter Salbe Nr. 3)

Neben dem inneren Gebrauche finde ich die äußere Anwendung, wenn solche leicht verwendbar, sehr zweckmäßig.

Dr. W. H. Schüßler

II. Kinder heilen – Symptome von A bis Z

Bevor wir uns ausführlich mit den Kinderkrankheiten beschäftigen, denken wir doch einmal ganz bewusst über die Entwicklung eines Kindes nach. Sie, liebe Eltern, haben entscheidenden Einfluss auf die Entwicklung Ihres Kindes, indem Sie es begleiten und ihm Orientierungshilfe geben, in allen Lebensphasen mit allen Konsequenzen, die aus Handlungen oder Unterlassungen entstehen. Durch liebevolle Hinwendung sind Sie der wichtigste Therapeut für Ihr Kind und begleiten es durch viele Beschwerden hindurch. Intuitiv werden Sie bei Bauchschmerzen Ihre warmen Hände auf das Bäuchlein legen, bei Kopfschmerzen den Kopf liebevoll halten und streicheln. So wird sich die Befindlichkeit Ihres Kindes umgehend verbessern.

In diesem Kapitel finden Sie Einnahmeempfehlungen in Kurzform und hilfreiche Tipps zu über 200 Beschwerden, Symptomen, Krankheitsbildern. Bitte lesen Sie vorab die nachfolgenden Erläuterungen zur Einnahme und zur Wahl des richtigen biochemischen Mittels sowie weitere wichtige Hinweise.

1. Anleitung in Kurzform

Einnahmeempfehlungen

Die biochemischen Funktionsmittel sollten nach Möglichkeit ca. eine halbe Stunde vor oder nach den Mahlzeiten genommen werden.

Kinder/Jugendliche lassen idealerweise die **Tabletten im Mund zergehen**. Am besten lutscht man die Tablette einzeln im Mund, evtl. auch 2 Tabletten auf einmal. Alternativ können die biochemischen Funktionsmittel **aufgelöst in etwas abgekochtem, heißem Wasser**, auf Mundtemperatur abgekühlt, kauend getrunken werden – aus meiner Sicht die beste Darreichungsform, genannt „**Heiße X**“ (X ist die Nummer des Salzes). Dies empfiehlt sich vor allem bei größeren Einnahmemengen.

Sehr kleinen Kindern streicht man eine in wenig Wasser aufgelöste Tablette als **Brei in die Wangeninnentasche**.

Bei **Säuglingen** oder **sehr kleinen Kindern** können die Tabletten **im Fläschchen aufgelöst** bzw. **vermischt mit einer Breimahlzeit** gegeben werden; oder Sie tragen etwas Tablettenbrei auf die Brustwarze auf und lassen das zu stillende Kind saugen.

Auch für äußerliche **Umschläge** verwendet man ggf. einen Tablettenbrei.

Falls bei den einzelnen Symptom-Beschreibungen eine unterschiedliche Anzahl von Tabletten oder Häufigkeiten angegeben ist:

- Die Anzahl der Tabletten steigt je nach Alter des Kindes.
- Die Einnahmehäufigkeit steigt je nach Schwere der Symptome.

Achten Sie bitte bei länger dauernden Anwendungen auch darauf, welches Salz „süß“ schmeckt, dann wird es nämlich vom Körper im Augenblick noch gebraucht. Salze, die nicht mehr benötigt werden, schmecken neutral.

Ausführlichere Hinweise siehe Kap. I.2. Empfehlungen zur Einnahme.

Als **Altersbezeichnungen** nehmen wir an:

- Säuglinge: 0–1 Jahr
- Kleinkinder: 1–3 Jahre
- Kindergartenkinder: 3–6 Jahre
- Schulkinder: ab 6 Jahre
- Jugendliche: ab 12 Jahre

Wahl des richtigen Mittels/Absonderungen

Schüßler-Salze werden nach **Kategorien** aufgeteilt, die maßgeblich von den **Absonderungen** bestimmt werden. Diese geben uns immer wichtige Hinweise auf das zu wählende Mineralsalz. Betrachten Sie immer die Zunge des Kindes, seinen Auswurf, Haut, Schleimhäute, Kopfhaut, Augen, Nase,

Gesicht; riechen Sie an den Ausdünstungen des Kindes, schauen Sie Urin und Stuhl an. Konsistenz, Farbe und Geruch der Absonderungen der jeweiligen Haupt-Symptome helfen Ihnen, das jeweils richtige Schüßler-Salz zu wählen.

Falls Sie sich nicht sicher sind, welches der Salze beim beschriebenen Symptom wirklich am besten passt, können Sie noch folgende Liste zu Rate ziehen:

Bei **weißen, weißgrauen, eingetrockneten** oder **mehlartigen** Absonderungen; **gewölbten** Bläschen; **weißgrauen, kleieartigen** Schuppen:
- Nr. 4 Kalium chlor. D6 (zum Aufsaugen alter Exsudate, z. B. Ohrerguss, Nebenhöhlen-, Schleimbeutelentzündung).

Bei **weißen** Absonderungen, die wie rohes Eiweiß aussehen; bei **eingetrockneten, weißgelben** Krusten:
- Nr. 2 Calcium phos. D6 (hilft, alte weißgelbe Krusten, z. B. nach Kinderkrankheiten, aufzulösen).

Bei **hellwässrigen, hellschleimigen, blasigen**, oft **scharfen** und **wundmachenden, übelriechenden** Absonderungen, bei **eingetrockneten, weißen** Schuppen (z. B. auf dem Kopf):
- Nr. 8 Natrium chlor. D6.

Bei **gelbschleimigen** und **milden** Abschuppungen; **reichlicher** Oberhaut-Abschuppung auf **klebrigem** Grund:
- Nr. 6 Kalium sulf. D6.

Bei **eitrigen** Absonderungen, **eingetrockneten** Eiterkrusten sowie zur Beförderung einer nicht mehr zu verhindernden **Eiterung**: häufige Gabe von
- Nr. 11 Silicea D12.

Bei **eitrigen, blutig-eitrigen, dicken** (nicht fließenden), **gelben bis grünen** Absonderungen: Geben Sie nach **Öffnung des Eiterherds**, besonders nach **Eiterfisteln**:
- Nr. 12 Calcium sulf. D6 im Wechsel mit Nr. 11 Silicea D12.

Bei **schmierigen, stinkenden, jauchig-blutigen, scharf ätzenden** Absonderungen; **eingetrockneten, stinkenden, schmierigen** Schuppen oder Krusten:
- Nr. 5 Kalium phos. D6.

Der Entwicklungsrahmen Ihres Kindes

Ihr Kind durchläuft sensible Prägungsphasen im Laufe seiner Entwicklung zum Jugendlichen:
- mit ca. 3 Jahren: Trotzphase
- mit ca. 5 Jahren und mit ca. 9 Jahren: Ich-Findungsphasen (Selbstausdruck)
- Im Alter von ca. 9 Jahren gibt es die ersten Versuche zur Selbstständigkeit wie z. B. das Auswählen der Kleidungsstücke, einer Sportart, das Entwickeln des eigenen Talentes, auch schon mal bei Freunden schlafen usw., die schon durch erste pubertierende Ansätze begleitet werden können.

Denken Sie immer daran: „Kinder sind keine kleinen Erwachsenen“ und handeln Sie entsprechend.

Weitere wichtige Hinweise

Alarmzeichen: Bei folgenden Auffälligkeiten – je nach Grad der Befindlichkeit (Krankheitszustand) – suchen Sie bitte sofort einen Arzt oder ein Krankenhaus auf:

- Schonhaltung des Kopfes
- gespannte oder eingesunkene Fontanelle
- ausgeprägte Lichtscheu
- andauerndes Wimmern
- Berührungsempfindlichkeit
- Apathie, Schläfrigkeit, Somnolenz
- starrer oder wegschwimmender Blick
- seltener Lidschlag
- eingesunkene-halonierte Augen (dunkle Augenringe)
- stehende Hautfalten, trockene Zunge: Gefahr der Austrocknung!
- Fieber in bedrohlicher Höhe (individuell verschieden)
- Säugling hat mehr als zwei Mahlzeiten ausgelassen, zeigt Verhaltensauffälligkeit
- interkostale Einziehungen (Einziehungen der Zwischenrippenmuskulatur)
- Speichelfluss bei kloßiger Sprache
- beschleunigte Atemfrequenz, blaue Lippen
- Petechien (nicht wegdrückbare punktförmige Hauteinblutungen) z. B. als Sepsiszeichen
- Krampfanfall, (erstmalig auftretende) Fieberkrämpfe
- marmorierte, violette bis bläuliche oder blassgraue Haut als Schock- oder Sepsiszeichen
- Verdacht auf eine Infektionskrankheit

„Säurenaturen": Im Sinne der Schüßlerschen Lehre meint dieser Begriff Menschen, die von Haus aus säuerlich riechende Absonderungen und eine besondere Neigung bzw. Gier nach sauren Nahrungsmitteln, z. B. Essiggurken, haben.

Hausmittel/Anwendungen: Alle in den Tipps angeführten Hausmittel (z. B. Tees, Wickel) oder besonderen Anwendungen (z. B. Energieschaukel) finden Sie im Anhang A.

Für ausführliche Grundlagen-Informationen zu den Schüßler-Salzen sowie zu einer gesunden und ausgewogenen Ernährung empfehle ich Ihnen auch meine Bücher

„Die 12 Salze des Lebens" (ISBN 978-3-9809565-3-6) sowie „Deine Nahrung sei dein Heilmittel" (978-3-938396-03-2), beide erschienen im Mankau Verlag.

2. Symptom-Register

Abwehrschwäche

In meine Praxis kommen viele Eltern, weil ihre Kinder, besonders seit dem Besuch des Kindergartens, ständig Erkältungskrankheiten wie Husten, Schnupfen, Heiserkeit mit nach Hause bringen.

Dabei spielen gerade Erkältungskrankheiten eine sehr große Rolle in der Ausprägungsphase des Immunsystems. Es wird dadurch geschult, und das kann es nur, wenn es mit den Krankheitserregern in Kontakt tritt. Die Schulung der schleimhautständigen (Darm-) Immunabwehr dauert von der Geburt bis ca. zum 15. Lebensjahr. Deswegen ist es ja so wichtig, den Kindern die Zeit für ihre Krankheiten auch zuzugestehen.

Zur Beruhigung für Sie, liebe Eltern: Gehäufte Infekte sind bei Ihren Kindern zunächst einmal ganz normal. Ursachen dafür sind meist Viren. Gegen Viren hilft kein Antibiotikum. Bei Bakterien dagegen greift es. Je virulenter ein Infekt beginnt, desto ansteckender ist er auch für die Familienmitglieder und das Umfeld. Da das Immunsystem Ihres Kindes sozusagen geschult werden muss, leidet es natürlicherweise auch häufiger an Infekten. Geben Sie Ihrem Kind in dieser „Trainingsphase" genügend Zeit und Ruhe, den Infekt gut auszukurieren. Nicht in die Schule oder den Kindergarten schicken!

8–12 Infektionen pro Jahr sind heute im Vorschulalter als durchaus normal anzusehen. Eine hohe „Keimbelastung" in den Kindertagesstätten, im Hort oder der Schule, verbunden mit engem Kontakt der Kinder untereinander, fördern dies.

Geht Ihr Kind schon zur Schule, sollten die Infekthäufigkeiten durchaus zurückgehen. Bis zum 15. Lebensjahr sollten es nicht mehr als 3–5 Infekte im Jahr sein. Von einer Infektanfälligkeit spricht man erst, wenn es über diese Zahl hinausgeht.

Die Infektanfälligkeit wird durch verschiedene Faktoren ausgelöst. Neben der anlagebedingten Anfälligkeit (z. B. „lymphatische" Kinder; sie sind meist blond, blauäugig, haben häufiger Beschwerden an den Schleimhäuten und der Haut) spielen natürlich auch Ernährung, Bewegung, frische Luft, genügender Schlaf, Tagesrhythmus und Verarbeitung von Stresssituationen eine Rolle. Sind Sie eventuell selbst gestresst und überträgt sich das auf Ihr Kind? Liegen vielleicht chronische bzw. schwere Erkrankungen vor wie z. B. Bronchitis, Mukoviszidose?

Ganz besonders empfehle ich Ihnen eine Immunkur (s. Anhang A).

Vor allem bei gehäuften Infekten stabilisiert sie das Immunsystem und stärkt die Abwehr.

Sie kann im Herbst oder Frühjahr durchgeführt werden, oder auch vor Allergiezeiten wie bei Heuschnupfen usw.

- Morgens 1–2 Tabl. Nr. 3 Ferrum phos. D 12 – Potenzwechsel wöchentlich zu D 6.
- Mittags 1–2 Tabl. Nr. 17 Manganum sulf. D 6.
- Nachmittags 1–2 Tabl. Nr. 21 Zincum chlor. D 6 – Potenzwechsel wöchentlich zu D 12.
- Spätnachmittags 1–2 Tabl. Nr. 7 Magnesium phos. D 6.
- Vor dem Schlafen 2 Tabl. Nr. 11 Silicea D 12 – Potenzwechsel wöchentlich zu D 6.

Dauer der Anwendung: 6 Wochen.

Tipp: Zur Vorbeugung in der kalten Jahreszeit, um während der Haupt-Erkältungszeiten die Infektanfälligkeit zu reduzieren, empfehle ich auch die Herbst-Winter-Kur nach Dr. Schüßler (s. mein Buch „Die 12 Salze des Lebens“).

ADHS / ADS / Aufmerksamkeitsstörungen / Hyperaktivität

Zu diesem Thema wurde schon viel veröffentlicht, deshalb werde ich mich hier auf das Wesentliche beschränken. Lesen Sie dazu auch ADS/ADHS/Hyperaktivität/„Zappelphilipp“ (s. Anhang C) und in meinem Buch „Deine Nahrung sei dein Heilmittel“ (S. 100 ff.).

Als charakteristisch für die Aufmerksamkeits-Defizit-Störung (ADS) gilt ausgeprägt unaufmerksames und impulsives Verhalten. Dies fällt vor allem in Gruppen auf.

Gesellt sich noch Unruhe und übermäßiger Bewegungsdrang hinzu, sprechen wir von einer Aufmerksamkeits-Defizit-Hyperaktivitäts-Störung (ADHS). Diese Störungen bemerkt man u. U. schon im frühen Kindesalter.

Beobachten Sie entsprechendes Verhalten dauerhaft über einen Zeitraum von mehr als 6 Monaten, so sind die Störungen nicht als vorübergehend zu betrachten und sollten behandelt werden.

Für die Schnellübersicht die drei Leitsymptome:

1. **Beeinträchtigte Aufmerksamkeit**
   Ihr Kind träumt gerne, ist leicht ablenkbar und reagiert mit hastigem Wahrnehmen.
2. **Übermäßige Impulsivität**
   Kaum hat Ihr Kind gedacht, ist es schon gemacht.
3. **Motorische Überaktivität**
   Diese kann vorliegen, ist aber nicht zwingend.

Hauptmittel:

- Morgens 2x2 Tabl. Nr. 5 Kalium phos. D 6.
- Vormittags 2x3 Tabl. Nr. 3 Ferrum phos. D 12.
- Bis 16 Uhr 2x2 Tabl. Nr. 8 Natrium chlor. D 6.
- Vor dem Schlafengehen „Heiße Sieben“ von 10 Tabl. Nr. 7 Magnesium phos. D 6.

Bei ständigem **Gedankenkreisen** im Kopf zusätzlich

- Nr. 11 Silicea D12 vor dem Schlafengehen, 5 Tabl. auflösen und kauend trinken lassen.

Immer:

- Abends Salbe Nr. 6 Kalium sulf. auf den Oberbauch einreiben.
- Morgens vor der Schule Salbe Nr. 5 Kalium phos. auf Nacken, Brustbein und Knieinnenseite einreiben (s. auch Einreibungen bei Angst, Anhang A).

  Über mehrere Monate anwenden.

Tipp: Das elterliche Verhältnis zu den Kindern gilt als wichtiger Einflussfaktor. Seien Sie liebevoll, aber konsequent und setzen Sie Ihrem Kind auch Grenzen!

Rhythmisierung der körperlichen Abläufe/des Stoffwechsels und eingespielter Lebensrhythmus sind sehr wichtig. Dabei dürfen Sie sich getrost auf einen langen Zeitraum von bis zu 2 Jahren einrichten. Hierzu hilft auch die biochemische Energieschaukel (s. auch Anhang A).

Rhythmusfindung mithilfe der biochemischen Energieschaukel (Variante I):

- *Nr. 2 Calcium phos. D6 morgens 3–5 Tabl. als „Heiße 2".*
- *Nr. 5 Kalium phos. D6 mittags 3–5 Tabl. als „Heiße 5".*
- *Nr. 7 Magnesium phos. D6 abends 5–7 Tabl. als „Heiße 7".*

Adipositas – siehe Übergewicht

Afterbeschwerden

Afterjucken, Aftereinrisse, Aftervorfall (Mastdarmvorfall)

Afterjucken quält das Kind bei Bettwärme; es kann Ausdruck überreizter Nerven sein. An Würmer evtl. auch Hämorrhoiden sollte gedacht werden. Die Ursache sollte jedenfalls gesucht werden.

Afterjucken

Aufgrund von **Nervosität**:

- Morgens 2–3 Tabl. Nr. 2 Calcium phos. D6 und
- Mittags 1–2 Tabl. Nr. 5 Kalium phos. D6.

Aufgrund von **Madenwürmern** (Oxyuren), zur Unterstützung einer Wurmkur:

- Vor- und nachmittags je 1–2 Tabl. Nr. 8 Natrium chlor. D6 plus
- 3 x tägl. 1–2 Tabl. Nr. 4 Kalium chlor. D6 plus
- 5 x tägl. 1 Tabl. Nr. 9 Natrium phos. D6.

Aufgrund von **Hämorrhoiden**:
- 1 Tabl. Nr. 1 Calcium fluor. D12 in 2-stündigem Wechsel mit
- 2 Tabl. Nr. 3 Ferrum phos. D12.

Tipp: Falls Ihr Kind nach Genuss von Müsli zu Afterjucken, Aftereinrissen neigen sollte, dann bitte unbedingt die Trinkmenge beachten und mehr Flüssigkeit schon zum Anrichten des Müslis verwenden. Achten Sie beim Müsli auf Einzelgetreidearten, z.B. nur Weizenflocken. Je feiner das Müsli, desto weniger Anstrengung für die Verdauung.

Aftereinrisse

Sie sind sehr schmerzhaft, oft sind es nur winzige Risse der Afterschleimhaut aufgrund von Reizungen und/oder Übersäuerung.

Für die **Elastizität** der Schleimhäute:
- 3 x tägl. 1 Tabl. Nr. 1 Calcium fluor. D12.

Bei **hartem, knolligem Stuhl**:
- Bis zu 6 x tägl. 1 Tabl. Nr. 8 Natrium chlor. D6.

Wenn der Stuhl mit **größter Anstrengung** ausgepresst wird und wieder zurückschlüpfen will:
- 3 x tägl. „Heiße 11“ mit 3 Tabl. Nr. 11 Silicea D12.

Immer bei **Schmerzen**:
- Bei Bedarf „Heiße 7“ mit 5–10 Tabl. Nr. 7 Magnesium phos. D6.

Nach jedem **Stuhlgang** und nach **Waschungen** mit
- Salbe Nr. 1 Calcium fluor. oder Salbe Nr. 11 Silicea eincremen.

Tipp: Sitzbäder bringen Erleichterung. Ballaststoffreiche Ernährung. Auf ausreichende Trinkmenge achten.

Aftervorfall (Mastdarmvorfall)

Bei Kindern, auch bei Mädchen, kein Grund zur Beunruhigung.

Durch das Pressen beim Stuhlgang schlüpft der Mastdarm in den Anus vor.

Abhilfe können Sie schaffen, indem Sie Ihr Kind auf ein höheres Töpfchen oder die Toilette setzen, sodass die Beinchen lose herunterhängen und das Kind dadurch nicht so sehr pressen kann. Sollte jedoch trotzdem der Vorfall geschehen, dann den After mit Salbe Nr. 1 Calcium fluor. einsalben und vorsichtig mit zartem Druck den Vorfall wieder zurückdrücken. Geduld – meistens schlüpft er selbst wieder zurück.

Zur Verbesserung der **Elastizität**:
- Morgens und abends je 3 Tabl. Nr. 1 Calcium fluor. D6.

Gegen den **Schließmuskelkrampf**:
- Mehrmals am Tag die „Heiße 7“ mit 5–10 Tabl. Nr. 7 Magnesium phos. D6.

Tipp: Sorgen Sie bei Ihrem Kind für einen weichen Stuhlgang durch entsprechende Ernährung und ausreichendes Trinken.

Akne

Die Akne, die wir gewöhnlich kennen, heißt **Acne vulgaris** und zeigt einen pustelartigen Ausschlag in Gesicht, Hals, Rücken und Brust. Die Pusteln können sehr unterschiedlich sein, von gerötet bis hin zu eitrigem Inhalt. Bei dieser Akneform liegt die auslösende Ursache in einer Veränderung des Körperstoffwechsels. Sie tritt, bedingt durch verstärkten Androgeneinfluss, während der Pubertät auf und besteht oft viele Jahre weiter.

Tipp: Grundsätzlich sollte bei Säuglingen, Kindern und Jugendlichen, die unter Akne leiden, das Ess- und Trinkverhalten kritisch überprüft werden. Stillt die Mutter, gilt für sie die gleiche Überlegung.

Süßigkeiten, industriell gefertigte Limonaden, Soft-Drinks (ausgenommen Bionade), unreifes Obst, zu viel tierisches Eiweiß in Form von Joghurts, Quark, Käse, Fleisch- und Wurstspeisen, Fertigsuppen und -soßen, Fertiggerichte, Ketchup, alles Frittierte usw. sollte nach Möglichkeit vermieden werden.

Lesen Sie hierzu auch in meinem Buch „Deine Nahrung sei dein Heilmittel".

Wir unterscheiden in diesem Buch außerdem:

- **Acne neonatorum:** Neugeborenenakne
- **Acne infantum:** Akne im Kindesalter (ab 3. Lebensmonat)
- **Acne vulgaris:** gewöhnliche Akne
- **Acne aestivalis:** auch bekannt als „Mallorca-Akne"; erscheint nach starker UV-Einwirkung, insbesondere in Gegenden mit hoher Sonneneinstrahlung (Urlaubsländer – daher der Name).

Neugeborenenakne

Die jeweiligen Mittel als Tablettenbrei in die Wangeninnentasche streichen!

Als **Hauptmittel**, das immer gegeben werden sollte:

- Vor- und nachmittags je 1 Tabl. Nr. 4 Kalium chlor. D6.

Bei **geröteten Pusteln**:

- 3–5 x tägl. 1 Tabl. Nr. 3 Ferrum phos. D12.

Bei **eitrigen und entzündeten Pusteln**:

- Morgens, mittags und abends je 3 x 1 Tabl. Nr. 9 Natrium phos. D6 im Wechsel mit Nr. 11 Silicea D12.

Allgemein:

- 1–2 x tägl. die entsprechenden Schüßler-Salben äußerlich hauchdünn anwenden.

Tipp: Waschen Sie die Haut des Kindes morgens und abends mit Stiefmütterchentee.

Akne im Kindesalter

Lesen Sie zunächst unter Neugeborenenakne.

Sind **Mitesser** im Spiel:

- Im Laufe des Vormittags 3 x 1 Tabl.

Nr. 1 Calcium fluor. D 12.

- Im Laufe des Tages 2 x 1 Tabl. Nr. 4 Kalium chlor. D 6.
- Abends 1 – 2 Tabl. Nr. 11 Silicea D 12 jeweils als Tablettenbrei in die Wangeninnentasche.

Acne vulgaris (gewöhnliche Akne)

- Abends vor dem Schlafen 3 Tabl. Nr. 6 Kalium sulf. D 6.
- 3 x in der Woche (z. B. montags, mittwochs, freitags) 1 x 3 Tabl. Nr. 11 Silicea D 12.
- 3 x tägl. 3 Tabl. Nr. 9 Natrium phos. D 6 im täglichen Wechsel mit Nr. 2 Calcium phos. D 6 (beide jeweils mit monatlichem Potenzwechsel zu D 3).

Gleichzeitige entsprechende Salbenanwendung empfehlenswert.

Mallorca-Akne

Vorbereitung für den Aufenthalt in südlichen Regionen:

Beginnen Sie schon **3 Wochen vor Reisebeginn** und geben Sie täglich

- vormittags 1 Tabl. Nr. 2 Calcium phos. D 6 und
- nachmittags 2 Tabl. Nr. 3 Ferrum phos. D 12.

Während des Aufenthaltes geben Sie die Schüßler-Salze weiter und setzen noch zusätzlich

- 1 – 2 Tabl. tägl. Nr. 8 Natrium chlor. D 6 mit ein.

Vergl. auch Sonnenallergie.

Neben der Schüßler-Salz-Vorbereitung empfehle ich noch zusätzlich:

- Unizink KombiKraft flüssig tägl. 1 x verabreichen, am besten abends, und
- Calcium frubiase (Linie Thomae, beides in der Apotheke erhältlich) Trinkampullen täglich 1x vormittags.

(**Achtung:** Wegen des Wirkstoffs Sorbitol nicht während Schwangerschaft und Stillzeit. Bei Fruktoseunverträglichkeit ebenfalls kein Calcium frubiase.)

Tipp: Verwenden Sie schon vor dem Sonnenbaden Salbe Nr. 3 Ferrum phos. zur Hautpflege.

Praxiserfahrung: Durch Entsäuern mit den Schüßler-Salzen Nr. 9 Natrium phos. D 6, Nr. 10 Natrium sulf. D 6 und Nr. 11 Silicea D 12 sowie Gaben von Unizink KombiKraft flüssig und Calcium frubiase konnten so gut wie alle Hautprobleme während des Urlaubs vermieden werden.

Allergie

Unter Allergie versteht man eine Fehlreaktion des Immunsystems gegen eigentlich harmlose, meist körperfremde Substanzen. Die genauen Ursachen dafür sind unklar und vermutlich spielen auch genetische Faktoren eine Rolle;

dafür spricht, dass Kinder von allergischen Eltern ein deutlich erhöhtes Risiko besitzen, selbst eine Allergie zu entwickeln.

Wie neueste Forschungen bestätigen, scheint auch übertriebene Hygiene im Kindesalter eine Rolle bei der Entwicklung von Allergien zu spielen. Das Immunsystem lernt möglicherweise nicht gut genug, sich mit Stoffen aus der Umwelt auseinanderzusetzen, und reagiert später darauf mit Abwehr. (Lesen Sie auch dazu in meinem Buch „Deine Nahrung sei dein Heilmittel", S. 167 ff.).

Bekannte/häufige Allergene: Blütenpollen, Pflanzensekrete, Tierhaare, Hausstaubmilben, Schimmelpilze, Insektengifte, Nahrungsmittel (z. B. Kuhmilch, Getreide (z. B. Weizen), Nüsse, Erdbeeren, Schalentiere), Kosmetika, Medikamente (z. B. Penicillin), Lebensmittelzusätze (z. B. Konservierungsstoffe), Chemikalien (z. B. Färbemittel), Metalle (z. B. Nickel, Chrom) u. v. m.

Wir unterscheiden vier Arten von Allergien, am häufigsten ist die Allergie vom „Soforttyp". Hier reagiert man direkt nach Kontakt mit dem auslösenden Stoff allergisch. Typische Symptome: Juckreiz, Ausschläge, Nesselsucht (als Ausdruck der Störung reagiert die Haut), laufende Nase (Heuschnupfen), tränende Augen, Niesen und Luftnot. Auch der Magen-Darm-Trakt (Schleimhaut) reagiert immer mit: Magenschleimhautentzündungen, Durchfall und Erbrechen können vorkommen.

Allergische Reaktionen erweitern die Gefäße, und im schlimmsten Fall droht ein Schock (anaphylaktischer Schock) mit massivem Blutdruckabfall, Atem- und Kreislaufstillstand.

Insektengift ist eines der Allergene, welches unter Umständen (bei besonders disponierten Personen) einen lebensgefährlichen Schock auslösen kann. **In solchen Fällen sofort den Notarzt rufen!**

Tipp: Achten Sie immer auf die Absonderungen: Ändern sich diese, ändern sich die Schüßler-Salze entsprechend!

Die Ernährung stellt aus meiner langen Erfahrung heraus das wichtigste Bindeglied dar. Bekannte Allergene bitte nach Möglichkeit meiden, Kreuzallergene beachten. (Lesen Sie hierzu mein Buch „Deine Nahrung sei dein Heilmittel".) Geben Sie Ihrem Kind während der Allergiezeiten kein tierisches Eiweiß oder rohes Obst oder Gemüse – Obst und Gemüse nur in gedünsteter Form.

Allergie-Kur für Kinder

Als Vorbereitung auf bevorstehende Allergiezeiten, z. B. Blühzeiten von Pflanzen mit hohem Allergiepotenzial: Sie stabilisiert das Immunsystem, schützt vor Infekten, stärkt die Abwehr; sie kann im Herbst/Frühjahr durchgeführt werden und ist besonders zu empfehlen bei Heuschnupfen usw.:

- *Morgens 2 Tabl. Nr. 3 Ferrum phos. D12.*
- *Mittags 2 Tabl. Nr. 17 Manganum sulf. D6.*
- *Nachmittags 2 Tabl. Nr. 21 Zincum chlor. D6.*
- *Vor dem Schlafen je 2 Tabl. Nr. 11 Silicea D12 und Nr. 7 Magnesium phos. D6.*

Dauer: 6 Wochen.

Allergie akut

- Morgens und vormittags je 2 Tabl. Nr. 2 Calcium phos. D6 zur Zellhüllenstabilisierung.
- 5 x tägl. 1 Tabl. Nr. 3 Ferrum phos. D12 gegen die Entzündung.

Dazu je nach Art der Absonderungen:

Bei **Fließschnupfen, tränenden Augen und Niesen**:
- Im Akutfall ¼- bis ½-stdl. je 1 Tabl. Nr. 8 Natrium chlor. D6. Wenn Besserung eintritt, die Abstände verlängern: dann 1- bis 2-stdl.

Bei **Schleim, der weißgrau, fadenziehend und klebend** ist:
- Entsprechend der Schleimbildung mehrmals täglich 1–2 Tabl. Nr. 4 Kalium chlor. D6.

Bei **gelblichem Schleim**:
- Entsprechend der Schleimbildung mehrmals täglich 1–2 Tabl. Nr. 6 Kalium sulf. D6.

Bei **nässenden Ausschlägen** und zur Regulierung der **Schwellungen**, um Überflüssiges abzutransportieren:
- 2 x tägl. 1–2 Tabl. Nr. 10 Natrium sulf. D6.

Gegen den **Juckreiz**:
- Mehrmals täglich Nr. 7 Magnesium phos. D6 als „Heiße 7“ mit 3, 5, 7 oder 10 Tabl.

Außerdem kann zur **Stärkung der Immunabwehr**
- jeden Abend 1–2 Tabl. Nr. 21 Zincum chlor. D6 immer zusätzlich genommen werden.

Allergie chronisch

Tagesschema:
- Morgens 2 Tabl. Nr. 2 Calcium phos. D6.
- Über den Tag verteilt bis zu 5 Tabl. Nr. 3 Ferrum phos. D12.
- Vor- und nachmittags bis 16.00 Uhr je 1–2 Tabl. Nr. 8 Natrium chlor. D6.
- Abends 2 Tabl. Nr. 21 Zincum chlor. D6.
- Vor dem Schlafengehen eine „Heiße 7“ mit 5 Tabl. Nr. 7 Magnesium phos. D6.

Tipp: Salzbäder zur Stoffwechselentlastung (s. Anhang A).

Leberwickel mit Salbe Nr. 10 Natrium sulf. mittags gegen 14.00 Uhr (s. Anhang A).

Nasenreflexzonenbehandlung (s. Anhang A), mehrmals tägl. und immer bevor das Haus verlassen wird. Entsprechend der Absonderung kann auch jede andere Salbe gewählt werden.

Angina – siehe Halsentzündung

Angst

Angstzustände, ständiges Fürchten, Gedächtnisschwäche und Vergesslichkeit, Unruhe, Nervenschwäche, Schul-/Prüfungsangst

Seelische und körperliche Entwicklungen der Kinder laufen in Phasen ab. Entwicklungsschübe, sind diese auch noch so klein, sind in der Lage, das Kind aus dem seelischen Gleichgewicht zu werfen. Die Folgen sind möglicherweise Ängste, Aggressionen, nervöse Beschwerden, Schlafstörungen, Unausgeglichenheit und vieles mehr. Aufgrund von Veränderungen in der Gesellschaft nehmen die seelischen Störungen zu, weil die Zeit hektisch und reizüberflutet ist. Kinder können nicht ohne Weiteres zwischen Fantasie und Realität unterscheiden und sind den Informationen durch Radio, Fernseher und Computer oft hilflos ausgeliefert. Wir Erwachsenen geben den Kindern oft zu wenig Raum und Zeit für Ruhe, Beschaulichkeit, Träume, den Umgang mit Gleichaltrigen, für Spiel und Kreativität. Soziales Verhalten, Konfliktfähigkeit, lösungsorientiertes Verhalten und Ausdauer werden nicht erlernt und eingeübt, die entsprechenden Erfolgserlebnisse fehlen.

Der Ausdruck der seelischen Störung kann auch gepaart sein mit nur scheinbar organischen bis hin zu tatsächlichen organischen Störungen. Bei Kindern kann sich auch die Angst vor Überforderung in familiären oder sonstigen Konfliktsituationen als emotionale Störung ausdrücken. Das Kind ist möglicherweise völlig lustlos, unkonzentriert, launisch, ängstlich und kommt kaum zur Entspannung. Holen Sie sich bitte ggf. professionelle Hilfe von erfahrenen Ärzten oder auch psychotherapeutische Begleitung.

Tipp: Ihr Kind benötigt einen geregelten Tagesablauf und genügend Schlaf. Achten Sie auf gesunde Ernährung. Sorgen Sie für viel körperliche Bewegung des Kindes im Freien, Sport und Spiel. Nehmen Sie sich Zeit für Zuwendung.

Vermeiden Sie Reizüberflutung! Fernsehen, Computerspiele, PC-Nutzung nur nach vereinbarten Regeln erlauben. Kontrolle ist dabei unerlässlich, ggf. auch das Gespräch mit dem Kind über das Gesehene.

Ich empfehle insbesondere eine Entsäuerungskur als Grundvoraussetzung für einen ausgeglichenen Nervenstoffwechsel.

Entsäuerungskur

- *Morgens 1–3 Tabl. Nr. 9 Natrium phos. D6 (reguliert Säure-Basen-Haushalt, Kristallisate werden in Lösung gebracht).*
- *Mittags 1–3 Tabl. Nr. 10 Natrium sulf. D6 (bringt Kristallisate zur Ausscheidung).*
- *Abends 5 Tabl. Nr. 11 Silicea D6 (unterstützt die Reorganisation).*

Kurdauer: 6 Wochen.

Angstzustände allgemein

Tagesschema:

- Schon morgens nach dem Aufste-

hen 1–2 Tabl. Nr. 5 Kalium phos. D12.
- Vormittags 2 Tabl. Nr. 8 Natrium chlor. D6.
- Vor dem Mittagessen 1 Tabl. Nr. 5 Kalium phos. D12 und
- vor dem Lernen 2 Tabl. Nr. 8 Natrium chlor. D6.

Dazu
- jeden Abend die „Heiße 7" mit 5 Tabl. Nr. 7 Magnesium phos. D6 und
- abends Bauchmassage mit Salbe Nr. 7 Magnesium phos.
- Morgens Einreibungen im Nacken, auf dem Brustbein und an den Knie-Innenseiten mit Salbe Nr. 5 Kalium phos.

Siehe dazu auch Anhang A: Einreibungen bei Angst.

Falls die Angst mit **Blutdrang zum Kopf** verbunden ist:
- Zusätzlich bis zu 5 x tägl. 1 Tabl. Nr. 3 Ferrum phos. D12.

Falls die Angst mit **Aggressivität** verbunden ist:
- 3–6 x tägl. je 1–3 Tabl. Nr. 9 Natrium phos. D6 im Wechsel mit Nr. 16 Lithium chlor. D6.

Ständiges Fürchten

Hat Ihr Kind ständig übertriebene Angst, sehen Sie dies als Hinweis für eine nervöse Störung an. Oftmals ist auch mangelndes Selbstwertgefühl damit verbunden.

Setzen Sie folgende Schüßler-Salze mindestens vier bis acht Wochen lang ein:
- 2 x tägl. 1–2 Tabl. Nr. 8 Natrium chlor. D6 (nicht nach 16.00 Uhr).

Für Kinder, die **unsicher** sind, und/oder stark unter **mangelndem Selbstbewusstsein** leiden:
- Kinder unter 12 Jahren: 3–4 x tägl.
- Kinder über 12 Jahren: 4–6 x tägl. je 1 Tabl. Nr. 5 Kalium phos. D6 (nicht nach 15.00 Uhr).

Bei besonderer **Angst vor Gewitter, Dunkelheit und Alleinsein**:
- Kinder unter 12 Jahren: 3–4 x tägl.
- Kinder über 12 Jahren: 4–6 x tägl. je 1–2 Tabl. Nr. 22 Calcium carbon. D6 (Zusatzmittel).

Gedächtnisschwäche und Vergesslichkeit

- Je 3 x tägl. 2 Tabl. Nr. 5 Kalium phos. D6 im täglichen Wechsel mit Nr. 2 Calcium phos. D6.

Unruhe

Zur **Beruhigung der Nerven**:
- Morgens und vormittags eine „Heiße 2" mit je 3–5 Tabl. Nr. 2 Calcium phos. D6.
- Nachmittags und abends eine „Heiße 7" mit je 3–5 Tabl. Nr. 7 Magnesium phos. D6.

Nervenschwäche

Zur **Stärkung der Nerven**:
- Morgens eine „Heiße 2" mit 3–5 Tabl. Nr. 2 Calcium phos. D6.
- Mittags eine „Heiße 5" mit 3–5 Tabl. Nr. 5 Kalium phos. D6.
- 2 x 2 Tabl. Nr. 8 Natrium chlor. D6 (bis 16.00 Uhr).
- Abends eine „Heiße 7" mit 5 Tabl. Nr. 7 Magnesium phos. D6.

Schul-/Prüfungsangst/Angst vor Vorstellungsgesprächen

Steht z. B. eine schwierige Schularbeit auf dem Stundenplan, kann Ihr Kind bereits drei Tage vor dem Test mit folgender Einnahme starten (hilft bei starker Unruhe, Herzklopfen, Zittern, Appetitlosigkeit, Schlafstörungen):

- Am Abend eine „Heiße 7" von 5 Tabl. Nr. 7 Magnesium phos. D6.
- Am Morgen eine „Heiße 5" von 5 Tabl. Nr. 5 Kalium phos. D6. schluckweise auf nüchternen Magen trinken, nach dem morgendlichen Zähneputzen und vor dem Frühstück.

Dazu:

- Jeden Morgen Salbe Nr. 5 Kalium phos. auf Brustbein, Schultergürtel und Nacken und Knieinnenseiten einreiben.
- Jeden Abend eine Bauchmassage mit Salbe Nr. 7 Magnesium phos. (auch zur Fußmassage geeignet). Drei Tage lang wiederholen!

Siehe dazu auch Anhang A: Einreibungen bei Angst.

Appetitstörungen

Appetitlosigkeit/Appetitmangel

Von vielen Eltern höre ich: „Mein Kind hat keinen Appetit, es hat keine Lust zu essen." Mangelnde Esslust bei Kindern ist keine Seltenheit, viele Gründe können dafür verantwortlich sein. Sehr häufig kommt Sauerstoffmangel in den Zellen als Ursache in Betracht. Er zeigt sich in Antriebslosigkeit, schneller Ermüdung, fehlendem Bewegungsbedürfnis und dem blassen Aussehen Ihres Kindes.

Bei Appetitlosigkeit aus **Mangel an Sauerstoff im Blut**:

- In den ersten 3–4 Tagen: Soweit möglich stdl. 1 Tabl. Nr. 3 Ferrum phos. D12.
- In den folgenden Tagen: 3–4 x tägl. 1 Tabl. Nr. 3 Ferrum phos. D12, dazu abends 1 Tabl. Nr. 6 Kalium sulf. D6.

Bei Appetitlosigkeit durch **Mangel an Magensäure**, oder wenn die Verdauungssäfte des Magens nicht richtig zusammengesetzt sind: In diesem Fall verspürt Ihr Kind möglicherweise keinen Hunger; es schützt sich damit selbst vor der Verdauungsarbeit:

- Tägl. bis spätestens 16.00 Uhr 1–2 Tabl. Nr. 8 Natrium chlor. D6.
- Bei speziellem Verlangen nach Salzigem oder Herzhaftem zusätzlich 3 x tägl. nach dem Essen 1 Tabl. Nr. 9 Natrium phos. D6.

Bei Appetitlosigkeit aufgrund **nervöser Grundverfassung**:

- Vor dem Frühstück und vor dem Mittagessen jeweils 1–2 Tabl. Nr. 5 Kalium phos. D6.

Bei Appetitlosigkeit durch **Madenwürmer**: Hatte Ihr Kind Würmer oder hat es aktuell welche? In diesem Fall: siehe Würmer.

Tipp: *Halten Sie geregelte Essenszeiten ein: Beginn und Ende der Tischzeit werden festgelegt. Besprechen Sie mit Ihrem Kind, sofern möglich, was es essen möchte. Bestehen Sie darauf, dass von diesem gewünschten Essen auch etwas gegessen wird. Lassen Sie Ihr Kind selbst bestimmen (sofern es dies schon kann), wie viel es essen möchte. Geben Sie lieber einen Nachschlag, als zu viel auf einmal auf den Teller zu tun.*

Isst das Kind wenig, sollte es zwischen den Mahlzeiten auf keinen Fall Naschwerk bekommen.

Ihr Kind sollte unmittelbar vor dem Essen nicht viel trinken – v. a. keine Milch, da dies kein Getränk, sondern ein Nahrungsmittel ist und satt macht.

Kochen Sie am besten jeden Mittag für Ihr Kind ein warmes, frisch zubereitetes Essen. Richten Sie das Essen möglichst ansprechend an, so als würden Sie Gäste erwarten. Geben Sie Ihrer Vorfreude auf das gemeinsame Essen Ausdruck. Radio, Fernseher etc. bleiben während des Essens ausgeschaltet. Loben Sie Ihr Kind. Nutzen Sie die gemeinsame Zeit, damit Ihr Kind erzählen kann und sich die Familie austauscht.

Hinweis: *Falls Sie in der Vor- oder Frühpubertät Ihres Kindes den Verdacht auf eine* ***Ess-Störung*** *haben sollten: Die Behandlung solcher Erkrankungen gehört unbedingt in die Hände von Fachleuten!*

Asthma/Bronchialasthma

Asthma oder auch Bronchialasthma definiert sich als Verkrampfung der kleinen Bronchialmuskeln. Wir wissen, dass Asthma anfallsartig auftritt und sich in drohender Atemnot äußert, kennzeichnend sind pfeifende und mühsame Atemzüge, verbunden mit Angstgefühl.

Ursachen: Allergie, Nervosität, exogene Auslöser.

Achtung: Bei akutem Asthma-Anfall sofort den Arzt rufen! Notfallmedikamente verabreichen, sofern vorhanden!

Bis der Notarzt eintrifft, setzen Sie das Kind auf einen Stuhl, die Arme ruhen, von einem Kissen unterstützt, auf der Stuhllehne. Ohne die Kleidung zu entfernen, können Sie einfache, kreisende oder abwärts streichende Handbewegungen über den Rücken in Richtung Flanke machen. Gut wäre es, wenn Sie als Eltern dies schon einmal vorher – nicht im Akutfall – eingeübt hätten.

Versuchen Sie, Ruhe zu bewahren! Ihre eigene Ausstrahlung ist in diesem Augenblick für Ihr Kind besonders wichtig!

Hauptmittel bei allen Formen des Bronchialasthmas:

- Mindestens 1 x tägl. 5–10 Tabl. Nr. 7 Magnesium phos. D6 als „Heiße 7“, am besten abends vor dem Schlafengehen.

Im **akuten** Anfall:

- Alle 5 Min. ein Schluck „Heiße 7" von 3–10 Tabl. Nr. 7 Magnesium phos. D6, oder, falls es nicht möglich ist, die heiße Trinklösung verabreichen: mehrmals hintereinander 1 Tabl. als Tablettenbrei in die Wangeninnentasche.

Nach Besserung Abstände verlängern und auf alle Fälle jeden Abend vor dem Schlafen die „Heiße 7" geben.

Berücksichtigen Sie bitte auch die der Krankheit zugrunde liegenden Ursachen bei der Wahl des geeigneten Schüßler-Salzes! Geeignete Salze finden Sie ggf. auch unter Husten bzw. II. 1. Wahl des richtigen Mittels/Absonderungen.

Nervöses Asthma:

- Bis zu 4 x tägl. 2–3 Tabl. Nr. 5 Kalium phos. D6.

Schleim **löst sich schwer**:

- Stdl. 1 Tabl. Nr. 4 Kalium chlor. D3.

Schleim ist **reichlich und schaumig**:

- 2-stdl. 1 Tabl. Nr. 8 Kalium chlor. D3.

Auswurf ist **gelb**, Schleim rasselt, Besserung durch kühle Luft (geschlossene Räume verschlechtern):

- 2-stdl. 1 Tabl. Nr. 6 Kalium sulf. D6.

Bei **zusätzlichen nächtlichen Hustenanfällen**:

- Im Anfall alle 5 Min. 1 Tabl. Nr. 6 Kalium sulf. D6 im Wechsel mit Nr. 5 Kalium phos. D6 plus alle 2 Std. Nr. 7 Magnesium phos. D6 als „Heiße 7" mit 3, 5 oder 7 Tabl.

Schleim ist **gelbgrünlich bis grünlich, Hustenanfälle** besonders morgens bis hin zum Erbrechen:

- 2-stdl. 1 Tabl. Nr. 10 Natrium sulf. D6.

Auswurf kleiner **gelber Schleimklümpchen** bei bellendem Husten:

- Stdl. 1 Tabl. Nr. 1 Calcium fluor. D6.

Lockerer Schleim:

- 2 x tägl. 1 Tabl. Nr. 12 Calcium sulf. D6.

Sekret ist **stinkend und eitrig**:

- 3–5 x tägl. 1 Tabl. Nr. 12 Calcium sulf. D12.
  In diesem Fall unbedingt den Arzt hinzuziehen!

Tipp: Chronisches Bronchialasthma führt über Jahre hinweg zu einer nachlassenden Funktion des Lungengewebes. Dies zu verhindern sollte Ihr Ziel sein. Sie können die Regeneration des Lungengewebes mithilfe der Schüßler-Salze fördern:

- *2 x tägl. 3 Tabl. Nr. 1 Calcium fluor. D3, über mehrere Monate hinweg (stärkt die Funktion der elastischen Fasern).*
- *1 x tägl. 3 Tabl. abends Nr. 6 Kalium sulf. D6 (verbessert die Sauerstoffversorgung für das Funktionsgewebe der Lunge).*
- *1 x tägl. 5 Tabl. Nr. 11 Silicea D12, als „Heiße 11" vor dem Schlafengehen (stärkt das Bindegewebe der Lunge).*

Aufstoßen

Aerophagie / Luftschlucken / Luftaufstoßen

Entweichen von Luft bei reichlicher Gasentwicklung im Magen. Luftaufstoßen kann auch durch Nervosität, Angst und innere Anspannung entstehen, wenn es nicht funktionell bedingt ist, z. B. aufgrund einer Magenerkrankung.

Hauptmittel:
- Mehrmals täglich 1–3 Tabl. Nr. 7 Magnesium phos. D6.

Im **Akutfall**:
- Als „Heiße 7" mehrere Male verabreichen mit 5–10 Tabl. im täglichen Wechsel mit:

Falls Ihr Kind **übererregt** ist:
- Bis zu 4 x tägl. 1–2 Tabl. Nr. 5 Kalium phos. D6 (nicht nach 15.00 Uhr).

Bei **saurem Aufstoßen**, besonders nach fettigem Essen (z. B. Chips, Pommes usw.):
- 4–6 x tägl. 1 Tabl. Nr. 9 Natrium phos. D6.

Wenn Ihr Kind über einen **bitteren Mundgeschmack** klagt:
- 4–5 x tägl. 1 Tabl. Nr. 10 Natrium sulf. D6.

Wenn Ihr Kind **laut aufstößt** und sich danach nicht besser fühlt, evtl. sind auch **Blähungen** dabei, die das Kind quälen:
- 6 x tägl. 1 Tabl. Nr. 7 Magnesium phos. D6 oder auch eine „Heiße 7".

Wenn Ihr Kind das **Essen**, das gerade gegessen wurde, wieder **hochwürgt**:
- 6 x tägl.1 Tabl. Nr. 3 Ferrum phos. D12.

Wenn dem Kind beim Aufstoßen das **Wasser im Mund zusammenläuft**:
- Bis zu 4 x tägl. 1 Tabl. Nr. 8 Natrium chlor. D6 (nicht nach 16.00 Uhr).

Wenn das Kind über **Brennen in der Speiseröhre und Magen** klagt:
- Bis zu 4 x tägl. 1 Tabl. Nr. 2 Calcium phos. D6.

Wenn Ihr Kind sehr **lautes und knallendes Aufstoßen** hat:
- Bis zu 6 x tägl. 1 Tabl. Nr. 11 Silicea D12.

Tipp: Achten Sie darauf, dass das Kind nicht zu hastig isst oder trinkt.

Legen Sie es nicht unmittelbar nach dem Essen hin. Es sollte nur mit erhöhtem Oberkörper ruhen. Säurelockende Lebensmittel weglassen (Süßigkeiten, Fettes, Geräuchertes, Gepökeltes). Kalte und kohlensäurehaltige Getränke vermeiden.

Augenerkrankungen

Augenzittern (Nystagmus), Augenzucken, Bindehautentzündung, Gerstenkorn, Hagelkorn, Lidrandentzündung, Lichtempfindlichkeit, Nervöse Sehstörungen, Schielen, Tränenfluss, Tränengangstenose

Tipp: Zur Linderung von Jucken und Tränen der Augen: Das Auge kann mit lauwarmem, dünnem Euphrasia-Tee (Apotheke) behandelt werden. Dazu ein nicht fusselndes Kosmetiktuch befeuchten und das Auge vom äußeren Augenwinkel aus zur Nase hin auswischen. Für das zweite Auge ein neues Tuch verwenden.

Augenzittern (Nystagmus)

Verschiedene Ursachen können zugrunde liegen, es kann auch angeboren sein. Es handelt sich um unwillkürliche rhythmische Augapfelbewegungen zu einer Seite hin und einer schnellen Rückstellbewegung zur entgegengesetzten Seite.

Schüßler-Salze je nach Ursache auswählen: Unter den beschriebenen Symptomen für die Augen nachlesen und je nach Beschreibung wählen.

Augenzucken / Augenliderzucken (Tics)

Die Ursache ist meist eine nervöse Störung:

- 3 x tägl. 1 Tabl. Nr. 5 Kalium phos. D 6 bis 15.00 Uhr und
- abends vor dem Schlafengehen 5 Tabl. Nr. 7 Magnesium phos. D 6 als „Heiße 7".

Falls dies nicht zu einer Besserung führen sollte, dann zusätzlich:

- Morgens 3–5 Tabl. als „Heiße 2" Nr. 2 Calcium phos. D 6 (entspannt den Tagesnerv/Sympathicus) und
- abends 5 Tabl. Nr. 11 Silicea D 12 als „Heiße 11" (reinigt das feine Nervengewebe).

Bindehautentzündung

Die Bindehautentzündung (Konjunktivitis) wird durch Viren, Bakterien, Erkältung oder Reizungen an der Schleimhaut des Auges verursacht. Weitere Auslöser können auch Allergien, helles Licht, Ozon, Staub, Überreizungen des Auges durch Überanstrengung sein. Das Auge ist gerötet, juckt und tränt eventuell. Es kann sich auch verkleben, je nach Entzündungsstadium.

Achtung: Bei eitriger Bindehautentzündung unbedingt den Arzt hinzuziehen. Strengstes Hygienegebot!

Bindehautentzündung akut/allergisch:
Zu Beginn, alles ist rot, gerötet, fühlt sich überwärmt an:

- ¼-stdl. 1 Tabl. Nr. 3 Ferrum phos. D 12.

Bindehautentzündung subakut:
Auge ist gerötet, mit **weiß klebenden Belägen** verklebt, lässt sich morgens oder nach dem Schlafen schwer öffnen, **Schüppchen** kleben in den Wimpern:

- ¼-stdl. 1 Tabl. Nr. 4 Kalium chlor. D 6.

Bindehautentzündung chronisch:

- Bis zu 5 x tägl. 1 Tabl. Nr. 6 Kalium sulf. D6.

Bei allen Stadien immer noch das jeweilige Schüßler-Salz (siehe II. 1. Wahl des richtigen Mittels/Absonderungen) heraussuchen.

Entsprechend der Beschreibung die passende Schüßler-Salbe miteinsetzen.

Sehen Sie dazu Anhang A: Nasenreflexzonenbehandlung.

Bindehautentzündung, superinfiziert (nach Diagnose durch den Arzt, als Begleittherapie neben der Schulmedizin):

Meist bakterielle Entzündung, bedingt durch Abwehrschwäche bzw. bakterielle Besiedelung am Auge nach einer allergischen oder anderen Vorerkrankung. Behandlung s.o. und II. 1. Wahl des richtigen Mittels/Absonderungen.

Tipp: Bei der superinfizierten Bindehautentzündung neben der ärztlichen Behandlung zur Unterstützung: Teemischung aus Augentrost und Ringelblume zum Auswischen der Augen, Handhabung s. oben. Auch ein biologischer Schwarztee, der mindestens 3 Min. gezogen hat, kann helfen.

Gerstenkorn (Hordeolum)

Akute, meistens eitrige Entzündung einer Talgdrüse am Augenlid. Es bildet sich ein kleiner Abszess, dieser bricht durch und verheilt anschließend.

Gleich zu **Beginn**:

- ¼-stdl. 1 Tabl. Nr. 3 Ferrum phos. D12.
- 5 x tägl. 1 Tabl. Nr. 11 Silicea D12 im Wechsel mit bis zu 6 Tabl. Nr. 1 Calcium fluor. D12.

Gegen **Schmerzen**:

- „Heiße 7" mit 3, 5 oder 7 Tabl. Nr. 7 Magnesium phos. D6.

Entsprechende Schüßler-Salben zur Nasenreflexzonenbehandlung s. Anhang A. Waschungen s. Bindehautentzündung.

Tipp: Lokale Anwendung trockener Wärme, z. B. Rotlicht (unter Beachtung der Gebrauchsinformationen) kann im Anfangsstadium Schmerzen lindern.

Hagelkorn (Chalazion)

Das Hagelkorn bildet sich ebenfalls auf der Lidoberfläche aus, nach einer Entzündung der Talgdrüsen, und ähnelt dem Gerstenkorn, ist jedoch nicht so schmerzhaft. Treten dennoch größere Schmerzen auf, s. unter Gerstenkorn.

- 2 x tägl. 3, 5 oder 7 Tabl. Nr. 11 Silicea D 12 als „Heiße 11".
- 5 x tägl. 1 Tabl. Nr. 3 Ferrum phos. D 6.
- entsprechende Schüßler-Salben zur Nasenreflexzonenbehandlung siehe Anhang A.

Tipp: Hier kann die lokale Anwendung trockener Wärme, z. B. Rotlicht, im Anfangsstadium Schmerzen lindern.

Lidrandentzündung

Hier beschränkt sich die Entzündung am Auge auf den Lidrand.

Weißliche Verklebungen der Lider:
- Bis zu 5 x tägl. 1 Tabl. Nr. 4 Kalium chlor. D6.

Augenlider **morgens verklebt**:
- Vor- und nachmittags je 2 x 2 Tabl. Nr. 9 Natrium phos. D6 im Wechsel mit
- morgens und abends je 2 Tabl. Nr. 6 Kalium sulf. D6.
- Salbe Nr. 9 Natrium phos. wechselweise mit
- Salbe Nr. 6 Kalium phos., s. Anhang A: Nasenreflexzonenbehandlung

Erhöhte Lichtempfindlichkeit/ Lichtscheu

Hinweis: Lichtscheu kann man auch bei verschiedenen ernsten Augenerkrankungen beobachten und es bedarf deswegen einer augenärztlichen Abklärung.

Als **Hauptmittel**, besonders bei angestrengtem **Sehen**, durch **Sonnenlicht**, wenn Ihr Kind z. B. länger mit Ihnen im Auto unterwegs sein sollte:
- ¼-stdl. 1 Tabl. Nr. 5 Kalium phos. D6 bis zur Besserung, dann Abstände verlängern und
- stdl. 1 Tabl. Nr. 8 Natrium chlor. D6.

Abends **Bauchmassage** mit
- Salbe Nr. 7 Magnesium phos.

Zur **Entspannung des Nackens**:
- Salbe Nr. 1 Calcium fluor. einmassieren.

Tipp: Sorgen Sie für genügend Entspannung während des Tages.

Nervöse Sehstörungen

Nervosität als Ursache:
- 3 x tägl. 1–2 Tabl. Nr. 14 Kalium brom. D6 im Wechsel mit
- vor- und nachmittags je 1–2 Tabl. Nr. 5 Kalium phos. D6.

Zur **Entspannung** abends:
- „Heiße 7" mit 5–7 Tabl. Nr. 7 Magnesium phos. D6.

Schielen (Strabismus)

Es handelt sich hier um eine fehlerhafte Augenstellung, die das Fixieren beider Augen auf einen festgelegten Punkt unmöglich macht. Schielen nach innen entsteht meist durch Weitsichtigkeit. Schielen nach außen entsteht meist durch Kurzsichtigkeit.

Mögliche weitere Gründe sind Augenmuskelschwäche (auch Lähmungsschielen genannt) und Nervenlähmung.

Zur **Nerven- und Augenmuskelstärkung**:
- 1–3 Tabl. Nr. 5 Kalium phos. D6, bis 15.00 Uhr.
- 1–3 x tägl. 1–2 Tabl. Nr. 8 Natrium chlor. D6, bis 16.00 Uhr (Ernährung des Auges und der Nerven/Nervenaufbau).

Zur **Entspannung** der Augen:
- Morgens und abends die „Heiße 7" mit je 3–5 Tabl. Nr. 7 Magnesium phos. D6.

Zur **Entlastung** des Stoffwechsels:
- Gegen 14.00 Uhr 2 Tabl. Nr. 10 Natrium sulf. D6 und
- abends Salbe Nr. 10 Natrium sulf. auf den Oberbauch einreiben.

Zur **Regeneration**, zum **Aufbau** und zur Stabilisierung der Zellhüllen:

- Morgens und vormittags je 2 Tabl. Nr. 2 Calcium phos. D6.

Zur **Stärkung** der Augenmuskeln:

- Morgens 3 Tabl. Nr. 1 Calcium fluor. D12 (über einen langen Zeitraum).
- 2 x tägl. Salbe Nr. 1 Calcium fluor. als liegende Acht über die Augenhöhlen einmassieren (s. Anhang A: Nasenreflexzonenbehandlung).

Tipp: Augentraining – Sehschule (z. B. beim Augenarzt, VHS).

Falls Würmer in der Krankengeschichte Ihres Kindes vorkamen, dann diese als Ursache mit angehen, s. unter Würmer.

Tränenfluss

Tränenflüssigkeit wird von den Tränendrüsen produziert. Sie setzt sich aus einer klaren, salzreichen, eiweißarmen Flüssigkeit mit Spuren von Lysozym, einem antibakteriellen Enzym, zusammen.

Aufgabe der Tränenflüssigkeit: Schutz für Horn- und Bindehaut vor Austrocknung und Infektionen. Unterstützt vom Lidschlag schwemmt die Flüssigkeit Fremdkörper aus dem Bindehautsack aus.

Tränenfluss allgemein

Um die Tränenflüssigkeit zu **regulieren**:

- Im Akutfall 1/4–1/2-stdl. 1 Tabl. Nr. 8 Natrium chlor. D6.
- Nasenreflexzonenbehandlung (s. Anhang A).

Zur **Stabilisierung** der Zellhüllen:

- 1 x 5 Tabl. Nr. 2 Calcium phos. D6 auflösen als „Heiße 2".

Tränenfluss **brennend**, die **Lider brennen**:

- Bis zu 5 x tägl. 1–2 Tabl. Nr. 10 Natrium sulf. D6 im Wechsel mit je 3 x 2 Tabl. Nr. 9 Natrium phos. D6 und Nr. 8 Natrium chlor. D6 (bis 16.00 Uhr).
- Nasenreflexzonenbehandlung (s. Anhang A).

Tränenfluss **im Freien** (auch bei Allergie, ggf. s. dort):
Schon bevor das Haus verlassen wird:

- „Heiße 8" von 3–5 Tabl. Nr. 8 Natrium chlor. D6 und dann im Freien alle Std. 1 Tabl. verabreichen.
- Nasenreflexzonenbehandlung (s. Anhang A) schon vor Verlassen des Hauses.
- Bis zu 6 x tägl. 1 Tabl. Nr. 11 Silicea D6.

Tränengangstenose (Verstopfung)

Kommt meist bei Neugeborenen oder kleinen Säuglingen vor. Tränengänge verstopfen gerne, entzünden sich und sondern aus dem inneren Augenwinkel ein eitriges Sekret ab. Es handelt sich um eine Infektion mit Keimen. Säuglinge sind noch nicht in der Lage, genug Tränenflüssigkeit zu produzieren, damit das Auge gut durchgespült wird. Oft ist auch das Tränenkanälchen noch nicht ganz durchlässig. Ist dies der Fall, dann neigen diese Kinder auch häufiger zu einer Augenentzündung. Arzt hinzuziehen!

Um die Stenose zu beeinflussen und um das Sekret zu **verflüssigen**:

- 3–4 x tägl. 1 Tabl. Nr. 1 Calcium fluor. D12, dazu
- 2–3 x tägl. 1 Tabl. Nr. 4 Kalium chlor. D6, jeweils als Tablettenbrei in die Wangeninnentasche.

Wegen des **eitrigen** Sekretes:
- 3 x tägl. 1 Tabl. Nr. 9 Natrium phos. D6 im Wechsel mit
- 3 x tägl. 1–2 Tabl. Nr. 11 Silicea D12, jeweils als Tablettenbrei in die Wangeninnentasche (saugt den Eiter auf, der keinen Abfluss hat).
- Je 2 x tägl. Nasenreflexzonenbehandlung (s. Anhang A) mit Salbe Nr. 1 Calcium fluor. im Wechsel mit Salbe Nr. 11 Silicea.

*Tipp: Sofern sie noch stillt, sollte die Mutter unbedingt die **gleichen Schüßler-Salze** nehmen. Das beeinflusst den Heilungserfolg sehr positiv, wie meine Praxiserfahrungen zeigen.*

Starker schwarzer Tee wirkt entzündungshemmend. Einige Tropfen abgekühlten Tee auf eine Mullkompresse geben und damit das Auge von außen nach innen ausreiben. Das Auge kann auch mit lauwarmem, dünnem Euphrasia-Tee (Apotheke) oder einer Teemischung aus Augentrost und Ringelblume behandelt werden.

Massieren Sie noch zusätzlich mit
- *Salbe Nr. 8 Natrium chlor. mit zwei Fingern in kleinen Kreisbewegungen die Nasenwurzel des Kindes. Hiermit regen Sie die Tränensekretion und Befeuchtung des Auges an.*

***Achtung:** Schwellen die Augen an oder ist eine Rötung des Augeninneren zu beobachten, sondert das Auge außerdem noch ein grünliches Sekret ab, dann umgehend den Arzt aufsuchen!*

Bauchschmerzen

Bauchschmerzen allgemein, Blähungen/Winde (Meteorismus), Nabelkolik

Denken Sie an Ihre Kindheit zurück, dann fällt Ihnen sicher ein, dass die Bauchschmerzen wohl zu den häufigsten Beschwerden Ihrer Kindheit gehörten.

Kinder reagieren häufig „psychosomatisch" und wenn man sie fragt, „Was tut dir denn weh" dann ist es immer der Bauch, obwohl es eigentlich zurzeit eine Ohrenentzündung hat. Kinder haben auch bei seelischen und körperlichen Disharmonien leicht Bauchschmerzen als Ausdruck ihrer momentanen Situation. Dann sind die Schmerzen als Hilfeschrei zu verstehen, und Sie sollten versuchen, die Ursache zu finden und aufzulösen.

Andererseits dürfen wir natürlich einen körperlichen Zusammenhang nicht außer Acht lassen. Denn es könnten Verstopfungen, Blähungskoliken, Magenschleimhautentzündung, Magenkatarrh, eine Blinddarmentzündung, eine Darmeinstülpung (Invagination) und mehr dahinterstehen, auch Infektionen, verdorbene Lebensmittel und Nahrungsmittel-Unverträglichkeiten.

Deshalb auf keinen Fall ein Schmerzmittel einsetzen, sondern den Arzt oder eine Klinik aufsuchen. Schmerzmittel

könnten den klinischen Verlauf verschleiern, damit wird die korrekte Diagnosestellung erheblich erschwert.
Bei einem der folgenden Anzeichen unbedingt den Arzt aufsuchen:

1. Schmerzen können vom Kind ganz genau am Bauchraum angegeben werden.
2. Der rechte Unterbauch ist stark druckempfindlich.
3. Die Bauchschmerzen oder -krämpfe halten länger als 2 Stunden an.
4. Dem Kind ist übel und es erbricht aufgrund seiner Bauchschmerzen.
5. Es kommt zu hohem Fieber, das Kind wird kurzatmig und noch andere Beschwerden treten zusammen mit den Bauchschmerzen auf.
6. Das Kind wirkt ungewöhnlich blass.
7. Starke Schmerzen verhindern eine Teilnahme an Aktivitäten.
8. Das Kind legt sich spontan mit angezogenen Beinen auf die rechte Seite.
9. Das Kind ist spontan in Bewegungsabläufen beeinträchtigt, liegt z. B. nur noch gekrümmt auf dem Bett und möchte sich nicht bewegen.
10. Das Kind kann nicht auf einem Bein hüpfen, weil ihm die Erschütterung wehtut.
11. Achtung: Bei einem Temperaturunterschied zwischen Achsel- und Rektal-Messung von 1 °C (rektal höher als unter der Achsel) sofort den Arzt/Notarzt rufen oder mit dem Kind ins Krankenhaus fahren. Verdacht auf akute Blinddarmentzündung!

Fragen Sie sich zusätzlich:

- Seit wann wissen Sie von den Bauchschmerzen?
- Wie sieht der Stuhlgang aus? Hat er sich verändert?
- Durchfall und Erbrechen?
- Fieber? Wie hoch?
- Verstopfung? Seit wann?
- Bauch weich oder hart? Abwehrspannung?
- Hören Sie den Darm arbeiten? Darmgeräusche?
- Weitere erkrankte Familienmitglieder, Kindergarten- oder Schulkollegen?
- Hat das Kind Würmer? Dazu Stuhl ansehen!

Allgemeines Krampf-Schmerz und Kolikmittel (kann immer gegeben werden):

- „Heiße 7" mit 5–7 Tabl. Nr. 7 Magnesium phos. D 6, so oft wiederholen, bis die Bauchschmerzen weg sind.

Wenn alle anderen Ursachen abgeklärt sind: **sanfte Bauchmassage** mit

- Salbe Nr. 7 Magnesium phos.

Tipp: Feuchtwarme Wickel (s. Anhang A) mit Melissenöl (Fa. Wala): Ein Wickel über Nacht oder auch eine Baucheinreibung am Abend können das Einschlafen des Kindes sehr erleichtern.

Sanfte Bauchmassage (s. Anhang A) mit Kümmel-, Lavendel- oder Melissenöl (im Uhrzeigersinn). Kupfersalbe rot (Wala) als liegende 8 über dem Nierenbereich einreiben. Falls die Füße des Kindes kalt sind, diese ebenfalls miteinreiben. Liebevolle Fürsorge, für seelische Entspannung sorgen. Für Stuhlgang sorgen. Winde nicht unterdrücken, diese müssen heraus.

Blähungen, Blähsucht, Winde (Meteorismus)

Neben der Belastung des Darms durch bestimmte Nahrungsmittel könnte auch eine spastische Hemmung der Peristaltik (Bewegung) des Dickdarmes verantwortlich sein. Dadurch kommt es leicht zu Gärungsprozessen und Gasbildung, und infolge der langen Verweildauer des Stuhles im Darm zu erhöhtem Wasserentzug und einer Verstopfung.

Bei **krampfhaften Blähungen** besonders kleiner Kinder und Säuglinge:

- Alle 5 Min. einen Schluck „Heiße 7" aus 6 Tabl. Nr. 7 Magnesium phos. D6.

Damit der Darm die **Winde abgeben** kann:

- 3 x tägl. 1 Tabl. Nr. 10 Natrium phos. D6.

Kind bekommt **Blähungen durch Ärger** und **Aufregung**:

- Bis zu 5 x tägl. 1 Tabl. Nr. 5 Kalium phos. D6 (nicht nach 15.00 Uhr).

Bei Ihrem Kind beobachten Sie **saures Aufstoßen** und im Stuhlgang sind nur einzelne „Bröckel" zu sehen:

- Bis zu 5 x tägl. 1 Tabl. Nr. 9 Natrium phos. D6.

Wenn die Blähungen des Kindes im **rechten Oberbauch** sitzen:

- Alle 10 Min. einen Schluck „Heiße 10" mit 3 Tabl. Nr. 10 Natrium sulf. D6.

Wenn die Winde des Kindes nach **verfaulten Eiern** riechen:

- Bis zu 4 x tägl. 1 Tabl. Nr. 4 Kalium chlor. D6.

Wenn die Winde des Kindes versetzt sind, sich aber besonders im **rechten Oberbauch** lokalisieren lassen:

- 1 Tabl. Nr. 10 Natrium sulf. D6, eine halbe Stunde später 1 Tabl. Nr. 6 Kalium sulf. D6, eine Stunde später 1 Tabl. Nr. 8 Natrium chlor. D6. Wiederholen!

Tipp: Hat Ihr Kind grundsätzlich Blähungsneigungen, dann sollte immer nach der Ursache geforscht werden.

Möglichst keine schwer verdaulichen Speisen (das gilt auch für die stillende Mutter) essen. Halten Sie das Kind an, langsam zu essen und gut zu kauen. Vermeiden Sie zu viel Rohkost, bekömmlicher ist leicht gedünstetes Obst oder Gemüse. Vermeiden Sie kohlensäurehaltige Getränke.

Überprüfen Sie, ob die Zähne in Ordnung sind. Leidet das Kind an Magensäuremangel?

Bei akuten Blähungen hilft ein starker Kümmeltee, so heiß wie möglich trinken (s. auch Tee-Empfehlung unter Drei-Monats-Kolik). Heiße Leibwickel oder Kompressen, siehe Anhang A. Winde abgehen lassen, nicht zurückhalten.

Nabelkolik

Der Krampf sitzt um den Nabel herum, z. B. wegen zu kaltem Eis oder Speisen, die verdorben waren; oder auch wegen Ängsten vor einer Schulaufgabe usw.

- Alle 5 Min. 1 Schluck „Heiße 7" mit 5 Tabl. Nr. 7 Magnesium phos. D6.
- Salbe Nr. 7 Magnesium phos. zur sanften Bauchmassage oder zur Anwendung mit einer heißen Kompresse.
  Siehe auch Drei-Monats-Kolik.

Tipp: *Feuchtwarme Bauchwickel. Wärmflasche mit warmem Wasser oder Kirschkernkissen auflegen.*

Klären Sie ab, ob Ihr Kind möglicherweise unter Milchunverträglichkeit leidet. Hat es eine Infektion im Magen-Darm-Trakt? Erkrankungen im Nieren-/Blasenbereich als Ursache ausschließen.

Bettnässen (Enuresis nocturna)

Mangelnde Kontrolle über die Blasenfunktion nach Ende des 4. Lebensjahrs, als Zeichen einer Blasenschließmuskelschwäche, möglicherweise eine angeborene oder erworbene Schwäche des gesamten Urogenitaltraktes. Die Schwäche der Schließmuskelkontrolle tritt auch auf als Ausdruck von Angst oder aus einem Bedürfnis nach mehr Aufmerksamkeit.

Weiterführende Überlegungen:
Allgemeine körperliche Schwäche?
Würmer (auch wenn das Kind diese schon länger hatte)?
Verstopfung (siehe Darmerkrankungen)?
Endokrine (hormonelle) Störungen?
Epileptische und ähnliche Anfälle?
Psychische Überforderung?
Nervöse Veranlagung?
Chronische Erkältung?

Bettnässen aufgrund von Nervosität/Angst:

Siehe auch Angst.
Bettnässen älterer Kinder stellt für diese eine große seelische Belastung dar – und sie kann selbst Ausdruck davon sein. Die Ursache sollte auf jeden Fall gefunden werden, auch in komplizierten gelagerten Fällen. Holen Sie sich ggf. Hilfe durch einen geschulten Therapeuten.

Bei erhöhter **Blasenreizbarkeit** des Kindes:
- 3–5 x tägl. 1 Tabl. Nr. 5 Kalium phos. D6 (bis 15.00 Uhr) plus
- 3–5 x tägl. 1 Tabl. Nr. 10 Natrium sulf. D6 (bis gegen 14.00 Uhr).

Bettnässen aufgrund von **Wurmbefall**:
- je 5 x tägl. 1 Tabl. Nr. 9 Natrium phos. D6 im Wechsel mit Nr. 10 Natrium sulf. D6 (Kleinkinder entsprechend weniger).

Wenn **Erkältung** die Ursache ist:
- Je 3–5 x tägl. 1 Tabl. Nr. 3 Ferrum phos. D6 im Wechsel mit Nr. 10 Natrium sulf. D6.

Tipp: *In einer ruhigen Minute über folgende Frage nachdenken:*

„Ist Bettnässen ein Alarmzeichen des Kindes an die Eltern“? Erziehungsversuche durch Schläge sind nie, hier am allerwenigsten, angebracht, da diese eher dazu führen, das schon Belastende noch zu verschlimmern!

Regeln Sie liebevoll die Trinkmenge des Kindes und geben Sie, je näher das Schlafengehen rückt, weniger zu trinken.

Geben Sie Ihrem Kind liebevolle Zuwendung und wecken Sie es nötigenfalls in der Nacht 1 – 2 x (gegen 23.00 Uhr und evtl. gegen 01.00 Uhr) und führen Sie es zur Toilette.

Geben Sie dem Kind auf alle Fälle am Abend nicht zu stark reizendes Essen (s. Tipp unter Blasenentzündung).

Auf passende Kleidung für Ihr Kind achten. Überprüfen Sie den Schlafplatz des Kindes: Das Bett des Kindes sollte nicht an einer Westseite stehen.

Zwei Dinge sollen Kinder von ihren Eltern bekommen: Wurzeln und Flügel.

J.W. von Goethe

Blasenentzündung

Blasenentzündung (Blasenkatarrh), Blasenkrampf, Blasenschwäche, Reizblase

Die mangelnde Durchwärmung von Nieren und Blase stellt in der Regel die Ursache für Erkrankungen dar. (Lesen Sie auch hierzu in meinem Buch „Deine Nahrung sei dein Heilmittel“, Ernährung im Biorhythmus, Teil Nieren/Blase). Meist ausgelöst durch Kälte, begleitend bei Erkältungen, eventuell auch durch Genuss zu kalter Getränke, Sitzen auf kalten Steinen, nasse Badehose, auch die „bauchfreie“ Mode der Kinder und Jugendlichen kann die Blase belasten und zur Harnwegsinfektion führen. Infektionen mit Bakterien, meist Escherichia coli, aber auch nervöse Ursachen bedingen eine Blasenentzündung. Mädchen/Frauen sind durch die anatomisch bedingt kürzere Harnröhre anfälliger als die Buben/Männer. Die Harnröhre mit ca. 4 cm Länge liegt in unmittelbarer Nachbarschaft zu Scheide und After. Durch Schwächung des Immunsystems, Stoffwechselübersäuerungen oder auch durch mechanische Beanspruchung können Bakterien in die Harnröhre und Blase wandern.

Ihr Kind klagt über häufiges Harnträufeln und Brennen beim Wasserlassen. Die Symptome können auch von Fieber begleitet sein. Der Urin verändert sein Aussehen und seinen Geruch. Immer auch einen Arzt aufsuchen. Rezidivierende (wiederkehrende) entzündliche und auch aufsteigende Blasenentzündungen, Scharlach oder rheumatisches Fieber können zu schweren akuten Nierenerkrankungen führen. Aus jeder scheinbar harmlosen Blasenentzündung kann sich auch eine Nierenbeckenentzündung entwickeln. Deshalb immer den Arzt hinzuziehen!

Achtung: Im Säuglingsalter ist eine Blasenentzündung besonders tückisch. Hier kann plötzliches Fieber der alleinige Hinweis sein. Unbedingt Abklärung durch den Arzt notwendig!

Tipp: Das Kind sollte immer Baumwollunterwäsche tragen, diese wird täglich gewechselt. Wärmende Kleidung aus Wolle, eventuell sogar einen Nierenwärmer tragen und ganz wichtig: immer ein Unterhemd.

Für Wärme in der Blasen-Nierengegend sorgen. Zur Not mit einem Fußbad und anschließender Einreibung der Waden und Füße mit Kupfersalbe rot (Wala) abwärts (von den Waden zu den Füßen hin). Salbenauflagen erwärmen die Nieren.

Kohlblatt-Auflagen s. Anhang A.

Ihr Kind sollte reichlich warme Getränke wie einen Blasentee, Preiselbeersaft oder Cranberrysaft trinken. Verdünnen Sie die Säfte gut mit Wasser.

Alles an Getränken weglassen, was die Blase reizt: z. B. Säfte wie Orangensaft, Apfelsaft usw. Auch Nachtschattengewächse wie Kartoffeln, Tomaten, Paprika sowie Gurken sollten in der Phase der akuten Entzündung vom Speisenplan gestrichen werden. Sie kühlen die Nieren.

Während einer Entzündung möglichst auf Zucker verzichten, dafür reichlich Vitamin C über oben genannte Säfte aufnehmen. Sie stärken die Immunabwehr und säuern den Urin an. Das hilft, den Bakterien den Garaus zu machen.

Wenig tierisches Eiweiß, es fördert Entzündungen.

Bei einer akuten Blasenentzündung ist unbedingt das Kind im Bett zu halten, es braucht strikte Bettruhe und Wärme, damit es gesunden kann.

Nieren-Blasen-Tee mit Schachtelhalm, Brennnessel und Goldrute zu gleichen Teilen. Damit werden die Keime ausgeschwemmt. Ungesüßt schmeckt der Tee den Kindern nicht besonders, deswegen geben wir ihn nur den älteren Kindern und auch nicht länger als 2 Wochen lang.

Blasenentzündung (Blasenkatarrh) – akut und chronisch

Akutmittel:
Gleich zu Beginn; das Kind hat evtl. schon **Fieber bis 38,5 °C**, fühlt sich schlapp, **Urin** eventuell auch schon **etwas blutig**, häufiger **Urindrang** mit brennendem **Schmerz**:
- ¼-stdl. 1 Tabl. Nr. 3 Ferrum phos. D12.

Im Urin des Kindes ist **weißlicher Schleim** (auch bei chronischer Blasenentzündung das Mittel der Wahl):
- Bis zu 5 x tägl. 1 Tabl. Nr. 4 Kalium chlor. D6.

Wenn Ihr Kind den **Harn nicht abgeben kann** (Harnverhalten):
- Alle 10 Min. 1 Tabl. Nr. 10 Natrium sulf. D6, nach Besserung Zeitabstand verlängern.

Das Kind klagt über **Brennen beim Wasserlassen** und es kommt nur zu **Harntröpfeln**, im Urin kann auch **dicker weißer Schleim** sein:
- Bis zu 5 x tägl. 1 Tabl. Nr. 8 Natrium chlor. D6, im Wechsel mit
- ½-stdl. 1 Tabl. Nr. 3 Ferrum phos. D12 bis zur Besserung (speziell für das Brennen).

Bei **Nieren- und Blasengries**, Urin ist **trüb, eitrig oder dunkelbraunrot** (Arzt aufsuchen!):
- ¼-stdl. 1 Tabl. Nr. 9 Natrium phos. D6.

Wenn Ihr Kind **Eiter im Urin** hat (Arzt aufsuchen!) und bei **chronischem** Blasenkatarrh:
- 5 x tägl. 1 Tabl. Nr. 11 Silicea D12.

Wenn Ihr Kind **helle Flocken** im Urin hat:

- 5 x tägl. 1 Tabl. Nr. 2 Calcium phos. D6.

Blasenkrampf

Bei **schmerzhaftem Krampfen** der Blase und eventuellem **Harnverhalten**:

- Alle 5 Min. einen Schluck „Heiße 7" mit 10 Tabl. Nr. 7 Magnesium phos. D6.

Blasenschwäche

Gegen das **Harnverhalten**:

- 1–2 x tägl. 1 Tabl. Nr. 10 Natrium sulf. D6.

Wenn Sie wissen, dass Ihr Kind übersäuert ist, seine **Ausdünstungen säuerlich** riechen:

- 3 x tägl. 1 Tabl. Nr. 9 Natrium phos. D6.

Wenn Ihr Kind **nervös** ist:

- Im Laufe des Vormittags bis mittags 1–3 Tabl. Nr. 5 Kalium phos. D6, keinesfalls nach 15.00 Uhr.

Reizblase

Wenn Ihr Kind ständig auf die Toilette muss und keine bakterielle Infektion und keine Erkältung die Ursachen dafür sind, dann liegt dies möglicherweise in der psychischen Verfassung Ihres Kindes begründet.

Setzt die Reizwirkung an der **Blasenschleimhaut** herab:

- Je 1 Tabl. Nr. 3 Ferrum phos. D6 im stündlichen Wechsel mit Nr. 9 Natrium phos. D6, hemmt die Harnsäurebildung, auch bei dunkelgefärbtem Urin.

Wenn Ihr Kind **nervös** ist:

- 3 x tägl. 1 Tabl. Nr. 5 Kalium phos. D6, bis 15.00 Uhr.

Bei **krampfartigen** Schmerzen:

- Alle 5 Min. 1 Schluck „Heiße 7" mit 5–10 Tabl. Nr. 7 Magnesium phos. D6.

Tipp: Helfen Sie Ihrem Kind, sich zu entspannen und Vertrauen zu gewinnen in die eigene Kraft.

Blutarmut/Anämie

Blutarmut

Bei Kindern und jungen Mädchen in den Entwicklungsjahren.

Im äußeren Erscheinungsbild fällt auf, dass Haut- und Schleimhaut der Kinder blass sind, sichtbar an der weißlichen Innenfläche der Augenlider, begleitet von Augenringen, Müdigkeit, Abgeschlagenheit und Herzklopfen. Die Kinder haben ein auffallendes Fröstelgefühl an den Unterarmen, Händen, Füßen, Unterschenkeln. Die heutige denaturierte Ernährungsweise, aber auch eine innere Verwertungsstörung des Eisens kann die Blutarmut begünstigen.

Anämie

Eisenmangelanämie oder auch perniziöse Anämie (B12-Mangel) gehört in die Betreuung eines Mediziners, der weitere Ursachenforschungen anstellen wird. Hierzu gehört auch ein ordentliches differenziertes Blutbild, welches der Arzt in Auftrag gibt.

Bei beiden Arten können Sie Ihr Kind sehr gut mit den Schüßler-Salzen begleiten und die Bildung des Blutes anregen und unterstützen.

Die **Hauptmittel** bei beiden Formen:

- 3–5 Tabl. Nr. 3 Ferrum phos. D3 im Laufe des Tages.
- Morgens eine „Heiße 2" mit 3, 5 oder 10 Tabl. Nr. 2 Calcium phos. D6 (ohne Calcium ist kein Eisenstoffwechsel möglich).

Zusatzmittel bei der **Eisenmangel-Anämie**:

- Tägl. um die Mittagszeit 1 Tabl. Nr. 5 Kalium phos. D6, ältere Kinder 2 x 1 Tabl.

Zur **Blutneubildung**:

- Bis zu 3 x tägl. 1 Tabl. Nr. 8 Natrium chlor. D6 bis 16.00 Uhr.

Diese Einnahmereihenfolge sollte **mindestens über einen Zeitraum von 3 Monaten** beibehalten werden.

Weitere **Empfehlung für die Zeit danach**:

- 3 x tägl. 1 Tabl. Nr. 13 Kalium arsen. D6 im Wechsel mit
- 2 x tägl. 1 Tabl. Nr. 17 Manganum sulf. D6, dazu
- 1 x pro Woche „Heiße 11" mit 3–5 Tabl. Nr. 11 Silicea D12.

Tipp: Anstelle von Eisenpräparaten empfehle ich auch immer einen Kräuterblutsaft (Salus) und natürlich Lebensmittel, die viel Eisen enthalten. Hier denken Sie an die rote Bete (auch als Saft, milchsauer vergoren), an grünes Gemüse, Aprikosen, getrocknet und als Kompott, alle roten Früchte und Beeren je nach Jahreszeit. Rohes Obst bitte nicht mehr nach 14.00 Uhr.

Sehr wichtig: Eisen kann nur in Kombination mit Calcium und Vitamin C verstoffwechselt werden. Deshalb ist bei einer Einnahme von Eisenpräparaten immer an die Gabe von Vitamin C zu denken. Die Lösung des Problems könnte ja der rote Traubensaft für Ihr Kind sein.

Bluterguss

Hämatom/Prellung/Quetschung, Kephalhämatom (Bluterguss in Folge des Geburtsvorganges)

Häufig kommt es beim Spielen zu Blessuren und Verletzungen. Bei Knochenbrüchen (siehe Knochenerkrankungen), verunreinigten Wunden etc. muss selbstverständlich ein Arzt aufgesucht werden. Kleinere Prellungen und Quetschungen können Sie durchaus selbst behandeln.

Bei einem **frischen Bluterguss** ins Gewebe bzw. frischer Verletzung:
Das **„Unfallmittel"** der Biochemie:
- ¼-stdl. 1 Tabl. Nr. 3 Ferrum phos. D 12, in den kommenden Tagen bis zu 5 x tägl. 1 Tabl.

Ab dem 3. Tag das **„Lymphmittel"**:
- Alle 2 Std. 1–2 Tabl. Nr. 4 Kalium chlor. D 6, an den folgenden Tagen jeweils 3 x tägl.

Zum **Abtransport** der Gewebetrümmer:
- 1–2 x tägl. 1 Tabl. Nr. 10 Natrium sulf. D 6.

Bei **Verhärtungen**:
- 3 x tägl 1 Tabl. Nr. 1 Calcium fluor. D 12.

Außerdem mit
- Salbe Nr. 3 Ferrum phos. im Wechsel mit
- Salbe Nr. 11 Silicea einreiben.

Tipp: Für frische Blutergüsse/Verletzungen gilt die PECH-Regel:

***PECH**-Regel:*

P Pause: Schmerzlinderung
E Eiskühlung: Entzündungshemmung
C Compression: Abschwellung
H Hochlagerung: Regeneration wird beschleunigt.

Feuchtwarme Umschläge mit
- *Salbe Nr. 3 Ferrum phos.*
  oder auch
- *Nr. 3 Ferrum phos. D 12, 6 Tabl. auf 1 l Wasser.*

Abschwellend und lymphentlastend wirkt
- *Salbe Nr. 4 Kalium chlor.*
  Damit wird neben der Prellung/Quetschung/Zerrung auch der „Blaue Fleck" schneller verschwinden.

Kephalhämatom

Ein Bluterguss kann auch durch die mechanische Beanspruchung des Kopfes beim Geburtsvorgang entstehen. Blutgefäße der Knochenhaut des Schädels können verletzt werden. Ein Bluterguss entsteht.

Geben Sie
- täglich je 1 Tabl. Nr. 3 Ferrum phos. D 12, Nr. 4 Kalium chlor. D 6 und Nr. 11 Silicea D 12, jeweils als Tablettenbrei in die Wangeninnentasche.
- Salbe Nr. 3 Ferrum phos., Nr. 4 Kalium chlor. und Nr. 11 Silicea, alle im Wechsel 1 x pro Tag an der betroffenen Stelle einreiben.

Blutvergiftung / Sepsis

Landläufig wird damit die Lymphstrang-Entzündung gemeint. Sie erscheint rot und zieht weiter Richtung Lymphdrüsen, entweder in Richtung Achsel oder Leiste, je nach Lokalisation. Allgemeine Symptome begleiten dieses Bild, wie etwa Schüttelfrost, Fieber usw.:

Sofort den Arzt aufsuchen und keine wertvolle Zeit versäumen!
Setzen Sie neben der ärztlichen Therapie auch den Gewebezerfalls-Verhüter ein, das „Antibiotikum" der Biochemie:

- ¼-stdl. 1 Tabl. Nr. 5 Kalium phos. D 6, solange die Erkrankung anhält.

Darmerkrankungen

Brechdurchfall / Durchfall (Diarrhoe) / Magen-Darm-Entzündung, -Katarrh, Durchfall bei kleinen Kindern, Erbrechen, Verstopfung (Obstipation)

Die Verdauung beginnt im Mund und endet im Darm. Ist der Verdauungsablauf an irgendeiner Stelle im Verdauungstrakt gestört:

- durch falsche Ernährung
- durch Nahrungsmittelunverträglichkeiten, z. B. Milch, Weizen, Nüsse, Obst u. v. m.
- durch Allergie
- durch Eindringen von Kälte
- durch Infektionen mit Bakterien oder Viren
- durch Angst („Schiss" vor etwas haben)
- durch sonstige psychosomatische Störungen

wird diese Störung sich einen Ausdruck suchen, den wir beim Kind als gesundheitliche Disharmonie wahrnehmen können.

Der „Speisebrei" sollte auf seinem Durchgang durch die Verdauungsstraße möglichst gut aufbereitet sein, damit im Stoffwechsel für Ihr Kind alles zur Verfügung steht, was es zum Gedeihen und zum Leben benötigt.

Lesen Sie auch hierzu mein Buch „Deine Nahrung sei dein Heilmittel" – Ernährung im Biorhythmus – Verdauung

Brechdurchfall / Durchfall / Magen-Darm-Entzündung / Magen-Darm-Katarrh

Es handelt sich um eine unspezifische Schleimhautentzündung des Magen-Darm-Kanals.

Häufig stellt sich der Darmkatarrh akut ein, gehäuft als Epidemie im Sommer und Spätsommer (häufig sind ganze Kindergärten und Schulen betroffen). Er wird oft von Erbrechen sowie Magen- und Bauchschmerzen begleitet. Auslöser sind meist Infektionen, übertragen z. B. durch ungewaschenes Obst, Eis, Eisspeisen, Eier, aber auch kalte Getränke, Klimaanlagen, Zugluft usw. Da diese akuten Infektionen immer auch sehr ansteckend sein können, halten Sie bitte strengste Hygiene ein und suchen Sie mit Ihrem Kind einen Arzt auf. Desinfizieren Sie, nachdem Sie gründlich die Hände usw. gewaschen haben, die Toilette und den WC-Deckel, Waschbecken und Wasserhahn, dazu evtl. Einmaltücher verwenden. Wäsche wechseln und verunreinigte Wäsche kochen. Hinter Brechdurchfall können durchaus ernste Erkrankungen/Infektionen stecken. Flüssigkeitsverlust ist die bedrohlichste Komplikation, insbesondere bei Säuglingen und Kleinkindern. Rechtzeitig den Arzt aufsuchen, vor allem wenn Sie bemerken, dass Ihr Kind schläfrig, matt, ausgetrocknet und erschöpft wirkt.

Durchfälle sind meist Entlastungsreaktionen des Körpers. Durchfall wie Verstopfung entstehen durch Eisenverteilungsstörungen in den Darmzotten.

- Nr. 3 Ferrum phos. D12 ist als **Hauptmittel** immer angezeigt.

Bei **Koliken, Krämpfen** und **Schmerzen**:

- Alle 5 Min. 1 Schluck „Heiße 7" mit 5–10 Tabl. Nr. 7 Magnesium phos. D6.

Bei Ihrem Kind sind die **Stühle wässrig, hervorspritzend,** kolikartig; es hat zudem **Schmerzen** am Bauch, krümmt sich zusammen; **Wärme bessert** sein Befinden:

- Alle 5 Min. 1 Schluck „Heiße 7" von 1 Tabl. Nr. 7 Magnesium phos. D6 bis zur Besserung.

Wenn Ihr Kind **Fieber, Durst**, starkes **Krankheitsgefühl**, **Erbrechen**, **Bauchschmerzen** und **wässrige Stühle** hat:

- ¼-stdl. 1 Tabl. Nr. 3 Ferrum phos. D6.

Suchen Sie den Arzt auf!

Wenn Ihr Kind **faulig-stinkende Wasserstühle** hat. Es versucht seinem Stuhldrang nachzugehen, doch ohne Erfolg. **Brennendes Gefühl** im Darm verbunden mit **Kolikschmerzen**; Fieber über 39 °C:

- Nr. 5 Kalium phos. D6.

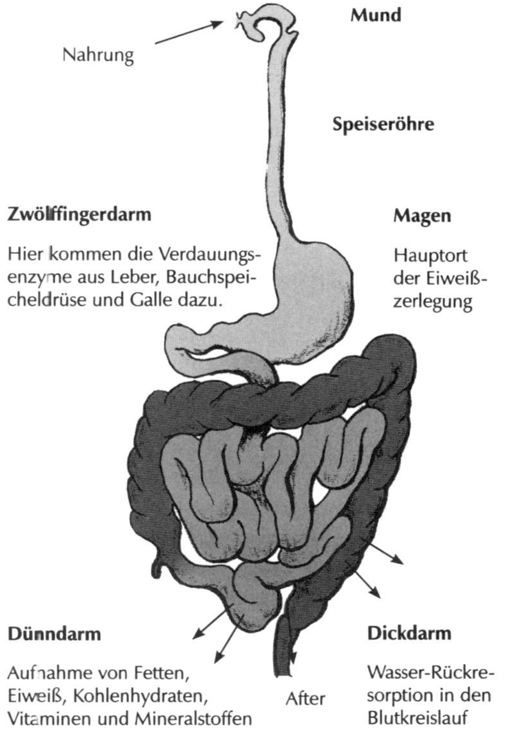

Im **akuten** Stadium:

- ½-stdl. 1 Tabl., bei Besserung Zeitabstände verlängern.

Im **chronischen** Stadium:

- Bis zu 6 x tägl. 1 Tabl., nicht nach 15.00 Uhr.

Achtung: Kommt Nr. 5 Kalium phos. D6 zum Einsatz, dann sollte auch immer

- Nr. 8 Natrium chlor. D6 mindestens 1–2 x tägl. mit 1–2 Tabl. dazu eingesetzt werden.

Ihr Kind klagt über **wundmachenden**, **wässrigen**, **schleimigen** Durchfall. Der Stuhl geht ab, bevor die Toilette erreicht wird. Möglicherweise gehen runde Kotknollen ab, die schleimig überzogen sind:

- Nr. 8 Natrium chlor. D6.

Im **akuten** Stadium:

- ½-stdl. 1 Tabl. bis zur Besserung, dann Zeitabstände verlängern.

Im **chronischen** Stadium (hier kann sich auch Durchfall mit Verstopfung abwechseln):

- 3 x tägl. 2 Tabl., bis 16.00 Uhr.

Wenn Ihr Kind **gallig-wässrige Durchfälle** hat, die vor allem morgens nach dem Aufstehen auftreten, und diese schon chronisch geworden sind; Witterungswechsel und feuchtkühles Wetter verschlimmern die Durchfälle; Ihr Kind kann auch über Blähungen und/oder Kolikschmerzen klagen, besonders im rechten Oberbauch (Sitz der Leber):

- Nr. 10 Natrium phos. D 6

Im **akuten** Stadium:

- ½-stdl. 1 Tabl., nach Besserung Abstände verlängern.

Im **chronischen** Stadium:

- 3 x tägl. 2 Tabl.

Wenn Ihr Kind **saure, gelblich-grünliche Stühle** hat (diese Art der Stühle kommen besonders bei Kleinkindern vor); häufig ausgelöst durch Verdauungsstörungen. Schauen Sie hier ganz besonders den Zungenbelag Ihres Kindes an, er wird gelblich-milchig bis grünlich aussehen:

- Nr. 9 Natrium phos. D6.

Im **akuten** Stadium:

- ½-stdl. 1 Tabl. bis zur Besserung, dann Abstände verlängern.

Im **chronischen** Stadium:

- 3 x tägl. bis zu 3 Tabl.

Wenn Ihr Kind **lehmfarbenen**, **weißlichen**, **schleimigen**, eventuell auch schleimig-blutigen Stuhl, bei weißgrauem bis lehmfarbenem Zungenbelag hat. Möglicherweise hat der Stuhl auch Schleimfetzen. Im Sinne von Dr. Schüßler Entzündungsstadium 2 – Schleimbildung:

- 5 x tägl. 1 Tabl. Nr. 4 Kalium chlor. D6.

Wenn Ihr Kind **dunkleren**, **dünnen** und auch **stinkenden** Stuhl absetzt. **Schleimig-gelbliche** Entleerungen sind möglich und im Sinne von Dr. Schüßler 3. Entzündungsstadium. Sehen Sie sich die Zunge des Kindes genau an: Die Zungenwurzel (hinteres Drittel der Zunge) ist meist gelb belegt.

- Bis zu 5 x tägl. 1 Tabl. Nr. 6 Kalium sulf. D6.

Diese Form der Störung tritt am ehesten in akuter Form auf.

Wenn Ihr Kind **eitrige** Durchfälle hat (sofort Arzt aufsuchen!):

- Je 3 x tägl. 1 Tabl. Nr. 11 Silicea D12 und Nr. 19 Cuprum arsen. D6.

Wenn Ihr Kind **stinkenden, wässrigen** mit **unverdautem** Essen und **schleimigen** Fetzen versetzten Stuhl hat:

- 3–5 x tägl. 1 Tabl. Nr. 2 Calcium phos. D6.

Zur Schnellübersicht:

Schaumiger Gärungsstuhl, breiig-dunkel, faulig stinkend:

- Nr. 5 Kalium phos. D6.

Wässrig-schleimig, wässrig-grünlich, macht **wund:**

- Nr. 8 Natrium chlor. D6.

Grünlich-wässrig, fettig-grau:

- Nr. 10 Natrium sulf. D6.

Sauer, gelblich-grün, breiig-grünlich:

- Nr. 9 Natrium phos. D6.

Dunkler, dünner, stinkender, gelblicher Stuhl:

- Nr. 6 Kalium sulf. D6.

Chronisch, stinkend wässrig:

- Nr. 2 Calcium phos. D6.

Breiig-grau:

- Nr. 7 Magnesium phos. D6.

Wässrig-schleimig:

- Nr. 4 Kalium chlor. D6 und
- Nr. 8 Natrium chlor. D6.

Wässrig-grünlich:

- Nr. 10 Natrium sulf. D6 und
- Nr. 8 Natrium chlor. D6.

Breiig-gelb:

- Nr. 6 Kalium sulf. D6.

Bei Blähungsschmerzen:

- Nr. 7 Magnesium phos. D6 und
- Nr. 9 Natrium phos. D6.

Tipp: Bei akuten Darmkatarrhen sollte zunächst einmal die Entleerung nicht unterbunden werden, da der Körper sich von belastenden Stoffen befreien möchte. Wir helfen ihm sogar, den Darm zu entleeren.

Bauch gut warmhalten durch trockene, gut sitzende Leibwickel (s. Wickel, Anhang A). Bettruhe. Wir sorgen für reichliches Trinken, v. a. Tees (s. Kleine Teekunde, Anhang A), Elektrolytlösungen oder Elektrolyt-Tee (Anhang A).

Säuglinge möglichst oft stillen – aber nur Muttermilch, auf keinen Fall andere Milch geben! Ernährung von Säuglingen und Kleinkindern: Heilnahrung.

Ältere Kinder können schon 1–2 Tage mit Teefasten verkraften, evtl. auch in den Tee Heilerde oder Bolus alba comp. (Wala) einrühren. Strenge Diät (z. B. Reisschleim, Karottengemüse, pürierter frischer Apfel). Aufbaukost/Schonkost ist angeraten, s. Anhang B.

Rückkehr zur gewohnten Kost sollte für Ihr Kind langsam erfolgen. Eventuell können die Kinder auch Salzstangen essen. Im Speisenplan an letzter Stelle stehen nach dem Aufbau die Vollmilch (Bio), Kakao, fette Speisen und Süßigkeiten.

Wenn sich keine Hinweise auf Krankheitserreger oder sonstige äußere Ursachen ergeben, dann auch an „unverdauliche Probleme“ des Kindes (Angst, psychische Belastungen) denken. Gibt es Streit zwischen den Eltern, mit Geschwistern, Erziehern etc.?

Haben Sie Urlaub in anderen Ländern mit ungewohntem Essen oder schlechten hygienischen Verhältnissen gemacht?

Durchfall bei kleinen Kindern

Bitte denken Sie daran: Die größte Gefahr bei Durchfällen von Säuglingen und Kleinkindern ist die innere Austrocknung. Möglichst bald Arzt aufsuchen!

Das Kind hat **grasgrünen** Durchfall:

- ¼-stdl. 1 Tabl. Nr. 10 Natrium sulf. D6 bis zur Besserung, dann Abstände verlängern.

Das Kind hat Durchfälle mit **sauer riechendem** Stuhl, dieser sieht unter Umständen **gelblich-grün** „gehackt" aus und der **Zungenbelag** ist **gelblich**:

- ½-stdl. 1 Tabl. Nr. 9 Natrium phos. D6 bis zur Besserung, dann Abstände verlängern.

Erbrechen

Immer wieder leiden Kinder mit Magen-Darm-Infekten auch unter Erbrechen. Unkompliziertes Erbrechen lässt sich gut zu Hause behandeln.

Oft ist Kälte in den Magen eingedrungen. Oder das Kind will die Nahrung erbrechen, weil es diese nicht verträgt bzw. nicht verdauen kann.

Nicht immer muss Erbrechen mit einer Magen-Darm-Erkrankung einhergehen. Auch Angst oder psychische Belastungen können zu Erbrechen führen. Urlaub und fremde Länder mit veränderten Essgewohnheiten sind ebenfalls mögliche Auslöser. Lesen Sie dazu unter Bauchschmerzen.

Bei akutem Erbrechen, begleitet von hohem Fieber, das Kind fühlt sich richtig krank, der Allgemeinzustand ist schlecht, es hat starke Schmerzen und einen hohen Flüssigkeitsverlust: Arzt aufsuchen!

Achtung: Säuglinge und Kleinkinder können sehr schnell wegen unzureichender Flüssigkeitszufuhr innerlich austrocknen. Suchen Sie den Arzt auf, wenn Ihr Kind matt, schläfrig und erschöpft wirkt.

Saures Speiseerbrechen:

- ¼–½-stdl. 1 Tabl. Nr. 3 Ferrum phos. D6, dann Abstände verlängern.

Erbrechen auch **gallig**:

- ½-stdl. 1 Tabl. Nr. 9 Natrium sulf. D6 bis zur Besserung, dann Abstände verlängern.

Wässrig-schleimiges Erbrechen:

- ¼–½-stdl. 1 Tabl. Nr. 8 Natrium chlor. D6 bis zur Besserung, dann Abstände verlängern.

Erbrechen von **saurer Flüssigkeit**:

- ¼–½-stdl. 1 Tabl. Nr. 9 Natrium phos. D6, bis zur Besserung, dann Abstände verlängern.

Krampfartiges Erbrechen:

- ¼–½-stdl. 1 Tabl. Magnesium phos. D12 bis zur Besserung, dann Abstände verlängern, oder alle 5 Min. 1 Schluck „Heiße 7" mit 5 Tabl. Nr. 7.

Wenn Ihr Kind nach Genuss von **kalten Getränken** oder **Eis** erbricht:

- ¼-stdl. 1 Tabl. Nr. 2 Calcium phos. D6 bis zur Besserung, dann Abstände verlängern.

Tipp: Grundsätzlich schon vorbeugend die jahreszeitlich angepasste Ernährung beachten. Auf größte Hygiene bei der Zubereitung der Speisen achten.

Ziehen Sie in den Sommermonaten die Kinder nicht übermäßig warm an;

beachten Sie, dass Kinder keine Zugluft bekommen und vor allem nicht auskühlen sollen. Für frische Luft sorgen. Kontrollieren Sie immer, ob Händchen und Füßchen warm sind.

Bei Flaschenkindern peinlichst auf Sauberkeit des Saugers und der Flasche achten. Sobald Kinder erbrechen, gibt es keine Milch, außer Muttermilch bei Säuglingen, die gestillt werden. Diese öfters anlegen. Falls Sie erwägen, Ihr Kind abzustillen, dann möglichst nicht in den heißen Sommermonaten.

Tipp unter Magen-Darm-Katarrh beachten. Versuchen Sie immer wieder, Ihr Kind in kleinen Schlucken trinken zu lassen, zur Not die Flüssigkeit mit einem kleinen Löffel einflößen. Glukose-Elektrolyt-Lösungen (aus der Apotheke).

Elektrolyt-Tee (s. Anhang A), Fencheltee (gemörserte Körner), nicht stark, frisch zubereitet. Leichter schwarzer Tee (3 Min. gezogen).

Vorsichtiger Nahrungsaufbau, s. Schonkost (Anhang B); Zwieback (Bio); Suppen mit Kräuter-Brühwürfeln.

Warme Salbenauflage mit Schüßler-Salbe Nr. 7 auf den Bauch/Oberbauch.

Auf keinen Fall üblichen Haushaltszucker geben. Geringe Mengen als Alternative zum Süßen erlaubt: Ahornsirup, Agavendicksaft.

Verstopfung (Obstipation)

Immer wieder leiden Kinder unter Verstopfung. Wenn organische Ursachen ausgeschlossen werden können, liegt sie meist in einer nicht ganz richtigen Ernährung für das Kind begründet.

Bei Stillkindern kann es vorkommen, dass diese bis zu 14 Tage keinen Stuhlgang haben und dies wird als unbedenklich angesehen. Bis zu wenigstens 3 x pro Woche Stuhlgang bei Kleinkindern gilt ebenfalls noch als harmlos. Ich persönlich lege in meiner Praxis großen Wert auf täglichen Stuhlgang für die Kinder. Am Ende der Verdauung wird im Dickdarm das, was vom Körper nicht mehr benötigt wird, zur Ausscheidung vorbereitet. Deshalb sollte es auch ausgeschieden werden, damit der Körper nicht unnötig damit belastet wird. Lesen Sie dazu in meinem Buch „Deine Nahrung sei dein Heilmittel" das Kapitel über den Dickdarm.

Forschen Sie nach den Ursachen für die Verstopfung Ihres Kindes:

1. Trinkt mein Kind genug?
2. Was trinkt es? Sind evtl. Säfte dabei, die stopfend wirken können? Jedes Kind reagiert anders auf diese. So kann z. B. bei einem Kind ein Kirschsaft stopfend wirken und ein anderes bekommt davon Durchfall.
3. Isst es genügend Ballaststoffe in Form von Obst, Gemüse, Vollkornprodukten? Oder aber blähende Speisen?
4. Bewegt es sich genug?
5. Habe ich die richtigen Lebensmittel für mein Kind herausgefunden?
6. Gebe ich meinem Kind zu schnell hintereinander neue, ihm unbekannte Nahrungsmittel?
7. Verträgt es Milch- und Milchprodukte?
8. Isst es eventuell zu viel Fleisch?
9. Zu viel Zucker in der Ernährung?
10. Zu viele Süßigkeiten?
11. Hat mein Kind eine Schwäche der Gallenfunktion (z. B. wenn Ihr Kind alles Fette ablehnt)?

12. Hat mein Kind möglicherweise Würmer?

Hauptmittel bei Verstopfung:
- 3–5 x tägl. 1 Tabl. Nr. 3 Ferrum phos. D6.

Es gehört als Hauptmittel immer zu den jeweilig erwählten nachstehenden Schüßler-Salzen dazu und wird im Wechsel mit ihnen verabreicht.

Wenn Ihr Kind eine **weißgrau belegte Zunge**, **hellen** Stuhlgang hat und Süßigkeiten und Fett schlecht verträgt:
- 3–5 x tägl. 1 Tabl. Nr. 4 Kalium chlor. D6.

Wenn Ihr Kind zu einem **harten**, **bröckeligen** Stuhl mit **Schleimüberzug** neigt; Durchfall und Verstopfung können sich auch **abwechseln**:
- 3–5 x tägl. 1 Tabl. Nr. 8 Natrium chlor. D6, bis 16.00 Uhr.

> *Gesundheit ist das quantitative Gleichgewicht der einzelnen Mineralsalze, Krankheit entsteht erst durch das Ungleichgewicht dieser Mineralsalze.*
>
> *Dr. W. H. Schüßler*

Wenn Ihr Kind zu **Blähungskoliken** neigt, verbunden mit **hartem Stuhl** und Schmerzen am Po (After) vor und nach jedem Stuhlgang; größere Kinder klagen dabei manchmal auch über **Völlegefühl**:
- 3–5 x tägl. 1 Tabl. Nr. 10 Natrium sulf. D6.

Eine Gabe sollte auf alle Fälle auf den Abend gelegt werden. Das fördert den Stuhlgang für den nächsten Morgen.

Wenn Ihr Kind bei der Verstopfung zu **Krämpfen** neigt:
- ¼–½-stdl. 1 Schluck „Heiße 7" mit 5–7 Tabl. Nr. 7 Magnesium phos. D6 und zusätzlich
- Salbe Nr. 7 Magnesium phos. auf das Bäuchlein einreiben.

Wenn Ihr Kind zu einem **dunkelbraunen,** eventuell auch **gelblich-grünen** Stuhlgang neigt, der **Darm sehr träge** ist und der Stuhl einen **Schleimüberzug** hat:
- 3–5 x tägl. 1 Tabl. Nr. 5 Kalium phos. D6, bis 15.00 Uhr.

Wenn Ihr Kind zu den **„Säurenaturen"** gehört und aufgrund dessen Durchfall mit Verstopfung auftritt:
- 3 x1 Tabl. Nr. 9 Natrium phos. D6.

Wenn Ihr Kind einen **vergeblichen Stuhldrang** hat, der Stuhl **zurückschlüpft** und Ihr Kind vor lauter Pressen zu Einrissen am After neigt:
- 3–5 x täglich 1 Tabl. Nr. 11 Silicea D12, eine Gabe sollte auf alle Fälle abends erfolgen.

Wenn Ihr Kind ein „Stuhlhypochonder" (neigt zum Zurückhalten von Stuhl) sein sollte:

- 3 x 1 Tabl. Nr. 2 Calcium phos. D6 im Laufe des Vormittages.

Tipp: *Anwendungen bei Verstopfung (Oberschenkelmassage etc.). Bauchmassage mit Salbe Nr. 7 Magnesium phos. Kompressen (jeweils s. Anhang A).*

Evtl. an Atemtherapie denken (Fachleute!).

Diabetes

Diabetes Typ I tritt meist in der Jugend oder im jungen Erwachsenenalter auf und ist durch vollkommenen Insulinmangel gekennzeichnet. Im Rahmen einer Entzündungsreaktion zerstört bei diesem Krankheitstyp das körpereigene Immunsystem selbst die insulinproduzierenden Betazellen in der Bauchspeicheldrüse.

Achten Sie darauf, ob Ihr Kind ständig müde ist und großen Durst hat!

Der Diabetes Typ I ist meist schlank oder nimmt durch die Krankheit sehr ab. Näheres s. Anhang C: Diabetes.

Neben der ärztlichen Betreuung können Sie mithilfe der Biochemie nach Dr. Schüßler auf alle Fälle regulierend und unterstützend auf die Erkrankung einwirken.

Hauptmittel nach Dr. Schüßler:
- 3–5 x tägl. 1 Tabl. Nr. 10 Natrium sulf. D6, zusätzlich
- jeden Abend Einreibungen auf dem Oberbauch mit Salbe Nr. 10 Natrium sulf.

Weiteres Hauptmittel nach Dr. Schüßler ist Nr. 6 Kalium sulf. D6. Es bringt über das Venenblut Sauerstoff zur Bauchspeicheldrüse und gleichzeitig reinigt es innerhalb der Zellen:
- 1–3 x tägl. 1 Tabl. Nr. 6 Kalium sulf. D6,
- am Abend Einreibung mit Salbe Nr. 6 Kalium sulf. auf den Oberbauch.

Achtung: Nr. 6 und Nr. 10 nicht am gleichen Tag einsetzen.

Bitte im täglichen, längstens aber wöchentlichen Wechsel dem Kind verabreichen.

Wenn **Zungen- und Mundtrockenheit** vorherrschen, der Leib sich schlaff und eingesunken anfühlt; das Kind ist **durstig**, gleichzeitig auch **schwach** und verlangt nach Salzigem und nach Gepökeltem wie Schinken und Salami:
- 3–5 x täglich 1 Tabl. Nr. 2 Calcium phos. D6 im monatlichen Wechsel mit D12.

Wenn im Urin des Kindes Folgendes festgestellt wurde: **Phosphaturie, Albuminurie**:
- 5 x tägl. 1 Tabl. Nr. 2 Calcium phos. D6 bis zur Besserung, dann Abstände verlängern.

Wenn beim Kind gleichzeitig noch **Karies** oder **Zahnausfall** auftritt:
- 1–3 x tägl. 1 Tabl. Nr. 1 Calcium fluor. D12.

Nr. 11 Silicea D12 gehört **auf alle Fälle** in der biochemischen Behandlung dazu, gleichberechtigt mit den anderen Schüßler-Salzen:
- 3–5 x tägl. 1 Tabl. (Silicea ist für die Bauchspeicheldrüse so wichtig wie Eisen für die Bildung der roten Blutkörperchen).

Wenn **azeton- oder essigartiger Mundgeruch** beim Kind zu beobachten ist; das Kind hat außerdem übermäßigen Hunger und Durst:
- ½-stdl. 1 Tabl. Nr. 9 Natrium phos. D6, bei Besserung Abstände verlängern.

Bei **schwächlichen, nervösen, abgemagerten** und an **Schlaflosigkeit** leidenden Kindern, vor allem, wenn zusätzliche seelische Probleme aufgetreten sind oder sich verschlimmern. Oft haben die Kinder auch Heißhunger:

- 3–5 x tägl. 1 Tabl. Nr. 5 Kalium phos. D6, bis 15.00 Uhr.

Falls **Juckreiz** mit auftreten sollte:

- Alle 10 Min. 1 Schluck „Heiße 7“ mit 5–7 Tabl. Nr. 7 Magnesium phos. D6.

Wenn das Kind unstillbaren **Durst, trockene Zunge, Schwäche und Schlafsucht** (andauernde Schläfrigkeit, übergroßes Schlafbedürfnis) hat; die Neigung des Kindes, mit **Hautausschlägen** zu reagieren, ist gleichzeitig erhöht:

- 1–2-stdl. 1 Tabl. Nr. 8 Natrium chlor. D6, bis 16.00 Uhr, bei Besserung Zeitabstände verlängern.

Zur **Unterstützung** für den Spurenelement-Haushalt:

- 3 x pro Woche 1–2 Tabl. Nr. 17 Manganum sulf. D6.

An diesen Tagen ein anderes Schüßler-Salz, welches Sie sonst geben würden, weglassen.

Immer geben:

- Jeden Abend 1 Tabl. Nr. 21 Zincum chlor. D6.

Tipp: Die Begleittherapie für Ihr Kind wird einen langen Zeitraum beanspruchen. Überprüfen Sie immer wieder, ob die jeweiligen Salze noch passen.

Die Ernährung beachten: möglichst reich an Mineralien und Spurenelementen.

Über das Essen ein wenig Ceylon-Zimt (enthält wenig Cumarin) streuen, falls das Kind dies mag.

Den Bettplatz auf Wasseradern und Elektrosmog untersuchen lassen.

Überprüfen Sie, ob es eventuell einen zeitlichen Zusammenhang zwischen einer Impfung und dem Ausbruch des Diabetes geben könnte.

Aus der psychotherapeutischen Arbeit heraus:

Dem Kind viel Zuwendung geben.

Könnte man eventuell vermuten, dass Ihr Kind sich heftig geekelt hat?

Hat Ihr Kind eventuell ein Problem damit, Liebe anzunehmen und damit umzugehen?

Hat Ihr Kind das Bedürfnis, dass Rituale in das Familienleben verankert werden, wie z. B. feste Essenzeiten? Ein Kind mit einem Diabetes wird dafür sorgen, dass das Leben nach festen Regeln abläuft.

Diphtherie (brandige Rachenbräune)

Eine Infektionskrankheit mit Diphtheriebakterien (Corynebacterium diphtheriae), die vorwiegend Mandeln und Rachen befällt und meist im Kleinkindalter bis zum 6. Lebensjahr auftritt. Fibrinöses Entzündungsexsudat (im Sinne von Dr. Schüßler 2. Entzündungsstadium) bildet durch abgestorbene toxisch wirkende Schleimhautzellen eine sogenannte Pseudomembran. Sie findet sich zunächst auf den Mandeln und kann später auf die Membranen des

Rachen- bzw. Nasenraums übergreifen. Diphterie ist meldepflichtig, da äußerst ansteckend und erfordert eine sofortige Isolierung des Kindes. Da es zu Herz- und Nervenschädigungen kommen kann, ist der Besuch eines Arztes unerlässlich, und es wird zu einer Krankenhauseinweisung kommen. Hegen Sie also auch nur den geringsten Verdacht auf Diphtherie, weil Sie

- **fauligen, fad süßlichen oder nur stinkenden Geruch** aus Mund und Nase bei Ihrem Kind wahrnehmen und/oder auch
- **grauweiße-gelbliche Beläge** auf Mandeln oder Rachenraum, die festsitzen und nicht abwischbar sind, wenn dazu ihr Kind eine
- **auffallende Blässe** zeigt und die
- **Kieferwinkel-Lymphknoten** deutlich **geschwollen** sind, dazu noch
- **allgemeine Symptome**, wie bei einer beginnenden Grippe, dann

bitte sofort den Arzt aufsuchen!

Kehlkopfdiphtherie

Meist im Gefolge der Rachendiphtherie bei Kleinkindern. Zunehmende Heiserkeit, bellender Husten und Stimmlosigkeit, zusammengefasst als „Echter Krupp", treten auf. Das Einatmen des Kindes ist erschwert und mit einem Stridor (Pfeifgeräusche) verbunden.

Mandel- und Rachendiphtherie

Beginnt meist mit Abgeschlagenheit, Übelkeit, Erbrechen und mit Schluckbeschwerden, verbunden mit Gliederschmerzen und zunehmendem Fieber; Erbrechen kommt eher selten vor.

Nasendiphtherie

Kommt vor allem bei Kleinkindern und Säuglingen vor. Verbunden mit blutig-eitrigem Schnupfen, behinderter Nasenatmung, Unruhe und wenig Appetit. An der Nase kommt es aufgrund von Gewebezerstörungen zu Krustenbildung am Naseneingang.

Meine Empfehlungen für alle Arten der Diphtherie (neben der schulmedizinischen Behandlung):

Geben Sie dem Kind **sofort**, alle 5–10 Minuten abwechselnd je 1 Tabl.:

- Nr. 3 Ferrum phos. D12.
- Nr. 4 Kalium chlor. D6 (nach Dr. Schüßler das Hauptmittel).
- Nr. 2 Calcium phos. D6.
- Nr. 5 Kalium phos. D6.

Sollte das beginnende **Fieber auf über 38,5 °C steigen**, dann lassen Sie Nr. 3 weg und geben

- jede ½ Stunde 1 Tabl. Nr. 5 Kalium phos. D6 plus
- alle 2 Stunden 1 Tabl. Nr. 8 Natrium chlor. D6.

Bei stärkerer **Schwellung der Mandeln** und des **Rachens** mit weißlichem Belag:

- ¼–½-stdl. je 1 Tabl. Nr. 2 Calcium phos. D6 und Nr. 6 Kalium sulf. D6 im Wechsel.

Wenn **gelblich-rahmartiger Belag** am Zungengrund auftritt:

- ½-stdl. 1 Tabl. Nr. 9 Natrium phos. D6.

Bei vermehrtem **Speichelfluss** oder **Trockenheit** der Zunge und falls **wässriges Erbrechen** auftritt:

- ¼–½-stdl. 1 Tabl. Nr. 8 Natrium chlor. D6 bis zur Besserung.

Zur **Nachbehandlung** über Monate:
- Tägl. 3–6 Tabl. Nr. 2 Calcium. phos. D6.

Tipp: Isolierung des Kindes!

Lauwarme, flüssige, schleimige Kost – das Essen sollte niemals kalt sein. Heiße Halsumschläge mit Lehmbrei, den Sie alle 2 Stunden erneuern sollten.

Mit Heilerde (z. B. grüner Mineralerde oder Bolus alba comp., Fa.Wala) einen Trunk nach Anweisung herstellen, Auswahl je nach Geschmack und Alter des Kindes.

Geben Sie Ihrem Kinde immer wieder kleine Schlucke zu trinken.

Lassen Sie Ihr Kind auf keinen Fall zu früh aufstehen und schicken Sie es nicht sofort nach Genesung in die Schule.

Drei-Monats-Kolik (Nabelkolik)

Sie wird zur Belastungsprobe für die jungen Eltern und den Säugling. Aufgrund der Anpassung des Darmsystems an die Umgebung und des Entstehens der bakteriellen Mikroflora im Darm in den ersten Lebenswochen des Säuglings, kommt es immer wieder zu plötzlicher Unruhe, zu Schlafstörungen, das Kind schreit immer wieder und wacht auf. Offensichtliche Ursachen für diese Störungen gibt es nicht. Lesen Sie hierzu auch im Anhang C: Schreibabys.

Die Kolik kann ausgelöst werden durch **starke Blähungen**, im späteren Verlauf aber auch durch **Dehnungsprobleme** des Leber-Nabel-Bandes. Sie sehen das eventuell durch eine lange **Rötung des Nabels** und es besteht die Möglichkeit eines **Nabelbruchs**.
- „Heiße 7" mit 1–2 Tabl. Nr. 7 Magnesium phos. D6 und Bauchmassage mit
- Salbe Nr. 7 Magnesium phos., eventuell auch Salbe Nr. 6 Kalium sulf. dazu.

Blähungskoliken, Kinder **ziehen die Beinchen** hoch:
- „Heiße 7" von 1–2 Tabl. Nr. 7 Magnesium phos. D6.

Oder die Mutter nimmt:
- Vor jedem Stillen eine „Heiße 7" von 2–5 Tabl. Nr. 7 Magnesium phos. D6.

Kommen die Blähungen und Bauchschmerzen durch **Fettunverträglichkeiten,** dann:
- Nr. 9 Natrium phos. D6.

Kommen die Krämpfe durch **Nervosität**, dann:
- Nr. 5 Kalium phos. D6.

Kommen die Krämpfe durch **Säure**, dann:
- Nr. 9 Natrium phos. D6.

Sitzen die Schmerzen im **rechten Oberbauch**, dann:
- Nr. 10 Natrium sulf. D6 und
- Salbe Nr. 10 Natrium sulf.

Riechen die Blähungen wie nach **faulen Eiern**, dann:
- Nr. 4 Kalium chlor. D6.

Versetzte Winde, besonders rechts:
- Nr. 10 Natrium sulf. D 6 im Wechsel mit Nr. 6 Kalium sulf. D 6 und Nr. 8 Natrium chlor. D 6.

Wenn das Kind zu **unruhig** ist, um gestillt zu werden, und rasch nach dem Stillen die **Milch erbricht**; es hat Koliken und **grünlichen Durchfall**:
- Nr. 2 Calcium phos. D 6.

Einnahme und Dosierung jeweils wie oben bei Nr. 7 Magnesium phos.

Tipp: Vorsichtige Bauchmassage im Uhrzeigersinn vom Nabel spiralförmig ausgehend mit Salbe Nr. 7 Magnesium phos. oder Melissenöl oder Weleda Babyleinöl. Gehen dann die Winde ab, ist der Bauch entkrampft, es geht den Kleinen schon besser.

Stillende Mütter trinken entblähende Tees aus Anis, Fenchel, Kümmel und Koriander.

Sorgen Sie vor allem für einen strukturierten Tagesablauf (füttern, wickeln, schlafen, möglichst in gewohnter Umgebung bleiben, Kaufhäuser meiden). Neigen die Kinder bei der Blähungskolik zu kalten Füßen, versuchen Sie diese mit Ihren Händen zu erwärmen; wenn es gelingt, dann sind die Bauchkrämpfe weg.

Geröteter Nabel:
Mit Salbe Nr. 7 Magnesium phos. dünn einreiben oder 2 Tabl. des Schüßler-Salzes Nr. 6 Kalium sulf. D 3 in etwas ungebleichter Watte einwickeln, nebelfeucht benetzen und über dem Nabel mit Pflaster befestigen.

Unerklärliches Schreien sollte immer auch vom Kinderarzt abgeklärt werden, um mögliche schwerwiegende Ursachen nicht zu übersehen.

Durchfall – siehe Darmerkrankungen

Durst

Zu wenig/zu großer Durst

Viele Mütter kommen in meine Praxis und klagen über das Trinkverhalten ihrer Kinder, die einen über Durstmangel, die anderen wiederum über zu häufiges Trinken.

Wenn Ihr Kind **Durstmangel** hat:
- 3–5 x tägl. 1 Tabl. Nr. 8 Natrium chlor. D 6, bis Besserung eingetreten ist. Dann für einige Wochen 1–2 x tägl. 1 Tabl.

Wenn Ihr Kind unmittelbar nach dem Essen **starken Durst** entwickelt:
- 3 x tägl. 1 Tabl. Nr. 8 Natrium chlor. D 6, direkt nach dem Essen.

Wenn Ihrem Kind nach einer Operation vorerst das **Trinken untersagt** wurde:

- 5 x tägl. 1 Tabl. Nr. 8 Natrium chlor. D6.

Wenn Ihr Kind ausschließlich Verlangen nach **Wasser** hat (Abneigung gegen alle anderen Getränke):

- 3–5 x tägl. 1 Tabl. Nr. 3 Ferrum phos. D6.

Wenn Ihr Kind starken **Durst** im Wechsel mit **Heißhunger** haben sollte:

- 5 x tägl. 1 Tabl. Nr. 11 Silicea D12.

Wenn Ihr Kind Durst abwechselnd mit **Übelkeit und Erbrechen** haben sollte:

- ¼–½-stdl. 1 Tabl. Nr. 6 Kalium sulf. D6 bis zur Besserung, dann die Abstände verlängern.

Wenn Ihr Kind über **Trockenheit** im Hals und Mund, vor allem in der Nacht (Wasserflasche steht immer am Bett!) klagt:

- Je 3 Tabl. Nr. 2 Calcium phos. D6 im Wechsel mit Nr. 8 Natrium chlor. D6, bis 16:00 Uhr.

Eiterungen

Eitrige Dermatitis/Furunkel/Abszesse/Panaritium (Nagelumlauf)

Beachten Sie dazu bitte die Hinweise unter II. 1. Wahl des richtigen Mittels/Absonderungen.

Bei einer Eiterung handelt es sich um eine Ansammlung von entzündlichen Körperflüssigkeiten. Er ist ein biologisches Abbauprodukt, das durch die Zersetzung von Leukozyten (= weiße Blutkörperchen) entsteht, die in ein Entzündungsgebiet eingewandert sind, und besteht aus abgestorbenen Zellteilen, Leukozyten und Bakterien.

Je nachdem welche Bakterienart die Entzündung hervorruft, kann der Eiter dünn- oder dickflüssig sein. Die Farbe reicht von klar, gelblich, grün, gelbgrün, braungrün bis blaugrün. Der Eiter kann geruchlos bis streng riechend sein. Eiterbildung zählt zu den Abwehrmaßnahmen des Körpers und kann durch die Biochemie nach Dr. Schüßler unterstützt und gefördert werden. Der Heilungsverlauf verkürzt sich dadurch wesentlich.

Bei Eiterungen immer den Arzt aufsuchen!

Bei einem **Abszess** handelt es sich um eine Ansammlung von Eiter in einer Höhlung im Gewebe. Sehen Sie diesen als Endzustand einer eitrigen Entzündung an, die im Vorfeld schon abgelaufen ist. Meist stecken Erreger wie Staphylokokken oder Streptokokken dahinter. Achten Sie auf allergrößte Hygiene im Umgang mit Kindern, die eine eitrige Entzündung wie Abszess, Furunkel, Karbunkel oder einen Nagelumlauf haben. Das Kind kann sich mit seinem eigenen Eiter infizieren und das kann dann zu neuen Erkrankungen führen!

Furunkel sind Eiteransammlungen an Haarwurzeln.

Karbunkel entstehen häufig im Nackenbereich und sind eine Anhäufung kleinerer, nebeneinander liegender Furunkel (müssen evtl. chirurgisch behandelt werden).

Panaritium/Nagelumlauf ist eine Entzündung bzw. Eiteransammlung unter dem Nagelbett von Fingern oder Zehen, die Vereiterung bricht nicht nach außen durch und kann in die Tiefe bis zum Gelenk gehen.

Immer die Unterscheidung „Eiter **ohne** Abfluss" und „Eiter **mit** Abfluss" vor Augen haben. Das führt Sie zur richtigen Mittelwahl.

Im **Akutstadium** häufigere Gaben des erwählten Schüßler-Salzes, evtl. im Wechsel mit einem 2. oder 3. Schüßler-Salz je nach Mittelwahl.

Nach Besserung die Abstände verlängern und für ca. 3 Wochen die erwählten Schüßler-Salze

- 1 x tägl. mit 1–2 Tabl. weiter dem Kind verabreichen.

Wenn Ihr Kind die **ersten Zeichen** einer **Entzündung** (Röte, Hitze) aufweist:

- ¼-stdl. 1 Tabl. Nr. 3 Ferrum phos. D6, dazu
- alle Stunde 1 Tabl. Nr. 9 Natrium phos. D6.

Wenn bei Ihrem Kind die **Eiterbildung unterstützt** werden soll bis zum **Durchbruch**:

- Jeweils bis zu 6 x tägl. im Stundenabstand 1 Tabl. Nr. 11 Silicea D6, danach Potenzwechsel auf D12.

Wenn Sie bei Ihrem Kind die **Eiterbildung verhindern** möchten, fördern Sie damit die Absorption (wenn Eiter nicht abfließt):

- Abwechselnd je 1–2 Tabl. Nr. 11 Silicea D12, Nr. 3 Ferrum phos. D6 und Nr. 9 Natrium phos. D6, jedes Mittel 3–4 x tägl.

Wenn bei Ihrem Kind die **Öffnung** des Eiterherdes erfolgt ist:

- 3–5 x tägl. 1 Tabl. Nr. 11 Silicea D12.

Wenn bei Ihrem Kind ein **harter Abszess** vorhanden ist, der nicht weich wird:

- 3–6 x tägl. 1 Tabl. Nr. 1 Calcium fluor. D6.

Wenn bei Ihrem Kind der Eiter schon einen **Abfluss** gefunden hat:

- 3–4 x tägl. 1 Tabl. Nr. 12 Calcium sulf. D12.

Im **Akutfall:**

- Alle ½–1 Std. 1 Tabl. Nr. 12 Calcium sulf. D6 (**Achtung**: Potenzwechsel!) bis zur Besserung, dann Abstände verlängern.

Wenn Ihr Kind **Eiterpusteln** hat:

- Bis zu 4 x tägl. 1 Tabl. Nr. 6 Kalium sulf. D6.

Wenn bei Ihrem Kind der Eiter **faulig riecht, jauchig, schmutzig** aussieht und es **Fieber** hat:

- ¼–½-stdl. 1 Tabl. Nr. 5 Kalium phos. D6 – nach Besserung Abstände verlängern.

Bei allen Eiterungen Ihres Kindes als **Wechselmittel** mit einsetzen, vor allem wenn es zu den **„Säurenaturen"** gehört:

- Bis zu 3–5 x tägl. 1 Tabl. Nr. 9 Natrium phos. D6.

Tipp: Bei großer Neigung zu Furunkeln, die oft auch konstitutionell bedingt sein können, eine Zuckerkrankheit durch geeignete diagnostische Verfahren ausschließen lassen.

Der „Liebe Gott" hat Silicea (Kieseler-

de) in die Lebensmittel gegeben, damit wir die Abwehrmaßnahmen des Körpers unterstützen und Eiterungen verhindern können. Kommt es zu Eiterungen, sollten wir den Körper in seinem Bemühen unterstützen, sich selbst zu reinigen.

Achten Sie darauf, dass Ihr Kind Lebensmittel bekommt, die viel Kieselerde enthalten, z. B. Karotten, Kartoffeln, Mais (s. dazu mein Buch „Deine Nahrung sei dein Heilmittel"). Während einer eitrigen Entzündung, Furunkel usw. sollten Sie Ihrem Kind vor allem so wenig wie möglich tierisches Eiweiß, rohes Obst und Rohkost zu essen geben, möglichst auch Obstsäfte vermeiden. Kräutertee aus Schachtelhalm bei älteren Kindern verabreichen. Dieser Tee sollte 8–10 Minuten gekocht werden, damit sich die Kieselerde löst.

Bei Furunkeln, Abszessen, Panaritien (Nagelumlauf): Sitzbäder oder Kompressen mit Calendula-Quarkauflagen ziehen die Entzündung ab und trocknen diese aus. Tragen Sie danach die für Ihr Kind passende Schüßler-Salbe auf, evtl. mit einem sterilen Tupfer abdecken.

Auch die guten alten „Seifenbäder" mit reiner Kernseife im lauwarmen Wasser haben sich zu Beginn einer Entzündung bewährt.

Bettruhe und Ruhigstellen der Gliedmaßen sind ratsam.

Achten Sie auch im Bereich von Lymphknotenansammlungen wie in den Achselhöhlen oder der Leistengegend auf schmerzhaft angeschwollene Lymphknoten und auch darauf, ob eventuell ein roter Strich sichtbar wird.

In solchen Fällen unbedingt sofort ärztliche Hilfe in Anspruch nehmen!

Ekzeme

Ekzeme, Schuppenflechte (Psoriasis vulgaris)

Ekzeme werden auch als Ausschlag oder Flechten (Juckflechten) bezeichnet.

Sie zählen zu den häufigsten Hauterkrankungen. Sie spielen sich vor allem an der Oberhaut ab und sind gekennzeichnet durch:

1. Rötung
2. Bildung kleiner Bläschen, gefüllt mit seröser dünner Flüssigkeit
3. Verkrusten

Die Ursachen sind oft unbekannt. Wie bei allen Hauterkrankungen gehen Sie davon aus, dass der Körper des Kindes eine sichtbare Störung des Stoffwechsels nach außen geben will.

Die Haut gilt in der Traditionellen Chinesischen Medizin (TCM) als 3. Niere eines Menschen. Aus meiner Erfahrung heraus liegen die Ursachen oft in einem Überschuss von Harnsäure im Gewebe. Lesen Sie hierzu in meinem Buch „Deine Nahrung sei dein Heilmittel" meine Ausführungen zu den Nieren.

Tipp: „Man soll Ekzeme nicht nach innen treiben!" – sonst kann es sein, dass die Haut sich zwar beruhigt, aber sich plötzlich eine andere Krankheit, z. B. Asthma entwickelt.

Äußere Ursachen der Entstehung abklären. Hygiene beachten. Ernährung umstellen, weg von rohem, tierischem Eiweiß usw. Geben Sie Ihrem Kind in Maßen mild gesäuerte Milchprodukte. Etwas Weizenkeimöl ins Essen geben. Es enthält alle notwendigen Vitamine für die Haut, wie A, Carotin, E und alle B-Vitamine.

Bei Flechten einen abdeckenden Schutzverband anlegen. Hier auf Wasser, Seifen und Salben, die das Kind als unangenehm empfindet, verzichten. Hören Sie hin und fragen Sie Ihr Kind. Es kann sein, dass mehrere Salben ausprobiert werden müssen, bis die passende gefunden wird. Viel frische Luft und milde Sonne, sofern sie vertragen wird.

Lesen Sie hierzu auch unter II. 1. Wahl des richtigen Mittels/Absonderungen.

Ekzeme

Wenn das Ekzem **gerötet** ist:
- Alle ½–1 Std. 1 Tabl. Nr. 3 Ferrum phos. D12,

dazu
- feuchte Umschläge mit handwarmem Wasser (10 Tabl. Nr. 3 in ½ Ltr. Wasser auflösen).

Gegen den **Juckreiz**:
- Alle 10 Min. 1 Schluck „Heiße 7" mit 5–10 Tabl. Nr. 7 Magnesium phos. D6.

Wenn die Entzündung mit einer **Schwellung** einhergeht und **subakut** ist:
- 4–6 x tägl. 1 Tabl. Nr. 4 Kalium chlor. D6.
- Zur Hautpflege Salbe Nr. 4 Kalium chlor.

Bei **trockenen** Hautausschlägen:
- Stündlich 1 Tabl. Nr. 2 Calcium phos. D6 im Wechsel mit Nr. 8 Natrium chlor. D6.
- Salbeneinreibungen mit Salbe Nr. 8 Natrium chlor.

Bei **nässenden** Hautausschlägen:
- Je 3 x tägl. 1 Tabl. Nr. 10 Natrium sulf. D6 im Wechsel mit Nr. 4 Kalium chlor. D6 (unterstützt die Bildung neuer Oberhautzellen). Dazu
- 1 x tägl. 1 Tabl. Nr. 24 Arsenum jod. D12.
- Einreibungen mit Salbe Nr. 10 Natrium sulf. im Wechsel mit Salbe Nr. 11 Silicea.

Wenn Ihr Kind eine **rissige, schrundige, trockene** und **Borken** bildende Haut hat:
- 3–5 x tägl. 1 Tabl. Nr. 1 Calcium fluor. D12.
- Salbe Nr. 1 Calcium fluor. zur Nacht als Salbenverband.

Schnellübersicht zur genaueren Mittelfindung:

Wir unterscheiden grundsätzlich **trockene** und **nässende** Ekzeme (Ausschläge). Schauen Sie sich dazu ganz genau die Absonderungen, die Bläschen und die Hautbeläge des Kindes an und stimmen Sie Ihre Mittelwahl entsprechend darauf ab:

Feuchter Ausschlag:

Wie **Hühnereiweiß**:
- Nr. 2 Calcium phos. D6.

Wässrig mit Faserstoff, **klebend**:
- Nr. 4 Kalium chlor. D6.

Jauchig, faulig stinkend, schmutzig aussehend, **blutig** oder **blutig-wässrig**:
- Nr. 5 Kalium phos. D6.

Wässrig und **klar**; **scharf** und **wundmachend, ätzend**:
- Nr. 8 Natrium chlor. D 6.

Rahmartig, **honiggelb**, auch **gelbschleimig**:
- Nr. 9 Natrium phos. D 6.

Gelbgrün bis **grün**, auch **gelbwässrig**:
- Nr. 10 Natrium sulf. D 6.

Eitrig:
- Nr. 11Silicea D 12.

Trockener Ausschlag:

Haut **rau** und **trocken, rissig**, Schrunden, Borken in der Handfläche, bei Zimmerwärme fängt es zu **jucken** an:
- Nr. 1 Calcium fluor. D 12.

Weiße bis **weißgelbe** Krusten:
- Nr. 2 Calcium phos. D 6.

Haut ist **gerötet** und **überwärmt**:
- Nr. 3 Ferrum phos. D 12.

Mehlartige, kleienartige, weißgraue, klebende Schuppen:
- Nr. 4 Kalium chlor. D 6.

Schmierend und **stinkend**:
- Nr. 5 Kalium phos. D 6.

Milchschorf der Kinder; **Abschuppungen** nach Scharlach; unter den Krusten können Sie evtl. **Eiter** vorfinden; **Hautabschuppungen** auf **gelblich klebrigem** Grund:
- Nr. 6 Kalium sulf. D 6.

Weißliche Schuppen, die herunterfallen und **Krusten**:
- Nr. 8 Natrium chlor. D 6.

Honiggelbe Krusten, **gelb eitrige** Krusten bitte mit Nr. 11 Silicea D 12 kombinieren:
- Nr. 9 Natrium phos. D 6.

Gelbe bis **gelbgrünliche** Krusten und Borken (auch an den Nasenflügeln bei Erkältungen):
- Nr. 10 Natrium sulf. D 6.

Eitrige Krusten:
- Nr. 11 Silicea D 12.

Schuppenflechte (Psoriasis vulgaris)

Gegen den **Juckreiz** des Kindes:
- Schluckweise alle 15 Min. eine „Heiße 7“ mit 5 – 7 Tabl. Nr. 7 Magnesium phos. D 6.

Bei Schüppchen mit **gelblich klebender** Konsistenz auf der Haut des Kindes:
- Täglich abends 2 – 3 Tabl. Nr. 6 Kalium sulf. D 6 (Nr. 6 fördert die Bildung neuer Oberhautzellen bei Ihrem Kind).

Als **Zwischenmittel**:
- Ca. 3 x die Woche am Abend die „Heiße 11“ aus 2 – 3 Tabl. Nr. 11 Silicea D 12.

Sind die **Schüppchen** bei Ihrem Kind **weißgrau klebend**:
- 3 – 4 x tägl. 1 Tabl. Nr. 4 Kalium chlor. D 6 (unterstützt die Bildung neuer Oberhautzellen).

Sollte die Schuppenflechte aufgrund von **Gewebeübersäuerung entstehen**, dann stehen folgende Salze im Vordergrund:
- Morgens 2 Tabl. Nr. 9 Natrium phos. D 6.
- Bis 14.00 Uhr 1 – 2 Tabl. Nr. 10 Natrium sulf. D 6.
- Abends 3 Tabl. Nr. 11 Silicea D 6.

Lesen Sie hierzu auch unter II. 1. Wahl des richtigen Mittels/Absonderungen.

Energie – Mangel / Überschuss

Energiemangel, Erschöpfung / Schwäche / Erregungszustände, Muskelschwäche, Nervenschwäche

Derartige Symptome treten gehäuft auf bei Kindern, die

- wachsen
- Entwicklungsschübe durchmachen
- im Spätherbst oder im frühen Winter sich matt und erschöpft fühlen, kränkeln und ein erhöhtes Schlafbedürfnis entwickeln
- erhöhte Infektanfälligkeit/Allergieneigung zeigen
- Krankheiten und/oder Unfälle hinter sich haben

Sollten diese Beschwerden länger als eine Woche anhalten und bei älteren Kindern vor und während der Pubertät noch zusätzlich Schwindel auftreten, dann suchen Sie bitte mit Ihrem Kind einen Arzt auf.

Energiemangel

Diese Energieschaukel (siehe auch Anhang A) bringt eine Rhythmisierung für Ihr Kind und wirkt dem Energiemangel entgegen.

Energieschaukel (Variante 2):

- Morgens „Heiße 2" mit 3–5 Tabl. Nr. 2 Calcium phos. D6.
- Nr. 3 Ferrum phos. D12 im tägl. Wechsel mit Nr. 2 als „Heiße 3" mit 3–5 Tabl.
- Mittags „Heiße 5" mit 3–5 Tabl. Nr. 5 Kalium phos. D6.
- Bis 16.00 Uhr 2 x 2 Tabl. Nr. 8 Natrium chlor. D6.
- Abends „Heiße 7" mit 5 Tabl. Nr. 7 Magnesium phos. D6.

Erschöpfung/Schwäche/Erregungszustände

Wenn Ihr Kind sich **geschwächt** fühlt:

- 1 Tabl. Nr. 2 Calcium phos. D6 plus
- bis 16.00 Uhr 2–4 Tabl. Nr. 8 Natrium chlor. D6.

Wenn Ihr Kind aufgrund starker Erregung sich in etwas **hineinsteigert**:

- 1-stdl. bis 2-stdl. 1 Tabl. Nr. 14 Kalium brom. D6.
- Nach der Akutphase für ca. 14 Tage 3 x tägl. 1 Tabl.

Wenn bei Ihrem Kind die **nervliche Schwäche** im Vordergrund steht:

- Bis 15.00 Uhr 1–3–5 x tägl. 1 Tabl. Nr. 5 Kalium phos. D6.

Wenn bei Ihrem Kind **innere Unruhe** und **Abgespanntheit** vorherrschen und es abends nicht zur Ruhe findet:

- Alle 10 Min. 1 Schluck „Heiße 7" mit 3, 5 oder 7 Tabl. Nr. 7 Magnesium phos. D6.

Bei **Schwäche der Nerven**, verbunden mit **Abmagerung** und **Blutarmut**:

- Bis zu 3 x tägl. 1 Tabl. Nr. 13 Kalium arsen. D12.

Bei **Erschöpfungszuständen**, verbunden mit **Gewichtsverlust**, obwohl **Heißhunger** beim Kind vorhanden sein kann:

- Bis zu 3 x tägl. 1 Tabl. Nr. 18 Calcium sulf. D6.

Muskelschwäche

Wenn Ihr Kind z. B. nach **einer längeren Krankheit** bzw. nach einem **Gips** Schwäche in den Muskeln zeigt:

- Morgens eine „Heiße 2" mit 3, 5 oder 7 Tabl. Nr. 5 Kalium phos. D6

im täglichen Wechsel mit

- „Heiße 5" aus 1, 3 oder 5 Tabl. Nr. 2 Calcium phos. D6

schluckweise kauend trinken lassen (als Stärkungs- und Aufbaumittel in der Rekonvaleszenz).

Nervenschwäche

Wenn Ihr Kind **keine Geduld** hat, **überempfindlich** ist gegen jede Kritik und sich leicht aus der Reserve locken lässt oder **ausrastet**, als **Hauptmittel** gegen die Nervenschwäche (passt besonders gut für Kinder, die sehr sensibel und labil sind):

- 3 x tägl. 1 Tabl. Nr. 5 Kalium phos. D6, bis 15.00 Uhr.

Wenn Ihr Kind an **allgemeiner nervöser Überreizung** leidet:

- Jeden Morgen „Heiße 2" mit 3, 5 oder 7 Tabl. Nr. 2 Calcium phos. D6 – im 14-tägigen Potenzwechsel mit D12.

Tipp: Wenn es um Schwäche, Energiemangel und Erschöpfung geht:

Auf Zink, Eisen und B-Vitamine achten. Morgens 1 Esslöffel Schlehen- oder Sandorn-Elixier. Hühnerbrühe oder Rindfleischbrühe (selbst hergestellt) dem Kind anbieten. Wärmende und kräftigende Ernährung bevorzugen.

Siehe mein Buch „Deine Nahrung sei dein Heilmittel".

Der Körper des Kindes kann mit einem in Rosmarin-Bad angefeuchteten Waschlappen abgerieben werden, mit einem vorgewärmten Handtuch trockentupfen und anschließend sofort warm anziehen. Warm anziehen heißt: mit Unterhemdchen, Leggins, Strumpfhosen aus 70 % Wolle, 30 % Seide (maschinenwaschbar). Ebenfalls Socken aus Wolle oder Wollgemisch, keinesfalls Synthetikstrümpfe. Achten Sie darauf, dass Ihr Kind keine feuchtkalten Füße hat.

Lassen Sie die Kinder im Freien immer eine Mütze tragen, damit auch die Ohren des Kindes vollständig bedeckt sind (kein Stirnband). Viel Bewegung in der frischen Luft, bei Wind und Wetter. Damit wird der Kreislauf stabilisiert und die Abwehr gestärkt.

Entzündungen – siehe Abszess, Eiterungen, Erkältungen oder auch II. 1. Wahl des richtigen Mittels/Absonderungen

Im **ersten**, **akuten** Stadium (alles ist rot) bei allen Entzündungen, evtl. Fieber bis 38,5 °C:

- Nr. 3 Ferrum phos. D12 alle ¼–½ Std. 1 Tabl. oder alle 10 Min. 1 Schluck „Heiße 3" mit 5–7 Tabl.

Im **zweiten** Stadium der Schleimbildung:

Mit fibrinösem Exsudat (Sekret: **weißgrau, fadenziehend, klebend**):
- Nr. 4 Kalium chlor. D6 stdl. 1 Tabl. oder alle ½ Std. 1 Schluck „Heiße 4" mit 5–7 Tabl.

Wenn die Entzündungen mit einem **serösen Exsudat** einhergehen:
- Nr. 2 Calcium phos. D6 stdl. 1 Tabl oder alle ½ Std. 1 Schluck „Heiße 2" mit 5–7 Tabl.

Im **dritten** Stadium mit Schleimbildung:
Mit **eitrig-mild-schleimigen** Exsudat:
- 1–2-stdl. 1 Tabl. Kalium sulf. D6.

Bei **Fieber** über 38,5 °C:
- ¼–½-stdl. bis 1-stdl. 1 Tabl. Nr. 5 Kalium phos. D6.

Wenn die Entzündungen **chronisch** sind:
- 3–5 x tägl. je 1 Tabl. Nr. 11 Silicea D6.

Erbrechen – siehe Darmerkrankungen

Erkältung (grippaler Infekt) – siehe auch Entzündungen, Fieber

Wir nennen diese oft so, weil bei uns der Eindruck erweckt wird, als sei sie die Folge von kalter Luft, Zugluft oder Verkühlung.

Tatsache ist, dass die Wärmeregulation bei Kindern noch nicht vollständig entwickelt ist. Je kleiner das Kind, desto größer der Wärmeverlust über den verhältnismäßig großen Kopf. Ich bestehe deshalb auf einer Kopfbedeckung für das Kind, vor allem in den ersten Lebensmonaten und -jahren. Sicherlich muss man die Balance zwischen Überwärmung (Schwitzen) und Unterkühlung (Frieren) erst herausfinden. Sie, liebe Eltern, sollten aufmerksam beobachten, was der Säugling, das Kleinkind, das Kind benötigt.

In einem gut durchwärmten Körper fühlen sich die Viren nicht wohl. Ist zudem noch ein starkes Immunsystem vorhanden, sind die Kinder bestens geschützt. Inzwischen weiß man, dass wiederholte fieberhafte Infekte das Immunsystem schulen und damit auch ein Entstehen von möglichen Allergien reduzieren können.

Erkältungskrankheiten werden durch spezielle Viren ausgelöst. Diese Rhinoviren werden durch Tröpfcheninfektion, meist über Hautkontakt oder die Atemluft übertragen. Im Laufe eines grippalen Infektes können sich noch zusätzlich Bakterien mit auf die entzündeten Schleimhäute aufpfropfen. Schwerwiegende Erkrankungen der Atemwege, z. B. eine Lungenentzündung, können auch von Anfang an von Bakterien ausgelöst werden.

Wie erkennen Sie, liebe Eltern, die Erkältung? Ihr Kind hat
- Fieber
- Schnupfen

- Husten
- Heiserkeit
- Halsschmerzen
- Mattigkeit
- Kopf- und Gliederschmerzen
- Schüttelfrost

Ansteckungsgefährdete Zeit: die ersten 1 – 3 Tage.

Wenn die Erkältung noch **in den Gliedern steckt** und das Kind darüber klagt:

- 3 – 5 x tägl. 1 Tabl. Nr. 3 Ferrum phos. D 6.

Wenn Ihr Kind **Fieber** hat bis **38,5 °C**:

- Alle 10 – 20 Min. 1 Tabl. Nr. 3 Ferrum phos. D 12, bis die Temperatur sinkt, dann Abstände verlängern und noch ein paar Tage nacharbeiten, mit mindestens 2 Gaben pro Tag.

Wenn die Erkältung in die Schleimbildung übergeht und dieser **weißgrau, fadenziehend, klebend** ist:

- ¼ – ½-stdl. 1 Tabl. Nr. 4 Kalium phos. D 6, bis sich der Schleim löst, dann Abstände verlängern und noch ein paar Tage nacharbeiten, mit mindestens 2 Gaben pro Tag.

Wenn Ihr Kind Fieber **über 38,5 °C** hat und gleichzeitig erschöpft ist, geben Sie unser „Antibiotikum der Biochemie", Nr. 5 Kalium phos. D 6, im Wechsel mit Nr. 8 Natrium chlor. D 6, wie folgt:

- Nr. 5 alle ¼ – ½ Std. 1 Tabl. und nach Besserung die Abstände verlängern.
- Nr. 8 ca. alle 2 Std. jeweils 1 Tabl., in den Folgetagen 1 – 2 x tägl. bis 16.00 Uhr je 1 Tabl.

Auch wenn jetzt die Körpertemperatur unter 38,5 °C geht, bei Nr. 5 bleiben. Nicht auf Nr. 3 wechseln, sonst steigt die Temperatur wieder an. Beachten Sie bitte auch: Im Akutfall geben wir Nr. 5 immer, denn wir haben lieber ein munteres Kind als ein schläfriges.

Bei völliger Fieberfreiheit geben Sie Ihrem Kind noch mindestens 3 Wochen täglich bis 15.00 Uhr 1 Tabl. Nr. 5. (Lesen Sie hierzu auch in meinem Buch „Die 12 Salze des Lebens" die Kapitel „Entzündungen" und „Erkrankungen des Nervensystems".)

Im **Lösungsstadium** (nach Dr. Schüßler Stadium Nr. 3) und bei **gelbschleimigen** Absonderungen, die **mild** sind:

- 3 – 5 x tägl. 1 – 2 Tabl. Nr. 6 Kalium sulf. D 6.

Wenn Ihr Kind zusätzlich **unruhig** ist:

- Alle ½ Std. 1 Schluck „Heiße 7" mit 5 – 7 Tabl. Nr. 7 Magnesium phos. D 6.

Wenn Ihr Kind von Haus aus schon **schwächlich** ist:

- Am Vormittag 2, 3 oder 5 Tabl. Nr. 2 Calcium phos. D 6.

Entsprechend dem Abschnitt II. 1. Wahl des richtigen Mittels/Absonderungen die passenden Schüßler-Salben als Einreibungen, z. B. an und in der Nase, im Bronchialbereich, mit einsetzen. Siehe auch die Tipps in Anhang A.

Tipp: Erkältungen brauchen Wärme. Diese können Sie Ihrem Kind neben einer Wärmflasche oder einem Kirschkernkissen (nicht in der Mikrowelle erwärmt) auch in Form von heißen Getränken wie Kräutertees, heißen verdünnten Säften, wie z. B. Holunderblütensaft, Sanddornsaft, heiße Gemüsebrühe, verabreichen.

Ganz allgemein regen heiße Suppen die Drüsentätigkeit an. Wir erreichen damit, dass zähes Sekret anfängt zu fließen. Sie selbst können ja schon beobachten, dass man oft nach dem ersten Löffel einer Suppe nach einem Taschentuch greift.

Zwingen Sie Ihr Kind aber nicht zum Essen, während es stark erkältet ist. Denn Verdauung benötigt viel Energie. Akute Krankheiten, vor allem wenn Fieber im Spiel ist, verbrauchen Energiereserven und deshalb bleibt für die Verdauungsarbeit nicht viel übrig.

Achten Sie vor allem auf ausreichendes Trinken.

Sorgen Sie für eine gute Darmentleerung. Mit einem leeren Darm gesunden die Kinder schneller.

Allgemeine Maßnahmen zur Unterstützung:

Schwitzkur, Wechsel-Fußbäder (s. Anhang A), aber nur bei älteren Kindern.

Viel Vitamin C, am besten durch verdünnten Sanddornsaft, Holundersaft, Kirschsaft, Johannisbeersaft, Acerola-Lutschtabletten.

Viel trinken: Kräutertees, verdünnte Säfte, Wasser.

Verzichten Sie während der Erkältung auf tierisches Eiweiß, auf Milch- und Milchprodukte oder andere Schleimbildner wie Bananen, Kartoffeln, Reis.

Ausnahme: Heiße Milch biologischer Herkunft, aufgeschlagen, aufgekocht und mit Ceylon-Zimt (enthält wenig Cumarin) darf das fiebernde Kind schlückchenweise trinken, aber nur solange Fieber besteht. Zur Fiebersenkung eignet sich auch eine selbst gekochte Hühnerbrühe.

Ist das Fieber vorbei, reichen wir auch keine Milch bzw. Hühnerbrühe mehr. Diese beiden Lebensmittel dienten nur zur Unterstützung der Fieberregulierung.

Stärken Sie Ihr infektanfälliges Kind täglich mit frischem, voll ausgereiftem Obst und Gemüse aus biologischem Anbau, möglichst jahreszeitengerecht. Es bedarf keiner großen Menge an frischem Obst, dafür aber kontinuierlich bis spätestens 14.00 Uhr eines jeden Tages. Gedünstetes Gemüse dagegen ist zu jeder Tageszeit empfehlenswert.

Rekonvaleszenz (Erholungsphase):

Unterstützen Sie die Erholungsphase des Kindes mit leichter und gesunder Ernährung und unterstützen Sie den Wärmehaushalt Ihres Kindes durch warme Suppen, warmes Essen und warme Getränke, z. B. Lindenblütentee, Fußbäder und Einreibungen mit Malvenöl, Fa. Wala. Reiben Sie damit abends Rücken und Arme ein, morgens die Beine.

*Aus der Schüßler'schen Lehre empfehlenswert wäre auch die **Energieschaukel (Variante 1)** oder die Stärkung der Immunkräfte mit der **Immunkur**, s. Anhang A.*

Überanstrengen Sie Ihr Kind nicht. Ruhepausen, Schlafzeiten usw. beachten. Siehe auch in meinem Buch „Deine Nahrung sei dein Heilmittel".

Fibromyalgie

Das Fibromyalgie-Syndrom (FMS) ist das „Chamäleon" unter den Krankheiten. Es kursiert auch unter den Bezeichnungen: Fibromyalgie, Fibrositis, generalisierte Tendomyopathie, Muskelrheumatismus, Neurasthenie, psychogener Rheumatismus, Weichteilrheumatismus u.v.m.

„Fibro" (griech. fibra) gibt einen Hinweis auf die Faserstrukturen in Sehne, Bändern und Muskelhüllen, „my" steht für „Muskelgewebe" (griech. myo), „algie" für „Schmerzhaftigkeit".

Betrachten wir die verschiedenen Namen der Fibromyalgie, so zeigt sich eine deutliche Unsicherheit über das Wesen dieser Erkrankung. Die Fibromyalgie kann als Entzündung des Muskelgewebes (Fibrositis), als allgemeine Muskel-Sehnen-Erkrankung (Tendomyopathie) oder rheumatische Erkrankung (Muskelrheumatismus) definiert werden. Mögliche weitere Kennzeichen: abnorme Spannung der Muskulatur, psychische Störung (psychogener Rheumatismus).

Das FMS ist ein Krankheitszustand, der sich durch chronische Schmerzen in der Muskulatur und den benachbarten Strukturen zeigt. Die zugehörigen Muskelhüllen und Sehnen sind ungewöhnlich schmerzempfindlich, wenn man mit dem Finger darauf drückt.

Weitere Symptome können sein: Morgensteifigkeit, subjektives Gefühl von Schwellungen der Hände (jedoch ohne Befund), chronische Müdigkeit, Erschöpfung, Schlafstörungen, Kopfschmerz, Empfindungsstörungen, Reizdarm und Reizblasenprobleme, Depression, „Restless legs" (ruhelose Beine), Herzrasen, Trockenheit der Mund- und Schleimhäute, Schwitzen bei kalten Händen und Füßen, erhöhte Kälteempfindlichkeit etc.

Länger anhaltende chronische Schmerzen können von Phasen allmählicher Besserung der Beschwerden oder sogar völliger Schmerzfreiheit unterbrochen werden. Normalerweise verschlechtern sich die Beschwerden einige Monate lang und bleiben dann innerhalb eines gewissen Grades stabil. Die meisten Patienten leiden immer mehr an Einschränkungen ihrer körperlichen Funktion.

Es handelt sich hier um die zweithäufigste Erkrankung von Patienten, die einen Rheumatologen aufsuchen. Ausführlicheres finden Sie in meinem Buch „Die 12 Salze des Lebens" im Kapitel „Fibromyalgie-Syndrom".

Fieber

Dreitagefieber, Fieberkrampf, Fieber beim Zahnen

Grundsätzlich: Die Normaltemperatur eines gesunden Menschen schwankt zwischen 36,8 °C und 37,5 °C. Ab 39 °C spricht man von hohem Fieber.

Es ist ganz natürlich, dass Säuglinge und Kleinkinder immer wieder einmal unter Fieber leiden, meist begleitet es andere Beschwerden und begünstigt häufig Entwicklungsschübe.

Wegen unterschiedlicher Fiebersymptome erfolgt etwa jeder 4. Besuch beim Kinderarzt. Die Eltern sind häufig verunsichert und ängstlich, denn der natürliche Umgang mit dem Phänomen Fieber ist uns verlorengegangen.

Fragen Sie sich in jedem Fall:

- Warum liegt Fieber vor, welche Ursachen könnte es haben?
- Hat mein Kind eine Infektion?
- Erkennen Sie die eigentliche Ursache, dann behandeln Sie diese vorrangig.
- Die Begleitsymptome wie Müdigkeit, Abgeschlagenheit, Schnupfen usw. sind bei der Beurteilung des Fiebers mit zu berücksichtigen.

Es gibt inzwischen viele Untersuchungen, die belegen, dass sich z. B. Viren bei höheren Temperaturen langsamer entwickeln, und somit dürfen wir dankbar zur Kenntnis nehmen, dass Fieber die Abwehrreaktion stärkt. Unterdrücktes Fieber, gerade wenn es sich um mäßige Temperaturerhöhungen handelt (bis 38,3 °C/38,5 °C) kann sich ungünstig auswirken. Fieber sollte als Zeichen einer Abwehrreaktion verstanden werden und dient dem Heilungsvorgang im Körper des Kindes. Fieber ist vor allem keine eigenständige Krankheit, sondern immer ein Begleitsymptom. Hat Ihr Kind jedoch hohes Fieber ab 39,0 °C, dann sollte wegen möglicher Komplikationen, z. B. Herz-Kreislaufprobleme, Krampfzustände u. a. immer der Arzt/Kinderarzt umgehend konsultiert werden. Je jünger das Kind und je höher das Fieber, umso früher ist ärztliche Hilfe erforderlich, vor allem, wenn Sie wissen, das Ihr Kind zu Krämpfen neigt. Sollte das Fieber länger anhalten, vielleicht auch immer nur zu einer bestimmten Tageszeit subfebril (unterschwellig, d. h. bis 38,3 °C), dann Ursachenforschung mithilfe eines Arztes betreiben.

Bedenken Sie: Gerade bei Säuglingen ist besondere Achtsamkeit notwendig. Tritt das Fieber überraschend auf, verbunden mit Nahrungsverweigerung und Lethargie, sofort zum Arzt. Die Möglichkeit einer Hirnhautreizung oder auch -entzündung muss überprüft werden. Bei Säuglingen kann das hohe Fieber auch schnell zu einer inneren Austrocknung führen, vor allem wenn Ihr Kind das Trinken verweigert.

Lesen Sie dazu auch die Mittelbeschreibung unter „Erkältung" nach.

Fieber allgemein

Bei Beginn des Fiebers und **bis 38,5 °C**:

- Nr. 3 Ferrum phos. D 12.

Für **Kleinkinder und Säuglinge**:

- Alle 10–15 Min. 1 Schluck „Heiße 3" mit 5–7 Tabl.

Für **ältere Kinder**:

- ¼–½-stdl. 1 Tabl.

Jeweils nach Besserung die Abstände verlängern und noch ein paar Tage nacharbeiten.

Bei Fieber **über 38,5 °C** sind die beiden **Hauptmittel**:

- Nr. 5 Kalium phos. D6 im Wechsel mit Nr. 8 Natrium chlor. D6.

Für Kleinkinder und Säuglinge:

- „Heiße 5" mit 3–5 Tabl. und alle ¼–½ Std. einen Schluck, bis zur Besserung und Stabilisierung der Körpertemperatur, danach Abstände verlängern und nacharbeiten.

Als **Zwischenmittel** bei hohen Temperaturen:

- Alle 2–3 Std. 1 Tabl. Nr. 8 Natrium chlor. D6, s. o.

Für ältere Kinder:

- Alle 1–2 Std. 1 Tabl. Nr. 5 Kalium phos. D6, bis zur Stabilisierung der Temperatur, dann die Zeitabstände verlängern und nacharbeiten.
- Alle 2–3 Std. je 1 Tabl. Nr. 8 Natrium chlor. D6, in der Nacharbeitung jeden Tag 1 x 2 Tabl.

Wenn das Fieber dazu noch mit **weißgrauem, trockenem oder schleimigem Zungenbelag** einhergeht (s. auch unter Erkältung):

- Alle 1–2 Std. 1 Tabl. Nr. 4 Kalium phos. D6 im Wechsel mit Nr. 8 s. o.

Tipp: Bettruhe ist angesagt. Nicht auf dem Sofa und nicht mit Fernseher, Video oder Radio usw.

Tee bei Fieber, s. Anhang A. Zwingen Sie Ihr Kind nicht zum Essen! Geben Sie ihm auch nur leichte Kost, sorgen Sie für genügend Flüssigkeitszufuhr in Form von dünnen Kräutertees, verdünnten Obstsäften, milchsauren Getränken und Quellwasser. Fiebernde Kinder dürfen auch eine Hühnerbrühe bekommen, solange Fieber vorhanden. Wenn verträglich, auch eine heiße Milch mit etwas Ceylon-Zimt (enthält wenig Cumarin) aufgeschlagen, solange Fieber besteht.

Wadenwickel (s. Anhang A) erst ab 39,5 °C als fiebersenkende Maßnahme anwenden und nur bei warmen Füßen durchführen. Für kleinere Kinder besser einen Bauchwickel.

Nehmen Sie bei Fieber Ihrem Kind auch die Plastikwindeln ab (Hitzestau).

Dreitagefieber

Es handelt sich hierbei um eine Infektionskrankheit, ausgelöst durch ein Herpes-Virus, und betrifft meist die Kinder im ersten Lebensjahr. Dreitagefieber ist für viele Kinder somit die erste typische Kinderkrankheit.

Hat Ihr Kind die Erkrankung durchgemacht, verbleibt das Virus ein Leben lang im Körper. Deshalb können auch gesunde Erwachsene über den Speichel ihre Kinder anstecken. Darum gilt grundsätzlich: Lutschen Sie niemals den Schnuller Ihres Kindes ab, benutzen Sie nicht sein Besteck oder Glas und dergleichen. Das ist schon einmal eine gute Vorbeugung zum Wohl Ihres Kindes.

Ablauf:

Ihr Kind bekommt plötzlich hohes Fieber, welches 3 Tage (auch mal länger) anhalten kann. Ihrem Kind geht es so weit gut, aber es fiebert.

Weitere Begleitsymptome können möglicherweise Magen-Darm-Probleme, geschwollene Lymphknoten, Husten usw. sein – diese können aber auch gänzlich fehlen. Allerdings kann das Dreitagefieber auch Auslöser eines Fieberkrampfes sein.

Dreitagefieber kann vom Arzt auch erst dann festgestellt werden, wenn nach 3 Tage langem hohem Fieber bis

40 °C plötzlich am 4. Tag das Fieber rasch absinkt. In dieser Phase tritt an Brust, Bauch und Rücken ein fleckiger, rötlicher Hautausschlag auf, der Ihrem Kind jedoch keinerlei Beschwerden bereitet und mehrere Tage anhält. Das Auftreten des Ausschlages kündigt somit die Genesungsphase an und Ihr Kind wird sich erholen.

Behandlung mit Schüßler-Salzen: s. Fieber.

Fieberkrampf

Er kann bei Säuglingen und Kleinkindern auftreten und Sie, liebe Eltern, werden sich sehr erschrecken. Im Allgemeinen ist der Fieberkrampf aber ungefährlich. Der erste Fieberkrampf sollte umfassend seitens des Arztes bzw. einer Klinik abgeklärt werden, damit nicht eine andere Erkrankung, z. B. Epilepsie, übersehen wird.

Sind Fieberkrampfreaktionen Ihres Kindes bekannt, dann achten Sie unbedingt darauf, dass das Fieber nicht über 39 °C steigt.

Mögliche Maßnahmen: Wadenwickel, Bauchwickel (s. Anhang A); weitere Mittel s. Fieber.

Neben der ärztlichen Betreuung:

- ½-stdl. 1 Tabl. Nr. 2 Calcium phos. D 6 bis zur Besserung, dann Abstände verlängern.
- ¼–½-stdl. 1 Schluck „Heiße 3" mit 5–10 Tabl. Nr. 3 Ferrum phos. D 12

Im Wechsel mit:

- Alle 10 Min. 1 Schluck „Heiße 5" mit 5–7 Tabl. Nr. 5 Kalium phos. D 6, bis zur Besserung, dann die Abstände verlängern.

Geben Sie auch:

- Mindestens 1–2 x tägl. 1 Tabl. Nr. 8 Natrium chlor. D 6.

Fieber beim Zahnen

- Alle ½–1 Std. je 1 Tabl. Nr. 3 Ferrum phos. D 12 im Wechsel mit Nr. 11 Silicea D 12.

Fingernägelkauen

Wenn Ihr Kind an den Nägeln kaut, geben Sie:

- 3–4 x 2 Tabl. Nr. 2 Calcium phos. D 6.

Bitte haben Sie etwas Geduld. Die Behandlung kann durchaus mehrere Wochen bis Monate in Anspruch nehmen.

Tipp: Überlegen Sie, wem gegenüber Ihr Kind seine unterschwellige Wut nicht ausdrücken kann und eventuell auch nicht will.

Ermutigen Sie Ihr Kind, sich auszudrücken und die gewonnene Kraft, die nun freigesetzt werden kann, für kreative Dinge zu nützen.

Flechten – siehe Ekzeme

Fontanellen, verzögertes Schließen

Bei der Geburt haben sie eine wichtige Aufgabe. Sie ermöglichen während der Geburt, gemeinsam mit der knorpeligen Auskleidung des Schädels, das Übereinanderschieben der Knochenplatten und erleichtern damit den Durchtritt durch den Geburtskanal.

Endgültig verschließt sich die kleine Fontanelle nach ca. 2 Monaten, die Seitenfontanellen nach ca. 1 Jahr, die große Fontanelle nach ca. 2 Jahren. Bei Mangelerscheinungen, z. B. Rachitis kann der Verschluss deutlich länger dauern. (Verknöchert sich die Fontanelle vorzeitig, heißt das „Kraniosynostose".)

Bei **verzögertem Schließen** der Fontanellen:

- Bis zu 5 x tägl. 3 Tabl. Nr. 1 Calcium fluor. D 12 im täglichen Wechsel mit Nr. 2 Calcium phos. D 6 als Tablettenbrei auf die Zunge oder mit einem Hornlöffel in die Wangeninnentasche des Kindes streichen.
- Salbe Nr. 1 Calcium fluor. im täglichen Wechsel mit Salbe Nr. 2 Calcium phos. hauchdünn und sanft am Köpfchen des Kindes einmassieren.

Geburtstrauma

Nach der Entbindung kann es zu der einen oder anderen Störung kommen, die möglicherweise auch auf das Geburtstrauma zurückzuführen ist. So kommt es vor, dass ein Kind immer zur Zeit um die Geburtsstunde schreit: Ängstlichkeiten aus dem Geburtserlebnis stecken möglicherweise noch lange in den Gliedern. Nehmen Sie es auf den Arm und beruhigen Sie den Säugling.

1 – 2 Original Notfalltropfen von Dr. Bach auf dem Köpfchen und im Nackenbereich verteilen. Auch die Notfallsalbe von Dr. Bach kann verwendet werden. Damit helfen Sie dem Säugling, den Geburtsschock zu überwinden und diesen zu verarbeiten. Geben Sie dem kleinen Wesen Nähe, Wärme, Verständnis und Vertrauen.

Zur leichteren Überwindung des evtl. **Geburtstraumas**:

- 2 x täglich 1 Tabl. Nr. 3 Ferrum phos. D 12.
- 1 x täglich um die Mittagszeit 1 Tabl. Nr. 5 Kalium phos. D 6, jeweils als Tablettenbrei in die Wangeninnentasche.

Rhythmusfindung mithilfe der biochemischen Energieschaukel (Variante 1):

- Nr. 2 Calcium phos. D6 morgens 1 Tabl.
- Nr. 5 Kalium phos. D6 mittags 1 Tabl.
- Nr. 7 Magnesium phos. D6 abends 1 Tabl.

Für das Kind jeweils als Tablettenbrei in die Wangeninnentasche.

Die Mutter nimmt die Energieschaukel ebenfalls ein, jeweils in der heißen Trinkversion, mit 5–10 Tabl.

Tipp: Ein wichtiger Grundsatz: Das Neugeborene benötigt nach der Geburt viel Wärme, Körper- und Hautkontakt, denn es war ja eine gleichmäßige Temperatur in der Gebärmutter gewohnt. Nur mühevoll kann es im ersten Monat ausreichende Körperwärme entwickeln. Die denkbar engste Verbindung zwischen Mutter und Kind wird mit der Entbindung abrupt beendet. Die Wände der Gebärmutter waren bis zur Geburt seine Grenzen, nun muss es ohne den gewohnten Raum existieren und das löst Unbehagen aus.

In der Gebärmutter hörte das Kind stets die gleichen vertrauten Geräusche: Herzschlag, Darmgeräusche, Außengeräusche drangen nur stark gedämpft zu ihm durch. Nach der Geburt ist es von fremden, lauten Geräuschen umgeben oder auch von völliger Stille. In Mutters Schoß herrschte praktisch Schwerelosigkeit, jetzt hat der kleine „Kopffüßler" Mühe, den Kopf zu halten und seine Glieder zu koordinieren. Aus der körperlichen Dunkelheit kommt es in Tages- und Lampenlicht, und die vorgeburtliche „Zeitlosigkeit" soll in einen regelmäßigen Schlaf- und Wachrhythmus übergeleitet werden.

Bisher war der Säugling über die Nabelschnur immer ohne Anstrengung mit ausreichend Nahrung versorgt, jetzt auf einmal soll er gezielt saugen bzw. trinken, sollen sich Ess-/Stillzeiten einpendeln. All das Neue wirkt bedrohlich und schlafstörend, und die Umstellung geht meist nicht ohne Probleme.

Aus all diesen Gründen ist es überaus wichtig, das Neugeborene zärtlich zu berühren und zu liebkosen. Seine psychische Gesundheit und die gedeihliche Entwicklung von Gehirn- und Nervenzellen hängen davon ab. Viel Ruhe und Zuwendung braucht das Baby, um auf der Erde „anzukommen" und seinen eigenen Lebensrhythmus zu finden. Es kann bis zu 5 Monaten dauern, bis sich ein gleichmäßiger Rhythmus einstellt.

Einer der wichtigsten Hinweise für gute Gesundheit und Entwicklung:

Säuglinge sollten immer ein Seiden- oder Wollmützchen tragen, Hände und Füße sollen sich warm anfühlen und nicht schweißig sein. Zugluft vermeiden. Hüllen Sie das Neugeborene noch zusätzlich je nach Jahreszeit in ein Moltontuch oder eine Seiden-, Baumwoll- oder dünne Wolldecke ein. Verwenden Sie nur reine Naturmaterialien, ohne Farb- oder synthetische Zusatzstoffe.

Wichtig: Niemals die Brust der Kinder feucht und kalt werden lassen. Lätzchen werden auf und unter der Kleidung getragen und sind ein wahrer Segen. Wechseln Sie es so oft wie nötig. Für das Baby verhindern Sie mit dieser einfachen Methode eine nasse und kalte Brust, das erspart dem Baby so manche Erkältung und Ihnen, liebe Eltern, schlaflose Nächte.

Gelbsucht (Hepatitis)

(Nicht zu verwechseln mit Neugeborenengelbsucht, s. dort)

Die Gelbsucht ist eine Erkrankung der Leber und ihre Behandlung gehört immer in die Hand eines Arztes. Sie wird durch Viren, Bakterien, Parasiten, aber auch durch Gifte hervorgerufen und kann durch kontaminierte Lebensmittel oder Medikamente und durch den Kontakt mit infizierten Menschen übertragen werden.

Hepatitis A wird durch das stabile Hepatitis-Virus A verursacht, das sich ausschließlich auf die Leberzellen konzentriert. Es vermehrt sich in den Leberzellen und wird dann über den Darm ausgeschieden. Die Ansteckung erfolgt oft durch Kontakt zu Fäkalien (gemeinsame Toilette, nicht gewaschene Hände) bei engem Kontakt unter den Menschen, aber auch durch verunreinigtes Wasser sowie Lebensmittel, die mit diesem Wasser in Kontakt kamen und anschließend verzehrt wurden. Infizierte Personen scheiden Hepatitis-A-Viren bereits ca. 1 bis 2 Wochen vor dem Einsetzen der Krankheitssymptome aus und können so andere Personen leicht anstecken. Kinder erkranken häufig ohne die herkömmlichen Krankheitsanzeichen und stellen damit oft über lange Zeit eine unentdeckte Infektionsquelle dar. Erkrankt eine schwangere Frau an Hepatitis, kann das Kind im Mutterleib angesteckt werden. Negative Folgen für das Ungeborene sind jedoch bisher nicht beobachtet worden.

Die durchgemachte Hepatitis-A-Infektion schützt lebenslang vor dem Virus und heilt bei richtiger Behandlung folgenlos ab.

Hepatitis B wird ebenfalls durch ein Virus verursacht. Da es im Blut eines Menschen eine hohe Konzentration er-reichen kann, wird es schon durch winzige Verletzungen der Haut oder der Schleimhäute übertragen. Speichel, Tränenflüssigkeit, Muttermilch oder Sperma sind weitere Überträgersubstanzen.

Hepatitis B ist hoch ansteckend und kann zu chronischen Lebererkrankungen führen.

Die Gabe von gut gewählten Schüßler-Salzen kann die schulmedizinische Behandlung unterstützen.

Hauptmittel:
Falls die Gelbsucht im Zusammenhang mit **seelischen Erschütterungen** auftrat, dann deutet dies besonders auf eine notwendige Gabe von Nr. 10 hin. Erbricht das Kind zudem eine **bittere** Masse oder auch **Galle**, der Zungenbelag ist **graubraun** bis **graugrün**, dann:

- Alle ½–1 Std. 1 Tabl. Nr. 10 Natrium sulf. D6.

Bei **Leberentzündung** als alleinige Ursache:

- Alle ½–1 Std. 1 Tabl. Nr. 3 Ferrum phos. D6.

Wenn Ihr Kind gleichzeitig einen **weißgrauen Zungenbelag**, **hellen Stuhl**, verbunden mit **Magenbeschwerden** und **Verstopfung** hat:

- Alle ½–1 Std. 1 Tabl. Nr. 4 Kalium chlor. D6.

Wenn Ihr Kind über **Magenbeschwerden** klagt und gleichzeitig einen **salzigsauren Speichelfluss** hat:

- 1–2-stdl. 1 Tabl. Nr. 8 Natrium chlor. D6.

Bei **Fieber** und wenn die Gelbsucht Ihres Kindes im Rahmen einer **anderen Erkrankung** mit auftritt:

- Alle ½–1–2 Std. 1 Tabl. Nr. 5 Kalium phos. D6.

Wenn Ihr Kind starken **Juckreiz** auf der Haut hat:

- ¼–½-stdl. im Wechsel, immer je 1 Schluck „Heiße 6" mit 5 Tabl. Nr. 6 Kalium sulf. D6 bzw. „Heiße 7" mit 5 Tabl. Nr. 7 Magnesium phos. D6, bis zur Besserung, dann Abstände verlängern.

Tipp: Besprechen Sie sich bitte mit Ihrem Arzt wegen der Ernährung Ihres Kindes und halten Sie sich dann auch strikt an dessen Verordnung.

Bei älteren Kindern am Abend einen feuchtheißen Wickel mit Salbe Nr. 6 Kalium sulf. und Salbe Nr. 10 Natrium sulf. anwenden. Im täglichen Wechsel auf den Oberbauch des Kindes hauchdünn einreiben und dann den Leberwickel nach Anweisung auflegen.

Schafgarbentee, 1–2 Tassen bei älteren Kindern.

Im Anschluss während der Rekonvaleszenz die Immunkur oder die Energieschaukel (Variante 2), (s. Anhang A) für mehrere Wochen einsetzen.

Gelenkentzündung – siehe Knochenerkrankungen bzw. Rheuma

Glutenunverträglichkeit – siehe Zöliakie

Gneis – siehe Milchschorf

Halsentzündung

Angina/Mandelentzündung/Mandelschwellung, Heiserkeit

Die Rachen-, Gaumen- und Zungenmandeln spielen in der körpereigenen Abwehr eine sehr große Rolle. Hier werden schon die ersten Eindringlinge abgefangen und eliminiert.

Halsschmerzen treten häufig im

Zusammenhang mit einem grippalen Infekt auf und sind bedingt durch eine Entzündung im Hals (Ursache: z. B. Bakterien, Viren).

Je nach Ort der Entzündung spricht man von:

- einer Rachenschleimhautentzündung (Pharyngitis)
- einer Stimmband- oder Kehlkopfentzündung (Laryngitis)
- einer Kehldeckelentzündung (Epiglottitis = Sonderform der Laryngitis)
- einer Entzündung der Luftröhre (Tracheitis)
- einer Gaumenmandelentzündung (Angina tonsillaris bzw. Tonsillitis)
- oder einer Entzündung der Lymphbahnen der seitlichen Rachenwand (Seitenstrangangina)

Kinder und Jugendliche, vor allem Kleinkinder, haben im Durchschnitt 6–8 x jährlich Halsschmerzen. Bei länger anhaltenden Halsentzündungen sollte vom Arzt abgeklärt werden, ob sich dahinter nicht etwas Ernsthafteres wie z. B. Scharlach oder Diphtherie verbirgt.

Sind Bakterien die Auslöser, dann erkennen Sie dies bei Ihrem Kind an den eitrigen Stippchen auf den Schleimhäuten des Halses. Auf jeden Fall einen Rachenabstrich machen lassen. Danach richtet der Arzt dann seine Mittelwahl bei der Behandlung.

Kommen bei Ihrem Kind Schluckbeschwerden, geschwollene Lymphknoten, Schmerzen und/oder Heiserkeit hinzu, kann es sich um eine Angina tonsillaris (Tonsillitis) handeln. Häufig wiederkehrende Mandelentzündungen sprechen für eine Überlastung des Lymphsystems im Hals-Nasen-Rachenraum.

Alle Krankheiten Ihres Kindes, die im Zusammenhang mit Rachen, Luftröhre, Lunge, Stimmbändern und Schluckbeschwerden stehen, sollten Ihre besondere Aufmerksamkeit haben. Insbesondere bei einer Mandelentzündung ist es wichtig, auf (Bett-) Ruhe und gute Ernährung zu achten und das Kind ganz allgemein zu schonen. Entzündungen im HNO-Bereich – gerade wenn sie von Fieber begleitet werden – können ernsthafte Folgeerkrankungen nach sich ziehen. Diese können sich in einer lang anhaltenden Schwäche zeigen, in subfebrilen (unterschwelligen) Temperaturen oder anderen Beschwerden (s. Zeichnung). Erschwerend kommt hinzu, dass eitrige Mandelentzündungen in der Tiefe des Gewebes ablaufen können und in diesem Fall nicht nach außen sichtbar werden.

Eine Stimmbandüberlastung, z. B. durch zu vieles Schreien, kann eine andauernde Heiserkeit hervorrufen (evtl. Sprechverbot). Hält eine Heiserkeit länger als 2 Wochen an, dann ebenfalls den HNO-Arzt aufsuchen.

Sorgen Sie auch immer für eine gute Regenerationsphase mithilfe der Schüßler-Salze.

Tipp: Achten Sie darauf, dass sich Ihr Kind nicht unterkühlt.

Bettruhe auch bei leichteren Erkrankungen und bei Fieber.

Lassen Sie Ihr Kind möglichst lange im Bett, auch nachdem es ihm schon besser geht und es kein Fieber mehr hat.

Viel trinken – Kräutertees.

Markante Wirkung der Mandelentzündung auf verschiedene Organe

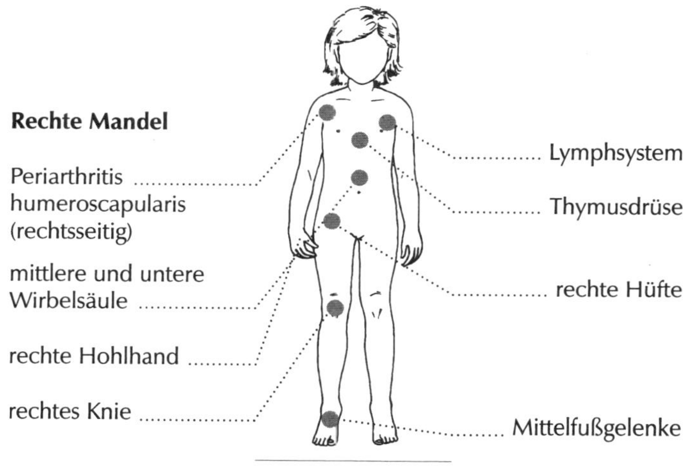

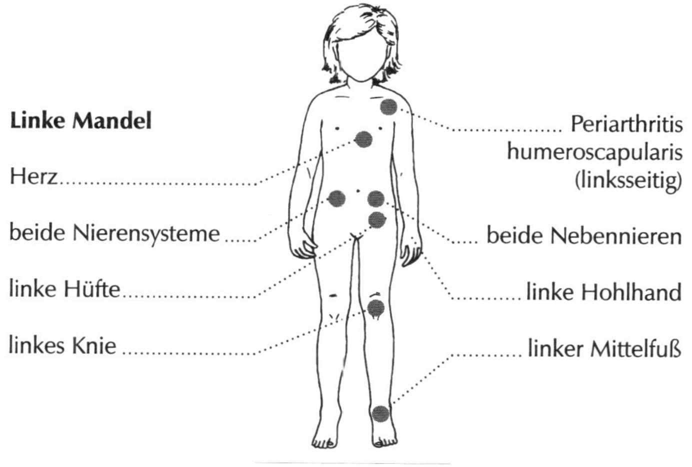

Mundspülungen mit Salbeitee. Nicht gurgeln, das wäre zu anstrengend und würde die Mandeln reizen.

Schwitzkur (s. Anhang A), Halswickel als kühlender Quarkwickel (s. Anhang A) oder auch als wärmender Kartoffelwickel.

Wadenwickel (s. Anhang A), falls hohes Fieber bestehen sollte.

Ernährung (s. auch unter Erkältung): Vermeiden Sie alle Schleimbildner wie tierisches Eiweiß, Mehlprodukte, Kartoffeln, Tomaten, Paprika, Gurken, rohes Obst, Gemüse und Salat!

Ausnahme: Bei Fieber dürfen Sie Ihr Kind eine Tasse heiße biologische Milch kauend trinken lassen. Geben Sie etwas Ceylon-Zimt (enthält wenig Cumarin) in die heiße Milch, dies verhindert die Schleimbildung. Weizen, Haselnüsse und denaturierte Milch stehen im Verdacht, an den ständigen Halsentzündungen, Mandelschwellungen und Nasenpolypen beteiligt zu sein. In der Naturheilkunde sehen wir das als Hinweis auf eine Nahrungsmittelunverträglichkeit bzw. als eine maskierte Allergie an. Lassen Sie deshalb diese Lebensmittel für eine Weile weg und sehen Sie, wie sich die Gesamtsituation entwickelt und verändert. Natürlich sind die weggelassenen durch andere hochwertige Lebensmittel zu ersetzen, auf keinen Fall aber durch vermehrten Verzehr von Käse- und Milchprodukten.

Gleich zu **Beginn** (alles ist **rot**, das Kind **friert**, Fieber bis **38,5 °C**, auch der Kopf ist rot und die Nasenatmung erschwert), weil die Mandeln **schwellen** und **Trockenheit** im Rachen besteht:

- ¼–½-stdl. je 1 Tabl. Nr. 3 Ferrum phos. D6 im Wechsel mit Nr. 4 Kalium chlor. D6. Sie können auch eine „Heiße 3“ und eine „Heiße 4“ mit je 5 Tabl. vorbereiten und im Wechsel je 1 Schluck verabreichen.

Wenn Sie bei Ihrem Kind den Rachen oder die Mandeln **weißgrau-schleimig** belegt sehen, der Schleim kann auch **weißlich** den Rachen hinabfließen:

- ¼–½-stdl. bis zur Besserung 1 Tabl. Nr. 4 Kalium chlor. D6.

Wenn Ihr Kind Temperatur über **38,5 °C** entwickelt und zudem noch eine **stinkende** Mundausdünstung wahrgenommen wird. Sie sehen **große Mandeln**, die schmerzhaft für Ihr Kind sind und geschwürig aussehen:

- ½–1–2-stdl. 1 Tabl. Nr. 5 Kalium phos. D6.

Wenn bei Ihrem Kind das **Gaumenzäpfchen** geschwollen ist und die Mandeln **glasig-durchsichtig** aussehen:

- 3–5 x tägl. 1 Tabl. Nr. 8 Natrium chlor. D6.

Wenn bei Ihrem Kind die **Halslymphknoten geschwollen** sind (natürlich erst nach Ausschluss einer ernsten Erkrankung) und bei **verhärteten Mandeln**:

- 3 x tägl. 1–2 Tabl. Nr. 1 Calcium fluor. D12 und
- 2–3 x tägl. Salbe Nr. 1 Calcium fluor. im Wechsel mit Nr. 11 Silicea hauchdünn auftragen und leicht einklopfen. Auf keinen Fall reiben.

Wenn Ihr Kind zu **chronischer Mandelschwellung** neigt. Die Kinder haben den Mund offen („**Mundatmer**“), machen einen uninteressierten Eindruck, haben häufig **Nasenpolypen**, sind in der Schule **unaufmerksam**, hören schlecht, jammern über **Schluckbeschwerden** und verweigern deshalb das Essen:

- 3 x tägl. 2–3 Tabl. Nr. 2 Calcium phos. D 6

im wöchentlichen Wechsel mit:

- 3 x tägl. 2–3 Tabl. Nr. 2 Calcium phos. D 12.

Über mehrere Monate anwenden.

Tipp: Als einmalige Gabe, die Gesamtmenge des Tages (z. B. 6 Tabl.) als „Heiße 2" morgens schluckweise dem Kind geben. Dann sind Sie für den Rest des Tages fertig.

Wenn bei Ihrem Kind der Schweiß recht **sauer riechen** sollte, eine **chronische Mandelentzündung** vorliegt und sich evtl. **Schmerzen oder Entzündungen im Bewegungsapparat** bemerkbar machen:

- Sofort alle ¼–½ Std. je 1 Tabl. Nr. 9 Natrium phos. D 6 im Wechsel mit Nr. 3 Ferrum phos. D 12, nach Besserung (z. B. ist das Gelenk nicht mehr überwärmt) Zeitabstände verlängern.

Wenn sich bei Ihrem Kind evtl. **kleine Geschwüre** auf den Mandeln zeigen, Mandeln und Zäpfchen **entzündet** sind, der Drang zum **Speichelschlucken** besteht, obwohl Schmerzen vorhanden sind:

- Alle ½–1 Std. 1 Tabl. Nr. 10 Natrium sulf. D 6.

Bei Schmerzen und wenn bei Ihrem Kind der gesamte Rachen und die Mandeln **rot und geschwollen** sind; außerdem sehen Sie, dass die Mandel **rechts mehr geschwollen** ist als links; Ihr Kind klagt möglicherweise über **einseitige Schmerzen**:

- Alle 10–15 Min. einen Schluck „Heiße 7" mit 5, 7 oder 10 Tabl. Nr. 7 Magnesium phos. D 6 bis zur Besserung.

Wenn **Eiter** keinen Abfluss hat, zum Erweichen und Zusammenziehen von **Abszessen** auf den Mandeln:

- Jeweils bis zu 6 x tägl. 1 Tabl. Nr. 11 Silicea D 6 im Wechsel Nr. 9 Natrium phos. D 6; entleert sich der Eiter, dann Potenzwechsel auf Nr. 11 Silicea D 12. (**Achtung**, auch hier gilt: Vorsicht bei Eiter! Arzt aufsuchen!)

Nach **Durchbruch des Eiters** neben Nr. 11 Silicea D 12 (s. o.) bis zur Abheilung:

- 3–4 x tägl. 1 Tabl. Nr. 12 Calcium sulf. D 6.

Wenn Ihr Kind über **Trockenheitsgefühl** an den Schleimhäuten klagt und dabei noch einen chronischen **Nasenrachenkatarrh** hat:

- 3 x tägl. 1–2 Tabl. Nr. 11 Silicea D 12.
- Vereinfachung: „Heiße 11" am Abend mit der Tagesgesamtmenge (s. o.).

Heiserkeit

Wenn es bei Ihrem Kind zu einer Heiserkeit aufgrund einer **Erkältung** kommt:

- ¼–½-stdl. je 1 Tabl. Nr. 3 Ferrum phos. D 6 im Wechsel mit Nr. 4 Kalium chlor. D 6. Sie können auch eine „Heiße 3" und eine „Heiße 4" mit je 5 Tabl. bereiten und im Wechsel je 1 Schluck verabreichen.

Wenn es hierdurch **nicht** zu einer Besserung kommt, verabreichen Sie:

- ¼–½-stdl. je 1 Tabl. Nr. 4 Kalium chlor. D 6 im Wechsel mit Nr. 6 Kalium sulf. D6. Sie können auch eine „Heiße 4“ und eine „Heiße 6“ mit je 5 Tabl. bereiten und im Wechsel je 1 Schluck verabreichen.

Wenn Ihr Kind zusätzlich einen **Kehlkopfkatarrh** entwickelt (**Achtung**: Diphtherie ausschließen lassen!) und ständigen **Räusperzwang** verspürt:

- ¼-stdl. je 1 Tabl. Nr. 4 Kalium chlor. D6 im Wechsel mit Nr. 6 Kalium sulf. D6 bis zur Besserung, dann Abstände verlängern.

Wenn die Stimme Ihres Kindes aufgrund einer **Überanstrengung** der **Stimmbänder** heiser klingt:

- Stdl. 1 Tabl. Nr. 3 Ferrum phos. D6 bis zur Besserung.
- Alle 2 Std. je 1 Tabl. Nr. 5 Kalium phos. D6 und Nr. 7 Magnesium phos. D6 als Zwischenmittel würde das sinnvoll ergänzen (= Synergieeffekt).

Wenn bei Ihrem Kind die Heiserkeit **aufgrund von Erschöpfung** auftritt:

- 1-stdl. 1 Tabl. Nr. 5 Kalium phos. D6.

Bei Heiserkeit mit **folgender Erschöpfung**:

- 2–3 x tägl. je 1 Tabl. Nr. 14 Kalium chlor. D6 im Wechsel mit Nr. 5 Kalium phos. D6.

Halsschmerzen – siehe Halsentzündung

Herpes labialis (Lippenherpes)

Aphthen / Mundbläschen / Mundschleimhautentzündung

Hier handelt es sich um eine Infektion mit Herpes-Simplex-Virus Typ I. Diese bildet schmerzhafte, nässende Bläschen an den Lippen, an den Mundschleimhäuten und sogar an den Nasenschleimhäuten.

Sie treten gerne auf, wenn das Immunsystem geschwächt oder angegriffen ist, weil z. B. schon eine Erkältung besteht. Auch Sonnenstrahlen, Ekel oder Stress können Auslöser sein. Brennen, Jucken und Spannen an der zarten Lippenhaut kündigen den Herpes an. Es bilden sich nach einigen Stunden Bläschen an den Lippen, die mit einer hochinfektiösen Flüssigkeit gefüllt sind. Im Laufe der Erkrankung öffnen sich diese Bläschen, trocknen ein und verkrusten sich meist gelblich. Die Abheilungsphase kann bis zu 14 Tage andauern. Die Möglichkeit, immer wieder am Lippenherpes zu erkranken, ist sehr hoch.

Während der Zahnungszeit ist die Mundschleimhaut des Kindes besonders empfindlich und deswegen vermehrt anfällig für Mundwinkeleinrisse und Zahnfleischentzündungen. Siehe auch Zahnprobleme, Entzündungen bzw. Mundsoor.

Wenn Ihr Kind das Kribbeln und Spannen schon bemerkt:

- Sofort einen Tablettenbrei von Nr. 8 Natrium chlor. D6 an der Stelle auftragen, an der die Bläschen kommen möchten.

Achtung: Keinesfalls die Salben auftragen! Hier werden nur die Tabletten zum Einsatz gebracht.
Dazu:

- Alle 15 Min. 1 Tabl. Nr. 8 Natrium chlor. D6 im Wechsel mit Nr. 11 Silicea D12 lutschen.

Nach Besserung die Abstände verlängern und mindestens noch 3 Wochen nacharbeiten mit je 2 x tägl. 2 Tabl. pro Schüßler-Salz Nr. 8 und Nr. 11.

Weitere Schüßler-Salze ergeben sich aus dem Aussehen der Bläschen und aus den Absonderungen (siehe II. 1. Wahl des richtigen Mittels/Absonderungen).

Wenn Ihr Kind **leichte Temperaturerhöhung** dabei hat und die Stelle, an der die Bläschen kommen wollen, **rot** aussehen:

- ¼–½-stdl.1 Tabl. Nr. 3 Ferrum phos. D12.

Wenn bei Ihrem Kind die Schleimhäute bzw. die Zunge einen **weißen** bis **weißgrauen Belag aufweisen**:

- 1–2-stdl. 1 Tabl. Nr. 4 Kalium chlor. D6.

Wenn die Temperatur Ihres Kindes schon **angestiegen** ist und sich die Beläge mit einem **hellroten** Rand zeigen:

- 1–2-stdl. 1 Tabl. Nr. 5 Kalium phos. D6.

Wenn Ihr Kind zu den **„Geiferern"** zählt und **Bläschen** in den Mundwinkeln vorhanden sind, die Zunge dabei nicht belegt ist; **„Landkartenzunge"**, evtl. Risse in der Unterlippe:

- 1–2-stdl. 1 Tabl. Nr. 8 Natrium chlor. D6

im Wechsel mit:

- 2–3 x tägl. je 1 Tabl. Nr. 20 Kalium Aluminium sulf. D6.

Wenn Ihr Kind **gelblich verkrustete** Bläschen hat und sich im **Abheilungsstadium** befindet (nach Dr. Schüßler: Stadium 3):

- 1–3–5 x tägl. 1 Tabl. Nr. 6 Kalium sulf. D6.

Tipp: *Darauf achten, dass die Bläschenflüssigkeit nicht austritt und sich verteilt. Achtsam mit Wattestäbchen abtupfen und diese sofort entsorgen.*

Tücher, Gläser, Besteck usw. nicht gemeinsam benutzen. Den Schnuller nicht ablutschen. Das Kind nicht küssen und nicht mit anderen aus einer gemeinsamen Flasche trinken lassen.

Nach der Abheilungsphase das Immunsystem stärken mit Schüßler-Salzen (Immunkur, siehe Anhang A).

Auf vitaminreiche Ernährung achten, vor allem B- und C-Vitamine. Lebensmittel mit rechtsdrehender Milchsäure bevorzugen. Siehe dazu auch „Deine Nahrung sei dein Heilmittel".

Herzklappenfehler

Neben der ärztlichen Betreuung ist es lohnend, über lange Zeit Schüßler-Salze zum Einsatz zu bringen.

Als **Grundmittel** für Ihr Kind:

- „Heiße 1" jeden Morgen mit 3–6 Tabl. Nr. 1 Calcium fluor. D 12.

Wenn Ihr Kind **blutarm** und **schwächlich** ist:

- 3–5 x tägl. je 1 Tabl. Nr. 2 Calcium phos. D 6 (kräftigt den Herzmuskel).

Zur **Stärkung des Herzmuskels** in seiner Arbeitskraft:

- 1–3–5 x tägl. 1 Tabl. Nr. 5 Kalium phos. D 6 alternativ als „Heiße 5".

Wenn Ihr Kind **nervlich nicht zur Ruhe** kommt, zu **Gedankenkreisen** im Kopf bzw. zu **Schweißfüßen** neigt:

- Jeden Abend 3–5 Tabl. Nr. 11 Silicea D 12 als „Heiße 11".

Tipp: *Dem Kind einen festen Tagesrhythmus schaffen, unter Ausschluss aller Extrembelastungen wie z. B. Sport.*

Auf Trinkmenge achten. Nicht zu salzig/scharf essen. Ihr Kind sollte kein Übergewicht haben.

Herzklopfen

Zunächst durch eine umfassende Untersuchung klären, dass kein organisches Problem dahintersteht. Heutzutage ist eine Zunahme rein nervöser Herzleiden zu beobachten.

Zur **Beruhigung** Ihres Kindes:

- Alle 10-15 Min. 1 Schluck „Heiße 7" mit 5–10 Tabl. Nr. 7 Magnesium phos. D 6.

Wenn Ihr Kind **Herzklopfen** aufgrund von **unklaren Ängsten**, schreckhaften **Träumen** und **Erschöpfung** hat:

- 1-stdl. bis zu 5 x tägl. 1 Tabl. Nr. 5 Kalium phos. D 6.

Wenn Ihr Kind **blutarm, schwächlich, ängstlich** ist und seine Knie zittern:

- 3–5 x tägl.1 Tabl. Nr. 2 Calcium phos. D 6.

Wenn Ihr Kind nach **körperlicher Anstrengung** mit **Blutandrang** zum Kopf klagt und zusätzlich auch **blutarm** ist:

- 3–5 x tägl. 1 Tabl. Nr. 3 Ferrum phos. D 6.

Wenn Ihr Kind über **kalte Hände und Füße** gleichzeitig klagt:

- 3–5 x tägl. 1 Tabl. Nr. 8 Natrium chlor. D 6.

Wenn Ihr Kind **kribbelig** und **unruhig** ist und über allgemeines **Unwohlsein** klagt:

- 1–3 x tägl. je 1 Tabl. Nr. 10 Natrium sulf. D 6.

Wenn Ihr Kind über **zu wenig Luft** klagt (Fenster soll im Schlafzimmer immer geöffnet sein) und nachts deswegen **erwacht**:

- Im **Akutfall** während der Nacht alle ¼–½ Std. 1 Tabl. Nr. 6 Kalium sulf. D6, ansonsten bis zu 3 x tägl. 1 Tabl.

Wenn sich das Herzklopfen Ihres Kindes **durch Bewegung verstärkt** und in Ruhe schnell beruhigt:

- Bis zu 5 x tägl. 1 Tabl. Nr. 4 Kalium chlor. D6.

Tipp: *Reichen Sie Ihrem Kind einen Schluck warmen oder kalten Wassers, je nachdem, was es lieber möchte.*

Begleiten Sie Ihr Kind, indem Sie bei ihm bleiben und es beruhigen.

Versuchen Sie im Gespräch herauszufinden, was sein „Herzlein" so zum Klopfen bringt.

Am Abend zur Beruhigung eine Bauchmassage mit Salbe Nr. 7 Magnesium phos. und die „Heiße 7" vor dem Einschlafen.

Mäßig warme Fußbäder am Abend und anschließend ins Bett.

Innere und äußere Lebensumstände berücksichtigen und gegebenenfalls verändern, damit Ruhe und Entspannung sich einstellen können.

Blähende Lebensmittel vermeiden.

Heuschnupfen/Heufieber

Ihr Kind klagt über Kribbeln in der Nase, hat Fließschnupfen, Schleimschnupfen, tränende Augen und krampfhaftes Niesen. Die Augenlider sind evtl. gerötet und geschwollen; Krankheitsgefühl, Fieber und allgemeines Unwohlsein können vorhanden sein. In einigen Fällen sind auch der Kehlkopf, die Luftröhre und/oder die Bronchien beteiligt. Husten, bis hin zu asthmatischen Anfällen, ist zu beobachten.

Allergien entstehen durch eine überschießende Reaktion des Immunsystems auf eigentlich harmlose Stoffe. Unser Immunsystem sollte uns normalerweise vor dem Eindringen und der Wirkung wirklich gefährlicher Stoffe schützen.

Pollen gelangen über die Luft in die Augen, die Nase und den Körper. Daher sind Augen und Atemwege bei Heuschnupfen-Allergikern besonders betroffen. Neben einer Veranlagung beruht der Heuschnupfen auch auf einer Überempfindlichkeit der Schleimhäute der oberen Luftwege. Da eine Fehlfunktion des Immunsystems die allergischen Reaktionen auslöst und das Immunsystem zu 80 % im Darm ansässig ist, sollte der Darm in die Betrachtung miteinbezogen werden. (Lesen Sie dazu in „Deine Nahrung sei dein Heilmittel" das Kapitel „Der Herbst (Lunge, Dickdarm)".)

Allergieauslösende Stoffe werden als Allergene bezeichnet. Bei Verdacht auf eine Allergie: Arzt (am besten Allergologen) aufsuchen. Er stellt die Diagnose und versucht herauszufinden, worauf allergisch reagiert wird. Bei über 20.000

bekannten Allergenen ist dies mehr als schwierig, vor allem wenn es um Nahrungsmittelallergien geht.

Beim Heuschnupfen-Allergiker sind es Gräser- und Blütenpollen, die eine überschießende Reaktion des Immunsystems hervorrufen. Das Fatale ist, das die Blütenpollen so klein sind.

Ca. 8000 Blütenpollen werden pro Tag vom Menschen eingeatmet – einige wenige davon reichen, um dem Allergiker das Leben schwer zu machen.

Es genügt in der Regel, in der Pollensaison auf Kreuzallergene zu achten: Der Birken-, Hasel- oder Erlenpollen-Allergiker etwa vermeidet im Frühjahr Steinobst, Kernobst und Nüsse. Allergische Reaktionen lassen sich auch vermeiden, wenn die Nahrung gekocht wird. Beim Erhitzen werden Eiweiße verändert und sind dann leichter verträglich. Deshalb rate ich unbedingt dazu, zu dünsten und zu kochen.

Kreuzallergie

Nahrungsmittel enthalten neben anderen lebenswichtigen Stoffen auch bestimmte Eiweißstrukturen, die Ähnlichkeit mit allergieauslösenden Pollen aufweisen. Unter Umständen kann ein Pollenallergiker auch bestimmte Nahrungsmittel nicht mehr vertragen, das nennt man Kreuzallergie.

Weit verbreitet ist die Birkenpollen-Apfel-Kreuzallergie, da Birkenpollen und Äpfel eine sehr ähnliche Eiweißstruktur haben. Wird nun ein Apfel gegessen, führt das zu den typischen allergischen Symptomen: Die Lippen brennen, es bitzelt auf der Zunge oder die Mund- und Rachenschleimhäute schwellen an, Magen-Darm-Beschwerden können sich hinzugesellen. Bei allen Arten von Allergien kann es im schlimmsten Fall zu Atemnot und Kreislaufversagen kommen.

Beispiele für weitere Kreuzallergene s. mein Buch „Deine Nahrung sei dein Heilmittel".

Typische Heuschnupfen-Symptome sind:

- Nase: Fließschnupfen (die Nase läuft ständig), verstopfte Nase (durch angeschwollene Schleimhäute), häufiges Niesen, starker Juckreiz.
- Auge: Gerötete Augen, Augenbrennen, Anschwellen der Augenlider, Lichtempfindlichkeit der Augen, starker Juckreiz.
- Weitere Symptome: Abgeschlagenheit, schnelle Ermüdung, Krankheitsgefühl, seltener auch Husten und Ohrgeräusche.
- Beschwerden während der Pollenflugzeit sind tagsüber schlimmer, schlechtes Wetter und längere Regenphasen verschaffen Linderung.

Meine Empfehlung: Machen Sie eine Immunkur (s. Anhang A) schon 6 Wochen bevor der Pollenflug beginnt, der Ihr Kind allergisch reagieren lässt.

Im **Akutfall** (Niesen, Fließschnupfen, Augentränen):

- Alle 15–30 Min. je 1 Tabl. Nr. 3 Ferrum phos. D12 im Wechsel mit Nr. 8 Natrium chlor. D6.

Oder vereinfacht:

- Alle 10 Min. 1 Schluck „Heiße 3" und „Heiße 8" bis zur Besserung.

Dazu als **Zwischenmittel**:

- Stdl. 1–2 Tabletten Nr. 2 Calcium phos. D6.

Nasenreflexzonenbehandlung (s. Anhang A) mit Salbe Nr. 3 Ferrum phos. und Salbe Nr. 8 Natrium chlor. im Wechsel.

Tritt unter Nr. 3 und Nr. 8 **keine schnelle Besserung** ein, dann:

- Alle 15–30 Min. je 1 Tabl. Nr. 5 Kalium phos. D6 im Wechsel mit Nr. 6 Kalium sulf. D6.

Auch hier als **Zwischenmittel**:

- Stdl. 1–2 Tabletten Nr. 2 Calcium phos. D6.

Bei **krampfartigem Niesen** und **asthmatischen** Erscheinungen:

- Alle ½–1 Std. abwechselnd je 1 Tabl. Nr. 11 Silicea D12 bzw. Nr. 7 Magnesium phos. D6.

Berücksichtigen Sie wie immer die Absonderungen: Verändert sich die Farbe des Schleimes, wählen Sie das dementsprechende Schüßler-Salz aus.

Tipp: Leberwickel mit Salbe Nr. 6 Kalium sulf. und Nr. 10 Natrium sulf. im wöchentlichen Wechsel, s. Anhang A.

Zinkpräparate zur Stärkung des Immunsystems in Verbindung mit Schüßler-Salz Nr. 21 Zincum chlor. D6, 2 x tägl. 2 Tabl.

Nasenreflexzonenbehandlung (s. Anhang A) mit Salbe Nr. 8 Natrium chlor., mehrmals täglich anwenden.

Vermeiden Sie bei Ihrem Kind so weit möglich den Kontakt zu den Allergenen (Allergieauslösern).

Beachten Sie bitte den Allergenkalender bzw. die Pollenflug-Meldungen in den Medien.

Ihr Kind sollte sich möglichst wenig draußen aufhalten (dabei Wetter berücksichtigen). Anstrengende Betätigungen wie Sport für Ihr Kind vermeiden: Bei körperlicher Anstrengung atmet es tiefer ein und nimmt dadurch vermehrt Pollen auf.

Fenster und Türen stets geschlossen halten, lüften Sie die Wohnung in den pollenflugarmen Zeiten (Stadt: morgens zwischen 6 und 8 Uhr, Land: abends nach 19 Uhr). Dies gilt für zu Hause, besonders für die Nacht, sowie bei Fahrten mit dem Auto.

Tagsüber getragene Kleidung gehört nicht ins Schlafzimmer des Kindes.

Jeden Abend die Haare des Kindes waschen, bevor es schlafen geht. Das entfernt einen Großteil der Pollen, die sich über den Tag im Haar festsetzen. Waschen Sie mit lauwarmem Wasser die Haare des Kindes. Vor dem Waschen der Haare werden diese nicht gebürstet.

Hat Ihr Kind eine Brille: Regelmäßig Gläser und Brillengestell (!) reinigen.

Ihr Staubsauger sollte einen speziellen Feinstaubfilter enthalten, die Filtertüte mindestens alle zwei Wochen austauschen. Nicht saugen, wenn Ihr Kind in der Wohnung oder im Haus ist.

Der Pollenfilter im Auto sollte alle zwei Jahre gewechselt werden.

Der Urlaub mit Ihrem Kind wird möglichst in die Zeit gelegt, in der zu Hause die meisten Pollen fliegen. Die Reise geht in pollenarme Gebiete wie Hochgebirge, Meer oder Wüstenlandschaften.

Zur Ernährung: In der Heuschnupfen-Zeit sollte sich Ihr Kind ausschließlich vegan ernähren. Das bedeutet: ohne jedes tierische Eiweiß. Obst und Gemüse gibt es in dieser Zeit nur in gedünsteter Form. Basische Kost bevorzugen. Für den täglichen Stuhlgang sorgen. Rechtsdrehende

Milchsäure über Lebensmittel zuführen, über milchsauer vergorene Säfte oder Gemüse wie z. B. Sauerkraut. Lebensmittel ohne chemische Zusatzstoffe und andere Chemikalien, kein Essen aus der Mikrowelle oder Tiefkühlkost.

Husten

Bronchialkatarrh, Bronchitis, Keuchhusten, Krupp (Echter Krupp – Pseudokrupp/falscher Krupp), Lungenentzündung, Rippenfellentzündung

Husten ist eine Antwort des Körpers auf Fremdkörper, Reizungen in den Atemwegen bzw. auf Bakterien, Viren und andere Krankheitserreger.

Er entwickelt sich meistens aus Erkältungen, ist aber keine selbstständige Krankheit, sondern ein Symptom für Erkrankungen der oberen (Nase, Rachen, Hals) und inneren Luftwege und tritt auch häufig als Begleiterscheinung (Sekundärerkrankung) anderer Krankheiten mit auf. Oft wandert ein andauernder Schnupfen, auch Halsschmerzen und/oder Entzündungen des ganzen Kopfbereiches, nach unten und ein Husten entsteht (sog. Etagenwechsel). Husten, der länger als eine Woche besteht, bedarf einer ärztlichen Abklärung und Betreuung.

Husten kann unterschiedlich sein, sollte deshalb auch differenziert behandelt werden:

Ein Husten, der produktiv ist, also Schleim bildet und Auswurf hat, darf nicht unterdrückt werden. Aber trockener Husten, Husten mit Rasselgeräuschen, oft auch begleitet von mehr oder weniger hohen Temperaturen, bei dem jede Anstrengung schlapp und müde macht und das Kind zum Schwitzen bringt, muss aufgelöst werden. Gerade hier sind die Schüßler-Salze ein guter Begleiter in der Behandlung.

Ein Husten kann aus einer akuten Erkrankung heraus, wenn er nicht richtig ausgeheilt wurde, chronisch werden. Im Sinne von Dr. Schüßlers Einteilung der Krankheitsstadien:

Entzündungsstadium 1:
Alles ist rot, Nr. 3 Ferrum phos. D12.

Entzündungsstadium 2:
Schleimbildung, Absonderungen weißgrau, fadenziehend, Nr. 4 Kalium chlor. D6.

Entzündungsstadium 3:
Absonderungen gelbschleimig, „Wiederherstellungsstadium“, Nr. 6 Kalium sulf. D6.

Man kann in jedem Stadium hängenbleiben und damit chronisch erkranken. (Siehe auch „Die 12 Salze des Lebens“, Kapitel „Entzündungen“.)

Die Besonderheiten des Hustens, sein Auswurf, seine Art und die übrigen Umstände, in denen sich das Kind befindet, leiten Sie zum richtigen Schüßler-Salz. Siehe II. 1. Wahl des richtigen Mittels/Absonderungen.

Akuter Husten/ Bronchialkatarrh

Diese Form des Hustens ist nach Dr. Schüßler gekennzeichnet von Kurzatmigkeit, brennenden Schmerzen im Bereich der Luftröhre; alles ist rot. Oft sind hier schon die ersten kurzen, krampfartigen und schmerzhaften Hustenanfälle ohne Schleim zu beobachten. Leichtes Fieber kann auftreten.

- Alle 10 Min.1, 2 oder 3 Tabl. Nr. 3 Ferrum phos. D12.

Nach Besserung bzw. Beseitigung der Symptome arbeiten Sie mit den gewählten Schüßler-Salzen noch gute 8–14 Tage nach, mit 1 x tägl. 1–2 Tabl. des jeweiligen Schüßler-Salzes.

Akut-trockener Erkältungshusten

Das erste Reizstadium der Erkältung. Zuerst verspürt das Kind Halskratzen und Husten entsteht. Zum Hustenreiz entwickelt sich meist sehr schnell **zäher weißgrauer** Schleim:

- Je 1–2 Tabl. Nr. 3 Ferrum phos. D12 im ½-stdl. Wechsel mit Nr. 4 Kalium chlor. D3.

Löst sich der Husten und wird **leicht abgehustet,** dann:

- Je 1–2 Tabl. Nr. 6 Kalium sulf. D6 im 2-stündigen Wechsel mit Nr. 7 Magnesium phos. D6, dazu
- Salbe Nr. 4 Kalium chlor. im Wechsel mit Salbe Nr. 6 Kalium sulf. auf den gesamten Bronchialbereich einreiben und gleichzeitig leicht abklopfen.

Nach Besserung bzw. Beseitigung der Symptome arbeiten Sie mit den erwählten Schüßler-Salzen noch gute 8–14 Tage nach, mit 1 x tägl. 1–2 Tabl. des jeweiligen Schüßler-Salzes.

Husten mit Schleimproduktion

Schleim ist **viel, dünnflüssig** und **hell**:

- ½-stdl. 1–2 Tabl. Nr. 8 Natrium chlor. D6 (Nr. 8 dämpft die übermäßige Schleimhautsekretion).

Schleim ist **grauweiß und zäh, schwer abhustbar, klebt am Zäpfchen**:

- ¼-stdl. 1 Tabl. Nr. 4 Kalium chlor. D6 (Nr. 4 wird benötigt, um die Sekrete zu verflüssigen).

Schleim ist **milchigweiß, rahmartig**:

½-stdl. 1–2 Tabl. Nr. 2 Calcium phos. D6 (Nr. 2 dichtet die Zellhülle ab).

Schleim **gelb und reichlich**:

- ½-stdl. bis stdl. 1 Tabl. Nr. 6 Kalium sulf. D6 (Nr. 6 regt die Schleimhäute zu vermehrter Ausscheidung und Entgiftung an).

Schleim ist **gelblich-grün**:

- Alle ½–1 Std. 1 Tabl. Nr. 10 Natrium sulf. D6 (Nr. 10 regt die Ausscheidungsvorgänge an und fördert deren Abtransport aus dem Gewebe).

Schleim ist **gelbgrün bis grün, stinkend und eitrig**:

- Stdl. bis 2-stdl. 1 Tabl. Nr. 12 Calcium sulf. D6 (Nr. 12 fördert Eiter aus dem Gewebe: hier auch den Arzt zu Rate ziehen).

Zum leichteren **Auswürgen des Schleimes**:

- Alle 2 Std. 2 Tabl. Nr. 7 Magnesium phos. D6 oder mehrmals die „Heiße 7" mit 3, 5 oder 7 Tabl. (Nr. 7

entkrampft die Bronchialmuskulatur und erleichtert damit das Abhusten. Vor allem vor dem Hinlegen verabreichen).

Hinweis: Kann auch während der Nacht bei einem Hustenanfall gegeben werden!

Bronchitis

Bei einer heftigen Bronchitis kann es sein, dass es zu Blutbeimengungen im Sputum kommt. Es handelt sich dabei normalerweise um harmlose Schleimhautblutungen.

Natürlich dürfen Sie, liebe Eltern, andere mögliche Ursachen nicht übersehen und im Einzelfall sollte unbedingt eine Abklärung erfolgen. Mögliche Komplikation der Bronchitis, besonders wenn diese zu einer Chronifizierung neigt, ist das Auftreten einer Lungenentzündung. Falls Sie unsicher sind, suchen Sie auf alle Fälle einen Arzt auf!

Wir können den Verlauf auch hier wieder in die bekannten 3 Schüßler-Stadien einteilen (s. auch hierzu „Die 12 Salze des Lebens", Kapitel „Entzündungen"):

1. Stadium = Entzündungsstadium
Die Alveolen (Lungenbläschen) sind durch Blutstau mit dünner Blutflüssigkeit gefüllt:

- ¼-stdl. 3 Tabl. Nr. 3 Ferrum phos. D12.

Tipp: Im ersten Stadium empfehle ich die Anwendung von Quark-Brustwickeln (s. Anhang A).

2. Stadium = Schleimstadium
Nun gerinnt die Blutflüssigkeit in den Alveolen zu einer festen, roten Fibrinmasse, die durch den Zutritt von weißen Blutkörperchen allmählich grau wird:

- ½-stdl. 2 Tabl. Nr. 4 Kalium phos. D6.

3. Stadium = Wiederherstellungsstadium
Es kommt nun zur Verflüssigung des Schleimes und das Kind hustet ihn ab. Nun wählen Sie bitte wieder die entsprechenden Schüßler-Salze anhand der Beschaffenheit des Schleimes aus.

Falls es zu **Blutbeimengungen** im Sputum kommt und das Blut **hellrot** ist:

- Je 1 Tabl. Nr. 3 Ferrum phos. D12 im stdl. Wechsel mit Nr. 8 Natrium chlor. D6.

Falls **dunkle Blutklümpchen** im Sekret sind:

- Je 1 Tabl. Nr. 4 Kalium phos. D6 im stdl. Wechsel mit Nr. 9 Natrium phos. D6.

Sollte Fieber auftreten, dann bitte unter Fieber die entsprechenden Schüßler-Salze als zusätzliche Gabe heraussuchen.

Keuchhusten (Pertussis)

Der Keuchhusten stellt eine Sonderform des Hustens dar. Er äußert sich in plötzlichen, trockenen, stakkatoartigen Hustenanfällen, die darüber hinaus durch vorübergehenden Sauerstoffmangel zu blauen Lippen bis hin zur Blaufärbung des Gesichts führen können. Möglicherweise erbricht ihr Kind auch. Auslöser ist eine Infektion mit Bakterien. Je kleiner das Kind, desto gefährlicher ist der Keuchhusten, da er zu Atemaussetzern während des Schlafes führen kann. Da es sich hier um eine ansteckende Kinderkrankheit handelt, ist auch jeder Erwachsene gefährdet, der selbst diese Erkrankung nicht hatte und deshalb keine Abwehr dagegen entwickeln konnte. Bedauerlicherweise ist der Keuchhusten erst nach ca. 2 Wochen der Erkrankung gut erkennbar.

Sobald sich auch nur der Verdacht eines Keuchhustens bei Ihnen einstellt: Sofort den Arzt aufsuchen, je früher desto besser! Die antibiotische Behandlung wird gut helfen, zu Beginn und im Verlauf des Keuchhustens.

Keuchhusten ist äußerst anstrengend für den kindlichen Organismus, die Rekonvaleszenz zieht sich leider über Wochen und ist schwer beeinflussbar. Unterstützend zur schulmedizinischen Behandlung können Sie die angegebene Mittelwahl in Betracht ziehen (die Behandlung richtet sich selbstverständlich nach den einzelnen Stadien, in denen sich das Kind gerade befindet).

Beachten Sie: Schlechte Esser entwickeln nach einer Keuchhustenerkrankung plötzlich einen guten Appetit und blühen regelrecht auf!

Einsetzen, sobald Sie den **Verdacht** hegen:
- ¼-stdl. 1 Tabl. Nr. 5 Kalium phos. D6.

Zu **Beginn** des **Katarrhs**:
- Alle 10 Min. 1 Tabl. Nr. **3 Ferrum phos.** D12.

Bei **weißgrauem, klebendem, zähem, spärlichem** Schleim:
- ½-stdl. 1 Tabl. Nr. 4 Kalium chlor. D6.

Bei **Krämpfen und massiven** Hustenanfällen:
- ¼-stdl. „Heiße 7" mit 5–10 Tabl. Nr. 7 Magnesium phos. D6.

Bei **schwächlichen Kindern**:
- 2 x tägl. 1–2 Tabl. Nr. 2 Calcium phos. D6 als Zwischenmittel.

Bei **Speiseerbrechen**:
- Stdl. 1 Tabl. Nr. 8 Natrium chlor. D6, bis zur Besserung.

Im **Abheilungsstadium**:
- 3 x tägl. 1 Tabl. Nr. 6 Kalium sulf. D6.

Verschiedene Schleimstadien: Hier richten Sie sich bitte nach der Beschaffenheit des Schleimes, s. Bronchitis.

Krupp

Krupp ist eine Kinderkrankheit mit einer fibrinösen Entzündung im Bereich des Kehlkopfes. (S. auch „Die 12 Salze des Lebens", Entzündungen, Stadium 2.) Typisch für den Krupp: anfallsweises Auftreten, mit einem charakteristischen rauen, hohlklingenden und bellenden Husten.

Während der echte Krupp durch eine Diphtherie verursacht wird, sind beim Pseudo-Krupp Grippe-Viren, Bakterien oder auch eine allergische Reaktion schuld. Bei einem Krupp-Anfall haben die Kinder Schwierigkeiten beim Atmen, der Husten ist bellend, und das Gesicht läuft blau an. Beim Verdacht auf Krupp sollten Sie sofort einen Arzt aufsuchen.

Der echte Krupp gilt als selbstständige Erkrankung, während der Pseudokrupp (falscher Krupp) eine sekundäre Erkrankung ist.

Echter Krupp

Gegen die **Verengung der Luftröhre**:

- Alle 10 Min. 1 Tabl. Nr. 1 Calcium fluor. D3.

Wegen des rasch einsetzenden hohen Fiebers im Wechsel mit:

- Alle 10 Min. Tabl. Nr. 5 Kalium phos. D6.

Pseudokrupp (falscher Krupp)

Sonderform des Hustens, vor allem der Kleinkinder. Ein Virusinfekt ist meist Auslöser der akuten Kehlkopfentzündung. Aus heiterem Himmel, meist um Mitternacht, treten die Anfälle auf. Auf Sie, liebe Eltern, wirkt das alles sehr bedrohlich, weil sich der Husten laut bellend, mit sichtbaren Atembeschwerden und pfeifenden Geräuschen beim Einatmen bemerkbar macht. Die Kinder sind meist heiser. Zigarettenrauch sowie die Ausdünstungen von Chemikalien (z. B. aus neuen Möbeln in der Wohnung) oder sonstige Luftschadstoffe können Auslöser sein.

Wichtige Sofortmaßnahmen

Ruhe bewahren. Kind auf den Arm nehmen und beruhigen.

Kühle und feuchte Luft, z. B. mit dem Kind an das offene Fenster gehen (bitte darauf achten, dass das Kind dabei mit einer Wolldecke eingehüllt ist, es darf nicht frieren oder kalt werden) und dort stehen bleiben bis zur Besserung – im Sommer kann man als Notfallmaßnahme das Kind kalte Luft aus dem Kühlschrank einatmen lassen. Im Winter feuchte Tücher über die Heizkörper hängen.

Sie können auch mit dem Kind ins Badezimmer gehen und die heiße Dusche aufdrehen, um eine erhöhte Luftfeuchtigkeit zu erreichen.

Lassen Sie das Kind viel trinken, am besten einen Hustentee.

Hohes Fieber, > 39–40 °C, und dazu Schluckbeschwerden sind bei diesem Krankheitsbild ungewöhnlich: unbedingt den Arzt oder das Krankenhaus aufsuchen! Ebenso, wenn keine rasche Linderung einsetzt!

Um die **Verklebungen** zu lösen:

- Alle 10 Min. 1 Tabl. Nr. 4 Kalium chlor. D3 im Wechsel mit Nr. 2 Calcium phos. D6 zur Stabilisierung der Zellhülle im Kehlkopfbereich.

Falls **Kurzatmigkeit** hinzukommt:

- Alle ½–1 Std. 1 Tabl. Nr. 8 Natrium chlor. D6, bis zur Besserung.

Lungenentzündung

je nach Art der Symptome, s. Bronchitis, Fieber, Rippenfellentzündung

Rippenfellentzündung (Pleuritis)

In Folge einer Lungenentzündung tritt bisweilen eine Rippenfellreizung auf. Wir teilen diese wie folgt ein:

Pleuritis sicca ohne Exsudat (ohne Flüssigkeit) ist gekennzeichnet durch Fieber und reibende Lungengeräusche (diese hört der Arzt beim Abhören der Lunge). Ihr Kind hat Fieber, Brustschmerzen, Atembeklemmung, dazu kommen evtl. noch Kurzatmigkeit sowie kurzer und trockener Husten:

- ¼-stdl. 2 Tabl. Nr. 3 Ferrum phos. D12.

Pleuritis exsudativa: Hier kommt es bei Ihrem Kind zu Ausschwitzungen in den Pleura-Spalt. Die Ausschwitzungen kennzeichnen nun das Exsudat und können serös (flüssig), fibrinös (klebrig), hämorrhagisch (mit Blut versetzt) oder eitrig sein (Arzt hinzuziehen).

Je nach Beschaffenheit der Ausschwitzungen wählen Sie das entsprechende Schüßler-Salz.

Bei **serösen Ausschwitzungen** mit **gurgelnden Lungengeräuschen**, beim Abklopfen hört man einen gedämpften Klopfschall (beschreibt der Arzt):

- ½-stdl. 2 Tabl. Nr. 8 Natrium chlor. D6.

Bei **serös-fibrinösen oder fibrinösen Ausschwitzungen** mit reibenden Lungengeräuschen und leicht gedämpften Klopfschall (beschreibt der Arzt):

- ½-stdl. 2 Tabl. Nr. 4 Kalium chlor. D6.

Bei **eitrigen Ausschwitzungen** (Arzt!):

- Im stündl. Wechsel je 1 Tabl. Nr. 9 Natrium phos. D6, Nr. 11 Silicea D12 und Nr. 2 Calcium phos. D6.

Damit es **hinterher** nicht zu **Verklebungen** des Lungen- und Rippenfells kommt, sollten

- 3x tägl. 3 Tabl. Nr. 4 Kalium chlor. D3 mindestens 1 Woche lang verabreicht werden.

Tipp: Für alle oben beschriebenen Erkrankungen, die in Verbindung mit der Lunge stehen: Vorbeugend hilft immer entsprechende Kleidung der Jahreszeit angepasst, z. B. ein Unterhemd anziehen, Kopfbedeckung (keine Stirnbänder).

Sorgen Sie stets für warme Füße und Hände Ihrer Kinder. Sehen Sie nach, ob auch Hüftgegend und Oberschenkel warm sind.

Sorgen Sie durch regelmäßige Bewegung des Kindes für Eigenwärme. Ihr Kind sollte lernen, Temperaturen zu unterscheiden und auch durch Erfahrung eine Empfindung für Wärme und Kälte zu entwickeln. Fehlt die Wärme im Körper, so können sich viel leichter Erreger festsetzen. Der Körper darf niemals auskühlen, auch nicht kurzfristig. Sollte das der Fall sein, dann dafür sorgen, dass wieder Wärme in den Körper kommt, z. B. durch warme Getränke, Fußbäder, Handbäder, Einreibungen mit Malvenöl (Fa. Wala) oder ein wärmendes Bad mit Rosmarinus, Oleum Aethereum 10 % (Fa. Wala). Sorgen Sie für wärmende, umhüllende Kleidung aus Wolle oder Wolle-Seide und schaffen Sie für Ihr Kind auch ein warmes und behagliches Raumklima. Lassen Sie es Wollsocken tragen und gehen Sie mit ihm spazieren, so oft es möglich ist. Bewegung unterstützt den Stoffwechsel und die Wärmebildung im Körper.

Ggf. braucht Ihr Kind Bettruhe, dabei auf genügend frische Luft achten – Stoßlüftung – das Kind darf dabei nicht in der Zugluft sitzen. Sorgen Sie in jedem Fall für hohe Luftfeuchtigkeit im Zimmer (evtl. Wäscheständer mit feuchter Wäsche aufstellen oder feuchte Tücher aufhängen).

Gewähren Sie Ihrem Kind auch die nötige Zeit zur Rekonvaleszenz, damit es in Ruhe wieder zu Kräften kommen kann. Bleiben Sie dabei konsequent, denn im Abklingen der Beschwerden könnte es sein, dass Ihr Kind den Hustenanfall zur nervösen Angewohnheit werden lassen kann.

Sorgen Sie für guten Stuhlgang, zur Not auch mit einem Klistier. Der Darm sollte nicht belastet sein.

Ernährung vitaminreich und eiweißarm: Gerade Milch wird besser gemieden, da diese die Schleimbildung im Körper anregt. Ausnahme: Solange das Kind fiebert, darf es eine heiße Bio-Milch (nicht homogenisiert) mit Ceylon-Zimt (enthält niedrige Mengen an Cumarin) trinken.

Falls Eiweiß gewünscht wird, dann gesäuerte Milchprodukte, aber diese nicht nach 14.00 Uhr. Überhaupt viel Warmes trinken (z. B. Tee aus Johanniskraut, Rosmarin, Holunder, Lindenblüten, Fenchel und ein wenig Kamille, s. a. Erkältungstee, Tee bei Fieber im Anhang A).

Zitronenwickel bei trockenem Husten.

Quarkwickel bei rasselndem Husten oder wässrigen Prozessen in Lungen und Pleurabereich, er wirkt trocknend.

Entspannend und beruhigend wirkt am Abend ein Wickel mit Lavendel, z. B. Lavandula, Oelum aethereum 10% (Fa. Wala), dieser empfiehlt sich besonders für Kinder unter 2 Jahren.

Körperwarme Honigwickel auf Brust oder Rücken erzeugen eine langanhaltende Wärme, die trocken ist, beruhigt und reizlindernd wirkt.

Wickel-Anwendungen s. Anhang A.

Sanfte Kopfmassagen, z. B. mit Schüßler-Salben je nach Art des Schleimes, helfen, diesen zu lösen.

Einreibungen mit Moor-Lavendel-Körperöl regen den Wärmehaushalt an und gleichen ihn aus. Der Körper des Kindes kann von oben bis unten damit eingerieben werden. Diese schützende Hülle stärkt die Kinder.

Einreibungen mit Kupfersalbe rot (Fa. Wala) für Füße und Waden sind hilfreich gegen kalte Füße und kalte Beine. Abends und morgens einreiben.

***Achtung**: Reiben Sie Ihr Kind, wenn es hohes Fieber hat, nicht gleichzeitig an Brust und Rücken ein, damit kein Wärmestau entsteht! Entscheiden Sie sich abwechselnd für die eine oder andere Seite zur Einreibung.*

Rotlichtbestrahlungen (Warnhinweise des Geräteherstellers beachten).

Ggf. an Atemtherapie denken (Fachleute!).

Hyperaktivität – siehe ADHS/ADS

Impetigo contagiosa

Dies ist eine schwer behandelbare Hauterkrankung und zudem ansteckend. Es handelt sich hierbei um eine meist durch Staphylokokken hervorgerufene bakterielle Infektion der Haut. Die Infektion muss durch einen Arzt festgestellt werden. Unter seiner Anweisung wird es zu einer desinfizierenden und reinigenden Lokalbehandlung kommen. Unter Umständen sind Antibiotika-Gaben unumgänglich.

Damit sich die Kinder nicht kratzen, sollten sie lange Kleidung tragen und die Fingernägel möglichst kurz geschnitten bekommen. Oberste Hygiene im Umgang mit Ihrem Kind walten lassen. Kinder dürfen den Kindergarten bzw. die Schule nicht aufsuchen, um andere Kinder nicht anzustecken.

Neben der Schulmedizin geben Sie im **Akutfall**:

- Alle 15–30 Min. 1 Tabl. Nr. 5 Kalium phos. D6 oder alle 15 Min. 1 Schluck „Heiße 5" mit 5–7 Tabl. plus
- alle 2 Std. 1 Tabl. Nr. 8 Natrium chlor. D6 sowie
- Salbe Nr. 6 Kalium sulf. auf den Oberbauch dünn einreiben.

Weitere passende Schüßler-Salze siehe II. 1. Wahl des richtigen Mittels/Absonderungen.

Tipp: Den Darm mit rechtsdrehender Milchsäure unterstützen, diese über milchsauervergorene Säfte oder Gemüse wie z. B. Sauerkraut zuführen.

Für tägliche Stuhlentleerung sorgen. Vegane Ernährung. Keine Obst- und Fruchtsäfte! Nur Kräutertees. Bettruhe.

Impfen

Impf-Vorbereitung

3 Wochen vor der Impfung:

- Morgens 4 Tabl. Nr. 11 Silicea D12 auflösen, nüchtern schluckweise verabreichen.
- Abends 4 Tabl. Nr. 4 Kalium chlor. D6 auflösen, vor dem Schlafengehen schluckweise geben.

Impf-Nachbereitung

Am Impftag:

- Im 2-stündigen Wechsel je 2 x 1 Tabl. Nr. 5 Kalium phos. D6 und Nr. 4 Kalium chlor. D6 (das heißt: Geben Sie 2 x 1 Nr. 5, dann 2 x 1 Nr. 4, jeweils im Abstand von 2 Stunden).
- Weitere 4 Wochen beide Mittel im tägl. Wechsel: 2 x 1 Tabl.
- Geben Sie Ihrem Kind an jeweils 2 Tagen in der Woche zusätzlich 1–2 Tabl. Nr. 8 Natrium chlor. D6 (bis 16.00 Uhr).

Tipp: Lassen Sie Ihr Kind nur impfen, wenn es keinerlei Infekte hat und es vollkommen gesund ist. So sollte es z. B. nicht gerade zahnen.

Lassen Sie sich aufklären über Risiko und Nutzen von Impfungen. Seien Sie kritisch! Lassen Sie Ihr Kind nicht allzu früh impfen! Beobachten Sie Ihr Kind ganz genau nach erfolgter Impfung und besprechen Sie sich mit Ihrem Arzt, falls es zu Auffälligkeiten, Fieber u.Ä. mehr kommen sollte.

Notieren Sie sich Ihre Beobachtungen in das U-Heft. Zu einem späteren Zeitpunkt hat man es oft nicht mehr genau in Erinnerung.

Insektenstich/Zeckenbiss

Insektenstiche können nicht nur sehr schmerzhaft für Ihr Kind sein, sie können unangenehme bis gefährliche Folgen haben. Sie sind immer dann behandlungsbedürftig, wenn es zu Schwellungen und Rötungen kommt oder Stiche nicht heilen wollen. Sie können allergische Reaktionen hervorrufen, und durch sie können Erreger und sonstige Schadstoffe übertragen werden.

Achtung: Wenn ein Insekt in den Mund bzw. den Rachenraum sticht: Sofort den Arzt aufsuchen!

Eine **Zecke** kann unterschiedliche Krankheitserreger übertragen. In seltenen Fällen überträgt sie die FSME (Frühsommer-Meningoenzephalitis, Virus als Auslöser). Häufiger wird die Lyme-Borreliose übertragen, die in gemäßigten Zonen auftritt. (Erkundigen Sie sich beim Gesundheitsamt über den Befall in Ihrem Wohn- und Urlaubsgebiet!)

Wird Ihr Kind mit den Borrelien (eine Bakterienart) infiziert, weil eine Zecke sich festgesaugt hatte, dann wird es zu einer kreisrunden Rötung rund um den Biss kommen. Bitte sofort den Arzt aufsuchen. Er wird Ihr Kind mit Antibiotika behandeln.

Wenn Ihr Kind **gestochen bzw. gebissen** wurde:

- Sofort einen Tablettenbrei von Nr. 8 Natrium chlor. D6 auf die Stichstelle und alle 5–10 Min. 1 Tabl. geben.

Wenn Sie vermuten, dass sich eine **Blutvergiftung** anbahnen könnte:

- In kurzen Abständen je 1 Tabl. Nr. 5 Kalium phos. D6 im Wechsel mit Nr. 8 Natrium chlor. D6. Siehe auch Blutvergiftung/Sepsis.

Wenn es bei Ihrem Kind an der Stichstelle zu **Schwellungen** kommt bzw. schon **vorbeugend**, damit die Lymphe nicht infiziert wird:

- 5–7 x tägl. 1 Tabl. Nr. 4 Kalium chlor. D6.

Falls es zu einer **Rötung** kommt und eine **Entzündung** sich anbahnt:

- Alle 10 Min. 1 Tabl. Nr. 3 Ferrum phos. D12.

Gegen den **Juckreiz** Ihres Kindes:

- Alle paar Min. 1 Schluck „Heiße 7" mit 5–10 Tabl. Nr. 7 Magnesium phos. D6.

Mückenstiche

Speziell bei **Mückenstichen** empfehle ich:

- Alle 10 Min. 1 Tabl. Nr. 4 Kalium chlor. D6 plus
- alle ½ Std. 2 Tabl. Nr. 8 Natrium chlor. D6, dazu

- Salbe Nr. 8 äußerlich (auch Tablettenbrei von Nr. 8 Natrium chlor. D6 möglich).

Bei **Rötung**:

- Jeweils 1–2 Tabl. Nr. 3 Ferrum phos. D12 im Wechsel mit Nr. 4 Kalium chlor. D6, bis die Symptome abgeklungen sind.

Tipp: Gegen die lokale Schwellung nach Insektenstichen hilft eine frisch aufgeschnittene Küchenzwiebel, die Sie auf die betroffene Stelle drücken.

Tragen Sie zur Linderung auch sanft die entsprechenden Schüßler-Salben auf.

Zeckenbiss: *Suchen Sie Ihr Kind nach jedem Ausflug nach Zecken ab.*

Um eine Zecke zu entfernen, verwenden Sie eine entsprechende Zeckenpinzette (Apotheke). Mithilfe dieser Pinzette ist es möglich, das Tier, ohne den Leib zu zerdrücken, unmittelbar oberhalb der Haut fassen zu können und durch sanftes Ziehen vollständig zu entfernen. Falls Sie sich dies nicht zutrauen, einen Arzt aufsuchen.

Bienen- oder Wespenstiche: *Nach Entfernen des Stachels (am besten seitlich mit dem Fingernagel wegwischen) die Einstichstelle mit einem Eiswürfel kurz kühlen. Den Vorgang wiederholen.*

Bei Stichen in den Mundraum das Kind einen Eiswürfel lutschen lassen und zusätzlich kalte Umschläge im Kehlkopfbereich anlegen – umgehend Arzt aufsuchen!

Vorbeugung: *Lassen Sie keine süßen Getränke offenstehen. Die Kinder dürfen Strohhalme benutzen.*

Das Kind mit einem Spray (biologische Herkunft) aus der Apotheke einsprühen, bevor es zum Spielen nach draußen geht. Ziehen Sie ihm entsprechende Kleidung an und lassen Sie es nicht barfuß über blühende Wiesen laufen.

Juckreiz (Pruritus) – siehe auch Ekzeme

Juckreiz kann im Zusammenhang mit Nervosität, Allergien, Nahrungsmittelunverträglichkeiten, Störungen bzw. Überlastung der Stoffwechselorgane wie Nieren, Leber, Darm, aber auch bei Störungen an der Haut auftreten.

Gegen **Hautjucken** jeglicher Genese: (Gerade, wenn Ihr Kind aufgrund von Nervosität zu Hautjucken neigt, dann ist es das Mittel der Wahl. Auch bei Juckreiz durch **Bettwärme**.)

- Alle 10 Min. 1 Schluck „Heiße 7" mit 5, 7 oder 10 Tabl. Nr. 7 Magnesium phos. D6 (das Hauptmittel der Biochemie).
- Salbe Nr. 7 Magnesium phos. hauchdünn einreiben.

Wenn mit Nr. 7 das Hautjucken **keine Linderung** erfahren sollte, Ihr Kind zudem noch über **Kribbelgefühl** mit

Juckreiz an Armen und Beinen klagt, welcher nachts durch **Ruhe und Wärme schlimmer** wird:

- Alle 10 Min. 1 Schluck „Heiße 2“ mit 5, 7 oder 10 Tabl. Nr. 2 Calcium phos. D6.
- Salbe Nr. 2 Calcium phos. hauchdünn einreiben.

Wenn Ihr Kind aufgrund von **Hautabschuppungen** Juckreiz hat, Juckreiz vor allem **nachts**:

- ¼–½-stdl. einen Schluck „Heiße 6“ mit je 3, 5 oder 7 Tabl. Nr. 6 Kalium sulf. D6.
- Salbe Nr. 6 Kalium sulf. hauchdünn einreiben (Kalium sulf. fördert als Sauerstoffüberträger in der Oberhaut den Stoffwechsel der Haut).

Wenn Sie wissen, dass Ihr Kind zu den **„Säurenaturen“** gehört; die Haut juckt vor allem bei sauren Schweißen der Kinder. Geben Sie über einen längeren Zeitraum:

- Spätnachmittags 2 Tabl. Nr. 9 Natrium phos. D6 sowie abends in kleinen Schlucken „Heiße 11“ aus 5 Tabl. Nr. 11 Silicea D6.

Juckreiz an den **Handflächen** und **Fußsohlen** mit **Kribbeln**:

- Im Laufe des Vormittags „Heiße 5“ aus 1, 3 oder 5 Tabl. Nr. 5 Kalium phos. D6 im Wechsel mit „Heiße 2“ aus 1, 3 oder 5 Tabl. Nr. 2 Calcium phos. D6.
- Salbe Nr. 5 Kalium phos. im Wechsel mit Nr. 2 Calcium phos. hauchdünn einklopfen.

Juckreiz an der **Nasenspitze** des Kindes:

- ½-stdl. 1 Schluck „Heiße 11“ mit 3, 5 oder 7 Tabl. Nr. 11 Silicea D12.

Juckreiz an den **Beinen** und **Schenkeln** des Kindes:

- ¼–½-stdl. je 1 Schluck „Heiße 4“ mit 3, 5 oder 7 Tabl. 4 Kalium chlor. D6, im Wechsel mit „Heiße 5“ mit 3–5 Tabl. Nr. 5 Kalium phos. D6.
- Salbe Nr. 4 Kalium chlor. im Wechsel mit Salbe Nr. 5 Kalium phos. hauchdünn einmassieren.

Juckreiz im **Gesicht** des Kindes:

- ¼–½-stdl. abwechselnd 1 Schluck „Heiße 8“, „Heiße 7“ oder „Heiße 11“, jeweils mit 3–5 Tabl. Nr. 8 Natrium chlor. D6 bzw. Nr. 7 Magnesium phos. D6 sowie Nr. 11 Silicea D12.

Juckreiz am **After** siehe Afterbeschwerden.

Tipp: Suchen Sie nach der Ursache: Sind Lebensmittelunverträglichkeiten die Auslöser? Rohkost? Obst? Zusatzstoffe in den Lebensmitteln? Zu viel tierisches Eiweiß? Zu früh mit dem Beifüttern begonnen? Zu viel durcheinander gegessen? Zu viele Lebensmittel, die Säure locken? Zu wenig Nährstoffe im Essen (Vitamin E, Zink, Vitamin A, B-Vitamine)? Trinkgewohnheiten?

Kleidungsstücke: Färbemittel, Mischfasern oder zu viel Synthetik? Zudecken, Bettwaren sollten aus Naturmaterialien bestehen, keine Synthetikmaterialien oder Mischfasern. Vor allem wenn der Juckreiz im Bett spürbar wird: Hat Ihr Kind eine Hausstaubmilbenallergie?

Direkte Sonne meiden.

Karies – siehe Zahnprobleme

Kinderlähmung (Poliomyelitis)

Ist eine akute fieberhafte, hoch ansteckende Viruserkrankung, deren Erreger sogenannte Polioviren (Typ I, II, III) sind. Gehört in jedem Fall in die Behandlung eines Arztes bzw. einer Klinik. Durch Virus-Isolierung aus Stuhl, Gehirnflüssigkeit (Liquor) oder Rachensekret wird die Diagnose gestellt.

Bevorzugt werden die Vorderhörner des Rückenmarks befallen, die für die Kontrolle von Bewegungen verantwortlich sind. Dies kann im ungünstigsten Fall zu Lähmungen und sogar zum Tod führen. Die Infektion erfolgt in den meisten Fällen fäkal-oral, d.h. durch Aufnahme kontaminierter Nahrungsmittel oder Getränke.

Zur **Unterstützung der ärztlichen Behandlung:**

- Nr. 3 Ferrum phos. D12,
  im Wechsel mit:
- Nr. 5 Kalium phos. D6,
  im Wechsel mit:
- Nr. 7 Magnesium phos. D6.

Jeweils eine „Heiße Trinkversion" mit 5–10 Tabl. pro Schüßler-Salz, alle 5–10 Min. im Wechsel je 1 Schluck.

Zur **Nachbehandlung** über Monate, bis zu 2 Jahre lang, wahlweise entweder:

Energieschaukel (Variante 1) im monatlichen Wechsel mit Variante 2, s. Anhang A,

oder

- Nr. 2 Calcium phos. D6 morgens 3–5 Tabl. als „ Heiße 2".
- Nr. 5 Kalium phos. D6 mittags 3–5 Tabl. als „Heiße 5".

Jeweils im monatlichen Wechsel auf D12 gehen!

Dazu

- jeden Abend vor dem Schlafengehen „Heiße 11" mit 5 Tabl. Nr. 11 Silicea D12.

  Im monatlichen Wechsel auf D6 gehen!

Zur **Regenerierung** der Muskelfasern:

- Täglich 3 Tabl. Nr. 1 Calcium fluor. D12 als „Heiße 1" und Salbe Nr. 1 Calcium fluor. einreiben.

Tipp: Ernährung umstellen und weitgehend auf Fleisch- und Wurstwaren verzichten. Gesäuerte Milchprodukte bevorzugen. Frisches Obst und Gemüse täglich zubereiten. Auf ausreichende Mineralien- und Vitaminzufuhr achten. Salz und Fertigwürzen meiden.

Ruhe- und Entspannungspausen einlegen.

Knochenerkrankungen

Knochenauftreibungen/Knochenauswüchse, Knochenbrüche, Knochenhautentzündung/Gelenkentzündung, Knochenschmerzen, Knochenwachstumsstörungen, Knorpelstörungen, Wachstumsschmerz

Bitte **alle** Knochenstörungen vom Arzt abklären lassen und die Schüßler-Salze als zusätzliche Hilfe einsetzen.

Knochenauftreibungen/ Knochenauswüchse

Hauptmittel:

- 3 x tägl. 1–2 Tabl. Nr. 1 Calcium fluor. D6/D12 (mit wöchentlichem Potenzwechsel).

Wenn der Auswuchs sich **weich** anfühlt:

- 3 x tägl. 2 Tabl. Nr. 2 Calcium phos. D6.

Knochenbrüche

Sie gehören immer in die Hand des Facharztes bzw. in die Klinik. In der Regel heilen Knochenbrüche bei Säuglingen und Kleinkindern unproblematisch ab. Durch entsprechende Diagnostik wird der Facharzt feststellen, was genau und wo gebrochen ist und wie die Therapie aussehen wird.

Neben der schulmedizinischen Therapie, bis der Knochenbruch verheilt ist:

Wenn der Bruch ganz **frisch** ist, zusätzlich ein **Bluterguss, Schmerzen, Verletzungen der Weichteile (Muskeln)** und eine **Entzündung** vorhanden sind:

- ¼-stdl. 1 Tabl. Nr. 3 Ferrum phos. D12/D6 oder als „Heiße 3" mit je 5–10 Tabl.

Wenn bei Ihrem Kind **Weichteilschwellungen** mit im Spiel sind, damit sich diese zurückbilden können:

- Stdl. 1 Tabl. Nr. 4 Kalium chlor. D6, bis zur Besserung, dann Abstände verlängern und noch einige Tage 3 x 1 Tabl. weitergeben.

Wenn sich die Schwellung **teigig anfühlt** (Wasserbindung):

- 3 x tägl. je nach Alter des Kindes 1–2 Tabl. Nr. 10 Natrium sulf. D6.

Damit die **Kallusbildung** („Knochenkitt") angeregt wird:

- 3 x tägl. 1–2 Tabl. Nr. 2 Calcium phos. D6 plus
- 3 x tägl. 1–2 Tabl. Nr. 1 Calcium fluor. D12.
- Salbe Nr. 1 Calcium fluor. im Wechsel mit Salbe Nr. 2 Calcium phos. mindestens 2 x tägl. auftragen.

Wenn **Schwellungen** vorhanden sind:

- Nr. 4 Kalium chlor. als Salbenverband über Nacht auflegen.

Wenn **teigige Schwellungen** vorhanden sind:

- Nr. 10 Natrium sulf. als Salbenverband über Nacht auflegen.

Knochenhautentzündung/ Gelenkentzündung

Akutmittel:

- ¼–½-stdl. je 1–2 Tabl. Nr. 3 Ferrum phos. D12 im Wechsel mit Nr. 2

Calcium phos. D6 und Nr. 5 Kalium phos. D6, bis zur Linderung, dann Abstände verlängern.

Bei **Eiterungen**:
- Alle ½–1 Std. je 1–2 Tabl. Nr. 1 Calcium fluor. D12 im Wechsel mit Nr. 9 Natrium phos. D6 und Nr. 11 Silicea D12.

Bei **Schwellungen**:
- Alle ½–1–2 Std. je 1–2 Tabl. Nr. 1 Calcium fluor. D12 im Wechsel mit Nr. 2 Calcium phos. D6, außerdem
- Nr. 3 Ferrum phos. D12 und Nr. 5 Kalium phos. D6 im Wechsel mit Nr. 4 Kalium chlor. D6.

Tipp: Ernährung umstellen, weg von Rohkost, tierischem Eiweiß, Obstsäften und Naschzeug. Salz reduzieren.

Äußerlich: Salbenverbände mit der jeweiligen Schüßler-Salbe.

Leicht kühlende Umschläge z. B. mit Retterspitz äußerlich (Bitte unbedingt die Anweisung des Herstellers dabei beachten).

Knochen darf nicht auskühlen.

Knochenschmerzen

- Je 5–10 Tabl. Nr. 7 Magnesium phos. D6 als „Heiße 7", alle 10–15 Min. einen Schluck.

So oft wiederholen, bis die Schmerzen des Kindes nachlassen.

Falls Nr. 7 versagt, dann durch
- Nr. 2 Calcium phos. D6 ersetzen.

Dazu:
- Salbenanwendung mit Salbe Nr. 7 Magnesium phos. bzw. Nr. 2 Calcium phos.

Knochenwachstumsstörungen

Sind nur zum Teil ernährungsabhängig und haben häufig stoffwechselbedingte Ursachen. Achten Sie in jedem Fall bei Ihrem Kind auf eine gesunde Ernährung, mit möglichst geringem Zu-cker- und Salzkonsum. Phosphathaltige Getränke, Fertigwürzen und Tiefkühlkost sollten vom Ernährungsplan des Kindes gestrichen werden. Stattdessen vergorene Milchprodukte, Gemüse und Obst bevorzugen.

Zur **Langzeiteinnahme** für Ihr Kind:
- Morgens 3–5 Tabl. Nr. 2 Calcium phos. D6/D3 (Potenzwechsel wöchentlich) im Wechsel mit Nr. 1 Calcium fluor. D6 als „Heiße" Trinklösung, dazu
- abends als „Heiße 11" mit je 3–5 Tabl. Nr. 11 Silicea D6/D3 (Potenzwechsel wöchentlich).

Wenn Sie wissen, dass Ihr Kind zu **jugendlichem Rheuma** neigt und **kalte Extremitäten** hat:
- 2–3 x tägl. „Heiße 9" mit 3–5 Tabl. Nr. 9 Natrium phos. D6.

Als **Zwischenmittel**:
- 2–3 x pro Woche spätnachmittags je 5, 7 oder 10 Tabl. Nr. 7 Magnesium phos. D6 als „Heiße 7".

Knorpelstörungen

Um bei Ihrem Kind den Knorpel **wieder aufzubauen:**
- 3 x tägl. bis 16.00 Uhr 1–2 Tabl. Nr. 8 Natrium chlor.

Zur **Zellhüllenstabilisierung** des Knorpels:
- 3 x tägl. 1 Tabl. Nr. 2 Calcium phos. D6.

Für die **Elastizität** des Knorpels:

- 1–3 Tabl. jeden Morgen Nr. 1 Calcium fluor. D12.

Wachstumsschmerz

Die Kinder berichten über ziehende Schmerzen im Bereich von Knochenhaut, Muskeln und Gelenken. Häufiger sind die sporttreibenden Buben davon betroffen, was als leichte Überlastungsreaktion auf den vielen Sport gesehen werden kann.

Wenn Ihr Kind über **Wachstumsschmerzen** klagt:

- ¼–½-stdl. 1 Schluck „Heiße 2"mit 5, 7 oder 10 Tabl. Nr. 2 Calcium phos. D6.
- Salbe Nr. 2 Calcium phos. im Wechsel mit Salbe Nr. 1 Calcium fluor. an den schmerzenden Stellen einreiben.

Tipp: Schon vor dem Sport mit Salbe Nr. 2 Calcium phos. das Kind einreiben.

Vor dem Sport die „Heiße 7" mit 5, 7 oder 10 Tabl. schluckweise dem Kind verabreichen.

Auf ausreichende Trinkmenge achten.

Kolik – siehe Bauchschmerzen, Drei-Monats-Kolik

Konzentrationsstörung – siehe auch ADHS/ADS

Tipp: Kommt Ihr Kind nicht auf den „Punkt"? Möglicherweise ist es zu vielen Reizen ausgesetzt. Zu wenig an Entspannung und Erholung? Wird es überfordert? Ist der Leistungsdruck zu hoch? Sichten Sie doch einmal den Alltag Ihres Kindes und sehen Sie selbst, ob man, in Absprache mit dem Kind, die eine oder andere Aktivität verändern oder weglassen könnte. Was ist nötig, was unnötig? Geben Sie Ihrem Kind evtl. mehr Zeit zum Spielen und lassen Sie dem Kind Freiräume, um Fantasien zu entwickeln. Hier erholt sich der Geist.

Vor dem Einschlafen nichts Aufregendes (Fernsehen), sondern Entspannendes wie Märchen erzählen, Fußbäder (Lavendel-Bad von Dr. Hauschka) oder Arm-Einreibungen (Lavendel Körperöl von Dr. Hauschka), Bauch- und Fußmassage mit Salbe Nr. 7 Magnesium phos.

Rituale entwickeln.

Nichts Schweres am Abend essen. Warmer Tee aus gleichen Teilen Hopfen, Johanniskraut und Melisse. Schon um 17.00 Uhr bis 18.00 Uhr trinken lassen, damit das Kind zur Ruhe kommt. Auch das gute alte Hausmittel „Milch (Bioqualität) mit Honig und etwas Anis" könnte Ihrem Kind zur Ruhe verhelfen.

Kopfschmerzen

Migräne, Unfall-Kopfschmerz

Auch Kinder leiden gelegentlich unter Kopfschmerzen.

Die Ursache hierfür ist wie bei Erwachsenen meistens Stress und Überlastung, das führt zu Spannungskopfschmerzen. Bei Kindern können Kopfschmerzen jedoch auch durch chemische Zusatzstoffe in Lebensmitteln ausgelöst werden (Farb-, Aroma- und Konservierungsstoffe). Zuckeraustauschstoffe und Koffein erhöhen zum Beispiel die Schmerzempfindlichkeit. In Verbindung mit Schlaf-, Bewegungs- und Flüssigkeitsmangel kann dies zu Kopfschmerzen führen.

Wichtig ist es, den Kopfschmerz des Kindes ernst zu nehmen und vor allem vom Arzt abklären zu lassen, was dahinterstecken könnte. Kopfschmerzen können Ausdruck verschiedenster Erkrankungen sein, deshalb sollte immer den Ursachen auf den Grund gegangen werden. Kopfschmerz kann auch als selbstständiges „Ausdrucksmittel" auftreten.

Stichworte: „Warum zermartert sich mein Kind sein Gehirn", „Hat es ein Problem, für das es keine Lösung findet"?

Jedes 2. Schulkind leidet gelegentlich an Kopfschmerzen.

Der Kopfschmerz geht bei den Kindern auch gerne mit dem Gefühl der Überforderung, Konzentrationsschwäche, Müdigkeit und Prüfungsangst einher. Fühlen sich Kinder in Kindergarten oder Schule überfordert, leiden sie oft still vor sich hin und haben deshalb häufig Kopfschmerzen.

Migräne

So bezeichnet man sehr plötzliche, besonders heftige, auch mit Erbrechen, u. U. mit halbseitigem Kopf- oder Stirnkopfschmerz verbundene, äußerst schmerzhafte Kopfschmerzattacken.

Der Schmerz ist bohrend, pochend, pulsierend und sehr stark, besonders bei körperlicher Aktivität. Dem Anfall kann eine sogenannte „Migräne-Aura" vorausgehen, die sich in Sehstörungen (Blitzer, Doppeltsehen, Flimmern) äußert. Oftmals verschlechtert sich der Zustand durch Licht- und Geräuscheinwirkung.

Die Ursachen der Migräne sind bisher nicht bekannt. Es wird vermutet, dass eine besondere Reizempfindlichkeit, Stoffwechselstörungen, aber auch Erbfaktoren eine Rolle spielen.

Kinder leiden nicht so häufig unter Migräne wie Erwachsene. Ca. 2–5 % der Kinder sind betroffen. Auch bei den betroffenen Kindern kommt es zu den typischen Schmerzattacken, die jedoch kürzer andauern als bei Erwachsenen. Der Schmerz betrifft den ganzen Kopf anstatt nur Teilbereiche. Das damit einhergehende Erbrechen und die Bauchschmerzen sind stärker ausgeprägt als bei Erwachsenen. Ein Kind, das Migräne hat, sucht Ruhe und hört mit dem Spielen auf.

Die sogenannte abdominelle Migräne äußert sich durch diffuse Bauchschmerzen. Weitere Symptome sind Übelkeit, Appetitlosigkeit, Erbrechen und Blässe. Sie tritt anfallsartig auf über einen Zeitraum von mindestens einer Stunde – zwischendurch ist das Kind beschwerdefrei. Vermutlich entwickelt sich aus der abdominellen Migräne über einen langen Zeitraum hinweg eine klassische Migräne.

Fragen Sie Ihr Kind in jedem Fall, ob es genügend getrunken hat: Häufig entstehen Kopfschmerzen aufgrund von Flüssigkeitsmangel. Hatte es regelmäßig Stuhlgang? Sorgen Sie für eine gute/regelmäßige Darmentleerung. Lesen Sie hierzu auch im Buch „Deine Nahrung sei dein Heilmittel" das Kapitel „II. Ernährung im Biorhythmus".

Wenn wir mit Schüßler-Salzen Kopfschmerzen Ihres Kindes behandeln wollen, dann sollten Sie sich wiederum von Ihrem Kind ganz genau die Symptome schildern lassen und danach das passende Schüßler-Salz erwählen. Bei chronischen Kopfschmerzen des Kindes kann es schon einmal vorkommen, dass Sie die Salze 8–12 Wochen einsetzen müssen.

Hauptmittel, wenn es um den **Schulkopfschmerz der Kinder** geht: Die Kinder sind häufig schwächlich und beschreiben ein Kältegefühl im und am Kopf. Der Kopfschmerz manifestiert sich in **Stirn oder Hinterkopf**. Oft ver**schlimmert sich** der Kopfschmerz in der **Nacht** und bei **Wetterwechsel**:

- Nr. 2 Calcium phos. D 6.
- Salbe Nr. 2 Calcium phos. jeden Morgen auf die schmerzenden Stellen hauchdünn einreiben.

Akut:

- ¼–½-stdl. 1 Schluck „Heiße 2" mit 5–10 Tabl.

Chronisch:

- 3–5 x tägl. je 2 Tabl.

Wenn Ihr Kind **Kopfschmerzen mit Erbrechen** hat; das Gesicht ist rot; das Kind klagt über **Druckgefühl, Klopfen, Stechen, Schwindel** und es hat das Gefühl, der Kopf möchte „platzen" (= Ausdruck von Blutfülle). Eventuell beschreibt es auch **Schmerzen über den Augen, Sehstörungen**, der Schmerz zieht von der **Stirn zum Hinterkopf**. Es vermeidet, sich zu bücken, den Kopf zu schütteln und verträgt keinen Druck am Kopf. Linderung schafft sanftes Handauflegen, Kühle und Kälte. Bluten der Nase kann auftreten:

- Nr. 3 Ferrum phos. D 6.

Akut:

- ¼-stdl. 1 Tabl., bis Besserung eintritt, dann die Zeitabstände verlängern oder gleich die „Heiße 3" verabreichen mit 5, 7 oder 10 Tabl.

Wenn Ihr Kind gleichzeitig noch **weißen Schleim** auswürgt:

- Nr. 4 Kalium chlor. D 6.

Akut:

- Alle 15 Min. 1 Schluck „Heiße 4" mit 3, 5 oder 7 Tabl., je nach Alter des Kindes, bis zur Besserung, dann Zeitabstände verlängern.

Wenn Ihr Kind unter **nervösem Kopfschmerz** leidet, verbunden mit **Reizbarkeit**:

- Nr. 5 Kalium phos. D 6.

Akut:

- Alle 10-30 Min. 1 Schluck „Heiße 5" mit 3, 5 oder 7 Tabl. je nach Alter des Kindes.

Wenn Ihr Kind den Kopfschmerz durch **geistige oder körperliche Anstren-**

gung bekommt, wenn es **übermüdet** erscheint oder aufgrund von **Ärger oder auf Reisen**:

- Nr. 5 Kalium phos. D 6, abwechselnd mit Nr. 3 Ferrum phos. D 12.
- „Heiße 5" mit 3, 5 oder 7 Tabl., abwechselnd mit einer „Heißen 3" mit 5, 7 oder 10 Tabl. oder alle 10–20 Min. wechselweise je 1 Tabl.

Wenn Ihr Kind **blass** sein sollte, **Schwindel** und **Ohrensausen** beschreibt:

- Nr. 5 Kalium phos. D 6 wechselnd mit Nr. 8 Natrium chlor. D 6.
- „Heiße 5" mit 3, 5 oder 7 Tabl., abwechselnd mit einer „Heißen 8" mit 3–5 Tabl. oder alle 10–20 Min. wechselweise 1 Tabl.

Wenn sich aufgrund von **Sauerstoffmangel**, bei Aufenthalt in geschlossenen Räumen, der Kopfschmerz einstellt; Verschlimmerung am Abend; Verbesserung an frischer Luft:

- Nr. 6 Kalium sulf. D 6.

Akut:

- Alle 10–20 Min. 1 Schluck „Heiße 6" mit 3, 5 oder 7 Tabl.

Die Kopfschmerzen kommen **plötzlich**, fast wie ein **„Überfall"**. Kinder, die sich **geistig überanstrengt** haben. Kopf fühlt sich wie eingeschnürt an, **Hinterkopf schmerzt** und häufig werden auch **Sehstörungen** beschrieben. Linderung erfahren die Kinder durch festen Druck und Wärme, Streicheln an den Haaren lehnen sie ab:

- Nr. 7 Magnesium phos. D 6.

Akut:

- Alle 10–20 Min. 1 Schluck „Heiße 7" mit 5, 7 oder 10 Tabl. oder ¼-stdl. 1 Tabl.

Wenn Ihr Kind über **Kopfschmerzen** klagt, nach fehlendem Schlaf, **Erbrechen** von wässrigem Mageninhalt, **Tränenfluss**. Kopfschmerzen ab dem Erwachen, **bis zum Abend anhaltend** (wenn Sie versuchen, Ihr Kind zu trösten, dann wird es ärgerlich):

- Nr. 8 Natrium chlor. D 6.
- Alle ½–1 Std. 1 Tabl., oder: alle 15 Min. 1 Schluck „Heiße 8" mit 5–7 Tabl.

Wenn Ihr Kind bei den Kopfschmerzen **Übelkeit** beschreibt, **bitteren Geschmack** im Mund und beim Erbrechen; Erbrochenes kann auch sauer riechen, der Kopf fühlt sich heiß und dumpf-drückend an. Besonders mittags auftretend:

- Nr. 9 Natrium phos. D 6.

Akut:

- Alle 10–20 Min. 1 Schluck „Heiße 9" mit 5–7 Tabl. oder alle 15–30 Min. 1 Tabl.

Wenn Ihr Kind aufgrund von **Verdauungsstörungen** Kopfschmerzen hat. Weiteres Symptom: Bewegung und Lichteinwirkung verschlimmern den Kopfschmerz:

- Nr. 10 Natrium sulf. D 6.

Akut:

- Alle 15–30–60 Min. 1 Schluck „Heiße 10" mit 3, 5 oder 7 Tabl. oder stdl. 1 Tabl.

Wenn Ihr Kind nach **geistiger Überanstrengung** (Schule, Kindergarten) über Kopfschmerzen klagt und ohnehin empfindlich und eher schwach ist; den Schmerz beschreibt das Kind als über den Hinterkopf zur Stirn ziehend. Dieser Kopfschmerz kann nachts auftreten und periodisch sein, z. B. alle 14 Tage, zu Vollmond usw.:

- Nr. 11 Silicea D12.

Akut:

- Alle 30–60 Min. 1 Schluck „Heiße 11" mit 5–7 Tabl. oder stdl. 1 Tabl.

Tipp: Ernährung umstellen: Ab 14.00 Uhr weder Rohkost noch tierisches Eiweiß.

Salzfreie Kost: Nicht zusätzlich Salz verwenden! Auf Zusatzstoffe in den Lebensmitteln achten. Evtl. Laktose-, Fruktose-, Gluten- oder sonstige Nahrungsmittelunverträglichkeiten? Zu viel Süßigkeiten?

Tagebuch für Ihr Kind führen: Wann treten die Kopfschmerzen auf? Was wurde gegessen und getrunken? Auch am Tag vorher? Überforderung? Unfälle (Stürze, z. B. vom Fahrrad)? Halswirbelsäule (1. Halswirbel)? Fehlstellung der Brustwirbelsäule?

Knirscht Ihr Kind mit den Zähnen? Verspannungen im Nacken-Schulter-Bereich? Beinlängendifferenzen?

Zur Unterstützung: Lauwarme bis kalte Hand- und Armbäder bei älteren Kindern. Fußbäder mit Kaisernatron bei älteren Kindern. Für regelmäßige Stuhlentleerung sorgen.

Unfall-Kopfschmerz

Hier handelt es sich um einen chronisch wiederkehrenden Kopfschmerz, der oft nach einer bereits behandelten Gehirnerschütterung oder nach einem Schädel-Hirn-Trauma auftauchen kann. Ihr Kind wird diesen Kopfschmerz als dumpf bis bohrend, aber auch als Druck- und Bandgefühl um den Kopf beschreiben.

Der Kopfschmerz wird heftiger, wenn Ihr Kind geistige Arbeiten zu leisten hat, heftig den Kopf bewegt, sich erregt und wenn es sich in warmen Zimmern aufhält.

Auch hier ist die Verabreichung der Salze für Ihr Kind über mehrere Wochen anzusetzen:

- Morgens: 3, 5, 7 oder 10 Tabl. Nr. 10 Natrium sulf. D3 als „Heiße 10".
- Vor dem Mittagessen und vor dem Abendessen: je 1–3 Tabl. Nr. 10 Natrium sulf. D6.
- Abends: Salbe Nr. 10 Natrium sulf. auf den Oberbauch einreiben.

Krämpfe – siehe Bauchschmerzen, Drei-Monats-Kolik

Kreislaufstörungen

Kreislaufschwäche/niedriger Blutdruck, Schwindel

Kinder entwickeln mit dem 2. Lebensjahrzehnt und während der Pubertät häufig Kreislaufprobleme. Sie berichten dann von morgendlichem Schwindel, Ohnmachtsneigung und fühlen sich schwach und schlapp. Wenn dahinter keine anderen Erkrankungen stecken, die Sie abklären lassen sollten, dann können Sie wunderbar mit den Schüßler-Salzen arbeiten.

In der Regel handelt es sich bei diesem Kreislauf, der gestört ist (es muss etwas „im Kreise" laufen können, nämlich das Blut), um arterielle Gefäßbezirke, die weniger gut durchströmt werden. Das Kind spürt es durch kalte Hände und Füße; Hände und Füße können besonders in der Nacht einschlafen, der Puls fühlt sich schwach an. Falls eine Blutarmut vermutet werden sollte bzw. festgestellt wird, dann unterscheidet sich diese noch zusätzlich von der Kreislaufstörung durch Frösteln am Rücken und einer „ewig" kalten Nasenspitze. Hände und Füße schlafen in diesem Fall eher selten ein.

Tipp: Für ältere Kinder morgens und abends warme Armbäder für die Unterarme mit ansteigender Temperatur (ständig heißes Wasser nachgießen), im täglichen Wechsel mit ansteigenden Fußbädern (fördert die Durchblutung).

Viel Bewegung in frischer Luft – sportliche Aktivitäten ausüben. Trinkmenge des Kindes beachten. Für gute biologische Ernährung sorgen.

Kreislaufschwäche/ niedriger Blutdruck

Wenn es sich um eine **allgemeine Kreislaufschwäche** bei Ihrem Kind handelt:

- 3–6 x tägl. 1 Tabl. Nr. 3 Ferrum phos. D 3.

Bei Kreislaufschwäche, verbunden mit **niedrigem Blutdruck**:

- 3–6 x tägl. 1–2 Tabl. Nr. 3 Ferrum phos. D 6, im Wechsel mit
- 1–3 x tägl. 1 Tabl. Nr. 5 Kalium phos. D 6 (bis 15.00 Uhr).

Wenn Ihr Kind Kreislaufschwäche mit **gleichzeitigem Frieren** hat:

- ¼–½-stdl. 1 Schluck „Heiße 3" mit 5–7 Tabl. Nr. 3 Ferrum phos. D 12 im Wechsel mit
- ¼–½-stdl. 1 Schluck „Heiße 8" mit 3–5 Tabl. Nr. 8 Natrium chlor. D 6.

Wenn sich Ihr Kind nach einer **langen Erkrankung** schwer erholt und der Kreislauf mitreagiert:

- Jeden Morgen vor dem Frühstück „Heiße 2" mit 3, 5 oder 7 Tabl. Nr. 2 Calcium phos. D 6.

Sollte noch eine Anämie an der Kreislaufschwäche beteiligt sein, dann lesen Sie unter Anämie und setzen hierzu kurmäßig das Anämiekonzept mit ein.

Schwindel

(Abklärung durch den Arzt!)

Wenn der Schwindel des Kindes durch **Lageänderung**, z.B. vom Sitzen zum Stehen, vom Liegen zum Stehen bedingt ist:

- Bis zu 5 x tägl. 1 Tabl. Nr. 5 Kalium phos. D6 im Wechsel mit
- bis zu 6 x tägl. 1 Tabl. Nr. 3 Ferrum phos. D3.

  Nach Besserung noch einige Wochen – mit je 2 Gaben tägl. pro Schüßler-Salz – nacharbeiten.

Wenn Ihr Kind über Schwindel beim **Aufstehen** und **Aufwärtssehen** jammert:

- 3–5 x tägl. 1–2 Tabl. Nr. 5 Kalium phos. D6.

Wenn beim **Aufstehen vom Sitzen** sich der Schwindel einstellt:

- Alle 10–20 Min. 1 Schluck „Heiße 2" mit 5–7 Tabl. Nr. 2 Calcium phos. D6 im Wechsel mit „Heiße 11" mit 5–7 Tabl. Nr. 11 Silicea D12.

Schwindel, der vom **Hinterkopf nach vorne** wandert; **Aufsehen** und **Bewegung verschlimmert** die Situation:

- ¼–½-stdl. 1 Schluck „Heiße 11" mit 5–7 Tabl. Nr. 11 Silicea D12.

Bei Schwindel mit **Blutandrang zum Kopf**:

- 1–2-stdl. 1 Tabl. Nr. 3 Ferrum phos. D6.

Wenn der Schwindel Ihres Kindes auf **nervöser Grundlage** beruht:

- 3–5 x tägl. 1 Tabl. Nr. 5 Kalium phos. D6 bis 15.00 Uhr

im Wechsel mit

- bis zu 4 x tägl. „Heiße 7" mit 1–2 Tabl. Nr. 7 Magnesium phos. D6.

Wenn sich dazu noch **Schwäche** gesellt, **zusätzlich**:

- Nr. 8 Natrium chlor. D6, 3 x tägl. 1–2 Tabl. bis 16.00 Uhr.

Wenn der Schwindel des Kindes durch **Übelkeit vom Magen** her kommt:

- Alle 10 Min. 1 Schluck „Heiße 9" mit 3–5 Tabl. Nr. 9 Natrium phos. D6.

Lernschwierigkeiten – siehe ADHS/ADS

Lichtempfindlichkeit – siehe Augenerkrankungen

Luftschlucken, Luftaufstoßen – siehe Aufstoßen

Lymphknoten-Schwellungen

Zum gesamten lymphatischen System zählen die Lymphbahnen, die Lymphknoten, Mandeln, Milz und das lymphatische Gewebe auf den Schleimhäuten, z. B. die Peyer-Plaques im Darm.

Der gesamte Körper ist mit einem sehr feinen System von Lymphbahnen durchzogen. Lymphkapillare befinden sich überall und verlaufen parallel zum venösen Blutkreislauf. Sie beginnen blind und vereinigen sich zu immer größer werdenden Lymphbahnen. Diese wiederum laufen in den Lymphknoten zusammen und werden dann über große Sammelgefäße, der größte ist der Milchbrustgang (Ductus thoracicus), weitergeführt.

Die Hauptaufgabe des Lymphsystems ist die Immunabwehr. Weitere Aufgaben sind der Transport von Nahrungsfetten und großen Eiweißmolekülen aus dem Darm. Lesen Sie hierzu mein Buch „Deine Nahrung sei dein Heilmittel", Ernährung im Biorhythmus, Abschnitt Darm.

Weiterhin sorgt das System für die Rückführung der Lymphe (= Flüssigkeit) in die Blutbahn und für den Abtransport überschüssiger Flüssigkeit in den Zellzwischenräumen.

Lymphknoten sind Filterstationen, die für die Reinigung der Lymphe zuständig sind. Hier werden durch Makrophagen (Abwehrzellen) und Lymphozyten Krankheitserreger, Fremdkörper und Zelltrümmer aufgeräumt. In den Lymphknoten werden auch Lymphozyten gebildet. Diese halten sich vorwiegend im lymphatischen System auf.

Bei bestimmten Bluterkrankungen oder einer Infektion schwellen Lymphknoten in diesem Gebiet an, weil sie sich mit der Beseitigung von Krankheitserregern, Zelltrümmern usw. beschäftigen.

Bei einer Erkältung z. B. können die regionären Lymphknoten (z. B. im Nacken, Hals, Unterkiefer) anschwellen. Beim Pfeifferschen Drüsenfieber z. B. können neben den regionären Lymphknoten auch die unter den Achseln und der Leiste anschwellen.

Achtung: Niemals an Lymphknoten herumdrücken!

Gehen Sie bitte unbedingt mit Ihrem Kind zum Arzt,

1. wenn starke, unerklärbare Beschwerden die Lymphknoten haben schwellen lassen und Sie keine Erklärung finden können;
2. wenn nach einigen Tagen, z. B. nach einer Erkältung, die Lymphknoten immer noch geschwollen sein sollten;
3. wenn diese hart und schmerzhaft sind;
4. wenn es ohne erkennbare Ursache zu einer Schwellung gekommen ist;
5. bei einer Lymphknotenschwellung nach Verletzung oder Stich – in diesem Fall besteht Verdacht auf Blutvergiftung.

Hauptmittel für die Lymphdrüsen und das Lymphsystem:

- Nr. 4 Kalium chlor. D6 im Wechsel mit Nr. 11 Silicea D6, jeweils 3 – 5 x tägl. 1 – 2 Tabl.

Wenn Ihr Kind **teigige Schwellungen** an den Lymphknoten hat:

- Bis zu 6 x tägl. 1–2 Tabl. Nr. 4 Kalium chlor. D6.
- Salbe Nr. 4 Kalium chlor. sanft einklopfen.

Wenn es sich um **weiche Drüsenschwellungen** handelt:

- Jeweils 3–5 x tägl. je 1 Tabl. Nr. 2 Calcium phos. D6 im Wechsel mit Nr. 4 Kalium chlor. D6.
- Salbe Nr. 2 Calcium phos. im Wechsel mit Nr. 4 Kalium chlor. sanft einklopfen.

Wenn es sich um eine **harte Drüsenschwellung** handelt:

- Nr. 1 Calcium fluor. D12 im Wechsel mit Nr. 11 Silicea D3 und Nr. 4 Kalium chlor. D6, jeweils 3 x tägl. 1–2 Tabl.
- Salbe Nr. 1 Calcium fluor. im Wechsel mit Salbe Nr. 11 Silicea und Salbe Nr. 4 Kalium chlor. sanft einklopfen.

Wenn es sich um eine **Entzündung** handelt:

- ¼–½-stdl. 1 Schluck „Heiße 3" mit 5–7 Tabl. Nr. 3 Ferrum phos. D12.
- Salbe Nr. 3 Ferrum phos. sanft einklopfen.

Nach einer entzündlichen Schwellung:

- 3–4 x tägl. je 1–2 Tabl. Nr. 13 Kalium arsen. D6 im Wechsel mit Nr. 3 Ferrum phos. D12.

Tipp: Während die Lymphknoten geschwollen sind, sollten Sie Ihrem Kind möglichst wenig Rohkost, Salate, tierisches Eiweiß, Milch und Käse, Kartoffeln, Reis, Tomaten, Gurke, Paprika, Bananen, Süßigkeiten, Fettgebackenes, Frittiertes usw. geben.

Je konsequenter Sie dies aus dem Ernährungsplan herausstreichen, desto schneller wird sich die Lymphknotenschwellung zurückbilden.

Entlastungstage in der Ernährung, leichtverdauliche Kost.

Apfel- und Orangensaft meiden.

Magenschmerzen – siehe <u>Bauchschmerzen</u>

Mandelentzündung – siehe <u>Halsentzündung</u>

Masern

Bereits der Verdacht auf das Vorliegen einer Masernerkrankung ist meldepflichtig und muss dem zuständigen Gesundheitsamt gemeldet werden.

Masern gehören zu den klassischen Kinderkrankheiten, wenn auch heutzutage durch Impfungen versucht wird, das Masernvirus überhaupt nicht erst in Erscheinung treten zu lassen. Es können geimpfte wie auch ungeimpfte Kinder daran erkranken und es brechen immer wieder wahre Epidemien aus.

Meistens verläuft die Masernerkrankung komplikationslos.

Schwere Verläufe können mit einer Mittelohrentzündung, Lungenentzündung oder einer Hirnhautentzündung einhergehen. Nach einer Ansteckungszeit von 8–12 Tagen kommt es zunächst bei Ihrem Kind zu grippeähnlichen Symptomen mit Fieber. Dann tritt eine Bindehautentzündung auf sowie Schwellungen an den Schleimhäuten von Nase, Rachen und Mund (Wangenschleimhaut, Backenzahnreihe und an den Lippen bläulich-weiße, runde, scharf umgrenzte Pünktchen – dann sind es Masern). Die Kinder sind oftmals lichtscheu. Ein Husten entwickelt sich, das Kind wird heiser und das Gesicht sieht häufig aufgequollen aus.

Um den 14. Tag nach der Ansteckung herum beginnen meist großfleckige rote Hautauschläge (Koplik'sche Flecken) hinter den Ohren und breiten sich über das Gesicht zum Rumpf, zu den Armen und Beinen hin aus. Der Hautausschlag verblasst schließlich und das Kind erholt sich nach und nach. Der Hautausschlag geht in der Reihenfolge des Erscheinens zurück, nach ca. 3–4 Tagen. Die Abschuppung der Haut ist kleieförmig im Gegensatz zum Scharlach, der eher fetzenartig abschuppt.

Stecken Sie Ihr Kind unbedingt ins Bett, es soll viel Ruhe haben und viel trinken. Da die Kinder ansteckend sind, sollten sie frühestens 5–7 Tage nach Auftreten des Hautausschlages, bei absoluter Fieberfreiheit, wieder in den Kindergarten oder zur Schule gehen.

Masern hinterlassen eine vorübergehende Immunschwäche für ca. 6–8 Wochen. Beachten Sie dies bitte.

Test auf Masern: Die roten Flecken verschwinden auf Fingerdruck, kehren aber bald wieder von der Mitte aus nach außen fließend zurück (bei Scharlach gerade umgekehrt).

Zu **Beginn**:

- Alle ½–1 Std. je 1 Tabl. Nr. 3 Ferrum phos. D12 im Wechsel mit Nr. 4 Kalium chlor. D6.

Sollte das **Fieber bis 38,5 °C** steigen, dann geben Sie bitte:

- Alle 15 Min. 1 Tabl. Nr. 3 Ferrum phos. D12 oder alle 10 Min. 1 Schluck „Heiße 3" mit 5–7 Tabl.

Im **weiteren Verlauf**:

- Je 1–2 Tabl. Nr. 3 Ferrum phos. D12 im stdl. Wechsel mit Nr. 4 Kalium chlor. D6 im stdl. Wechsel mit Nr. 7 Magnesium phos. D6.

Bei Fieber **über 38,5 °C**:

- Alle 15 Min. 1 Tabl. Nr. 5 Kalium phos. D6 im Wechsel mit stdl. 1 Tabl. Nr. 8 Natrium. chlor. D6.

Im **Abschuppungsstadium** und zur **Unterstützung der Genesung**:

- 4–6 x tägl. (ca. alle 2 Std.) 1 Tabl. Nr. 6 Kalium sulf. D6.

Zur **Nachbehandlung** und wenn der **Hautauschlag** nicht richtig herauskommen will:

- 2 x 1–2 Tabl. Nr. 2 Calcium phos. D6, auf Vor- und Nachmittag verteilt.

Für die **gesunden Geschwisterkinder zur Vorbeugung**:

- 6 x tägl. 1 Tabl. Nr. 3 Ferrum phos. D12.

Nachbehandlung zur Stärkung des Immunsystems:

Biochemische Energieschaukel (Variante 2) oder Immunkur – s. Anhang A; s. auch Abwehrschwäche.

Tipp: Bettruhe bis Abschuppung bzw. bis die katarrhalische Erscheinung ziemlich behoben ist. Frische Luft, jedoch Zugluft vermeiden. Fenster verdunkeln, wenn Kinder lichtscheu sind.

Im Fieberstadium viel trinken lassen. Zur Durststillung verdünnte dunkle Säfte oder Kräutertees anbieten.

Bis zur Gesundung bekommen die Kinder kein Fleisch und keine Fleischbrühe. Ansonsten die Kinder nach Essenswünschen fragen.

Wenn der Hautausschlag nicht richtig in Erscheinung treten will: Kinder baden. Für regelmäßige Darmentleerung sorgen.

Beachten Sie: Wenn die Masern überstanden sind, kann man oft sehen, dass das Kind „zu sich selbst gefunden" hat; es ist jetzt mit beiden Füßen auf der Erde. Neue Interessen kommen zum Vorschein.

Milchschorf

Schuppenbildung am Kopf, „Gneis", Mitesser (Comedo)

Milchschorf (Crusta lactea) ist häufig das allererste Anzeichen einer Veranlagung zu Neurodermitis (Atopie). Im ersten Lebensjahr fällt dieser als Gesichts- und Hautausschlag auf. Es verursacht dem Kind große Unruhe, verbunden mit Jucken und Brennen auf der Haut. Milchschorf darf niemals unterdrückt werden. Eine Ernährungsumstellung ist unerlässlich. Mithilfe der Schüßler-Salze können Sie großen Erfolg bei Ihrem Kind erzielen.

Gneis stellt sich als plattenförmige Schuppenbildung am Kopf und an den Augenbrauen dar. Gneis tritt meist in den ersten Lebenswochen auf. Ist die Gneisbildung sehr stark ausgeprägt, kann das auch ein Hinweis auf eine Allergie sein.

Als **Mitesser** wird der eingedickte Talg in den Talgdrüsen bezeichnet. Mitesser zeigen gerne an der Oberfläche einen schwarzen Kopf. Eine verstopfte Talgdrüse kann sich entzünden und diese Entzündung kann wiederum in eine Eiterung übergehen. Dadurch können kleine, mit Eiter gefüllte Pusteln entstehen. Aus diesen können sich auch Furunkel bilden. Siehe dazu auch unter Eiterungen bzw. II. 1. Wahl des richtigen Mittels/Absonderungen.

Wenn Ihr Kind **starke Entzündungszeichen**, vor allem an den **Schorfstellen,** aber auch an den **Mitessern** aufweist:

- 4–6 x tägl. 1–2 Tabl. Nr. 3 Ferrum phos. D12.

Wenn Sie bei Ihrem Kind **mehlartige, kleienartige, weißgraue** Schuppen,

weißgraue plattenförmige Schuppen oder Krusten vorfinden:
- 3 – 6 x tägl. je 1 Tabl. Nr. 4 Kalium chlor. D 6.

Wenn Ihr Kind starke **Oberhautabschuppungen** auf **klebrigem Grund** mit **eiterähnlicher Absonderung** unter den Krusten zeigt:
- Je 3 – 6 x tägl. 1 – 2 Tabl. Nr. 6 Kalium sulf. D 6, im Wechsel mit Nr. 9 Natrium phos. D 6 (als Hauptmittel bei Mitessern angezeigt).

Wenn es beim Milchschorf/Gneis zu **Schrunden, Rissen** oder **Borken** in der Haut kommt; beim Mitesser, wenn sich dieser **verhärtet** bzw. Verhärtungen zurückbleiben:
- 3 – 4 x tägl. 1 Tabl. Nr. 1 Calcium fluor. D 12.

Wenn Ihr Kind einen **nässenden** Milchschorf haben sollte:
- 3 – 4 x tägl. 1 Tabl. Nr. 10 Natrium sulf. D 6.

Mitesser

Wenn die Mitesser Ihres Kindes ein **schwarzes Köpfchen** haben und wenn auch noch **Verstopfung** besteht:
- 3 – 5 x tägl. 1 – 2 Tabl. Nr. 8 Natrium chlor. D 6.

Sollte es zu **Eiterpustelbildung** kommen:
- Je 3 – 5 x tägl. 1 – 2 Tabl. Nr. 11 Silicea D 12 im Wechsel mit Nr. 9 Natrium phos. D 6.

Tipp: Alle Schüßler-Salz-Tabletten, die Sie für Ihr Kind auswählen, können Sie äußerlich durch entsprechende Schüßler-Salben unterstützen.

***Milchschorf**: Stillen Sie Ihr Kind solange wie möglich.*

Verzichten Sie im ersten Lebensjahr, wegen der Allergiewirkung, auf Kuhmilch, Eier und Joghurt: hypoallergene Babynahrung bevorzugen.

Schorf darf nicht unterdrückt werden, er schlägt sich sonst nach innen. Ernährungsumstellung wirkt wahre Wunder.

Nässender Milchschorf kann mit 0,9 % Kochsalzlösung betupft und gereinigt werden und wird dann trocknen.

***Gneis**: Reinigen Sie die Haare des Kindes nur mit klarem Wasser und nicht mit Babyhaarshampoos.*

Verwenden Sie eine Ziegenhaarbürste und bürsten Sie damit täglich das Köpfchen, um die ersten Schuppen mit sanfter Hand zu entfernen. Damit wird auch die Kopfhaut durchblutet und stimuliert.

Gerne dürfen Sie Ihrem Kind auch eine Ölkompresse mit Schachtelhalmöl auflegen. Nehmen Sie diese achtsam herunter und nun können Sie ganz vorsichtig mit einem Babykamm die aufgeweichten Schüppchen entfernen.

***Mitesser**: Ernährungsumstellung auf Lebensmittel ohne Reizstoffe wie Salz, Pfeffer, Paprika usw. Wenig tierisches Eiweiß. Schweinefleisch und -wurst sollten ganz vom Speisenzettel verschwinden. Süße und phosphathaltige Getränke vermeiden. Süßigkeiten sind tabu.*

Gute Gesichtspflege mit entsprechender Seife.

Für gute Darmentleerung sorgen.

Mitesser – siehe Akne bzw. Milchschorf

Müdigkeit/Antriebslosigkeit

Bei vegetativer Dysregulation, wenn andere Ursachen ausgeschlossen sind (ggf. vom Arzt abklären lassen). Bei Müdigkeit aufgrund von Erschöpfung wenden Sie bitte die Biochemische Energieschaukel (Variante 2) (s. Anhang A) an.

Hat Ihr Kind einen **niedrigen Blutdruck** bzw. etwas **Blutmangel** (Anämie):

- 3 x tägl. 1–3 Tabl. Nr. 3 Ferrum phos. D3.

Müdigkeit durch **Sauerstoffmangel**:

- Morgens „Heiße 3" mit 3–5 Tabl. Nr. 3 Ferrum phos. D12.
- Abends vor dem Schlafengehen als „Heiße 6" mit 3–5 Tabl. Nr. 6 Kalium sulf. D6.

Müdigkeit durch **Übersäuerung**:

- Morgens „Heiße 9" mit 3–5 Tabl. Nr. 9 Natrium phos. D6.
- Abends vor dem Schlafengehen als „Heiße 11" mit 5–7 Tabl. Nr. 11 Silicea D6.

Tipp: Finden Sie heraus, was Ihr Kind so „müde" werden lässt.

Sind es die Lebensmittel? Zusatzstoffe? Essen zur unpassenden Uhrzeit? Krankheiten, die sich unterschwellig entwickeln? Seelische Probleme? Hat es genügend Bewegung? Genügende Ruhezeiten? Hat es genügend Sauerstoff? Ist der Schlafplatz frei von elektromagnetischen Strahlungen? Liegt es auf einer Wasserader? Evtl. hilft eine „Entsäuerungskur" (s. Anhang A).

Mukoviszidose

Mukoviszidose ist eine genetisch bedingte, angeborene Stoffwechselerkrankung.

In den Organen Lunge, Bauchspeicheldrüse, Dünndarm, Gallenwegen und Schweißdrüsen werden zähflüssige Sekrete gebildet, die nur erschwert vom Körper abtransportiert werden können. In diesen Organen kommt es zu Funktionsstörungen.

Der zähflüssige Schleim kann von den Flimmerhärchen der Bronchien nur schwer transportiert werden und verursacht chronischen Husten, Bronchienerweiterungen, oft wiederkehrende Lungeninfekte und schwere Lungenentzündungen. Durch die häufigen und langwierigen Lungeninfekte lässt die Funktion der Lunge nach, was sich durch chronischen Sauerstoffmangel und Atemnot ausdrückt. Kinder haben Gedeihstörungen und mangelnde Gewichtszunahme.

Bei Säuglingen kann es zu schweren Darmverstopfungen infolge des zähen Stuhls kommen.

Die Funktion der Bauchspeicheldrüse ist ebenfalls gestört, etwa 2 % der betroffenen Kinder haben bereits früh einen Diabetes mellitus.

Die schulmedizinische Behandlung können Sie mit Schüßler-Salzen unterstützend begleiten.

Zur **Schleimverflüssigung** (Langzeitanwendung!):

- 3 – 5 x tägl. 1 – 2 Tabl. Nr. 4 Kalium chlor. D 6, oder als „Heiße 4" mit je 5 Tabl. vor- und nachmittags.
- Morgens und abends Salbe Nr. 4 Kalium chlor. auf Brust/Rücken und Oberbauch einreiben.
- Oberbaucheinreibungen mit Salbe Nr. 6 Kalium sulf. im Wechsel mit Nr. 10 Natrium sulf. zur Langzeitanwendung.

Zur weiteren Mittelfindung s. auch Bronchitis, II. 1. Wahl des richtigen Mittels/Absonderungen und Abwehrschwäche.

Immunkur (s. Anhang A) bzw. Herbst-Winter-Kur (s. Buch „Die 12 Salze des Lebens) zur Stärkung der Immunabwehr, um die Notwendigkeit von Antibiotika-Gaben zu reduzieren.

Tipp: In der Ernährung möglichst Lebensmittel meiden, die Schleimbildner sind: Käse, Kartoffeln, Milch.

Vermeiden Sie übermäßigen Verzehr von Brot und Brötchen, Nudeln und Teigwaren, die aus Getreide hergestellt werden. Keine Süßigkeiten.

Abends keine Tomaten, Paprika, Gurken, tierisches Eiweiß, wie Käse und Wurst, Rohkost, Obst roh oder Salate verzehren.

Auf eine ausreichende Zufuhr von Mineralien und Spurenelementen achten.

Mumps (Parotitis epidemica, Ziegenpeter)

Es handelt sich dabei eine Viruserkrankung, die durch Tröpfcheninfektion mit dem Mumpsvirus (Paramyxovirus) übertragen wird. Eine hohe Ansteckungsfähigkeit findet sich vor allem im Kindesalter zwischen dem 5. und 9. Lebensjahr. Neugeborene und Säuglinge erkranken in der Regel nicht, da sie durch die Antikörper der Mutter geschützt sind. Bis zum 15. Lebensjahr hatten 90 % aller Kinder die Mumps.

Einmal daran erkrankt, hinterlässt Mumps eine lebenslange Immunität. Die Ansteckungszeit (Inkubationszeit) dauert etwa 2 – 3 Wochen; die ersten Symptome für die Mumps sind wie bei einer Grippe: Appetitlosigkeit, Unwohlsein, Kopf- und Gliederschmerzen. Dann kommt es akut und plötzlich zu einer schmerzhaften Speicheldrüsenschwellung, die mitunter durch Mitbeteiligung am zentralen Nervensystem, an der Bauchspeicheldrüse, am Innenohr und an den Keimdrüsen zu gefürchteten Komplikationen führen kann: Sie kann sowohl Bauchspeicheldrüse als auch die männlichen Keimdrüsen in Mitleidenschaft ziehen (kann zur Unfruchtbarkeit führen). Deshalb sollte bei jeder Mumpserkrankung, um die Mitbeteiligung anderer Organe auszuschließen, der Arzt aufgesucht werden.

Durch die Schwellung der Ohrspeicheldrüse entstehen die bekannten „Hamsterbäckchen" mit einer Anhebung des Ohrläppchens. Bei ca. 20% aller Erkrankten tritt eine einseitige Schwellung auf und nach einigen Tagen wiederum kann die zweite Seite nachziehen. Fieber tritt meist nur gering auf.

Nach einer vorausgegangenen Masernerkrankung kann man leichter an einer Ohrspeicheldrüsenentzündung erkranken, die leichter in eine Form mit Eiterung übergeht als die gewöhnliche Form.

Eltern können bei sorgfältiger und liebevoller Beobachtung ihrer Kinder oftmals selbst die Krankheitsbilder erkennen. In anderen Fällen führt aber erst die vorherige ärztliche Konsultation zur klaren Diagnose.

Das **Akutmittel** bei leichteren Fällen und bei Fieber bis 38,5 °C:
- ¼-stdl. 1 Tabl. Nr. 3 Ferrum phos. D 12 im Wechsel mit Nr. 4 Kalium chlor. D 6.

Wenn es zu **Ohrspeicheldrüsenschwellung ohne Fieber** kommt, auch bei Beteiligung der Hoden bzw. der Bauchspeicheldrüse (Arzt!):
- ¼-stdl. 1 Tabl. Nr. 4 Kalium chlor. D 6.

Wenn Ihr Kind einen **starken Speichelfluss** hat und/oder eine **Schwellung** der Hoden oder Schamlippen (Arzt!) zu sehen ist:
- ½-stdl. 1 Tabl. Nr. 8 Natrium chlor. D 6 im Wechsel mit Nr. 3 Ferrum phos. D 12 s. o.

Wenn Ihr Kind **hohes Fieber** hat und die allgemeinen Symptome sehr auffallend sind; bei **Mundgeruch**, **Speichelfluss**, falls Nr. 8 nicht ausreichen sollte:
- ½-stdl. 1 Tabl. Nr. 5 Kalium phos. D 6.

Wenn es bei Ihrem Kind zu **Eiterungen** kommen sollte (Arzt!):
- ¼-stdl. bis ½-stdl. 1 Tabl. Nr. 9 Natrium phos. D 6 im Wechsel mit Nr. 11 Silicea D 12.

Dazu, falls der Eiter **stinkt und schmutzig** wirkt: Nr. 5 Kalium phos. D 6.

Gegen **Verhärtungen** an den Speicheldrüsenausführungsgängen und zur Verhinderung von Speichelsteinbildung (Arzt!):
- Jeweils 3 – 6 x tägl. 1 Tabl. Nr. 1 Calcium fluor. D 12 im Wechsel mit Nr. 11 Silicea D 6.

Tipp: Kopf in trockener Wärme durch Einpacken in wollene Tücher warmhalten. Keine feuchten Umschläge.

Trockener Quarkwickel, warme Ölwickel oder Umschläge.

Sorgen Sie für eine gründliche Darmentleerung bei Ihrem Kind (im Notfall bei älteren Kindern mit dem Klistier nachhelfen).

Gute Mundpflege – Salbeiteespülungen. Tees, Suppen. Trinken mit dem Strohhalm (Öffnen des Mundes ist schmerzhaft). Flüssige, breiige Ernährung.

Beachten Sie: Nach einer überstandenen Mumpserkrankung zeigen die meisten Kinder eine neue Selbstständigkeit.

Mundbläschen / Mundschleimhautentzündung

siehe Herpes

Mundgeruch

Wenn alle anderen Ursachen (Speisenreste zwischen den Zähnen, Karies, fehlende Mundhygiene, Erkältungen des Nasen-Rachen-Raumes, stark riechende Lebensmittel wie Zwiebeln oder Knoblauch, Erkrankungen des Magens usw.) ausgeschlossen sind, dann:

- 2–3 x pro Woche je 1–2 Tabl. Nr. 8 Natrium chlor. D6 bis 16.00 Uhr.

Wenn es morgens im Kinderzimmer übel riecht:

- 3–5 x tägl. je 1 Tabl. Nr. 5 Kalium phos. D6.

Mundsoor

In der Mundschleimhaut sind **empfindliche Stellen** mit **weißlichen Belägen** zu sehen. Verursacher ist in den meisten Fällen der Pilz Candida albicans. Arzt mit zu Rate ziehen.

- 4–6 x tägl. 1 Tabl. Nr. 4 Kalium chlor. D6.
- Vormittags und bis 15.00 Uhr je 1 Tabl. Nr. 5 Kalium phos. D6.

Jeweils als Tablettenbrei in die Wangeninnentasche.

Tipp: Geben Sie von Mel rosatum (steriler Rosenhonig aus der Apotheke) eine erbsengroße Menge 4 x täglich in den Mund. Die Mutter könnte auch vor dem Stillen diesen sterilen Rosenhonig auf die Brustwarze auftragen und das Kind anschließend anlegen.

Mundwinkeleinrisse – siehe auch Blutarmut/Anämie

Mundwinkelentzündung, Rhagaden

Meist schmerzhafte Einrisse an den Mundwinkeln können ein Hinweis auf Blutarmut sein. Lassen Sie bei Ihrem Kind durch eine Blutabnahme den Eisenwert bestimmen. Weiterhin kann es mit Zinkmangel und mit Mangel an B-Vitaminen zu tun haben.

Mundwinkeleinrisse:

- Jeweils bis zu 3 x tägl. 1–2 Tabl. Nr. 1 Calcium fluor. D12 im Wechsel mit Nr. 6 Kalium sulf. D6 und Nr. 11 D12 (also Nr. 1–6–11–1–6–11 usw.).

Äußerlich:

- Salbe Nr. 1 Calcium fluor. im Wechsel mit Salbe Nr. 11 hauchdünn einklopfen.

Mundwinkelentzündung:

- Jeweils 3–5 x tägl. je 1–2 Tabl. Nr. 3 Ferrum phos. D12 im Wechsel mit Nr. 6 Kalium sulf. D6.

Bei **beiden** Formen:

- Nr. 21 Zincum chlor. D6 in der 1. Woche.
- Nr. 19 Cuprum arsen. D6 in der 2. Woche.

  Jeweils tägl. 1 Tabl.

Rhagaden (s. auch Anämie) sind schmale Einrisse der Haut aufgrund zu geringer Elastizität (z. B. durch Trockenheit, Kälte):

- Morgens Nr. 1 Calcium fluor. D12 als „Heiße 1“ mit 3–5 Tabl.
- Mittags Nr. 8 Natrium chlor. D6 als „Heiße 8“ mit 3–5 Tabl.
- Abends Nr. 11 Silicea D12 als „Heiße 11“ mit 5–7 Tabl.

Tipp: Achten Sie in der Ernährung Ihres Kindes besonders auf die Lebensmittel, die ihm bevorzugt Eisen, Vitamine A, E und B zuführen. B-Vitamine nicht unbedingt nur über Fleisch zuführen, sondern auch an alle grünen und roten Gemüsesorten, an rote und dunkle Früchte, an dunkle und rote Säfte und an Sanddorn, milchsauer vergorene Gemüse (wie z. B. Sauerkraut) denken. Außerdem enthalten in: Linsen, Mangold, Spinat, Rote Bete, Zucchini, Hirse, Weizenkeimen, Hafer, schwarzen Beeren.

Reichen Sie Ihrem Kind zum Essen auch einen Saft, der Vitamin-C-haltig ist, damit auch das Eisen im Körper aufgenommen werden kann.

„Eisenräuber“ sind: Schwarzer Tee, Coca Cola, Kakao.

Weizenkeimöl deckt ebenfalls die ganze Bandbreite der notwendigen Vitamine ab.

Muskelerkrankungen

Mundwinkelzucken, Muskelkater, Muskelkrampf, Muskelriss, Muskelschwäche, Muskelverhärtung, Muskelverspannung/Nackenverspannungen/Nackensteifheit/Schiefhals, Muskelzucken (Tics)

Mundwinkelzucken

- Wechselweise alle 10–20 Min. 1 Schluck „Heiße 11" bzw. „Heiße 7" mit jeweils 5–7 Tabl. Nr. 11 Silicea D12 / Nr. 7 Magnesium phos. D6.

Muskelkater

Ist Ausdruck einer **übermäßigen Beanspruchung** bestimmter Muskelpartien, z. B. durch Sport:
- ¼-stdl. 1 Tabl. Nr. 3 Ferrum phos. D12, und zwar so lange, bis die Beschwerden vorbei sind.
- Salbe Nr. 1 Calcium fluor. an den entsprechenden Muskelpartien einreiben.

Wenn Ihr Kind aufgrund von **Gewebeübersäuerung** während des Sports zu **Krämpfen** neigt und gleich nach Sport „Süßes" essen möchte:
- Vor dem Sport bzw. gleich nach dem Sport alle 15 Min. abwechselnd 1 Schluck „Heiße 9" bzw. „Heiße 3" mit jeweils 5 Tabl. Nr. 9 Natrium phos. D6/Nr. 3 Ferrum phos. D12.

Muskelkrampf/Schreibkrampf

Z. B. während des Sports oder in der Nacht in den Waden:

Akut:
- Alle 5 -10 Min. einen Schluck „Heiße 7" mit 5–7 Tabl. Nr. 7 Magnesium phos. D6.

Vorbeugend:
- Mehrmals tägl. 2 Tabl. Nr. 7 Magnesium phos. D6 oder 1 x tägl. „Heiße 7" mit 5–7 Tabl.
- Salbe Nr. 7 Magnesium phos. einreiben.

Wenn Ihr Kind bevorzugt **Muskelkrämpfe** während der **Nacht** hat:
- 5–6 x tägl. 2 Tabl. Nr. 11 Silicea D12.

Wenn Ihr Kind **Krämpfe** mit **Kribbeln** und **Taubheitsgefühl** beschreibt:

Akut:
- „Heiße 2" mit 5–7 Tabl. Nr. 2 Calcium phos. D6.

Vorbeugend:
- 3–5 x tägl. 1–2 Tabl. Nr. 2 Calcium phos. D6.

Muskelriss

Akut:
- Alle 10 Min. 1 Schluck „Heiße 3" mit 10 Tabl. Nr. 3 Ferrum phos. D12 oder alle 15 Min. 1 Tabl. Nr. 3 Ferrum phos. D12.

Weitere Unterstützung:
- Morgens „Heiße 1" mit 3–5 Tabl. Nr. 1 Calcium fluor. D12.
- Vormittags „Heiße 3" mit 5 Tabl. Nr. 3 Ferrum phos. D6.
- Nachmittags „Heiße 4" mit 5 Tabl. Nr. 4 Kalium chlor. D6.
- Abends „Heiße 11" mit 5 Tabl. Nr. 11 Silicea D6.

- Salbe Nr. 1 Calcium fluor. im Wechsel mit Salbe Nr. 11 Silicea.

Muskelschwäche

Wenn Ihr Kind z. B. nach einer längeren Erkrankung (Gips) den Muskel wieder aufbauen muss:

- 3 x tägl. 1 – 2 Tabl. Nr. 5 Kalium phos. D 6, bis 15.00 Uhr.

Im täglichen Wechsel dazu:

- Morgens „Heiße 2" mit 3 – 5 Tabl. Nr. 2 Calcium phos. D 6.
- Salbe Nr. 5 Kalium phos. im Wechsel mit Salbe Nr. 2 Calcium phos. einreiben.
- Jeden Abend „Heiße 11" mit 3 – 5 Tabl. Nr. 11 Silicea D 6.

Muskelverhärtung (Myogelosen) bei Jugendlichen

- Morgens „Heiße 9" mit 3 – 5 Tabl. Nr. 9 Natrium phos. D 6.
- Mittags „Heiße 10" mit 3 – 5 Tabl. Nr. 10 Natrium sulf. D 6.
- Abends „Heiße 11" mit 5 Tabl. Nr. 11 Silicea D 6.
- Salbe Nr. 1 Calcium fluor. im Wechsel mit Salbe Nr. 7 Magnesium phos.

Muskelverspannung/ Nackenverspannungen/ Nackensteifheit/Schiefhals

Hinweis: Suchen Sie nach den Ursachen, diese können Überforderung oder Stress sein.

- Morgens „Heiße 1" von 3 – 5 Tabl. Nr. 1 Calcium fluor. D 12.
- Vor- und nachmittags „Heiße 3" mit je 3 – 5 Tabl. Nr. 3 Ferrum phos. D 12.
- 2 – 3 x tägl. „Heiße 7" mit 3, 5 oder 7 Tabl. Nr. 7 Magnesium phos. D 6.

Gegen **Verspannungen**:

- Salbe Nr. 1 Calcium fluor.

Gegen **Schmerzen**:

- Salbe Nr. 7 Magnesium phos. einmassieren.

Speziell bei **Nackensteifheit/Schiefhals**:

- Alle 10 – 20 Min. wechselweise je 1 Schluck „Heiße 4" bzw. „Heiße7" mit je 5 – 7 Tabl. Nr. 4 Kalium phos. D 6/Nr. 7 Magnesium phos. D 6 und
- Salbe Nr. 1 Calcium fluor. im Wechsel mit Salbe Nr. 11 Silicea einreiben.

Muskelzucken (Tics)

(s. auch Augenerkrankungen)

Wenn Ihr Kind unter **Tics** leidet, vor allem im **Halbschlaf**:

- 3 – 5 x tägl. 1 – 2 Tabl. Nr. 11 Silicea D 12.

Zum **Entspannen**:

- Wechselweise alle 15 – 30 Min. 1 Schluck „Heiße 7" bzw. „Heiße 5" mit jeweils 3, 5 oder 7 Tabl. Nr. 7 Magnesium phos. D 6/ Nr. 5 Kalium phos. D 6.

Nagelerkrankungen

Nagelbettentzündung, Nagelpilz, Nagelwachstumsstörung

Durch Verletzungen an Finger- und Zehennägeln, am Nagelbett und durch Pilzinfektionen können Nagelerkrankungen entstehen. Sie sind oft Ausdruck innerer Störungen. Hier sind also Ausdauer und Geduld bei der Behandlung in besonderer Weise gefordert.

Durch kalte Hände und/oder Füße, durch Mangel an Nährstoffen können ebenfalls Nagelwachstumsstörungen entstehen.

Grundmittel bei allen Nagelerkrankungen:

- Morgens „Heiße1“ aus 3–5 Tabl. Nr. 1 Calcium fluor. D12.
- Abends „Heiße 11“ aus 5–7 Tabl. Nr. 11 Silicea D12.
- Morgens Salbe Nr. 1 Calcium fluor und
- abends Salbe Nr. 11 Silicea in das Nagelbett einmassieren.

Nagelbettentzündung

Wenn das Nagelbett Ihres Kindes entzündet ist und es über einen **klopfenden Schmerz** klagt:

- ¼–½-stdl. 1 Tabl. Nr. 3 Ferrum phos. D12 und zusätzlich
- Salbe Nr. 3 Ferrum phos. als Salbenverband auftragen, bzw.
- Handbad mit 10 Tabl. Nr. 3 Ferrum phos. D12 auf 1 Liter handwarmes Wasser.

Wenn bei der Entzündung des Nagelbetts noch eine **Schwellung** mit vorliegen sollte und es sich um eine **verschleppte Entzündung** handelt, zusätzlich:

- 1-stdl. 2 Tabl. Nr. 4 Kalium phos. D6.

Wenn eine **eitrige Entzündung** vorliegen sollte (s. auch <u>Eiterungen</u>):

- ½–1-stdl. 1 Tabl. Nr. 11 Silicea D12 oder 3 x tägl. „Heiße 11“ mit 5–7 Tabl.
- Salbe Nr. 11 Silicea als Salbenverband auftragen, bzw.
- Handbad mit 10 Tabl. Nr. 11 auf 1 Liter handwarmes Wasser.

Nagelpilz

Zusätzlich zum **Grundmittel** über einen Zeitraum von 6–8 Wochen:

- 3–5 x tägl. 1 Tabl. Nr. 5 Kalium phos. D6, bis spätestens 15.00 Uhr.

Tipp: Salbe Nr. 1 Calcium fluor. und Nr. 11 Silicea im Wechsel als Salbenverband oder als Einreibung auf dem Nagel s. o.

Tauchbäder mit einem Gemisch aus je 5 Tabl. Nr. 1 Calcium fluor. D12 und Nr. 11 Silicea D12.

Söckchen, Strümpfe, Strumpfhose bitte nicht in den Wäschetrockner geben. Bauwollmaterialien und kochfähige Wäsche bevorzugen.

Tragen Sie Sorge dafür, dass Ihr Kind niemals feuchte Füße oder Hände hat und wechseln Sie beim Kind die Strümpfe, wenn sich diese feucht anfühlen sollten. Die Schuhe des Kindes sollten einen über den anderen Tag getragen werden. Am „Ruhetag“ des Schuhes sollte dieser mit Küchenpapier o. Ä. ausgestopft werden, damit die Feuchtigkeit des Schuhes aufgenommen werden kann. Lederschuhe, Schuhe mit Ledersohlen bevorzugen. Für warme Hände und Füße sorgen.

Evtl. Biotin- (Vitamin H) und/oder Zinkmangel abklären!

Bei Panaritien den entzündeten Nagel mehrmals täglich in heiße Kernseifenlösung eintauchen.

Nagelwachstumsstörung

Wenn die Nägel Ihres Kindes zu **weich oder brüchig sind und wie Glas splittern**:

- Morgens „Heiße 1" aus 3–5 Tabl. Nr. 1 Calcium fluor. D12.

Wenn die Nägel Ihres Kindes **brüchig sind und sich in Schichten ablösen:**

- Abends „Heiße 11" aus 5–7 Tabl. Nr. 11 Silicea D12.

Narben

Grundsätzlich zur **Narbenpflege** und bei **verhärteten** Narben:

Morgens 1–3 Tabl. Nr. 1 Calcium fluor. D12.

- Salbe Nr. 1 Calcium fluor. morgens und abends Salbe Nr. 11 Silicea auf die Narbe einklopfen.

Wenn es eine **Wulstnarbenbildung** (Narbenkeloid) geben sollte:

- 2 x tägl. „Heiße 11" aus 3–5 Tabl. Nr. 11 Silicea D12 und 1 x täglich „Heiße 1" aus 3 – 5 Tabl. Nr. 1 Calcium fluor. D 12.
- 2 x tägl. Salbe Nr. 11 Silicea im Wechsel mit Salbe Nr. 1 Calcium fluor. auf die Narbe auftragen.

Wenn es bei der **Narbenverheilung** zu einer **Entzündung** kommen sollte bzw. wenn die Narbe **rot** aussieht:

- 2–3 x tägl. 1–2 Tabl. Nr. 3 Ferrum phos. D12.
- Salbe Nr. 3 Ferrum phos. einreiben.

Wenn die Narbe des Kindes **bläulich-weißlich-milchig** aussieht:

- 2–3 x tägl. 1–2 Tabl. Nr. 4 Kalium phos. D6.
- Salbe Nr. 4 Kalium chlor. einreiben.

Nasenbluten

Sollte Ihr Kind gehäuft unter Nasenbluten leiden, dann ist es unbedingt notwendig, nach der Ursache zu forschen. **Achtung**: Bei kleinen Kindern kann länger andauerndes Nasenbluten zu gefährlichem Blutverlust führen!

Allgemein:

- Morgens 2 Tabl. Nr. 2 Calcium phos. D6 zur Stabilisierung der Nasenschleimhaut.

Bei **blassen Kindern** und hellrotem Blut:

Akut:
- Alle 10 Min. 1 Schluck „Heiße 3“ mit 5–7 Tabl. Nr. 3 Ferrum phos. D12.

Chronische Neigung zu Nasenbluten:
- 3 x tägl. 2 Tabl. Nr. 3 Ferrum phos. D12.

Wenn Ihr Kind aufgrund von **Nervosität** Nasenbluten bekommen sollte:
- 3–5 x tägl. 1 Tabl. Nr. 5 Kalium phos. D12 bis 15.00 Uhr, oder morgens als „Heiße 5“ mit 3 Tabl.

Wenn das Bluten **nicht aufhören** möchte:

Akut:
- Alle 10 Min. 1 Tabl. Nr. 8 Natrium chlor. D6.

Vorbeugung:
- 1–3–5 x tägl. 1 Tabl. Nr. 8 Natrium chlor. D6 , nicht nach 16.00 Uhr.

Tipp: Kühlgelkissen oder Eisbeutel in Tuch eingewickelt, im Sekundentakt (!) in den Nacken legen – Nacken darf nicht auskühlen bzw. unterkühlt werden!

Kopf dabei nach vorne über ein Waschbecken halten, damit das Blut abfließen kann.

Nasennebenhöhlenentzündung/Schnupfen – siehe auch Abwehrschwäche, Erkältungskrankheiten, Allergie

Tipp: Unbedingt bei allen Formen der Nebenhöhlenentzündungen bzw. bei Schnupfen die Ernährung des Kindes umstellen, d.h. in dieser Zeit so wenig wie möglich tierisches Eiweiß in Form von Milch, Käse, Joghurt, Quark, Wurst, Fleisch; wenig Reis, Brot, Kartoffeln, Tomaten, Paprika, Gurken, Obstsäfte. Eben alles vermeiden, was Schleim macht!

Stärken Sie die Abwehr des Kindes durch Vitamin C, Zink, Vitamin A, Holundersaft.

Gerade während der Schnupfenphase: Zwingen Sie Ihr Kind nicht zum Essen, es sollte jedoch möglichst viel trinken, warmes Wasser, Kräutertee, damit sich der Schleim verflüssigen kann. Ansteigende Fußbäder (s. Anhang A) bei älteren Kindern. Nierenstärkung durch Einreibung mit Kupfersalbe rot (Fa. Wala) als liegende 8 über dem Nierenbereich.

Akut:

Wenn sich die Nasennebenhöhlenentzündung oder der Schnupfen ankündigt und Ihr Kind über **Trockenheit im Rachen** klagt und das **Niesen** beginnt:
- $\frac{1}{4}$–$\frac{1}{2}$-stdl. 1 Tabl. Nr. 3 Ferrum phos. D12.

Wenn der Schleim in den **Nebenhöhlen** sitzt und nur **schwer abzuschnäuzen** ist. Sekret ist **weißgrau, fadenziehend, klebend**, kann aber auch in **„Straßen“** den Rachen hinunterlaufen:

Zur **Stoßtherapie**:
- Alle 10 Min. 1 Schluck „Heiße 4“ von 3, 5 oder 7 Tabl. Nr. 4 Kalium chlor. D6. Im weiteren Verlauf 3–5 x tägl. 1–2 Tabl.
- Salbe Nr. 4 Kalium chlor. zur Nasenreflexzonenbehandlung (s. Anhang A).

Chronisch:

Bei **gelbschleimiger** oder auch **bräunlich-gelblicher** Absonderung und/oder verstopfter Nase:

- Bis zu 6 x tägl. 1 Tabl. Nr. 6 Kalium sulf. D6.
- Salbe Nr. 6 Kalium sulf. zur Nasenreflexzonenbehandlung (s. Anhang A).

Wenn Ihr Kind einen **Fließschnupfen** hat und das Sekret die Nasenflügel **wund macht** oder es **andauernd niesen** sollte:

- ¼–½-stdl. 1 Tabl Nr. 8 Natrium chlor. D6 bis zur Besserung, dann die Abstände verlängern.
- Salbe Nr. 8 Natrium chlor. zur Nasenreflexzonenbehandlung (s. Anhang A).

Zur **Abschwellung** der Nasenmuscheln bzw. wenn Ihr Kind einen **grünlichen bis gelb-grünlich-schleimigen** Schnupfen haben sollte und er eher eine chronische Form angenommen hat:

- Stdl. 1 Tabl. Nr. 10 Natrium sulf. D6.
- Salbe Nr. 10 Natrium sulf. zur Nasenreflexzonenbehandlung (s. Anhang A).

Bei Schnupfen bzw. **chronisch eitriger Nebenhöhlenentzündung** und/oder Sekret, das **dick, gelb bis eitrig** ist:

- Jeweils 3–5 x tägl. „Heiße 9" bzw. „Heiße 11" aus je 3–5 Tabl. Nr. 9 Natrium sulf. D6/Nr. 11 Silicea D12.
- Salbe Nr. 11 Silicea zur Nasenreflexzonenbehandlung (s. Anhang A).

Bei **trockener** Nase mit Neigung zur **Krustenbildung**:

- Nr. 8 Natrium chlor. D6.
- Nr. 5 Kalium phos. D6
- Nr. 11 Silicea D12.

Alle im gleichberechtigten Wechsel miteinander: jeweils 3–5 x tägl. 1–2 Tabl.

Schnupfen mit **Geschmacksverlust**:

- Jeweils 3–5 x tägl. je 1 Tabl. Nr. 8 Natrium chlor. D6 im Wechsel mit Nr. 5 Kalium sulf. D6.

Schnupfen mit **kalter Nasenspitze**, bei Kindern, die eher schwächlich und häufig erkältet sind:

- 3 x tägl. 1–2 Tabl. Nr. 2 Calcium phos. D6.

Chronischer Schnupfen

- Jeweils 3–5 x tägl. 1–2 Tabl. Nr. 11 Silicea D12 im Wechsel mit Nr. 6 Kalium sulf. D6.
- Salbe Nr. 11 Silicea im Wechsel mit Salbe Nr. 6 Kalium sulf. zur Nasenreflexzonenbehandlung (s. Anhang A).

Nasenpolypen

Dies sind gutartige Wucherungen der Nasenschleimhaut. Die Nasenschleimhaut kleidet das Innere der Nase und die Nebenhöhlen aus. Nasenpolypen wachsen von den Nasennebenhöhlen und von den Ausführungsgängen ausgehend in das Naseninnere hinein. Aus naturheilkundlicher Sicht wirkt sich eine Überlastung des Immunsystems hierbei wachstumsfördernd aus.

Eine solche Überforderung kann entstehen, weil Ihr Kind evtl. zu viele Milchprodukte, Süßigkeiten, Weizenmehlprodukte und Nüsse zu sich nimmt und der Anteil an frischem Obst und Gemüse im Verhältnis zu gering ist. Sorge bereitet den Eltern dann das Schnarchen der Kinder, denn der verengte Nasenraum zieht während der Nacht oftmals eine Sauerstoffunterversorgung nach sich. Dies führt dann unter Umständen zu einer Einschränkung des körperlichen Wohlbefindens am Tag.

Oftmals sind im Zusammenhang mit den Nasenpolypen auch die Rachen- und Gaumenmandeln vergrößert.

Wenn Ihr Kind zu **harten, derben** Wucherungen neigt:

- 3 x tägl.1 – 2 Tabl. Nr. 1 Calcium flour. D 12.
- Salbe Nr. 1 Calcium fluor. zur Nasenreflexzonenbehandlung (s. Anhang A).

Das **Hauptmittel der Biochemi**e hilft, wenn Ihr Kind **blass** und eher **schwächlich** ist:

- 3 x tägl. 1 – 2 Tabl. Nr. 2 Calcium phos. D 6 mit wöchentlichem Potenzwechsel auf D 12.
- Salbe Nr. 2 Calcium phos. zur Nasenreflexzonenbehandlung (s. Anhang A).

Geduld erforderlich!

Wenn Ihr Kind zu **breit gestielten** Nasenpolypen neigt:

- 3 x tägl. 1 – 2 Tabl. Nr. 4 Kalium chlor. D 6 mit wöchentlichem Potenzwechsel auf D 12.

Dazu:

- Abends „Heiße 11" aus 3 – 5 Tabl. Nr. 11 Silicea D 12.
- Salbe Nr. 4 Kalium chlor. zur Nasenreflexzonenbehandlung (s. Anhang A).

Wenn Ihr Kind einen **chronischen** Nasenkatarrh mit **gelblichen** Absonderungen, **abendlicher Verschlimmerung**, vor allem in geschlossenen Räumen hat. Es wird besser mit der Atmung, wenn Sie für frische und kühle Luft sorgen:

- 3 x tägl. 1 – 3 – 5 Tabl. Nr. 6 Kalium sulf. D 6.
- Salbe Nr. 6 Kalium sulf. zur Nasenreflexzonenbehandlung (s. Anhang A).

Tipp: *Ernährungsumstellung bringt hervorragende Erfolge (Praxiserfahrung). Salbenanwendungen bringen Synergieeffekte.*

Grundsätzlich ist die Entsäuerungskur (s. Anhang A) eine gute Voraussetzung zur Veränderung der Stoffwechsellage und kann sozusagen als Zwischenkur verstanden werden.

Sollte Ihr Kind schon an den Nasenpolypen operiert sein, dann sind oben genannte Maßnahmen auf alle Fälle für eine Nacharbeit zur Verhinderung erneuter Bildung von Nasenpolypen angezeigt.

Nervöse Störungen – siehe Angst, Energie

Nesselsucht/Nesselfieber (Urticaria)

Die Haut reagiert aufgrund von Überempfindlichkeit gegenüber bestimmten Lebensmitteln und oft unbekannten äußeren Faktoren mit Quaddelbildung. Dies sind verschiedene entzündliche Hauterhebungen, die sich in Form und Ausdehnung unterscheiden können.

Aussehen: In der Mitte weißlich und zu den Rändern hin rot, mit Hitze auf der Haut, Juckreiz, evtl. sogar mit Fieber.

Allgemein zur **Stabilisierung der Zellhülle**:

- 3–5 x tägl. 1 Tabl. Nr. 2 Calcium phos. D3.

Akut:

- Alle 10 Min. 1 Schluck „Heiße 5“ mit 5 Tabl. Nr. 5 Kalium phos. D6, nach Besserung 1–2 stdl. 1 Tabl, im Wechsel mit
- alle ½ Std. 1 Schluck „Heiße 8“ mit 5 Tabl. Nr. 8 Natrium chlor. D6, nach Besserung alle 2 Std. 1 Tabl.
- Salbe Nr. 5 Kalium phos. hauchdünn einreiben.

Nach Abklingen der Beschwerden unbedingt Ihr Kind noch weitere Wochen nachbehandeln: Geben Sie dann oben genannte Schüßler-Salze im Wechsel 1–3 x tägl. mit 1–2 Tabl.

Gegen den **Juckreiz**:

- Alle 15–20 Min. 1 Schluck „Heiße 7“ mit 5, 7 oder 10 Tabl.
- Versagt die „Heiße 7“, dann geben Sie Ihrem Kind die „Heiße 2“ in gleicher Zubereitung.

Falls die **Quaddeln mit Schwellungen** einhergehen:

- 3–5 x täglich 1–2 Tabl. Nr. 4 Kalium chlor. D 6.

Wenn bei Ihrem Kind die Quaddeln **stark gerötet** sind bzw. einen **roten Saum** haben und bei leichter Temperaturerhöhung und **Fieber bis 38,5 °C**:

- 3–5 x tägl. 1–2 Tabl. Nr. 3 Ferrum phos. D12.

Zur **Entlastung** des Lymph- und Bindegewebes:

- 3–5 tägl. 1–3 Tabl. Nr. 11 Silicea D12.

Tipp: Allergene/Ursache ausfindig machen, die die Urticaria auslösen könnten. Ernährung umstellen. Auf gute Vitamin-, Mineralstoff- und Spurenelementversorgung in der Ernährung achten.

Abwaschungen mit Essigwasser wirken juckreizlindernd.

Durch Arzt abklären lassen, ob nicht Parasitenbefall hinter der Urticaria stecken könnte.

Neugeborenengelbsucht (Ikterus)

Diese Gelbsucht ist physiologisch zu sehen und es liegt bei ihr meist eine normale Gelbverfärbung der Haut vor. Durch den Wechsel Nabelschnuratmung auf Lungenatmung und die daraus sich ergebenden Veränderungen der Blutzusammensetzung entsteht dieses Phänomen. (Früherer Blutfarbstoff Hämoglobin F wird durch normales Hämoglobin ersetzt.)

Klinische Betreuung erfordert es nur, wenn der Ikterus bei Frühgeborenen sehr lang und extrem auftritt (Ikterus gravis). Durch engmaschige Blutkontrolle (Venenblut evtl. aus der Ferse entnommen) können die Werte erfasst werden und eine entsprechende Therapie wird eingeleitet.

Möglicherweise hält die Neugeborenengelbsucht auch länger als 14 Tage an, dann wird von einer verlängerten Gelbsucht (Ikterus prolongatus) gesprochen.

- 2–3 x täglich 1 Tabl. Nr. 10 Natrium sulf. D6.
- Vormittags und nachmittags bis 15.00 Uhr je 1–2 Tabl. Nr. 2 Calcium phos. D6.

Jeweils als Tablettenbrei in die Wangeninnentasche.

- Salbe Nr. 10 Natrium sulf. bei jedem Wickeln hauchdünn im Bereich rechter Rippenbogen einreiben.

Tipp: Stellen Sie das Kind mit der Wiege oder dem Stubenwagen in die Nähe eines Fensters, damit möglichst viel Sonnenlicht über die Haut aufgenommen werden kann. Das hilft, die Gelbfärbung abzubauen.

Neurodermitis – siehe Ekzeme

Ohrenkrankheiten

Entzündungen des äußeren Ohres, Gehörgangsfurunkel, Ohrenfluss, Ohrensausen, Ohrenschmerzen, Ohrentzündung/Mittelohrentzündung (Otitis media) – akut/chronisch, Paukenerguss/Ohrerguss

Tipp: Bettruhe, vor allem bei Fieber. Baumwoll- oder Wollmütze dem Kind auch im Zimmer aufsetzen. Für freie Nasenatmung sorgen (abschwellende Nasentropfen).

Zwiebelsäckchen (s. Anhang A) zur Linderung – kommt es zu verstärkten Schmerzen, dann sofort den Arzt aufsuchen.

Für warme Füße sorgen. Für guten und reichlichen Stuhlgang sorgen (im Notfall und bei älteren Kinder auch mithilfe eines Klistiers). Tierisches Eiweiß ganz meiden. Flüssigkeitszufuhr einschränken, vor allem, wenn es sich um einen Erguss handelt.

Steigt das Fieber und die Schmerzen nehmen zu, Arzt aufsuchen.

Majoranbutter zum Abschwellen der Nasenschleimhäute (s. Anhang A). Ohrentropfen nur verwenden, wenn Sie wissen, dass kein Riss im Trommelfell vorhanden ist. Es sollte keinesfalls Flüssigkeit ins Innenohr dringen. Vorbeugend: Ohrenwolle, s. Anhang A.

Entzündungen des äußeren Ohres

- Alle 10 Min. 1 Schluck „Heiße 3" mit 5–7 Tabl. Nr. 3 Ferrum phos. D12.

Gehörgangsfurunkel

- ¼–½-stdl. je 1 Tabl. Nr. 9 Natrium phos. D6 im Wechsel mit Nr. 11 Silicea D12 oder wechselweise alle 10 Min. 1 Schluck „Heiße 9" bzw. „Heiße 11" mit je 5–7 Tabl.

Ohrenfluss (Vergleiche auch Ohrentzündung)

Ohrenfluss (Absonderung aus dem äußeren Gehörgang) kann auch nach einer Grippe, aber ebenso ohne erkennbare Begleitursache entstehen.

Bei Ohrenfluss nach **Grippe**:
- 3 x tägl. 1–2 Tabl. Nr. 10 Natrium sulf. D6.

Bei **chronischem** Ohrenfluss:
- Morgens „Heiße 2" mit 3–5 Tabl. Nr. 2 Calcium phos. D6.
- Mittags „Heiße 9" mit 3–5 Tabl. Nr. 9 Natrium phos. D6.
- Abends „Heiße 11" mit 5–7 Tabl. Nr. 11 Silicea D12.

Ohrensausen

- ¼–½-stdl. je 1 Tabl. Nr. 7 Magnesium phos. D6 im Wechsel mit Nr. 11 Silicea D12.

Ohrenschmerzen

Kommen häufig vor, meist wg. kaltem Wind oder Erkältung, klingen meist schnell wieder ab. Wenn die Erkrankung länger dauert, an eine Mittelohrentzündung denken und einen Arzt aufsuchen.

Immer:
- Alle 10 Min. 1 Schluck „Heiße 7" mit 5–10 Tabl. Nr. 7 Magnesium phos. D6 und ein Zwiebelsäckchen (s. Anhang A).

Nervös bedingte Ohrenschmerzen:
- ¼–½-stdl. je 1 Tabl. Nr. 5 Kalium phos. D6 im Wechsel mit Nr. 3 Ferrum phos. D12, bzw. als „Heiße 5" und „Heiße 3" mit je 5–7 Tabl. und alle 10 Min. 1 Schluck.

Ohrentzündung/ Mittelohrentzündung

Die Mittelohrentzündung kommt bei Säuglingen und Kleinkindern häufig vor. Es sind meist aufsteigende Infekte aus dem Nasen-Rachen-Raum, die durch Viren ausgelöst werden, sie treten auch auf als Begleiter von Infektionskrankheiten wie z. B. Masern.

Die Eustachische Röhre, die den Nasen-Rachen-Raum mit dem Ohr verbindet, ist bei kleinen Kindern noch kurz und eng und schwillt bei Entzündungen im Nasen-Rachen-Raum leicht zu. Ein Druckausgleich ist nun nicht mehr möglich. Entstehen zudem noch durch die

Entzündung Sekrete (Eiter), nimmt das Kind Druck auf den Ohren wahr und es schmerzt. Schreitet die Entzündung weiter fort, kann sie zu einer eitrigen Entzündung werden und es kann zum Durchbruch des Trommelfells kommen. Nun können die Sekrete nach außen ablaufen und die Entzündung wird entlastet. Der Trommelfelldurchbruch heilt in der Regel komplikationslos ab.

Sollte jedoch eine derartige Entzündung sich laufend wiederholen, heilt der Durchbruch des Trommelfells narbig ab und es kann daraus eine Hörminderung entstehen.

Der Kinderarzt wird deswegen von Anfang an bei häufigen Erkältungen in Nasen-Rachen-Raum abschwellende Nasentropfen verordnen. Damit soll das „Aufsteigen“ in die Eustachische Röhre vermieden werden. Da die Schmerzen meist akut mitten in der Nacht beginnen, ist es wichtig, die Mittelohrentzündung vom Arzt abklären zu lassen, damit es nicht zum Übergreifen der Entzündung auf andere Gebiete im Kopfbereich kommt (Gefahr des Übergreifens auf das Gehirn). Das Kind beschreibt Stechen im Kopf, es kann zu Übelkeit und Erbrechen kommen.

Akute Mittelohrentzündung

Wenn die Ohrenentzündung sich akut ankündigt, Schmerzen mit **Hitze im Ohr**, Rötung und Vorwölbung des Trommelfells, evtl. Fieber bis 38,5 °C:

- Alle 15 Min. 1 Tabl. Nr. 3 Ferrum phos. D 12, bzw. die „Heiße 3“ mit 7 Tabl., alle 10 Min. 1 Schluck bis zur Besserung.

Falls es recht schnell zu **Schwellungen** im Ohr kommen sollte bzw. um „klebende“ Beläge auf dem Trommelfell zu verhindern, geben Sie die Nr. 4 Kalium chlor. D 6. Es gibt i. d. R. noch keine Absonderungen, wenn ja, sind diese **weißlich bis grau-weißlich**. Evtl. entsteht auch schon **Schwerhörigkeit** durch Anschwellen der Eustachischen Röhre:

- Alle 15 Min. 1 Tabl. Nr. 4 Kalium chlor. D 6 bzw. die „Heiße 4“ mit 7 Tabl., alle 10 Min. 1 Schluck bis zur Besserung.

Sobald der **Ohrausfluss** beginnt, nach den **Absonderungen** schauen:

Gelb-schleimige Absonderung:

- ¼–½-stdl. 1 Tabl. Nr. 6 Kalium sulf. D 6, bzw. als „Heiße 6“ mit 5 Tabl. alle 10 Min. 1 Schluck.

Honiggelbe, dünneitrige Absonderung:

- ¼–½-stdl. 1 Tabl. Nr. 9 Natrium phos. D 6, bzw. als „Heiße 9“ mit 5 Tabl. alle 10 Min. 1 Schluck.

Übelriechende, wundmachende Absonderung, Fieber über 38,5 °C:

- ½–1-stdl. 1 Tabl. Nr. 5 Kalium phos. D 6, bzw. als „Heiße 5“ mit 5 Tabl. alle 15 Min. 1 Schluck.

Gelbe, dickeitrige Absonderung:

- ¼–½-stdl. je 1 Tabl. Nr. 11 Silicea D 6 im Wechsel mit Nr. 9 Natrium phos. D 6.

Falls es zu einem **Spontandurchbruch** am Trommelfell kommt (Arzt!):

- ¼–½-stdl. bis 1-stdl. 1 Tabl. Nr. 12 Calcium sulf. D 6.

Bei **Knacken** im Ohr, **Schwerhörigkeit, akutem Tubenkatarrh**:

- ½–1-stdl. je 1 Tabl. Nr. 4 Kalium chlor. D 3 im Wechsel mit Nr. 10 Natrium sulf. D 3.

Zur Nachbehandlung der akuten Mittelohrentzündung:

- Jeweils 3 x tägl. 1 Tabl. Nr. 11 Silicea D6 im Wechsel mit Nr. 12 Calcium sulf. D6.
- Auf das Mastoid (das ist der kleine Knochenansatz hinter dem Ohrläppchen) die passende Schüßler-Salbe einklopfen!

Chronische Mittelohrentzündung

Häufige Ursache sind neben den Infekten auch **Nasenpolypen** (s. auch dort).

Um den **Ohrenausfluss** in Gang zu bringen:

- ½–1-stdl. je 1 Tabl. Nr. 6 Kalium sulf. D6 im Wechsel mit Nr. 11 Silicea D12.

Bei **chronischem Tubenkatarrh**:

- Stdl. je 1 Tabl. Nr. 9 Natrium phos. D6 im Wechsel mit Nr. 11 Silicea D12.

Falls es zu **Verhärtungen** des Schleimes im Innenohr gekommen ist:

- Morgens „Heiße 1" mit 3–5 Tabl. Nr. 1 Calcium fluor. D6.
- Abends „Heiße 11" mit 5–7 Tabl. Nr. 11 Silicea D6.
- Auf das Mastoid 2 x tägl. die entsprechende Schüßler-Salbe einklopfen.

Paukenerguss/Ohrerguss

Ein Paukenerguss ist eine Flüssigkeitsansammlung im Mittelohr, oft ist Schwerhörigkeit ein erster Hinweis darauf. Er wird vom Facharzt diagnostiziert und behandelt. Zur Unterstützung geben wir:

- Alle 15 Min. abwechselnd 1 Schluck „Heiße 2", „Heiße 8" bzw. „Heiße 10" mit je 5–7 Tabl. Nr. 2 Calcium phos. D6 bzw. Nr. 8 Natrium chlor. D6 bzw. Nr. 10 Natrium sulf. D6.

Zusätzlich:
Kamillendampfbäder (damit es nicht zu Unfällen kommt, die Schüssel auf den Boden oder in das Waschbecken stellen) oder warme Heublumenauflagen auf Ohr und Mastoid (der kleine Knochenansatz hinter dem Ohrläppchen) der erkrankten Seite.

Pfeiffer'sches Drüsenfieber

(benannt nach dem Kinderarzt Dr. Emil Pfeiffer, 1846–1921)

Wird auch als infektiöse Mononukleose oder als Kusskrankheit (engl. Student's Kissing Disease) bezeichnet und ist eine sehr häufige Viruserkrankung, die durch das Epstein-Barr-Virus hervorgerufen wird. Ältere Kinder und Jugendliche sind vom Pfeifferschen Drüsenfieber am häufigsten betroffen. Die Viren befallen die Lymphknoten, können auch in Leber, Milz und Herz einwandern. Kinder unter 10 Jahren haben während der Erkrankung meist keine Symptome. Junge Erwachsene können bei einer Infektion mit diesem Virus grippeähnliche Symptome aufweisen. Ca. 95 % der Menschen sind bis zum 30. Lebensjahr damit infiziert und haben Antikörper gegen dieses Virus gebildet. In der Regel hat man das Drüsenfieber nur einmal im Leben, leider sind Re-Infektionen wie bei allen Herpes-Viren möglich.

Die Inkubationszeit beträgt bei Kindern 7–30 Tage, bei Jugendlichen etwa 4–7 Wochen.

Nach der Primärinfektion beginnt zunächst alles mit grippeähnlichen Symptomen wie Fieber, Gliederschmerzen, Leibschmerzen und starker Müdigkeit. Die Lymphknoten schwellen an Hals und Nacken an, seltener auch an Achseln oder an den Leisten. Die Halsentzündung bzw. Mandelentzündung mit einem eher schmutziggrauen statt weißen Belag auf den Mandeln entsteht. Die Kinder und Jugendlichen haben einen fauligen Mundgeruch. Nachtschweiß tritt auf, der einen sofortigen Wäschewechsel erfordert, damit es nicht noch zusätzlich zu Erkältungssymptomen kommt. Milz-, Lebervergrößerung, Bauch-, Muskel-, Kopfschmerzen, Appetitlosigkeit, Fieber usw. können erschwerend hinzutreten.

Mehrere Wochen lang fühlen die Kinder sich schlapp.

Asymptomatische Verläufe sind bei kleinen Kindern möglich.

Meist ist nach dieser Erkrankung eine monatelange Rekonvaleszenz notwendig.

Sollte Ihr Kind oder der Jugendliche an extremer Müdigkeit, Schwächegefühl, auch immer wieder geschwollenen Lymphknoten leiden – es bleibt oft ein Lymphknoten mit Schwellung nach durchgemachter Erkrankung zurück – sollten Sie an das Epstein-Barr-Virus denken und über eine Blutuntersuchung bei Ihrem Kinderarzt eine Abklärung erbitten, damit andere Erkrankungen differentialdiagnostisch ausgeschlossen werden können.

Behandeln Sie Ihr Kind anhand der jeweiligen Symptome, s. Fieber, Mandelentzündung, Abwehrschwäche.

Zur weiteren Unterstützung s. Herbst-Winter-Kur (s. Buch „Die 12 Salze des Lebens) und Immunkur (s. Anhang A).

Pilzinfektionen – siehe auch Mundsoor, Nagelerkrankungen (Nagelpilz)

Mykosen allgemein, Fußpilz

Eine Mykose entsteht durch eine Infektion mit Pilzen, die sich als Parasiten im Gewebe des Menschen einnisten. Erreger können Myzelpilze oder auch Hefepilze sein.

Grobunterscheidung: Fadenpilze (Dermatophyten), Hefepilze (Sprosspilze) und Schimmelpilze.

Oberflächliche Mykosen finden sich an der Haut (Dermatophyten), an den Nägeln und an den Schleimhäuten. Systemische Mykosen stellen ernsthafte Erkrankungen dar und müssen ärztlich behandelt werden.

Mykosen allgemein

Hauptmittel:
- Jeweils 2 x tägl. „Heiße Trinklösung" mit 3, 5 oder 7 Tabl. Nr. 4 Kalium chlor. D6 im Wechsel mit Nr. 9 Natrium phos. D6.

Nebenmittel:
- 2–3 x pro Woche abends „Heiße 11" mit 3, 5 oder 7 Tabl. Nr. 11 Silicea D3.

Fußpilz/Zwischenzehenpilz

Grundsätzlich rate ich zu einer Entsäuerungskur (s. Anhang A).

Zusätzlich:
- Morgens „Heiße 1" mit 3–5 Tabl. Nr. 1 Calcium fluor. D12.
- Abends „Heiße 11" mit 5, 7 oder 10 Tabl. Nr. 11 Silicea D12.

Äußerlich mindestens ½ Jahr lang:
- Morgens Salbe Nr. 1 Calcium fluor. einreiben.
- Abends Salbe Nr. 11 Silicea als Salbenverband auf die Nägel auftragen bzw. beim Zwischenzehenpilz in die Zwischenräume als Salbenstrang einbringen.

Poliomyelitis – siehe Kinderlähmung

Prellungen – siehe Bluterguss

Reiseübelkeit (Kinetose), Reisekrankheit – siehe auch Erbrechen

Die auch als Seekrankheit oder Fahrkrankheit bekannte Reisekrankheit geht mit Übelkeit einher, verbunden mit Schwindelgefühlen und Erbrechen.

Die Beschwerden treten auf bei Fahrten mit dem Bus, Rad, dem Auto oder dem Schiff. Dem Gehirn fällt es schwer zu akzeptieren, dass der Körper bewegt wird, sich selbst aber nicht bewegt. Reisekrankheit ist demnach der Ausdruck mangelnder Anpassung des Gehirns an nicht erkannte Bewegungsreize.

Beschwerden der Kinder beim **Autofahren** (Übelkeit, Schwindel u.Ä.):
- Nr. 5 Kalium phos. D6 (hat eine beruhigende und ausgleichende Wir-

kung auf das Nervensystem, hier im Speziellen auf das Gleichgewichtssystem).

Am Tag **vor der Fahrt**:
- Bis zu 3 x tägl. 3–4 Tabl. (evtl. auch als „Heiße 5").

Während der Fahrt:
- Ca. jede ½–1 Std. 1–2 Tabl.

Wenn **Erbrechen** bei Ihrem Kind zu befürchten ist:
- Nr. 8 Natrium chlor. D6.

Zur Vorbeugung **vor der Fahrt**:
- Alle 2 Std. 1 Tabl.

Während der Fahrt:
- Alle ½–1 Std. 1 Tabl.

Akut:
- Alle 5–10 Min. 1 Tabl.

Wenn die Kinder **verschiedene Reaktionen** auf die **Reiseübelkeit** zeigen:
- Nr. 9 Natrium phos. D6.

Zur Vorbeugung **vor der Fahrt**:
- Alle 2 Std. 1 Tabl.

Während der Fahrt:
- Alle ½–1 Std. 1 Tabl.

Akut:
- Alle 5–10 Min. 1 Tabl.

Nach **Besserung** als Folgemittel:
- Bis zu 3 x tägl. 1–2 Tabl. Nr. 5 Kalium phos. D6.

Ganz allgemein zur **Beruhigung** und gegen die **innere Unruhe** bei Ihrem Kind vor Reiseantritt:
- Alle 10 Min. 1 Schluck „Heiße 7" Nr. 7 Magnesium phos. D6 mit 5, 7 oder 10 Tabl.

Bei **Reiseübelkeit**:
- ¼-stdl. 2 Tabl. Nr. 3 Ferrum phos. D12 (**Hauptmittel**) im Wechsel mit 1 Tabl. Nr. 5 Kalium phos. D6.

Wenn diese mit **Brechreiz** verbunden ist:
- Nr. 8 Natrium chlor. D6 im Wechsel mit Nr. 4 Kalium chlor. D6, je 2 Tabl., bis der Brechreiz nachlässt.

Tipp: Säuglinge leiden üblicherweise nicht an der Reisekrankheit, weil ihr Gleichgewichtssinn noch nicht voll entwickelt ist. Kinder zwischen dem 2. und dem 12. Lebensjahr sind besonders anfällig, gerade auch ängstliche Kinder. Und was hilft nun?

Der Magen sollte vor Reiseantritt weder ganz voll noch ganz leer sein. Meiden Sie Milchprodukte, vor allem vor der Fahrt. Leichte, kohlenhydratreiche und vor allem fettarme Ernährung ist empfehlenswert.

Das Kind sollte während der Fahrt den Kopf aufrecht halten und möglichst einen Punkt fixieren.

Weder Lesen noch Gameboy-Spiele!

Wenn das (ältere) Kind mag, darf es über einen Kopfhörer beruhigende Musik hören. Ratespiele, Geschichtenerzählen, Singen usw. Für ruhige Atmosphäre sorgen.

Legen Sie regelmäßige Pausen während der Fahrt ein, damit sich das Kind an frischer Luft bewegen, hüpfen und mit den Füßen stampfen kann.

Sorgen Sie für genügend Flüssigkeitsaufnahme bei Ihrem Kind.

Rheuma/Muskelrheuma/Gelenkrheuma

Diese Erkrankungen sind früher nur bei älteren und alten Menschen in Erscheinung getreten. Nunmehr erkranken aber immer mehr Kinder und Jugendliche daran. Neben der schulmedizinischen Behandlung kann man ihnen mit den Schüßler-Salzen, Ernährungsumstellung, äußerlichen Anwendungen in Form von Bädern, Wickeln und Auflagen einen Weg zur Gesundung aufzeigen.

Im Grunde sind es sogenannte „Zivilisationskrankheiten", die Gelenke, Muskulatur, Wirbelsäule und Weichteile betreffen und sich am Stütz- und Bindegewebe manifestieren. Die Bindegewebsflüssigkeit (griechisch „rheos") kann nicht mehr genügend fließen, dadurch kann es zu akuten Entzündungen, aber auch schmerzhaften Ablagerungen kommen.

Die Diagnose sollte unbedingt durch den Arzt abgesichert sein.

Bei **Bewegungsschmerz**, vor allem wenn Ihr Kind morgens beim Aufstehen über Anlaufschmerz klagt:

- Nr. 1 Calcium fluor. D12 stärkt Bänder, Sehnen, Muskeln.
- Nr. 3 Ferrum phos. D12 reduziert die Entzündungen.
- Nr. 7 Magnesium phos. D6 wirkt schmerz- und krampfstillend.

Über den Tag verteilt von jedem Schüßler-Salz 2–4 Tabl. geben.

Abends die „Heiße 7" mit 5, 7 oder 10 Tabl.

- Salbe Nr. 7 Magnesium phos. gegen die Schmerzen einmassieren.
- Salbe Nr. 1 Calcium fluor. gegen die Verspannungen einmassieren.

Dauer der Kur: sechs Wochen.

Wenn das Rheuma Ihres Kindes die **Muskulatur** betrifft:

Bei Schmerzen durch **Bewegung**:

- Alle ½–1 Std. 1 Tabl. Nr. 3 Ferrum phos. D6 im Wechsel mit Nr. 4 Kalium chlor. D6.

Wenn Ihr Kind über **schießende, bohrende, umherwandernde** Schmerzen klagt:

- ¼-stdl. 1 Tabl. Nr. 7 Magnesium phos. D6, bzw. alle 10 Min. 1 Schluck „Heiße 7" mit 5, 7 oder 10 Tabl.
- Salbe Nr. 7 Magnesium phos. als Salbenauflage.

Wenn Ihr Kind über **„Ameisenlaufen"**, Schmerzen mit **Taubheits- und Kältegefühl** klagt, was sich vor allem nachts und in Ruhe verstärkt:

- 3–5 x tägl. 1 Tabl. Nr. 2 Calcium phos. D6.
- Salbe Nr. 2 Calcium phos. als Salbenauflage.

Wenn das Rheuma Ihres Kindes die **Gelenke** betrifft:

Wenn Ihr Kind am **Beginn** der Beschwerden steht und **Fieber** die Beschwerden begleitet:

- ¼–½-stdl. 1 Tabl. Nr. 3 Ferrum phos. D6 bzw. alle 10 Min. 1 Schluck „Heiße 3" mit 5–7 Tabl.

Wenn die Schmerzen **wandern** und sich in der Nacht **verschlimmern**:

- Alle ½–1 Std. 1 Tabl. Nr. 6 Kalium sulf. D6.

Als **Zwischenmittel**, wenn es über besonders **heftige Schmerzen** klagen sollte:

- Alle 10 Min. 1 Schluck Nr. 7 Magnesium phos. D6 als „Heiße 7" mit 5, 7 oder 10 Tabl.
- Salbe Nr. 7 Magnesium phos. als Salbenauflage.

Tipp: Der Wärmehaushalt des Kindes sollte unterstützt werden, z. B. durch wärmende Lebensmittel und warme Getränke.

Sorgen Sie für genügend Flüssigkeitsaufnahme bei Ihrem Kind!

Bei rheumatischen Erkrankungen ist eine vegetarische Ernährung das A und O, bei der dem Kind auch Milch- und Milchprodukte nur eingeschränkt zum Essen angeboten werden sollten. Rohkost, Säfte, rohes Obst und Nachtschattengewächse nicht nach 14.00 Uhr zum Essen geben. In den Ernährungsplan gehören vor allem Vitamin E und C, alle B-Vitamine. Hier wäre meine Empfehlung, dem Kind täglich einen Teelöffel voll Weizenkeimöl über das Essen zu geben, damit erhält es das hochwertige Vitamin E und alle B-Vitamine sowie Vitamin A.

Lesen Sie hierzu auch im Anhang B die Tipps zur Ernährung und in meinem Buch „Deine Nahrung sei dein Heilmittel" das Kapitel „Rheuma".

Kleidung aus Wolle und Seide bevorzugen, denn Kleidung aus Baumwolle wärmt nicht so gut und Ihr Kind kühlt leichter aus.

Entsäuerungsbäder, Entsäuerungskur, s. Anhang A.

Im entzündlichen Stadium des Rheumas sollten Sie für Ihr Kind Wickel und Auflagen bevorzugen, denn Einreibungen forcieren die Entzündung.

Im Akutstadium sind abschwellende Kohlwickel bzw. kühlende Quarkwickel (s. Anhang A) am besten geeignet.

Vergleiche auch Muskelerkrankungen.

Ringelröteln

Diagnose durch den Arzt nötig!

Ringelröteln (Erythema infectiosum) werden durch Viren (Parvovirus B 19) über Tröpfcheninfektion übertragen und kommen meist im Kindesalter vor. Die Ansteckungszeit beträgt ungefähr 4 bis 14 Tage.

Ringelröteln sehen anfänglich der Masernerkrankung ähnlich. Das Exanthem (Hautausschlag) verblasst relativ schnell und bildet die charakteristischen ring- bzw. girlandenförmigen Flecken. Es ist möglich, dass der Ausschlag bis zu 7 Wochen anhalten kann. Allgemein vorkommende Krankheitssymptome wie Fieber, Gelenkschmerzen u. Ä. sind mit diesem girlandenförmigen Hautausschlag verbunden.

Wie bei fast allen Virusinfektionen, die Ihre Kinder durchmachen, besteht in der Regel hinterher ein lebenslanger Schutz. Ringelröteln treten alle paar

Jahre Kleinraum-epidemieartig (mehrere Kinder innerhalb einer Gruppe sind betroffen) auf. Bevorzugt trifft es die Klein- und Schulkinder.

Wenn Sie beobachten, dass das Kind **erkrankt** (**Akutmittel**) bzw. bei **leichtem Fieber**, das oft nur 2–3 Tage anhält:

- Alle ½–1 Std. 1 Schluck „Heiße 3" mit 5, 7 oder 10 Tabl. Nr. 3 Ferrum phos. D12, bis eine Stabilisierung der Körpertemperatur erreicht ist. Dann Zeitabstände verlängern und noch einige Tage mit Nr. 3 nacharbeiten, mit 3 x tägl. 1–2 Tabl.

Gegen **Juckreiz** und evtl. **Schmerzen** in den Gliedern:

- Alle 10 Min. 1 Schluck „Heiße 7" mit 7–10 Tabl. Nr. 7 Magnesium phos. D6.

Während der Erkrankung:

- Nr. 3 Ferrum phos. D12 im Wechsel mit
- Nr. 4 Kalium chlor. D6 sowie
- Nr. 5 Kalium phos. D6 und
- Nr. 8 Natrium chlor. D6.

Je Schüßler-Salz im ½-stdl. Wechsel 1–2 Tabl.

Während der Abschuppungsphase:

- 3–4 x tägl. 1–2 Tabl. Nr. 6 Kalium sulf. D6.

Tipp: Zur Vorbeugung: Infizierte Kinder meiden, vor allem wenn man schwanger ist.

Zur Prophylaxe der Geschwisterkinder: Nr. 3 Ferrum phos. D12, Nr. 4 Kalium chlor. D6 und Nr. 5 Kalium phos. D6, je Salz 3 x tägl. 2 Tabl.

Bei Fieber und Gelenkschmerzen sollte Ihr Kind unbedingt Bettruhe einhalten.

Ernährung beachten, lesen Sie dazu auch die Anmerkungen unter Masern.

Nach überstandener Krankheit: Immunkur für ca. 6 Wochen – Aufbau – Energieschaukel (Variante 1) (s. Anhang A).

Röteln (Rubella)

Diagnose durch den Arzt stellen lassen. Röteln werden „im Dunkeln" diagnostiziert, also bei abgedunkeltem Raum. Sie sind eine hoch ansteckende Infektionskrankheit, ausgelöst durch das Rötelnvirus. Es kommt zu den typischen Hautflecken (Exanthem), verbunden mit Fieber und Lymphknotenschwellungen (hinter den Ohren, Hinterkopf und Nacken). Möglicherweise klagt Ihr Kind über Gliederschmerzen und es könnte sich auch eine Arthritis entwickeln. Eine Bronchitis, eine Halsentzündung und eine Mittelohrentzündung könnten ebenso während der Erkrankung hinzukommen. Bei starker Ausprägung der

Röteln ist auch eine Leber- und Milzschwellung möglich.

Durch Tröpfcheninfektion, z. B. Niesen, kann das Virus bereits eine Woche vor bis zu einer Woche nach Ausbruch der Hautflecken ansteckend sein. Die Ansteckungszeit beträgt ca. 14–21 Tage, und zunächst zeigen sich im Gesicht gerötete, einzelne Hauteffloreszenzen (Hautblüte). Diese breiten sich dann auf den Körperstamm und auf die Extremitäten aus. Nach ca. 3 Tagen bilden sich die Exantheme zurück. Immunität liegt vor, wenn eine Infektion durchgemacht wurde. Gefürchtet ist eine Rötelnerkrankung während der Schwangerschaft wegen der Gefahr für den Embryo.

Geben Sie Ihrem Kind **gleich zu Beginn** (es sollte bei einem **milden Verlauf** genügen):

- Alle 10–20 Min. 1 Tabl. Nr. 3 Ferrum phos. D12.

Lesen Sie die evtl. weiteren notwendigen Schüßler-Salze zur Behandlung unter Ringelröteln oder Masern unter den entsprechenden Begleiterscheinungen nach.

In der Abschuppungsphase:

- 3–4 x tägl. 1–2 Tabl. Nr. 6 Kalium sulf. D6.

Tipp: Kinderkrankheiten mit ähnlichen Symptomen (suchen Sie zur Abklärung ggf. einen Arzt auf): Ringelröteln, Masern, Scharlach, Pfeiffer'sches Drüsenfieber, Dreitagefieber.

Ihr Kind braucht während der Erkrankung Bettruhe.

Nach überstandener Krankheit: Immunkur für ca. 6 Wochen – Aufbau – Energieschaukel (Variante 2) (s. Anhang A).

Ernährung beachten: Lesen Sie dazu auch die Anmerkungen unter Masern.

***Achtung**: Bei Mädchen zwischen 13 und 15 sollten die Antikörper gegen Röteln festgestellt werden, um zu sehen, wie hoch der Schutz ist (Gefahr der Erkrankung in der Schwangerschaft).*

Beachten Sie: Oft verlieren sich bestehende Allergien nach überstandener Erkrankung oder Neigungen zu Erkältungskrankheiten gehen zurück. Nach einer Röteln-Erkrankung zeigt sich beim Kind auch häufig neues Selbstvertrauen und eine erste Abgrenzung der Persönlichkeit im Familienverband.

Scharlach

Diagnose: Rachenabstrich durch den Arzt.

Meldepflicht besteht in den Bundesländern Brandenburg, Sachsen, Sachsen-Anhalt, Bayern und Thüringen. An Scharlach Erkrankte und der Infektion verdächtige Kinder und Personen dürfen nicht in Gemeinschaftseinrichtungen wie Kindergarten, Schule u. Ä.

Scharlach ist eine akute Infektionskrankheit, die vor allem Kinder zwischen dem vierten und siebten Lebensjahr betrifft. Er wird durch ß-hämolysierende Streptokokken der Gruppe A

(v. a. Streptococcus pyogenes) ausgelöst; der Ansteckungsweg läuft durch Tröpfchen- und Kontaktinfektion über Mund und Rachen. An Scharlach kann man mehrmals erkranken.

Er hat eine Inkubationszeit von zwei bis vier Tagen und beginnt mit typischen Allgemeinsymptomen wie Fieber, Schüttelfrost, Rachenentzündung, Erbrechen und kann auch von Bauch- und/oder Kopfschmerzen begleitet sein. Der Rachen ist tiefrot und die Mandeln sind geschwollen (wird auch Scharlach-Angina genannt). Das Kind klagt über Schluckbeschwerden und die Lymphknoten unter dem Kiefer sind geschwollen.

Zuerst ist die Zunge beim Kind weiß belegt, im Laufe der Erkrankung lösen sich diese Beläge und die Zunge erscheint nun rot glänzend, die Geschmacksknospen der Zunge werden nun sichtbar. Bekannt ist dieses Phänomen unter dem Begriff der sogenannten Himbeer- oder Erdbeerzunge.

Der Ausschlag juckt; dicht beieinanderstehende, stecknadelkopfgroße, intensiv rot gefärbte Flecken, die leicht erhaben sind, entstehen. Bevorzugt an Achseln und Leisten zu finden, können sie sich jedoch auch über den ganzen Körper ausbreiten, nur das Mund-Kinn-Dreieck („periorale Blässe") bleibt frei. Ca. 14 Tage nach Beginn der Erkrankung kommt es zu charakteristischen Schuppungen an den Finger- oder Zehenkuppen.

Möglich sind auch Abschuppungen der gesamten Handflächen und Fußsohlen. Dies ermöglicht im Nachhinein noch die Diagnosestellung, falls vorher das Bild der Scharlacherkrankung nicht eindeutig gewesen sein sollte.

Scharlach kann einen schweren, aber auch leichten Verlauf haben, sodass er nicht immer erkannt wird. Das Auftreten des typischen Ausschlags alleine beweist noch nicht, dass das Kind an Scharlach erkrankt ist, denn es gibt viele andere Erkrankungen mit diesen Anzeichen, allen voran Viruserkrankungen, aber auch allergische Reaktionen auf Medikamente o. Ä. können einen Ausschlag zur Folge haben.

Komplikationen sind die sogenannten Streptokokken-Nacherkrankungen wie z. B. Glomerulonephritis, rheumatisches Fieber, Mittelohrentzündung u. a.

Immunität wird leider nur gegen das Toxin erzeugt, das bei der Krankheit vorherrschend war, deswegen kann es zu einer erneuten Erkrankung kommen, teilweise auch mehrfach.

Begleitbehandlung – nur unter Berücksichtigung aller Vorschriften seitens der Medizin und des Gesetzgebers:

Bei Fieber bis 38,5 °C und beim ersten Krankheitsgefühl Ihres Kindes:

- Alle 10–20 Min. 1 Tabl. Nr. 3 Ferrum phos. D12 bzw. alle 15 Min. 1 Schluck „Heiße 3" mit 5–7 Tabl.

Wenn der **Ausschlag** sich zu zeigen beginnt und/oder **Schluckbeschwerden** auftreten:

- Alle 10 Min. 1 Tabl. Nr. 4 Kalium chlor. D6 im Wechsel mit Nr. 3 Ferrum phos. D12.

Bei **Fieber über 38,5 °C** und wenn Ihr Kind ein sehr starkes Krankheitsgefühl hat:

- Alle ½–1 Std. 1 Tabl. Nr. 5 Kalium

phos. D6 im Wechsel mit Nr. 4 Kalium chlor. D6.

Bei **großer Schwäche** und **Schlummersucht** und evtl. beginnender **Nierenentzündung**:

- Alle 15–30 Min. je 1 Tabl. Nr. 5 Kalium phos. D6 im Wechsel mit Nr. 8 Natrium chlor. D6.

Im **Abschuppungsstadium**:

- 3–5 x tägl. 1–2 Tabl. Nr. 6 Kalium sulf. D6.
- Salbe Nr. 6 Kalium sulf.

Zur **Nachbehandlung** über mehrere Monate hinweg:

- Bis zu 5 x tägl. 1–2 Tabl. Nr. 2 Calcium phos. D6 oder Energieschaukel (Variante 2) (s. Anhang A).

Tipp: Unbedingt Arzt aufsuchen!
Isolierung des erkrankten Kindes und strengste Hygiene einhalten: Der Erreger kann auch über offene Wunden übertragen werden (Wundscharlach). Gesunde können den Erreger in sich tragen und werden somit zur Primärinfektionsquelle.

Stuhlentleerung mindestens 1 x täglich, zur Not Klistier (bei älteren Kindern) zur Anwendung bringen.

Während und nach überstandener Erkrankung regelmäßige Urinkontrollen.

Ernährung: lakto-vegetabile Kost. Auf genügend Vitamine C und B achten.

Evtl. Salzhemd (s. Anhang A). Bettruhe. Mundhygiene beachten.

Beachten Sie: Scharlach, bei dem – im wahrsten Sinne des Wortes – eine Häutung (Abschuppung) erfolgt, ist eine Hilfe für das Kind, besser „in Form" zu bleiben, d.h. leiblich gesünder und seelisch flexibler zu werden. Geist, Seele und Körper sind nach überstandener Krankheit mehr in Harmonie.

Schläfrigkeit von Neugeborenen

Ihnen fällt auf, dass Ihr Neugeborenes nach der Geburt mehr als schläfrig ist, es atmet unregelmäßig, es will nicht trinken, Stuhlgang und Urin hält es zurück. Ziehen Sie bei diesen Anzeichen unbedingt einen Kinderarzt hinzu. Es könnte sein, dass sich dahinter schwerwiegendere Störungen verstecken, wie z.B. eine Stoffwechselstörung oder eine Infektion: unbedingt schnell abklären lassen.

Sind Entwarnungen seitens Klinik und/oder Kinderarzt gegeben, dann kommt eher Geburtsstress oder -schock als Ursache in Frage.

- Morgens Nr. 3 Ferrum phos. D12.
- Mittags Nr. 5 Kalium phos. D6.
- Bis 16.00 Uhr Nr. 8 Natrium chlor. D6.

Jeweils 1 Tabl. als Tablettenbrei in die Wangeninnentasche streichen.

Einmal täglich, am besten beim Wickeln gegen 14.00 Uhr:

- Salbe Nr. 10 Natrium sulf. im täglichen Wechsel mit
- Salbe Nr. 6 Kalium sulf. als Einreibung auf den Oberbauch.

Schlafstörungen

Einschlafstörungen, Schlafstörungen

Das Schlafverhalten der Kinder kann sehr unterschiedlich sein. Es ist durchaus als normal anzusehen, wenn Kinder bis zu ihrem 4. Lebensjahr ein- bis zweimal pro Nacht aufwachen und zu ihren Eltern wollen. Das Schlafbedürfnis Ihres Kindes kann zwischen 8–14 Stunden betragen. Hier ist eine große Bandbreite zu beobachten.

Wirkliche Schlafstörungen gibt es bei Kindern eher selten und diese hängen dann oft mit ungünstigen Bedingungen im Umfeld zusammen. Dazu gehören z. B. zu wenig frische Luft im Schlafzimmer, die Bettdecke zu warm, es ist insgesamt zu kalt oder zu warm; aber auch unverarbeitete Erlebnisse u. v. m. können einen ungünstigen Einfluss auf die Nachtruhe Ihres Kindes haben.

Das Immunsystem des Babys oder des Kleinkindes wird gestärkt, wenn Sie das Kind mittags an der frischen Luft schlafen lassen, natürlich unter den notwendigen Schutzvorkehrungen.

Versuchen Sie, nach den Ursachen für die Schlafstörung Ihres Kindes zu forschen, ansonsten können Sie seinen ungestörten Nachtschlaf mit folgenden Schüßler-Salzen unterstützen:

Zur **allgemeinen Entspannung** des Kindes, auch bei **innerer Unruhe** ohne offensichtlichen Grund:

- Ab ca. 17.00 Uhr bis ¼ Std. vor dem Schlafengehen alle 15 Min. 1 Schluck „Heiße 7" mit 3, 5, 7 oder 10 Tabl. Nr. 7 Magnesium phos. D6.
- Bauchmassage mit Salbe Nr. 7 Magnesium phos.

Wenn Ihr Kind aufgrund erhöhter **Geräuschempfindlichkeit** und/oder **Gedankenflut** nicht einschlafen kann:

- Alle 10 Min. 1 Schluck „Heiße 11" mit 3–5 Tabl. Nr. 11 Silicea D12.

Wenn Ihr Kind **nervös** sein sollte und deswegen nicht einschlafen kann oder voller **Furcht** und **Schrecken** mit einem **Schrei** aufwacht:

- Tagsüber 3 x tägl. 1 Tabl. Nr. 5 Kalium phos. D6 (bis spätestens 15.00 Uhr).

Wenn Ihr Kind wegen **Sauerstoffmangel im Gewebe** nicht einschlafen kann:

- Vor jedem Spaziergang 1 Tabl. Nr. 6 Kalium sulf. D6.

Wenn Ihr Kind leicht **friert**, eher einen **niedrigen Blutdruck** hat und **Sauerstoff** im arteriellen roten Blut fehlen sollte:

- Tagsüber 3–5 x tägl. 1 Tabl. Nr. 3 Ferrum phos. D12.

Falls Ihr Kind zusätzlich **Blutandrang** zum Kopf hat:

- Abwechseln mit Nr. 5 Kalium phos. D6.

Wenn Ihr Kind **tagsüber** zu **Schläfrigkeit** neigen sollte:

- 2–4 x tägl. 1 Tabl. Nr. 8 Natrium chlor. D6, bis spätestens 16:00 Uhr.

Wenn Ihr Kind über **Herzklopfen** klagen sollte, nachdem es zu Bett gebracht wurde:

- 3 x tägl. 1–2 Tabl. Nr. 2 Calcium phos. D6.

Tipp: Stellen Sie für Ihr Kind einen Schlummertrunk ans Bett aus je 3 Tabl. Nr. 7 Magnesium phos. D6 und Nr. 11 Silicea D12: Falls Ihr Kind aufwachen sollte, 1–2 Schlucke geben.

Es wird wieder einschlafen!

Geben Sie Ihrem Kind nur eine leichte Abendmahlzeit, die nicht nach 17.30 bis 18.00 Uhr eingenommen werden sollte, besser noch früher (je nach Alter des Kindes).

Tagsüber viel Bewegung im Freien.

Einschlafrituale. Schlafzimmer des Kindes ausgiebig lüften – wo möglich, gekipptes Fenster, aber bitte keine Zugluft! Für die Nacht sind ideale Bedingungen für den gesunden und erholsamen Schlaf: Raumtemperatur ca. 18 °C. Keine zu dicken Federbetten und keine synthetischen Materialien. Sollte Ihr Kind abends das Bett verlassen, vermeiden Sie zu helles Licht im Zimmer.

Kontrollieren Sie, ob Ihr Kind an Reizüberflutung leidet!

Entspannung bringt z. B. eine beruhigende Fußmassage oder eine ***Baucheinreibung*** *mit Salbe Nr. 7 Magnesium phos. Lavendel-Bad (Dr. Hauschka) wirkt zusätzlich bei älteren Kindern beruhigend.*

Bettplatz auf Wasseradern und Störzonen untersuchen lassen (s. auch „Anhang K: Gesundheitsgefährdung durch geopathogene Zonen" im Buch „Deine Nahrung sei dein Heilmittel").

Elektrische Geräte aus dem Schlafzimmer entfernen (Wecker mit Leuchtschrift, Fernseher usw.).

Sollten psychische Probleme hinter Schlafstörungen vermutet werden, bitte im Sinne einer ganzheitlichen Behandlung einen Therapeuten aufsuchen.

Bei Rhythmusverlust: Energieschaukel (Variante 1) (s. Anhang A).

Schleimhäute – siehe II. 1. Wahl des richtigen Mittels/Absonderungen

Schmerzen – siehe Bauchschmerzen, Knochenerkrankungen, Kopfschmerzen, Muskelerkrankungen, Ohrenerkrankungen, Rheuma

Schnupfen – Fließschnupfen – Stockschnupfen, siehe Nasennebenhöhlenentzündung

Schreibaby – siehe Unruhe von Neugeborenen und Schreibabys (s. Anhang C)

Schuppenflechte – siehe <u>Ekzeme</u>

Schweiß

Falls Ihr Kind unter übermäßigem Schweiß leidet: Ursachen erforschen! Schweiß darf auf keinen Fall unterdrückt werden.

Fußschweiß der Kinder – meist **riecht** der Schweiß **unangenehm**:
- 3–5 x tägl. 1–2 Tabl. Nr. 11 Silicea D12.

Sollte der Schweiß **stinkend** sein, dann bitte im Wechsel mit Nr. 5 Kalium phos. D6:
- Bis 15.00 Uhr 2–3 x 1 Tabl.
- Abends Fußbäder mit Kaisernatron.

Kopfschweiß der Kinder:
- 3–5 x tägl. 1 Tabl. Nr. 2 Calcium phos. D6.

Schweiß um den **Nabel** herum:
- 3–5 x tägl. 1 Tabl. Nr. 2 Calcium phos. D6.

Schweiß, der **klebend** ist:
- 3–5 x tägl. 1 Tabl. Nr. 6 Kalium sulf. D6.

Schweiß an **Händen** und **Füßen** mit **Kältegefühl**:
- 3–5 x tägl. 1–2 Tabl. Nr. 11 Silicea D12 im Wechsel mit Nr. 9 Natrium phos. D6.

Schweiß während des **Essens** auf Kopf und Gesicht:
- Bis zu 3 x tägl. je 1 Tabl. Nr. 5 Kalium phos. D6 im Wechsel mit Nr. 8 Natrium chlor. D6, bis spätestens 15.00 Uhr.

Schweiß **sauer** und **scharf**:
- 1–3–5 x tägl. 1–2 Tabl. Nr. 9 Natrium phos. D6.

Schweiß **nachts**, ohne Geruch:
- 3–5 x tägl. 1 Tabl. Nr. 2 Calcium phos. D6.

Schweiß bei geringster **Anstrengung** (Abklärung durch den Arzt!):
- 2–3 x tägl. je 1–2 Tabl. Nr. 9 Natrium phos. D6 im Wechsel mit Nr. 5 Kalium sulf. D6.

Angstschweiß, Schweiß durch **Nervosität**:
- 1–3–5 x tägl. bis 15.00 Uhr je 1–2 Tabl. Nr. 5 Kalium phos. D6.

Tipp: Ernährung umstellen, vor allem wenn der Schweiß sauer riecht.
Scharfe Gewürze wie Pfeffer, Paprika, Curry meiden. *Salbeitee für ältere Kinder.*

Die passende Kleidung für Ihr Kind wählen, also in jedem Fall synthetische Fasern vermeiden.

<u>Salzbäder</u> (s. Anhang A) für ältere Kinder. <u>Fußbäder</u> (s. Anhang A).

Schwindel – siehe Kreislaufstörungen

Sehstörungen – siehe Augenerkrankungen

Sonnenallergie

Zur Vorbeugung über einen Zeitraum von **3 Wochen**:

- 1 x tägl. 3 – 5 Tabl. morgens Nr. 2 Calium phos. D 6 auflösen und kauend trinken.
- Täglich: 1 Std. nach Nr. 2 eine Calcium-frubiase-Trinkampulle nehmen.
- Nachmittags 3 – 5 Tabletten Nr. 3 Ferrum phos. D 12 auflösen und kauend trinken.

Im **Akutfall** das **Hauptmittel**:

- 2 Tabl. Nr. 3 Ferrum phos. D 12 im stündlichen Wechsel mit
- jew. 2 Tabl. Nr. 6 Kalium sulf. D 6, Nr. 8 Natrium chlor. D 6 und Nr. 10 Natrium sulf. D 6.

Salben je nach **Hauterscheinung** hauchdünn auftragen, siehe auch II. 1. Wahl des richtigen Mittels/Absonderungen. Vergl. auch Mallorca-Akne.

Sonnenbrand

Die Kinder freuen sich auf den Sommer und genießen Sonne, Wasser und die Lebensfreude: eine Wohlfühl-Therapie für Körper und Seele. Die Eltern wissen auch um die Gefahren von zu viel Sonne und trotzdem erwischt es die Kinder mit einem Sonnenbrand.

Schon bei der ersten Rötung ist es zu spät – in der Regel Verbrennung 1. Grades. Es schmerzt und erzeugt ein starkes Hitzegefühl an den betroffenen Stellen. Bilden sich Brandblasen, spricht man von Verbrennungen 2. Grades. Hier ist der Arzt gefragt, Eltern sollten die Blasen wegen Infektionsgefahr auf keinen Fall selbst öffnen. Sonnenbrand ist eine akute Entzündung!

Bei allen **Anzeichen** eines Sonnenbrandes, die Haut ist **rot** und **überwärmt**:

- ½-stdl. 1 Tabl. Nr. 3 Ferrum phos. D 6, oder auch alle 10 Min. 1 Schluck „Heiße 3" mit 5 – 7 Tabl., dazu
- Salbe Nr. 3 Ferrum phos. dick auftragen.

Bei **Blasenbildung**:

- Alle ½ – 1 Std. je 1 Tabl. Nr. 8 Natrium chlor. D6 im Wechsel mit Nr. 3 Ferrum phos. D6.

Bei **Schwellungen** und zur Unterstützung der Lymphflüssigkeit:

- Stündlich 1 Tabl. Nr. 4 Kalium chlor. D6.
- Salbe Nr. 4 Kalium chlor. auftragen.

Tipp: Kind am besten im Schatten lassen. Genügend zu trinken geben. Hochwertige Sonnencreme verwenden, die für Kinder und Säuglinge geeignet ist. Kühlende Gels wie Brand- und Wundsalbe von Wala.

Salbe Nr. 3 Ferrum phos. hauchdünn auftragen.

Kopfbedeckung und entsprechende Kleidung – auch schon zur Vorbeugung –, damit ein Sonnenbrand erst gar nicht entstehen kann.

Sonnenstich

Ein Sonnenstich stellt eine Überhitzung des Gehirns dar und kann mit Gliederschmerzen, Übelkeit, Fieber, Erbrechen, Schwindel und Müdigkeit einhergehen.

- ¼–½-stdl. bis 1-stdl. je 1 Tabl. Nr. 5 Kalium phos. D6 im Wechsel mit Nr. 8 Natrium chlor. D6. Nach merklicher Besserung die Abstände der Gaben verlängern.

Tipp: *Siehe auch Sonnenbrand.*

Betroffene Kinder sollten unbedingt die folgenden Tage im Schatten verbringen und sehr viel trinken.

Kinderklinik aufsuchen, falls Unklarheiten oder Zweifel auftauchen!

Soor – siehe Mundsoor

Speichelfluss, übermäßiger (Salivation)

Wenn Ihr Kind „sabbert", eine besonders „feuchte Aussprache" hat oder so viel Speichel, dass er gar nicht mehr geschluckt werden kann:

- Bis zu 4 x tägl. 1 Tabl. Nr. 8 Natrium chlor. D6.

Tipp: Bieten Sie Ihrem Kind immer wieder etwas zum Trinken an, am bes-

ten zimmerwarmes Quellwasser. Milch eignet sich nicht als Durstlöscher.

Stark verdünnte Säfte geben, auf keinen Fall mit kohlesäurehaltigem Wasser.

Bevorzugen Sie dunkle oder rote Säfte.

Säfte nicht nach 15.00 Uhr (Gären u. U. im Darm).

Denken Sie daran, dass große Trinkmengen am Spätnachmittag oder Abend einen vermehrten Harndrang ausüben und das Kind am Durchschlafen hindern können.

Stillprobleme

Wenn das Kind die **Muttermilch ablehnt** oder **Durchfall** durch Muttermilch auftritt:

- 3 x täglich 1 Tabl. Schüßler Nr. 11 Silicea D 12 als Tablettenbrei in die Wangeninnentasche.

Wenn das Kind **sehr zart gebaut** ist und zudem noch häufig unter **Nabel- oder Augenentzündungen** leidet:

- 3 x täglich 1 Tabl. Nr. 11 Silicea D 12 als Tablettenbrei in die Wangeninnentasche.

Säugling ist **trinkfaul**, **schwitzt viel**, besonders am Hinterkopf; der **Körpergeruch ist säuerlich**. Muttermilch wird immer wieder **erbrochen**.

- 3 x täglich 1 Tabl. Nr. 22 Calcium carbon. D 12 als Tablettenbrei in die Wangeninnentasche.

Ständiges Erbrechen erschöpft und der Säugling ist **apathisch**. Sofort Arzt/Klinik aufsuchen! Unterstützen mit:

- Nr. 2 Calcium phos. D 6, Nr. 3 Ferrum phos. D 12, Nr. 5 Kalium phos. D 6 und Nr. 8 Natrium chlor. D 6 werden begleitend je 1 Tabl. als Tablettenbrei eingesetzt.

Tipp: Kontakt mit der Hebamme oder Stillberaterin aufnehmen, sie können Ihnen am besten weiterhelfen.

Kind möglichst rasch nach der Geburt anlegen, dies regt die Milchbildung an.

Stillen Sie nur in einer ruhigen, entspannten und angenehmen Atmosphäre. Wechseln Sie beim Anlegen auch die Position, damit die für beide richtige Stellung für das Stillen gefunden werden kann.

Stillen Sie nur, wenn Ihr Kind Hunger hat. Wenn Sie mit der Flasche zufüttern, dann dies möglichst auf das Minimum beschränken, damit Ihr Milchfluss nicht abnimmt.

Regen Sie die Milchbildung schon ab der 38. Schwangerschaftswoche an, z. B. mit Weleda Stillöl und einem Stilltee aus Anis, Fenchel, Kümmel und Bockshornklee z. B. Weleda-Stilltee.

Lesen Sie hierzu auch in meinem Buch „Die 12 Salze des Lebens".

Traurigkeit – siehe auch Angst

Wenn Ihr Kind **weinerlich** und **traurig** ist und/oder **Kummer** hat:

- 3–5 x tägl. 1–2 Tabl. Nr. 8 Natrium chlor. D6.

Im **Akutfall**:

- Alle 10 Min. 1 Schluck „Heiße 8“ mit 5 Tabl. Nr. 8 Natrium chlor. D6.

Tipp: Achtsam erfragen, warum das Kind traurig ist und wo es die Trauer spürt. Liebevolles Annehmen.

Kupfersalbe rot (Wala) als liegende 8 über den Nieren einreiben.

Das Kind mit Wärme umgeben, z. B. durch wärmende Lebensmittel wie eine heiße Milch mit etwas Ceylon-Zimt (enthält wenig Cumarin) aufgeschlagen, Wärmflasche, Decken usw.

Übelkeit – siehe Reiseübelkeit

Übergewicht/Fettleibigkeit/Adipositas

Häufig liegt, neben einer möglichen angeborenen Disposition, ein Ungleichgewicht zwischen der Nahrungsaufnahme und dem tatsächlichem Nahrungsverbrauch bei Ihrem Kind vor. Das fördert die Fettablagerung im Körper. Ein „Stubenhocker“ wird sicherlich weniger verbrauchen als ein Kind mit hohem Bewegungsdrang. Unsere heutigen Lebensgewohnheiten sind sicherlich mit der Auslöser, dass immer mehr Kinder zu Übergewicht neigen. Statt im Freien zu spielen, sitzen die Kinder vor dem PC oder TV. Kinder befriedigen sich gerne durch unkontrollierte Nahrungsaufnahme. Leider sind auch wir (Eltern, Großeltern etc.) maßgeblich an dieser unguten Entwicklung beteiligt, weil wir geneigt sind, z. B. einem quengeligen Kind ein Bonbon zu geben, damit es ruhig ist.

Zur allgemeinen Regulierung des Fettstoffwechsels:

Wenn Ihr Kind zu den **„Säurenaturen“** zählt, geben Sie:

- Bis zu 3 x tägl. 2–3 Tabl. Nr. 9 Natrium phos. D6, jeweils ½ Std. vor den Hauptmahlzeiten.

Alternativ, wenn Ihr Kind sich **„schwammig“** anfühlt:

- Über den Tag verteilt je 2–5 Tabl. Nr. 10 Natrium sulf. D6 im Wechsel mit Nr. 2 Calcium phos. D6 und Nr. 8 Natrium chlor. D6.

Schüßler-Salze **zur Unterstützung beim Abnehmen**:

- Nr. 6 Kalium sulf. D6 (unterstützt die Leberentgiftung und Verdauung Ihres Kindes). Geben Sie ihm Nr. 6 am 1. Tag.

- Nr. 10 Natrium sulf. D6 (regt den Stoffwechsel Ihres Kindes an, entwässert und stärkt Leber und Galle; hilfreich bei Wasseransammlungen im Gesicht oder an den Gelenken). Geben Sie Ihrem Kind Nr. 10 am 2. Tag.

Nr. 6 und Nr. 10 sind also im täglichen Wechsel im Einsatz. Dazu kommen:

- Nr. 9 Natrium phos. D6 (regt die Nieren an und befreit von überschüssigen Säuren und gleicht den Säure-Basen-Haushalt Ihres Kindes aus).
- Nr. 11 Silicea D12 (festigt die Haut und das Bindegewebe Ihres Kindes; stärkt zudem die Nieren, die Bauchspeicheldrüse und die Lungen).

Je 3 x tägl. 1–2 Tabl. vor den Mahlzeiten, beispielsweise 6-9-11 am Montag, 9-10-11 am Dienstag usw.

Gegen lästige Pfunde:

- Vor dem Frühstück Nr. 10 Natrium sulf. D6 (fördert die Ausscheidung).
- Vor dem Mittagessen Nr. 5 Kalium phos. D6 (stärkt die Stoffwechselorgane).
- Vor dem Abendessen Nr. 9 Natrium phos. D6 (reguliert den Fettstoffwechsel).

Jedes Schüßler-Salz 1 x tägl. als „Heiße 10/5/9" mit 1, 3 oder 5 Tabl.

- Salbe oder Lotio Nr. 11 morgens und Salbe oder Lotio Nr. 1 abends in die Bauchdecke einmassieren zur Straffung des Gewebes.

Tipp: *Keine Panik: Nicht jeder Babyspeck ist gleich behandlungsbedürftiges Übergewicht – bleiben Sie gerade in diesem Punkt gelassen, das hilft Ihrem Kind am meisten!*

Sorgen Sie für viel körperliche Bewegung bei Ihrem Kind.

Vitamin- und mineralstoffreiche Ernährung (s. „Deine Nahrung sei dein Heilmittel"). Rahmenbedingungen für drei Hauptmahlzeiten schaffen, 1–2 Zwischenmahlzeiten mit Obst (bis 14.00 Uhr), das Abendessen sollte nicht zu üppig ausfallen und bis 18.00 Uhr gegessen sein.

Fette, vor allem versteckte Fette (etwa in Wurst), reduzieren! Versteckten Zucker berücksichtigen, in Getränken, Naschwerk etc. Seien Sie kritisch, wenn für angebliche „Kinder-Lebensmittel" geworben wird, etwa für die, die mit „extra viel Milch" usw. werben!

Versuchen Sie zu verhindern, dass Ihr Kind Essen als Ersatzbefriedigung sieht und sich unkontrolliert mit Essen zustopft, vor allem mit Süßigkeiten, Kuchen, Chips etc. – suchen Sie vor allem nach dem Grund für das Verhalten Ihres Kindes!

Sprechen Sie insbesondere Diäten mit einem Fachmann ab, damit diese auch altersgerecht durchgeführt werden können.

Holen Sie sich auch psychotherapeutische Hilfe, falls Ihr Kind in der Psyche unterstützt werden muss.

Unruhe von Neugeborenen

Ist das Neugeborene nach der Geburt extrem unruhig, schreit, schläft kaum, leidet möglicherweise auch noch unter Bauchkrämpfen und sieht blass aus?

Sollte es dann auch noch zu schwallartigem Erbrechen nach dem Stillen oder Füttern kommen, dann bitte unbedingt den Kinderarzt oder die Klinik aufsuchen.

Hauptmittel:

- Mehrmals täglich, immer vor dem Stillen oder Füttern 1 Tabl. Nr. 7 Magnesium phos. D6 als Tablettenbrei in die Wangeninnentasche streichen.

Bei auffallender **Blässe**:

- 2 x täglich je 1 Tabl. Nr. 2 Calcium phos. D6 und Nr. 3 Ferrum phos. D12 als Tablettenbrei.

Bei schwallartigem **Erbrechen** (nur, wenn der Befund vom Arzt abgeklärt wurde):

- Vor jeder Mahlzeit 1 Tabl. Nr. 8 Natrium chlor. D6 als Tablettenbrei.

Bei **Krämpfen**:

- Vor jedem Stillen die „Heiße 7" mit je 5 Tabl. Nr. 7 Magnesium phos. D6.

Bei Bedarf zusätzlich:

- Salbe Nr. 7 Magnesium phos. zur Bäuchlein-Massage verwenden.
- Salbe Nr. 8 Natrium chlor. im Bereich Magen-Speiseröhre hauchdünn morgens und vormittags beim Wickeln einreiben.

Tipp: Die Mutter nimmt zusätzlich vor jedem Stillen 1 – 2 Tabl. des entsprechend gewählten Schüßler-Salzes.

Verbrennungen

Verbrennungen und Verbrühungen können zu lebenslangen entstellenden Narben führen, wenn sie nicht sofort fachgerecht feucht behandelt werden. Alle tiefergehenden Brandverletzungen sollten in den ersten 3 Tagen deshalb feucht gehalten werden.

Bei schweren Verbrennungen natürlich schnellstmöglich Arzt/Krankenhaus aufsuchen.

Passende Schüßler-Salze s. Sonnenbrand.

Verdauungsstörungen – siehe Darmerkrankungen

Verletzungen

Je nach Art der Verletzung siehe auch unter: Bluterguss, Nagelerkrankungen, Knochenerkrankungen, Lymphknoten-Schwellungen, Verstauchung, Verbrennung.

Kleinere Verletzungen bzw. offene Wunden versorgen Sie sofort mit dem **„Unfallmittel der Biochemie"**, Nr. 3 Ferrum phos. D12. Streichen Sie davon etwas als Tablettenbrei auf die Wunde.

Tipp: Bei Fingerverletzungen einen dicken Tablettenbrei bereiten und den Finger in den Brei stecken.

Verstauchung (Distorsion)/Verrenkung (Luxation)

siehe auch Bluterguss

Unfallmittel, bei **frischen Verletzungen**:

- Jeweils im stündlichen Wechsel 1–2 Tabl. Nr. 3 Ferrum phos. D12 im Wechsel mit Nr. 4 Kalium chlor. D6 (Weichteilschwellungen) und Nr. 10 Natrium sulf. D6 (Klärstrom), nach deutlicher Verbesserung die Zeitabstände verlängern.
- Salbe Nr. 3 Ferrum phos. im Wechsel mit Salbe Nr. 4 Kalium chlor. auftragen.

Folgemittel nach der Akutphase:

- Morgens Nr. 1 Calcium fluor. D12 3–5 Tabl. auflösen (Elastizität).
- Vormittags Nr. 2 Calcium phos. D6 3–5 Tabl. auflösen (Aufbau, fördert die Kallusbildung bei Knochenverletzungen).
- Abends Nr. 11 Silicea D12 5 Tabl. auflösen.
- Salben Nr. 1 Calcium fluor. im Wechsel mit Salbe Nr. 11 Silicea einreiben.

Verstopfung – siehe Darmerkrankungen

Warzen

Dellwarzen / Flachwarzen / Stachelwarzen / Dornwarzen

Mehr als 100 verschiedene Warzenviren sind bekannt und sie sind sehr vielgestaltig. Man hat einen Überbegriff für diese verschiedenen Viren geschaffen: HPV-Viren (Human Papilloma Virus). Die Ansteckungszeit (Inkubationszeit) beträgt zwischen 4 Wochen bis zu 8 Monaten. Kinder und Jugendliche sind wiederum am meisten dafür anfällig. Die Warzen entwickeln sich genau an der Stelle in der Haut, an der das Virus eingedrungen ist.

Die Diagnose sollte durch den Arzt gestellt werden.

Dellwarzen sind weltweit verbreitet und gelten als harmlose Wucherungen der Haut, die an allen Stellen des Körpers auftreten können, verursacht von einem Virus (Molluscum contagiosum – MCV). Kinder und Jugendliche sind durch eine Infektion mit diesem Virus ziemlich leicht anzustecken. Das Virus liebt warme, feuchte Umgebung wie etwa in Schwimmbädern. Durch direkten Körperkontakt erfolgt die Infizierung ziemlich leicht. Die Ansteckungszeit bis zum Ausbruch liegt bei 14 Tagen bis zu 6 Monaten. Wie sich das Virus genau verhält und warum es zu dem typischen Aussehen kommt, ist nicht geklärt.

Jedenfalls wachsen die Hautzellen der Basalmembran (Schicht zwischen Ober- und Lederhaut) schneller als die gewöhnliche Hautzelle. Dem Kinderarzt fällt es nicht schwer, die Dellwarzen aufgrund ihres typischen Aussehens von andern Warzen zu unterscheiden. Dellwarzen können sich auch durch eine Infektion mit Bakterien entzünden. Diese sind dann gerötet, schmerzen und jucken. Kinder mit Neurodermitis sind auf der vorgeschädigten Haut besonders anfällig für die Infektion mit diesem Virus, durch das Kratzen wird natürlich auch eine weitere Ausbreitung über den Körper begünstigt.

Kinder haben Dellwarzen meist im Gesicht, am Rumpf oder an den Extremitäten (Arme/Beine).

Dornwarzen entstehen meist an den Fußsohlen. Sie wachsen aufgrund der Belastung durch das Körpergewicht nicht nach außen, sondern wie ein Dorn nach innen. Sie schmerzen deshalb unter Umständen beim Gehen. Dornwarzen haben eine dicke Hornhaut mit vielen roten und schwarzen Punkten. Diese entstehen durch Einbluten im Grenzbereich von Lederhaut zu Oberhaut. Dornwarzen können zu mehreren flächenartig an den Fußsohlen auftreten, anfangs sind sie rau, werden aber durch Laufen glatt gescheuert. Die Dornwarzen-Viren verbreiten sich bevorzugt in Schwimmbädern, Turnhallen, Umkleidekabinen. Kinder können sich in jedem Alter durch Barfußlaufen damit infizieren.

Flachwarzen (Verrucae planae juveniles) erscheinen in Form von kleinen, rötlich umrandeten Pusteln an Stirn, Wangen, Armen und Mundbereich. Die Pusteln sind flach und hautfarben. Im Kindes- und Jugendalter verstärkt auftretend.

Stachelwarzen (Verrucae vulgares) sind harte, sich vorwölbende derbe Knötchen, die mit der Zeit verhornen. Sie verfärben sich gräulich und wenn man diese berührt, fühlen sie sich rau und hornig an. Von stecknadelgroß bis erbsengroß kann die Stachelwarze variieren. Bevorzugt finden wir die Stachelwarzen an Händen, im Gesicht und sogar unter den Nägeln. Kratzt sich das Kind, dann verteilen sich die Erreger und es kommt durchaus zu sogenannten Tochterwarzen. Stachelwarzen können auch als „Pinselwarzen" auftreten. Diese finden sich dann besonders in der Augengegend.

Hauptmittel bei allen Arten:
- Je 3–5 x tägl. 1 Tabl. Nr. 4 Kalium chlor. D6 im Wechsel mit Nr. 10 Natrium sulf. D6.

Äußerlich:
- Tablettenbrei von Nr. 10 Natrium sulf. D6 auftragen (bringt die Warze zum Eintrocknen und damit zum Abfallen).

Bei **harten** Warzen:
- 3 x tägl. 1 Tabl. Nr. 1 Calcium fluor. D12 plus
- Salbe Nr. 1 Calcium fluor. über Nacht als Salbenverband.

Wenn sich die Warzen bevorzugt auf den **Handinnenflächen** finden:
- 3–4 x tägl. 1 Tabl. Nr. 8 Natrium chlor. D6.

Äußerlich:
- Salbe Nr. 8 Natrium chlor. auftragen oder Nr. 8 Natrium chlor. D6 als Tablettenbrei.

Tipp: Stärken Sie das Immunsystem Ihres Kindes. Auf ausreichende Zink-, Vitamin-E- und A-Versorgung durch ausgewogene, abwechslungsreiche Ernährung achten.

Windeldermatitis

Wunde Stellen im Windelbereich sind während der Stillperiode eine große Herausforderung für Säugling und Eltern. Verursacher ist meist der Pilz Candida albicans. Erkennbar für Sie, liebe Eltern, an den weißlichen Belägen.

Bei **rotem wundem** Po:
- 3–4 täglich 1 Tabl. Nr. 3 Ferrum phos. D12.

Im **akuten** Fall:
- Alle 2 Std. je 1 Tabl. Nr. 8 Natrium chlor. D6 abwechseln mit Nr. 9 Natrium phos. D6.

Wenn es **sehr nässt**:
- 3 x täglich 1 Tabl. Nr. 10 Natrium sulf. D6.
- Bei Besserung je Salz 2 x täglich je 1 Tabl.

Zum **Aufbau der Haut** und zur Stabilisierung in der **Abheilphase**:
- Morgens 1–2 Tabl. Nr. 2 Calcium phos. D6.

Die Mittel jeweils als Tablettenbrei in die Wangeninnentasche streichen.

Salbenanwendungen:
- Nr. 3 Ferrum phos. bei rotem Po bei jedem Wickeln auf die gesäuberte Haut.
- Nr. 8 Natrium chlor. und Nr. 9 Natrium phos. im Wechsel dazu einsetzen.
- Nr. 10 Natrium sulf., wenn die Haut sehr nässend ist.

Tipp: Der Bereich von After und Genitalien sollte täglich Luft, Licht und

Wärme, durch Weglassen der Windel für ca. 1 – 2 Stunden im Warmen (Wärmelampe, aber **Achtung**: *Bei Nutzung einer Wärmelampe strikte Einhaltung der Gebrauchsvorschriften beachten), ausgesetzt werden.*

Zum Trocknen der Wundstellen könnten Sie auch Luvos Heilerde dick aufpudern, damit die nässenden Stellen austrocknen und die Entzündung sich beruhigt.

Windeln häufig wechseln (auch auf Unverträglichkeiten achten, auf Bioqualität übergehen, ohne Bleich- und Duftstoffe), um ein feuchtes und reizendes Mikroklima zu vermeiden. Benutzen Sie in den ersten Lebenswochen Stoffwindeln statt Einmalwindeln.

Nach dem Windeln mit einen lauwarmen Fön den Po trocknen. Dazu genügend Abstand halten und das Baby auf den Bauch legen, damit nicht durch Zufall Urin in den Fön gerät.

Zur Nacht wäre auch ein Bad in Calendula mit anschließender Einreibung einer Calendula Salbe oder spagyrisches Johanniskrautöl (Fa. Lunasol) empfehlenswert.

Heilwolle- oder Seideneinlagen verwenden, sie unterstützen die Hautatmung.

Bei Stillkindern sollte die Mutter auf größere Mengen stark Vitamin-C-haltiger Lebensmittel (z. B. Zitrusfrüchte, Paprika) verzichten, denn das Vitamin C kann beim Stillkind die Haut angreifen.

Windpocken

Diagnose: Oftmals Blickdiagnose – im Zweifel suchen Sie bitte den Arzt auf.

Windpocken sind keine meldepflichtige Erkrankung; Meldepflicht besteht jedoch dann, wenn Ihr Kind eine Gemeinschaftseinrichtung wie Kindergarten, Hort oder Schule besucht.

Windpocken werden durch das Varizella-Zoster-Virus ausgelöst und zählen zu den typischen Kinderkrankheiten. Die Ansteckungszeit variiert von zehn bis 21 Tagen. Die Infektion erfolgt über Tröpfcheninfektion, noch mehr über direkten Kontakt mit dem Varizellen- oder Zosterbläschen eines Erkrankten. Die Viren sind hoch ansteckend und können auch über einige Meter durch die Luft übertragen werden. Deshalb werden sie auch Wind-Pocken genannt. Bitte verwechseln Sie Windpocken nicht mit Pocken!

Die Kinder können anfangs von leichtem, kurz anhaltendem Fieber, Kopf- und Gliederschmerzen geplagt sein. In den Tagen darauf können dann im Bereich von Rumpf und Gesicht, an den behaarten Teilen des Kopfes, später auch an den Gliedmaßen linsen- bis erbsengroße, oft auch juckende rote Flecken oder Knötchen auftreten, in deren Zentrum sich reiskorngroße Bläschen bilden können. Rasch können sich diese zu eitergefüllten Pusteln entwickeln. Bei besonders starker Ausprägung können auch die Schleimhäute von Mund, Nase und Augen, der Genitalbereich und der After betroffen sein.

Da die Bläschen nicht alle gleichzeitig entstehen und sich diverse Ausprägungen der Windpocken zeigen können, spricht man auch vom „Sternenhimmel". In der Regel verlaufen die Windpocken ohne Komplikationen und es sollte auch zu keiner Narbenbildung gekommen sein – sofern Sie, liebe Eltern, darauf geachtet haben, dass Ihr erkranktes Windpockenkind sich nicht durch Kratzen noch zusätzlich mit Streptokokken oder Staphylokokken infiziert hat.

Komplikationen könnten sein: Lungenentzündung, Gehirn- und Hirnhautentzündung, Koordinationsstörungen u.Ä. mehr (Arzt aufsuchen!).

Windpocken sind sehr ansteckend, und zwar zwei Tage vor Auftreten des Hautausschlages und fünf bis zehn Tage nach Bildung der ersten Bläschen bis zum Verkrusten des letzten Bläschens. Eine Isolierung des Kindes wäre angebracht, vor allem wenn sich im Umfeld ältere Menschen, immungeschwächte Personen, aber auch Frauen während der 8.–21. Schwangerschaftswoche aufhalten sollten.

Kinder, die die Windpocken durchgemacht haben (meist im Vorschulalter), erlangen in der Mehrzahl eine lebenslange Immunität.

Allerdings kann im späteren Lebensalter ein Wiederaufflackern möglich sein und drückt sich dann in der sogenannten „Gürtelrose" (Zoster) aus.

Hinweis: Ein Nestschutz bei Neugeborenen und Säuglingen immuner Mütter besteht sicherlich durch übertragene Antikörper (IgG-Antikörper) in den ersten drei Monaten. Später nimmt die Möglichkeit, dass ein Säugling an Windpocken erkrankt, stetig zu; ab dem sechsten Lebensmonat besteht kein Nestschutz mehr.

Grundsätzlich:

- Nr. 5 Kalium phos. D6 sollte durchaus **während der gesamten Erkrankung** im Einsatz sein. Z.B. immer morgens als Erstes eine „Heiße 5" mit 2–5 Tabl.

Gleich zu **Beginn**, wenn **leicht erhöhte Temperatur** bzw. **Fieber bis 38,5 °C** auftreten, verbunden mit **Krankheitsgefühl**:

- Alle 10–15 Min. 1–2 Tabl. Nr. 3 Ferrum phos. D12 im Wechsel mit Nr. 4 Kalium chlor. D6.
- Alternative: Alle 10 Min. 1 Schluck abwechselnd „Heiße 3" oder „Heiße 4" aus je 7–10 Tabl.

Wenn Ihr Kind **über 38,5 °C** Temperatur haben sollte, es sich sehr **erschöpft** und **matt** fühlt, der **Krankheitsbeginn** sofort **heftig** verläuft, evtl. auch **fauliger Geruch** wahrgenommen wird, und das Kind **schläfrig** ist:

- Alle 10–15 Min. 1–2 Tabl. Nr. 5 Kalium phos. D6 im Wechsel mit Nr. 8 Natrium chlor. D6.
- Alternative: Alle 10 Min. 1 Schluck abwechselnd „Heiße 5" oder „Heiße 6" aus jeweils 7–10 Tabl.

Wenn Ihr Kind während der Windpocken **Speichelfluss** oder **wässriges Erbrechen** haben sollte, Pusteln mit **wässrigem Inhalt** auftreten und die Pusteln u. U. **zusammenfließen**:

- Alle ¼–½–1 Std. 1 Tabl. Nr. 8 Natrium chlor. D6.

Gegen den **Juckreiz**:

- Alle 10 Min. 1 Schluck eine „Heiße 7" aus 5, 7 oder 10 Tabl. Nr. 7 Magnesium phos. D6.

Sollte unter Nr. 7 der Juckreiz **keine Linderung** erfahren, so wechseln Sie zur „Heißen 2".

Wenn die Pusteln mit **Eiter** gefüllt sind:

- Alle 10–15 Min. 1–2 Tabl. Nr. 9 Natrium phos. D6 im Wechsel mit Nr. 11 Silicea D12.
- Alternative: Alle 10 Min. 1 Schluck „Heiße 3" und „Heiße 4" aus jeweils 7–10 Tabl.

Auf den Schleimhäuten im Bereich des Mundes, vor allem am Gaumen, sind **gelblich belegte Bläschen** (Erosionen) sichtbar:

- Alle ¼–½–1 Std. 1 Tabl. Nr. 6 Kalium sulf. D6.

Abschuppungsstadium (Wiederherstellungsstadium; lt. Dr. Schüßler – Stadium Nr. 3):

- 3–5 x tägl. 1–2 Tabl. Nr. 6 Kalium sulf. D6.

Tipp: *Zur Rekonvaleszenz:*
Energieschaukel (Variante 1) *im wöchentlichen Wechsel mit* Variante 2 *für ca. 6–8 Wochen (s. Anhang A).*

Kinder erst nach Abheilung der Bläschen wieder in den Kindergarten, Hort oder Schule schicken. Erst danach sind sie nicht mehr ansteckend.

Bettruhe. Hygiene. Kein Fleisch, überhaupt so wenig wie möglich tierisches Eiweiß. Gemüsesäfte, Gemüsesuppen, Obstsäfte verdünnt.

Akut brennende Bläschen und Wunden können mit einem Gel, z. B. Combudoron (Weleda) oder Brand- und Wundgel (Wala) betupft und gekühlt werden. Sind die Wunden offen, gereizt und wund, betupfen Sie diese mit Stiefmütterchentee. Seidenpuder von Hauschka gegen den Juckreiz. Es können auch nebelfeuchte, gekühlte Kompressen aufgelegt werden.

Fingernägel kurz schneiden, um eine bakterielle Superinfektion durch Kratzen zu vermeiden.

Beachten Sie: Diese Haut- und Schleimhauterkrankung führt oft zu einem ausgeglicheneren Verhalten, zu beobachten auf leiblicher, seelischer und geistiger Ebene. Es kann sein, dass Ihr „störrischer kleiner Schatz" plötzlich sanftmütig und gelassen ist bzw. das „sanfte Lämmchen" auch erst einmal „störrischer" wird, um hinterher ausgeglichener zu sein.

Würmer

Immer wieder werden Kinder von Würmern befallen. Diese Parasiten siedeln sich besonders gerne in der Darmregion an. In Deutschland zählen

- Madenwürmer,
- Spulwürmer und
- Bandwürmer

zu den bekanntesten Wurmarten.

Die Diagnose erfolgt durch den Arzt. Er stellt fest, um welche Wurminfektion es sich handelt (meldepflichtig: Hundebandwurmbefall/Fuchsbandwurmbefall).

Ihre Kinder sollten den direkten Kontakt mit Spielkameraden vermeiden, die von Würmern befallen sind. Versuchen Sie auch, Ihre Kinder von menschlichen wie tierischen Exkrementen fernzuhalten.

Bandwürmer bestehen aus einem Kopf mit Saugnäpfen und Haken und einem Körper mit Gliedern und halten sich an der Darmwand fest. Verschiedene Bandwurmarten, z. B. Fischbandwurm, Hundebandwurm u. Ä., rufen unterschiedliche Beschwerden hervor. Wie gelangen nun die Bandwürmer in den Körper? Die Infektion erfolgt meist durch unsachgemäß und unvollständig gegartes Fleisch oder Fisch, auch durch ungenügend gewaschene Waldpilze oder Waldbeeren, die am Boden gewachsen sind (Fuchsbandwurm).

Bauchschmerzen, Gewichtsverlust und Durchfall können bei einer Infektion auftreten. Im Stuhl des Kindes sehen Sie weiße Bandwurmstücke. Der Hundebandwurm kann die Lunge angreifen, es kann zu Reizhusten kommen. Der Fuchsbandwurm kann schwere Erkrankungen hervorrufen und beginnt meist mit einer Gelbsucht.

Madenwürmer sind kleine, ca. 1 cm lange, dünne Würmer, die am häufigsten Kinder im Kleinkind- und Schulalter befallen.

Infiziert werden die Kinder durch verunreinigte Lebensmittel, aber auch durch kothaltigen Staub. Die Kinder haben in der Nacht, verstärkt durch die Bettwärme, Afterjuckreiz, weil die weiblichen Würmer in der Nacht den After verlassen und ihre Eier in der Analregion ablegen. Nun beginnen die Kinder sich zu kratzen, die Eier gelangen unter die Nägel und von dort aus wieder in den Mund. Die Kinder können außer Juckreiz auch eine Entzündung im Darm oder an den äußeren Geschlechtsorganen bekommen, und Sie als Eltern stellen fest, dass Ihr Kind evtl. auch an Gewicht verliert.

Spulwürmer machen bei geringem Befall zunächst einmal keine Beschwerden. Diese 15 – 35 cm langen, weißlichen, spitz zulaufenden Würmer halten sich im Dünndarm auf.

Sollte eine Infektion damit erfolgt sein, so geschah dies wiederum evtl. durch kothaltigen Staub, aber auch über Salat und Gemüse, wenn dieses mit frischen Fäkalien gedüngt wurde. Ist der Wurmbefall stärker ausgeprägt, kann es bei Ihrem Kind zu Bauchschmerzen, Übelkeit, Unterernährung und Blutarmut kommen.

Hinweis: Kinder, die Spulwürmer haben, knirschen in der Nacht oft mit den Zähnen (zumindest kann das als Hinweis dienen, damit Sie mithilfe des Arztes nach den Würmern suchen)! Häufige Blasenentzündungen und auch Bettnässen können in Zusammenhang mit Wurmerkrankungen stehen.

Neben der schulmedizinischen Behandlung kann das Darm-Milieu, auf dem sich die Parasiten eine Lebensgrundlage schaffen, mithilfe der Schüßler-Salze verändert werden. Dies sollte langfristig Ihr Ziel sein, denn dann verlassen die Würmer ihren Wirt, den Organismus Ihres Kindes.

Ein erster Schritt bei Wurmbefall sollte eine Entsäuerungskur sein (s. Anhang A).

Sie ist die Grundlage zur Milieu-Umstimmung. Diese sollten Sie mit Ihrem Kind mindestens 8–12 Wochen lang durchführen, einschleichend beginnend, d. h. eine anfangs niedrige Dosis langsam steigern.

Gegen den **Juckreiz**:

- Alle 10 Min. 1 Schluck „Heiße 7" mit 5–10 Tabl. Nr. 7 Magnesium phos. D6
- Salbe Nr. 8 Natrium chlor. im Wechsel mit Salbe Nr. 7 Magnesium phos. in den After einführen.

Tipp: Behandlung durch den Arzt konsequent durchführen, Hygienevorschriften beachten!

Bei bekannter Wurminfektion dem betroffenen Kind eine Extra-Toilette zuweisen (sofern möglich).

Hygienemaßnahmen: Hände und Fingernägel des Kindes nach Toilettengang gut reinigen. Handtücher, Unterwäsche, Nachtwäsche, Bettwäsche auskochen.

Ernährungsregeln bei der Zubereitung von Speisen beachten. Gemüse, Beeren, Salate, Waldpilze, Waldfrüchte sehr gut waschen.

Die Kinder dazu anhalten, nach jedem Spielen im Freien und bei Kontakt zu Haustieren, die Hände gründlich zu waschen.

Leben Tiere mit im Haus: auf regelmäßige Entwurmung achten.

Wunden – siehe Bluterguss

Zahnprobleme

Karies-Vorbeugung, Zahnen der Kinder, Zahnschmerzen

Fieber beim Zahnen siehe Fieber

Karies-Vorbeugung

Als Zahnbelag bezeichnen wir einen rauen, klebrigen Belag auf den Zähnen. Dieser setzt sich aus Speichel, Bakterien und Nahrungsresten zusammen. Zahnbelag ist an der Entstehung von Zahnfleischentzündungen beteiligt.

Zahnstein setzt sich aus Mineralsalzen, z. B. Calcium, Magnesium, Phosphat, zusammen. Aus dem Speichel kommen diese Mineralsalze und können einen harten, weißen bis gelblichen Belag auf den Zähnen absetzen = Zahnstein. Da der Zahnstein dazu neigt, porös zu werden, setzen sich hier wiederum leicht Bakterien ab.

Bakterien, die auf der Zahnoberfläche sitzen, bauen Kohlenhydrate (Zucker!) aus der Nahrung ab und verwandeln diese in Säure. Diese hat die Fähigkeit, die Zahnsubstanz anzugreifen und es kommt zu Karies, früher auch Zahnfäule genannt. Der

Zahnschmelzmantel wird dabei zerstört, die Bakterien dringen dann bis zum Zahnmark vor und können dort Entzündungen hervorrufen. Bemerkbar machen sich diese durch stechende Zahnschmerzen.

Klagt Ihr Kind über Empfindlichkeit an den Zähnen gegenüber Heißem, Kaltem oder Süßem: Sehen Sie das als Beginn von Karies.

Zur **Vorbeugung** gegen Karies und für einen **gesunden Zahnaufbau** von Geburt an bis zum Zahnabschluss, zur Härtung von Zahn und Zahnschmelz:

- Tägl. ½–1 Tabl. Nr. 1 Calcium fluor.

Wechseln Sie dabei monatlich die Potenz zwischen D6 und D12!

Zusätzlich:

- 3 x pro Woche im Laufe des Vormittags ½–1 Tabl. Nr. 2 Calcium phos. D6.

Zur **Zahnhärtung**:

- Jeden Abend ½–1 Tabl. Nr. 11 Silicea (wechseln Sie dabei monatlich die Potenz zwischen D6 und D12!), dazu
- spätnachmittags 1 Tabl. Nr. 7 Magnesium phos. D6.

Tipp: Am besten geben Sie Nr. 1, Nr. 7 und Nr. 11 täglich, um einen optimalen und gesunden Zahnaufbau bis zum Zahnabschluss bei Ihrem Kind zu fördern.

Zahnen der Kinder

Mit dem Zahnen erleben die Kinder meist ihren ersten anhaltenden Schmerz. Die Haut über dem neuen Zahn ist gespannt und brennt. Der Schlaf ist oftmals gestört und die Nächte werden kurz für Eltern und Kind.

Normalerweise erscheinen als Erstes die unteren mittleren Schneidezähne im Laufe des 7.–9. Lebensmonats. Mit Durchbruch der ersten Zähnchen erwacht das Interesse an fester Nahrung.

Verhilft dem Zahn zum **Durchbruch**:

- Je 3 x tägl. 1 Tabl. Nr. 2 Calcium phos. D12 im Wechsel mit Nr. 1 Calcium fluor. D12.

Wenn Ihr Kind **fieberhafte** Zahnungsbeschwerden haben sollte und/oder das Zahnfleisch und die Mundhöhle **entzündet** sind:

- 6 x tägl. 1 Tabl. Nr. 3 Ferrum phos. D12.

Bei einem **schmerzhaften** Zahnen **ohne Fieber**:

- Alle 10–15 Min. im Wechsel je einen Schluck „Heiße 7" mit Nr. 7 Magnesium phos. D6 bzw. „Heiße 2" mit Nr. 2 Calcium phos. D6 aus je 3–5 Tabl.

Reichen Sie Ihrem Kind zusätzlich, falls dieses während des Zahnens **ängstlich**, **unruhig** und **unpässlich** sein sollte, zu den passenden Schüßler-Salzen je nach Art der Beschwerden:

- 1–3–5 x tägl. je 1 Tabl. Nr. 5 Kalium phos. D6.

Während der **Zahnungsphase**, um der schädigenden **Säurewirkung** im Mund frühzeitig zu begegnen:

- 1–2 x wöchentlich Nr. 9 Natrium phos. D6.

Siehe auch Abschnitt „Zahn-Erhaltung" im Kapitel „III. Kinderheilkunde" meines Buchs „Die 12 Salze des Lebens".

Tipp: Kräuterkissen füllen mit Hopfen, Zitronenmelisse, Johanniskraut, Rose und Lavendel und zum Schlafen dem Kind unterlegen.

Die Bernsteinkette ist seit Jahrhunderten in der Volksmedizin zum Zweck der Linderung von Zahnungsbeschwerden bekannt. Das Kind sollte diese schon mit dem 2. Lebensmonat tragen, damit ihre Wirkung schon vor dem Zahnungsschub einsetzen kann.

Zahnschmerzen

Bei **Erkältungszahnschmerz**:

- ¼–½-stdl. 1 Tabl. Nr. 3 Ferrum phos. D6 oder alle 10 Min. 1 Schluck „Heiße 3" mit 5 Tabl.

Bei Schmerzen mit **roter Wange** und **geschwollenem** Zahnfleisch, das sich **heiß** anfühlt. Ihr Kind verlangt nach Kaltem und verweigert Warmes:

- ¼–½-stdl. einen Schluck „Heiße 3" mit 5–7 Tabl. Nr. 3 Ferrum phos. D12.
- Salbe Nr. 3 Ferrum phos. hauchdünn auf die Wangen sanft einklopfen.

Wenn Ihr Kind über **blitzartige, einschießende, pausierende** und die Stelle **wechselnde** Zahnschmerzen klagt. Ihr Kind drückt sich von außen die Hand an die Schmerzstelle (Druck bessert), verlangt warmes Essen und warme Getränke und verneint Kälte, auch bei Zahnschmerzen **nervöser Grundlage** das Mittel der Wahl:

- Alle 10–20 Min. 1 Schluck „Heiße 7" mit 5–10 Tabl. Nr. 7 Magnesium phos. D6.
- Salbe Nr. 7 Magnesium phos. hauchdünn auf die Schmerzstelle auftragen.

Wenn Ihr Kind die Schmerzen als **reißend** und **bohrend** beschreibt und die Kinder in der Nacht aufgrund von Verschlimmerung **nicht schlafen können**, die Zahnschmerzen bessern sich weder auf kaltes noch auf warmes Essen oder Getränke:

- ¼–½-stdl. 1 Schluck „Heiße 2" mit 5, 7 oder 10 Tabl. Nr. 2 Calcium phos. D6 und
- Salbe Nr. 2 Calcium phos. an der Schmerzstelle hauchdünn einreiben.

Tipp:

***Ursachen**: Ungenügende Zahnpflege. Häufiges Naschen. Zahnschmelz zu wenig gehärtet (z.B. durch Fluormangel).*

***Vorbeugung**: Regelmäßige und sorgfältige Zahnpflege, von den ersten Zähnen an:*

Zähneputzen vor und nach jeder Mahlzeit. Zahnbürste mit kleinem Kopf mittlerer Härte, alle 2 Monate erneuern. Zahnpasta härtet durch Fluorgehalt den Zahnschmelz, vermindert den Bakterienbefall der Zähne und entfernt durch Putzkörper Plaque.

Kreisende Putzbewegungen, alle Flächen und Kanten berücksichtigen. Zahnzwischenräume älterer Kinder mit Zahnseide oder mit Interdentalbürstchen reinigen. Mundduschе verwenden, um Speisereste gut und gründlich zu entfernen. Mundspülungen erreichen auch Stellen, die man mit der Zahnbürste nicht erreicht.

Nur ganz wenig Süßigkeiten essen. Danach sofort die Zähne putzen. Achtung vor verstecktem Zucker, z.B. in Ketchup und Fruchtsäften. Auch Zucker in Honig und süßen Früchten ist zahnschädlich!

Schüßler-Salze Nr. 1 Calcium fluor. D6/D12 helfen, beim Kind auch noch nicht durchgebrochene Zähne zu härten.

Wann sollte Ihr Kind zum Zahnarzt? *Regelmäßig alle 6 Monate. Bei Zahnschmerzen oder bei Heiß-Kalt-Empfindlichkeit.*

Das kann der Zahnarzt für Ihr Kind tun: *Zahnbeläge und Zahnstein gründlich entfernen. Karies im Anfangsstadium erkennen und behandeln.*

Durch Kunststoffüberzug (Versiegelung) raue Zahnoberflächen glätten.

Zöliakie (Glutenunverträglichkeit)

Die Diagnose muss durch den Arzt erfolgen, er wird die entsprechenden Laboruntersuchungen und evtl. eine Biopsie veranlassen.

Die Glutenunverträglichkeit wird im Säuglings- und Kindesalter als Zöliakie bezeichnet. Im Erwachsenenalter heißt sie dann Sprue.

Die Autoimmunerkrankung Zöliakie kann in jedem Lebensalter erstmalig auftreten und betrifft den Dünndarm. Gluten (= Oberbegriff für verschiedene Getreideproteine/-Eiweiße) ist das Klebereiweiß des Getreides. Die Kinder entwickeln dagegen eine Immunreaktion im Darm. Es kommt zu einer chronischen Entzündung und zu einer Atrophie (Schwund) der Dünndarmzotten. In der Folge können Vitamine, Mineralstoffe und Nährstoffe nicht mehr ausreichend aufgenommen werden. Zöliakie tritt oftmals familiär gehäuft auf, ist also möglicherweise genetisch bedingt. Vermutet wird auch, dass es weitere Auslöser geben kann, die dann zum Ausbruch der Erkrankung beitragen. Zur Diskussion stehen virale Darminfektionen, aber auch die zu frühe Gabe von Beikost mit glutenhaltigem Getreide, vor allem bei nicht gestillten Kindern. Unterschiedliche Verläufe sind bekannt.

Bei strenger Diät regeneriert sich die Dünndarmschleimhaut bei Kindern schon in einem Zeitrahmen von ca. 3–4 Monaten. Sicherlich wird eine lebenslange, streng glutenfreie Diät erforderlich sein. Jährliche Verlaufskontrollen sind auch nach Beschwerdefreiheit für Ihr Kind unerlässlich. Mangelerscheinungen sowie Begleiterkrankungen sollten durch einen Arzt ausgeschlossen werden.

Spezifische Hinweise auf Zöliakie:

- Durchfall
- Fettstühle
- Blähungen
- Übelkeit und Erbrechen

Unspezifische Hinweise auf Zöliakie (auch diese Symptome können u. U. ein Hinweis sein):

- Blässe (evtl. Eisenmangel-Anämie)

- Milchzuckerunverträglichkeit schon bei kleinsten Mengen
- Kinder haben Gedeihstörungen
- Gewichtsverlust
- Bauchschmerzen
- Fehlende Spielfreude bei Kindern, Müdigkeit, Mattigkeit
- Rachitis
- Zahnschmelzdefekte

Diese Aufzählung erhebt keinen Anspruch auf Vollständigkeit.

Hauptmittel:
- 2 x tägl. 1–2 Tabl. Nr. 4 Kalium chlor. D6.

Zur Stärkung der **Immunabwehr** und des **Stoffwechsels**:
- 3–5 x tägl. 3–5 Tabl. Nr. 21 Zincum chlor. D6 (alternativ 5 Tabl. in Wasser auflösen und schluckweise trinken lassen).

Zum **Schutz** vor Atrophie der **Dünndarmschleimhaut**, aber auch bei **schaumig-sauren** oder **faulig-stinkenden Stühlen** (Gewebezerfallsverhüter):
- Alle 2–3 Stunden 2–3 Tabl. Nr. 5 Kalium phos. D6.

Zur **Regulierung der Flüssigkeiten** und bei **wässrigen Stühlen** (Nährstrom):
- Bis 16.00 Uhr 2 x 2 Tabl. Nr. 8 Natrium chlor. D6.

Bei **unverdauten Speiseresten** im Stuhlgang und auch bei **wässrigen Stühlen**:
- Alle 2–3 Stunden 2 Tabl. Nr. 3 Ferrum phos. D3.

Wenn Ihr Kind über **festsitzende Blähungen, Druckgefühl im Magen** und **Rumoren im Bauch** klagt:
- 3–5 x tägl. Nr. 7 Magnesium phos. D6 als „Heiße 7" mit 3–5 Tabl.

Tipp: Vor allem auf streng glutenfreie Diät achten!

Verwenden Sie glutenfreies Getreide (Pseudogetreide): Reis, Wildreis, Mais, Hirse, Buchweizen, Quinoa, Amaranth.

Bei verpackten Lebensmitteln: Lesen Sie die Zutatenliste – Zusätze aus glutenhaltigem Getreide, wie Weizen, Roggen, Gerste und Hafer, müssen ausgewiesen sein!

Achten Sie auf das Symbol mit der durchgestrichenen Ähre.

Zuckungen, Tics – siehe Augenerkrankungen bzw. Muskelerkrankungen

III. Anhang

Anhang A: Bewährte Hausmittel und Kuren

In diesem Anhang finden Sie bewährte Hausmittel vom Armbad bis zum Zwiebelsäckchen, Tipps für Ihre Hausapotheke, Empfehlungen zu Schüßler-Kuren und eine kleine Teekunde.

Bitte beachten Sie jedoch: Vorbeugen ist natürlich besser als heilen! In diesem Sinne ist gesunde Ernährung zusammen mit regelmäßiger Bewegung die beste Vorbeugung. Zur gesunden Ernährung lesen Sie bitte Anhang B. Einige Hinweise zur Bewegung finden Sie nachfolgend im Kasten.

Bewegen bringt Segen

Regelmäßige Bewegung ist zusammen mit der richtigen Ernährung ein wesentlicher Baustein für die Gesundheit Ihres Kindes. Bewegung fördert die allgemeine kindliche Entwicklung und stabilisiert den gesamten Organismus. Sport senkt außerdem auch bei Kindern den Blutdruck, führt langfristig zu einem aktiveren Lebensstil und hat vorbeugende Wirkung gegen Erkrankungen des Herz-Kreislauf-Systems sowie Diabetes. Regelmäßige körperliche Belastung bereits im Vorschulalter führt zu einer Abnahme des Körperfetts. Studien belegen außerdem, dass Kinder, die sich viel bewegen, auch bessere Schulleistungen aufbringen und seltener aggressives Verhalten zeigen.

Fachleute raten:

- *Suchen Sie sich einen Kindergarten aus, in dem nachweislich Bewegung gefördert wird.*
- *Seien Sie Vorbild, sorgen Sie für ein „bewegtes" Elternhaus.*
- *Kinder rausschicken, sie bewegen sich im Freien mehr.*
- *Auch im Haus Bewegungsräume schaffen.*
- *Immer Treppe – kein Aufzug!*
- *Nur kurze Fernseher- oder Computerzeiten erlauben.*
- *Kinder sollten Fußball oder andere Ballspiele spielen, Fahrrad fahren, im Verein Kinderturnen belegen usw.*

Bewährte Hausmittel

Hinweis: Bitte lassen Sie die Kinder nach allen Anwendungen ruhen.

Viel trinken lassen, am besten warmes Wasser oder dünn gebrühte Kräutertees. Kinder keinesfalls auskühlen lassen, sie sollen es immer mollig warm haben.

Arm- und Fußbäder

Ansteigendes Armbad

Für Kinder ab dem 6. Lebensmonat geeignet.

Das Armbad wirkt durchblutungsfördernd im Bronchialbereich, hustenreizstillend und kreislaufstärkend. Es entspannt und stärkt das vegetative Nervensystem. Bei regelmäßiger Anwendung ist es eine gute Vorbeugung.

Es empfiehlt sich bei Husten und Bronchitis, bei Asthma bronchiale, bei Erkältungen wie Nebenhöhlenentzündungen, Halsschmerzen, Polypen, bei chronisch kalten Händen und bei gefäßbedingten Kopfschmerzen.

Gefäß oder Waschbecken mit 33 °C warmem Wasser füllen. Bitte Temperatur mit Badethermometer messen und den erwählten Badezusatz hineingeben, z. B.:

- Thymiantee bei Bronchialerkrankungen (Herstellung siehe Ansteigendes Fußbad)
- oder 1 – 2 Tropfen Thymianöl
- oder 1 Teelöffel Thymian-Myrte-Bad
- oder den Lieblingsbadezusatz Ihres Kindes
- bei niedrigem Blutdruck: Rosmarin, Angelikawurzel, Limette (siehe auch Ansteigendes Fußbad)

Hände und Arme bis Oberarmmitte eintauchen. Langsam heißes Wasser bis zu einer Temperatur von 39 °C bis 40 °C zugeben.

Dauer: abends oder mittags vor der Schafzeit 10 – 15 Minuten lang, danach mindestens 15 Minuten nachruhen lassen.

Da Armbäder sehr wirkungsvoll in der Vorbeugung bei Atemwegserkrankungen sind, sollte es für Ihr Kind 4 – 6 Wochen lang 2 – 3 x pro Woche durchgeführt werden.

Während des Armbades darf Ihr Kind auf keinen Fall frieren, deswegen ein Hemdchen mit kurzen Ärmeln anziehen, damit der Schulter-Nackenbereich nicht auskühlt. Füße und Beine ebenfalls warmhalten.

Tipp: Damit Kinder gerne dabei bleiben: Entwickeln Sie Spiele, lassen Sie Ihre Kinder im Wasser z. B. die Wärme fühlen usw.

Wechsel-Armbad

Für Kinder ab dem 1. Lebensjahr.

Belebt den Kreislauf, trainiert das Gefäßsystem, Körper lernt auf Temperaturreize zu reagieren.

Zur Stärkung des Immunsystems, vor allem nach Erschöpfungen, als Ruhepause nach Kindergarten oder Schulunterricht.

Bei Erkrankungen der Atemwege,

Kreislaufstörungen vor allem der jungen Mädchen, bei chronisch kalten Händen.

Nicht kurz vor dem Schlafen anwenden.

Waschbecken mit Wasser füllen (wieder mit Badethermometer kontrollieren, 36 °C bis 38 °C), den erwählten Zusatz hineingeben. Stellen Sie noch ein 2. Gefäß mit kaltem Wasser bis maximal 18 °C bereit. Nun taucht Ihr Kind die Hände und Arme wieder bis Oberarmmitte zuerst ins warme Wasser und dann ins kalte.

Ablauf: 3–5 Minuten warm, dann etwa 10 Sekunden ins kalte Wasser, dann wieder 5 Minuten warm, zum Abschluss 10 bis 15 Sekunden kalt.

Beste Zeit für die Anwendung: Mittagszeit, damit das Kind noch 15–30 Minuten Ruhe haben kann.

Zusätze wie unter Armbad bzw. Fußbad. Das Kind darf auf keinen Fall frieren; achten Sie deshalb auf die richtige Bekleidung.

Ansteigendes Fußbad

Für Kinder ab Geburt.

Bestes Mittel zur Abwehrstärkung, wirkt auch harmonisch auf das vegetative Nervensystem ein.

Erkältungen beginnen meist mit kalten Füßen. Das ansteigende Fußbad führt zur besseren Durchblutung und zur besseren Erwärmung der Füße.

Unterstützend bei Schnupfen, Nebenhöhlenentzündungen, Halsinfekten, bei Bronchialerkrankungen, bei Polypen, ständig kalten Füßen.

Bei Bauchschmerzen ohne organischen Hintergrund, Blähungen (z. B. 3-Monats-Kolik).

Bei Kopfschmerzen, aber nur wenn Ihr Kind dann Wärme mag.

Als Einschlafhilfe zur Entspannung.

Füllen Sie einen Eimer, in den Ihr Kind bequem die Füße hineinstellen kann, mit warmem Wasser (ca. 33 °C – immer mit Badethermometer kontrollieren, auch das weitere Vorgehen!). Das Wasser reicht bis zur Wadenmitte. Nun gießen Sie ganz langsam heißes Wasser (etwa 50 °C) nach. Vorsichtig, damit Sie Ihr Kind nicht verbrühen!

Die zugegossene Menge lässt den Inhalt des Eimers nun langsam ansteigen, bis eine Handbreit unterhalb der Knie.

Das langsame Ansteigen der Temperatur des Wassers sollte immer so sein, dass sich Ihr Kind dabei richtig wohlfühlt – maximaler Bereich bis 40–41 °C.

Die Anwendung sollte 10–15 Minuten im warmen Wasser betragen. Danach die Füße abtrocknen, warme Socken überziehen und das Kind 15–30 Minuten nachruhen lassen.

Wohltuend wäre auch im Anschluss eine sanfte Fußmassage mit Salbe Nr. 7.

Mögliche Zusätze (alternativ):

- Thymiantee (25 g mit ½ Liter Wasser überbrühen, 10 Minuten ziehen lassen, abseihen, ins Fußbad geben)
- Retterspitz Quick nach Anweisung
- Retterspitz Erkältungsöl nach Anweisung
- jede Heilpflanze, die sich für Bäder eignet
- Meersalz: 1–2 EL pro Liter Wasser
- ätherische Öle wie Lavendel u. a.

nach Anweisung des Herstellers
- entspannende Öle oder Tees wie Lavendel, Melisse, Johanniskraut
- Lieblingsbadezusatz

Tipp: Rituale entwickeln, ein eigenes Fußbad-Eimer-Set für das Kind, Geschichten vorlesen usw.

Wechsel-Fußbad

Für ältere Kinder geeignet.

Ein Wechsel-Fußbad wirkt kreislaufanregend und -stärkend.

Es stärkt die Immunabwehr, hilft gegen Schlafstörungen, Nervosität und Kopfschmerzen.

Zwei Fußbadewannen oder Eimer vor einen Stuhl stellen; in das eine Gefäß 36–38 Grad warmes Wasser füllen, ins andere 18 Grad kaltes Wasser. Bequem hinsetzen und beide Beine bis zu den Waden so lange ins warme Wasser stellen, bis sie angenehm warm sind (etwa 5 Min.). Anschließend beide Beine für 10–15 Sekunden ins kalte Wasser tauchen. Den Vorgang einmal wiederholen; danach das Wasser abstreifen, nur die Fußsohlen abtrocknen, warme Strümpfe (aus Wolle oder Baumwolle) anziehen und einige Minuten nachruhen (bei Schlafstörungen nach dem Fußbad ins Bett legen).

Bauchkompresse

Kümmel- oder Melissenöl mit einem neutralen Pflanzenöl im Verhältnis 1:10 mischen. Erwärmte Kompresse mit dem Öl tränken, auf den Bauch legen. Ein Baumwolltuch, darauf ein wollenes Tuch und zuoberst eine Wärmflasche sorgen für die nötige Wärme und Entkrampfung. So lange belassen, bis das Kind von selbst einfordert, die Kompresse wegzunehmen.

Bauchmassage

Mit jeder Salbe Ihrer Wahl, je nach Symptomatik:

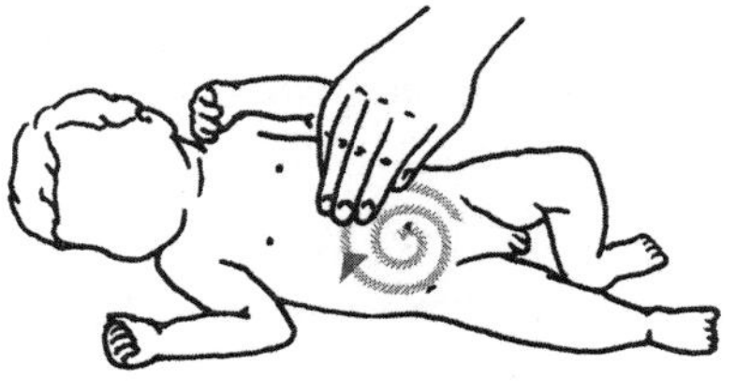

Streichen Sie im Uhrzeigersinn mit sanftem Druck langsam spiralförmig vom Bauchnabel aus.

Einreibungen bei Angst

Mit Schüßler-Salbe Nr. 5, z. B. morgens vor dem Kindergarten, vor der Schule usw., einreiben.
- Nacken und ganzer Schultergürtel
- Brustbein in Höhe des Thymus
- Knieinnenseiten links und rechts

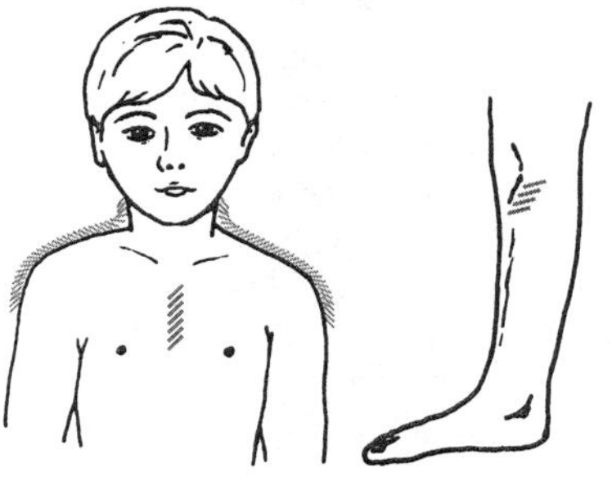

Entsäuerungsbad
siehe Salzbäder

Majoranbutter

Hilft bei Schnupfen und Ohrenentzündungen.

100 g Butter schmelzen und Schaum abschöpfen, eine Handvoll frischen Majoran und Salbei (am besten vor der Blüte, vom Markt oder aus dem Garten) dazugeben.

Alles für 30 Minuten im Wasserbad rühren. Flüssige Majoranbutter durch ein Tuch sieben, 5 Tropfen Majoranöl aus der Apotheke zugeben, in Schraubverschlussglas abfüllen, kühl lagern.

Bei Bedarf ein streichholzkopfgroßes Kügelchen an jedes Nasenloch geben.

Nasenreflexzonenbehandlung

Ein bewährtes Mittel bei Allergien, Heuschnupfen, Hausstaubmilbenallergie, bei tränenden und trockenen Augen, Schnupfen, Nebenhöhlenentzündungen, Blasenentzündung, Ohrenschmerzen, Ohrenentzündungen; bei Juckreiz der Nase, der Augen, der Ohren.

Mit Schüßler-Salbe Nr. 8 Natrium chlor. D4 oder jeder Salbe Ihrer Wahl: Morgens und abends in die Nase und um die Augenhöhlen, Ohreingang, Ohrmuschel und hinter den Ohren hauchdünn einreiben.

Mehrmals täglich in die Nase einbringen und um die Augenhöhlen, Ohreingang, Ohrmuschel und in beide Ellenbeugen eine erbsengroße Menge einreiben. In der Allergiezeit vor jedem

Ausgang und bei Hausstaubmilbenallergie jeden Abend vor dem Bettgehen anwenden. Hier eignet sich am besten Salbe Nr. 8 Natrium chlor. D4.

Ohrenwolle

Fingernagelgroße Flocken aus reiner, unbehandelter Schafwolle (Heilwolle), die man vorsichtig in den äußeren Gehörgang schiebt: Sie schützen vor Wind und Zugluft.

Salzhemd

Zur Entgiftung (hervorragend), Stoffwechselanregung, gegen grippale Infekte, hohes Fieber.

1 gehäuften TL basisches Badesalz in ca. ½–1 l körperwarmem Wasser auflösen.

Ein großes T-Shirt aus Baumwolle damit nass machen, etwas auswringen und dem Kind anziehen, ein oder zwei bequeme Teile darüber, damit es nicht auskühlt. Nach 20 Minuten bis ½ Std. beginnt das Kind zu schwitzen. Nach ca. 45–60 Minuten das Hemd ausziehen und den Schweiß des Kindes abduschen. Warm anziehen und ab ins Bett.

Unterstützung durch heißen Lindenblütentee.

Salzbäder zur Stoffwechselentlastung

Handbad

1–2 TL basisches Badesalz (spezielle Salzzubereitung, erhältlich im Naturwarenhandel) pro Handbad, ¼–½ Std. tgl. je nach Alter des Kindes und seiner Ausdauer.

Fußbad

1 EL basisches Badesalz pro Fußbad, ½–¾ Std. tgl.

Regelmäßig warmes Wasser zugeben. Je nach Alter des Kindes und seiner Ausdauer.

Sitzbad

Vor allem für Wickelkinder geeignet, mit jedem Badezusatz Ihrer Wahl, vor allem wenn die Haut am Po entzündet ist. Babybadewanne zu einem Drittel füllen, Wasser nicht wärmer als 36–37 °C. Der Badezusatz wird immer vorher ins Wasser gegeben und kräftig verrührt.

Eine weitere Möglichkeit wäre auch ein Salzbad für Kinder in einer Kinderbadewanne oder für die älteren Kinder in einer Sitzbadewanne. Dazu geben Sie ca. 2 EL basisches Badesalz in die Wanne Ihrer Wahl. Mindestens ½–1 Std. baden, je nach Alter des Kindes und seiner Ausdauer bei ca. 37 °C. Mit Badethermometer die Wassertemperatur kontrollieren und immer wieder heißes Wasser zugießen.

Achtung: Kind nicht verbrühen! Alle Informationen in den Vortexten beachten.

Vollbad/Öldispersionsbäder

Öldispersionsbäder sind vor allem für Kinder mit sehr empfindlicher Haut, bei Ekzemen oder Neurodermitis geeignet. Setzen Sie Öldispersionsbäder nach Anweisung des Herstellers ein.

Ca. 4–5 EL basisches Badesalz auf ein Vollbad geben.

Badetemperatur maximal 37 °C. Dauer mindestens 60 Minuten. Nach Bedarf warmes Wasser nachfüllen. Anwendung 2–3 x wöchentlich durchführen; zwischen den Anwendungen sollte eine Pause von mindestens 3 Tagen liegen. Nach dem Baden das Wasser leicht antrocknen lassen und bei Bedarf 1 Std. zugedeckt in Ruhe nachschwitzen.

Schwitzkur

Für Kinder ab 5 Jahren, nur bei leichtem Fieber (max. 38 °C).

Zuerst das Kind in für es verträgliches warmes Badewasser setzen. Dann bei ansteigender Wassertemperatur bis 40 °C (Badethermometer) baden. Nun geben Sie ihm einen schweißfördernden Tee: 2 TL Holunderblüten oder Lindenblüten auf 250 ml Wasser, 10 Min. ziehen lassen, mit Ahornsirup süßen. 1–2 Tassen so heiß wie möglich trinken lassen. Das in warme Decken eingewickelte Kind ca. eine halbe Stunde ins Bett legen und schwitzen lassen.

Anschließend gut abtrocknen, einen frischen Schlafanzug anziehen und nachruhen lassen.

Wickel

Leberwickel

Für ältere Kinder geeignet.

Empfehlenswert bei Oberbauchbeschwerden, Hauterkrankungen, Allergien, Darmbeschwerden, Obstipation, Erkrankungen des rheumatischen Formenkreises, Stoffwechselstörungen jeglicher Genese.

Der Leberwickel wird 1–2 x wöchentlich mit der biochemischen Salbe Nr. 10 oder Nr. 6 angewendet.

Nachmittags gegen 14 Uhr ist der sinnvollste Zeitpunkt. Reiben Sie den Oberbauch, vor allem den rechten Rippenbogen (Sitz der Leber), mit der Salbe ein. Legen Sie auf den gesalbten Bereich ein trockenes Mulltuch und anschließend ein feucht-heißes Tuch – so heiß wie für den kleinen Patienten erträglich. Nun kommt ein zweites großes Tuch (Mullwindel) und abschließend wickeln Sie ein großes Frotteehandtuch um den gesamten Leib. Eine gut warme Wärmflasche wird auf den Leberbereich aufgelegt. Der Wickel bleibt 10–20 Minuten auf dem Bauch. Bitte einschleichend beginnen, zu Anfang die kürzeren Zeiten wählen! Anschließend nehmen Sie das feuchte Handtuch weg, legen ein trockenes Tuch um und die Wärmflasche wieder auf. Lassen Sie noch 1 Std. im Bett nachruhen. An diesem Tag wird abends keine Salbe aufgebracht.

Wadenwickel

Auch schon für Kleinkinder geeignet.

Wirkt fiebersenkend und -entlastend.

Sie benötigen warmes Wasser, 1 Grad unter der Körpertemperatur des fiebernden Kindes. Befeuchten Sie 2 Leinentücher bzw. Mullwindeln mit diesem Wasser und umwickeln Sie beide Waden des Kindes vom Knöchel bis zum Knie. Die Wickel sollten faltenfrei umgelegt werden und mit einem trockenen Moltontuch oder einem Handtuch umwickelt werden.

Nach ca. 10 Min. werden diese abgenommen und evtl. wiederholt, falls das Fieber noch nicht gesunken ist. Sollten mehrere Anwendungen notwendig sein, dann höchstens 3 hintereinander.

Danach eine Pause von mindestens einer halben Stunde.

Wadenwickel mit Zitrone

Anwendung äußerlich bei Halsschmerzen, Fieber und Husten.

Wirkt fiebersenkend und -entlastend. Nur bei warmen Füßen! Zur Herstellung siehe S. 221 (Heißer Zitronen-Brustwickel).

Achtung: Nur ungespritzte Zitronen verwenden! Auf empfindliche Haut achten. Falls Empfindlichkeit bekannt, dann diesen Wickel lieber nicht anwenden.

Vorteil: Natürliches Antibiotikum, entzündungshemmend, abschwellend, kühlend, entgiftend.

Bauchwickel mit Ölmischungen oder jedem anderen Zusatz Ihrer Wahl

Geeignet für jedes Alter von Geburt an.

Dieser Wickel empfiehlt sich im Anschluss an eine Bauchmassage, bei Blähungen und Bauchkrämpfen; zudem hilft er, das Kind zu beruhigen, und ist als Einschlafhilfe geeignet. Auch zur Unterstützung des Säuglings bzw. des Kleinkindes bei Nahrungsumstellung.

Sie benötigen:

- z. B 1 – 2 EL Öl (z. B. Fenchel-Kümmel-Öl oder Kamille-Fenchel-Öl)
- Innentuch aus Seide oder Leinen oder eine Mullwindel in Bauchgröße
- Heilwolle oder Zwischentuch
- Außentuch, das um den Bauch des Kindes reicht; Bänder oder Sicherheitsnadeln zum Befestigen

Das körperwarme Öl wird mit warmen Händen (s. Bild zur Bauchmassage) einmassiert.

Falls Sie Wickelanfänger sind, legen Sie erstmals nach der Massage einen warmen und trockenen Wickel um. Bei steigender Sicherheit und Erfahrung legen Sie einen feuchtwarmen Wickel um, denn dieser wirkt noch intensiver für Ihr Kind.

Tränken Sie dazu das Innentuch mit heißem Wasser und wringen diesen ganz fest aus. Betupfen Sie nun erst einmal an mehreren Bauchstellen mit dem Innentuch das Bäuchlein um die Temperatur zu prüfen. So warm und so angenehm wie möglich auflegen. Heilwolle bzw. das Zwischentuch auflegen, das Außentuch darüber und rund um den Leib binden. Gut befestigen. Babys dürfen keine Plastikwindel darüber tragen. Achtung: Hitzestau.

Dauer der Anwendung: Solange das Tuch warm ist, ungefähr 15 – 30 Minuten.

Wählen Sie z. B. einen Wickel mit Tees, dann gehen Sie genauso vor, allerdings wird das Innentuch dann in dem zubereiteten Teesud Ihrer Wahl getränkt. Die Bauchmassage entfällt natürlich.

Weiteres Vorgehen wie oben beschrieben.

Basischer (Salz-) Wickel

Für Kinder ab 3 Jahren geeignet.

Anwendbar bei Fußschweiß, Akne, eitrigen Mandeln, Ekzemen, Allergien, Neurodermitis, Schuppenflechte und Hautjucken.

Ca. 1 EL basisches Badesalz auf 1 l warmes Wasser geben. Baumwolle-/Leinenlappen darin tränken, auswringen und auf die betroffenen oder zu behandelnden Partien und Stellen auflegen. Für die Behandlung innerer Organe empfiehlt sich stets, eine Wärmflasche aufzulegen.

Dauer: ca. 15 – 20 Minuten je nach Verträglichkeit des Kindes.

Omas Fieberwickel / Pulswickel

Schon Säuglinge bekommen einen Fieberwickel, den Pulswickel.

Dazu nehmen Sie ein Stück einer Mullbinde und tauchen eine Hälfte in lauwarmes Wasser (2 Grad unter der Körpertemperatur des Säuglings). Sehr gut ausdrücken und die befeuchtete

Seite um das Handgelenk wickeln, danach die trockene Seite. Zum Halten des Wickels schneiden Sie von einem alten Söckchen den Fuß ab und ziehen ihn über den Wickel. Auf beiden Seiten anwenden. jeweils nach 10 Minuten wiederholen, insgesamt 3 x.

Heißer Zitronen-Brustwickel/ Halswickel (Wärme erzeugender Wickel)

Für Kinder ab 2 Jahren geeignet.

Hilft bei rasselndem und trockenem Husten, wenn auch der Kehlkopf beteiligt ist; bei Bronchitis und Pneumonie mit hohem Fieber (Kind ist warm).

Eine ungespritzte Zitrone in eine kleine Schüssel mit ca. 75 °C heißem Wasser geben. Die Zitrone einschneiden und unter Wasser ausdrücken (ätherische Öle bleiben so im Wasser!). Zitronenstücke herausnehmen, Leinen- oder Baumwolltuch in die Schüssel geben und das ganze Wasser aufsaugen; auswringen, bis es sich trocken-heiß anfühlt. Das zusammengerollte Tuch auf die Brust legen. Ein trockenes Handtuch und ein Wolltuch auflegen – ca. ½ Stunde wirken lassen. Wickel darf nicht auskühlen! Bei starken Halsschmerzen mit Brennen und gereiztem Hals können Sie auf gleiche Art einen heißen Zitronen-Halswickel anlegen.

Kalter Halswickel mit Zitrone oder Salz (Wärme entziehender Wickel)

Für Kinder ab 2 Jahren geeignet.

Bei Halsschmerzen mit Lymphknotenschwellung oder eitriger Angina.

Vorbereitung wie beim Heißen Zitronen-Halswickel; jedoch soll der Wickel kühl, aber nicht kalt sein. 1 EL Salz auf ¾ Liter Wasser ersetzt die Zitrone.

Bei Fieberkrampf: Arzt rufen!
Sollte es trotz aller Maßnahmen zu einem Fieberkrampf kommen, der äußerst selten ist:
Rufen Sie Ihren Arzt! Einen Fieberkrampf erkennen Sie daran, dass der Körper zuckt oder krampfartig steif wird und Ihr Kind eventuell sogar die Augen verdreht.
Nehmen Sie Ihr Kind auf den Schoß und kühlen Sie Gesicht, Unterarme und -schenkel mit lauwarmem Wasser.

Quarkwickel

Für Kinder ab 2 Jahren geeignet.

Empfehlenswert bei rasselndem Husten.

Zimmerwarmen Quark (Magerstufe) durch ein Tuch auspressen, auf ein Baumwolltuch dick aufstreichen und um die unteren Rippenbögen legen. Hemd drüberziehen und diesen Wickel eine Stunde dort belassen.

Geben Sie Säuglingen und Kleinkindern immer wieder zu trinken, um sie vor dem Austrocknen zu bewahren – am besten stilles Wasser, dünne Saftschorlen oder Kräutertees. Eventuell Elektrolyt-Lösungen aus der Apotheke mit einsetzen. Stillkindern öfter die Brust geben!

Honigwickel

Für Kleinkinder ab 1 Jahr geeignet.

Bei Reizhusten, Pneumonie, Bronchitis; wenn Ihr Kind keine feuchte Auflage verträgt, bereiten Sie einen Honigwickel vor.

Streichen Sie den Honig (Demeter-Qualität) dick auf ein angewärmtes Baumwolltuch, das Sie auf die Brust des Kindes legen; darüber kommt ein Handtuch. Mit einem Wolltuch wickeln Sie den Oberkörper ein. Am besten über Nacht einwirken lassen. Danach gut abwaschen und warm einpacken.

Brustwickel mit Lavendelöl 10%

Für Kinder ab 2 Jahren geeignet.

Wirkt lösend und entkrampfend bei Husten und Bronchitis.

Sie benötigen ein Baumwolltuch, das groß genug ist, um einmal um die Brust gewickelt zu werden. Tränken Sie es tropfenweise mit ca. 5–7 ml Lavendelöl 10% von Wala. Das präparierte Tuch in Alufolie einschlagen und auf der Heizung oder zwischen Wärmflaschen erhitzen. Ist es warm genug, nehmen Sie die Folie weg und umwickeln den Brustkorb vom Rücken beginnend. Darüber einen breiten Wollschal (keine Synthetik!) mit einer Sicherheitsnadel fixieren (Vorsicht – Verletzungsgefahr).

Der Wickel sollte mindestens ½ Stunde verbleiben, er kann aber auch die ganze Nacht getragen werden.

Kohlblatt-Auflagen

Für Kinder ab 2–3 Jahren geeignet.

Kohlwickel bieten eine gute Alternative zum Quarkwickel, wenn Ihr Kind zum Beispiel unter einer Unverträglichkeit gegen tierisches Eiweiß leidet oder eine Milchallergie haben sollte.

Gut geeignet bei Gelenkschmerzen jeder Art.

Kohlblätter wirken desinfizierend und regulieren die Körpertemperatur.

Bei Entzündungen wird die Ausscheidung belastender Stoffe angeregt.

Anwendung bei:
- Halsentzündung
- Bronchitis, Asthma, Husten
- Insektenstichen
- Tennisarm
- Gelenkentzündungen, Rheuma.

Nicht auf offene Wunden legen!

Sie benötigen:
- frische Weißkraut- oder Wirsingblätter (bio)
- ein Wellholz zum Ausrollen
- ein Zwischentuch
- ein Außentuch
- Johanniskrautöl (z. B. Wala oder Lunasol) oder Olivenöl für die Nachbehandlung.

Bevor Sie den Wickel herstellen, erst auf Hautverträglichkeit prüfen.

Sind die Blätter grün und dick, wirken sie besonders gut.

Für Knie, Ellbogen oder Schultern reicht meist schon 1 großes Blatt.

Waschen Sie die Blätter sorgfältig, ist die Mittelrippe sehr dick, dann am Ansatz herausschneiden. Das Blatt auf das Schneidbrett legen und nun mit dem Wellholz (oder einer Glasflasche) das Blatt so lange vorsichtig auswellen/ausrollen, bis es glasig aussieht und die Flüssigkeit des Kohl- oder Wirsingblattes anfängt, sich zu zeigen. Das Wellholz darf sich nicht mit der Flüssigkeit vollsaugen.

Das Blatt beginnt bei genügender Bearbeitung zu riechen. Sind die Beschwerden akut, werden die Blätter kalt aufgelegt, bestehen die Beschwerden länger, dann die Blätter leicht anwärmen.

Nun wird dem Kind das Blatt aufgelegt; sind mehrere nötig, diese dachziegelartig überlappend auflegen. Mit dem bereitgelegten Zwischentuch gut abdecken, das schont das Außentuch vor dem Kohlsaft; nun mit einer Binde oder einem eng anliegenden Kleidungsstück den Wickel fixieren.

Steigern Sie die Anwendungen für Ihr Kind langsam, vor allem wenn es um chronische Erkrankungen geht.

Der Wickel kann maximal 2 x täglich mindestens 15 Minuten bis zu 12 Stunden, am besten über Nacht, angelegt werden. Nach Wickelentfernung die Haut abwaschen und mit Johanniskrautöl oder Olivenöl nachbehandeln.

Verfärbung und Geruch des Blattes geben den Erfolgsbericht ab, inwieweit nun der Ausscheidungsprozess in vollem Gange ist: Das Blatt kann braun werden und übel riechen. Sind die Beschwerden Ihres Kindes chronisch, dann kurmäßig über 3–6 Wochen anwenden und zwar 2–3 x pro Woche.

Auch bei Blasenreizung und -entzündung können Sie eine Kohlblatt-Auflage anwenden. Dazu geben Sie die Blätter im Bereich der Blase direkt auf die Haut und fixieren diese mit einer eng sitzenden Unterhose. Über Nacht wirken lassen.

Anwendungen bei Verstopfung

Wichtig bei Verstopfung ist viel Bewegung und ausreichendes Trinken, v. a. Wasser und Tees; nicht nur Säfte, diese können bei manchen Kindern auch verstopfend wirken.

Auch mit ballaststoffreicher, nicht blähender Ernährung kommt der Darm in Schwung, und die alten Hausmittel wie eingeweichte Pflaumen, Leinsamen gebrochen und als Schleim gekocht oder etwas Milchzucker sollte man in Erwägung ziehen (Leinsamenschleim und Pflaumen für die älteren Kinder).

Bei Säuglingen und Kleinkindern hilft: der gute „Stich Butter“ auf das Gemüse oder auch ein wirklich gutes Sonnenblumenöl/oder Weizenkeimöl erster Pressung.

Ein bewährter Trick: Helfen Sie Ihrem Kind, indem Sie am frühen Morgen – möglichst immer zu gleichen Zeit – mit den Händen beide Oberschenkel des Kindes fest massieren, evtl. mit Melissenöl oder einer Schüßler-Salbe, z. B. der Nr. 10 oder 11.

Dadurch können Sie Ihr Kind möglicherweise zum regelmäßigen „Stuhlgang“ erziehen, da dies rückkoppelnd auf den Darm wirkt und ihn zur Entleerung anregt.

Auch mit einem Butterzäpfchen (selbst herstellen aus biologischer Sauerrahmbutter und kalt stecken) kann man auf den Darm des Kindes sanft einwirken.

Zwiebelsocken

Für Kinder ab 6 Monaten geeignet.

Hilft bei Schnupfen, Erkältungskrankheiten, Fieber; evtl. begleitend zu ärztlicher Behandlung bei Ohrenschmerzen, Entzündungen der Nasennebenhöhlen, Blasenentzündungen; bei Beschwerden beim Zahnen, Zahnfieber.

Sie brauchen:
- 1 – 2 Zwiebeln
- 1 Mullbinde
- Heilwolle oder wollene Socken
- Wärmflasche

Zwiebel schälen, in ca. ½ – 1 cm dicke Scheiben schneiden und diese am besten auf einem ungedrehten Deckel über Wasserdampf auf einem Kochtopf erwärmen. Ihr Kind liegt im Bett und Sie kommen mit dem warmen Deckel und den Zwiebelscheiben direkt zu Ihrem Kind. Nun legen Sie die gewärmten Scheiben auf die Füße Ihres Kindes (Zehen bleiben frei) und fixieren sofort mit Watte oder Heilwolle die Scheiben am Füßchen und umwickeln es dann mit einer Mullbinde. Jetzt wird ein angewärmter Socken übergezogen. So versorgen Sie ein Füßchen nach dem anderen. Lassen Sie das Kind nun mit einer Wärmflasche im Bett ruhen.

Anwendungszeit: Solange die Füße warm bleiben und ihr Kind es als angenehm empfindet.

Ca. 2 – 4 Stunden.

Eine schnelle Alternative: Mit einer saftigen Zwiebel den Fußsohlen gut einreiben und danach mit Heilwolle und Wollsocken einpacken. Wärmen!

Zwiebelwickel / Zwiebelsäckchen

Für Kinder ab 1 Jahr geeignet.

Empfehlenswert bei Ohrenschmerzen. Der Zwiebelwickel wirkt stark schmerzstillend und ist eine ausgezeichnete Soforthilfe.

Hacken Sie eine rohe Zwiebel klein und geben Sie die Würfel in eine Pfanne ohne Öl oder Fett und durchwärmen Sie die Zwiebeln. Dann in ein dünnes Baumwolltaschentuch füllen. Evtl. verknoten oder mit Gummiband verschließen und auf das entzündete Ohr legen (die Ohrmuschel soll ganz bedeckt sein). Mit Mütze, Stirnband oder Kopftuch fixieren. Das Kind kann sich auch mit dem Zwiebelsäckchen auf eine Wärmflasche legen, das steigert die Wirkung.

Falls der Geruch der Zwiebel als unangenehm empfunden wird, tropfen Sie doch einen Tropfen des Lieblingsduftöles auf den Wickel. Diesen Wohlfühlgeruch nimmt die Nase des Kindes als sehr angenehm wahr.

Kleine Hausapotheke

- *Sie gehört in jeden Haushalt.*
- *Immer für Kinder unerreichbar aufbewahren.*
- *Verzeichnis folgender Telefonnummern: Hausarzt, Ärztlicher Notdienst, nächstes Krankenhaus bzw. Kinderklinik.*
- *Vergiftungszentrale (beim Arzt oder in Ihrer Apotheke erfragen).*
- *Entnommene Artikel immer wieder durch neue ersetzen, Ablaufdatum beachten.*

Für die Erste Hilfe
(für abgeschürfte Knie, Schnittwunden, Prellungen u. Ä.)

- *2 Mullbinden 6 cm breit*
- *2 Mullbinden 8 cm breit*
- *2 elastische Binden 8 cm breit*
- *100 g Verbandmull*
- *50 g Verbandwatte*
- *kleine Mengen Verbandmull steril (z. B. zur Versorgung bei offenen Wunden, bis Sie beim Arzt sind)*
- *je 1 Verbandspäckchen klein, mittel, groß*
- *sterile, feuchte Wundtücher (z. B. Arnika-getränkt)*
- *1 kleine Menge blutstillende Watte (Nasenbluten)*
- *1 Armtragetuch (dreieckig)*
- *1 Arterienabbinder*
- *1 Verbandschere*

Haus- und Reiseapotheke nach Dr. Schüßler

- *Schüßler-Salbe Ferrum phos. (Nr. 3) als „Unfallsalbe"*
- *1 große Tube Wund- und Brandgel (Wala) – auch für Insektenstiche verwendbar*
- *1 Wundpuder zur Wundbehandlung*
- *1 Calendulasalbe zur Wundbehandlung*
- *1 Ichtyolsalbe bei Furunkeln und Abszessen*
- *1 Blutegelsalbe bei Blutergüssen*
- *Zeckenzange*

Sonstiges

- *1 Microklist bei Verstopfung*
- *1 Glycerin-Abführzäpfchen für Kinder und Erwachsene*

Ihre Apotheke ist Ihnen bei der Zusammenstellung einer Hausapotheke in diesem Sinne sicher gerne behilflich.

Schüßler-Kuren und Energieschaukel

Allergie-Kur für Kinder

Zur Vorbereitung auf bevorstehende Allergiezeiten, z. B. Blühzeiten von Pflanzen mit hohem Allergiepotenzial: Die Allergie-Kur stabilisiert das Immunsystem, schützt vor Infekten, stärkt die Abwehr. Sie kann im Herbst/Frühjahr durchgeführt werden und ist besonders zu empfehlen bei Heuschnupfen usw.:

- Morgens 2 Tabl. Nr. 3 Ferrum phos. D12.
- Mittags 2 Tabl. Nr. 17 Manganum sulf. D6.
- Nachmittags 2 Tabl. Nr. 21 Zincum chlor. D6.
- Vor dem Schlafen je 2 Tabl. Nr. 11 Silicea D12 und Nr. 7 Magnesium phos. D6.

Dauer: 6 Wochen.

Entsäuerungskur

- Morgens 1–3 Tabl. Nr. 9 Natrium phos. D6 (reguliert Säure-Basen-Haushalt, Kristallisate werden in Lösung gebracht).
- Mittags 1–3 Tabl. Nr. 10 Natrium sulf. D6 (bringt Kristallisate zur Ausscheidung).
- Abends 5 Tabl. Nr. 11 Silicea D6 (unterstützt die Reorganisation).

Kurdauer: 6 Wochen.

Immunkur

Besonders bei gehäuften Infekten stabilisiert sie das Immunsystem und stärkt die Abwehr.

Kann im Herbst/Frühjahr durchgeführt werden oder auch vor Allergiezeiten wie bei Heuschnupfen usw.:

- Morgens 1–2 Tabl. Nr. 3 Ferrum phos. D12, Potenzwechsel wöchentlich zu D6.
- Mittags 1–2 Tabl. Nr. 17 Manganum sulf. D6.
- Nachmittags 1–2 Tabl. Nr. 21 Zincum chlor. D6, Potenzwechsel wöchentlich zu D12.
- Spätnachmittags 1–2 Tabl. Nr. 7 Magnesium phos. D6.
- Vor dem Schlafen 2 Tabl. Nr. 11 Silicea D12, Potenzwechsel wöchentlich zu D6.

Dauer der Anwendung: 6 Wochen.

Rhythmusfindung mithilfe der biochemischen Energieschaukel

Energieschaukel (Variante 1):

- Nr. 2 Calcium phos. D6 morgens 3–5 Tabl. als „Heiße 2“.
- Nr. 5 Kalium phos. D6 mittags 3–5 Tabl. als „Heiße 5“.
- Nr. 7 Magnesium phos. D6 abends 5–7 Tabl. als „Heiße 7“.

Energieschaukel (Variante 2):

- Nr. 2 Calcium phos. D6 morgens als „Heiße 2" mit 3–5 Tabl.
- Nr. 3 Ferrum phos. D12 im tägl. Wechsel mit Nr. 2 als „Heiße 3" mit 3–5 Tabl.
- Nr. 5 Kalium phos. D6 mittags als „Heiße 5" mit 3–5 Tabl.
- Nr. 8 Natrium chlor. D6 bis 16.00 Uhr 2 x 2 Tabl.
- Nr. 7 Magnesium phos. D6 abends als „Heiße 7" mit 5 Tabl.

Vorbeugung in der kalten Jahreszeit

Dr. Schüßler empfiehlt uns zwei Mittel, die wir im täglichen Wechsel von Allerheiligen bis Palmsonntag ganz regelmäßig nehmen sollten:

- Morgens „Heiße 3" mit 1–3 Tabl. Nr. 3 Ferrum phos. D12.

Im täglichen Wechsel mit:

- „Heiße 5" bis spätestens 15.00 Uhr, aus 1–3 Tabl. Nr. 5 Kalium phos. D6.

Kleine Teekunde

Tee bei Fieber

(für Kinder ab dem 3. Lebensjahr)

Fiebertees helfen, Schweiß zu treiben. Durch die beim Schwitzen entstehende Verdunstungskälte erreicht man einen fiebersenkenden Effekt.

Ihr älteres Kind darf 1–2 Tassen am Tag trinken, so warm wie möglich und vor allem innerhalb von 10 Minuten:

2 TL Holunderblüten oder 2 TL Lindenblüten oder je einen TL von beiden mit 250 ml kochendem Wasser überbrühen, 10 Min. ziehen lassen.

Nach Belieben mit etwas Ahornsirup verfeinern.

Welchen Tee nehme ich für welche Beschwerden?

Teesorte	***Anwendungsgebiete***
Bärentraubenblätter	*Blasen-, Nierenbecken-Katarrhe*
Baldrianwurzel	*Unruhe, Schlafstörungen*
Brennnesselkraut	*Blutreinigung, Beschwerden beim Wasserlassen*
Faulbaumrinde	*Verstopfung*
Frauenmantelkraut	*Menstruationskrämpfe, Durchfallerkrankungen*
Holunderblüten	*Fieber, Erkältung*
Huflattichblätter	*Bronchialkatarrh*
Isländisches Moos	*Katarrhe der oberen Luftwege*
Kamillenblüten	*Magen-, Darmbeschwerden*
Leinsamen	*Verstopfung, Magen-, Darmerkrankungen*
Lindenblüten	*Fieber, Erkältung*
Melissenblätter	*Nervosität, Appetitlosigkeit*
Pfefferminzblätter	*Magen-, Darm-, Gallebeschwerden*
Salbeiblätter	*Magen-, Darmkatarrh, Hals-, Zahnfleisch- und Mundschleimhaut-Entzündungen*
Schafgarbenkraut	*Magen-, Darm-, Gallebeschwerden*
Sennesblätter	*Verstopfung zur Darmentleerung*
Tausendgüldenkraut	*Appetitlosigkeit*
Wacholderbeeren	*Völlegefühl, Sodbrennen*
Weiße Taubnessel	*Völlegefühl, Blähungen, Gastritis*
Wermutkraut	*Appetitlosigkeit, Magenbeschwerden*

Heidelbeer- oder Brombeerblättertee

(z. B. bei Durchfallerkrankungen)

1 gehäufter EL Blätter in ¼ l Wasser 10 Minuten kochen lassen, abseihen.

Pro Tag 3–5 mal 3–5 EL Tee geben – ohne Zucker!

Elektrolyt-Tee (Orangen-Tee)

Empfehlenswert bei schwerem Durchfall und Erbrechen.

- Mischung erstellen aus: 250 ml dünnem schwarzem Tee (1 TL eine Minute ziehen lassen)
- 50 ml Orangensaft – frisch gepresst von einer Bio-Orange
- 1 Prise Salz
- 1 TL Traubenzucker

100–150 ml pro Kilogramm Körpergewicht sollte Ihr Kind über den Tag trinken – für ein 20 kg schweres Kind = 2–3 Liter.

Anhang B: Ernährung und Rezepte

Im Rahmen dieses Ratgebers, in dem ich ja immer wieder auf Ernährungsfragen verweise, möchte ich Eltern gerne auch ein paar erprobte und praktikable Rezepte an die Hand geben.

Haben Sie, liebe Eltern, auch den Mut, Neues für die Kinder auszuprobieren! Die Ernährung stellt eine wichtige Grundlage für die Entwicklung Ihres Kindes dar.

An dieser Stelle möchte ich Ihnen meine Mutter, Luise Gräfin Wolffskeel von Reichenberg, vorstellen. Sie hat sechs Kinder geboren, mittlerweile gibt es 13 Enkel und 12 Urenkel, und sie ist mit 86 Jahren noch immer für alle da. Sie hat die Weisheit der vielfachen Mutter und Oma und gibt sie an uns Kinder, Enkel und Urenkel weiter. Oft keine leichte „Kost“ – besonders für die Jüngeren.

Meine Mutter ist eine sehr gute Köchin und Bäckerin. Ihre Rezepte sind erprobt und lange bewährt, egal ob einfache oder gehobene Küche, sie weiß immer Rat. Legendär sind ihre wunderbaren Kuchen und die herrliche Weihnachtsbäckerei. Gerne hat sie mir nun Rezepte für Kinder gegeben, für gesunde, natürliche Gerichte. Sie weiß recht gut, was den Kleinen schmeckt und was ihnen guttut. Probieren Sie die Rezepte aus; Mutter beschreibt so gut, dass auch Ungeübte zurechtkommen.

Bitte verwenden Sie für alle Rezepte nach Möglichkeit frische und biologische Produkte. Vor allem Ihre Kräuter, die vielleicht auf der Fensterbank, dem Balkon oder im Garten stehen, warten darauf, geerntet zu werden.

Soweit nicht anders angegeben, sind die Rezepte für vier Personen berechnet.

Weitergehende Informationen, v.a. auch zur „Ernährung nach den Fünf Elementen“, und weitere Rezepte finden Sie in meinem Buch „Deine Nahrung sei dein Heilmittel“.

Gesunde Ernährung ab dem ersten Tag

Stillen

Im ersten Lebensjahr ist Muttermilch die am besten geeignete Nahrung für Ihr Kind. Mit Breikost sollte frühestens nach dem ersten halben Lebensjahr begonnen werden. Der kindliche Darm ist nach der Geburt noch durchlässig für Eiweißstoffe. Darum ist die Gefahr des Auftretens von Allergien durch Fremdeiweiß aus Babynahrung gerade in dieser Anfangszeit relativ hoch. Muttermilch enthält zum einen Stoffe, die den Darm undurchlässig für Fremdeiweiße machen und weiterhin Stoffe zur Immunabwehr, die im Blut der Mutter vorhanden sind. So dient das Stillen auch der Infektionsabwehr beim Kind („Nestschutz").

Das Saugen an der Brust ist für Ihren Säugling wesentlich schwieriger als an der Flasche. Die Art der Kieferbewegung beim Saugen an der Brust fördert ein gesundes Kieferwachstum und die Gefahr von Kieferfehlstellungen ist bei Stillkindern vermindert.

Beim Stillen besteht keine Gefahr der Überernährung, da Kinder nur die benötigte Menge trinken. Ebenso führt Stillen nicht zu Karies. Der positive Begleiteffekt für die Mutter besteht darin, dass sich die Gebärmutter beim Stillen zusammenzieht und eine schnellere Rückbildung stattfindet.

Jede Mutter sollte jedoch die Entscheidung für oder gegen das Stillen selbst frei treffen können. Hebammen haben viel Erfahrung und können hier sicherlich wertvolle Entscheidungshilfen geben, auch in schwierigen Situationen. Daneben gibt es auch ausgebildete Stillberaterinnen.

Neue Biomilch-Studie

Bei Kindern, die in den ersten beiden Lebensjahren mit biologischen Milchprodukten gefüttert werden und deren stillende Mütter ebenfalls biologische Milchprodukte zu sich nehmen, treten Ekzeme um 36 % seltener auf.

Zu diesem Ergebnis kommt eine 2007 im British Journal of Nutrition veröffentlichte wissenschaftliche Untersuchung des niederländischen Louis-Bolk-Instituts in Zusammenarbeit mit der Universität Maastricht und zahlreichen weiteren Bildungseinrichtungen.

Auch wenn das Ergebnis der Studie sich mit den praktischen Erfahrungen vieler Menschen deckt, stellt sie einen wichtigen Meilenstein dar. Denn sie ist das erste von Experten geprüfte Beispiel einer positiven gesundheitlichen Auswirkung biologischer Ernährung – unter Ausschluss anderer möglicher Einflussfaktoren – in einer wissenschaftlichen Publikation.

Quelle: Natur & Heilen, August 2008

Fertignahrung

Wird das Kind mit Fertignahrung ernährt, sollte bei einer allergischen Vorbelastung durch die Eltern oder eines Elternteils sogenannte HA-Nahrung gefüttert werden. Das darin enthaltene Kuhmilcheiweiß wurde so aufbereitet, dass es nicht als Allergen wirkt. Bei „normaler" Babynahrung beginnt man in den ersten vier Wochen mit der lediglich Laktose enthaltenden eher wässrigen Erstnahrung, die man an der Vorsilbe „Pre" erkennt. Danach enthält Babynahrung auch Kohlehydrate und Stärke, wodurch der Säugling besser gesättigt wird. Kurz vor Ende des ersten halben Lebensjahres kann auch auf eine noch stärker sättigende Milch umgestellt werden. Da in diesem Alter aber auch schon mit Breikost begonnen werden kann, ist eine Umstellung nicht unbedingt notwendig.

Breikost

Im zweiten Lebenshalbjahr kann mit dem Füttern von Breikost begonnen werden. Das Kind wird nun mobiler – es robbt und rollt herum und bald wird es krabbeln. Der Energiebedarf steigt und das Verdauungssystem hat sich weiterentwickelt.

Am besten ersetzt man zunächst nur die Mittags-Still-Mahlzeit durch ca. 150 g Pastinaken- oder Karottenbrei. Die Pastinake ist zu bevorzugen, wenn bei Ihrem Kind erblich bedingte Allergien vermutet werden, die Kreuzallergene in den Karotten könnten allergieauslösend wirken. Wenn Sie den Brei selbst zubereiten möchten, dann dünsten Sie die Pastinaken oder Karotten in wenig Wasser und pürieren Sie diese anschließend mit etwas Öl oder Butter. Verwenden Sie weder Salz noch Gewürze. Im ersten Lebensjahr benötigt Ihr Kind kein Speisesalz, da Wurzelgemüse genügend Mineralstoffe enthält.

Folgende Gemüsesorten werden von Babys in der Regel gut vertragen:

Fenchel, Pastinaken, Spinat, Rote Bete, Blumenkohl, Brokkoli, Gurke, Kürbis, Kohlrabi, Mangold und Kartoffeln (Kartoffeln aber nur, wenn keine Allergien bei den Eltern vorhanden sind!). Um die Vitamine zu erhalten, sollten diese nur mit wenig Wasser leicht gedünstet und dann püriert werden. Achten Sie beim Kauf des Gemüses darauf, dass es aus biologischem Anbau stammt, da herkömmliche Ware oft schadstoffbelastet ist.

Wenn Sie die Mahlzeiten nicht selbst herstellen können, dann bietet sich Babynahrung aus Gläschen an. Diese sind streng schadstoffkontrolliert. Gesetzliche Bestimmungen führen jedoch dazu, dass manche mit synthetischen Vitaminen angereichert werden.

Es ist keinesfalls notwendig, dem Kind von Anfang an möglichst abwechslungsreiches Essen zu bieten. Da es sich auch an die neue Kost gewöhnen muss, ist es sinnvoll, nur wochenweise das Gemüse zu wechseln. So erkennen sie auch einfacher, was evtl. nicht vertragen wird.

Wenn Ihr Kind sich an das Breiessen gewöhnt hat, kann die Abendmahlzeit nun schon ein Getreidebrei ohne Milch sein. So ersetzen Sie Schritt für Schritt das Stillen.

Am besten geeignet sind hierfür Hirse und Reis als Flocken bzw. als Vollkorn-

Brei-Mischungen. Hier wird das Getreide so aufgeschlossen, dass es nicht zu Verdauungsstörungen führt. Dennoch bleiben alle Nährstoffe weitgehend erhalten. Vorsicht ist bei Weizen, Gerste und Hafer im ersten Lebensjahr geboten, da diese Gluten (Getreideeiweiß) enthalten und es zu Unverträglichkeiten kommen kann (Zöliakie). Weiter können auch Breie aus Maisgrieß oder eingeweichtem Zwieback gefüttert werden. Auch alle Obstsorten, die wenig Säure enthalten, können gedünstet, gemust und unter den Brei gemischt werden.

Im Lauf des zweiten Lebenshalbjahres bekommt ein Kind die ersten Zähne.

Nun kann es auch schon versuchen, das erste Essen zu kauen. Geeignet sind Äpfel, Brotrinde (nicht zu dunkel, wegen des Acrylamit-Gehaltes), Nudeln, Kartoffeln (nur wenn kein Allergierisiko bekannt ist), Kohlrabi und was sonst eben in Ihrer Familie auf den Tisch kommt. Den Eiweißbedarf deckt man am besten durch Milch, wenn diese vertragen wird (ansonsten weichen Sie auf Ziegenmilch, Sojamilch oder Mandelmus aus). Fleisch und Wurst braucht in den ersten beiden Lebensjahren höchstens einmal im Monat gegeben werden.

Kinder wollen gewisse Sachen oft nicht essen. Das kann daran liegen, dass sie sich ekeln oder etwas nicht vertragen. Es ist zu überlegen, ob man sie dann überhaupt zum Essen zwingen soll. Kinder essen meist instinktiv, was ihnen bekommt. Kinder sollten auch in die Essensplanung und -zubereitung einbezogen werden, ein vielseitiger Speiseplan enthält auch ihre Lieblingsgerichte. Dabei ist es wichtig, Anreize zu gesunder Ernährung zu geben, sei es als gesundes Pausenbrot mit Obst und Gemüserohkost oder in der Familie am Tisch. Seien Sie Vorbild und versuchen Sie, aus frischen Zutaten selbst zu kochen, mit frischem saisonalem Obst und Gemüse. Dabei helfen Kinder häufig sehr gerne mit. Es ist wichtig, schon früh zu vermitteln, dass selbst zubereitete Mahlzeiten erstens in der Regel preisgünstiger, wohlschmeckender und gesünder sind als industriell erzeugte Nahrungsmittel – und zweitens ihre Zubereitung Freude machen kann. Bei frisch zubereiteter Kost gibt es auch seltener Heißhunger- oder Süßigkeits-Attacken. Fett und Zucker werden überhaupt maßvoll verwendet, zuckerreiche Getränke durch Wasser, Tees oder Saftschorlen ersetzt.

Flüssigkeitsbedarf von Kindern

Alter	Flüssigkeitsmenge pro Tag
1 Jahr	400–600 ml
2–3 Jahre	500–750 ml
4–5 Jahre	550–850 ml
6–7 Jahre	600–900 ml
8–9 Jahre	650–1000 ml
10–11 Jahre	700–1100 ml
12–14 Jahre	850–1300 ml

Zwingen Sie Ihre Kinder nicht, den Teller leer zu essen. Bieten Sie lieber mehrmals kleinere Mengen an. Kinder müssen lernen, selbst einzuschätzen, wann sie satt sind. Grundsätzlich empfehle ich auch, mindestens eine Mahlzeit am Tag gemeinsam im Kreis der Familie einzunehmen. Dabei sollten

Sie möglichst regelmäßige Essenszeiten einhalten, in Ruhe gemeinsam essen – ohne Fernseher oder Musik im Hintergrund. Nehmen Sie sich Zeit dafür, auch fürs Kauen. Je besser die Nahrung gekaut wird, desto besser kann diese verdaut und damit vertragen werden.

Vorsicht: Setzen Sie Essen nicht als Belohnung ein. Es ist kein Ersatz für Liebe und Zuwendung.

Rezepte

Suppen

Rindfleisch-Suppe (Grundrezept)

(Rezept von Luise Gräfin Wolffskeel von Reichenberg)

- 500 g Rindfleisch und Suppenknochen vom Rind
- 1 Zwiebel und Suppengemüse
- 1 ½–2 l Wasser

Für die Suppe alle Zutaten ins kalte Wasser geben.

Nicht zu stark kochen, möglichst nur leicht sieden lassen. Garzeit: 1 ½–2 Stunden.

Beilagen: Nudeln, Reis, Grießnockerl, Flädle u. v. m.

Hühnersuppe (Grundrezept)

(Rezept von Luise Gräfin Wolffskeel von Reichenberg)

- 1 Suppenhuhn mit Herz und Magen
- wenig Salz
- 1 Zwiebel, Liebstöckel oder Sellerie
- 1 ½–2 l Wasser

2–2 ½ Stunden leise kochen, bis sich das Fleisch vom Knochen löst.

Geröstete Grießsuppe oder Grünkern-Haferflocken-Suppe

(Rezept von Luise Gräfin Wolffskeel von Reichenberg)

- 30 g Fett nach Ihrer Wahl (Bio-Margarine, Butter, Öl)
- 60 g Dinkelgrieß oder Hartweizengrieß oder Grünkern geschrotet
- 1 ¼ l biologische Gemüsebrühe

Grieß oder Grünkern im Fett hellgelb rösten, mit Brühe auffüllen und ca. 10 Minuten (Grünkern: ½ Std.) kochen, abschmecken, mit Ei legieren, Schnittlauch und Petersilie darüberstreuen.

Hühnercremesuppe

(Rezept von Luise Gräfin Wolffskeel von Reichenberg)

- 30 g Fett nach Ihrer Wahl
- 20–40 g Dinkel- oder Weizenmehl
- 1–1 ¼ l biologische Hühnerbrühe

Mehl im Fett hellgelb rösten, mit Brühe auffüllen und kurz durchkochen.

Zum Verbessern 1 Eigelb, etwas süßen Rahm sowie ein paar Spritzer Zitronensaft zugeben.

Nudel-Gemüsesuppe (sehr gut mit Würstchen)

- 2 Stangen Bio-Lauch
- 200 g Bio-Möhren
- 1 l Bio-Gemüsebrühe
- 100 g Hörnchennudeln
- Bio-Schnittlauch
- Bio-Petersilie
- evtl. 4 Wiener Würstchen

Lauch putzen, waschen und in Streifen schneiden. Möhren putzen, waschen und in kleine Würfel schneiden. Die Gemüsebrühe zum Kochen bringen; den Lauch, die Möhren und die Hörnchennudeln in die Brühe geben, umrühren, aufkochen lassen. Auf schwacher Hitze 10 Minuten köcheln lassen. Anschließend nach Belieben die Würstchen geschnitten dazugeben und miterwärmen – nicht mehr kochen!

Petersilie und Schnittlauch hacken bzw. klein schneiden und über die Suppe geben.

Kartoffelsuppe

- 500 g mehlige Bio-Kartoffeln
- 1 Stange Bio-Lauch
- 1 Bio-Zwiebel
- 1 EL Öl nach Wahl
- 1 l heiße Bio-Gemüsebrühe
- 1 Bio-Möhre
- Salz
- 2 Scheiben Toastbrot
- 20 g Bio-Sauerrahmbutter
- 1 EL gehackte Bio-Petersilie

Die Kartoffeln schälen. Den Porree putzen, waschen und in Ringe schneiden. Die Zwiebel schälen und fein würfeln. Das Öl erhitzen, die Zwiebel und den Porree dazugeben und 5 Minuten andünsten. Die Fleischbrühe auffüllen, aufkochen. Die Kartoffeln in kleine Würfel schneiden, in die Brühe geben und wieder alles zum Kochen bringen.

Die Möhre putzen, waschen, schälen, fein würfeln und ebenfalls in die Suppe geben. Ca. 20 Min. leicht kochen lassen, bis alles gar ist, salzen. Das Toastbrot in Würfel schneiden, mit der Butter in der Pfanne goldgelb rösten (Vorsicht, Butter verbrennt bei zu hohen Temperaturen). Die fertige Suppe mit den Toastbrotwürfeln und der Petersilie bestreut servieren.

Kürbis-Cremesuppe (im Kürbis serviert)

Für 6 Personen:

- 1 Muskat- oder Moschuskürbis (ca. 2 kg)
- 2 Zwiebeln
- 1 Knoblauchzehe
- 2 Möhren
- 200 g Knollensellerie
- 2 EL Olivenöl
- 1,5 l Gemüsebrühe
- 1 TL Salz, Pfeffer
- 1 Prise gemahlene Muskatnuss
- 1 TL Zucker
- 2 EL Tomatenmark
- 300 ml Sahne
- 1 EL geröstete Kürbiskerne

Vom Kürbis oben einen Deckel abschneiden. Kürbis entkernen und das Fruchtfleisch bis auf 2 cm Rand herausschaben. Zwiebeln und Knoblauch schälen und hacken. Möhren und Sellerie waschen, schälen und in Scheiben bzw. Würfel schneiden. Olivenöl in einem Topf erhitzen, 500 g Kürbisfleisch mit Zwiebeln, Knoblauch, Möhren und Sellerie darin anschwitzen. Gemüsebrühe angießen und die Suppe etwa 30 Minuten köcheln lassen. Anschließend alles pürieren und mit Gewürzen, Zucker, Tomatenmark und Sahne abschmecken.

Die Suppe in den ausgehöhlten Kürbis füllen und mit gerösteten Kürbiskernen bestreut servieren.

Feine Möhren-Cremesuppe

- 500 g frische Bio-Möhren
- 500 ml Bio-Gemüsebrühe
- 250 ml Bio-Frisch-Vollmilch (3,5–3,8%) oder Kokos- oder Sojamilch
- 175 ml Bio-Dickmilch
- Pfeffer, Salz
- 2 EL gehackte Petersilie

Die Möhren waschen, schälen und in dicke Scheiben schneiden. 250 ml Brühe zum Kochen bringen, die Möhren darin 10–15 Min. weich kochen und danach fein pürieren. Das Püree mit der restlichen Gemüsebrühe und der Milch verrühren und zum Kochen bringen. Von der Dickmilch 2 EL abnehmen und beiseitestellen. Den Rest unter die Suppe rühren, diese mit Pfeffer und Salz abschmecken.

Die Suppe anrichten. Die restliche Dickmilch glatt rühren und in die Mitte geben, Petersilie darüberstreuen.

Ernährungstipp: Die orangerote Farbe der Möhren wird hauptsächlich durch den natürlichen Farbstoff Carotin hervorgerufen, der gleichzeitig die Vorstufe des fettlöslichen Vitamins A darstellt. Vitamin A ist ein wichtiges Vitamin für Haut, Augen und das Flimmerepithel an den Schleimhäuten der Nase und der Lungen.

Hauptspeisen – Fleisch und Fisch

Bandnudeln mit Lachs

- 400 g Dinkelbandnudeln
- Salz
- 300 g Bio-Lachsfilet
- 2 Schalotten
- ½ Bund Dill
- 1 EL Olivenöl
- 200 ml Orangensaft
- 100 ml Sahne
- Pfeffer
- ½ TL Kurkuma

Das Lachsfilet waschen, trocknen und in kleine Würfel schneiden. Die Schalotten schälen und in feine Würfel schneiden. Den Dill waschen, trocken schütteln und hacken.

Die Bandnudeln in reichlich Salzwasser garen.

Das Öl in der Pfanne erhitzen, die Schalotten hineingeben und kurz anbraten. Orangensaft und Sahne zugeben und etwa 3 Minuten bei starker Hitze einkochen lassen. Die Soße mit Salz, Pfeffer und Kurkuma würzen und die Lachswürfel in die Soße geben. Bei schwacher Hitze je nach Größe ca. 5 Minuten garen. Zum Schluss den Dill zufügen.

Die Nudeln mit der Lachssoße vermischen und sofort servieren.

Putensteaks mit Bratkartoffeln

- 750 g Bio-Kartoffeln
- 50 g Bio-Margarine
- Salz
- 4 Bio- Putensteaks
- 2 EL Olivenöl
- Rosmarin
- Pfeffer
- Paprikapulver, edelsüß
- 1 Dose Mais

Die Kartoffeln waschen und in der Schale ca. 20 Minuten garen. Abgießen, pellen, abkühlen lassen und anschließend in Scheiben schneiden. Margarine in einer Pfanne erhitzen, die Kartoffeln hineingeben, braten und erst salzen und pfeffern, wenn sie schon braun sind (werden die Kartoffeln früher gesalzen, dann werden sie nicht schön braun, da das Salz Feuchtigkeit zieht).

Die Putensteaks mit Rosmarin und Pfeffer würzen. Das Öl in einer zweiten Pfanne (nicht zu hoch) erhitzen und die Steaks von jeder Seite 4 Minuten darin braten, erst danach salzen.

Die Bratkartoffeln mit etwas Paprikapulver nach Geschmack würzen. Den gut abgetropften Mais unterheben und kurz mitbraten. Die Bratkartoffeln und die Putensteaks zusammen anrichten.

Dazu Gemüse der Saison oder Salat.

Schollenfilets mit Gemüse und Reis

- 200 g Basmatireis
- 400 ml Wasser, Salz
- 1 TL Bio-Sauerrahmbutter
- 500 g Schollenfilets, nach Möglichkeit frisch
- 2 EL Zitronensaft
- 600 g gemischtes Gemüse (z. B. Zucchini, Karotten, Sellerie, Kohlrabi bzw. Gemüse der Saison)
- Ca. 1/8 l Bio-Gemüsebrühe
- 2 EL ÖL
- Pfeffer
- 1 EL gehackter Dill

Den Reis in Salzwasser ca. 15–20 Min. garen, bis er weich ist.

Das Gemüse putzen, klein schneiden und in der Gemüsebrühe dünsten.

Die Schollenfilets waschen, trocken tupfen und mit Zitronensaft beträufeln. Dann salzen, pfeffern und in heißem Öl von jeder Seite ca. 2 Min. braten.

Reis, Gemüse und Scholle anrichten. Die Filets mit Dill bestreuen.

Hauptspeisen – Vegetarisches

Gemüse mit Kräuterquark

- 500 g Bio-Kartoffeln, mehlig-festkochend
- 500 g Bio-Möhren
- 800 g Bio-Zucchini
- 40 g Bio-Sauerrahmbutter
- 100 ml Bio-Gemüsebrühe

- 300 g Bio-Speisequark, Magerstufe
- 100 ml Bio-Frischmilch (3,5 – 3,8% Fett)
- Salz
- Paprikapulver, edelsüß
- Pfeffer nach Geschmack, frisch gemahlen
- gemischte Bio-Kräuter (z. B. Petersilie, Schnittlauch, Basilikum, Dill usw.)

Kartoffeln und Möhren schälen, waschen und in Stifte schneiden. Die Zucchini waschen und in nicht zu dünne Stifte schneiden. Die Butter vorsichtig erhitzen und das Gemüse mit den Kartoffeln darin andünsten. Die Brühe angießen und alles ca. 10 Min. garen. Auf alle Fälle durchgaren!

In der Zwischenzeit den Quark mit der Milch, den Gewürzen und den Kräutern verrühren und gut abschmecken.

Den Kräuterquark zum heißen Gemüse servieren.

Gemüse-Rösti mit Kräuterjoghurt

- 500 g Bio-Kartoffeln (mehlig)
- 800 g Bio-Möhren
- 2 Bund Bio-Schnittlauch
- 3 Bio-Eier
- Salz
- 1 TL Curry
- Pfeffer
- Öl zum Braten
- 300 g Naturjoghurt

Backofen auf 100 °C vorheizen.

Kartoffeln und Möhren waschen, putzen und grob raspeln, Schnittlauch waschen, trocken tupfen und in feine Röllchen schneiden. Kartoffeln, Möhren, Eier, die Hälfte des Schnittlauchs und alle Gewürze gut verrühren. Etwas Öl in einer Pfanne erhitzen und kleine Rösti darin braten. Jeweils im Ofen warm stellen.

Den Joghurt mit dem restlichen Schnittlauch verrühren. Mit Salz und Pfeffer abschmecken und zu den Rösti servieren.

Kartoffelpüree mit Kräutern

- 1 kg mehlig kochende Bio-Kartoffeln
- Salz
- 2 EL frisch gehackte Bio-Kräuter (z. B. Petersilie, Schnittlauch, Dill, Basilikum usw.)
- 250 ml Bio-Frischmilch (3,5 – 3,8% Fett)
- ca. 40 g Bio-Sauerrahmbutter
- Muskatnuss gerieben, Pfeffer

Kartoffeln waschen, schälen und kochen (besser ist, sie in der Schale zu dämpfen und dann zu schälen).

Die Kartoffeln durch die Kartoffelpresse drücken. Die Butter auf die Kartoffeln geben und mit aufgekochter Milch übergießen (nicht gleich die ganze Milch, erst nach und nach), gut unterrühren. Muskat, Pfeffer und die gehackten Kräuter dazu und abschmecken.

Kartoffelpüree mit Karotten

Kartoffelpüree wie oben zubereiten. 2 – 3 Karotten kochen (evtl. den Kartoffeln 10 Minuten vor Ende der Garzeit zugeben). Karotten mit den Kartoffeln durchdrücken, mit Pfeffer, Muskat und Salz abschmecken.

Gefällt Kindern wegen der Farbe.

Kartoffelpüree mit Avocado

Eine reife Avocado mit den Kartoffeln durchdrücken, mit Pfeffer, Muskat und Salz abschmecken.

Entsprechend kann man Gemüsebreie aus Karotten, Spinat, Blumenkohl, Pastinaken bzw. gemischt mit Kartoffeln zubereiten. Nur Mut! Probieren Sie aus, was Ihnen und Ihrem Kind am besten schmeckt!

Tipp: Ab 8. Monat evtl. wöchentlich 1 Eigelb zum Brei geben. Ab 9.–12. Monat 1–2 x pro Woche Fleisch, fein gewiegt, in kleinsten Mengen, zugeben.

Mehl- und Süßspeisen

Arme Ritter mit Vanillesoße

- 1 ganzes Weißbrot

Für die Ei-Milch:
- 200 ml Bio-Frischmilch (3,5–3,8% Fett)
- 3 Eier
- ca. 2 EL Ahornsirup

Für die Vanillesoße:
- 500 ml Bio-Frischmilch (3,5–3,8% Fett)
- 2 P. Vanillezucker oder 1 geh. EL Zucker und eine Prise gemahlene Vanille
- 2 EL Speisestärke
- ca. 3 EL Ahornsirup
- 2 Eigelbe

- Pflanzenfett zum Ausbacken
- Frische Beeren (z.B. Himbeeren, Brombeeren, Johannisbeeren oder Blaubeeren)
- evtl. Zimt

Für die Armen Ritter die Milch mit den Eiern und dem Ahornsirup verschlagen und in eine Schüssel geben. Das Weißbrot in Scheiben schneiden und in der Eimilch wenden. Abtropfen lassen in einem Küchensieb. Pflanzenfett in einer Pfanne erhitzen und die Brotscheiben goldgelb ausbacken.

Für die Vanillesoße 400 ml Milch mit dem Vanillezucker erhitzen. Restliche Milch mit der Speisestärke anrühren, mit dem Schneebesen in die kochende Milch einrühren und damit die Soße binden. Unter Rühren kurz durchkochen lassen, bis die Vanillesoße sämig ist. Vom Herd nehmen, zuerst den Ahornsirup und dann die verquirlten Eigelbe unterrühren.

Die Armen Ritter mit den Früchten und der Vanillesoße anrichten und sofort servieren.

Wer mag, kann am Tisch noch etwas Zimt darüberstreuen.

Bratäpfel

- 4 mittelgroße reife Äpfel (am besten Boskop oder Elstar)
- 2 EL Rosinen
- 3 EL Orangensaft
- 2 EL grob gehackte Haselnüsse
- 1 Prise Zimt
- 2 EL Honig
- Butter für die Form

Äpfel waschen und das Kerngehäuse mit einem Apfelausstecher entfernen. Die Rosinen in Orangensaft kurz einweichen, dann abtropfen lassen. Die Nüsse mit dem Zimt, dem Honig und den Rosinen mischen.

Backofen auf 180°C vorheizen. Eine flache Auflaufform mit Butter ausfetten. Die Äpfel in die Form setzen und mit der Nuss-Rosinen-Mischung füllen. Im Backofen ca. 30 Minuten backen.

Dazu nach Belieben Vanillesoße bzw. Vanilleeis reichen.

Breie für Kinder

(Rezept von Luise Gräfin Wolffskeel von Reichenberg)

1 l Bio-Frischmilch (3,5–3,8% Fett) mit 80 g Stärkemehl (4 Minuten) oder 80 g Bio-Dinkel- oder Hartweizengrieß (10 Minuten) unter ständigem Rühren kochen, oder

1 l Bio-Frischmilch 3,5 % aufkochen und über 80 g Bio-Dinkelzwieback gießen, ziehen lassen, 50 g Rohrzucker dazugeben, evtl. nach Geschmack noch etwas Ahornsirup.

Die Menge ergibt ca. fünf Mahlzeiten, für eine Mahlzeit rechnen Sie pro Kind ca. 200 g Brei.

Buchweizenpfannkuchen mit Pflaumen

- 250 g feines Buchweizenmehl
- 4 Eier
- 3 EL Sojaöl
- 250 ml Buttermilch
- ½ TL Meersalz
- 4 EL Bio-Sauerrahmbutter
- 250 ml Crème fraîche
- 1 großes Glas entsteinte Pflaumen oder selbst gekochtes Pflaumenkompott
- 2 EL Puderzucker

Das Buchweizenmehl in eine Schüssel geben. Die Eier, das Öl, die Buttermilch und Salz dazugeben und alles zu einem glatten Teig verrühren. Den Pfannkuchenteig ca. 30 Minuten mit einem Tuch bedeckt quellen lassen.

½ EL Butter in einer Pfanne zerlassen, etwas Teig zugeben und einen Pfannkuchen backen. Auf diese Weise 8 kleine Pfannkuchen backen.

Vier der Pfannkuchen mit Crème fraîche bestreichen und mit abgetropften Pflaumen belegen, je einen Pfannkuchen darauflegen. Den Puderzucker darüberstreuen und sofort servieren.

Tipp: Probieren Sie das Rezept auch mit anderem Obst nach Geschmack und Saison!

Grießschnitten

(Rezept von Luise Gräfin Wolffskeel von Reichenberg)

- 1 l Bio-Frischmilch (3,5 – 3,8% Fett)
- 1 Prise Salz
- 250 g Bio-Grieß (Dinkel- oder Hartweizen)
- 2–3 Bio-Eier

Milch mit Salz aufkochen, Grieß einrühren und zu einem sehr dicken Brei kochen (Topf rechtzeitig vom Herd nehmen), noch heiß die verquirlten Eier unterrühren.

Sofort auf nassem Brett 1 cm dick aufstreichen. Erkalten lassen und in Schnitten schneiden, im Fett Ihrer Wahl goldgelb backen. Nach Belieben mit Rohrzucker und Zimt bestreuen.

Dazu Obstkompott reichen.

Kartäuserklöße

(Rezept von Luise Gräfin Wolffskeel von Reichenberg)

- 8 Semmeln vom Vortag
- 3 Eigelbe
- 50 g Rohrzucker
- 1 Prise Salz

- 2 EL süße Sahne
- ½ l Bio-Frischvollmilch (3,5–3,8% Fett)

Semmeln abreiben, Brösel zur Seite stellen. Eigelb, Zucker und Salz vermischen, Milch dazugeben, alles verrühren und über die Semmeln gießen.

Durchziehen lassen, Semmeln auf ein Sieb oder Gitter legen und abtropfen lassen.

In den abgeriebenen Bröseln wenden und im heißen Fett goldgelb backen. Mit Zimt und Zucker bestreuen und Vanillesoße dazu reichen.

Vanillesoße

(Rezept von Luise Gräfin Wolffskeel von Reichenberg)

- ½ l Bio-Frischmilch (3,5–3,8% Fett)
- 2 Bio-Eier
- 40 g Rohrzucker
- 2–3 TL Stärkemehl oder Puddingpulver
- 1 Bio-Vanillezucker
- 2 EL süße Bio-Sahne

Für die Vanillesoße 400 ml Milch mit dem Zucker erhitzen. Restliche Milch mit der Speisestärke anrühren, mit dem Schneebesen in die kochende Milch einrühren. Unter Rühren kurz durchkochen lassen, bis die Vanillesoße sämig ist. Vom Herd nehmen, die Eier mit der Sahne verquirlen und in die heiße, nicht mehr kochende Soße einrühren.

Gebäck

Kinderplätzchen

(Rezept von Luise Gräfin Wolffskeel von Reichenberg)

- 150 g Bio-Sauerrahmbutter
- 250 g Rohrzucker
- 1 Bio-Ei
- 1 Bio-Vanillezucker
- 4 EL dicker Bio-Sauerrahm
- 500 g Dinkelmehl 405 oder 620 Ausmahlgrad, davon kann 150 g Stärkemehl sein
- 1 ½ TL Weinstein-Backpulver
- 1 Bio-Eigelb zum Bestreichen

Schaummasse herstellen aus Butter, Zucker, Ei und Sauerrahm, Mehl daruntterkneten, kalt stellen. Messerrückendick auswellen, ausstechen und mit Eigelb bestreichen.

Bei 180–190 °C im vorgeheizten Backofen backen.

Schonkost

Während einer Krankheit lässt meist der Appetit der kleinen Patienten stark nach, oft nehmen sie über Tage hinweg außer den notwendigen Getränken nur sehr wenig zu sich. Achten Sie umso mehr darauf, dass Ihr Kind auch in dieser Zeit genügend trinkt; es bieten sich insbesondere Getränke mit Elektrolyt- und Zuckerzusatz an (siehe unten bzw. Anhang A). Nach überstandener Krankheit ist es dann umso wichtiger, Magen und Darm wieder vorsichtig an die Verdauungsarbeit zu gewöhnen.

Bitte zeitig mit Aufbaukost anfangen, sie sollte fett- und eiweißarm sein. Ich empfehle Ihnen hierzu:

- Gemüsebrühe, selbst gekocht (zur Not biologische Brühe aus dem Reformhaus)
- Kartoffelbrei mit dem Kochwasser bzw. warmem Wasser zubereiten
- Karotten, Gemüse weich gedünstet
- Äpfel gerieben, in der Luft stehen lassen, bis Masse bräunlich wird
- Banane, mit der Gabel zerdrückt
- Laugenbrezel, Zwieback, Salzstangen, Toast, Knäckebrot
- Reisschleim, Weizengrieß mit Wasser

Reisschleimsuppe

- 3 gehäufte TL Reisflocken
- 100 ml abgekochtes Wasser, abkühlen auf ca. 60 °C
- 1 Msp. Salz
- 2 TL Traubenzucker
- Alles zusammen zu einer Suppe anrühren.

Karottensuppe

500 g geschälte, klein geschnittene Karotten in einem Liter Wasser kochen, bis sie weich sind. Pürieren und mit abgekochtem Wasser auf 1 Liter insgesamt auffüllen, salzen nach Geschmack.

Tee

Kamillentee, Fencheltee, Pfefferminztee, Brombeerblättertee, Heidelbeertee, für Schulkinder darf es auch schon ein dünner schwarzer Tee sein.

Einfaches Getränk (auch zum Mitnehmen für unterwegs):

1 Liter Tee Ihrer Wahl mit 10 TL Traubenzucker, 1 TL Salz, 1 Glas Apfel- oder Orangensaft mischen.

Tipp: Beobachten Sie, ob Ihr Kind häufig genug zur Toilette geht. Harnkontrolle! Wenig und dunkler Harn ist Hinweis auf ein Flüssigkeitsdefizit.

Anhang C: Hilfreiche Hintergrundinformationen

ADS/ADHS/Hyperaktivität/„Zappelphilipp“

Hyperaktive Kinder galten lange Zeit als „ungezogen“; ständig sind sie aktiv, zappeln herum, hören nicht zu. Alle Anweisungen müssen mehrmals gegeben werden. Man braucht starke Nerven – nicht nur die Eltern, auch die Lehrer und die Spiel- und Klassenkameraden.

Inzwischen weiß man, dass hinter diesen Verhaltensauffälligkeiten eventuell eine Krankheit steht:

Die Kinder leiden an ADS (= Aufmerksamkeits-Defizit-Syndrom), einer Wahrnehmungsstörung. Es bedeutet, dass die Aufmerksamkeit nicht gezielt auf etwas ausgerichtet werden kann, die Kinder sind deshalb unkonzentriert und sehr leicht ablenkbar.

Problem: Aufmerksamkeit

- Ihr Kind ist ein „Hans Guck-in-die-Luft“.
- Es wird leicht abgelenkt – Nachbar raschelt mit Papier, Bilder im Klassenraum werden bestaunt, Vögel vor den Fenstern beobachtet.
- Wahrnehmung – einerseits schnell, aber übersieht leicht Wichtiges.
- Vergesslich/schusselig – Sporttasche, Zeichenblock, Hausaufgaben werden vergessen, bleiben stehen und werden nicht gefunden.
- Hört nicht hin bei Anweisungen des Lehrpersonals.
- Kontrolliert nicht, z. B. intensiv abgeschriebene Texte.
- Launisch: „Himmelhoch jauchzend“ und „Zu Tode betrübt“.
- Ständig für neue Reize offen.

Problem: Impulsivität

- Bedenkenloses Sagen, was es denkt – in bestimmten Situationen recht taktlos.
- Setzt alle gedachten Ideen gleich in die Tat um.
- Redet dauernd – merkt nicht, wenn es dem Zuhörer zu viel ist.
- Im Straßenverkehr gefährdet – rennt, ohne zu schauen, über die Straße.
- Drängeltyp – kann nicht warten.
- Heftige Wutanfälle, plötzliche Gefühlsausbrüche, Stimmungsschwankungen.

Problem: Hyperaktivität

- Motorische Überaktivität – äußert sich in plötzlichen Bewegungen, z. B. schreibt, grabscht plötzlich nach Spitzer, erschreckt den Banknachbarn.
- Redet mit vollem Körpereinsatz – mit Händen und Füßen.
- Kann schlecht stillsitzen – „Hummeln im Hintern“.

Sonstige Probleme:
- Schläft schlecht ein – immer noch Gedankenflut.
- Spielt in der Schule den „Klassenkasper".
- Lernstörungen, Schwierigkeiten in der Schule.
- Kann schlecht mit Frustration umgehen.
- Körperliche Ungeschicklichkeit.
- Dem Kind fällt es schwer, eine fremdgestellte Aufgabe zu erfüllen.
- Schlechtes Schriftbild, bricht Schreibmaterial entzwei.
- Reduziertes Selbstwertgefühl.
- Testet permanent im Umgang seine Grenzen aus.
- Sozialverhalten in Beziehungen gestört.
- Reizbarkeit.
- Großsprecherei.
- Mimosenhaft.
- Verzögerte Entwicklung.
- Kann schlecht Distanz wahren.
- Kann sich in einer Sache extrem „festbeißen".

Und Ihr Kind hat auch wunderbare positive Eigenschaften:
- Viel Charme.
- Ideenreichtum.
- Lebensfreude.
- Interesse.
- Hilfsbereitschaft.
- Fürsorglichkeit.
- Kreativität und Phantasie.
- Große Tierliebe.
- Gutmütigkeit und Großherzigkeit.
- Ehrlichkeit.
- Große Empfindsamkeit.

AD(H)S betrifft häufiger Jungen als Mädchen. Nicht geklärt ist die Ursache für dieses Phänomen, es scheinen jedoch kleine Hirnfunktionsstörungen und Störungen der Signalübertragung beteiligt zu sein. Es sind auch beeinflussbare Faktoren wie die ungeheure Reizüberflutung durch die modernen Medien und viele Nahrungsmittelunverträglichkeiten an der Entstehung von AD(H)S beteiligt.

Leider werden zur Behandlung auch oft therapeutisch unnötige Psychopharmaka eingesetzt. Holen Sie sich in jedem Fall von einem erfahrenen Therapeuten Hilfe. Die ganze Familie benötigt unter Umständen psychotherapeutische Unterstützung. Schüßler-Salze können Sie jederzeit ohne die Gefahr von Abhängigkeiten und Persönlichkeitsveränderungen zur Unterstützung miteinsetzen.

Was können Eltern tun:
- Schränken Sie Reizüberflutung (stundenlanges Fernsehen, Computerspiele u. Ä.) ein.
- Achten Sie auf einen konsequenten Tagesablauf mit festen Regeln.
- Fördern Sie Kreativität.
- Lassen Sie Ihre Kinder im Freien spielen und toben.
- Achten Sie auf feste Schlafzeiten und friedlichen Tagesausklang mit einem schönen Einschlafritual.
- Ein ruhiges, gut gelüftetes Zimmer ist für guten Schlaf wichtig.
- Haben Sie viel Liebe und Geduld.
- Ernähren Sie Ihre Kinder vollwertig, zucker- und ggf. phosphatarm.
- Schließen Sie Nahrungsmittelunverträglichkeiten aus (Test: Vermeiden Sie potenziell unverträgliche Nahrungsmittel wie Kuhmilch, Getreide – besonders Weizen, Eier, Scho-

kolade, Käse, Tomaten, Schweinefleisch ...).

- Sorgen Sie für eine intakte Darmflora. Empfehlenswert ist, auch einmal eine spezielle Stuhldiagnostik durch ein Labor durchführen zu lassen.

Tipp: Seien Sie vorsichtig mit der unkontrollierten Einnahme von Eisen-, Kalk- und Jodpräparaten während der Schwangerschaft, denn diese zählen zu den Risikofaktoren für die Ausbildung eines ADHS.

Wählen Sie stattdessen die passenden Schüßler-Salze und versuchen Sie, sich gesund zu ernähren.

- *Je 2 x 2 Tabl. Nr. 1 Calcium fluor. D6 im tägl. Wechsel mit Nr. 2 Calcium phos. D6 sowie 1 x 3 bis 1 x 5 Tabl. Nr. 3 Ferrum phos. D6.*
- *Zusätzlich 2 x 2 Tabl. Nr. 8 Natrium chlor. D6 bis spätestens 16.00 Uhr bei einem Hb-Wert < 10 in der Schwangerschaft und entsprechende Lebensmittel, die von Natur aus Eisen enthalten.*

In sehr vielen Fällen wird verhaltensauffälligen Kindern heutzutage Ritalin verschrieben. Ich halte dieses Vorgehen jedoch für durchaus nicht ungefährlich:

Ritalin – Pillen für den Zappelphilipp

Methylphenidat = Ritalin ist kein Wundermittel für Kinder mit ADHS – es kann jedoch ein Teil eines umfassenden Behandlungsplans sein.

Auf der neurologischen Ebene ist bei ADHS der Gehirnstoffwechsel mit den beteiligten Botenstoffen Dopamin, Serotonin und Noradrenalin gestört. Dopamin ist zuständig für den Antrieb, Serotonin für die Impulssteuerung und Noradrenalin u. a. für die Aufmerksamkeit.

Etliche Risikofaktoren für ADHS sind inzwischen bekannt: Nikotin- und Drogenmissbrauch während der Schwangerschaft; möglicherweise sind auch solche Kinder besonders betroffen, die zu früh oder mit Luftarmut geboren wurden. Ansonsten weiß man erstaunlich wenig über die Ursachen. Es liegt jedoch der Verdacht nahe, dass Ritalin oft zu leichtfertig verschrieben wird – aufgrund von Fehldiagnosen oder weil der „Zappelphilipp" ruhiggestellt werden soll.

Eine Kombination aus Verhaltenstherapie und Ritalin muss jedoch tatsächlich in schweren Fällen bevorzugt werden. Neben der ärztlichen Diagnose wird zuvor unbedingt auch das soziale Umfeld Familie und Schule beobachtet. Erst wenn alle psychotherapeutischen Maßnahmen erfolglos waren, sollte ein entsprechendes Medikament gegeben werden. Beachten Sie: Nicht jedes Kind mit schlechten Schulleistungen oder Legasthenie benötigt unbedingt Ritalin!

In aktuellen Fachinformationen für Methylphenidat wird darauf hingewiesen, dass die Behandlung bei Verhaltensstörungen von Spezialisten unter Einhaltung internationaler Richtlinien gemäß ICD-10 zur korrekten Diagnose und Therapie durchgeführt werden muss.

Das ICD-10 unterscheidet zwischen zwei Symptombildern:

1. Einfache Aufmerksamkeits- und Hyperaktivitätsstörung – die Kinder

sind meist unaufmerksam, impulsiv, hyperaktiv.

2. Hyperkinetische Störung des Sozialverhaltens – die Kinder sind vorwiegend unaufmerksam, hyperaktiv, impulsiv und ihr Sozialverhalten gestört.

Das ICD-10 verlangt den Nachweis, dass die Symptome in den letzten Monaten im Vergleich zu einem normalen Entwicklungsstand in einem nicht zu vereinbarenden Ausmaß vorhanden waren.

Unterschätzen Sie nicht die unerwünschten Wirkungen von Ritalin! Dazu gehören Kopfschmerzen, Schlaflosigkeit, Nervosität, Aggression und Reizbarkeit. In manchen Fällen auch Ängstlichkeit und Depression, Gewichtsabnahme, Schmerzen, Übelkeit und Erbrechen.

Bei längerer Therapie sind sogar Wachstumsstörungen möglich. In klinischen Studien wurden Suizidversuche während der Therapie mit Methylphenidat mit einer Häufigkeit von 1:1.000, teilweise sogar bis 1:100, registriert. Insgesamt sind die Langzeitfolgen einer Dauermedikation mit Ritalin nicht abschätzbar. Einzelne Fachinformationen weisen jedoch auf das mögliche Entstehen einer Abhängigkeit hin.

Eines steht fest: Ritalin heilt die Krankheit nicht, sondern kuriert nur die Symptome. Spektakuläre Aufnahmen vom Inneren des Gehirns, die eine biochemische Störung belegen, sagen nichts über die Ursachen aus, sondern höchstens über die Wechselwirkung zwischen der Chemie des Hirns und dem Verhalten. Ist die Dysfunktion nun angeboren oder eine Folge äußerer Einflüsse? Die Forscher sollten an den Wurzeln der Krankheit ansetzen, denn über die Ursachen wissen sie erstaunlich wenig.

In diesem Zusammenhang sollte man ein Phänomen auf keinen Fall übersehen:

Kryptopyrrolurie

Der Begriff „Kryptopyrrolurie" bezeichnet einen Mangel an Vitamin B6 und Zink in der Zelle, der zu vielen Krankheiten führen kann. Dieser Mangel kann leider nicht durch eine ausgewogene, gesunde Mischernährung ausgeglichen werden.

Laut Bundesministerium für Gesundheit leiden 2 bis 10% aller Kinder, Jugendlichen und Erwachsenen an ADHS. Immer noch sehen jedoch viele Ärzte, Therapeuten, Kindergarten-, Schulleiter und Eltern keine andere Lösung, als Kindern die Psychodroge Ritalin zu empfehlen.

Ich möchte Ihnen eigentlich einen anderen Weg aufzeigen:

Forschungen zum Thema ADS und ADHS kommen immer wieder auf einen Punkt zurück, nämlich zur Kryptopyrrolurie. Darin sehen sie eine mögliche Ursache für die verschiedenen Störungen, wie immer diese auch bezeichnet werden:

Aufmerksamkeitsdefizit/Hyperaktivitätsstörungen (ADHS), Aufmerksamkeitsdefizitsyndrom (ADS), Hyperkinetisches Syndrom (HKS), Hyperaktivität, Teilleistungsstörungen usw.

Bereits in den 60er Jahren des 20. Jahrhunderts wurde von Carl C. Pfeiffer und D. G. Irvine in den USA die Pyrrolurie beschrieben. Trotzdem scheint es weder in den USA noch in Deutschland in der Schulmedizin jemanden zu interessieren. Auch Dr. med. Vera Mehl, Ärztin für öffentliches Gesundheitswesen in Berlin und Dr. med. Bodo Kuklinski, Diagnose- und Therapiezentrum für Umweltmedizinische Erkrankungen in Rostock, sind auf das Phänomen der Pyrrolurie gestoßen.

Sie beide halten die Pyrrolurie für derart bedeutend, dass sie eine grundsätzliche vorbeugende Untersuchung bereits im Schul- bzw. Vorschulalter vorschlagen. (Nachweis durch Morgenmittelstrahlurin in einem Speziallabor, Fa. Sension GmbH, Augsburg, möglich.)

Wünschenswert wäre, wenn sich in jeder Region zumindest ein Arzt oder Heilpraktiker in das Stoffwechsel-Thema der Pyrrolurie einarbeiten würde. Dieser kann die erforderlichen Wege der Untersuchung einleiten, die Kinder in geeigneter Weise begleiten und therapieren und darüber hinaus den Eltern mit Rat und Tat zu Seite stehen.

Lesen Sie zur Vertiefung bitte:

Konrad Thome
Nährstoffe zum Über-Leben und ihre Bedeutung für Körper, Seele und Geist
Gesunde Ernährung für jeden
Optimal Verlag
ISBN 978-3-921271-44-5

Joachim Strienz
Leben mit KPU – Kryptopyrrolurie
Ein Ratgeber für Patienten
Zuckschwerdt Verlag
ISBN 978-3-88603-921-0

Ängste und Angststörungen

Angst ist ein wichtiger Teil des menschlichen Lebens, sie hat normalerweise eine Schutzfunktion und kann überlebenswichtig sein.

Auch Ängste im Kindesalter gehören dazu, schließlich machen unsere Kinder dauernd neue Erfahrungen, und Angstgefühle sorgen dafür, dass die Kinder achtsam gegenüber Neuem und Unbekanntem sind. Angst ist sozusagen in jeder Lebensphase normal. Das beginnt mit der Geburt und setzt sich fort im bekannten „Fremdeln" mit etwa acht Monaten, wenn das Kind zum ersten Mal zwischen ihm bekannten und nicht bekannten Personen unterscheidet. Später kommen Trennungsängste und auch reale Ängste wie die vor dunklen Räumen, vor Gewittern und unbekannten Tieren, Angst vor Autoritäten, vor Krankheit und Tod, vor Ablehnung, Unterdrückung, Unfällen, Katastrophen usw. dazu, bis hin zu Versagensängsten und Existenzangst. So ganz verschwindet die Angst nie, sie wird nur durch die selbst gemachten Erfahrungen relativiert, manchmal einfach aus der Erkenntnis: „Das mache ich nie wieder."

Der Schlüssel zu den Ängsten unserer Kinder liegt häufig in der Angst von uns Eltern.

Viele unserer Kinder stehen heute schon im Kindergarten und spätestens ab der Einschulung unter großem Druck mit entsprechender, massiver Versagensangst – der Eltern wie der Kinder. Die Beziehung der Eltern zum Kind wird oft stark über die erwartete Leistung definiert, Schulnoten werden vielfach überbewertet, Beliebtheit steigt mit „Bravsein", mit dem Befolgen häuslicher Regeln usw. Schlimm, wenn aus diesem Druck psychosomatische Krankheiten entstehen.

Alle Menschen kennen das Gefühl, wenn der Atem schneller wird, Harn- und Stuhldrang zunimmt und uns kalter Schweiß ausbricht. Bei Angstgefühlen wird Adrenalin ins Blut ausgeschüttet, wenn dies allerdings immer wieder verstärkt und ohne Ventil geschieht, können sich psychosomatische Symptome entwickeln, und Kinder empfinden dann Schmerzen, ohne dass dafür eine körperliche Ursache zu finden wäre. Über-Wachheit, Schlafstörungen, Tagesmüdigkeit und Konzentrationsstörungen können die Folge sein und sich vor Prüfungen sogar bis zum Kollaps steigern. Erschreckend ist, dass mittlerweile ca. 7 % aller Kinder Migränepatienten sind, Tendenz steigend.

Die Körpersprache der Angst ist zunächst das Zusammenziehen der Schultern mit flacher Atmung oder andere starke körperliche Verspannungen. Eine beliebte Entspannungsstrategie ist dabei Essen, also bitte nicht mit einer süßen „Belohnung" unangenehme Gefühle verdrängen. Angst gehört zum Leben; die Herausforderung, die Angst anzunehmen und lösungsorientiert mit ihr umzugehen, sollte das Ziel aller Eltern sein. Kinder haben ein Recht auf ihre Gefühle, auch auf die negativen, die für uns Eltern manchmal besonders schwer zu ertragen sind. Gespräche mit den Eltern helfen hier beiden Seiten.

Als Erstes bitte ich Sie um Gelassenheit:

Überbehütete und überforderte Kinder entwickeln selten ein gesundes Verhältnis zur Umwelt und zu ihrem Körper. Man weiß, dass Kinder, die nicht gelernt haben, ihre eigenen Schwierigkeiten zu meistern, später andere Grenzerfahrungen suchen und stark suchtgefährdet sind.

Auch der Medienkonsum muss bei Angststörungen genau betrachtet werden. Es wurde festgestellt, dass bereits ein Drittel aller 6–13-Jährigen ein eigenes Fernsehgerät im Zimmer hat, 50 % bereits Internet- und 70 % Computer-Nutzer sind; hier sehe ich ein großes Feld.

Spielkonsolen, Computer und Fernseher übernehmen die Funktion von Freunden und gemeinsamen Spielen. Sie erzeugen jedoch Emotionen ohne Dialog, Anspannung ohne befreiende Aktivität. Viel gesünder in jeder Hinsicht ist das Spiel mit Freunden bzw. Geschwistern und vor allem Bewegung an der frischen Luft – sie löst manche Anspannung ganz von selbst.

Malen oder sonstiges Gestalten, auch Chorsingen oder das Erlernen eines Musikinstrumentes sind ebenfalls besonders zu empfehlen. Bei der Arbeit ohne Worte wird eine besondere Art des seelischen Ausdrucks erlebt.

Hilfreich für unsere Kinder sind auch Abendrituale mit gemeinsamem Essen. Dabei können die Tagesereignisse liebevoll besprochen werden – hüten Sie sich dabei vor andauernder kritischer Bewertung, Ihr Kind wird sich verschließen, wenn es nur kritisiert wird. Lachen Sie lieber gemeinsam über lustige Tagesereignisse – aber ohne Fernseher im Hintergrund.

Für jüngere Kinder runden ein Märchen, eine Vorlesegeschichte, ein Gebet oder ein Lied das Abendritual zum Einschlafen ab.

All das wird Ihrem Kind helfen, mit den Ängsten des täglichen Lebens konstruktiv umzugehen, aus ihnen das Notwendige zu lernen und ohne große körperliche Beschwerden damit fertig zu werden.

Weiterführende Hilfen in schwierigen Fällen gibt es mittlerweile in den verschiedensten Bereichen.

Für jede Therapie ist der 1. Schritt die Feststellung, um welche Form der Angst es geht.

Kreativen Umgang mit der Angst kann man z. B. lernen, indem man sich in die Angst machende Situation hineinversetzt und lernt, dass man diese doch bewältigen kann.

Bei starken körperlichen Verspannungen empfehle ich Osteopathie – durch sanften manuellen Druck erspürt und löst die Osteopathie die häufig angstbegründeten Blockaden der Brustwirbelsäule und der Zwerchfellaufhängung.

Die chinesische Medizin bezeichnet auch die Nieren als Sitz von Lebens- und Existenzängsten. Als Kräftigung des Nieren-Qi hat sich bei Kindern eine Moxabehandlung als wirksam erwiesen. Hyperaktive Kinder sollten allerdings nicht mit Moxa behandelt werden. Lesen Sie dazu in meinem Buch „Deine Nahrung sei dein Heilmittel – Ernährung im Biorhythmus“ die Ausführungen zum Organ Niere.

Biochemie nach Dr. Schüßler und Entsäuerung haben als Basisbehandlung eine wichtige Funktion. Zur Aktivierung des Stoffwechsels tragen eine vegetarische vollwertige Ernährung und stoffwechselsteigernde Maßnahmen bei.

Als Hilfe empfehle ich hier für die kindliche Angst:

- Schüßler-Salz Nr. 22 Calcium carb. D6 und Nr. 11 Silicea D12, aber auch Nr. 8 Natrium chlor. D6 (siehe Angst im Symptom-Register).

Bei Bedarf empfehle ich Ihnen auch eine systemische Familientherapie. Damit haben Eltern in dieser generationsübergreifenden Ordnungstherapie die Chance, familieninterne Ängste aufzulösen.

Scheuen Sie sich nicht, therapeutische Hilfe/Unterstützung anzunehmen.

Chronisches Rheuma

Chronisches Rheuma ist eine Erkrankung, an der nicht nur alte Menschen leiden. Immer häufiger sind schon Kinder und Jugendliche betroffen. Meist führt die Kombination aus familiärer Veranlagung und Umweltfaktoren zu Rheuma. In vielen Fällen bleibt die exakte Ursache jedoch immer noch unbekannt.

Genetische Ursachen:
Wissenschaftler der Ruhr-Universität Bochum haben bei Patienten mit rheumatoider Arthritis an sechs Stellen des Erbgutes genetische Veränderungen nachgewiesen.

Umweltfaktoren:
Bei Kindern tritt Rheuma (reaktive Arthritis) oft nach einer Infektion auf. Mumps und Röteln können Auslöser sein, aber auch Darm- (Salmonellen) oder Unterleibsinfektionen (Chlamydien). Jugendliche, Pubertierende erkranken evtl. auch unter Umständen nach dem ersten Schleimhautkontakt (Kuss, Geschlechtsverkehr). Auch Impfungen oder Verletzungen, auf die das Immunsystem reagiert, können einen Entzündungsschub auslösen.

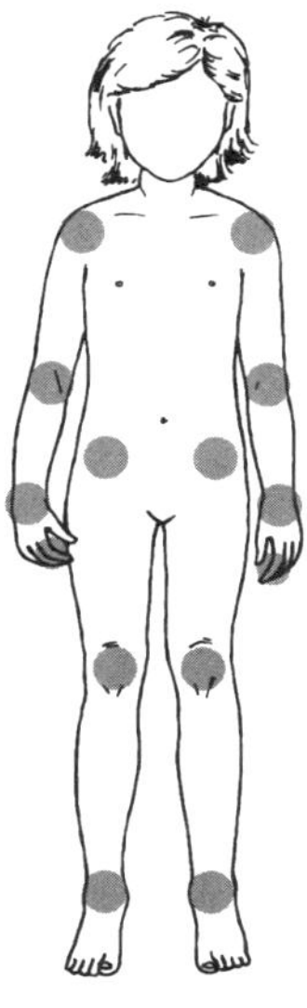

An den eingezeichneten Stellen können Gelenkentzündungen bevorzugt ablaufen und sich zu Beschwerdebildern entwickeln.

Diabetes

Im Rahmen einer Entzündungsreaktion zerstört bei diesem Krankheitstyp das körpereigene Immunsystem selbst die insulinproduzierenden Betazellen in der Bauchspeicheldrüse.

Schon bekannte und 2007 neu entdeckte Gene HLA-A und HLA-B dieser Region beinhalten die Erbinformationen als Proteine auf der Oberfläche von Körperzellen, welche dem eigenen Immunsystem als Unterscheidungsgrundlage gegenüber fremden Zellen dienen.

Veränderungen dieser Gene führen zum Wachstum mutierender Eiweiße, diese finden sich nachweislich beim Diabetiker I auf den insulinproduzierenden Zellen der Bauchspeicheldrüse und führen dazu, dass das Immunsystem sie nicht mehr als körpereigene Zellen erkennt und deshalb angreift und zerstört (Autoimmunreaktion).

Diabetes Typ I tritt meist in der Jugend oder im jungen Erwachsenenalter auf und ist durch vollkommenen Insulinmangel gekennzeichnet.

Der Diabetes Typ I ist in der Regel schlank oder nimmt durch die Krankheit sehr ab. Gesteigerter Harndrang und dauernder Durst – es werden bis zu 10 l am Tag getrunken – sowie Abgeschlagenheit und Müdigkeit sind ernst zu nehmende erste Anzeichen. Der Insulinmangel lässt den Blutzuckerspiegel so weit ansteigen, dass der junge Patient evtl. Bewusstseinsstörungen und Verwirrtheit bis hin zum diabetischen Koma erleidet und ins Krankenhaus gebracht werden muss. Der Atem des Patienten riecht dann stark nach Azeton, der Blutzuckerspiegel kann bis 800 mg/dl betragen.

Man spricht von verschiedenen Einflüssen auf die Entstehung von Diabetes:

Viruserkrankungen des Kindes lösen möglicherweise eine autoimmune Zerstörung aus, aber auch eine Allergie gegen Gluten, ebenso wie eine Rötelninfektion der Mutter während der Schwangerschaft werden als Ursachen diskutiert.

Pilze (Bafilomycine), wie sie an faulen Stellen von Wurzelgemüsen wie Kartoffeln oder Karotten zu finden sind, stören als „Ultragift“ die Entwicklung der Langerhans'schen Inseln und führten in Mäuseversuchen zur Zunahme von Diabetes I beim Nachwuchs.

In Verdacht steht neben der denaturierten Milch auch das Impfen und Schlafen auf einer Wasserader. Die Annahme, dass Kinder, die nur kurz gestillt wurden, ein erhöhtes Risiko haben, Diabetiker I zu werden, wird derzeit in der Forschung noch überprüft.

Bitte beachten Sie den ausführlichen Artikel zu Diabetes in meinem Ernährungsbuch „Deine Nahrung sei dein Heilmittel“.

KiSS-Syndrom

KiSS ist die Abkürzung für Kopfgelenk-induzierte Symmetrie-Störung.

So nennt man eine Störung der Körperhaltung im Bereich der Halswirbelsäule im Säuglings- und Kleinkindalter.

Es wird angenommen, dass geburtstraumatische Ereignisse wie Druck auf den Kopf des Babys bei der Geburt, Platzmangel bei Mehrlingsgeburten und Zangen- oder Saugglockengeburten die Fehlfunktion auslösen.

Bereits bekannte typische Symptome des KiSS-Syndroms sind:

- S-förmige Liegestellung (evtl. kahle Stelle am Kopf).
- Babys schreien beim Hochheben, sind berührungs- und tastempfindlich, vor allem im Nacken.
- Schreikinder (tage- und nächtelang), finden keine Ruhe, Schlafstörungen.
- Trinkprobleme/Schluckbeschwerden/Sabbern durch fehlenden Mundschluss.
- Stuhlprobleme, wie saurer Stuhlgang.
- Gesichtsasymmetrie.
- Gleichgewichtsprobleme.
- Reifungsprobleme der Hüftgelenke, oft einseitig.
- Fehlstellung der Füßchen – Sichelfuß.
- Fehlende Entwicklungsphasen, z. B. keine Krabbelaktivität.

Alle diese Probleme können von KiSS kommen. Es lohnt sich, in diese Richtung zu forschen, vielleicht ist es die richtige Fährte. Kinder mit derartigen Symptomen sollten unbedingt daraufhin untersucht werden, ob ihre Probleme mit der Wirbelsäule in Zusammenhang stehen. Tasten Sie selbst achtsam den Hals Ihres Kindes ab, prüfen Sie ganz sanft die Drehfähigkeit des Halses nach links und rechts. Auffälligkeiten bitte mit einem Therapeuten besprechen!

Die Naturheilkunde ist auch auf die Kooperation mit Kollegen angewiesen, mit Kinderärzten, Orthopäden, Osteopathen und Krankengymnasten. Erzieher und Grundschullehrer sollten ebenfalls für dieses Thema sensibilisiert werden.

Mukoviszidose (Zystische Fibrose)

Mukoviszidose ist eine genetisch bedingte, angeborene Stoffwechselerkrankung, die heute bereits in den ersten Monaten nach der Geburt diagnostiziert werden kann. Sie ist die zweithäufigste angeborene Stoffwechselerkrankung hellhäutiger Menschen und durch eine Fehlfunktion der exokrinen Drüsen (Bronchus-, Pankreas-, Schweiß-, Speicheldrüsen) gekennzeichnet. Ein Gendefekt führt zu einer mangelhaften Chlorid- und Wassersekretion. Dies wiederum verursacht die vermehrte Produktion eines zähen Schleims, der die Darmschleimhaut überzieht und u. a. die Bauchspeicheldrüsengänge und Bronchien verstopft. Dadurch kommt es zu schweren Komplikationen im Bereich der Atemwege und zu Störungen der Verdauung. Der erhöhte Elektrolytgehalt des Sekrets von (Schweiß-) Drüsen führt zu Flüssigkeits- und Elektrolytverlusten und zu einem typischen, salzigen Hautgeschmack.

In den betroffenen Organen kommt es zu Funktionsstörungen:

Der zähflüssige Schleim kann z. B. von den Flimmerhärchen der Bronchien nur schwer transportiert werden und verursacht chronischen Husten, Bronchien-Erweiterungen, oft wiederkehrende Lungeninfekte und schwere Lungenentzündungen. Durch die häufigen und langwierigen Lungeninfekte lässt die Funktion der Lunge nach, was sich durch chronischen Sauerstoffmangel und Atemnot ausdrückt. Kinder zeigen Gedeihstörungen und mangelnde Gewichtszunahme. Bei Säuglingen kann es auch zu schweren Darmverstopfungen infolge des zähen Stuhls kommen.

Die Funktion der Bauchspeicheldrüse ist ebenfalls gestört, etwa 2 % der an Mukoviszidose erkrankten Kinder entwickeln einen Diabetes mellitus.

Therapie

Eine kausale Therapie ist nicht bekannt. Allerdings richten sich verschiedene Hoffnungen auf die Entwicklung einer Gentherapie.

Durch Krankengymnastik, Inhalationen und Medikamente, besonders durch in den vergangenen Jahren ständig verbesserte Verdauungsenzyme und Antibiotika, hat sich die Lebenserwartung der Erkrankten erheblich verbessert. Sie liegt heute bei etwa 25 Jahren, für jetzt Neugeborene erwartet man aufgrund verbesserter Medikamente ein Alter von 45 – 50 Jahren.

Die Mukoviszidose betrifft mehrere Organe und jede Störung muss gesondert therapiert werden:

- Hochkalorische Kost und Verdauungsenzyme bei Gewichtsverlust bzw. Gedeihstörungen.
- Medikamente zum Lösen des zähen Schleims in den Bronchien.
- Inhalation mit speziellen Medikamenten zur Schleimlösung oder zur Erweiterung der Bronchien.
- Schüßler-Salze zur Unterstützung, siehe Mukoviszidose.
- Autogene Drainage oder Modifizierte Autogene Drainage – speziell

entwickelte Atem/Physio-Therapien bewirken besseren und schonenden Abtransport des Schleims aus der Lunge.

- Frühzeitige antibiotische Behandlung der häufigsten Infekte.
- Verabreichung von fettlöslichen Vitaminen.
- Pankreasenzym-Substitution.
- Sauerstoff-Langzeittherapie.
- Klopfmassage (heute weniger angewandt).

Neurodermitis

Zunehmend kommen in meine Praxis Kinder mit Neurodermitis (auch atopische Dermatitis oder endogenes Ekzem), es sind meist sensible, ängstliche kleine Patienten mit psychosomatischen Störungen. Neurodermitis gehört zum atopischen Formenkreis, d. h. Patienten reagieren gegen Antigene aus der Umgebung, die einen hohen IgE-Antikörperspiegel haben. Wenn beide Eltern diese Veranlagung haben, erkranken ihre Kinder ebenfalls zu 40–60%. Oft hat schon das Kleinkind Antikörper gegen bestimmte Proteine der Haut gebildet.

Wissenschaftlich wurde festgestellt, dass 15–20% aller deutschen Schulkinder an Neurodermitis leiden. Dieses Krankheitsbild ist wegen seines chronischen oder chronisch-rezidivierenden Verlaufs mit starkem Juckreiz sehr belastend für den Patienten.

Man spricht grundsätzlich von einem Ungleichgewicht der körpereigenen Abwehr, die Haut wird hypersensibel.

Durch das Aufkratzen der Haut (meist nachts, mit Schlafstörungen und entsprechenden Schlafdefiziten verbunden) können eindringende Bakterien Entzündungen auslösen. Die Kinder haben oft verminderte Schulleistungen und die sichtbaren Hautveränderungen (Bläschen, Pusteln, Schuppen, Schorf) machen ihnen Probleme.

Außer der Erbanlage sind auch andere innerliche und äußerliche Faktoren für den Ausbruch von Neurodermitis verantwortlich. Für eine Therapie ist es wichtig, die auslösenden Faktoren zu meiden, natürlich müssen sie dazu erst gefunden werden.

Innerliche (endogene) Faktoren:
- Persönlichkeit (ängstlich, übersensibel).
- Durchlässigkeit der Darmwand, z. B. für unverdaute Nahrungsbestandteile.
- Veränderte Darmflora.

Äußerliche (exogene Faktoren):
- Jahreszeit (Wintermonate).
- Feuchtes, allergenreiches Klima.
- Psychischer und physischer Stress – löst starkes Schwitzen aus.
- Infekte.
- Kleidung (Wolle, synthetische Materialien).
- Empfindliche, trockene Haut.
- Hautreizungen.
- Verschiedene Allergien.

Die Neurodermitis zeigt in den einzelnen Altersstufen verschiedene klinische Erscheinungsbilder.

So kann sie direkt nach der Geburt auftreten (selten!), meist jedoch erscheint sie ab dem zweiten Lebens-Halbjahr. Babys haben dann den sogenannten Milchschorf (= keine Milchunverträglichkeit!) auf dem Köpfchen, eventuell an Armen und Beinen, häufig im Windelbereich und auch im Gesicht. Nässende Rötungen und Bläschen verursachen quälenden Juckreiz, der dem Kind und in Folge dann der ganzen Familie den Schlaf rauben kann.

Bei Infekten oder nach Impfungen, natürlich auch während des Zahnens, immer wenn es dem Baby nicht gut-

Neurodermitis-Risiko durch Antibiotika erhöht?

Kinder, die in ihrem ersten Lebensjahr mit Antibiotika behandelt werden müssen, haben vermutlich ein erhöhtes Risiko, im Laufe des zweiten Lebensjahres an Neurodermitis zu erkranken. Das ergab eine Studie von Dr. Jochen Schmitt von der Dermatologischen Klinik der TU Dresden. Untersucht wurden 370 am selben Tag geborene sächsische Babys. Nahezu die Hälfte von ihnen wurde im Laufe der ersten zwölf Monate wegen einer Infektion mit einem Antibiotikum behandelt. Wie Dr. Schmitt auf einem internationalen Kongress in Kyoto (Japan) berichtete, stieg das Risiko einer Neurodermitis-Erkrankung bei den mit Antibiotika behandelten Babys auf das 1,5-fache, wenn sie eine einmalige Therapie erhielten, bei zwei oder mehr Behandlungen mit Antibiotika sogar auf das 2,1-fache. Besonders nach Therapien mit Breitband-Antibiotika wie „Makrolide“ oder „Cephalosporine“ war das Risiko deutlich erhöht. Eine Behandlung mit „Penicillin“ schien dagegen keine Auswirkungen auf die Entstehung von Neurodermitis zu haben.

geht, sind die ersten Anzeichen einer Neurodermitis bzw. eine Verschlechterung möglich.

Später im Schulkind- und Jugendalter sind die Hautveränderungen z. B. in den Kniekehlen, Ellenbogen und am Hals. Jetzt ist die Haut eher trocken und schuppig. In jedem Stadium der Neurodermitis ist das schlimmste Symptom der ständige Juckreiz.

In meiner Praxis behandle ich die kleinen oder jungen Patienten mit verschiedenen Therapien. Ganz wichtig ist die Forschung nach Nahrungsmittelunverträglichkeiten auf Milchprodukte, Zitrusfrüchte, Süßigkeiten und süße Getränke (Limonaden oder Naschereien mit Konservierungsstoffen), außerdem nach Impfbelastungen. Ich beachte immer die Ernährung und berate die Eltern auch ausführlich in psychotherapeutischer Hinsicht, denn bei Kindern mit Neurodermitis geht es um mehr als um die Behandlung der Haut und des Juckreizes.

Immer ist eine besondere Pflege der Haut nötig. Der gestörte Säureschutzmantel bedingt eine sehr empfindliche, trockene Haut, die oft auch rot entzündet ist, sie sollte deshalb nicht noch durch irritierende und allergieauslösende Stoffe gereizt werden. Es gibt spezielle Pflegemittel für Neurodermitis. Heiße Vollbäder sollten vermieden werden, da sie die Haut austrocknen und den Juckreiz eher verschlimmern. Kurzes warmes Duschen ist zur Körperpflege ausreichend.

Schreibabys

Was tun, wenn das Baby schreit, obwohl es offensichtlich keinen Hunger hat, nicht müde ist und sich auch sonst kein Grund finden lässt dafür, dass es sich unwohl fühlt? Was tun, wenn es sich nicht oder nur ganz schwer beruhigen lässt und scheinbar ohne Grund stundenlang schreit?

Es gibt viele Ursachen für das Schreien der Babys. Es ist die einzige Art der Äußerung, die ein Baby machen kann. Es könnten Blähungen daran schuld sein oder die Drei-Monats-Koliken, ebenso das tägliche Fünf-Uhr-Schreien.

Manchmal schreien Kinder auch, weil sie zu viel Nahrung bekommen; in diesem Fall genügt es, die Nahrung zu reduzieren, keinen Tee zuzufüttern und das Kind gut aufstoßen zu lassen. Dann verschafft man ihm mit einer festen Rückenunterlage Bewegungsfreiheit zum Strampeln und Drehen. So kann die Darmaktivität in Gang kommen.

Daneben können auch krankhafte Ursachen vorliegen, wie z. B. Reizungen der Haut, Stoffwechsel- oder genetische Erkrankungen, Herzfehler, Auffälligkeiten in der Muskulatur, ein Leistenbruch, eine krankhafte Veränderung des Gehirns, Störungen im Magen-Darm-Trakt, Nahrungsmittelunverträglichkeiten (z. B. gegen Milcheiweiß) oder Rückfluss-Probleme (Reflux) wie Sodbrennen. Gleichfalls können Entwicklungsstörungen ein Grund für anfallartiges Schreien sein. Komplikationen bei der Geburt, wie Sauerstoffmangel, Zangengeburt, Nabelschnur um den Hals, Milcheinschuss der Mutter u. Ä., können vermehrtes oder exzessives Schreien bewirken.

Meist geht die Unruhe nach dem dritten, spätestens nach dem sechsten Lebensmonat zurück.

Liebe Eltern, denken Sie nicht, dass Sie dies alles allein tragen müssen! Die Fachleute wissen sehr wohl, wie schwierig Ihre Situation ist. Lassen Sie sich auch nicht verunsichern von Erklärungsversuchen oder Schuldzuweisungen aus Familie und Freundeskreis. Es gibt Sozialpädiatrische Zentren (Frühdiagnosezentren), in denen Ihnen Kinderärzte, Physiotherapeuten, Psychologen und Sozialarbeiter professionelle Hilfe anbieten; sie stützen Ihr Selbstvertrauen und helfen Ihnen, Sicherheit im Umgang mit Ihrem Kind zu gewinnen, wenn Sie nicht mehr weiter wissen.

Bitte schütteln Sie Ihr Baby NIEMALS, auf gar keinen Fall! Auch nicht dann, wenn die Nerven blank liegen, weil das Baby immerzu schreit.

Ein Säugling verfügt noch nicht über genügend Muskeln, um seinen Kopf bei schnellen Schleuderbewegungen stabil zu halten. Dadurch können die Gefäße einreißen und es kann zu Blutungen und Ergüssen kommen. Diese wiederum sind eine große Gefahr für das Gehirn des Kindes! Ein paar schnelle Schüttelbewegungen genügen womöglich, um das ganze Leben des Babys zu beeinträchtigen – sie können sogar tödlich sein!

Stress

Die Anforderungen der Gesellschaft an Kinder sind im Gegensatz zu früher enorm gestiegen. Leistungsdruck beginnt oft schon im Kindergarten und setzt sich in der Schule fort. Zur Erhöhung der beruflichen Chancen sollte ein Kind einen möglichst hohen Schulabschluss erreichen, was zu enormem Leistungsdruck in der Schule und seitens der Eltern führen kann.

Ein vielfältiges Angebot an Fördermöglichkeiten im privaten Bereich kann ebenso zu Stress im Kindesalter führen. Oft haben Kinder zu viele Verpflichtungen wie Sport, Musikunterricht, Nachhilfe usw. Es bleibt dann kaum noch Zeit für Erholung und Nichtstun.

Stress auslösend kann auch Schlafmangel sein. Dies führt zu Erschöpfung, sodass alle anderen Belastungen als noch schwieriger empfunden werden.

Unter seelischer und körperlicher Belastung schüttet der Körper Stresshormone aus. Diese sind zunächst sinnvoll, weil die Anforderungen bewältigt werden können. Stress wird aber spätestens dann zum Problem, wenn es keine oder zu wenige Erholungsphasen gibt. Es kommt zu psychischen und physischen Beschwerden wie Magen-Darm-Beschwerden, Kopfschmerzen, Schlaflosigkeit, Bauchschmerzen und Appetitlosigkeit. Psychisch äußert sich Stress durch Aggressivität, Lustlosigkeit, Konzentrationsstörungen und auch depressive Zustände.

Bei Stress- bzw. Überlastungssymptomen muss auch immer das familiäre Umfeld betrachtet werden. Eltern, die ständig gestresst sind (finanziell, beruflich, psychisch) übertragen dies auch auf ihre Kinder.

Wie kann man den kindlichen Stress nun vermindern? Überprüfen Sie den Tages- und Wochenablauf Ihres Kindes hinsichtlich der Ruhe- und Erholungszeiten.

Mehr als zwei verpflichtende Termine pro Woche wie Training oder Musikunterricht werden neben den schulischen Anforderungen in der Regel als belastend empfunden. Ein Verzicht auf das eine oder andere Hobby bringt oftmals eine große Erleichterung, da wieder mehr Zeit zur Erholung bleibt.

Im Idealfall reduzieren auch die Eltern ihren Stress und tragen damit zu einer entspannteren Situation bei, in der (auch psychische) Erholung möglich ist.

Nicht unwesentlich trägt auch „sich Zeit füreinander nehmen" zur Entschärfung von Stresssituationen bei.

Zur Autorin

Angelika Gräfin Wolffskeel von Reichenberg, Heilpraktikerin und psychologische Beraterin, wurde deutschlandweit als charismatische und umfassend heilkundlich gebildete Referentin und Buchautorin bekannt. Mit bis zu 400 Besuchern sind ihre Vorträge, die sie u. a. als Referentin des Biochemischen Bundes Deutschland (BBD) e. V. und in Zusammenarbeit mit Apotheken hält, hervorragend besucht.

Schwerpunkte der letzten Jahre sind die Themen „gesunde Ernährung" und „Biochemie nach Dr. Schüßler". Zu ihren weiteren Arbeitsgebieten gehören u. a. die klassische und kreative Homöopathie nach Antonie Peppler, die energetische Therapie, Fußreflexzonentherapie, die Wirbelsäulentherapie nach Dorn/Breuss, Irisdiagnose, TCM, Ayurveda und Ernährungsberatung.

Darüber hinaus ist Gräfin Wolffskeel Lehrbeauftragte des Freien Verbands Deutscher Heilpraktiker e. V. (FVDH) und Leiterin der SURYA-Heilpraktiker-Schule in Reichenberg bei Würzburg und dort unter anderem als Dozentin für den Schwerpunkt Verdauungsorgane, Stoffwechsel und Biochemie nach Dr. Schüßler tätig. SURYA bietet eine nebenberufliche, erwachsenengerechte Ausbildung zum/zur Heilpraktiker/in im Zyklus von zwei Jahren an.

Ihr Bestseller „Die 12 Salze des Lebens" (4. Aufl. Okt. 2007) gehört zu den bestrezensierten und erfolgreichsten Schüßler-Salze-Ratgebern im deutschsprachigen Raum. Im November 2006 ist mit „Deine Nahrung sei dein Heilmittel – Ernährung im Biorhythmus" ihr zweiter Ratgeber im Mankau Verlag erschienen.

Zur Internetseite der Autorin:
www.graefin-wolffskeel.de

Zum Diskussionsforum mit Angelika Gräfin Wolffskeel:
www.mankau-verlag.de/forum.php

Stichwortverzeichnis